Barbara Wood

Herzflimmern

Roman

Aus dem Amerikanischen
von Mechtild Sandberg

Fischer Taschenbuch Verlag

Limitierte Sonderausgabe
Veröffentlicht im Fischer Taschenbuch Verlag,
einem Unternehmen der S. Fischer Verlags GmbH,
Frankfurt am Main, März 2003

Die amerikanische Originalausgabe
erschien unter dem Titel ›Vital Signs‹
bei Doubleday & Company Inc., New York 1985
Copyright © 1985 by Barbara Wood
Copyright für die deutsche Übersetzung:
© Fischer Taschenbuch Verlag GmbH, Frankfurt am Main 1990
Gesamtherstellung: Clausen & Bosse, Leck
Printed in Germany
ISBN 3-596-50611-5

Erster Teil
1968–1969

1

In einer langen Reihe defilierten sie in die Aula und suchten sich so zaghaft, als gähnten Abgründe unter ihnen, ihre Plätze. Fünf Frauen und fünfundachtzig Männer. Die Begrüßungen waren scheu, das Lächeln auf den jungen Gesichtern nervös. Für viele war dies der aufregendste Moment ihres Lebens – der Morgen, auf den sie sich jahrelang vorbereitet hatten. Nun endlich war er da, und sie konnten es kaum glauben.
Die fünf Frauen kannten einander nicht, dennoch setzten sie sich in der obersten Reihe des Saals nebeneinander, in die Ecke gedrängt, als wollten sie gegen die überwältigende Mehrheit der männlichen Studenten einen Block bilden. Leise sprechend schlossen sie erste vorsichtige Bekanntschaft miteinander, ehe die Einführung begann.
Die neunzig Studenten, die, unter dreitausend Studenten ausgewählt, an diesem Tag ihr Medizinstudium in der Eliteschule in Palos Verdes am Pazifischen Ozean aufnahmen, waren als Beste von den Colleges abgegangen, wo sie ihr Grundstudium absolviert hatten. Mit Ausnahme von einem Schwarzen, zwei Mexikanern und den fünf Frauen in der letzten Reihe wirkten die Studienanfänger des Jahres 1968 am Castillo Medical College wie aus einem Guß: junge männliche Weiße der Mittel- und Oberschicht. Die Atmosphäre knisterte; Ängste und Beklommenheit der neunzig jungen Leute waren beinahe greifbar.
Papier raschelte, während die Studenten die Bögen durchblätterten, die man ihnen an der Tür ausgehändigt hatte. Eine Geschichte der Schule – Castillo war früher eine riesige Hazienda gewesen, Eigentum eines alten kalifornischen *hidalgo*; ein Willkommenschreiben, in dem die einzelnen Abteilungen und ihr Personal vorgestellt wurden; eine Liste der Schulvorschriften (kurzes Haar, keine Bärte, Jacketts und Krawatten für die Männer; für die Frauen keine langen Hosen, keine Sandalen, keine Miniröcke).
Endlich erloschen die Lichter im Saal, der Schein eines einzigen starken Scheinwerfers fiel auf ein Pult, das in der Mitte des Podiums stand. Als Ruhe eingekehrt und aller Aufmerksamkeit auf das Podium gerichtet war, trat eine Gestalt aus dem Schatten ins Licht. Anhand der Fotografie auf der Personalliste erkannten sie alle den Mann. Es war Dekan Hoskins.

Einen Moment stand er ganz ruhig, die Hände auf dem Pult, während er langsam die Sitzreihen musterte. Es war, als wolle er sich jedes gespannte neue Gesicht einprägen. Als es schon schien, als wolle er niemals zu sprechen beginnen, als die erste feine Welle der Unruhe durch die Reihen ging, neigte sich Dekan Hoskins zum Mikrofon und sagte langsam und nicht übermäßig laut: »Ich schwöre...« Ein schwaches Echo vibrierte nach jeder Silbe hoch oben in der Kuppel des Saals, »...bei Apollon, dem Arzt, bei Asklepios, Hygieia, Panakeia –« Er holte tief Atem, und seine Stimme schwoll an, »und rufe alle Götter und Göttinnen zu Zeugen an, daß ich diesen Eid und meine Verpflichtung nach Fähigkeit und Einsicht erfüllen werde.«
Die neunzig jungen Leute starrten ihn an wie gebannt. Seine Stimme hatte ein beeindruckendes Timbre, die Worte waren wohlgesetzt; er sprach mit den Intonationen und Schwingungen eines meisterhaften Redners und schuf bei jedem seiner Zuhörer die Illusion, er spreche einzig zu ihm.
»Nämlich den, der mich in dieser Kunst unterwiesen hat, gleich meinen Eltern zu achten, sein Lebensschicksal zu teilen.« Dekan Hoskins hielt inne, schloß die Augen und artikulierte jedes Wort mit Nachdruck. »Ärztliche Verordnungen werde ich treffen zum Nutzen der Kranken nach meiner Fähigkeit und meinem Urteil; drohen ihnen aber Gefahr und Schaden, so werde ich sie davor bewahren.«
Die Atmosphäre in der Aula lud sich mit den Energien neunzig entschlossener Ärzte *in spe* auf. Alle Unsicherheiten und Ängste, die sie vielleicht beim Betreten der Aula geplagt hatten, bannte Dekan Hoskins mit der Deklamation des Eides. »Lauter und fromm werde ich mein Leben gestalten und meine Kunst ausüben. In alle Häuser aber, in wie viele ich auch gehen mag, will ich kommen zum Nutzen der Patienten, frei von jedem bewußten, Schaden bringenden Unrecht; insbesondere mich aber fernhalten von jedem Mißbrauch an Männern und Frauen, Freien und Sklaven.«
Er zeigte ihnen die Zukunft und er zeigte ihnen, daß es *ihre* Zukunft war. »Was ich während meiner Behandlung sehe und höre...«, wieder eine Pause, dann schwoll die Stimme von neuem an, »...werde ich als Geheimnis hüten. Wenn ich diesen Eid erfülle und nicht breche, so sei mir ein glückliches Leben und eine erfolgreiche Ausübung der Heilkunst beschieden, auf daß ich bei allen Menschen für alle Zeit Ansehen gewinne!«
Sie saßen mit angehaltenem Atem.
Dekan Hoskins trat ein wenig vom Mikrofon zurück, richtete sich auf

und sagte mit lauter, dröhnender Stimme: »Meine Damen und Herren, willkommen am Castillo Medical College!«

2

Sondra Mallone brauchte eigentlich keine Hilfe mit ihrem Gepäck, aber es war eine ungezwungene Art, mit einem neuen Nachbarn Bekanntschaft zu schließen. Er war auf sie zugekommen, als sie auf dem Parkplatz ihre Sachen aus dem roten Mustang geholt hatte, und bestand darauf, alle vier Koffer allein zu tragen. Er hieß Shawn, war Studienanfänger wie Sondra und war der irrigen Auffassung, sie wäre zu zart, um mit dem ganzen Gepäck allein fertigzuwerden.
Das ging den meisten Männern so, wenn sie Sondra sahen. Ihr Aussehen täuschte. Keiner konnte ahnen, welche Kraft in diesem schlanken Körper steckte, der durch jahrelanges Schwimmen in der Sonne Arizonas trainiert war. Vieles an Sondra Mallone täuschte. Der Name Mallone paßte überhaupt nicht zu ihrer dunklen, exotischen Schönheit. Aber sie war ja auch in Wirklichkeit keine Mallone.
An dem Tag, als Sondra, gerade zwölf Jahre alt, die versteckten Adoptionsdokumente entdeckt hatte, war ihr plötzlich etwas über sich selbst klargeworden. Sie begriff schlagartig, was diese bisher unerklärliche Grauzone tief in ihrem Inneren zu bedeuten hatte, dieses unbestimmte Gefühl, das sie stets begleitete, daß sie nicht heil war, ihr etwas fehlte, was eigentlich zu ihr gehört hätte. Diese Papiere hatten ihr gesagt, daß sie wirklich nicht heil war; daß ein Teil ihres Selbst erst noch gefunden werden mußte, irgendwo in der Welt.
Shawn redete fast unaufhörlich, während sie die Treppe zum ersten Stock des Wohnheims hinaufstiegen. Er konnte kaum den Blick von Sondra wenden. Niemand hatte ihm gesagt, daß er in einem gemischten Wohnheim leben würde. Da, wo er herkam, gab es so etwas nicht; um so erfreulicher zu entdecken, daß zu seinen Hausgenossinnen ein Mädchen gehörte, das aussah wie die Frau seiner Träume.
Sie sprach nicht viel, aber sie lächelte häufig. Er fragte, woher sie käme, und konnte es kaum glauben, als sie Phoenix, Arizona sagte. Mit diesem dunklen Teint und den Mandelaugen! Sondra fand ihn angenehm; ein netter Kerl, gegen dessen Freundschaft nichts einzuwenden war. Aber mehr würde nicht daraus werden. Dafür würde sie sorgen.
»Wie steht es mit Ihrem Sexualleben? Ist es sehr aktiv?« hatte einer der Prüfer sie im vergangenen Herbst gefragt, bei dem persönlichen Ge-

spräch, nach dem die endgültige Entscheidung darüber fallen sollte, ob ein Bewerber angenommen wurde. Sondra wußte, daß man männlichen Bewerbern diese Frage niemals stellte. Nur eine Frau konnte Schwierigkeiten bereiten, wenn sie zur Promiskuität neigte. Sie konnte schwanger werden, das Studium aufgeben, was eine Verschwendung für die Schule von Zeit und Geld bedeutete.
Sondra hatte wahrheitsgemäß »Nein«, gesagt.
Doch als man sie gefragt hatte, ob sie Verhütungsmittel nähme, hatte sie einen Moment überlegen müssen. Sie gebrauchte keine, weil sie es nicht nötig hatte. Doch man mußte diesen Leuten das beruhigende Gefühl geben, daß man eine Frau war, die ihren Uterus und somit ihr Leben unter Kontrolle hatte; darum hatte Sondra »Ja«, geantwortet. Und es entsprach ja auch der Wahrheit. Enthaltsamkeit war die beste Verhütung.
»Wie fandst du die Einführung heute morgen?« fragte Shawn, als sie den ersten Stock erreichten.
Sondra griff in ihre Chaneltasche und zog ihren Zimmerschlüssel heraus. Sie hätte eigentlich schon am Tag zuvor ins Heim einziehen sollen, aber sie hatte die Fahrt nach Los Angeles zu spät angetreten – eine Surprise-Party, die ihre Freunde für sie gegeben hatten – und war erst diesen Morgen, gerade noch rechtzeitig zur Einführung hier angekommen.
»Ich war ziemlich baff, als ich hörte, daß es hier Kleidervorschriften gibt«, antwortete sie, während sie die Tür aufsperrte und zurücktrat, um Shawn mit ihren Koffern vorbeizulassen. »So was hab ich seit meinen *high-school* Tagen nicht mehr gehört.«
Er stellte die drei großen Koffer auf den Boden und das Kosmetikköfferchen auf das Bett. Sondras Gepäckstücke waren alle weiß und mit ihren Initialen versehen.
»Oh«, rief sie und lief an ihm vorüber zum Fenster über dem Schreibtisch. Genau das, was sie sich erhofft hatte: hinter Palmen und Pinien konnte sie einen blauen Streifen Meer sehen.
Sondra, die ihr zweiundzwanzigjähriges Leben lang im trockenen Arizona gelebt hatte, wo es keine größeren Gewässer gab, hatte sich bei den medizinischen Fakultäten beworben, wo Wasser in der Nähe war; ein großes Gewässer, ein Meer oder ein Fluß, der sich in der Ferne verlor. Es sollte ihr eine ständige Erinnerung daran sein, daß jenseits ein anderes Land lag, ein neues Land, ein Land fremder Menschen mit eigenen Sitten und Gebräuchen, ein Land, das winkte und lockte, sie gelockt hatte, so weit sie zurückdenken konnte. Und eines Tages in naher Zukunft, wenn sie die Ausbildung hinter sich und ihre Promotion in der Hand hatte, würde sie dort hinausziehen, in die Welt...

»Warum wollen Sie Ärztin werden?« hatten die Prüfer sie im vergangenen Herbst gefragt.
Sondra hatte gewußt, daß sie ihr diese Frage stellen würden. Ihr Berater an der Universität von Arizona hatte sie auf das Gespräch vorbereitet und ihr gesagt, was für Antworten die Prüfer hören wollten. »Sagen Sie nur nicht, daß sie Ärztin werden wollen, weil Sie den Menschen helfen wollen«, hatte der Berater sie gewarnt. »Das hören sie gar nicht gern. Schon weil es so pathetisch klingt. Außerdem ist es nicht originell. Und schließlich wissen sie verdammt gut, daß nur eine Handvoll Studenten aus rein altruistischen Gründen Medizin studieren. Sie bevorzugen eine ehrliche Antwort, direkt aus dem Kopf oder aus der Brieftasche. Sagen Sie, Sie streben berufliche Sicherheit an oder Sie haben ein wissenschaftliches Interesse an der Ausrottung von Krankheiten. Sagen Sie nur nicht, daß Sie der Menschheit helfen wollen.«
Sondra hatte ruhig und fest geantwortet: »Weil ich den Menschen helfen möchte«, und die sechs Prüfer hatten gemerkt, daß es ihr ernst war. Sondras Augen besaßen starke Überzeugungskraft; ihr Blick war klar und offen und ohne Furcht.
In Wahrheit hatte sie tiefere Gründe, aber es war nicht notwendig, darauf einzugehen. Sondras Wunsch, den Menschen zu helfen, von deren Stamm sie kam – wer immer sie sein mochten –, war für die sechs Prüfer nicht von Interesse. Es reichte, daß sie ihn spürte, daß er sie vorwärts trieb und ihr eine unerschütterliche Selbstgewißheit und Sicherheit über den Sinn ihres Lebens einflößte. Sondra wußte nicht, wer ihre Eltern waren und warum sie sie fortgegeben hatten, doch an ihrer dunklen Hautfarbe und dem schwarzen Haar, das sie lang und glatt trug, an ihren langen Gliedern und kräftigen Schultern war leicht zu sehen, was für Blut in ihren Adern floß. Und nachdem sie die Adoptionsunterlagen gefunden und erfahren hatte, daß sie in Wirklichkeit nicht die Tochter eines wohlhabenden Geschäftsmanns aus Phoenix war, sondern das Kind einer unbekannten Tragödie, hatte sie gewußt, wohin es sie trieb. »Ich will nicht in einer Nobelklinik arbeiten«, hatte sie ihren Eltern erklärt. »Ich schulde es *ihnen*, dorthin zu gehen, wo ich gebraucht werde.«
»Du kannst froh sein, daß du ein Auto hast«, sagte Shawn hinter ihr.
Sie drehte sich lächelnd um. Er lehnte, die Hände in den Taschen seiner Jeans, am Türpfosten.
»Ich hatte zwar gehört, daß Los Angeles eine Riesenstadt ist«, fuhr er fort, »aber auf das hier war ich nicht gefaßt. Ich bin jetzt vier Tage hier, aber ich hab immer noch keinen Schimmer, wie die Leute von einem Ort zum anderen kommen.«

Sondras Lächeln vertiefte sich. »Du kannst jederzeit mein Auto leihen.«
Shawn starrte sie an. »Vielen Dank!«

Gehetzt von der Befürchtung, sie könnte es nicht schaffen, an diesem ersten Tag alle Formalitäten zu erledigen, rannte Ruth Shapiro, in weißen Jeans und schwarzem Rolli, den gepflasterten Weg zum Verwaltungsgebäude entlang. Kurzbeinig und etwas rundlich jagte sie zwischen den Grünanlagen hindurch, um ja noch rechtzeitig zur Kasse zu kommen, und dabei fiel ihr ein anderes Rennen ein, das sie vor langer Zeit gelaufen war.
Ein pummeliges kleines Ding, mit flatterndem braunen Haar, von zehn Jahren war sie damals gewesen, als sie schnaufend und prustend wie eine kleine Lokomotive um die matschige Bahn der Grundschule in Seattle gekeucht war, eisern entschlossen zu siegen – für Daddy. Sie mußte diesen Preis unbedingt gewinnen. Sie wollte ihn ihrem Vater wie ein Opfer bringen, um ihm zu zeigen, daß er sich in ihr getäuscht hatte, daß sie doch keine Versagerin war. Am Ende war sie nicht als erste oder zweite eingelaufen, sondern als dritte, aber das machte nichts, weil es auch für die Drittplazierte einen Preis gab, einen großen, teuren Malkasten, den Ruth unter ihrem Regenmantel nach Hause trug. Als ihr Vater aus dem Krankenhaus heimgekommen war, hatte sie ihm den Preis scheu auf den Schoß gelegt, und zum erstenmal in Ruths zehnjährigem Leben war ihr Vater stolz auf sie gewesen.
Keine geringe Leistung, sich die Bewunderung und den Beifall des Mannes zu erwerben, der es ihr zehn Jahre lang nachgetragen hatte, daß sie als Mädchen zur Welt gekommen war. Dr. Mike Shapiro hatte den Malkasten auf das Kaminsims gelegt, wo die Fotografien und Ehrenurkunden von Ruths drei Brüdern standen, und hatte in den folgenden Tagen jedem, der zu Besuch ins Haus kam, den Preis mit der Bemerkung gezeigt: »Man sollte es nicht für möglich halten! Unsere dicke kleine Ruth hat dieses Prachtstück beim Langstreckenlauf gewonnen.«
Sechs herrliche Tage lang hatte sich Ruth im Stolz ihres Vaters gesonnt, überzeugt, daß jetzt alles gut werden, es keine kritischen Bemerkungen und keine enttäuschten Blicke mehr geben würde. Bis ihr Vater sie eines Tages beim Mittagessen ganz beiläufig gefragt hatte: »Übrigens Ruthie, wie viele Kinder haben eigentlich an dem Rennen teilgenommen?«
An diesem grauenvollen Tag war sie von ihrer rosaroten Wolke gefallen, und alles war mit einem Schlag und für immer wieder beim alten gewesen. »Drei«, hatte sie gepiepst, und ihr Vater hatte so laut gelacht wie nie

zuvor und nie mehr danach. Die Episode war ins Schatzkästlein der Familienanekdoten gewandert, die im Lauf der Jahre immer wieder zum besten gegeben wurden, und Dr. Shapiros Gelächter war immer gleich herzhaft gewesen.

»Au!« schrie sie jetzt auf, machte einen einbeinigen Sprung und ließ sich ins Gras fallen, um den spitzen Kieselstein zu entfernen, der ihr in die Sandale gerutscht war.

Zu Ruths großer Überraschung war ihr Vater am Vortag zum Flughafen mitgekommen. Sie hatte geglaubt, nur ihre Mutter würde sie begleiten, und ihr Vater würde es bei einer kurzen Umarmung und einem flüchtigen Kuß an der Haustür bewenden lassen. Doch er hatte sich wie selbstverständlich ans Steuer des Wagens gesetzt, als sie losgefahren waren, und sie hatte sich voll ängstlicher Erregung der Hoffnung hingegeben, dies könnte die langersehnte Versöhnung sein. Aber es war wieder eine Illusion gewesen. Er hatte ihr Gepäck aufgegeben, war mit ihr zum Flugsteig gegangen und hatte, nachdem er ihr kurz die Hand gedrückt hatte, gesagt: »Ich geb dir bis Weihnachten, Ruthie. Spätestens dann wirst du gemerkt haben, daß ich recht hatte.«

Weihnachten. Fünfzehn Wochen waren es bis dahin; bis sich zeigen würde, ob Mike Shapiros Vorhersage sich bewahrheiten würde. »*Du* willst Medizin studieren? Ach, Ruthie, du bist eine richtige Träumerin. Geh auf Nummer sicher und mach etwas, das deinen Fähigkeiten entspricht. Wenn man zu hoch hinaus will, ist der Sturz um so tiefer. Du weißt doch, wie schlecht du Niederlagen erträgst. Du warst nie eine gute Verliererin, Ruth. Du glaubst wohl, so ein Medizinstudium wäre eine Kleinigkeit? Nein, nein, hör nicht auf mich, ich bin ja nur Arzt, was weiß ich schon darüber? Versuch's ruhig. Denk nur daran, daß es kein Kinderspiel ist.«

Es war ungerecht. Mit Joshua und Max redete er nie so, nahm ihnen niemals gleich von vornherein allen Wind aus den Segeln. Selbst Judith, die Jüngste, wurde von ihm stets ermutigt, nach den Sternen zu greifen. Warum hat er es immer nur auf mich abgesehen? Warum kann er mich nicht lieben?

Als Ruth endlich wieder auf den Füßen stand und den Kleinkram eingesammelt hatte, der ihr aus der Schultertasche gefallen war, läutete es vom Glockenturm die Mittagsstunde. Ruth schimpfte vor sich hin. Die Kasse war von zwölf bis zwei geschlossen.

Mickey Long trat durch die Glastür der Manzanitas Hall in den milden Septembermittag hinaus und blieb stehen, um sich umzusehen. Dann beugte sie sich von neuem über den Lageplan des Colleges.

Die Manzanitas Hall war, seitdem sie am Morgen die Aula verlassen hatte, das fünfte Gebäude, in das ihre Suche sie geführt hatte, und sie war wieder nicht fündig geworden. Das Campus war nicht groß, es waren nicht mehr viele Gebäude übrig, wo sie suchen konnte. Der Verdacht, der sich in ihr regte, beunruhigte sie tief, und beinahe panisch rannte sie weiter zur Encinitas Hall, dem Flachbau im spanischen Stil, der Freizeitaktivitäten und gesellschaftlichen Veranstaltungen vorbehalten war.
Ein merkwürdiges Campus, schoß es ihr durch den Kopf, während sie am Glockenturm vorübereilte, ganz anders als alles, was sie gewohnt war. Wo waren die Klapptische der verschiedenen Studentenverbände mit ihren Werbeplakaten? Wo waren die Redner und Agitatoren? Was war aus Vietnam, Black Power und der Free-Speech-Bewegung geworden? Es war, als wäre sie über eine Zeitschwelle in die Vergangenheit eingetreten, in die verschlafenen Fünfzigerjahre, wo Studenten nur studierten und man die Professoren noch *Sir* nannte. Das Castillo Medical College war idyllisch, mit gepflegten Blumenbeeten und smaragdgrünen Rasenflächen, gepflasterten Wegen und plätschernden Springbrunnen, weißen Gebäuden mit roten Dächern und maurischen Bögen. Eine alte Schule mit Tradition; eine Schule, die förmlich nach Geld und konservativer Lebensart stank.
Welch ein Unterschied zu ihrer eigenen University of California in Santa Barbara, wo die Jungs die Bank of America in Brand gesteckt hatten. Wie sollte sie auf diesem verschlafenen Campus untertauchen? Sie vermißte das Geschiebe und Gedränge der Studenten, die Scharen von Radfahrern, die Pärchen und heiß diskutierenden Gruppen, die auf Rasenflächen und unter Bäumen lagerten. Sie hatten ihr die Möglichkeit geboten, sich zu verstecken und unsichtbar zu machen. Hier, stellte sie mit Erschrecken fest, gab es diese Möglichkeit nicht. Als Mickey sich um die Aufnahme im Castillo College beworben hatte, hatte sie keine Ahnung gehabt, daß es dort so geordnet und ruhig zuging. Hier würde sie auffallen; man würde sie bemerken.
Ob es nicht ein Fehler gewesen war, hierher zu kommen?
Endlich fand sie, was sie gesucht hatte: eine Damentoilette. Wie ein Wüstenwanderer, der eine Oase gesichtet hat, stürzte sie zum Waschbecken.
Immer waren die ersten Tage an einem neuen Ort eine Tortur für Mickey Long. Bis ihre neuen Gefährten sich an ihr Gesicht gewöhnt hatten, mußte sie zuerst ihre verdutzten Blicke ertragen, dann ihre unverhohlene Neugier, dann das versteckte Mitleid, und zuletzt ihre Verlegenheit, wenn sie beim Anstarren ertappt wurden und ihr ungeschicktes Bemü-

hen, so zu tun, als wäre ihnen gar nichts besonderes aufgefallen. Aus diesem Grund kleidete Mickey Long sich stets unauffällig, griff zu Grau- und Brauntönen, weil sie hoffte, dann nicht beachtet zu werden. Ihr wirksamster Schutz waren größere Menschenmengen.
Sie schob jetzt das seidige blonde Haar, das ihr weit ins Gesicht fiel, hinter die Ohren, schraubte das Make-up-Fläschchen auf und vollzog das Ritual. Als sie fertig war, das Haar ihr wieder wie ein Vorhang über die Wangen fiel, legte sie einen Hauch zartrosa Lippenstift auf. Sie hätte sich gern so kühn und auffallend geschminkt, wie viele andere Mädchen das taten, um Aufmerksamkeit auf sich zu ziehen; aber mit ihrem Gesicht!
Sie trat aus dem Gebäude ins Freie und sah wieder auf ihren Lageplan. Es mußte auf dem Gelände doch mehr als eine Damentoilette geben! Sie beschloß, das Mittagessen im Speisesaal auszulassen und statt dessen sämtliche Damentoiletten auf dem Campus ausfindig zu machen und in ihren Plan einzutragen. Zielstrebig machte sie sich auf den Weg zur Rodriguez Hall, die hoch über dem Meer auf den kahlen Felsen von Palos Verdes stand.

Sondra stand noch lachend und schwatzend mit Shawn an der offenen Tür ihres Zimmers, als sie eine der anderen Studentinnen durch den Flur kommen sah, ein mausgraues Ding, das eine große Strohtasche wie einen Schild an ihre Brust gedrückt hielt. Das bißchen Gesicht, das zwischen dem weit nach vorn fallenden honigblonden Haar zu sehen war, war knallrot.
»Hallo«, sagte Sondra, als die junge Frau näher kam, und bemerkte, daß die Röte im Gesicht merkwürdig einseitig war. »Ich bin Sondra Mallone« und streckte ihre Hand aus.
»Hallo.« Mickey ergriff scheu Sondras schmale, aber kräftige Hand. »Ich bin Mickey Long.«
»Und das ist Shawn. Er wohnt ein paar Türen weiter.«
Shawn musterte Mickey mit einem kurzen, neugierigen Blick und wandte sich leicht verlegen ab.
Sondra flippte mit lebhafter Bewegung das lange schwarze Haar über ihre Schulter nach rückwärts. »Ich glaube, ich bin die letzte, die hier einzieht«, meinte sie. »Shawn hat mir netterweise mit dem Gepäck geholfen. Ich hab mal wieder viel zu viel eingepackt.«
Mickey stand unsicher im Flur und hob immer wieder die Hand an die Wange, um sich zu vergewissern, daß das Muttermal verdeckt war. Aus den Nachbarzimmern drangen gedämpfte Stimmen, während die drei auf dem Gang sich in peinlich verlegenem Schweigen gegenüber standen.

Dann sagte Sondra: »Also! Ich glaube, wir müssen uns jetzt zum Tee umziehen, nicht, Mickey?«
Mickey nickte voller Erleichterung und steuerte sofort auf ihr Zimmer zu.
Sobald sie verschwunden war, murmelte Shawn: »Die Arme! Ich dachte, solche Muttermale könnte man heutzutage wegoperieren.« Dann wechselte er das Thema und begann von den Gerüchten zu erzählen, die er über das Castillo College gehört hatte. Doch Sondra hörte ihm nur mit halbem Ohr zu. Sie dachte über Mickey Long nach. Ein merkwürdiges Mädchen, so schüchtern und zaghaft, für eine Ärztin doch sicher nicht das geeignete Naturell.
Während Shawn noch mitten im Erzählen war, legte Sondra ihm die Hand auf den Arm und und sagte: »Wir Frauen sind nachher zum Tee bei Mrs. Hoskins eingeladen, der Frau des Dekans. Da muß ich mich langsam fertigmachen.«
Er warf ihr einen Blick zu, als wollte er sagen: Wieso, du siehst doch großartig aus. Aber dann nickte er. »Okay. Heute abend nach dem Essen ist im Speisesaal eine Fete. Kommst du?«
Sondra schüttelte lachend den Kopf. »Ich bin praktisch die ganze Nacht gefahren. Spätestens um acht ist bei mir das Licht aus.«
Er machte immer noch keine Anstalten zu gehen, sondern sah sie mit seinen blauen Augen eindringlich an. Was er sich erhoffte, war deutlich zu erkennen. Als sie nicht reagierte, sagte er leise: »Wenn ich was für dich tun kann, wenn du irgendwas brauchst, ich bin in zweihundertdrei.«
Sie sah ihm einen Moment lang nach, als er durch den Flur davonging, ein großer netter Junge, dann wandte sie sich der Tür zu Mickeys Zimmer zu. Nach kurzer Überlegung ging sie hin und klopfte.
Die Tür öffnete sich nur einen Spalt.
»Ich bin's nur«, sagte Sondra lächelnd beim scheuen Blick der grünen Augen. »Ich wollte dich fragen, was du zu dem Tee bei Mrs. Hoskins anziehst. Ich hab keine Ahnung, was da angebracht ist.«
Mickey zog die Tür ganz auf, musterte Sondra mit skeptischem Blick und sagte: »Das soll wohl ein Witz sein? Du kannst doch gehen, wie du bist.«
Sondra sah an sich hinunter. Sie hatte noch das ärmellose Minikleid aus cremefarbenem Voile und die hochhackigen weißen Sandaletten an, die sie zur Einführung angezogen hatte.
»Ich hab überhaupt nichts Elegantes mit«, sagte Mickey und griff schon wieder an ihr Haar, um es weiter ins Gesicht zu ziehen.

Sondra hatte schon erkannt, daß sie sich das Make-up nur deshalb pfundweise ins Gesicht schmierte, das blonde Haar nur deshalb auf einer Seite so weit nach vorn kämmte, weil sie hoffte, dadurch das Muttermal zu verdecken. Aber es klappte nicht; im Gegenteil, gerade Mickeys angestrengtes Bemühen, das große Feuermal auf ihrer Wange zu verstecken, lenkte erst recht die Aufmerksamkeit darauf. Blau oder Türkis sollte sie mit ihrem hellen Haar und den grünen Augen tragen, dachte Sondra, nicht dieses fade Braun.
»Komm, schauen wir mal, was du zu bieten hast«, meinte sie.
Mickey hatte nur einen Koffer, ein abgewetztes, altes Stück. Drinnen stapelten sich braune und beigefarbene Blusen und Pullover über Röcken und Kleidern in den gleichen Tönen. Die Etiketten trugen die Namen billiger Versandhäuser. Alles war altmodisch und verwaschen.
»Ich hab eine Idee«, sagte Sondra. »Du kannst was von mir anziehen.«
»Ach nein, ich –«
»Klar, komm schon.« Sondra faßte Mickey kurzerhand beim Arm und zog sie mit sich in ihr eigenes Zimmer, wo sie mit Schwung einen ihrer großen Koffer aufs Bett hievte und öffnete.
Mickey riß die Augen auf, als sie die Stapel von Blusen und Röcken aus Seide und Baumwolle in allen erdenklichen Farben und Mustern sah. Sondra riß achtlos ein Stück nach dem anderen heraus und warf es aufs Bett, hielt nur ab und zu inne, um Mickey einen Pulli oder ein Kleid anzuhalten und mit kritischer Miene die Wirkung zu begutachten.
»Wirklich, ich zieh lieber was von meinen eigenen Sachen an«, sagte Mickey.
Sondra schüttelte ein Mary Quant Kleid aus türkisblauem Leinen aus und hielt es Mickey unters Kinn.
»Das paßt mir doch gar nicht«, protestierte Mickey. »Die Sachen passen mir alle nicht. Ich bin größer als du.«
Sondra sah sie einmal von unten bis oben an, dann nickte sie und warf das Leinenkleid aufs Bett. »Na ja, so wichtig sind Klamotten auch wieder nicht. Ich bin nur in der Hinsicht richtig verwöhnt, weißt du. Ist der ganze Krempel nicht widerlich?« Sie machte einen vergeblichen Versuch, die Sachen wieder in den Koffer zu stopfen und gab dann kopfschüttelnd auf. »Manchmal ist es mir richtig peinlich, daß ich so viel Zeug habe.« Sie schwieg einen Moment, und ihr Gesicht wurde ernst. »Ich habe immer alles bekommen, was ich wollte«, sagte sie leise. »Ich mußte nie auf etwas verzichten...«
Aus dem Flur kam wieherndes Männergelächter, und sie blickten beide zur offenen Tür.

»Ich hatte keine Ahnung, daß hier die Wohnheime nicht getrennt sind«, bemerkte Mickey mit einem Anflug von Verzweiflung.
»Und ich hatte keine Ahnung, daß die Zimmer so klein sein würden. Wo, zum Teufel, soll ich die Sachen alle unterbringen?«
Sondra dachte an die Villa in Phoenix, wo sie ein großes Zimmer mit Bad und einen Ankleideraum hatte, der beinahe so groß war wie dieses Zimmer hier. Sie war zum erstenmal für längere Zeit von zu Hause weg. Während ihrer Collegezeit hatte sie bei ihren Eltern gelebt, da sie nie das Bedürfnis gehabt hatte, auszubrechen, Nächte durchzufeiern, junge Männer einzuladen. Sondra hatte nur ein Ziel, und um dieses Ziel zu erreichen, war sie hierher nach Castillo gekommen. Alles übrige – Partys, Kneipenbummel, junge Männer – war nebensächlich.
Aus dem Flur hörten Mickey und Sondra plötzlich einen lauten Knall, dann ein unterdrücktes »Ach, verdammt!« und als sie hinausschauten, sahen sie eine junge Frau in weißen Jeans und schwarzem Rolli, die auf dem Boden kniete und einen Haufen Bücher einsammelte, die ihr hintergefallen waren. Lachend blickte sie auf und fuhr sich mit einer Hand durch das kurze braune Haar.
»Ich hab immer schon zwei linke Hände gehabt«, erklärte sie.
Während Mickey und Sondra ihr beim Einsammeln der Bücher halfen, machten die drei sich miteinander bekannt und witzelten über diesen ersten Tag im Castillo.
»Ich komm mir vor wie ein kleines Kind«, meinte Ruth Shapiro, nachdem sie ihre Tür aufgesperrt hatte und die drei in ihr Zimmer traten. »Alle vier Jahre wieder ein Schulanfang. So geht das praktisch schon mein Leben lang.«
»Ja, aber das hier ist hoffentlich die letzte Etappe«, versetzte Sondra lachend, während sie sich im Zimmer umsah und feststellte, daß Ruth, genau wie Mickey und sie, sich noch nicht häuslich eingerichtet hatte.
Ruth warf ihre Schultertasche aufs Bett und fuhr sich wieder durch das kurze Haar. Der Anhänger an ihrem Hals, ein stilisiertes Waagezeichen, blitzte in der späten Nachmittagssonne auf.
»Ich hab das Gefühl, mein ganzes Leben besteht nur aus Lernen und Lesen.«
»Du hast deine Bücher schon?« fragte Sondra und warf einen Blick auf die Titel, als sie sie auf den Schreibtisch legte. »Wie hast du die Zeit gefunden?«
»Ich hab sie mir *genommen*. Und ich werde gleich heute abend anfangen zu pauken. Komm, setzt euch.« Ruth schleuderte ihre Sandalen von den Füßen. »Als erstes muß ich mir ein paar solide Schuhe besorgen, damit

ich hier nicht gegen die Kleidervorschrift verstoße. Und meine Mutter muß ich anrufen, damit sie mir ein paar Röcke schickt.«
Sondra hockte sich auf den Bettrand. »Und ich muß alle meine Kleider und Röcke auslassen.«
»Seid ihr beide aus Kalifornien?« fragte Ruth.
»Ich komme aus Phoenix«, antwortete Sondra.
Sie sahen beide zu Mickey auf, die immer noch stand. »Ich bin hier aus der Gegend«, sagte diese so leise, als lege sie ein Mordgeständnis ab.
»Ach, da kennst du dich hier wenigstens aus«, meinte Sondra, die versuchte, Mickey ihre Befangenheit zu nehmen.
»Hast du einen Freund in der Nähe?« fragte Ruth, während sie völlig ungeniert Mickeys Wange musterte.
»Einen Freund?« Beinahe hätte Mickey gelacht. Als hätte sie mit so einem Gesicht bei Männern eine Chance. »Nein, nur meine Mutter.«
»Wo wohnt sie?« fragte Sondra.
»In Chatsworth. Sie ist in einem Pflegeheim.«
»Und dein Vater?«
Mickey starrte auf die leuchtende Bougainvillea, die Ruths Zimmerfenster umrankte. »Mein Vater ist gestorben, als ich noch ganz klein war. Ich habe ihn nie gekannt.« Es war eine Lüge. Mickeys Vater hatte seine Frau und seine einjährige Tochter wegen einer anderen Frau verlassen und sich nie mehr um die beiden gekümmert.
»Da geht's dir so ähnlich wie mir«, bemerkte Sondra. »Ich habe meinen richtigen Vater auch nie gekannt. Und meine Mutter ebensowenig. Ich bin adoptiert.«
»Als ich dich heute morgen bei der Einführung sah«, sagte Ruth, während sie eine Packung Zigaretten aus ihrer Tasche kramte, »dachte ich, du wärst Polynesierin. Jetzt wirkst du eher wie eine Süditalienerin oder Spanierin auf mich.«
Sondra lachte. »Du hast keine Ahnung, wofür mich die Leute schon gehalten haben! Einer erklärte sogar mal steif und fest, ich müßte Inderin sein.«
»Du weißt überhaupt nicht, wer deine Eltern waren?«
»Nein, aber ich habe eine Ahnung, wie sie aussahen. Bei mir auf der Schule war ein Mädchen, das mir sehr ähnlich sah. Viele hielten uns für Schwestern. Aber sie kam aus Chikago. Ihre Mutter war eine Schwarze und ihr Vater ein Weißer.«
»Ach so.«
»Ich hab's inzwischen kapiert, weißt du. Aber meine Mutter hatte Riesenprobleme mit meinem Aussehen, als ich größer wurde. Meine Adop-

tivmutter, meine ich. Als sie mich adoptierten, war ich noch ein Säugling, und sie hofften wohl, ich würde mich so entwickeln, daß man mit ein bißchen gutem Willen eine Ähnlichkeit mit meinem Vater erkennen könnte. Er hat auch schwarzes Haar. Aber ich entwickelte mich ganz anders, von Ähnlichkeit zu meinen Eltern konnte keine Rede sein, und das machte meiner Mutter schwer zu schaffen. Sie ist Mitglied in allen möglichen Klubs, bewegt sich in den vornehmsten Kreisen, und ich weiß, daß sie eine Zeitlang richtige Ängste hatte. Besonders als mein Vater beschloß, in die Politik zu gehen. Aber dann kam zu meinem Glück die Bürgerrechtsbewegung. Plötzlich war es *in*, den Schwarzen zu helfen, und meine Mutter brauchte nicht mehr von irgendwelchen italienischen Vorfahren zu flunkern, um mein Aussehen zu erklären.«
Ruth und Mickey starrten Sondra erstaunt an. Sie konnten sich nicht vorstellen, daß ihr Aussehen ein Handicap gewesen sein sollte. Ruth, die ständig mit ihrem Gewicht zu kämpfen hatte, und Mickey, die unter der Verunstaltung ihres Gesichts litt, fanden Sondras exotische Schönheit und langgliedrige Geschmeidigkeit nur beneidenswert.
»Bist du ein Einzelkind?« fragte Ruth.
Sondra nickte. »Meine Mutter wollte nicht mehr Kinder. Aber ich hab immer von einem Haufen Geschwistern geträumt.«
Ruth zündete sich eine Zigarette an. »Ich hab drei Brüder und eine Schwester. Ich hab immer davon geträumt, ein Einzelkind zu sein.«
»Ich hätte auch gern Geschwister gehabt«, sagte Mickey leise und ließ sich endlich, den Rücken an die Schranktür gelehnt, auf dem Boden nieder.
Ruth starrte auf die Zigarette in ihrer Hand. Der Blick ihrer braunen Augen war hart. Geschwister schön und gut, aber vorausgesetzt, es war genug Vaterliebe für alle da.
»Hallo! Hallo!«
Die drei drehten die Köpfe. An der offenen Tür stand eine junge Frau mit einer Flasche Sangria und vier Gläsern. »Ich bin Dr. Selma Stone, viertes Jahr. Ich bin euer persönliches Empfangskomitee hier.«
Sie war mit klassischer Eleganz gekleidet: Tweedrock, Seidenbluse und Perlenkette; konservativ wie das ganze College. Sie holte sich den Schreibtischstuhl und setzte sich zu den anderen.
»Du bist im vierten Jahr?« fragte Ruth und nahm ein Glas Wein entgegen. »Wieso bist du dann schon *Doktor* Stone?«
Selma lachte. »Ach, im dritten Jahr fängt die klinische Ausbildung im Krankenhaus an – drüben, im St. Catherine's –, und da verlangen sie, daß man sich den Patienten als *Doktor* vorstellt. Das beruhigt die Patienten.

Ich tu das jetzt seit einem Jahr, darum kam es ganz automatisch. Mein Examen mache ich erst in neun Monaten.«
Ruth wußte nicht recht, was sie von dieser Unehrlichkeit den Patienten gegenüber halten sollte, und sagte nichts.
»Ich hab mich angeboten, euch vor dem Tee heute nachmittag persönlich willkommenzuheißen. Das gehört hier zur Tradition, seit auch Frauen zugelassen werden. Vor drei Jahren, als ich anfing, war ich die einzige Frau in meinem Jahrgang. Ich kann euch nicht sagen, was für Angst ich hatte! Ich war froh, als eine von den älteren Studentinnen zu mir kam und ein bißchen mit mir redete.«
Sondra sah Selma aufmerksam an und versuchte, sich vorzustellen, wie es gewesen sein mußte, unter neunzig Studenten die einzige Frau zu sein.
»Ihr habt sicher eine Menge Fragen«, fuhr Selma fort. »Das geht allen Neuen so.«
Abwartend, taxierend betrachtete sie die drei jungen Frauen. Die kleine Brünette würde hier in Castillo überhaupt keine Schwierigkeiten haben; der Blick ihrer Augen verriet den eisernen Willen zum Erfolg. Und die schöne Exotin würde entweder Riesenprobleme mit den Männern bekommen oder aber im Vorteil sein, je nachdem wie selbstsicher und zielstrebig sie war. Die dritte, die Blonde, die sich hinter ihrem Haar versteckte, die wirkte wie ein gehetztes Tier. Selma bezweifelte, daß sie es schaffen würde.
Gerade da sagte das Mädchen: »Ja, ich habe eine Frage. Wo sind eigentlich die Damentoiletten?«
»Da gibt's überhaupt nur eine einzige in den Unterrichtsgebäuden. In der Encinitas Hall.«
»Nur eine einzige? Wieso?«
»Weil der Anteil von Frauen pro Studienjahrgang acht Prozent nie überstiegen hat. In den vierziger Jahren, als zum erstenmal Frauen zugelassen wurden, war die Quote sogar auf zwei Frauen pro Jahrgang beschränkt. Und da es keine weiblichen Lehrkräfte gab und immer noch nicht gibt, wäre es absolut unrentabel gewesen, in sämtlichen Gebäuden neue Toiletten zu installieren.«
»Ja, aber wie –« begann Mickey.
»Man gewöhnt sich daran, morgens auf Tee oder Kaffee zu verzichten, und wenn man kurz vor der Menses ist, beugt man eben vor, weil man nicht die Zeit hat, während eines Seminars oder einer Vorlesung zu verschwinden und über das ganze Campus zur Encinitas Hall zu laufen.«
Mickey war niedergeschmettert.

»Und wie werden Frauen hier behandelt?« fragte Sondra.
»Soviel ich weiß, gab's am Anfang ziemlich heftigen Widerstand gegen die Frauen. Man hatte Sorge, die Zulassung von Frauen könnte das Ansehen des Colleges mindern. Bei den älteren Dozenten spürt man das auch heute noch. Es sind ein paar da, die es darauf anlegen, einen fertigzumachen. Fangt bloß nicht an zu weinen! Da bekommt ihr gleich typisch weibliche Hysterie vorgeworfen.«
Ruth hob ihr Glas an die Lippen, entschlossen sich vom Unken dieser Kassandra nicht einschüchtern zu lassen. Nichts und niemand würde sie daran hindern, ihr Ziel zu erreichen.
»Aber ihr werdet's schon schaffen«, meinte Selma tröstend. »Wichtig ist eine professionelle Haltung. Und vergeßt nicht, daß Castillo ganz anders ist als die liberalen Colleges, von denen ihr sicher gerade gekommen seid. Hier geht es so steif und konservativ zu wie in einem englischen Männerklub. Wir Frauen sind Eindringlinge.«
»Und die Studenten?« fragte Sondra. »Wie stehen die zu uns?«
»Die meisten akzeptieren uns als Gleichgestellte; aber man trifft natürlich immer wieder welche, die sich durch uns bedroht fühlen. Die versuchen dann, einen runterzumachen und einem zu zeigen, wer Herr im Haus ist. Ich glaube, einige haben sogar richtig Angst vor uns. Aber wenn man sich freundlich, aber bestimmt von ihnen abgrenzt und sich auf das konzentriert, wozu man hier ist – um Medizin zu studieren –, dann hat man eigentlich keine Probleme.«

Laute Rockmusik und männliches Gelächter empfingen Sondra, Ruth und Mickey, als sie, vom Tee bei Mrs. Hoskins zurückkehrend, die hell erleuchtete Tesoro Hall erreichten.
»Ich möchte wissen, wie man bei dem Krach konzentriert lernen soll«, sagte Ruth. »Was haltet ihr beiden eigentlich von dem Wohnheim?«
»Wie meinst du das?« fragte Sondra.
»Na, wir bezahlen doch einen Haufen Geld für die Unterkunft. Und hört euch das Getöse an. Wollen wir nicht versuchen, uns zu dritt eine Wohnung zu nehmen?«
»Eine Wohnung?«
»Ja. Außerhalb vom Campus. Wir würden bestimmt was finden, und gedrittelt wäre die Miete bestimmt viel niedriger als der Preis, den wir hier im College bezahlen – wo man nicht mal Ruhe hat.« Ruth wies mit dem Kopf in die Richtung, aus der Musik und Gelächter kamen. »Hier müssen wir außerdem für Reinigung und Wäscherei bezahlen. Eine Wohnung könnten wir leicht selber sauberhalten, und unsere Wäsche können wir

auch selber waschen. Und was sie hier für das Essen verlangen, finde ich sowieso unverschämt. Oder wie fandet ihr das Mittagessen heute?«
Sie versuchten beide, sich zu erinnern. Es war irgendein bräunlicher Auflauf gewesen.
»Ich kann ganz gut kochen«, fuhr Ruth fort, »außerdem esse ich keine drei Mahlzeiten am Tag. Hier bezahlen wir für Frühstück, Mittag- und Abendessen, ganz gleich, ob wir es nehmen oder nicht. Überlegt mal, wieviel Geld wir sparen würden.« Sie machte eine kurze Pause. »Aber am wichtigsten erscheint mir, daß wir in einer Wohnung für uns wären und nicht dauernd irgendwelche Knaben durch den Flur trampeln.«
Mickeys Augen leuchteten auf. »Ja, ich finde, das ist eine gute Idee.«
Sondra sah ihr winziges Zimmer vor sich und dachte an die übermäßig hilfsbereiten jungen Männer wie Shawn, die sicher vom besten Willen beseelt waren, aber eben doch störten. »Gegen ein bißchen mehr Platz hätte ich nichts einzuwenden«, meinte sie. »Aber ich möchte gern in der Nähe vom Meer wohnen.«
Sie einigten sich darauf, daß Ruth sich umsehen würde. Die Lehrveranstaltungen sollten erst in zwei Tagen beginnen; es blieb also noch genug Zeit, sich nach einer Wohnung umzuschauen und mit der Collegekasse um die Rückerstattung der Gebühren für Unterkunft und Verpflegung zu kämpfen. Sie besiegelten die Vereinbarung mit Handschlag.

3

In Südkalifornien kommt der Hochsommer im September, und am Mittwoch nachmittag, als die drei sich wieder trafen, war es glühend heiß. Nicht das kleinste Lüftchen wehte vom Meer her. In Sondras Mustang fuhren sie los, die Avenida Oriente hinunter.
Als sie wenige Minuten später die Treppe zu der Wohnung hinaufstiegen, die Ruth ausgekundschaftet hatte, zog Ruth einen kleinen Block aus ihrer Tasche und reichte ihn Sondra.
»Da sind die Zahlen. Die Vermieterin wollte eigentlich eine Kaution, aber ich habe sie davon überzeugt, daß wir die Wohnung pfleglich behandeln werden. Die Miete kostet hundertfünfzehn im Monat, und sie sagte, die Nebenkosten würden nicht mehr als zehn Dollar betragen. Ich hab nochmal hundertfünfzig pro Monat für Lebensmittel angesetzt, das heißt, daß wir pro Person nicht einmal hundert Dollar im Monat zahlen. Im Wohnheim kostet es uns achthundert Dollar pro Semester; wir sparen also jede ungefähr dreihundert Dollar.«

Ruth zog den Wohnungsschlüssel aus ihrer Jeanstasche und sperrte auf.
»Bitte sehr! Unser eigenes Reich.«
Die Wohnung war klein, aber freundlich eingerichtet mit hellen Möbeln und Spannteppichen. Regale und Wände waren kahl, doch die drei Frauen hatten gleich eine klare Vorstellung davon, wie die Räume wohnlich werden würden. Sondra stellte sich Kissen und Poster vor, Ruth verteilte im Geist Pflanzen und Bilder, und Mickey sah die kleine Wohnung als rettende Zuflucht.
»Na, wie findet ihr es?« fragte Ruth.
»Mir gefällt's«, antwortete Sondra. »Ich hab einen Haufen tolle Poster dabei. Die können wir hier an die Wände pinnen, dann sind wir überall von großartigen Landschaften und herrlichen Sonnenuntergängen umgeben. Und aufs Sofa gehören ein paar Kissen. Das macht es gemütlicher.« Sie trat in die Mitte des Wohnzimmers und sah sich um. »Vielleicht können wir hier sogar einen schönen, dicken Berberteppich reinlegen.«
»Moment mal!« Ruth hob abwehrend die Hand. »So was kann ich mir nicht leisten. Ich muß mein Studium selber finanzieren. Da zählt jeder Penny.«
»Ach, das macht nichts«, versetzte Sondra vergnügt. »Ich hab Geld. Ich übernehm die Inneneinrichtung.«
Ruth beobachtete Mickey, die so zaghaft und vorsichtig zum Flur ging, als vermute sie dort in den Schatten ein gefährliches Ungeheuer. Sie stemmte beide Hände in die rundlichen Hüften und sagte: »Und was meinst du zu der Wohnung, Mickey?«
Mickey nickte nur. Sie war glücklich und erleichtert. Die Wohnung war schön, gemütlich und heimelig, ein Ort, wo sie sich zurückziehen konnte. Und dank den geringeren Ausgaben konnte sie nun auch hoffen, mit ihrem Geld auszukommen. Ihr Stipendium und das, was sie sich in den Sommerferien verdient hatte, würde ausreichen das College zu bezahlen und ihre Mutter im Pflegeheim zu unterstützen.
»Ich schlage vor, wir losen um die Zimmer«, sagte Ruth und kramte schon in ihrer Tasche nach Streichhölzern.
Doch Mickey wehrte ab. Sie nähme gern das Zimmer ohne Fenster, sagte sie. Glas und Spiegel waren ihr ein Greuel.
In der Mittagshitze fuhren sie wieder ins Wohnheim, packten ihre Sachen und verstauten sie in Sondras Mustang. Die feurige Sonne des Spätnachmittags in den Augen, kehrten sie in ihre neue Wohnung zurück.
»Die Vermieterin hat mir versprochen, daß morgen früh der Strom eingeschaltet wird«, bemerkte Ruth, während sie in jedes Zimmer ein paar

Kerzen legte. »Am Wochenende können wir zusammen die Sachen besorgen, die wir noch für Küche und Bad brauchen.«
Sondra richtete in aller Ruhe ihr Zimmer ein, obwohl die Sonne schon untergegangen war, und es schnell dunkel zu werden begann. Das Poster mit der Dschungelkatze hängte sie an die Wand gegenüber von ihrem Bett, so daß sie es morgens beim Erwachen gleich sehen konnte; die Schreibgarnitur aus Leder, die sie zum Schulabschluß bekommen hatte, kam auf den Schreibtisch und daneben ein Foto ihrer Eltern; die Kleider wurden rechts im Schrank aufgehängt, Röcke und Blusen links, die Schuhe wurden darunter aufgereiht. Sie breitete die Decken aus, die die Vermieterin ihnen geliehen hatte, bis sie sich eigene besorgen konnten, schüttelte das Kopfkissen auf und trat zurück, um ihr Werk zu betrachten.
Der erste Schritt, dachte sie befriedigt. Der erste Schritt auf der letzten Etappe...
Ehe sie wieder zu Ruth und Mickey hinausging, trat sie ans Fenster. Das Meer konnte sie, wie Ruth sie schon vorher gewarnt hatte, von hier aus nicht sehen, aber es war ganz in der Nähe, gleich hinter den Palmen und den Dächern der Häuser. Sie spürte seinen Pulsschlag und den Hauch seines Atems. Wenn sie die Augen schloß und konzentriert lauschte, konnte sie die Brandung hören, den Schlag der Wellen, der so viel verhieß – die weite, lockende Welt auf seiner anderen Seite. Eines Tages würde sie – Sondra – in diese Welt hinausziehen, daran gab es für sie nicht den geringsten Zweifel. Unrecht mußte wiedergutgemacht werden, eine Schuld an den Menschen, von denen sie abstammte, mußte beglichen werden. Es galt für sie, ihre Identität zu finden, ihren Platz in der Welt, darum mußte sie zu der dunklen Rasse zurückkehren, wie fern sie auch sein mochte, der sie verwandt war. Sondra Mallone fühlte sich am Beginn eines abenteuerlichen, unwiderstehlich lockenden Wegs, und dieses Gefühl erfüllte sie mit der gleichen Erregung wie am Dienstag morgen die Deklamation des hippokratischen Eides.
In der Küche deckte Ruth den Tisch. Sie hatte zwei Kerzen angezündet und arbeitete allein. Mickey war noch im Badezimmer.
Ruth wunderte sich, daß ihre Hände so ruhig waren; innerlich zitterte sie. Sie hatte sich durchgesetzt und den kühnen Schritt gewagt. Trotz meines Vaters, dachte sie. Ich werde nicht versagen. Und wenn es mich umbringt, ich werde bis zum Ende durchhalten, und ich werde als Beste meines Jahrgangs abschließen.
Mike Shapiro, einer der bekanntesten und meistbeschäftigsten Allgemeinärzte in Seattle, war tief enttäuscht gewesen, als seine Frau damals,

vor dreiundzwanzig Jahren, all seinen Wünschen und Plänen entgegen ein Mädchen zur Welt gebracht hatte. Doch schon elf Monate danach war Joshua gekommen, und alles war verziehen. Dann war Max geboren worden und nach ihm David. Das letzte Kind, das Nesthäkchen, war wiederum ein Mädchen gewesen. Als existierte die Erstgeborene gar nicht, als hätte Mike Shapiro sich seine ganze Liebe für dieses letztgeborene Kind aufgehoben, gab er der kleinen Judith all seine Wärme und Zuneigung, hob sie auf den Platz der Prinzessin, der, wie Ruth meinte, eigentlich ihr zugestanden hätte.

In gewisser Weise konnte sie es ihm nicht einmal verübeln. Sie war ein dickliches, tolpatschiges Kind gewesen, das immer irgend etwas umstieß und ständig mit bekleckertem Kleidchen umherlief. Heute, als Erwachsene, konkurrierte sie mit ihren Brüdern; Joshua war in West Point; Max studierte an der Northwestern University und bereitete sich darauf vor, in die Praxis seines Vaters einzutreten; David wollte Rechtsanwalt werden.

»Das schaffst du doch nicht, Ruthie«, hatte Mike Shapiro erklärt, als sie die Bewerbungen für das Medizinstudium ausgefüllt hatte. »Warum nimmst du dich nicht als das an, was du bist? Such dir einen netten Mann. Heirate. Setz Kinder in die Welt.«

Doch das, was Ruth vorwärtstrieb, war die Tatsache, daß sie in Wirklichkeit niemals versagt hatte. Sie mochte in ihrer Kindheit und Pubertät vielleicht manchmal auf das Niveau unverzeihlicher Mittelmäßigkeit abgesunken sein, aber gescheitert war sie nie. Sie war nur einfach kein begabtes Kind. Es war nicht ihre Schuld, daß an dem einzigen Wettkampf, in dem sie sich je placiert hatte, wegen des Regens nur drei Konkurrentinnen teilgenommen hatten, so daß sie ihren Preis auch bekommen hätte, wenn sie mit halbstündiger Verspätung eingelaufen wäre. Ein Gutes hatte jenes Debakel immerhin gehabt: Für kurze Zeit hatte Ruth die Süße väterlicher Bewunderung kosten dürfen. Und einmal auf den Geschmack gekommen, wollte sie mehr.

Diesmal, dachte sie, während sie die Kräcker auf einen Pappteller legte, laufe ich nicht als Dritte ein. Diesmal werde ich Erste. Die erste von neunzig.

Mickey blieb lange im Badezimmer. Sie tat nichts, sondern stand nur da und starrte auf das Gesicht der Frau im Spiegel.

Bei ihrer Geburt war das Muttermal stecknadelkopfgroß gewesen, ein Kuß von der guten Fee, hatte ihre Mutter gesagt. Aber mit den Jahren hatte es sich vergrößert und bedeckte nun fast ihre ganze Gesichtshälfte vom Ohr bis zum Nasenflügel und vom Unterkiefer bis zum Haaransatz.

Die Kinder in der Grundschule waren oft grausam gewesen. »He, Mikkey«, sagten sie wohl, »du hast Marmelade im Gesicht.« Oder sie erklärten sie zur Aussätzigen und sagten, niemand dürfe in ihre Nähe kommen. Sie schlossen Wetten ab, wer von ihnen es wagen würde, zu Mickey hin zu laufen und das Feuermal zu berühren. Stanley Furmanski behauptete, sein Vater hätte gesagt, solche Muttermale würden immer größer, bis sie schließlich platzten und das ganze Gehirn herausspritzte. Die Lehrer hielten dann wohl der Klasse einen Vortrag darüber, daß man zu Menschen, die das Schicksal weniger begünstigt hätte als einen selber, besonders nett sein müsse, und Mickey hätte sich vor Scham am liebsten ins nächste Mauseloch verkrochen. Schluchzend pflegte sie nach Hause zu laufen, um sich von ihrer Mutter trösten zu lassen.
In der *High school* wurde es nicht besser. Manche Mädchen freundeten sich nur mit ihr an, um ihr Fragen über ihr Gesicht stellen zu können; wohlmeinende Lehrer demütigten sie mit ihrer übertriebenen Freundlichkeit; die Jungens machten sich an sie heran, weil ihre Freunde ihnen fünf Dollar versprochen hatten, falls sie es über sich brachten, diese entstellte Wange zu küssen.
Ihre Mutter war mit ihr von einem Arzt zum anderen gelaufen. Die meisten stellten fest, das Mal sei zu vaskulös und schickten sie wieder fort; einige experimentierten mit Skalpell und flüssigem Wasserstoff und Trockeneis, ohne daß es den geringsten Erfolg hatte. Ihr Gesicht war nur durch Narben noch mehr entstellt worden.
Aber die schlimmsten Narben trug Mickey nicht im Gesicht. Nach den langen Jahren grausamer Quälerei, die sie von ihrer Umwelt erfahren hatte, war sie nun überzeugt von ihrer eigenen Minderwertigkeit; überzeugt, daß sie einzig dazu bestimmt sei, ganz in der Arbeit aufzugehen, die sie sich wählen würde.
Im ersten Moment hatte sie es gewundert, daß die sechs Prüfer im vergangenen Herbst sie nicht gefragt hatten, warum sie Ärztin werden wollte; sie hatte geglaubt, diese Frage würde man jedem Bewerber stellen. Dann aber hatte sie sich überlegt, daß sie ihr wahrscheinlich nur ins Gesicht hatten sehen müssen, um den Grund zu erraten. Sie waren schließlich Ärzte. Sie konnten sich gewiß vorstellen, wie viele Ärzte Mickey in den vergangenen Jahren aufgesucht hatte. Immer wieder die fremden kalten Hände in ihrem Gesicht; immer wieder das bedauernde Kopfschütteln. Viel zu oft hatte sie die niederschmetternden Worte ›Keine Hoffnung‹ gehört. Jedem, der sie genauer ansah, mußte offenkundig sein, daß Mickey irgendwann beschlossen hatte, einen Beruf zu

ergreifen, der es ihr ermöglichen würde, Menschen zu helfen, die so geschlagen waren wie sie selbst, auch wenn es für sie selber zu spät war.
Sie fuhr zusammen, als es draußen klopfte, und öffnete hastig die Tür. Sondra stand vor ihr, das lächelnde Gesicht von Kerzenschimmer erleuchtet.
»Entschuldige, daß ich so lang gebraucht habe«, sagte Mickey. »Das kommt bestimmt nicht wieder vor.«
»Ach, das macht nichts. Ich wollte dir nur sagen, daß unser Festessen auf dem Tisch steht.«
Ruth hatte Käse und Kräcker hingestellt und goß Cola in die Pappbecher.
»Ich muß mich mit dem Zeug zurückhalten«, sagte sie, während die beiden anderen sich im flackernden Kerzenlicht an den Tisch setzten. »Bei mir schlägt alles gleich an. Als ich klein war, hat mir mein Vater jedesmal, wenn er mich mit einem Cola erwischt hat, fünf Cents vom Taschengeld abgezogen. Und als ich in der siebten Klasse war, hat er mir zehn Dollar ausgesetzt, falls ich es schaffen sollte, zehn Pfund abzunehmen.«
»Wenn wir am Wochenende einkaufen«, meinte Sondra und stopfte sich einen Kräcker in den Mund, »besorgen wir uns einen Haufen Diätgetränke und Mineralwasser. Was haltet ihr davon, wenn wir abwechselnd kochen? Jeder immer eine Woche lang.«
Beide sahen Mickey an, doch die schwieg.
»Hör mal, Mickey«, sagte Ruth, während sie sich ein paar Krümel von ihrem T-Shirt streifte, »du mußt ein bißchen kontaktfreudiger werden, wenn du Ärztin werden willst. Wie willst du denn mit deinen Patienten reden, wenn du immer so still bist?«
Mickey hüstelte ein wenig und senkte den Kopf.
»Ich will keine Praxis. Ich möchte in die Forschung.«
Ruth nickte. Sie hatte verstanden. In einem Labor sind Persönlichkeit und Aussehen nicht von Bedeutung; da kommt es nur auf Intelligenz und Hingabe an.
»Und du, Ruth?« fragte Sondra. »Was willst du mal machen?«
»Allgemeinmedizin. Ich möchte in Seattle eine Praxis aufmachen. Du?«
»Ich möchte raus in die Welt«, antwortete Sondra. »Das drängt mich eigentlich schon mein Leben lang – ich kann das Gefühl nicht beschreiben. Seit ich denken kann, hab ich eigentlich immer den Drang gehabt, rauszukommen und zu sehen, was hinter der nächsten Ecke wartet.«
Das Kerzenlicht schimmerte in ihren topasbraunen Augen. »Ich weiß nicht, warum meine richtige Mutter mich weggegeben hat. Ich weiß

nicht, ob sie vielleicht bei meiner Geburt gestorben ist oder ob sie mich einfach nicht bei sich behalten konnte. Manchmal quälen mich diese Gedanken. Ich bin 1946 geboren, damals galten Mischehen ja noch als etwas Unerhörtes. Ich habe oft darüber nachgedacht, wie es gewesen sein mag. Ob sie sich vielleicht in meinen Vater verliebte und dafür von ihrer Familie ausgestoßen wurde; ob die beiden zusammengeblieben sind, oder ob er sie verlassen hat. Ich weiß nicht einmal, ob meine Mutter oder mein Vater schwarz war. Nach meiner Assistenzzeit möchte ich nach Afrika gehen. Um meine andere Hälfte kennenzulernen.«
Der Wind draußen hatte aufgefrischt und rüttelte jetzt an den Fensterscheiben, als wolle er eingelassen werden. Die drei am Tisch schwiegen, nachdenklich, den Blick nach innen gerichtet. Vor wenigen Tagen waren sie einander noch fremd gewesen, hatten nichts voneinander gewußt; nun würden sie ein Stück Wegs gemeinsam gehen, in eine unbekannte Zukunft, an die sie große Erwartungen, vor der sie aber auch ein wenig Furcht hatten.
Ruth räusperte sich und hob ihren Becher. »Also dann, auf uns! Auf die drei zukünftigen Ärztinnen.«

4

In das Steinsims über dem zweiflügeligen Portal der Mariposa Hall waren die Worte *mortui vivos docent* eingehauen. Oft waren die Studienanfänger in den vergangenen sechs Wochen unter ihnen hindurchgegangen, doch erst an diesem Tag, an dem sie zum erstenmal sezieren sollten, wurde ihnen die Bedeutung der Worte voll bewußt: Die Toten lehren die Lebenden.
Ruth setzte sich wie immer in die oberste Reihe der Anatomie und zog, da sie früh daran war, Guytons *Physiologie des Menschen* aus ihrem Beutel. Seit dem ersten Tag am College, als Dekan Hoskins mit solcher Eindringlichkeit den hippokratischen Eid gesprochen hatte, las und lernte Ruth mit wilder Entschlossenheit und benützte jede freie Minute, um zu büffeln. Während die anderen Studenten gemächlich in den Saal schlenderten und ihre Plätze einnahmen, hockte Ruth über ihrem Buch und versuchte, die zwanzig Aminosäuren auswendig zu lernen, aus denen sich alle bekannten Eiweiße zusammensetzten.
»Hallo!«
Ruth blickte auf, als Adrienne, eine hübsche Frau mit rotem Haar, sich neben sie setzte. Adrienne war wie sie im ersten Jahr und war mit einem Studenten verheiratet, der kurz vor dem Examen stand.

»Ich schwitze Blut«, sagte Adrienne. »Mein Mann hat zwar versucht, mich seelisch auf diese Seziererei vorzubereiten, aber mir graut trotzdem. Ich hab noch nie im Leben einen Toten gesehen.«
»Ach, das wird schon«, meinte Ruth, pragmatisch wie immer. »Man muß sich nur sagen, daß es nicht anders geht, dann klappt's schon.«
»Er hat mir erzählt«, fuhr Adrienne mit gesenkter Stimme fort, »daß einer der Anatomiedozenten unheimlich frauenfeindlich ist. Wenn eine von uns diesen Kerl erwischt, Moreno heißt er, blüht ihr einiges.«
»Wieso?«
»Er führt jedes Jahr das gleiche Theater auf. Man geht nach dieser Vorlesung ins Labor, und garantiert fehlt auf einem seiner Tische eine Leiche. Immer ist es ein Tisch, der einer Frau zugeteilt ist. Er wählt dann mit großem Brimborium und scheinbar völlig unparteiisch jemanden aus, der ins Souterrain gehen und den fehlenden Leichnam holen muß. Aber es ist *unweigerlich* eine Frau.«
Ruth starrte sie ungläubig an. »Ach, ich kann mir nicht vorstellen —«
»Doch, es ist wahr. Mein Mann hat mir erzählt, daß damals, als er das erstemal im Labor war, eine Frau runtergeschickt wurde. Sie ist überhaupt nicht mehr zurückgekommen.«
»Wieso? Was war mit ihr?«
»Als sie das Becken sah, wo die Leichen drin rumschwimmen, kriegte sie einen totalen Zusammenbruch und rannte weinend ins Wohnheim.«
»Hat sie danach weitergemacht?«
»O ja. Sie ist jetzt im vierten Jahr. Du kennst sie. Selma Stone.«
Ruth ließ sich diese unerfreuliche Information durch den Kopf gehen und sagte sich grimmig, das soll der Kerl nur bei mir versuchen. Dann sah sie, daß ein Formular durch die Reihen ging, auf dem jeder Student sich einschrieb.
»Was ist denn das?« fragte sie.
»Ach, so eine Art Anwesenheitsliste.«
»Ich dachte, so was gibt's hier nicht.«
»Normalerweise nicht. Das gilt nur für die Laboreinteilung.«
Ruth fand das Formular, als es sie ereichte, höchst verwunderlich. Man sollte, wie die Anweisungen besagten, nur seinen Namen und seine Körpergröße eintragen. Sie setzte also ihren Namen auf das Blatt und schrieb dahinter 1,60 m.
Nach Adrienne kam das Formular zu Mickey, die gerade noch den letzten Platz in der Reihe ergattert hatte, nachdem sie wegen des unvermeidlichen Abstechers in die Damentoilette in der Encinitas Hall wieder einmal beinahe zu spät gekommen wäre. Sie unterschrieb hastig und krit-

zelte 178 cm neben ihren Namen. Als letzte bekam Sondra das Formular, die in angeregtem Gespräch mit ihrem Nachbarn war. Zerstreut setzte sie ihren Namen aufs Papier und daneben ihr Gewicht, 50 Kilo.
Dann trat schon Dr. Morphy auf das Podium und begann ohne Umschweife seine Vorlesung. Nach einstündigem dichtem Vortrag, den er mit schnell an die Tafel geworfenen Diagrammen und Schaubildern illustrierte, schickte er die Studenten in die Labors.
Kaum einer sprach etwas, während sie durch einen langen, kalten Gang geführt wurden. Beklommen schlüpften sie in die Laborkittel. Die Frauen, abgesehen von Mickey, hatten Mühe, Mäntel zu finden, die ihnen paßten, und behalfen sich schließlich damit, daß sie die Ärmel aufkrempelten.
Ein Assistent mit dem Formular in der Hand, das zu Beginn der Vorlesung durch die Reihen gegangen war, rief in schneller Folge Namen und Tischnummern auf. Als die Studenten sich an ihre Plätze begaben, begriffen sie, warum sie ihre Körpergröße hatten angeben müssen. Des Rätsels Lösung war einfach: Die Tische waren auf unterschiedliche Höhen eingestellt, damit die Studenten an Tischen arbeiten konnten, die ihrer Größe angepaßt waren. Die Folge war, daß Mickey allein mit drei Männern zusammenarbeitete, während Sondra, Ruth und die beiden anderen Frauen zusammen an einem Tisch waren.
Unglücklicherweise landeten die Frauen alle in Dr. Morenos Labor.
Klein und gewichtig trat Moreno ein. Während die Studenten nervös neben ihren Tischen standen, auf denen die zugedeckten Leichen lagen, dozierte Moreno in dramatischem Ton: »Im vierzehnten Jahrhundert mußten die Studenten an der medizinischen Fakultät von Salerno vor der Sektion an der heiligen Messe teilnehmen und für das Seelenheil des Toten beten, den sie sezieren sollten. So weit gehen wir hier nicht, aber wir verlangen unbedingte Achtung vor unseren Leichnamen. Wir dulden hier keinerlei, ich wiederhole, meine Herren, *keinerlei* Mißbrauch. Lassen Sie sich also nicht einfallen, nachts hier hereinzuschleichen und die Kadaver mit Geleebonbons zu füllen oder ähnliche Scherze zu machen. Ich gebe seit zwanzig Jahren Anatomieunterricht und bin mit allen kindischen Streichen bestens vertraut. Sie sind alle nicht neu und alle nicht witzig. Jegliche Mißachtung, meine Herren, hat die unverzügliche Entlassung aus dieser Lehranstalt zur Folge. Merken Sie sich das.«
Moreno senkte seinen Zeigestab und musterte mit herablassender Miene die verschreckten jungen Gesichter.
»Gut«, sagte er etwas weniger autoritär. »Sie finden an jedem Tisch ein

Informationsblatt mit Angaben über den Kadaver und die Todesursache. Es handelt sich hier größtenteils um Sozialfälle, Leute ohne Familie, für die niemand die Beerdigungskosten bezahlen wollte. Aber machen Sie sich keine Gedanken, meine Herren, das College sorgt am Ende dieses Kurses für eine anständige Beerdigung ihrer leiblichen Hülle.«
Er wanderte langsam zwischen den Tischen hindurch.
»Bei jedem Tisch liegen ein Sektionsplan und Plastikhandschuhe, die nach der Sektion weggeworfen werden können.«
Beim letzten Tisch blieb er stehen und runzelte die Stirn. Es war mucksmäuschenstill im Raum.
»Hm«, sagte Moreno milde überrascht. »Ihr Kadaver ist nicht heraufgebracht worden. Einer von ihnen muß in den Keller hinuntergehen und ihn holen.«
Er machte kehrt und marschierte zum Arbeitstisch zurück, wo das Anmeldeformular lag. Mit übertriebener Beiläufigkeit sagte er: »Mal sehen, wer ist für Tisch zwölf eingeteilt? Ah, ja. Ich suche einfach irgendeinen Namen heraus. Mallone, wo sind Sie?«
Sondra hob die Hand.
»Okay, Mallone. Gehen Sie hinunter und holen Sie eine Leiche. Fahren Sie mit dem Aufzug da in den Keller hinunter und sagen Sie, daß wir einen Leichnam zu wenig bekommen haben. Bringen Sie dann einen mit herauf.«
Der Aufzug knarrte, der unterirdische Korridor war von ekelerregenden Gerüchen erfüllt. Die trüben Glühbirnen an der Decke waren nackt, überall schienen bedrohliche Schatten zu lauern. Sondra schlug das Herz bis zum Hals. Sie ging an mehreren geschlossenen Türen vorüber, die nicht durch Schilder gekennzeichnet waren, und begann schon sich zu fragen, ob sie sich verlaufen hätte, als plötzlich eine Gestalt aus den Schatten trat. Sondra schrie auf.
»Hallo«, sagte der alte Mann im Overall. »Hab Sie schon erwartet.«
Sondra würgte ihren Schrecken hinunter. »Ja?«
»Erster Sektionstag, stimmt's? Sie haben Moreno, richtig? Kommen Sie nur mit, junge Frau.«
Humpelnd trat er durch eine Tür und führte Sondra in einen großen Raum, der so von Formalindünsten geschwängert war, daß ihr sofort die Tränen in die Augen sprangen.
»Ich such ihnen eine schöne aus«, sagte der Alte und griff nach einer langen Stange, die mit einem Haken versehen war. »Die schönen sind nicht so unheimlich.«
Durch einen Tränenschleier sah sie das große, in den Betonboden einge-

lassene Becken, ein Becken, wie es in jedem Schwimmbad hätte sein können, nur war es nicht mit Wasser gefüllt, sondern mit Konservierungsflüssigkeit, und es waren keine Schwimmer darin, sondern sachte schaukelnde, braune menschliche Leichen. Der Alte warf seinen Haken aus, zog einen der Kadaver an den Beckenrand und machte sich daran, ihn herauszuziehen.
Das Gesicht war verhüllt, ganz mit weißer Gaze umwickelt, und die Hände waren wie im Gebet auf der Brust zusammengebunden. Sondra sah, daß es die Leiche einer jungen Frau war.
»Freuen Sie sich, junge Frau, daß sie so eine schöne Leiche kriegen. So jung haben wir sie selten. Das Bezirkskrankenhaus hat ein Abkommen mit dem College. Da sparen sie sich nicht nur die Begräbniskosten, sondern kriegen auch noch Geld für ihre Leichen.« Er wälzte den Leichnam auf eine heruntergelassene fahrbare Trage. »Gemeiner Kerl, dieser Moreno. Macht das jedes Jahr. Die anderen Leichen oben sind alle uralt. Da macht's überhaupt keinen Spaß. Aber Sie, junge Frau, dafür, daß Moreno Ihnen das angetan hat, hm...« Er zog die Bahre hoch und stellte die Beine fest. »Ich gab Ihnen die Beste, die wir haben. Die anderen werden Sie beneiden, wenn sie – He, he!« Er packte blitzschnell ihren Arm. »Sie werden mir doch nicht ohnmächtig?«
Sondra wischte sich über die feuchte Stirn. »Nein, nein.«
»Ich bring Ihnen die Leiche im Aufzug rauf. Gehen Sie die Treppe hoch.«
»Sagten Sie – sagten Sie, daß er das jedes Jahr tut?« fragte Sondra.
»Nur bei den Frauen. Er hat was gegen Frauen, die Medizin studieren. Er genießt es, wenn sie sich gruseln.«
»Ach, so ist das.« Sie hätte gern tief Atem geholt, aber sie konnte nicht. Sie fühlte sich einer Ohnmacht nahe. »Ich schaff das schon, vielen Dank.«
»Lassen Sie mich nur. Ich tu's gern. Ich bring sie für Sie rauf.«
»Nein, nein, es geht schon. Würden Sie sie bitte zudecken?«
Knarrend fuhr der Aufzug aufwärts. Sondra lehnte an der Wand, ein Dröhnen in den Ohren. Zweimal dachte sie, sie würde umkippen, doch mit einer Willensanstrengung hielt sie sich auf den Beinen. Vor allem ihr Zorn gab ihr die Kraft dazu. Als die Aufzugtüren sich öffneten, sah sie zwanzig Gesichter, die ihr gespannt entgegenstarrten.
Moreno ging ihr entgegen und musterte sie kalt. »Es wundert mich, daß Sie das allein geschafft haben, Mallone, in Anbetracht der Tatsache, daß Sie noch nicht einmal Ihre Körpergröße von Ihrem Gewicht unterscheiden können.«

5

Am Pacific Coast Highway, direkt gegenüber vom St. Catherine's Krankenhaus, war ein kleines Einkaufszentrum, in dem es neben einem Supermarkt, einem Waschsalon und einer kleinen Buchhandlung auch ein Kino und die Stammkneipe der Studenten gab: Gilhooley's.
Die Pullis feucht von den ersten Regentropfen, traten Sondra, Ruth und Mickey durch die Tür und fühlten sich sofort wohl. Die Musik war so laut, daß sie einem alle ernsthaften Gedanken aus dem Kopf jagte; an den Tischen drängten sich laut schwatzende, lachende Männer und Frauen; Wärme, Licht und Lebendigkeit waren überall.
»Oh, hallo!« rief Ruth vergnügt, als sie Steve Schonfeld entdeckte, einen großen, gutaussehenden Jungen, der im vierten Jahr in Castillo studierte. Sie hatte ihn zwei Wochen zuvor bei einer Party in der Encinitas Hall kennengelernt und war am vergangenen Wochenende mit ihm im Kino gewesen. »Kommt, er winkt uns«, sagte sie. »Wir sollen zu ihnen an den Tisch kommen.«
Mickey warf den drei Männern, die mit Steve am Tisch saßen, einen scheuen Blick zu und senkte sofort die Lider.
»Ach, bleiben wir doch lieber für uns«, meinte sie.
»Mickey hat recht«, sagte Sondra. »Suchen wir uns einen eigenen Tisch. Dann kann er sich ja zu uns setzen, wenn er will.«
Es war nicht so einfach, in Gilhooley's einen freien Tisch zu finden. Aber Ruth entdeckte einen und drängte sich energisch durch das Getümmel am Tresen. Sie stellte ihre Handtasche auf einen der Stühle, schob schmutziges Geschirr und zerknüllte Papierservietten an den Tischrand und setzte sich. Als Mickey und Sondra sich zu ihr gesellt hatten, kam auch schon Steve.
»Hallo, Ruth«, sagte er lächelnd. »Wieso sitzt du nicht über deinen Büchern? Das ist ja das reinste Wunder.«
Es war schon zum Scherz zwischen ihnen geworden. In den zwei Wochen ihrer Bekanntschaft hatte Ruth vier Einladungen abgelehnt, jedesmal mit der Begründung, daß sie unbedingt lernen müsse.
Nachdem Ruth ihre beiden Freundinnen mit Steve bekanntgemacht hatte, setzte dieser sich zu ihnen. »Ich bin leider im Dienst«, erklärte er. »Ich kann euch also nicht versprechen, daß ihr lange in den Genuß meines sonnigen Gemüts kommen werdet.« Er lehnte sich auf seinem Stuhl zurück und verschränkte die Arme. »Und was ist der Anlaß für euren Besuch hier? Hat jemand Geburtstag?«
Ruth schnitt ein Gesicht. »Erster Sektionstag.«

»Ach so, darum ist es hier so voll. Sonst ist nämlich mittwochs hier nie so viel los. Kein Wunder. Ich weiß noch, wie es mir nach meiner ersten Leiche ging. Ich war wochenlang total deprimiert.«
Ruth verspürte Neid. Steve und seine Freunde arbeiteten schon im Krankenhaus mit Patienten, marschierten wie fertige Ärzte mit Stethoskopen in den Taschen und Namensschildchen an den Revers ihrer weißen Kittel von Zimmer zu Zimmer. So sah die moderne medizinische Ausbildung aus: Zwei Jahre reine Theorie unter Professoren, die zumeist Philosophen waren, nicht Mediziner; und im dritten und vierten Jahr dann kamen die Studenten zum erstenmal mit Krankheit und praktischer Medizin in Berührung. Ruth war voller Ungeduld; sie konnte es kaum erwarten, mit der Praxis zu beginnen, das zu tun, was ihr Vater tat.
Einer von Steves Freunden eilte an ihrem Tisch vorüber und sagte verdrossen: »Ich muß rüber. Neuen Tropf anlegen.«
Steve schüttelte lachend den Kopf. »Das ist schon das siebtemal in dieser Woche, daß er rübergerufen wird, um einen neuen Tropf anzulegen. Aber er wird's schon noch lernen. Er wird schon noch dahinterkommen. Bei mir ist das ganz schnell gegangen.«
»Wovon redest du?« fragte Sondra, die nach einer Kellnerin Ausschau hielt.
»St. Catherine's ist ein Lehrkrankenhaus. Da überlassen sie möglichst viel Kleinkram den Studenten, damit die Übung bekommen. Einen Tropf anlegen, gehört auch dazu. Die Folge ist natürlich, daß die Schwestern überhaupt nicht darauf achten, wieviel noch in der Flasche ist, und daß die Dinger immer leer laufen. Dann muß jedesmal ein neuer Tropf angelegt werden. Im letzten Frühjahr mußte ich in einer Nacht *viermal* raus, um einen Tropf anzulegen, und da kam mir plötzlich die Erleuchtung. Ich zeigte dem Patienten die Flasche über dem Bett und sagte: ›Sehen Sie die Flüssigkeit in der Flasche? Sehen Sie den Schlauch da? Lassen Sie die Flasche ja nicht ganz leer werden, sonst kommt Luft in Ihre Vene, und das ist tödlich.‹«
»Nein!« rief Sondra entsetzt.
»Ich sag euch, das klappt wie am Schnürchen. Seitdem hab ich nicht ein einzigesmal einen neuen Tropf anlegen müssen. Meine Patienten läuten sofort der Schwester, wenn die Flüssigkeit zu Ende geht, und die legt eine neue Flasche ein.«
»Aber dann muß der Patient ja die ganze Nacht wach liegen«, sagte Sondra.
»Lieber er als ich.« Als Steve die Mißbilligung auf Sondras Gesicht sah, neigte er sich zu ihr. »Wart's nur ab. Wenn du anfängst Nachtdienst zu

machen, wirst du bald merken, daß Schlaf wichtiger ist als alles andere. Wenn du die ganze Nacht auf den Beinen bist, weil du dauernd irgendwo einen neuen Tropf anlegen mußt, bist du am nächsten Tag, wenn die echte Arbeit kommt, zu nichts zu gebrauchen.«
Sondra warf ihm einen zweifelnden Blick zu. So tief, dachte sie überzeugt, würde sie niemals sinken.
»Ich glaub die Kellnerinnen wollen uns nicht sehen«, bemerkte Ruth, die vergeblich versuchte, eine Bedienung herbeizuwinken.
»Nein, sie sind nur überlastet, Mr. Gilhooley hat solchen Andrang heute abend nicht erwartet und hat nicht genug Leute da.«
»Ich hab einen Wahnsinnsdurst«, erklärte Ruth.
»Ich hol euch gern was am Tresen. Was wollt ihr denn?«
»Für mich ein Mineralwasser«, sagte Ruth.
»Und ich nehm einen Weißwein«, fügte Sondra hinzu.
Sie wandten sich Mickey zu, die gedankenverloren ins Leere starrte. Ehe sie sie jedoch aus ihrer Versunkenheit reißen konnten, kam ein anderer von Steves Freunden an den Tisch und rief: »He, diesmal hat's uns beide erwischt. Schwerer Unfall. Ist gerade in die Notaufnahme gekommen. Marsch, ab durch die Mitte.«
»Tut mir leid, meine Damen.« Steve sprang auf. »Ein andermal vielleicht. Ruth, kommst du am Samstag abend auf das Fest?«
»Klar«, antwortete sie lachend. »Bis dann.«
Ein schwitzender junger Mann mit rotem Gesicht kam an ihren Tisch, räumte hastig das Geschirr zusammen und fuhr einmal mit einem feuchten Tuch über die Tischplatte; doch eine Kellnerin ließ sich immer noch nicht sehen.
»Ich hole die Getränke«, sagte Sondra. »Schaut ihr zu, ob ihr eine Kellnerin erwischt. Mickey? Ein Cola für dich?«
»Wie? Ach ja. Bitte. Ein Cola.«
Am einen Ende des Tresens, wo ein junger Mann eine Gruppe von Freunden mit Anekdoten aus dem Krankenhaus unterhielt, war kein Durchkommen. Auch Mr. Gilhooley selber, ein robuster, rotgesichtiger Mann mit einem dröhnenden Lachen, stand dort unten und hörte sich die lustigen Geschichten an. Sondra drängte sich zum anderen Ende der Theke durch und sah sich um. Ein junger Mann in Jeans und weißem Hemd kramte in dem Regal hinter der Theke zwischen Gläsern mit Oliven und Perlzwiebeln.
Sondra sah sich nach ihren Freundinnen um und stellte fest, daß sie inzwischen wenigstens Speisekarten bekommen hatten.
»Entschuldigen Sie«, sagte sie zu dem Mann hinter dem Tresen.

Der drehte sich um, lächelte kurz und wandte sich wieder dem Regal zu.
Sondra räusperte sich und sagte lauter: »Ich möchte etwas bestellen bitte.«
Wieder drehte sich der Mann um, musterte sie einen Moment lang und sagte dann: »Gern. Was möchten Sie haben?«
»Ein Cola, ein Mineralwasser und ein Glas Weißwein, bitte.«
»Würden Sie mir bitte Ihren Ausweis zeigen?«
Sondra war perplex. Das hatte man noch nie von ihr verlangt. »Ich bin über einundzwanzig.«
»Tut mir leid«, gab er zurück. »Vorschrift ist Vorschrift.«
Achselzuckend stellte sie ihre Handtasche auf den Tresen und suchte ihren Führerschein heraus. Als sie ihn gefunden hatte, hielt sie ihn dem Mann hin.
Er schaute ihn sich genau an, betrachtete erst das kleine Foto, dann aufmerksam ihr Gesicht, sah dann wieder auf das Foto.
»Der ist nicht gefälscht«, sagte Sondra.
»Sind Sie wirklich nur eins dreiundsechzig?« fragte er.
Sie starrte ihn verwundert an. Er sah sympathisch aus, nicht allzu groß, und wenn er lächelte, zeigten sich Grübchen in seinen Wangen.
»Das ist ein Führerschein, der in Arizona ausgestellt ist«, sagte er. »In Kalifornien ist der nicht gültig.«
»Was!«
»Okay, okay!« Er lachte. »Für Sie mach ich eine Ausnahme. Ein Cola, ein Mineralwasser und ein Chablis. Kommt sofort.«
Er holte die Gläser heraus und füllte sie.
»Das macht eins fünfzig«, sagte er und schob ihr die Gläser über die Theke.
Sie nahm einen Eindollarschein und drei Vierteldollarstücke aus ihrer Geldbörse. »Der Rest ist für Sie«, sagte sie.
»Besten Dank«, antwortete er und schnippte die zusätzliche Münze in die Luft, ehe er sie einsteckte.
Sondra sah sofort, daß sie die drei Gläser nicht auf einmal an den Tisch befördern konnte. Während sie noch überlegte, ob sie zweimal gehen oder eine ihrer Freundinnen rufen sollte, kam Mr. Gilhooley vom anderen Ende der Bar. Er wischte sich die Hände an einem Tuch und sagte: »Suchen Sie was, Doc?«
»Ich brauch ein Zitronenschnitzel, Gil. Wo haben Sie Ihre Zitronenschnitzel versteckt?«
Gilhooley brachte eine kleine Schale zum Vorschein, die leer war, brum-

melte etwas und steuerte auf eine Tür zu, die offensichtlich in die Küche führte.

Sondra stand immer noch mit ihren drei Gläsern an der Bar. Der junge Mann lächelte ein wenig verlegen und sagte: »Entschuldigen Sie.«

»Sie sind gar kein Barkeeper?«

»Nein.«

»Und ich hab Ihnen ein Trinkgeld gegeben!«

»Das kann ich gebrauchen, glauben Sie mir. Sie wissen doch, daß die Assistenzärzte alle am Hungertuch nagen.«

»Sie sind Arzt?«

»Rick Parsons.« Über die Theke hinweg bot er ihr die Hand. »Und ich weiß, daß Sie Sondra Mallone sind, eins dreiundsechzig groß.«

Als Gilhooley mit einer Schüssel voll Zitronenschnitzel zurückkam und sie auf den Tresen stellte, achtete Rick Parsons gar nicht auf ihn. Zitronenschnitzel schienen ihn nicht länger zu interessieren.

»Und Sie?« sagte er. »Sind Sie Krankenschwester?«

»Nein, ich studiere hier. Im ersten Jahr.«

Rick Parsons musterte sie mit wachsendem Interesse. »Tatsächlich?«

Vom Tisch aus beobachtete Ruth einen Moment lang die Freundin im Gespräch mit dem Fremden. Sie bemerkte das Interesse des Mannes an Sondra und bewunderte die Unbefangenheit, mit der Sondra sich mit ihm unterhielt, als wäre sie schon jahrelang mit ihm bekannt. Ruth hatte, als sie zusammengezogen waren, eigentlich erwartet, daß Sondra massenhaft Verehrer haben und ständig etwas vorhaben würde. Doch es war ganz anders gekommen. Sondra war zwar heftig umschwärmt und zog überall die Aufmerksamkeit der Männer auf sich, doch sie zeigte keinerlei Interesse an Flirts und verstand es, Distanz zu wahren. Ruth fand ihre Gabe, Männer anzuziehen und auf Abstand zu halten, ohne sie zu kränken, bewundernswert. Sie fragte sich, wie sie es fertigbrachte; und warum sie es tat. Nun ja, vielleicht fiel ihr die männliche Bewunderung einfach zu leicht zu; vielleicht fehlte ihr die Herausforderung.

Ruth legte die Speisekarte aus der Hand und sah Mickey an. »Wie geht's dir? Alles in Ordnung?«

»Hm? O ja, mir geht's gut. Ich muß nur andauernd an heute nachmittag denken.«

»Geht mir genauso. Als ich noch klein war, hat mein Vater uns oft Geschichten aus seiner Studienzeit erzählt. Manche waren ziemlich scheußlich, kann ich dir sagen.« Ruth legte Messer, Gabel und Löffel in drei genau parallelen Linien auf ihrer Serviette nebeneinander. »Mein

Vater hat in seinem Jahrgang das beste Examen gemacht. Unter mehr als hundert Studenten.«

Mickey nickte, schien aber an dem Gespräch nicht wirklich Anteil zu nehmen, darum schwieg Ruth und schaute sich wieder die Gäste in der Kneipe an.

Viele waren ihr zumindest vom Sehen bekannt, junge Männer vom College, die Anzug und Krawatte, wie sie auf dem Campus vorgeschrieben waren, gegen Jeans und T-Shirts vertauscht hatten. Eine ganze Reihe von ihnen waren mit Frauen da, von denen die meisten Schwesterntracht trugen, aber es fehlte auch nicht an jungen Mädchen aus den Nachbarorten, die auf einen Flirt mit einem angehenden Arzt hofften. Es war eine heitere, lebhafte Menge, aus deren Mitte immer wieder ausgelassenes Gelächter erschallte, aber jetzt, wo Ruth Ruhe hatte, die einzelnen Gesichter genauer zu studieren, konnte sie erkennen, daß bei vielen die Fröhlichkeit nur Maske war. Dahinter verbarg sich die nervöse Angst, die viele der Studienanfänger nach diesem ersten Nachmittag im Labor gepackt hatte.

Ruth kannte sie nur allzu gut, diese Angst. Ganz gleich, wieviel sie lernte, wie genau sie während der Vorlesungen mitschrieb, wie gewissenhaft sie las und studierte, sie hatte ständig das Gefühl nicht genug zu tun. Während ihre Freundinnen sich Zeit für andere Dinge nahmen – Mickey besuchte an den Wochenenden ihre Mutter im Pflegeheim, Sondra machte stundenlange Spaziergänge am Meer –, meinte Ruth, sich solchen Luxus nicht erlauben zu können. Aber die beiden anderen wurden nicht vom gleichen Ehrgeiz getrieben wie sie. Mickey hatte einmal erklärt, ihr genüge es, wenn sie sich im oberen Drittel des Jahrgangs halten könne. Ruth war das unverständlich. Warum an einem Wettkampf teilnehmen, wenn man nicht die Erste werden wollte?

Überall war die Spannung spürbar. Der Dekan hatte sie nach seinem erhebenden Vortrag der Eidesformel schnell wieder auf die Erde zurückgeholt. »Wenn Sie hart arbeiten«, hatte er gesagt, »werden Sie es schaffen. Diejenigen, die glauben, Sie könnten es mit links schaffen, werden scheitern. Wir hätten natürlich liebend gern eine Erfolgsrate von hundert Prozent, aber die Erfahrung spricht dagegen, daß wir die je erreichen werden. Nicht alle von Ihnen, die heute hier sitzen, werden das Diplom bekommen.«

Sofort hatte jeder im Saal den anderen verstohlene Blicke zugeworfen, als müßten die zum Scheitern Verurteilten durch ein Mal auf der Stirn gekennzeichnet sein; als könne man so im voraus erfahren, ob man bleiben und kämpfen oder lieber gleich das Feld räumen solle. Doch Ruth Shapiro

hatte das nicht abschrecken können. Im Gegenteil, je schwärzer die Vorzeichen, desto fester ihre Entschlossenheit.
Als Ruth diese Gedanken jetzt durch den Kopf gingen und sie sich plötzlich bewußt wurde, daß sie in aller Ruhe in einer Kneipe saß und es sich gutgehen ließ, richtete sie sich mit einem Ruck auf, griff in ihre Handtasche und zog einen Stapel Karteikarten heraus. Sie streifte das Gummiband ab und las die Frage auf der ersten Karte. ›Nennen Sie die spezifischen Eigenschaften des B Lymphozytensystems.‹
Hinten am Tresen sagte Rick Parsons gerade: »Warum ausgerechnet Afrika?« und Sondra blickte in den großen Spiegel hinter ihm, in dem sie ihre beiden Freundinnen sehen konnte. Mickey schien in einer Trance zu sein, und Ruth ging ihre Karten durch. Sondra wußte, daß es Zeit war, wieder zu ihnen zu gehen; die Eiswürfel in den Getränken begannen schon zu schmelzen.
»Haben Sie Lust, sich zu uns zu setzen, Dr. Parsons?«
»Rick, bitte. Ja, mit Vergnügen. Nur einen Augenblick. Ich will meine Jacke holen.«
Sondra wartete, während er sich durch das Gedränge zu einem Ecktisch durchschlug, wo drei Männer und eine Frau, alle in weißen Jacken, beieinander saßen. Sie sah, wie er mit ihnen sprach, wie sie alle zu ihr herüberschauten, dann nickten und ihn winkend verabschiedeten. Einen Augenblick später kehrte er, eine Wildlederjacke über der Schulter, zu ihr zurück, und Sondra mußte sich eingestehen, daß sie ihn sehr attraktiv fand.
»Es ist ein ziemlicher Schock, nicht wahr?« meinte Rick ein paar Minuten später, nachdem er und Sondra die Gläser abgestellt und sich zu Mickey und Ruth an den Tisch gesetzt hatten. »Ich meine, zu entdecken, daß hier in einer einzigen Stunde so viel Arbeit steckt wie am College in einer ganzen Woche. Das schmettert einen erstmal völlig nieder. Alle, wie sie hier sitzen«, sagte er mit umfassender Geste, »waren die besten ihrer Colleges. Sie marschieren selbstsicher und siegesgewiß hier ein, und dann – peng! – kommt das rüde Erwachen.«
Sondra lachte. »Ich kam mir schon in der zweiten Woche vor wie die Königin aus *Alice im Wunderland*, die wie eine Verrückte rennen muß, nur um am selben Fleck zu bleiben.«
»Gar nicht schlecht der Vergleich«, meinte Rick mit einem Blick auf Ruth, die ganz in ihre Karten vertieft war. »Eine einzige versäumte Vorlesung kann nicht aufgeholt werden. Wenn man nicht ständig auf Trab bleibt, ist man sofort weg vom Fenster.«
Ruth klappte die nächste Karte um.

»Ist Ihre Freundin immer so?« fragte Rick Sondra. »Ab und zu darf man ruhig mal abschalten.«
»Ruth schaltet nie ab. Sie ist die absolute Superfrau.«
Ricks Blick wanderte zu Mickey. Schöne grüne Augen, dachte er, wenn sie sich nur das Haar nicht so weit ins Gesicht kämmen würde. Mickey, die seinen Blick spürte, senkte hastig den Kopf. Es war doch kein so guter Gedanke gewesen, hierher zu kommen. Da rückten einem die Leute zu nahe, sie paßte nicht hierher. Sie wollte in Ruhe gelassen werden, mit ihren Gedanken und Sorgen allein sein. Die Sezierübung am Nachmittag hatte Mickey an einer empfindlichen Stelle getroffen und Angst gemacht, und sie hatte diese Angst noch immer nicht überwunden.
Der Leichnam auf ihrem Tisch war der einer etwa sechzigjährigen Frau gewesen. Sie war an Komplikationen gestorben, die im Anfangsstadium einer durch Pneumokokken hervorgerufenen Lungenentzündung aufgetreten waren. Was als einfache Infektion der oberen Atemwege begonnen hatte, hatte mit dem Tod geendet.
Und gerade jetzt lag Mickeys Mutter mit einer Lungenentzündung darnieder. Im vergangenen Jahr war sie nach einem schweren Sturz, bei dem sie sich das Hüftgelenk gebrochen hatte, in das Pflegeheim übergesiedelt. Die Fraktur war, nachdem man die Knochen genagelt hatte, langsam verheilt, und Mrs. Long, eine aktive und bewegungsfreudige Frau, hatte mit Hilfe eines Laufstuhls langsam wieder gehen gelernt, doch vor nunmehr vier Wochen hatte sie ganz unerwartet eine schwere Lungenentzündung bekommen und seitdem fast fünfzehn Pfund abgenommen. Mickey hatte sie am vergangenen Sonntag besucht und mit Entsetzen gesehen, wie schwach und müde ihre sonst so lebhafte Mutter durch die Krankheit geworden war.
Mickey hatte vom Pflegeheim eine hohe Rechnung bekommen. Ihre Mutter brauchte intensive Pflege und teure Medikamente. Die Kosten, die die Privatversicherung nicht deckte, mußte Mickey übernehmen. Wenn es ihr nicht gelang, die Rechnung zu bezahlen, würde man Mrs. Long in ein Bezirkspflegeheim überweisen, wo sie auf ihre Freunde, auf die kleinen Annehmlichkeiten und den sonnigen Garten des privaten Pflegeheims würde verzichten müssen. Das konnte und wollte Mickey nicht geschehen lassen. Irgendwie mußte sie es schaffen, ihrer Mutter die vertraute Umgebung zu erhalten. Ihr Leben lang hatte ihre Mutter hart gearbeitet, um sich und Mickey durchzubringen, hatte häufig zwei Schichten übernommen, um die Rechnungen der Ärzte bezahlen zu können, die sie in der Hoffnung konsultiert hatte, sie könnten ihrer Tochter helfen. Wie konnte Mickey sie da jetzt im Stich lassen?

Aber ein Job kam nicht in Frage; es war den Studenten vom College aus verboten, während des Unterrichtsjahres zu arbeiten, außerdem reichte dazu die Zeit nicht. Mickey mochte ihr Studium nicht ganz so fanatisch betreiben wie Ruth, aber sie saß dennoch jede Woche mehr als dreißig Stunden über ihren Büchern. Wie sollte sie nur das zusätzliche Geld aufbringen?

»Neurochirurgie«, sagte Rick in Beantwortung von Sondras Frage. »Dieses Jahr mache ich noch Assistenz, dann bin ich fertig.«

»Und warum Neurochirurgie?« fragte Sondra, ihr Glas zum Mund führend.

Ruth sah von ihrer Karte auf, die nach der Wirkung des Fibrins auf die Blutgerinnung fragte, um einen Moment lang das Geschehen am Tisch zu beobachten. Rick Parsons zeigte offenkundiges Interesse an Sondra, und sie begegnete ihm mit der gewohnten freundlichen Art, die keineswegs zurückweisend war, aber klare Grenzen steckte. Ruth dachte an Steve Schonfeld, den sie sehr aufregend fand. Nach dem Kino hatte er sie lang und leidenschaftlich geküßt, und Ruth hatte sofort angefangen, darüber nachzudenken, wie sie bei ihrem harten Arbeitsplan Zeit für eine Romanze finden sollte. Nun, sie würde sich die Zeit einfach nehmen, denn im Gegensatz zu Sondra wünschte sich Ruth eine enge Beziehung zu einem Mann.

Sondra und Rick unterhielten sich lange, legten nur einmal eine Pause ein, um sich Hamburger zu bestellen und noch zwei Gläser Wein. Sondra berichtete von ihrer alten Sehnsucht nach Afrika, und Rick versuchte, ihr die abgeschlossene Welt des Operationssaals nahezubringen.

»Sie waren noch nie bei einer Operation dabei?« fragte er. »Ich garantiere Ihnen, ein einziger näherer Blick auf die Chirurgie, und Afrika ist vergessen. Passen Sie auf, ich hab morgen vormittag eine Kraniotomie. Schwänzen Sie Ihre Vorlesung und kommen Sie zum Zuschauen. Vierter Stock. Fragen Sie nach Miss Timmons. Die läßt Sie rein.«

Während Mickey Zahlen auf ihre Serviette kritzelte, um auszurechnen, was sie sparen konnte, wenn sie weniger aß, und wieviel sie durch Blutspenden dazu verdienen konnte; während Ruth sich mit der Rolle des Vitamins D bei der Plasma-Calcium-Konzentration befaßte, versprach Sondra Rick Parsons, am folgenden Morgen in den Operationstrakt des St. Catherine's Krankenhaus zu kommen.

6

An Sondras Kittel fehlten hinten zwei Knöpfe, so daß Miss Timmons die klaffende Öffnung mit einem breiten Stück Heftpflaster zukleben mußte. Da es unmöglich war, einen Operationsmantel in tadellosem Zustand aufzutreiben, mußten die Schwestern sich mit Sicherheitsnadeln und Heftpflaster behelfen und selten fand eine Schwester die passende Größe. Doch Sondras Kittel paßte ausnahmsweise wie angegossen. Selbst die gräßliche Papierhaube sah bei ihr gut aus, brachte den aparten Schnitt ihres dunklen Gesichts mit den Mandelaugen wirkungsvoll zur Geltung.
Die Oberschwester lachte und sagte: »Nehmen Sie sich nur vor den Wölfen in acht.«
Ein seltsames Gefühl, zum erstenmal in den Operationsräumen zu sein. Sondra hatte natürlich gewußt, daß der Tag einmal kommen würde, aber sie hatte nicht damit gerechnet, daß es so bald sein würde. Normalerweise kam man erst im dritten Jahr, wenn die klinische Ausbildung begann, in die Chirurgie. Sie hingegen war gerade in der sechsten Woche ihres Studiums und war nun schon bis ins Allerheiligste vorgedrungen.
Es erinnerte sie an eine Badeanstalt, gekachelte Wände, Chrom, Glas und durchsichtiger Kunststoff überall. Die Beleuchtung war grell, weiß und kalt. Es gab keine Fenster, durch die man die Außenwelt hätte wahrnehmen können. Das Echo gedämpfter Stimmen, fließenden Wassers, leise klirrender Flaschen hallte in diesen Räumen. Es roch nach Seife und Desinfektionsmittel, und die gereinigte Luft, die hereingeblasen wurde, lag kühl und trocken auf der Haut.
Sondra stand verschüchtert in der allgemeinen Hektik, bis Miss Timmons sie auf die Seite zog und ihr ein Mundtuch gab. Sie zeigte ihr, wie man es umband.
»Legen Sie es fest über die Nase. Ja, so ist es richtig. Ein paar Dinge gibt es noch zu besprechen.«
Trotz der hektischen Betriebsamkeit an diesem Morgen nahm sich die Oberschwester auf Dr. Parsons Bitte hin die Zeit, die Medizinstudentin gründlich zu informieren.
»Rühren Sie nichts an. Das Beste ist, Sie bewegen sich überhaupt nicht von der Stelle. Ich weise Ihnen irgendwo im Saal einen Platz an, und da bleiben Sie, als wären Sie festgewurzelt. Es wird proppenvoll werden da drin, das ist bei Gehirnoperationen meistens so.«
»Muß ich mich abschrubben?«

»Aber nein, Kind, Sie sind ja mindestens zweieinhalb Meter vom Tisch entfernt. Nein, wir lassen niemanden, der nicht zum Team gehört, in die Nähe des Operationsfelds.«
Die Oberschwester eilte davon und ließ Sondra bei den Waschbecken zurück. Betten, in denen Patienten lagen, wurden vorbeigeschoben und kehrten leer wieder zurück; rote Narkoseapparate wurden von einem Raum in den anderen gerollt; jemand rannte wie in Panik an ihr vorüber, zwei Männer in Grün standen mit verschränkten Armen an die Wand gelehnt, Schwestern in wehenden Kitteln hasteten mit Schalen voll dampfender Instrumente vorbei.
Ein Mann in Grün, das Mundtuch über dem Gesicht, das Haar unter der Operationshaube verborgen, trat zu den Waschbecken, nahm einen Schwamm aus seiner Verpackung und musterte dann Sondra genüßlich von Kopf bis Fuß, während er sich die Arme befeuchtete.
»Hallo«, sagte er, und seine Augen verrieten, daß er lächelte. »Sind Sie neu hier?«
»Ich bin nur Gast.«
Er zog die Augenbrauen hoch.
»Ich bin Medizinstudentin«, fügte sie hinzu und sah das Interesse in seinem Blick augenblicklich erlöschen.
Sie ging zur Seite, als zwei weitere Ärzte, die Gesichter hinter den Mundtüchern verborgen, an die Becken traten. Während sie Hände und Arme mit den Schwämmen wuschen, unterhielten sie sich angeregt, bis der eine von ihnen Sondra bemerkte und sich aufrichtete.
»Hal-lo!« sagte er. »Wo bin ich nur Ihr Leben lang gewesen?«
Sondra lachte leise.
Der zweite Chirurg drehte sich nach ihr um, starrte sie einen Moment lang an und sagte: »Nehmen Sie's ihm nicht übel, er ist nun mal ein ungehobelter Bursche. Sie sind wohl eine von den neuen Schwestern?«
Ehe Sondra antworten konnte, sagte der erste Arzt: »Mit dem brauchen Sie gar nicht zu reden. Der hat einen Gehirnschaden. Schnüffelt immer Äther, wissen Sie.«
Der andere warf seinen Schwamm weg, trat dicht zu ihr und sah sie mit lachenden Augen an. »Das Leben ist viel zu kurz für diesen ganzen Klimbim. Was für eine Telefonnummer haben Sie und wann machen Sie hier Schluß?«
In diesem Augenblick kam eine Schwester angelaufen und rief: »Dr. Billings, das Labor hat eben angerufen. Sie sagen, daß für Ihren Patienten kein Blut da ist.«

»Was!« Er riß sich ein Papierhandtuch ab und stürzte davon, die Schwester dicht auf seinen Fersen.
Der andere Chirurg war immer noch dabei, seine Arme zu schrubben. Einen Moment lang betrachtete er Sondra schweigend, dann fragte er: »Wie kommt es, daß Sie als einzige hier nicht rumlaufen wie ein Huhn ohne Kopf? Ist das Ihre Einführung?«
»Ich arbeite nicht hier. Ich bin nur Gast.«
»Ach so.« Er seifte seinen anderen Arm ein. »Und wem wollen Sie zuschauen?«
»Dr. Parsons.«
»Richtig. Hab's schon gesehen. Eine Kraniotomie. Haben Sie schon einmal eine Gehirnoperation gesehen?«
»Nein.«
»Wissen Sie was? Wenn Sie's bis zum Ende durchstehen, lade ich Sie zum Abendessen ein. Was sagen Sie dazu?«
Er hatte schöne braune Augen mit dichten dunklen Wimpern. Aber das war auch alles, was Sondra sehen konnte.
»Ich glaube nicht, daß daraus etwas wird«, erwiderte sie lächelnd.
»Wie meinen Sie das? Daß Sie die Operation nicht durchstehen?«
»Oh, daß ich die durchstehen werde, das *weiß* ich.«
Er warf seinen Schwamm in einen Eimer, spülte dann beide Arme von den Fingerspitzen zu den Ellbogen, wobei er sorgfältig darauf achtete, daß das Wasser an den Ellbogen ablief. Die Hände erhoben, trat er vom Becken weg.
»Lassen Sie doch Parsons' Fall sausen«, meinte er. »Ich hab Ihnen was viel Interessanteres zu bieten. Haben Sie schon mal eine Operation am Zehenballen gesehen?«
Sondra lachte wieder, war aber erleichtert, als sie Rick kommen sah.
»Sanford, du alter Lustmolch«, sagte Rick und schlug dem Kollegen auf den Rücken. »Aufs Süßholzraspeln verstehst du dich, wie?«
»Wer ist die Dame, Rick. Schwester bei euch?«
»Sondra Mallone, darf ich Sie mit Sanford Jones bekanntmachen, seines Zeichens Orthopäde. Sanford, das ist Sondra. Sie studiert Medizin.«
Jones blinzelte etwas verwirrt, wurde rot und ergriff die Flucht. Rick lehnte sich mit verschränkten Armen an das Waschbecken.
»Manche von den Burschen gehen auf die Schwestern los wie der Teufel auf die arme Seele. Sie halten sie aus irgendeinem Grund alle für Freiwild. Aber bei Kolleginnen bekommen sie sofort kalte Füße.« Er schwieg einen Moment. »Schön, daß Sie gekommen sind.«
»Ich hab schwer mit mir gerungen, ob ich Physiologie schwänzen soll.

Noch dazu, wo nächste Woche die Zwischenprüfungen sind. Aber ich konnte mir dieses Angebot einfach nicht entgehen lassen.«
»Wen haben Sie in Physiologie? Art Rhinelander? Hm, wenn ich mich recht erinnere, brauchen Sie sich da nur auf DNS und Nukleotide zu konzentrieren, dann kann Ihnen nichts passieren.«
Er nahm sich ein Mundtuch und band die unteren Schnüre um den Hals. Sondra, die ihm schweigend zusah, mußte sich eingestehen, daß Rick Parsons in dem schlabberigen grünen ›Pyjama‹ verflixt gut aussah. Und als er das Mundtuch hochzog, fiel ihr auf, was für schöne graue Augen er hatte.
Sobald das Mundtuch richtig saß, zog er die obere Verschnürung herunter, so daß die Maske herunterfiel und ihm auf die Brust hing.
»Timmons achtet wie ein Schießhund darauf, daß hier jeder sein Mundtuch trägt. Aber manchmal muß man eine Ausnahme machen.«
Er zog einen Gummihandschuh aus der Tasche seines grünen Hemdes, dehnte ihn mehrmals in verschiedene Richtungen, und blies dann zu Sondras Verwunderung kräftig hinein.
»Ich sag Ihnen schnell was über den Fall«, bemerkte er, im Blasen innehaltend. »Die Symptome des Patienten traten langsam auf: Ataxie auf der linken Körperseite – darunter versteht man eine Störung in der Koordination der Muskelbewegungen; Nystagmus, also dauerndes unwillkürliches Zittern des Augapfels; Kopfschmerzen und Erbrechen, hervorgerufen durch gesteigerten interkranialen Druck; Neigung des Kopfes auf eine Seite. Die Röntgenaufnahmen des Schädels zeigen eine Erweiterung der Schädelnähte; aus den Ventrikulographien ist Hydrocephalus zu erkennen, aus den Angiographien eine avaskulare Masse in der Kleinhirnhalbkugel. Diagnose: Zystischer Gehirntumor.«

Er begann wieder in den Handschuh zu blasen, und als dieser aussah wie eine Melone mit einem Hahnenkamm, band er ihn zu, zog einen Filzstift aus seiner Tasche und malte ein Clownsgesicht auf den Ballon.
»Wir öffnen den Schädel des Patienten, um festzustellen, welcher Art die Masse ist. Wollen Sie immer noch zusehen?«
»Ja.«
»Gut. So, jetzt ziehen Sie Ihre Maske herunter. Ich möchte Sie mit unserem Patienten bekanntmachen.«
In einem Bett, das für den kleinen Körper zu groß war, lag ein Junge von höchstens sechs oder sieben Jahren. Sein Gesicht war blaß, die Augen blickten schläfrig, die große Operationshaube um seinen Kopf war hochgerutscht und ließ ein Stück des kahlgeschorenen Schädels frei.

»Tag, Tommy«, sagte Rick und legte seine Hand auf den Arm des Jungen. »Ich bin Dr. Parsons. Kennst du mich noch?«
Der Junge musterte ihn mit großen blauen Augen, dann antwortete er in schleppendem Ton: »Ja, ich kenn Sie.«
Rick wandte sich Sondra zu und sagte sehr leise: »Die langsame Gehirntätigkeit ist auf den gesteigerten interkranialen Druck zurückzuführen. Er hatte auch Sehstörungen.« Zu dem Jungen sagte er: »Tommy, ich hab dir was mitgebracht, schau!«
Er zog den aufgeblasenen Handschuh mit dem Clownsgesicht hinter seinem Rücken hervor. Tommy reagierte langsam, doch dann strahlte er über das ganze Gesicht.
Sondra spürte, wie ihr die Tränen in die Augen schossen, und sie wandte sich hastig ab.
»Kommen Sie«, sagte Rick und nahm sie sanft beim Arm. »Ich muß Sie jetzt eine Weile allein lassen. Ziehen Sie Ihr Mundtuch wieder hoch, sonst wirft Timmons uns beide hinaus. Ich nehm es nur bei Kindern herunter, damit sie mein Gesicht sehen und mich erkennen können und weniger Angst haben.«
»Rick, wie sind seine –«
»– Aussichten?« Rick führte Sondra in den Operationssaal zu einem Platz in einer Ecke, abseits der keimfreien Zone. »Das können wir erst sagen, wenn wir aufgemacht haben. Wenn es ein Tumor ist, sieht es nicht so gut aus. Wenn es eine Zyste ist, sind die Aussichten wesentlich besser. Und wenn wir das Nodulum der Zyste finden und herausholen können, sind seine Chancen ausgezeichnet. Wenn Sie ein Gebet sagen wollen, nehmen wir das dankbar an.«
Viel später erst konnte Sondra die Eindrücke dieses Morgens ordnen. Es war ein verwirrendes Durcheinander von grünen Kitteln und blitzendem Chrom, zu vielen Menschen und zu vielen Apparaten, von unnatürlichen Geräuschen und grellen Lampen, in deren kaltem Licht die Instrumente blank zur Hand genommen und rostrot von Blut zurückgereicht wurden. Scharfe Befehle und knappe Meßmeldungen jagten einander, dann wieder folgten lange Pausen, in denen Rick und sein Assistent in schweigender Konzentration am offenliegenden Gehirn des kleinen Jungen arbeiteten. Tommy saß aufrecht, den Kopf auf die Brust gesenkt, den Operateuren den Rücken zugewandt. Sie hatten vom ersten Halswirbel bis zum Kleinhirn den Schädel freigelegt. Nachdem sie eine gelbliche, zähe Flüssigkeit abgesaugt hatten, wandte sich Rick einer der Schwestern zu und sagte: »Rufen Sie bitte in der Pathologie an. Wir können jetzt Proben abgeben.« Sich an alle im Saal Anwesenden richtend, fügte er

dann hinzu: »Die Masse ist zu siebzig Prozent zystisch, wir machen eine Biopsie der Zystenwand.«

Nachdem Dr. Williams, der Pathologe, die Proben zur Untersuchung mitgenommen hatte, trat eine Wartepause ein. Rick stützte sich, die Füße gekreuzt, mit einer Hand auf den Operationstisch, sein Assistent ließ sich auf einem Hocker nieder und selbst die Operationsschwester setzte sich auf einen Stuhl.

Nach einer Weile drehte sich Rick nach Sondra um. Sein Mundtuch war feucht, sein Kittel mit Blut beschmiert. Er winkte ihr. »Sie können ruhig ein bißchen näherkommen. Ja, so ist's gut. Jetzt schauen Sie her, ich möchte Ihnen das zeigen.«

Mit einer Sonde deutete er vorsichtig auf das elfenbeinfarbene Kleinhirn unter dem weichen Gewebe, das von einem Retraktor auseinandergehalten wurde.

»Die Zyste befindet sich in der Kleinhirnhalbkugel und nicht im Stammhirn. Sehen Sie, wie der untere Teil des Kleinhirns sich kräuselt, wenn ich ihn berühre? Ich habe zur Druckentlastung einen Katheder in die Hirnkammer eingeführt und die Zyste angestochen, um die Flüssigkeit herauszuholen. Ich vermute ein zystisches Astrozytom, das unter den bei Kindern vorkommenden Gehirnerkrankungen sehr häufig ist. Wenn ich recht habe, und wenn wir das ganze Nodulum herausbekommen, hat Tommy ausgezeichnete Chancen.«

Als Dr. Wiliams wenige Minuten später mit den Gewebeproben zurückkehrte, rief er: »Sieht mir nach einem Astrozytom aus, Rick. Die Zystenwand ist eindeutig gliomatös.«

Das Team trat wieder zusammen, um sich von neuem an die Arbeit zu machen. Die folgende Stunde war dem Bemühen gewidmet, das Nodulum von der Zystenwand zu entfernen, um eine Neubildung zu verhindern.

»Ich mache ihn jetzt zu«, sagte Rick nach einer langen Weile zu Sondra.

Die Atmosphäre entspannte sich.

Die Schädeldecke wurde mit Drähten verschlossen, die Kopfhaut genäht, dann ein dicker Verband angelegt. Die weitere Arbeit übernahmen die Schwestern. Sie wuschen den Jungen und trockneten ihn ab, während die beiden Chirurgen ihre Kittel ablegten. Die Hemden darunter waren klatschnaß von ihrem Schweiß.

Rick nahm die Karte seines Patienten, murmelte etwas davon, daß er jetzt mit den Eltern des Jungen sprechen wolle, und ging zur Tür. Ehe er hinausging, zog er sich das Mundtuch vom Gesicht und sagte zu Sondra:

»Lassen Sie mir zwanzig Minuten Zeit, dann lade ich Sie auf eine Tasse Kaffee ein.«

Es war ein sonderbares Gefühl, dessen Ursache sich Sondra nicht recht erklären könnte. In der Krankenhauskantine sitzend, trank sie ihren Kaffee und sah sich um. Um diese Nachmittagszeit war es hier nicht voll – ein paar Besucher, einige Schwestern, die gerade Schichtwechsel hatten –, und darüber war Sondra froh. Sie hatte rasende Kopfschmerzen.
Sie schaute zu Rick hinüber, der am Telefon stand und redete. War sein Gesicht ärgerlich? Sie konnte es nicht erkennen. Sie hatten sich gerade mit ihrem Kaffee gesetzt gehabt, als er ausgerufen worden war.
Was war das nur für ein komisches Gefühl, das ihr so zusetzte?
Die Operation hatte fünf Stunden gedauert, und als sie im Aufzug ins Erdgeschoß hinuntergefahren waren, hatte Rick ihr gesagt, Tommy hätte die besten Chancen, wieder ganz gesund zu werden. »Kinder haben eine erstaunliche Kraft und erholen sich schnell.«
»Besteht die Gefahr, daß die Zyste wiederkommt?« hatte sie gefragt.
»Nein, das glaube ich nicht. Ich glaube, wir haben wirklich alles erwischt. Der Druck ist wieder normal; in ein paar Wochen müßte eigentlich die volle Koordination der Muskelbewegungen wiederhergestellt sein.«
»Muß er bestrahlt werden?«
»Nein, zum Glück nicht.«
Ja, Tommy hatte großes Glück gehabt. Es war ein schwieriger Fall gewesen, jedoch mit glücklichem Ausgang. Woher kam dann dieses seltsame Gefühl, das sie bedrängte?
Wieder sah sie zu Rick hinüber. Er war ein attraktiver Mann, das ließ sich nicht leugnen. Und sie fühlte sich zu ihm hingezogen. War das das unerklärliche Gefühl, das sie jetzt quälte und Unbehagen in ihr auslöste? War es die Angst vor einer möglichen Beziehung zu einem Mann und den damit verbundenen Komplikationen? Es gab schließlich keinen Zweifel daran, daß das Studium einen voll in Anspruch nahm, ungeteilte Aufmerksamkeit und Entschlossenheit verlangte. Sondra wußte, daß Ruth schon mehrere Freunde gehabt hatte – einen festen Freund in der *high school* und dann eine Reihe kurzer ›Begegnungen‹, wie sie es nannte, auf dem College. Und jetzt hatte sie sich mit Steve Schonfeld angefreundet, dem Studenten im vierten Jahr, den sie am vergangenen Abend bei Gilhooley's getroffen hatten. Ruth war erst zweimal mit ihm ausgewesen, sie hatte offen gesagt, daß sie gern mit ihm schlafen würde, aber gleichzeitig gelang es ihr, all die Komplikationen zu vermeiden, die mit einer neuen Beziehung einhergingen.

Sondra beneidete Ruth um den inneren Abstand, um das fertigzubringen. Sie wußte, daß sie selber niemals so sein könnte. Sie liebte entweder mit Leidenschaft oder gar nicht; ein bequemes Mittelding gab es für sie nicht. Sie konnte nicht mit einem Mann Zärtlichkeiten tauschen und innerlich unverbindlich bleiben, das wußte sie. Und das war auch der Grund, weshalb sie nie einen richtigen Freund gehabt hatte, weshalb sie zwar viele männliche Freunde, aber niemals einen Liebhaber gehabt hatte. Um ihr Berufsziel zu verwirklichen, mußte sie frei bleiben. Es war schließlich kein Verbrechen, mit zweiundzwanzig noch unberührt zu sein, auch wenn einige ihrer Freundinnen in Phoenix da entschieden anderer Meinung waren. Wenn sie erst einmal fertige Ärztin war und ihr Betätigungsfeld gefunden hatte, war noch Zeit genug, den richtigen Mann zu finden und sich tiefe Gefühle zu gestatten.
»Entschuldigen Sie«, sagte Rick und setzte sich neben sie. »Ein Notruf von meinem Börsenmakler.«
Sondra bemühte sich, sein Lächeln zu erwidern. Die Kopfschmerzen begannen nachzulassen, aber das seltsame Gefühl hielt weiter an.
Rick rührte einen Moment lang schweigend seinen Kaffee um, allem Anschein nach tief in Gedanken. Doch schließlich sah er auf und sagte: »Das hat Sie umgehauen, nicht wahr?«
Sie sah ihn verblüfft an. »Wie bitte?«
»Die Operation. Die hat Sie umgehauen. Ich seh's Ihnen an!«
Sondra blickte ihm forschend in die Augen und langsam begann sie, etwas zu begreifen – etwas über sich selbst, das er, ein Fremder, mit ein paar schnoddrigen Worten zusammengefaßt hatte, was sie selbst nicht hatte fassen können.
Die Operation hat Sie umgehauen. Natürlich. Das war es. Dieses unerklärliche Unbehagen, das sie plagte, seit sie wieder in ihre Straßenkleidung geschlüpft war. Mit Liebe und mit Rick Parsons hatte das überhaupt nichts zu tun; auch nicht mit ihren Ängsten vor Beziehung und Verbindlichkeit. Es ging tiefer. Es war eine tiefe Erschütterung, eine Art ehrfürchtiges Staunen, das sie unbestimmt gespürt aber nicht hatte benennen können. Mit Ricks nonchalanten Worten war es ihr mit einem Schlag bewußt geworden. Zum erstenmal begriff sie, worum es eigentlich ging.
»Mir ist es genauso gegangen«, sagte Rick ruhig. »Aber ich war damals noch nicht im Studium. Ich war auf der *high school*, und mein Vater, der Chirurg ist, hatte mich eines Tages in den OP mitgenommen. Es war eine einfache Gallenoperation, aber sie hatte genau die gleiche Wirkung. Mir gingen sozusagen mit einem Schlag sämtliche Lichter auf.«

Sondra fühlte sich von einer merkwürdigen Leichtigkeit emporgehoben, die Kopfschmerzen waren weg. Am liebsten hätte sie lauthals geschrien, Ja! Ja! So ist es. Statt dessen verschränkte sie die Arme und beugte sich weit über den Tisch.

»Können Sie sich vorstellen«, sagte sie ernsthaft, »daß ich bis zu diesem Moment felsenfest davon überzeugt war, die eifrigste und hingebungsvollste Medizinstudentin der Welt zu sein? Ich bildete mir allen Ernstes ein, den Ruf vernommen zu haben. In gewisser Weise stimmte es auch. Aber es war nichts im Vergleich zu dem, was ich heute erlebt habe.« Sie lehnte sich zurück und breitete die Arme aus. »Es hat mich, wie Sie gesagt haben, völlig umgehauen.«

»Wenn man das erstemal eine Operation miterlebt hat, hat man hinterher entweder ein für allemal die Nase voll – und das kommt oft vor, glauben Sie mir –, oder es packt einen mit Haut und Haar. Deshalb wollte ich gern, daß Sie kommen und zusehen. Nichts kann so überzeugen wie eigene Erfahrung.«

Er hat recht, dachte Sondra. An diesem langen Vormittag im Operationssaal hatte sie eine erste Ahnung davon bekommen, was der Kampf um das Leben bedeutete. Einem Kind wie Tommy, das zum Tode verurteilt schien, das Leben wiedergeben, den Eltern ihr Kind wiedergeben zu können – nur darum war es an diesem Morgen voller Hektik und scheinbar menschenverachtender Wissenschaftlichkeit und Sachlichkeit gegangen.

»Im Operationssaal erlebt man es wirklich«, fuhr Rick fort, als hätte er ihre Gedanken gelesen. »Natürlich sieht man in der Notaufnahme oft Dramatisches, und eine Geburt ist etwas Wunderbares. Aber Leben *gerettet* wird im Operationssaal. Wir Chirurgen geben den Kranken und Schwerverletzten, die man uns bringt, gewissermaßen eine zweite Chance. Wir flicken die kaputten Körper wieder zusammen und schicken die Leute heil wieder nach Hause. Es ist ein wahnsinniges Gefühl, Sondra, ein einzigartiges. Ich glaube, es wäre auch für Sie die richtige Laufbahn.«

Sie schüttelte verneinend den Kopf. Es mochte Rick gelungen sein, das Gefühl zu benennen, das sie aus dem Operationssaal mitgenommen hatte, doch wenn er sie zur zukünftigen Chirurgin berufen sah, so täuschte er sich. Das Erlebnis im Operationssaal hatte keinen solchen Ehrgeiz in ihr geweckt; es hatte sie jedoch in ihrem Verlangen bestärkt, in die Welt hinauszugehen und das, was sie gelernt hatte, dorthin zu tragen, wo es am meisten gebraucht wurde. Der kleine Tommy gehörte zu den Glücklichen, denen moderne Krankenhäuser und gut ausgebildete Ärzte

zur Verfügung standen, was aber war mit all den anderen, den Millionen Kranken und Leidenden, die diese Chancen nicht hatten. Wie stand es um die Menschen, zu denen vielleicht auch ihre leiblichen Eltern gehört hatten – um die Armen, die Schwachen, die, welche ohne Hoffnung waren?
Sondra hatte jahrelang gewußt, daß sie Medizin studieren würde, doch so laut und drängend wie an diesem Tag hatte sie den Ruf nie vernommen. Das Gefühl war so überwältigend wie jenes, das sie überkommen hatte, als sie mit zwölf Jahren die Wahrheit über sich selber entdeckt hatte. Der Tag mit Rick Parsons hatte sie in ihrer Zielsetzung bestätigt und bestärkt. Es hatte ihr die letzte Sicherheit gegeben.

7

Mickey verspürte nicht das geringste Verlangen, an diesem Abend auf ein Fest zu gehen.
»Aber es tut dir bestimmt gut«, widersprach Sondra, die bei ihr im Bad stand und zusah, wie sie eine frische Lage Make-up auf ihre Wange auftrug. »Du führst ein Leben wie eine Nonne, Mickey. Du hast praktisch mit niemandem, außer mir und Ruth, Kontakt.«
»Ich brauche keine anderen Leute.«
»Ach, du weißt genau, was ich meine.«
Ja, natürlich wußte Mickey das. Sondra meinte, sie solle mehr unter Menschen gehen, das Gespräch und die Berührung mit anderen suchen. Aber Sondra hatte leicht reden; sie war von Natur aus kontaktfreudig und brauchte wegen ihres Aussehens keine Hemmungen zu haben. Und mit Ruth war es nicht viel anders; sie war selbstsicher und hatte im Umgang mit Menschen überhaupt keine Schwierigkeiten. Die beiden hatten keine Vorstellung davon, was es bedeutete, mit einem verunstalteten Gesicht durchs Leben gehen zu müssen. Allein der Gedanke an die Silvesterfeier an diesem Abend lähmte Mickey; sie brauchte sich nur die vielen Menschen vorzustellen, die neugierigen Blicke, die Verlegenheit und das Mitleid der Leute.
Aber Sondra ließ nicht locker, und Mickey fühlte sich ihr tief verpflichtet.
Vor vier Wochen, gleich nach den Zwischenprüfungen, war Mickey eines Tages in der Küche ohnmächtig geworden. Nur Sondra war zu Hause gewesen. Es war nur ein kurzer Ohnmachtsanfall, nichts Ernstes, aber er erschreckte sie beide. Als Sondra dann den Grund für den Schwächeanfall

erfuhr – daß Mickey Blut spendete und meistens auf ihr Mittagessen verzichtete, um Geld zu sparen –, fragte sie Mickey hell empört, ob sie denn von ihren Freundinnen so wenig hielte, daß sie überhaupt nicht daran gedacht hatte, sie um Hilfe zu bitten. Es sei doch selbstverständlich, daß sie ihr helfen würden, die Kosten für das Pflegeheim mitzutragen; sie selber, meinte Sondra, könne sich das ohne weiteres leisten, und Ruth würde gewiß auch helfen wollen. Nachdem Ruth die Geschichte später gehört hatte, erbot sie sich sofort, einen größeren Anteil der Haushaltskosten zu übernehmen.
Mickey ging es nach diesem Gespräch sofort viel besser. Sie hörte auf, Blut zu spenden, begann wieder richtig zu essen und fuhr am folgenden Wochenende gleich mit einem großen Blumenstrauß zu ihrer Mutter. Aber die kleine Episode, die für Mickey die Rettung aus tiefer Verzweiflung bedeutet hatte, hatte auch noch eine andere Wirkung. Sie hatte Mickey gezeigt, daß sie zum erstenmal in ihrem Leben echte Freunde hatte, auf die sie sich verlassen konnte.
Gerade aus diesem Grund wollte Mickey Sondra, die so versessen darauf schien, sie auf die Silvesterfeier mitzuschleppen, nicht enttäuschen.
»Geht Ruth auch?« fragte sie, das Gesicht dicht am Spiegel, um sich zu vergewissern, daß von dem Mal nichts mehr zu sehen war.
Sondra stemmte die Hände in die Hüften und schüttelte den Kopf. Diese beiden! Die eine hatte Angst vor dem Leben, die andere sah nur noch ihre Bücher. Der letzte Tag im alten Jahr, und was tat Ruth Shapiro? Sie lernte; lernte für einen Kurs, der noch nicht einmal begonnen hatte.
»Ich hab sie schon den ganzen Tag bekniet. Und ich krieg sie auch noch rum, warte nur!«
Sondra freute sich auf das Fest. Sie wußte, daß Rick Parsons kommen würde. Seit dem Morgen im Operationssaal hatten sie sich nur zweimal gesehen. Einmal am Abend desselben Tages, als Rick Sondra impulsiv in ein italienisches Restaurant eingeladen hatte, wo sie endlos debattiert hatten, denn Rick war entschlossen, Sondra von Afrika abzubringen und für die Neurochirurgie zu gewinnen. Er hatte sie an diesem Abend nicht überzeugen können und zwei Wochen später einen neuen Anlauf genommen, als er sie im Krankenhaus getroffen und kurzerhand zum Mittagessen eingeladen hatte. Er besaß eine sehr starke Ausstrahlung, und es war schwer, ihm zu widerstehen. Sein Argument, daß es hier zu Hause mehr als genug für tüchtige Ärzte zu tun gäbe, hatte Sondra in ihrem Entschluß, nach Afrika zu gehen tatsächlich schon ein wenig schwankend gemacht.
Doch Sondra war sich klar darüber, daß nicht nur seine Argumente auf

sie wirkten, sondern vor allem seine Persönlichkeit. Zum erstenmal in ihrem Leben war sie einem Mann begegnet, zu dem sie sich sehr stark hingezogen fühlte, und sie fragte sich, ob sie es an diesem Abend wagen würde, ihren Gefühlen freien Lauf zu lassen.

Ruth hockte in ihrem Zimmer auf dem Bett und tat gar nichts, weil sie nicht wußte, was sie tun sollte. Sondra mochte ihre Witze darüber machen, aber Ruth fand nichts Komisches dabei, sich auf einen Kurs vorzubereiten, der noch gar nicht angefangen hatte. Nur so hatte Ruth es schließlich geschafft, bei den Zwischenprüfungen so gut abzuschneiden. Sie war jetzt Zwölfte ihres Jahrgangs. Unter vierundachtzig Studenten hielt sie den zwölften Platz; ihre beiden Freundinnen standen an neunzehnter und sechsundzwanzigster Stelle. Sie befanden sich im oberen Drittel, und das reichte ihnen. Ruth jedoch war es nicht genug. Während die anderen drüben bei Gilhooley's ihren Erfolg gefeiert oder ihre Enttäuschung im Alkohol ertränkt hatten, hatte Ruth schon wieder zu Hause über den Büchern gesessen.

In der ersten Freude über ihre guten Noten hätte sie beinahe zu Hause angerufen, aber dann hatte sie den Hörer wieder aufgelegt. Sie wußte genau, was Vater gesagt hätte. »Was? Zwölfte bist du? Und wieviele sind in deinem Jahrgang, Ruthie? Zwölf?« Ihm würde das nicht genügen, das wußte sie. Mike Shapiro konnte man nur mit absoluten Bestleistungen beeindrucken, wie sie Joshua in West Point und Max an der Northwestern University brachten. Ein harter Kampf, aber Ruth wußte, daß sie ihm gewachsen war.

Sondra klopfte an die Tür und trat ins Zimmer, ohne auf eine Aufforderung zu warten.

»Jetzt komm schon, Ruth, das Kurzpraktikum fängt doch erst in einem Monat an!«

»Ruth Shapiro«, sagte Sondra streng, »wenn du dich jetzt nicht sofort umziehst, krieg ich einen Schreikrampf.«

Ruth sah die Freundin neugierig an. So erregt hatte sie Sondra selten gesehen. Aber es war ja verständlich. Rick Parsons war wirklich ein Mann zum Verlieben. Ganz im Gegensatz zu Steve Schonfeld, der inzwischen sein wahres Gesicht gezeigt hatte...

»Steve erwartet doch bestimmt, daß du kommst.«

Ruth hatte ihren Freundinnen nichts von dem Zerwürfnis mit Steve erzählt. Sie wollte die kurze Episode mit ihm einfach vergessen und so tun, als wäre er nie in ihr Leben getreten. Sie verstand nicht, wie er so unsensibel und verständnislos hatte sein können.

Einen Moment lang blieb sie noch unschlüssig auf dem Bett sitzen. Dann

überlegte sie sich, daß es in der Silvesternacht wahrscheinlich sowieso viel zu laut werden würde zum Lernen. Sie klappte das Buch zu.
»Okay, ich komme mit.«
Sie zogen sich besonders sorgfältig an und gingen das kurze Stück von der Wohnung bis zur Encinitas Hall zu Fuß und stießen bald mit einer Gruppe anderer junger Leute zusammen, die wie sie den hellen Lichtern und der lauten Musik zustrebten.
Nie hatten sie den großen Saal so voller Menschen gesehen. Die drei jungen Frauen blieben einen Moment am Rand des Getümmels stehen und ließen das bunte Bild auf sich wirken: Medizinstudenten in Anzug und Krawatte, junge Frauen in Miniröcken, Dozenten in dunklen Anzügen mit Westen, ihre Frauen in Cocktailkleidern; ein Duft nach Räucherstäbchen hing in der Luft, die Lampen einer Lichtorgel warfen wechselnde Farbstrahlen über die Menge, hier und dort waren Fetzen einer Unterhaltung deutlich zu hören: Herzverpflanzung, Zyklamate, Vietnam, hießen die Reizwörter.
Ruth widerstand mit Mühe dem Impuls, auf der Stelle kehrtzumachen und in die Wohnung zurückzulaufen. »Ich hol mir erstmal ein Bier«, sagte sie und stürzte sich tapfer ins Gedränge.
Mickey hatte nur den Wunsch, in der Toilette zu verschwinden, und Sondra hielt nach Rick Parsons Ausschau.
Auf dem Weg zu dem Tisch, an dem Bier und Wein ausgeschenkt wurden, stieß Ruth mit Adrienne zusammen, die mit zwei Gläsern Bier in den Händen herumschaute.
»Hast du zufällig meinen Mann gesehen?« fragte sie Ruth. »Er hat Notdienst. Ich hoffe nur, er mußte nicht weg und hat mich einfach hier stehen lassen.« Ihr Lachen klang gekünstelt.
»Hat er schon was wegen seiner Assistentenstelle gehört?« fragte Ruth.
»Nein, aber es wird entweder St. Catherine's oder das Uniklinikum in Los Angeles. Das wissen wir inzwischen mit Sicherheit.«
»Und wo wollt ihr wohnen, wenn er nach Los Angeles kommt? Ich meine, das kann er doch nicht jeden Tag von hier aus fahren.«
»Ach, weißt du es noch gar nicht? Ich bin schwanger! Ja, ehrlich. So kann man reinfallen. Zweiundneunzigprozentiger Schutz bei Diaphragma, und ich gehör zu den acht Prozent, bei denen's schiefgeht. Aber wir freuen uns trotzdem beide. Unser erstes Kind!«
»Wie wollt ihr das mit dem Studium machen?«
»Ach, ich mach erstmal Pause. Das Kind kommt im Sommer, ein Kindermädchen können wir uns nicht leisten, also pausiere ich nächstes Jahr.

Wenn Jim dann als Stationsarzt anfängt, haben wir ein bißchen mehr Geld und können uns einen Babysitter leisten, und dann kann er auch ab und zu beim Kind bleiben. Dann mach ich hier weiter.«
Ruth sah sie etwas ungläubig an.«
»Hoskins ist einverstanden. Ich hab schon mit ihm gesprochen. Ich komme bestimmt hierher zurück und mach fertig. Aber im Augenblick ist Jims Karriere einfach wichtiger, verstehst du? Wenn er dieses Jahr pausieren würde, damit er sich um das Kind kümmern und ich weiterstudieren kann, würde sich für ihn später vielleicht nicht wieder eine so gute Assistentenstelle bieten. Darum haben wir uns gedacht, daß er erst fertigmachen soll, und ich weitermache, wenn er einen festen Posten hat. Verstehst du?«
»O ja. Viel Glück, Adrienne. Du wirst uns fehlen.«
Jetzt sind wir nur noch zu dritt, dachte Ruth, während sie sich weiter zur Bar durchdrängte.
Als sie ankam, stand plötzlich Steve mit zwei Gläsern Weißwein in den Händen vor ihr. »Hallo, Ruth«, sagte er und errötete leicht.
»Hallo, Steve«, erwiderte sie leise. »Wie geht's dir?«
Sein Blick flog nach rechts und nach links. »Gut, danke. Und dir?«
»Gut«, antwortete sie. »Hast du schon was wegen deiner Assistentenstelle gehört?«
Wieder blickte er nach rechts und links. »Noch nicht. Ich hoffe auf Boston.« Er lachte ein wenig nervös.
»Ich wünsch dir, daß es was wird.«
»Danke...«
Ruth schoß der Gedanke durch den Kopf, daß dies genau die richtige Gelegenheit war, ihm zu sagen, was sie dachte; wie enttäuschend sie es fand, daß gerade er, als Medizinstudent, überhaupt kein Verständnis aufgebracht hatte, für ihre Ungeduld, ihre Examensnoten zu erfahren. Darum nämlich war es zu dem Zerwürfnis zwischen ihnen gekommen; weil sie eine Unterhaltung mit ihm abgekürzt hatte, um zur Encinitas Hall zu laufen, wo die Noten ausgeschrieben gewesen waren.
Drei Wochen waren seitdem vergangen, aber Ruth erinnerte sich der kurzen Szene mit schmerzlicher Deutlichkeit. Es war ein feuchter, nebliger Abend gewesen, sie hatte gerade gehört, daß die Prüfungsergebnisse ausgehängt worden waren, und war sofort losgelaufen, um zu sehen, wie sie abgeschnitten hatten. Unterwegs hatte sie Steve getroffen, der stehengeblieben war, um mit ihr zu plaudern. Sie hatte ihm erklärt, verdammt nochmal, warum sie es so eilig hatte. Wieso hatte er das nicht verstehen können? Er war doch selber seit dreieinhalb Jahren im Medi-

zinstudium; er mußte doch wissen, wie es einem unter den Nägeln brannte, wenn die Ergebnisse herauskamen. Sie hatte nur kurz gesagt, sie würden sich später sehen, und war weitergelaufen.
Als sie ihn ein paar Tage später anrief, war er sehr kühl. Er hielte es für besser, wenn sie sich nicht mehr sähen, erklärte er. Auf ihre Frage, was denn plötzlich los sei, antwortete er: »Ich kann nicht mit Büchern konkurrieren, Ruth. Du bist mir zu ehrgeizig. Du brauchst jemanden, dem es nichts ausmacht, die zweite Geige zu spielen.«
Seine Stimme hatte ein wenig traurig geklungen, sein Ton eine Spur vorwurfsvoll. Die gleichen Gefühle drückte sein Gesicht jetzt aus. Vielleicht sollte sie wirklich etwas sagen, jetzt, in diesem Moment, vor allen Leuten; vielleicht sollte sie ihm sagen, daß er offenbar vergessen hatte, wie es war. Vielleicht sollte sie ihn fragen, wieviele Frauen in seinem Leben die zweite Geige hatten spielen müssen, während er guten Noten nachgejagt war – er stand in seinem Jahrgang immerhin an fünfter Stelle. Wenn das kein Ehrgeiz war!
Aber sie sagte nichts von alledem. Wenn er, der ja gewissermaßen im selben Boot saß wie sie, für ihre Sorgen kein Verständnis aufbringen konnte, war sowieso jedes Wort überflüssig.
»Tja«, sagte er, sich schon von ihr entfernend. »Ich muß gehen. Wir sehen uns.«
»Sicher. Wir sehen uns...«

Als Sondra Rick Parsons entdeckte, sagte sie zu Mickey: »Komm, gehen wir rüber zu Rick.«
Aber Mickey wollte nicht. »Nein, nein, geh du allein rüber. Ich such mir irgendwo einen Platz, wo ich mich hinsetzen kann.«
Während Mickey auf ein sicheres Versteck unter den hohen Topfpalmen zusteuerte, drängte sich Sondra zum Kamin durch, wo Rick Parsons mit ein paar Leuten zusammenstand. Lächelnd winkte er ihr zu, als er sie bemerkte.
»Hallo, wie geht es Ihnen?«
»Oh, mir geht's gut.«
»Wie nett, daß Sie gekommen sind. Ich hab gute Nachrichten für Sie.«
Schlagartig wurde sich Sondra bewußt, daß es für sie gar nichts mehr zu überlegen gab. Sie hatte sich bereits Hals über Kopf in ihn verliebt, und diesmal würde sie sich keine Grenzen setzen.
»Ja?« fragte sie. »Was denn?«
»Sie erinnern sich doch an Tommy?«
»Aber ja, natürlich.«

»Er ist inzwischen wieder völlig gesund. Ist das nicht schön?«
Sondra strahlte.
»Darf ich Sie bekanntmachen?« fuhr er fort und umfaßte mit einer weiten Geste die Leute, mit denen er zusammenstand. Die Namen waren Sondra unbekannt. Lächelnd sagte sie zu jedem, der ihr vorgestellt wurde, »Freut mich sehr«, und hatte dabei das Gefühl, schon lange nicht mehr so glücklich und vergnügt gewesen zu sein.
»Und das«, sagte Rick schließlich, »ist meine Frau, Patricia.«
Sondra starrte die Frau an, die neben ihm stand, eine sehr hübsche Frau mit einem sympathischen Lächeln und einer warmen Stimme. Wie aus weiter Ferne hörte sie, »ich freue mich, Sie kennenzulernen. Rick hat mir schon erzählt, daß er versucht, Sie für die Neurochirurgie zu werben. Wie sieht's denn aus? Werden Sie sich überzeugen lassen?«
Seine Frau? Hatte er denn je etwas davon gesagt, daß er verheiratet war? Blitzartig liefen in ihrem Kopf die Gespräche ab, die sie mit ihm geführt hatte, und sie erkannte, daß er trotz der Nähe, die zwischen ihnen gewesen war, im Grund nie etwas von sich selbst erzählt hatte.
»Nein!« antwortete sie mit einem Lachen, von dem sie nur hoffen konnte, daß es echt klang. »Ich habe nicht die Absicht, mich von ihm ins Wanken bringen zu lassen. Ich habe mich schon vor langer Zeit entschlossen, nach Afrika zu gehen, wenn ich fertig bin.«
Ein älterer Mann, mit einer wahren Löwenmähne, bemerkte lächelnd: »Man könnte meinen, daß er für jeden, den er für die Neurochirurgie wirbt, eine Prämie bekommt. Drei unserer Assistenzärzte sind nur dank Ricks Überredungskunst bei uns.«
Jemand anderer sagte: »Vielleicht handelt Rick nach dem Grundsatz, geteiltes Leid ist halbes Leid«, und alle lachten, während Sondra nur einen Wunsch hatte, so schnell wie möglich zu verschwinden. Wie hatte ausgerechnet ihr, die immer so überlegt und vorsichtig war, so etwas passieren können? Wie hatte sie eine solche Dummheit begehen können? *Er hat mir nichts vorgemacht; ich habe mir selber etwas vorgemacht.*
»Sie haben gar nichts zu trinken, Sondra«, sagte Rick. »Kommen Sie, ich geh mit Ihnen an die Bar.«
»Nein, danke«, erwiderte sie hastig. »Ich versorg mich schon selber. Meine Freunde warten sowieso auf mich. Wir sehen uns sicher später noch.«
Er war sichtlich verwundert über ihre Ablehnung, und Sondra wurde rot. Rick Parsons hatte keine Ahnung gehabt!
»Es hat mich gefreut, Sie kennenzulernen«, sagte sie zu den anderen

und fügte zu Rick gewandt hinzu: »Ich bin froh, daß es Tommy wieder gut geht.« Dann drehte sie sich um und drückte sich wieder in die Menge.

Ein Glas Bier in der einen Hand, eine Stange Sellerie in der anderen, wanderte Ruth in weitem Rundgang durch den großen Raum und beobachtete die in ständiger Bewegung befindliche Menge der Gäste. Hinter einer Topfpalme, unter dem Porträt Juanita Hernandez', einer glutäugigen *hidalga* in spanischer Tracht, blieb Ruth stehen, kaute den letzten Bissen ihres Selleries und wünschte, sie hätte ihre Karteikarten mitgenommen.
Nicht weit entfernt umringte eine Gruppe junger Leute mit gespannter Aufmerksamkeit einen Mann, der ihnen mit großen Gesten irgendeine medizinische Theorie auseinandersetzte. Ruth fand seine Stimme unnötig laut, seine Gebaren unangenehm demonstrativ.
»Entschuldigen Sie«, sagte jemand hinter ihr. »Ist das hier vielleicht eine Oase der Vernunft?«
Ruth drehte sich um und blickte direkt in ein Paar sympathischer brauner Augen, die sie scheu anlächelten.
»Bitte, kommen Sie nur«, sagte sie und trat ein wenig näher zu der Palme, um dem Mann Platz zu machen. »Hier geht's tatsächlich zu wie im Irrenhaus.«
Er war nicht sehr groß, nur ein paar Zentimeter größer als Ruth, und auf den ersten Blick eher unscheinbar. Doch bei näherem Hinsehen, entdeckte sie die Weichheit in seinem Gesicht und die Sanftheit seiner Augen.
»Ich fühle mich hier völlig fehl am Platz«, sagte er mit einem leisen Lachen. »Ich habe mit der Medizin überhaupt nichts am Hut, und hier scheint sich alles einzig um dieses Thema zu drehen.«
Der Bursche mit dem großen Mundwerk, der den ganzen Saal mit seiner Brillanz beeindrucken zu wollen schien, veranlaßte Ruth, sich stirnrunzelnd umzudrehen und zu sagen: »Wir sind nicht alle so. Dieser Mensch gehört zu den unangenehmen Ausnahmen. Gräßlich, diese Wichtigtuerei. Wenn der sich weiter so aufbläst, wird er bald oben an der Decke schweben.«
Der Fremde errötete ein wenig und sagte, wieder mit diesem leisen, etwas zurückgenommenen Lachen: »Ehrlich gesagt, seinetwegen bin ich hier.«
»Ach, ist er ein Freund von Ihnen?«
»Schlimmer. Er ist mein Bruder. Dr. Norman Roth. Und ich –« Er bot ihr die Hand – »bin Arnie Roth.«

Ruth starrte ihn einen Moment lang verdutzt an, dann sagte sie: »Wenn es jetzt gleich laut kracht, ist Ruth Shapiro im Erdboden versunken. Können Sie mir noch einmal verzeihen?«
Sein Lächeln blieb offen und echt. Immer noch hielt er ihr die Hand hin. »Denken Sie sich nichts. Norm leidet an Profilierungssucht, und das weiß er auch. Ansonsten ist er ein netter Kerl. Kommen Sie sich hier unter diesen Leuten auch so verloren vor wie ich?«
Ruth gab ihm die Hand und lachte. »Ich gehöre leider zu diesen schrecklichen Leuten.«
»Sind Sie Krankenschwester?«
»Nein, Medizinstudentin. Im ersten Jahr. Und Sie? Was machen Sie?«
»Ich bin Wirtschaftsprüfer. Mein Büro ist in Encino, alles schön sauber, kein Blut und keine Toten.«
»In der Medizin gibt's nicht nur Blut und Tote, Mr. Roth. Das ist nur die eine Seite. Die andere ist das Leben.«
Er nickte gehorsam, schien aber nicht überzeugt. »Und Sie studieren also Medizin?« fragte er dann und sah Ruth mit seinen braunen, sanften Augen einen Moment lang sehr intensiv an. »Ist es wirklich so hart, wie ich gehört habe?«
»Noch viel härter, glauben Sie mir.«
»Ja, ich weiß von Norm, daß man sehr viel arbeiten muß. Bleibt Ihnen da überhaupt noch Zeit für was anderes?«
Ruth sah ihm in das offene, verletzliche Gesicht und dachte, laß dich mal lieber nicht mit mir ein. Ich bin zu einer normalen Beziehung mit einem Mann derzeit nicht fähig.
»Ich gehöre zu den Leuten«, sagte sie, »die praktisch Tag und Nacht büffeln. Ich möchte nämlich als Beste abschließen, und da bleibt neben dem Studieren wirklich kaum Zeit für etwas anderes.«
»Bewundernswert.«
Sie sah ihn groß an. »Finden Sie wirklich?«
»Aber ja, ich bewundere Menschen, die wissen, was sie wollen und ihr Ziel entschlossen verfolgen, auch wenn es Opfer kostet.«
»Manche von meinen Freunden sehen das ganz anders.«
»Dann sind sie vielleicht keine richtigen Freunde.«
Sie sah ihn an und war plötzlich froh, daß sie sich von Sondra hatte überreden lassen, auf das Fest mitzugehen.
Als Arnie Roth sagte: »Kommen Sie, schlagen wir uns mal zum Buffet durch und sehen, was es da alles Gutes gibt«, nickte Ruth mit ihrem einladendsten Lächeln und dachte, zum Teufel mit dir, Steve Schonfeld.

Mickey hockte in ihrem Versteck in der Ecke und beobachtete das Treiben um sie herum. Wie sie Ruth beneidete, die, einen Teller mit Brötchen in der Hand, mitten im Gedränge mit einem lächelnden Mann zusammenstand und ausgelassen lachend den Kopf in den Nacken warf, daß die braunen Haare flogen. Wenn man so selbstsicher, so unbefangen sein könnte!
Sie drehte den Kopf, um nach Sondra Ausschau zu halten, und da sah sie den Mann an der Tür.
Er starrte sie unverhohlen an.
Ihr stockte der Atem, und instinktiv suchte sie nach einem Fluchtweg. Verstohlen spähte sie noch einmal zu ihm hinüber; er war gerade erst mit einigen anderen Leuten hereingekommen, und sein Blick war unzweifelhaft genau auf sie gerichtet.
Mickey überfiel die alte Panik. Sie sprang von ihrem Stuhl auf und blickte hastig nach rechts und links. Dann riskierte sie noch einmal einen gehetzten Blick. Guter Gott, er kam auf sie zu.
Sie glitt an der Wand entlang, duckte sich hinter einer riesigen Topfpalme und entdeckte zu ihrer Erleichterung die Tür, die zu den Toilettenräumen führte. Die Rettung. Sie stürzte hinaus und hetzte den kurzen Korridor entlang zur Damentoilette.
Drinnen war niemand, wie sie aufatmend feststellte. Sie trat zum Waschbecken und blickte aufmerksam in den Spiegel. Warum hatte der Fremde sie so angestarrt? Sie schob das Haar hinters Ohr, holte das Makeup-Fläschchen aus ihrer Handtasche und machte sich daran, eine neue Schicht aufzutragen. Dann kämmte sie sorgfältig ihr Haar nach vorn über die Wange, dann drehte sie sich um und ging wieder hinaus.
Er erwartete sie.
»Hallo«, sagte er und lächelte sie an. »Ich hab Sie da hineingehen sehen. Ich bin Chris Novack.«
Mickey blickte auf die dargebotene Hand, nahm sie aber nicht. Sie fühlte sich wie gefangen in dem kleinen Flur. Die geschlossene Tür an seinem Ende, durch die gedämpft Musik und Stimmengewirr drangen, schien weit entfernt.
»Studieren Sie hier in Castillo?«
Sie hielt, wie das ihre Gewohnheit war, den Kopf leicht seitlich, so daß ihm ihr linkes Profil zugewandt war. Er war ein gutaussehender Mann. Groß, schlank, Ende vierzig.
»Sie sprechen doch Englisch, nicht wahr?« fragte er, und sein Lächeln vertiefte sich.
»Ja...«

»Ich sah Sie ganz allein sitzen und dachte, Sie hätten am letzten Abend des Jahres 1968 vielleicht gern ein bißchen Gesellschaft. Kann ich Ihnen etwas zu trinken holen? Oder etwas vom Buffet?«
»Nein, danke«, erwiderte sie hastig.
»Ich bin noch nicht lange hier in Los Angeles und kenne kaum jemanden.« Er machte eine kleine Pause. »Also – studieren Sie hier? Oder arbeiten Sie im Krankenhaus?«
»Ich studiere.«
Mickey starrte zu ihrer Handtasche hinunter.
»Entschuldigen Sie«, sagte er endlich. »Ich wollte wirklich nicht aufdringlich sein. Aber ich wollte Sie eben gern kennenlernen und hielt es für das Beste, direkt zu sein.«
Sie hob den Blick und sah sein entschuldigendes Lächeln.
»Es ist meine Schuld«, sagte sie mit kleiner Stimme. »Ich bin es nicht gewohnt, daß man so auf mich zukommt.«
»Das kann ich nicht glauben. Eine schöne Frau wie Sie.«
Mickey senkte wieder die Lider.
»Also, soll ich Ihnen nicht doch etwas holen?«
»Ja, ich hätte gern ein Cola. Ich hab vorhin mal versucht, mich zur Bar durchzuschlagen, aber ich hab's nicht geschafft.«
Er lachte. »Kein Wunder, bei dem Gedränge. Wie heißen Sie eigentlich?«
»Mickey.«
»Mickey? Das ist ein ungewöhnlicher Name. Ist es eine Abkürzung?«
»Nein. Ich heiße einfach Mickey.«
»Und warum haben Sie sich gerade für das Medizinstudium entschieden, Mickey?« Chris Novack öffnete die Tür zum Saal und schob leicht seine Hand unter Mickeys Ellbogen.
»Das hat mit meinem Vater zu tun«, antwortete Mickey. »Er starb an einer unheilbaren Krankheit, als ich noch ein Kind war.« Es war die Lüge, die sie allen auftischte.
»Haben Sie vor, sich zu spezialisieren?«
»Ich möchte eigentlich am liebsten in die Forschung. Ich arbeite gern im Labor.«
Als sie tiefer ins Gewühl gerieten, faßte Chris Novack ihren Arm fester, als hätte er Sorge, sie könne ihm verlorengehen. Es kostete einen kurzen Kampf, ehe sie zwei Flaschen Cola ergatterten. Dann sah Chris Novack sich stirnrunzelnd um.
»Hier gibt's ja wirklich nirgends ein stilles Fleckchen. Was meinen Sie, wollen wir's draußen versuchen?«

Sie kämpften sich zur großen Tür durch, Chris Novack die beiden Flaschen hoch über dem Kopf haltend, dann standen sie endlich draußen in der kühlen Nachtluft.
»Wer weiß«, meinte Chris Novack, das begonnene Gespräch fortsetzend, »vielleicht überlegen Sie es sich in den kommenden Jahren noch anders. Wenn Sie im dritten Jahr auf den verschiedenen Stationen im Krankenhaus arbeiten, werden Sie sicher immer wieder schwankend werden. In der Pädiatrie werden sie Kinderärztin werden wollen. In der Pathologie werden Sie feststellen, daß sie Pathologin werden wollen und so weiter. Das geht allen so.«
Mickey beobachtete sein Profil, während er sprach. Sie saßen unter einer dickstämmigen Eiche, wo sie Musik und Gelächter aus dem Saal nur gedämpft hörten. Chris Novack hob die Colaflasche zum Mund und nahm einen tiefen Zug. Dann sah er Mickey an und sagte: »Ich würde gern mit Ihnen über Ihr Gesicht sprechen.«
Die Flasche rutschte Mickey aus der Hand und schlug klirrend zu Boden. Glas splitterte, Mickey spürte, wie sich die Flüssigkeit über ihre Füße ergoß.
»Oh!« rief Chris und sprang auf. »Ach, das tut mir wirklich leid.«
Mickey stand zitternd auf. »Ich wußte nicht...« Sie drückte ihre Hand auf die Wange.
»Es tut mir wirklich leid«, sagte er wieder, und als Mickey sich abwandte und weglaufen wollte, legte er ihr hastig die Hand auf den Arm. »Bitte, warten Sie! Nur einen Moment. Ich weiß, wie schwer es für Sie ist, darüber zu sprechen, aber –«
»Ich muß gehen«, sagte sie erstickt.
Gerade als Mickey loslaufen wollte und Chris sie fester faßte, um sie zurückzuhalten, begannen die Glocken im Glockenturm zu läuten. Während die Leute ringsrum ausgelassen »Prost Neujahr!« riefen und mit Gläsern und Flaschen anstießen, drehte Chris Novack Mickey herum, so daß er ihr ins Gesicht sehen konnte, und sagte laut und deutlich: »Ich bin Arzt, Mickey, Chirurg. Ich wollte mit Ihnen sprechen, weil ich glaube, daß ich Ihr Gesicht in Ordnung bringen kann.«

8

Ruth war gerade eine Stunde auf der Entbindungsstation, aber es reichte ihr schon. Sie fand es fürchterlich und wollte nur noch weg.
Es war Februar, und sie befanden sich in der zweiten Woche des Kurz-

praktikums. Der Kurs hatte einen guten Anfang genommen; die Studenten hatten zunächst sämtliche Stationen besichtigt, waren mit der Struktur des Krankenhauses und der Personalhierarchie vertraut gemacht worden und hatten zum Abschluß eine gründliche Lektion im Umgang mit Stethoskop, Blutdruckmeßapparat, Augenspiegel und Reflexhammer erhalten. Die ganze Schar war in mehrere Gruppen aufgeteilt worden, jeder Student hatte einen Satz Untersuchungsinstrumente erhalten, und dann hatten sie an ihren Kommilitonen geübt. Sie lernten die Herztöne abhören, Herzgeräusche ausmachen, die auf eine Erkrankung der Herzklappen hinwiesen, die Messungen von Puls und Blutdruck auswerten. Dann hatten sich die Gruppen getrennt, jede war auf eine andere Station gekommen.
Am vergangenen Tag hatte Ruths Gruppe an der Visite in der gynäkologischen Abteilung teilgenommen, und Dr. Mandell hatte ihnen eine Bekkenuntersuchung vorgeführt. Er hatte die Studenten um das hinterste Bett in einem der Krankenzimmer versammelt, wo eine nette Frau lag, der es nichts auszumachen schien, sich von zwölf Studenten anstarren zu lassen. Mandell hatte den Vorhang rund um das Bett geschlossen und verkündet, daß er jetzt zeigen würde, wie eine Beckenuntersuchung vorgenommen wurde. Die Frau hatte das hingenommen, ohne auch nur mit der Wimper zu zucken.
»Sie ist keine echte Patientin«, hatte Mandell vor der Visite erklärt. »Sie ist eine Prostituierte, die sich dem Krankenhaus gegen Entgelt zur Demonstration zur Verfügung gestellt hat. Eine richtige Patientin würde sich viel zu sehr verkrampfen. Da könnten Sie nichts lernen.«
Ruth hatte den Tag auf der gynäkologischen Station interessant gefunden und hatte das Gefühl, eine Menge gelernt zu haben. Doch in der Entbindungsabteilung gefiel es ihr überhaupt nicht.
Hier wurden jeweils nur zwei Studenten zugelassen; jedes Paar blieb drei Tage, während der Rest der Gruppe, die anderen Stationen durchwanderte. An diesem Morgen hatte Dr. Mandell Ruth und Mark Wheeler auf die Station mitgenommen, ihnen die Garderobe gezeigt, wo sie sich umziehen konnten, und sie dann im Schwesternzimmer erwartet.
Man ignorierte Dr. Mandell und seine beiden Schützlinge. Es war ein Tag, an dem besonders viel los war. In einem der Entbindungsräume waren, wie Ruth sah, als sie durch das kleine Fenster in der Tür schaute, drei Ärzte und zwei Schwestern mit einer schwierigen Geburt beschäftigt. Im nächsten Zimmer war eine einsame, gehetzt wirkende Schwester dabei, die Vorbereitungen für einen Kaiserschnitt zu treffen.
Ruth war überrascht, wie sehr die Entbindungsstation der chirurgischen

ähnelte, wo sie in der Woche zuvor gewesen war. Eine Geburt war für sie immer ein natürlicher Vorgang gewesen, der mit Chirurgie nichts zu tun hatte. Der Lärm in der Abteilung war ohrenbetäubend. Durch die dicke Tür drangen die Schreie der Gebärenden und die lauten Ermunterungen der Geburtshelfer. »Jetzt pressen Sie!« Dann wieder: »Nicht pressen!« Das Piepen mehrerer Herzmonitoren war zu hören, die beiden Sterilisierapparate zischten und klapperten. Irgendwo schrillte ein Telefon, das keiner beachtete. Aus einem Warteraum kamen die Stimmen zweier laut diskutierender Männer. Und um allem die Krone aufzusetzen, zerriß plötzlich noch ein markerschütternder Schrei die Luft, bei dem die beiden Studenten erschrocken zusammenfuhren.
»Daran erkennt man den Kreißsaal«, bemerkte Dr. Mandell. »Man braucht nur dem Geschrei zu folgen.«
Ruth begleitete Dr. Mandell in den Saal, Mark Wheeler jedoch, leichenblaß im Gesicht, blieb zurück. Nur eines der vier Betten war belegt, und als Ruth die Patientin sah, war sie sprachlos.
Sie war noch ein Kind.
»Also, sehen wir uns mal ihre Karte an.«
Es war eine gelbe Karte; das bedeutete, daß das junge Ding eine Fürsorgepatientin war, also zu jener Gruppe gehörte, an denen Studenten und Assistenzärzte sich üben durften. Die Patienten mit rosafarbenen Karten waren absolut tabu, das wußte Ruth. Sie waren Privatpatienten, die ihre eigenen Ärzte hatten.
Ruth sah das kindhafte Mädchen im Bett lächelnd an, doch das schmale, weiße Gesicht mit den großen braunen Augen blieb ernst. Feucht hing dem Mädchen das blonde Haar ins Gesicht, ihre Lippen waren fahl, das Krankenhausnachthemd war feucht von Schweiß. Das Mädchen musterte die beiden Ärzte mißtrauisch, aber ohne Neugier; da sie ein Fürsorgefall war, waren zweifellos schon viele Männer und Frauen in weißen Kitteln oder grünen Mänteln bei ihr gewesen, und die meisten hatten sich wahrscheinlich nicht die Mühe gemacht, sich vorzustellen.
Ruth zwang sich, ihre Aufmerksamkeit wieder auf die Karte zu richten.
»Die Cervix ist auf fünf Zentimeter erweitert«, sagte Dr. Mandell. »Da die volle Erweiterung zehn Zentimeter beträgt, können wir sagen, daß Lenore es zur Hälfte geschafft hat.« Er klappte die Karte zusammen und hängte sie wieder am Fußende des Bettes auf. »Na, hier brauchen wir weiter keine Zeit zu verlieren. Kommen Sie, dann können Sie bei dem Kaiserschnitt zusehen.«
Beim Hinausgehen drehte Ruth sich noch einmal um. Der Blick der großen dunklen Augen folgte ihr.

Kaum standen sie wieder im Flur, kam aus dem Raum, den sie gerade verlassen hatten, wieder ein jammervoller Schrei. »Hm, da sind wir gerade rechtzeitig gegangen«, meinte Dr. Mandell lächelnd.
»Tut mir leid«, sagte Dr. Mandell, »hier darf immer nur einer hinein. Kommen Sie, Mr. Wheeler, Sie können den Anfang machen.«
Ruth sah ihnen nach, als sie im Entbindungsraum verschwanden, und hörte eine Frau sagen: »Meinetwegen, wenn er nur nicht ohnmächtig wird.« Dann trat sie zu der Tür des nächsten Raumes und spähte dort wieder durch das kleine Fenster.
Über die Schultern des Arztes hinweg konnte sie die Gebärende sehen und beobachten, wie der Scheitel des kleinen Köpfchens ans Licht drängte und dann wieder verschwand, als wäre das Kind noch nicht bereit, sich in die Welt zu wagen. Jedesmal, wenn der kleine Kopf vordrang, schrie die Frau laut auf. Ruth hörte, wie der Arzt sagte: »Herrgott, geben Sie ihr nochmal was von dem Epidural.«
Sie glaubte, die Frau protestieren zu hören, aber wenig später wurde sie still, und auch die Wehen ließen nach. »Pressen Sie!« rief der Arzt, dessen gekrümmter Rücken schweißnaß war. »Los, pressen Sie!«
Die Frau versuchte es offensichtlich, aber der Erfolg war gering. Durch das Narkotikum war ihre Muskelkontrolle stark reduziert.
Schließlich griff der Arzt zur Zange, und nun endlich kam das Kind, fiel direkt in die keimfreien Hände des Assistenten.
Sie ging von der Tür weg die Wand entlang und dachte bei sich, irgendwie übersteh ich das schon, als die Flügeltür am Ende des Korridors aufgestoßen wurde und zwei Männer in weißen Kitteln mit einer Trage hereineilten. Augenblicklich erschienen mehrere grüngekleidete Schwestern und Ärzte, übernahmen die Trage von den Sanitätern, nahmen der hochschwangeren Frau, die darauf lag, die Decke vom Körper, schimpften, daß die Karte nicht vollständig sei, schimpften auf das Team in der Notaufnahme, bis jemand laut rief: »Mensch, beeilt euch, wir müssen das Kind da rausholen!« Daraufhin schoben sie die Trage hastig in den Entbindungsraum.
Ehe die Tür sich hinter ihnen schloß, sah Ruth flüchtig das bleiche Gesicht Mark Wheelers, der dicht an die Wand gepreßt stand. Von Dr. Mandell war keine Spur zu sehen. Er war vermutlich zum Rest der Praktikumsgruppe zurückgekehrt, die sich augenblicklich in der Pathologie befand. Ruth wünschte aus tiefstem Herzen, sie könnte jetzt auch dort sein.
Ein jämmerlicher Schrei aus dem ersten Entbindungszimmer lenkte sie von ihren eigenen Kümmernissen ab. Sie lief den Flur entlang bis zur

Tür, stieß sie auf und schaute hinein. Das Mädchen namens Lenore, blaß und mager, höchstens fünfzehn Jahre alt, blickte ihr voller Angst entgegen.
»Bitte helfen Sie mir«, sagte sie.
Ruth trat zu ihr ans Bett. Lenore lag halb aufgerichtet in feuchten Kissen, die mageren Hände schützend auf ihrem geschwollenen Leib. Über den Beinen hatte sie eine Decke. Einer ihrer dünnen Arme war mit Klebeband auf ein starres Brett gebunden; im Unterarm steckte die Kanüle des Tropfs. Um den Oberarm auf der anderen Seite lag die Blutdruckmanschette. Auf dem Nachttisch lagen zwei verschiedene Stethoskope, ein flacher Karton mit Gummihandschuhen, eine kleine Taschenlampe und ein Thermometer.
Als sie sich wieder Lenore zuwandte, sah sie die stumme Bitte auf dem ängstlichen Gesicht; das Mädchen wollte wissen, wer sie war, wagte aber nicht zu fragen. Stellen Sie sich immer als ›Doktor‹ vor, hatte Dr. Mandell gesagt. Das flößt den Patienten Vertrauen ein.
»Hallo, ich bin Dr. Shapiro.«
Als sie die Erleichterung in dem blassen Gesicht sah, kam sie sich vor wie eine Betrügerin. Bitte verlaß dich jetzt nicht auf mich; ich hab nicht die blasseste Ahnung, was los ist.
»Ich hab Angst«, flüsterte das Mädchen.
»Natürlich«, sagte Ruth und tätschelte ihr die Schulter. »Das ist ganz verständlich. Es ist wohl Ihr erstes Kind?« Dumme Frage!
»Ja.« Lenore sah zu ihrem Bauch hinunter und schien noch etwas sagen zu wollen. Aber sie blieb stumm.
»Sind Sie ganz allein?« fragte Ruth behutsam.
Lenore hob den Kopf. »Ja. Ich hab keinen Menschen. Mein Freund ist einfach abgehauen, als ich ihm sagte, daß ich ein Kind krieg. Ich glaub, er ist jetzt oben in San Francisco. Wir haben in einer Wohngemeinschaft gewohnt, wissen Sie, aber Frank und ich, wir waren ein Paar. Ich hab nie was mit einem anderen gehabt. Als er abgehauen ist, ist die ganze Gruppe auseinandergeflogen.«
»Und wo wohnen Sie jetzt?«
»Ach, mal da, mal dort.«
»Und wo sind Ihre Eltern?«
»An der Ostküste. Ich bin letztes Jahr quer durch die Staaten getrampt. Das war echt toll. Und dann hab ich Frank getroffen, und wir haben uns zusammengetan. Jetzt treibt er sich wohl rum.«
»Schade. Das tut mir leid«, murmelte Ruth. »Aber wenigstens haben Sie jetzt Ihr Kind.«

»Hm, ja...«
Der Klang von Männerstimmen unterbrach sie. Ruth drehte sich um und sah zwei Männer in grünen Anzügen hereinkommen. Der eine war der Arzt, der kurz zuvor die Zangengeburt gemacht hatte.
»Okay«, sagte er, während sie sich beide Lenores Bett näherten, »hier haben wir einen Fürsorgefall. Primipara, fünf Zentimeter. Kam über die Notaufnahme. Bei solchen Fällen muß man unbedingt immer auf Geschlechtskrankheit untersuchen.«
Ruth ging zur Seite, als die beiden zum Bett kamen. Der Arzt überflog schweigend die Karte und reichte sie dann seinem Assistenten. Dann zog er ein Paar Gummihandschuhe aus dem Karton auf dem Nachttisch und streifte sie über. Als er die Decke herunterzog, drückte Lenore automatisch die Schenkel zusammen.
»Bißchen spät, um die Beine zusammenzuklemmen, meinen Sie nicht?« sagte er. »Nun kommen Sie schon, Mädchen, wir haben nicht den ganzen Tag Zeit.«
Während der Untersuchung sprachen die beiden Ärzte über das Mädchen hinweg, ohne sie auch nur ein einzigesmal anzusehen. »Acht Zentimeter«, stellte der eine am Schluß fest, »der Kopf noch ziemlich hoch im Becken. Kommen Sie, trinken wir erstmal eine Tasse Kaffee.«
Als sie sich aufrichteten und ihre Handschuhe auszogen, sagte Lenore unerwartet mutig: »Das Baby ist schon ganz weit unten. Ich spür's.«
»Nein, da täuschen Sie sich, Mädchen. Das dauert schon noch eine Weile.«
»Können Sie mir bitte was gegen die Schmerzen geben?«
Der Stationsarzt klopfte ihr auf die Schulter. »Das geht nicht. Das würde die Wehen beeinflussen. Sie würden langsamer werden oder ganz aufhören. Nun stellen Sie sich mal nicht so an. Das, was Sie da erleben, ist doch was ganz Natürliches.«
Gerade als sie gehen wollten, eilte Mrs. Caputo ins Zimmer. »Dr. Turner, die Notaufnahme hat gerade angerufen. Auf dem Highway war ein schwerer Unfall. Eine der Verletzten ist eine Schwangere, bei der durch den Schock die Wehen eingesetzt haben. Möglicherweise ist das Kind in Gefahr. Sie bringen sie jetzt herauf.«
»Ach, du lieber Gott. Das hat gerade noch gefehlt. Kommen Sie, Jack, da können Sie gleich mit zupacken.«
Als Ruth wieder ans Bett trat, sah sie, daß Lenore weinte. Doch ehe sie etwas sagen konnte, verzog sich das Gesicht des Mädchens zu einer Grimasse des Schmerzes, und sie warf den Kopf stöhnend nach rückwärts. Dann schrie sie laut auf und sank atemlos wieder in die Kissen.

»Das tut so weh!« jammerte sie. »Es bringt mich um. Ich sterbe.«
»Nein, nein, Sie sterben nicht«, entgegnete Ruth und nahm Lenores Hand. »Der Doktor hatt schon recht, es ist etwas ganz Natürliches.«
»Ja, aber getäuscht hat er sich trotzdem. Der Kopf ist nicht mehr oben. Er ist hier unten. Ich hab gespürt, wie das Kind runtergerutscht ist.«
Ruth starrte sie einen Moment erschrocken an. »Sind Sie sicher?« fragte sie und bedauerte augenblicklich ihre Worte, die gegen den ersten Grundsatz der Medizinerphilosophie verstießen: Der Arzt weiß es immer besser; den Patienten ignoriert man.
Lenore blieb keine Zeit zu einer Erwiderung. Wieder verzerrte sich ihr Gesicht, die Adern am Hals und an den Schläfen schwollen an, sie schrie laut und fiel keuchend wieder zurück. Ruth war höchst beunruhigt. Die Wehen kamen jetzt sehr rasch hintereinander.
»O Gott«, wimmerte Lenore. »Ich blute.«
»Das kann nicht sein«, widersprach Ruth so ruhig wie möglich. Sie warf einen Blick über ihre Schulter zur Tür – wo waren sie nur alle? –, dann zog sie vorsichtig die Decke über den Beinen des Mädchens weg. Das Laken zwischen ihren Schenkeln war mit einer klaren Flüssigkeit getränkt. »Es ist schon in Ordnung«, erklärte Ruth, obwohl sie keine Ahnung hatte, ob es in Ordnung war. »Es ist kein Blut. Es ist Fruchtwasser.«
»Jetzt kommt wieder eine –« Lenore verkrampfte sich unter dem Schmerz einer neuen Wehe und umklammerte Ruths Hand so fest, daß Ruth beinahe mit ihr geschrien hätte.
»Bitte helfen Sie mir! Es kommt! Oh Gott, ich hab solche Angst.«
Ruth löste Lenores Finger von ihrer Hand.
»Ich hole jemanden. Sie brauchen keine Angst zu haben, Lenore. Es wird schon alles gut.«
Aber draußen im Korridor war das Chaos ausgebrochen. Die schwangere Frau, die bei dem Unfall auf dem Highway verletzt worden war, wurde gerade in den Kreißsaal geschoben. Sechs Leute bemühten sich um sie, schnitten ihr die blutigen Kleider vom Körper, hielten ihr eine Sauerstoffmaske aufs Gesicht, schoben ein Atemgerät heran, schalteten den Defibrillator ein. Alle, die nicht bei dem Kaiserschnitt im Nebenraum beschäftigt waren, kämpften um das Leben dieser Frau und ihres Kindes.
Ruth wußte nicht, was sie tun sollte. Dann entdeckte sie Mrs. Caputo und rannte zu ihr.
»Das Mädchen bekommt gleich –« begann sie.
Doch die Oberschwester stieß sie brüsk zur Seite. »Verschwinden Sie, Sie

sind hier im Weg. Das Mädchen ist Dr. Turners Patientin. Er kümmert sich schon um sie. Wenn Sie hier nochmal dazwischenfahren, lasse ich Sie rauswerfen.«

Ruth rannte wieder zu Leonore ins Zimmer. Sie war sich gar nicht bewußt, daß sie das Mädchen jetzt als ihre eigene Patientin betrachtete. Mein Gott, dachte sie erschrocken, als sie Lenore mit einer neuen Wehe kämpfen sah, das Kind kommt wirklich. Lenores Bauch hob und senkte sich, die Decke rutschte herunter, während das Mädchen wieder laut aufschrie.

Als Lenore erschöpft wieder in die Kissen sank, packte sie mit einer blitzschnellen Bewegung Ruths Handgelenk. »Helfen Sie mir«, flüsterte sie heiser. »Bitte, helfen Sie mir!«

Ruth versuchte loszukommen, drehte sich in Panik nach der Tür um. Wenn sie um Hilfe rief, würde das Lenore Angst machen. Sie mußte sich wenigstens den Anschein geben, als sei sie völlig ruhig.

Lenore krampfte sich in einer neuen Wehe zusammen, und Ruth wurde mit Erschrecken klar, daß sie das Mädchen jetzt nicht allein lassen konnte.

Lieber Gott, lieber Gott, betete sie lautlos, während sie sich am Seitengitter des Betts zu schaffen machte. Wo ist die Klingel? Warum haben sie hier keinen Notruf? Warum schaut nicht wenigstens mal jemand hier herein?

Bei der nächsten Wehe sah sie kurz den Scheitel des kleinen Kopfes. Zitternd zog sie ein Paar Gummihandschuhe aus dem Karton wie vorher Dr. Turner das getan hatte, und streifte sie über. Dann postierte sie sich entschlossen zwischen Lenores gespreizten Beinen. Bei der nächsten Wehe streckte sie beide Hände aus, um, wie sie das in einem ihrer Lehrbücher gelesen hatte, das glitschige kleine Wesen aufzufangen. Aber das Ungeborene richtete sich nicht nach dem Lehrbuch. Der Kopf wich wieder zurück, und Lenore entspannte sich keuchend.

Jetzt hole ich jemanden...

Aber da tauchte der Kopf schon wieder auf, und diesmal gewahrte Ruth mit Entsetzen, daß etwas wie eine Schlinge um den Kopf des Ungeborenen lag. Kalter Schweiß brach ihr aus allen Poren, und einen Moment lang hatte sie das schreckliche Gefühl, ohnmächtig zu werden. Die Schlinge konnte nur eines sein: die Nabelschnur.

»Warten Sie«, sagte sie zu Lenore. »Pressen Sie das nächstemal nicht.«
»Ich kann nicht anders. Ich kann es nicht zurückhalten.«
»Nein! Nicht pressen –«
Schon kam die nächste Wehe, schon zeigte sich wieder das kleine Köpf-

chen. Ruth sah, wie die rötliche Nabelschnur, die über dem Schädel lag, sich weiß färbte, als der Kopf am Beckenausgang auf sie drückte. Sie wußte, was das bedeutete. Mit jedem Stoß auf die Nabelschnur, wurde die Versorgung des Ungeborenen mit Blut und Sauerstoff von der Mutter unterbrochen. Wenn das so weiterging, würde das Kind noch vor der Geburt sterben.
Ruth war sich nicht bewußt, daß sie zu weinen angefangen hatte. Durch einen Tränenschleier sah sie ihre eigenen Hände, die instinktiv, wie von selber, in die Vagina glitten. Ihre Finger fanden den weichen kleinen Kopf, fühlten die pulsierende Nabelschnur und hielten bei der nächstene Wehe den Kopf von der Nabelschnur weg. Doch als die Entspannung kam, fühlte Ruth, daß die Nabelschnur wieder über den Kopf fiel, und wußte, daß sie bei der nächsten Wehe erneut abgedrückt werden würde.
Ohne zu überlegen, sprang sie vom Bett, rannte zum Fußende und begann wie eine Wahnsinnige zu kurbeln. Langsam hob sich das Fußende, so daß Lenore schließlich, den Kopf etwas tiefer als den Unterkörper, in Schräglage zu liegen kam. Nachdem Ruth das geschafft hatte, eilte sie wieder an ihren Platz und wartete auf die nächste Wehe. Diesmal wurde die Nabelschnur nicht so fest abgedrückt, aber eingeklemmt wurde sie dennoch. Ruth schob eine Hand in die Vagina und hielt wieder den kleinen Kopf.
Stundenlang, schien ihr, ging es so: Lenore schrie und preßte, und Ruth umschloß mit ihren Fingern das kleine Köpfchen, um es von der Schnur fernzuhalten. Immer wieder, immer wieder. Als sie schließlich um Hilfe rief, war sie sich dessen überhaupt nicht bewußt, hätte nicht sagen können, wie oft sie gerufen hatte, doch als endlich jemand ins Zimmer kam und »Ach, du lieber Gott!« rief, weinte sie laut auf, und als eine Schwester sie ablöste, brach sie schluchzend zusammen. Jemand nahm sie in den Arm und führte sie zu einem Stuhl. Sie hörte schnelle Schritte und das Quietschen des Bettes, das aus dem Zimmer geschoben wurde. Dann war es still.
Einige Minuten später kam eine besorgte Schwester und brachte ihr eine Tasse Kaffee. Sie zog ihr die blutigen Handschuhe von den Händen und ließ sie dann wieder allein. Ruth beruhigte sich langsam. Sie wußte nicht, wie lange sie so gesessen hatte, als ein Mann in Grün hereinkam, den sie nicht kannte. Er musterte sie mit fragendem Blick und stellte sich ihr als Dr. Scott vor.
»Ich kenne Sie leider nicht«, sagte er, während er sich einen Stuhl heranzog und nach einem Namensschildchen auf dem Revers ihres Kittels suchte. »Sind Sie eine Schwester?«

Ruth schluckte. Sie hatte sich beruhigt, aber sie war immer noch ein bißchen zittrig.

»Nein, ich bin Medizinstudentin.«

»Ach so. Drittes Jahr? Oder viertes?«

»Erstes.«

Er zog die Brauen hoch. »Studentin im ersten Jahr? Was tun Sie denn hier?«

Sie berichtete von dem Kurzpraktikum.

»Aha, Sie bekommen also eine erste Kostprobe von der praktischen Arbeit des Arztes«, meinte er mit einem freundlichen Lächeln. »Das finde ich sehr gut. Als ich studierte, bekamen wir erst im dritten Jahr zum erstenmal ein Krankenhaus von innen zu sehen. Das war ein ganz schöner Schock, sage ich Ihnen. Ich wurde ohnmächtig, als ich meine erste Rückenmarkspunktierung sah.«

Er schwieg und sah sie einen Augenblick forschend an. »Und hat dieses Erlebnis Sie nun von der Medizin abgebracht?«

»Nein.«

Sein Lächeln wurde breiter. »Sie haben sicher schon Erfahrung mitgebracht? Haben Sie mal als Hilfsschwester gearbeitet?«

Sie schüttelte den Kopf.

»Sie hatten überhaupt keine Erfahrung?« fragte er ungläubig. »Das war Ihre erste Entbindung?«

»Ja.«

Die Arme auf der Brust verschränkt, lehnte er sich zurück. Auf seinem Gesicht war ein Ausdruck, den Ruth nicht recht deuten konnte. »Das ist wirklich erstaunlich. Sie wußten genau, was Sie zu tun hatten. Sie sind nicht in heller Panik davongelaufen, sondern Sie haben bei ihr ausgehalten.«

»Ich hab angefangen zu heulen.«

Er zuckte die Achseln. »Das passiert uns allen irgendwann mal. Sie haben es jetzt schon hinter sich.« Er betrachtete sie nachdenklich. »Wollen Sie Geburtshilfe machen?«

»Allgemeinmedizin.«

»Überlegen Sie mal, ob Sie sich nicht doch spezialisieren wollen. Leute wie Sie, können wir hier gebrauchen.«

Ruth sah ihn mit großen Augen an. Dann glitt ihr Blick durch das Zimmer, über die alberne Tapete, das Poster an der Tür, zu der leeren Stelle, wo Lenores Bett gestanden hatte. Hier? dachte sie.

»Wie geht es Lenore?«

»Gut. Sie hat einen gesunden kleinen Jungen zur Welt gebracht. Dank Ihrer tatkräftigen Hilfe. Möchten Sie ihn sehen?«

»Gern.«
Sie standen auf, und Dr. Scott führte sie am Arm aus dem Kreißsaal hinaus.

9

»Tut es weh?«
»Nur die Spritzen. Und hinterher, wenn die Wirkung des Xylocains nachläßt.«
Während Dr. Novack sich die Instrumente zurechtlegte, wandte sich Mickey ab. Sie wollte sie nicht sehen. Sie schaute zum Fenster hinaus, von wo man den Pazifischen Ozean sehen konnte, der grau unter dem Februarregen lag.
»Haben Sie Angst, Mickey?«
»Ja.«
»Möchten Sie ein Beruhigungsmittel?«
»Nein.«
In den sieben Tagen, seit sie sich zu der Behandlung bereit erklärt hatte, hatte Mickey versucht, sich auf diesen Moment vorzubereiten, aber all seine beruhigenden Zusicherungen schienen sich im grauen Regen aufzulösen. Es war eben doch nur ein Experiment: keine Garantie.
In der Neujahrsnacht vor fast zwei Monaten hatte Dr. Novack sie am Arm festgehalten und gesagt: »Ich glaube, ich kann Ihr Gesicht in Ordnung bringen.« Danach hatte sie nicht mehr weglaufen können. Sie hatte sich wieder mit ihm auf die Bank gesetzt, und er hatte ihr erklärt, was er vorhatte.
»Ich habe einen Forschungsauftrag am St. Catherine's Krankenhaus. Ich bin Facharzt für plastische Chirurgie und experimentiere mit verschiedenen Methoden zur Beseitigung von Hämangiomen. Deshalb habe ich Sie so unhöflich angestarrt. Ich suche schon eine ganze Weile nach jemandem, über den ich meine Fallbeschreibung machen kann. Ich habe eine ganze Reihe Patienten mit meiner neuen Methode behandelt, alle mit Erfolg, aber es handelte sich immer nur um kleine Geschwulste. Für meine Darstellung brauche ich einen dramatischen Fall. Und da tauchten Sie plötzlich auf.«
Mickey sagte nichts. Sie hatte entsetzliche Furcht, nicht vor Chris Novack und nicht vor Schmerz, sondern vor Enttäuschung. Sie hatte ihn wiederholt gefragt, ob die Behandlung erfolgreich sein werde, und er hatte immer wieder geantwortet: »Ich kann keine Garantien geben.«
»Sie haben ein sehr großes Mal. Ich kann mich nicht erinnern, je eines

gesehen zu haben, das eine ganze Gesichtshälfte überzog. Das ist eine hochempfindliche Zone, und das Verfahren ist entsprechend heikel. Ich mache erst eine Probe an Ihrem Rücken, um festzustellen, ob sich irgendwelche Reaktionen zeigen.«
»Und was muß ich tun?«
»Nichts. Sie müssen nur jeden dritten Samstag zu mir kommen. Jede Sitzung dauert ungefähr eine Stunde. Ich rechne mit sechs oder sieben Sitzungen. Sie müßten mir allerdings gestatten, daß ich vorher und nachher Aufnahmen von Ihnen mache und daß ich die Bilder und Ihren Namen in meinen Aufsätzen und Vorträgen verwenden darf.«
»Und wenn es schiefgeht?«
»Sie haben Angst, daß es hinterher noch schlimmer aussehen wird? Nein, das auf keinen Fall.«
Gerade als Mickey für sich beschlossen hatte, den Sprung ins kalte Wasser zu wagen, sagte Dr. Novack: »Eines noch: während der Behandlung ist kein Makeup erlaubt. Wir dürfen auf keinen Fall eine Infektion riskieren.«
Das hatte Mickey von neuem abgeschreckt. Wenn er jedesmal nur eine kleine Stelle behandelte, bedeutete das, daß der Rest des Mals zu sehen sein würde; das war für sie, als müßte sie sich den Leuten nackt zeigen. Nein, sie würde es doch nicht tun. Und das sagte sie ihm auch.
Doch sie hatte nicht mit ihren Freundinnen gerechnet, die sie bei jeder Gelegenheit mit gutem Zureden, Vorwürfen, sogar Drohungen bearbeiteten und in ihren Bemühungen, sie zu der Behandlung zu überreden, keinen Moment lockerließen.
»Ich bin schon zu oft enttäuscht worden«, hatte sie weinend gerufen, worauf Ruth und Sondra wie aus einem Mund erwiderten: »An Enttäuschung ist noch niemand gestorben.«
Sondra hatte eines Tages recht eigenmächtig die Initiative ergriffen und, während Mickey schlief, das Makeup aus sämtlichen Flaschen in den Ausguß gekippt und weggespült. Jetzt saßen die beiden, Sondra und Ruth, draußen im Flur und warteten, um Mickey nach ihrer ersten Behandlung in Empfang zu nehmen.
»Man hat praktisch alles ausprobiert«, sagte Dr. Novack zu Mickey, die wie versteinert in dem großen Stuhl saß, der sie an einen Zahnarztstuhl erinnerte. »Jahrelang haben die Ärzte mit allen möglichen Mitteln herumexperimentiert, und die Erfolge waren jedesmal gleich Null. Die Narbe vor Ihrem Ohr ist die Folge einer versuchten Hautverpflanzung. Machen Sie sich keine Gedanken, Mickey, die kann ich entfernen.«
Er brauchte ihr über die Methoden, die man schon ausprobiert hatte,

nichts zu erzählen; sie kannte sie alle aus eigener Erfahrung. Und praktisch jede Behandlung, der sie sich unterzogen hatte, war nicht nur erfolglos gewesen, sondern auch unglaublich schmerzhaft.
»Sie haben Glück, Mickey, Sie haben ein Kapillarhämangiom. Wenn es ein Kavernom wäre, müßte ich erst einen Neurochirurgen operieren lassen, um die Hauptblutzufuhr unterbrechen zu lassen.«
Als er mit den Fingerspitzen ihr Haar berührte, zuckte sie zusammen. Als er das erstemal ihr Haar nach hinten gestrichen hatte, um sich das Mal anzusehen, hatte Mickey geglaubt, sie müsse im Boden versinken vor Scham. Es war, als erforsche er mit seinem Blick und seinen Fingern ihr Allerintimstes. Niemals würde sie sich daran gewöhnen können.
»Ich fang direkt am Ohr an, Mickey. Dann ist es nicht zu sehen, wenn tatsächlich etwas schiefgehen sollte.«
Seine Stimme war sanft und beschwichtigend, während er arbeitete. Er steckte ihr das Haar zurück und legte ihr ein Tuch um den Kopf. Mickey hatte sich, wie er ihr geraten hatte, das Gesicht am Morgen gründlich mit einem Desinfektionsmittel gewaschen. Während sie jetzt, den Kopf nach rückwärts geneigt, das Gesicht der Wand zugekehrt, in dem Stuhl lag, machte Dr. Novack ein zweites Tuch unter ihrem Kinn fest und wusch dann ihre rechte Gesichtshälfte noch einmal mit Desinfektionsmittel. Sie hörte, wie er etwas niederlegte, dann etwas zur Hand nahm und sagte: »Okay, Mickey, jetzt kommen ein paar Einstiche. Das ist das Xylocain.«
Die Spritzen waren unangenehm, aber nicht übermäßig schmerzhaft, und bald danach hatte sie das Gefühl, als löse sich ihre Wange von ihrem Gesicht, schwebe zu Dr. Novack hinüber, um abgelöst von ihr sich seiner Behandlung anzuvertrauen.
»Ich habe mich sehr bemüht, das Pigment auszusuchen, das dem Ihrer Haut am ähnlichsten ist, Mickey. Sie haben eine sehr schöne Haut. Viele Frauen würden Sie darum beneiden, wenn Sie sie nur zeigen würden. Sie sind überhaupt eine sehr schöne Frau, Mickey, aber wie soll das jemand erkennen, wenn Sie immer nur Ihre Nasenspitze zeigen.«
Sie spürte seine Finger auf ihrer Wange. »Ich lege jetzt das Pigment auf.«
Dann hörte sie das Geräusch, bei dem sie am liebsten aufgesprungen und davongelaufen wäre. Das Schnappen eines Schalters und dann das Brummen eines Motors. Sie schloß die Augen und stellte sich vor, was er in der Hand hielt: ein Instrument, das aussah wie ein Füller, mit winzigen Fäden an der Spitze, die auf und nieder tanzten und das Pigment in ihre Haut trieben – die Tätowiernadel.

Als sie eine Stunde später etwas blaß, etwas zittrig, aber mit einem Lächeln der Erleichterung in den Korridor kam, sprangen Ruth und Sondra auf, wie elektrisiert. Chris Novack hatte den Arm um Mickeys Schulter gelegt und sagte: »Lassen Sie den Verband so lange wie möglich drauf. Wenn irgend etwas los sein sollte, rufen Sie mich sofort an. Kommen Sie am Mittwoch nachmittag wieder, damit ich nachsehen kann. Vergessen Sie nicht, sich immer das Haar zurückzustecken, so lange der Heilungsprozeß dauert. Viel Glück, Mickey.«
Sondra lief zu ihr und umarmte sie, während Ruth, die Hände in die Hüften gestemmt, zurücktrat, um sie zu begutachten. Mit einem Blick auf den Verband und die tiefrote Haut, die darunter hervorschimmerte, sagte sie grinsend: »Du meine Güte, Mickey Long, du siehst aus wie Frankensteins Braut.«

Dann war schon der Mai da, und die Jahresabschlußprüfungen standen vor der Tür.
Je näher die Prüfungen kamen, desto stiller wurde es auf dem Campus. Bald saß man nur noch auf den Zimmern und büffelte. Denn jetzt war der kritische Punkt gekommen; bei dieser Prüfung wurde die Spreu vom Weizen gesondert. Wenn man das erste Jahr schaffte, hieß es allgemein, war der Rest praktisch gelaufen. In der Encinitas Hall herrschte jetzt meist gähnende Leere; höchstens samstags nachmittags und abends traf man hier ein paar Studenten der höheren Jahrgänge an. Das gesellschaftliche Leben auf dem Campus kam zum Stillstand; der Strand verödete; man hängte das Telefon aus und ließ die Post unbeantwortet; in den Fenstern der Wohnheime schimmerte nächtelang Licht.
Die drei in der kleinen Wohnung in der Avenida Oriente waren so besessen wie ihre Kommilitonen. Aber neben der Arbeit für die Prüfung beschäftigte jede von ihnen noch anderes.
Für Ruth galt es, wenigstens einen weiteren Platz in ihrem Jahrgang vorzurücken. Vom zwölften Platz im vergangenen November hatte sie sich im Januar auf den neunten und bei der letzten Zwischenprüfung auf den achten vorgearbeitet. Sie konnte es sich nicht leisten zurückzufallen und war fest entschlossen, nicht an der achten Stelle zu bleiben.
Sondra dachte oft an den langen Sommer, den sie zu Hause bei ihren Eltern verbringen wollte. Es würde wahrscheinlich für lange Zeit das letzte längere Zusammensein mit ihnen sein.
Und Mickey stand kurz vor ihrer letzten Behandlungssitzung bei Dr. Novack.
Niemand hatte sie angestarrt. Gewiß, zu Anfang hatten bei den Vorle-

sungen ein paar Leute die Köpfe gedreht, sie auf dem Weg über das Campus mit milder Neugier angesehen – hatte sie vielleicht einen Unfall gehabt? – aber bald hatte sich die Neugier gelegt, man hatte sie ignoriert, wie sie das gewohnt war und als angenehm empfand. Nach der ersten Behandlung hatte Mickey die nächste Sitzung kaum erwarten können. Sie war so voller Spannung und Ungeduld, daß sie zu den nachfolgenden Sitzungen fast jedesmal zu früh da war; aber den Spiegel mied sie immer noch. Wenn sie sich wusch, das Haar kämmte, die Zähne putzte, tat sie es wie eine Blinde, aus Angst vor ihrem Spiegelbild und vor einer möglichen Enttäuschung. Sie wollte die ›Enthüllung‹ so lange wie möglich hinausschieben. Wenn Ruth und Sondra sie musterten, konnten sie nichts übermäßig Dramatisches entdecken. Mickeys Gesicht war die meiste Zeit geschwollen und verfärbt und von Verbänden zugedeckt. Mit dem Näherkommen der Prüfungen wandte sich ihre Aufmerksamkeit immer mehr den Büchern zu, und es blieb ihnen kaum Zeit, sich um Mickey zu kümmern.

Am Wochenende vor der gefürchteten Statistik-Prüfung fragte Dr. Novack Mickey, ob sie bereit wäre, sich auf der jährlichen Fachtagung, wo er einen Vortrag halten wollte, zur Demonstration zur Verfügung zu stellen.

Er war dabei, die Fäden an der Stelle vor ihrem Ohr zu ziehen, wo er die alte Narbe entfernt hatte.

»Würde es Ihnen etwas ausmachen, Mickey?« fragte er. »Die Tagung findet in zwei Wochen statt, am letzten Wochenende vor Semesterschluß. Es kommen ungefähr sechzig Fachärzte aus allen Teilen des Landes. Meinen Sie, Sie könnten so eine Demonstration auf sich nehmen?«

Sie saß wie immer, den Kopf zur Wand gedreht, die Hände im Schoß.
»Was muß ich denn da tun?«
»Nicht viel. Ich zeige meine Dias und halte einen kurzen Vortrag. Dann müßten Sie herauskommen, damit die Kollegen Sie sehen können.«
»Das kann ich nicht«, flüsterte sie.
Der letzte Faden war gezogen. Dr. Novack knüllte das kleine Gazebündel zusammen und warf es in den Eimer. Dann rollte er auf seinem Drehstuhl herum, so daß er Mickey ins Gesicht sehen konnte.
»Ich glaube schon, daß Sie es können«, sagte er sanft. »Ich kann Sie natürlich nicht zwingen. Aber überlegen Sie mal, was Sie damit bewirken können. Viele dieser Ärzte kommen extra her, um sich über meine neue Behandlungsmethode zu informieren. Wenn sie Sie sehen, wird sie das überzeugen, daß die Sache Hand und Fuß hat. Sie werden nach Hause

fahren, um anderen zu helfen, die noch so unglücklich sind, wie Sie es einmal waren.«
Sie starrte ihn an. »Wie ich einmal *war*?«
»Sie haben noch nie in den Spiegel gesehen, nicht wahr, Mickey? Hier.«
Er nahm einen Handspiegel und hielt ihn ihr vors Gesicht. Instinktiv schloß Mickey die Augen. »Sehen Sie sich ruhig an. Ich würde sagen, wir haben einen absoluten Volltreffer gelandet.«
Sie öffnete die Augen, starrte furchtsam in den Spiegel. Ihre rechte Gesichtshälfte sah grauenvoll aus: rötliche Narben, Verfärbungen, Schwellungen –
Aber das Feuermal war weg.
»Das alles vergeht mit der Zeit«, sagte Dr. Novack und berührte dabei verschiedene Stellen mit den Fingerspitzen. »Wenn Sie sich an das halten, was ich Ihnen gesagt habe und nicht in die Sonne gehen, wird kein Mensch etwas davon merken, wie das einmal ausgesehen hat.«
Noch einen Moment lang starrte sie ihr Spiegelbild an, dann wandte sie sich Dr. Novack zu.
»Also gut«, sagte sie mit einem unsicheren Lächeln. »Ich tu's.«

»Sie kommt«, rief Sondra, ließ den Vorhang fallen und rannte vom Fenster weg.
Ruth stürzte in die Küche, Sondra folgte ihr, und dort blieben sie beide mit angehaltenem Atem im Dunkeln stehen. Als sie das Knacken des Schlüssels im Schloß hörten, hatten sie Mühe, das aufkommende Gelächter zu unterdrücken. Die Tür öffnete sich, und sie sahen Mickey umrißhaft im abendlichen Dunkel stehen.
»Hallo«, sagte sie. »Ist keiner zu Hause?« Dann murmelte sie: »Sind anscheinend beide weg...«
Sondra drückte auf den Lichtschalter und Ruth schrie mit voller Lautstärke: »Hurra!«
Mickey fuhr erschrocken zusammen. Handtasche und Papiere fielen zu Boden. Sie drückte eine Hand auf die Brust und rief erstickt: »Was ist denn –«
»Wir haben eine Überraschung für dich«, riefen Sondra und Ruth in lachendem Singsang. »Komm rein, wir müssen feiern.«
»Was ist denn –« begann Mickey wieder, während die beiden anderen sie an den Händen faßten und zu ihrem Zimmer zogen. »Sind die Prüfungsergebnisse rausgekommen?«
»Noch nicht. Nun komm schon.«
Sondra blieb zurück, und Ruth schob Mickey in ihr Zimmer. Alle drei

blieben stehen, Sondra und Ruth lachend, Mickey mit geöffnetem Mund.
»Was soll das?« fragte sie schließlich leise.
»Wir feiern dein Debut, Mickey Long.« Ruth gab ihr noch einen sanften Puff in den Rücken. »Na, los schon. Schau dir an, wie wir uns die neue Mickey vorstellen.«
Langsam näherte sich Mickey den Sachen, die auf dem Bett ausgebreitet lagen: ein ärmelloses Kleid aus kornblumenblauer Seide, ein Paar hochhackige Lacksandaletten von derselben Farbe, ein kleines Etui mit goldenen Steckohrringen, ein Schminkkästchen voller unterschiedlicher Farben, ein Seidenschal in Blau, Türkis und Aquamarin, auf dem ein Kärtchen lag. ›Damit Du Dir die Haare aus dem Gesicht binden kannst‹, stand darauf.
»Ich versteh nicht, was – «
»Die Sachen sind von Ruth und mir. Zum Einstand in dein neues Leben.«
»Nein, das kann ich nicht annehmen – «
»Jetzt hör mal zu, Mickey«, erklärte Ruth, »es wird Zeit, daß du dich endlich hübsch anziehst. Möchtest du vielleicht morgen zu dem Bankett als graue Maus gehen? Sollen die Chirurgen dich vielleicht als Mauerblümchen sehen? Du bist doch eine tolle Frau, also zeig's auch!«
Mickey begann zu weinen. Sondra weinte mit. Ruth packte kopfschüttelnd die Haarbürste auf dem Toilettentisch und rief. »So, und als erstes werden wir dir mal eine neue Frisur verpassen.«

Chris Novack hatte gesagt, er würde sie um sieben Uhr abholen. Das Bankett sollte im großen Konferenzsaal des St. Catherine's Krankenhaus stattfinden, von der Wohnung auch zu Fuß nicht weit, doch er hatte darauf bestanden, sie mit dem Auto abzuholen.
Sondra ließ ihn herein, Ruth winkte ihm aus der Küche zu.
»Wir mußten uns den Mund fusselig reden, ehe wir sie so weit hatten, daß sie geht. Jetzt ist sie in ihrem Zimmer und überlegt, was sie anziehen soll.«
Er schüttelte lachend den Kopf. Mit der Zeit, da war er sicher – er hatte es ja oft genug erlebt –, würde Mickey sich an ihr neues Gesicht gewöhnen und ihr zaghaftes Verhalten ablegen. Bei manchen Menschen dauerte es eben ein bißchen länger.
»Hallo, Dr. Novack.«
Er drehte sich um. Und war wie vom Donner gerührt.
»Mickey?«

So unsicher, als hätte sie zum erstenmal hochhackige Schuhe an, trat sie ins Wohnzimmer, den Kopf gesenkt, weil sie das Haar mit einem leuchtenden Seidenschal im Nacken zusammengebunden hatte, so daß ihr Gesicht frei war. Erst als sie nahe vor ihm stand, hob sie den Kopf und lächelte schwach. Sie hatte sich die Lippen geschminkt, und auf den Augenlidern hatte sie einen Hauch grünen Lidschatten. Aber es war nicht nur die Schminke, die ihr Gesicht veränderte. Es war eine innere Lebendigkeit, die sich in ihren Augen und im scheuen Lächeln ihres Mundes ausdrückte. Ihre Einstellung zu sich selbst hatte sich verändert.
Dr. Novack war sprachlos.
»Viel Spaß«, sagte Ruth und wandte sich ab, um sich mit irgend etwas zu schaffen zu machen. »Wir bleiben auf, bis du heimkommst, Mickey.«

Sie machten einen letzten Spaziergang am Strand. In der Wohnung warteten schon die gepackten Koffer, in ihren Handtaschen steckten die Flugscheine. Sondra und Ruth würden abreisen, Mickey würde bleiben. Sie hatte einen Sommerjob als Aushilfsschwester im St. Catherine's Hospital, so daß sie die Wohnung für sie halten konnte.
Sie gruben ihre nackten Füße in den warmen Sand, füllten ihre Lungen mit der frischen, salzigen Luft, ließen sich das Haar von der Meeresbrise zausen. Es war ein herrlicher Tag, der Himmel strahlend blau mit kleinen weißen Wölkchen, die friedlich dahintrieben, und über der rauschenden Brandung tummelten sich kreischend Scharen weißer Möwen.
Alle drei hatten sie das Gefühl, an einer Schwelle zu stehen. Und gleichzeitig waren sie von wohltuender Befriedigung über das bisher Geleistete erfüllt.
Ruth war mit den Abschlußprüfungen auf den sechsten Platz ihres Jahrgangs vorgerückt und sie wußte, wenn sie im Herbst aus Seattle zurückkam, würde Arnie Roth auf sie warten. Sondra hatte einen Platz in einem von der Gesundheitsbehörde finanzierten Hilfsprogramm bekommen und würde einige Wochen lang in einem Indianerreservat arbeiten. Mikkey hatte ihr neues Gesicht und sah das Leben mit optimistischerem Blick.
So vieles lag hinter ihnen und so vieles noch vor ihnen. Und der September schien noch in weiter Ferne.

Zweiter Teil
1971–1972

10

Mickey rannte durch den Korridor und stieß ziemlich unsanft mit einem jungen Mann mit einer Filmkamera zusammen. Ihr wirbelte so vieles durch den Kopf in diesem Moment: ob sie die Assistentenstelle in Hawaii bekommen würde, ob sie an dem Chirurgie-Seminar am kommenden Wochenende teilnehmen sollte, was sie mit dem Kind auf Zimmer sechs tun sollte, das eine offene Sicherheitsnadel verschluckt hatte. Sie stieß mit dem jungen Mann zusammen, weil sie auf ihre Uhr gesehen hatte: Vor zwei Stunden erst hatte sie angefangen und lag schon zurück.
Als sie eben am Schwesternzimmer vorübergekommen war, hatte ihr der Duft frisch gekochten Kaffees in die Nase geweht, und sie war sich des hohlen Gefühls in ihrem Magen bewußt geworden. Am Abend vorher war sie bis nach Mitternacht in der Notaufnahme im Dienst gewesen, war dann gar nicht erst nach Hause gegangen, sondern hatte statt dessen in einem Untersuchungszimmer geschlafen. Bei Morgengrauen war sie schon wieder auf den Beinen gewesen, hatte in der Schwesterngarderobe der Chirurgie geduscht und war wieder in die Notaufnahme hinuntergeflitzt, um die nächste harte Achtzehn-Stunden-Schicht zu beginnen. Sie überlegte gerade, wann sie das letztemal gegessen hatte – ein Stück Kuchen, das sie am Mittag des vergangenen Tages hastig hinuntergeschlungen hatte –, und fragte sich, wann sie das nächstemal zum Essen kommen würde, als sie gegen den jungen Mann prallte und ihn förmlich umriß.
»Oh!« rief sie erschrocken. »Entschuldigen Sie!«
Er taumelte ein paar Schritte nach rückwärts und hatte Mühe die große Filmkamera festzuhalten, die er auf der Schulter trug.
»Meine Schuld«, erwiderte er, als er wieder sicher stand. »Ich hab nicht aufgepaßt.«
»Sie haben sich hoffentlich nicht wehgetan?«
Er lachte und schwang die Kamera von der Schulter. »Ich werd's überleben. Berufsrisiko.«
Sie sah von ihm zu dem jungen Mann, der mit einer großen schwarzen Tasche über der Schulter hinter ihm stand.
»Kann ich Ihnen irgendwie behilflich sein?«
»Nein, nein, wir kommen schon zurecht, vielen Dank. Lassen Sie sich von uns nicht aufhalten.«

Mickey war auf dem Weg zu ihrem nächsten Patienten gewesen. Es war acht Uhr an einem schönen Oktobermorgen, und in der Notaufnahme des St. Catherine's Krankenhauses ging es noch ziemlich ruhig zu. Aber bald, das wußte Mickey aus Erfahrung, würde es chaotisch werden.
»Sind Sie von der Zeitung?«
Der Mann mit der Kamera schüttelte den Kopf. »Ach«, sagte er erstaunt, »Sie wissen nicht Bescheid. Das tut mir leid. Man sagte mir, das gesamte Krankenhauspersonal wäre unterrichtet.« Er bot ihr die Hand. »Jonathan Archer. Und das ist Sam, mein Assistent.«
Etwas verwundert gab Mickey ihm die Hand und nickte dem Assistenten zu. »Ich bin trotzdem noch im unklaren«, sagte sie. »Wer sind Sie denn und was tun Sie hier?«
»Jonathan Archer«, sagte er wieder, als müßte sie den Namen kennen und als wäre damit alles erklärt. »Wir machen einen Film.«
»Einen Film?«
»Ich dachte wirklich, alle hier wüßten Bescheid.« Er musterte ihren weißen Kittel, das Stethoskop, die Krankenkarte in ihrer Hand.
»Gehören Sie hier zum Personal?«
»In gewisser Weise.«
Mickey rang mit dem Impuls weiterzulaufen. Seit sie vor einem Jahr ihre klinische Ausbildung begonnen hatte, war sie es gewöhnt, ständig auf Trab zu sein und wenn möglich, drei Dinge auf einmal zu tun. Die Schichtarbeit im vierten Jahr ließ einem kaum Zeit, eine Tasse Kaffee hinunterzuschütten, geschweige denn herumzustehen und mit einem wildfremden Menschen zu schwatzen. Aber sie war neugierig.
»Was für einen Film machen Sie denn?«
Jonathan Archer lächelte. »Es ist ein Dokumentarfilm. In den kommenden Wochen werden Sam und ich überall im Krankenhaus Aufnahmen machen, um die Ereignisse so einzufangen, wie sie tatsächlich ablaufen. Reines *cinema verité*.«
Mickey musterte ihn mit unverhohlenem Interesse. Jonathan Archer sah aus wie ein gewöhnlicher Arbeiter, der in die Notaufnahme gekommen war, um irgend etwas zu reparieren. Seine Blue Jeans war sauber, aber an vielen Stellen geflickt; das verwaschene T-Shirt spannte sich über den breiten Schultern, und das braune Haar hing ihm bis zu den Schultern hinunter. Mickey schätzte ihn auf Ende zwanzig.
Er seinerseits betrachtete sie mit seinen wachen blauen Augen und fand sie ungewöhnlich schön. Der lange, anmutige Hals, das blonde Haar, das streng zurückgenommen war, die hohen Wangenknochen, die schmale Nase – sie sah aus wie eine Primaballerina klassischer Schönheit.

»Und wem habe ich das Vergnügen zu verdanken, beinahe auf der Nase gelandet zu sein?«
»Ich bin Dr. Long.«
»Ach, Sie sind Ärztin.«
»Nein, nein. Ich bin Medizinstudentin. Im vierten Jahr. Wir haben nur Anweisung, uns den Patienten so vorzustellen, und das wird einem schnell zur Gewohnheit.« Sie lächelte entschuldigend. »Habe ich irgendwas verpatzt? Eine Aufnahme?«
»Nein, wir drehen noch nicht. Wir sondieren gewissermaßen erst mal das Terrain, die Beleuchtung, die räumlichen Möglichkeiten und dergleichen.«
»Sind Sie der Kameramann?«
»Ich bin Produzent, Regisseur, Kameramann, Script Girl und Laufbursche.«
Sie lachte. »Ich dachte immer, Filme würden mit Riesenscheinwerfern und Reflektoren und einer Crew von mindestens fünfzig Leuten gedreht.«
Er stimmte in ihr Lachen ein, wobei sich in seinen Augenwinkeln kleine Fältchen bildeten. Er hatte sehr schöne, warme Augen, fand Mickey.
»Das kommt immer auf den Film an. Das hier wird kein *Ben Hur*. Bei Filmen wie wir einen drehen, braucht man keine große Crew. Die besteht nur aus Sam und mir. Das Krankenhaus ist die Kulisse, und die Leute hier, Personal und Patienten, sind die Schauspieler.«
»Und die Story?«
»Das Krankenhaus erzählt seine eigene Geschichte.«
Wie seltsam. Vor drei Minuten noch war Mickey in höchster Eile gewesen, hatte tausend Dinge zugleich im Kopf gehabt, und jetzt stand sie seelenruhig hier und unterhielt sich mit einem Mann, den sie gar nicht kannte, ausgerechnet über Kino.
»Kann ich Sie zu einer Tasse Kaffee einladen?«
Mickey wünschte, er hätte die Frage nicht gestellt. Nichts wäre ihr in diesem Moment lieber gewesen, als die Einladung anzunehmen. Aber sie mußte sie ausschlagen. In den Untersuchungszimmern warteten die Patienten, und sie wußte, daß sie den ganzen Tag nicht zur Ruhe kommen würde. In der Notaufnahme gab es ständig zu tun. Man mußte Platz- und Schnittwunden nähen, Gipsverbände anlegen, punktieren, hysterische Mütter beruhigen – die Liste war endlos. Wenn sie Glück hatte, würde sie irgendwann Zeit finden, ein hastiges Mittagessen hinunterzuschlingen, in die Wohnung zu laufen, um sich umzuziehen, und vielleicht in einem freien Untersuchungszimmer ein kleines Nickerchen zu machen.

»Tut mir leid, aber ich kann nicht.« Sie wandte sich zum Gehen. »Viel Erfolg bei Ihrer Arbeit.«
»Wir sehen uns sicher wieder, Dr. Long.«
Mickey zögerte, wollte etwas sagen, überlegte es sich anders und eilte davon.

Sie stieß noch ein zweitesmal mit ihm zusammen, als sie zu schnell um eine Ecke bog, und sie lachten beide über diesen Zufall. Jonathan Archer wollte mit ihr zusammen zu Mittag essen, aber wieder lehnte sie ab. Als sie das drittemal mit ihm zusammentraf, war sie auf dem Weg in die Verwaltung, um eine Krankenkarte suchen zu lassen, und Jonathan und Sam waren auf dem Rückweg aus der psychiatrischen Abteilung, wo sie gerade gefilmt hatten. Sie konnten nur ein paar Worte wechseln, da Mickey wie immer in Eile war und seine Einladung, eine Tasse Kaffee mit ihm zu trinken, wiederum abschlagen mußte.
Beim vierten Zusammentreffen war Mickey so in die Planung ihres Umzugs nach Hawaii vertieft, falls sie die Assistentenstelle am Great Victoria Krankenhaus bekommen sollte, daß Jonathan sie am Arm fassen mußte, um ihre Aufmerksamkeit auf sich zu lenken. Diesmal waren sie am richtigen Ort, in der Krankenhauskantine, und es war die richtige Zeit, Mittag. Er fragte, ob sie nicht zusammen mittagessen wollten, aber Mickey hatte noch dringende Schreibarbeiten zu erledigen und mußte weg.
Jonathan Archer begann sich zu fragen, ob sie ihm absichtlich aus dem Weg ginge, und Mickey fragte sich das gleiche.

Sie war nervös. Während sie sich am Becken vor dem Operationssaal gründlich schrubbte, versuchte sie, sich alles ins Gedächtnis zu rufen, was sie im vergangenen Semester bei ihrem ersten turnusmäßigen Praktikum in der Chirurgie gelernt hatte. Zuerst Arme und Hände gründlich waschen, dann mit der Bürste abschrubben und dabei die Bürstenstriche zählen – zwanzig an den Nägeln, zehn für jeden Finger und die Hand, sechs um die Handgelenke, sechs für den Arm bis über den Ellbogen. Dann spülen, bei den Fingerspitzen anfangen, Hand langsam heben, den Arm entlang spülen, darauf achten, daß das Wasser von den Fingern zum Ellbogen läuft. Dann die Bürste in die andere Hand nehmen, Seife zugeben, das Verfahren wiederholen.
Mickey bürstete wie alle Anfänger viel zu fest und biß die Zähne zusammen, weil es so weh tat. Mit der Zeit würde sie lernen, wie stark sie bürsten mußte, um die Hautbakterien zu entfernen, ohne die Haut selbst

zu verletzen. Gerade so wie sie gelernt hatte, sich mit dem Körper nicht an das Becken zu lehnen und sich das Mundtuch umzubinden, ehe sie mit der Wäsche anfing. Warum waschen sich die Chirurgen im Film immer mit heruntergelassenem Mundtuch, fragte sie sich. Wenn sie das in einem richtigen Krankenhaus täten, würde man sie hinauswerfen.
Sie sah zur Uhr hinauf. Die gründliche Waschung sollte, wenn sie richtig gemacht wurde, genau zehn Minuten in Anspruch nehmen. Sie wollte ihre Sache unbedingt gut machen, da sie an diesem Morgen Dr. Hill assistieren sollte, dem Chef der Chirurgie, der, wie getuschelt wurde, den Medizinstudenten mit Vorliebe das Leben schwer machte.
Jetzt kam der heikle Teil: man mußte über den Flur, durch die geschlossene Tür, sich abtrocknen, den keimfreien Kittel und die Handschuhe überziehen, ohne sich unsteril zu machen. Im vergangenen Semester hatte eine Schwester – es waren die Schwestern, nicht die Ärzte, die die Medizinstudenten in dieses Verfahren einwiesen – Mickey dreimal zu den Waschbecken zurückgeschickt, ehe sie zufrieden gewesen war. Die Arme hochhaltend, so daß das Wasser an den Ellbogen ablief, ging Mikkey jetzt rückwärts zur Tür, stieß diese mit dem Gesäß auf und war froh, daß die Schwester schon mit dem Handtuch dastand, denn ihre Arme waren eiskalt und brannten. Unter dem kritischen Blick der Schwester trocknete Mickey zuerst die eine Hand, dann die andere, ohne mit dem Handtuch ihre Kleidung zu berühren, trocknete dann die Arme bis zu den Ellbogen und warf das Tuch in den Wäschekorb. Sie schlüpfte in den grünen Kittel, den die Schwester für sie hielt, und schob ihre Hände dann in die Handschuhe, ohne sie zu zerreißen – was nicht ganz einfach war –, während eine andere Schwester hinten ihren Kittel zuband.
Die Operation hatte noch nicht begonnen, doch Mickey schwitzte schon jetzt.
»Sie assistieren Hill?« rief der Anästhesist hinter dem Wandschirm hervor.
Mickey konnte ihn nicht sehen. Da der Patient schon in Narkose und alles zur Operation vorbereitet war, hatte die Operationsschwester die keimfreien Vorhänge vorgezogen; der Anästhesist saß hinter seiner grünen Wand verborgen.
»Ja«, antwortete sie ihm.
»Na, dann viel Glück.«
Das war das sechstemal, daß ihr an diesem Morgen viel Glück gewünscht wurde. So schlimm konnte Dr. Hill doch gar nicht sein!
»Im OP ist er ein richtiger Tyrann«, hatte Miss Timmons, die Oberschwester, Mickey in der Garderobe anvertraut. »Er hält sich offenbar für

den Herrgott persönlich und hat ein Vergnügen daran, die Medizinstudenten niederzumachen. Seien Sie nur vorsichtig, er schlägt einem schnell mal auf die Finger.«
Das gleiche hatte Mickey von verschiedenen Kommilitonen gehört, die vor ihr in der Chirurgie gewesen waren. Wenn man einen Fehler machte, bekam man von Dr. Hill mit einem Instrument kräftig eins auf die Finger.
»Also, dann wollen wir mal!« dröhnte es von der sich öffnenden Tür her. Ein großer, imposanter Mann im grünen Anzug hielt der Schwester seine tropfnassen Arme hin und trocknete sich blitzschnell die Hände. Während man ihm seinen Kittel zuband, musterte er Mickey mit einem Blick, unter dem ihr beklommen zumute wurde. »So, und Sie assistieren mir also heute?«
»Ja, Doktor.«
»Ihr Name?«
»Dr. Long.«
»Nein, *Doktor* noch nicht. Haben Sie schon mal bei einem Blinddarm assistiert, Miss Long?«
»Nein, Doktor, aber ich habe mir gestern —«
»Stellen Sie sich da drüben auf die Seite«, befahl er und ging mit drei langen Schritten zum Operationstisch.
Mickey gehorchte stumm, nahm ihren Platz gegenüber Dr. Hill ein und legte ihre Hände sehr leicht auf die grünen Tücher. Sie spürte die schwache Wärme des Patienten, der darunter lag, und den sachten Rhythmus seiner Atmung.
»Wenn Ihnen während der Operation unwohl werden sollte, Miss Long, dann gehen Sie vom Tisch weg. — Also, meine Damen, sind wir soweit?«
Die beiden Schwestern nickten.
»Chuck, bist du wach da hinten?«
»Voll da«, kam die knappe Antwort hinter der Abschirmung hervor.
Dr. Hill pflanzte sich breitbeinig am Tisch auf und beugte sich über das kleine Fleckchen nackte Haut, das die Tücher freiließen. Er maß Mickey mit einem langen taxierenden Blick und sagte dann: »Wir fangen immer mit dem Skalpell an. Ich nehme an, Sie haben schon mal vom Skalpell gehört, Miss Long? Wenn Sie das Skalpell verlangen, strecken Sie auf keinen Fall die flache Hand hin, wie Sie das bei anderen Instrumenten tun würden. Da würden Sie nämlich mindestens einen Finger einbüßen. Sie halten Ihre Hand in der Stellung, die sie einnehmen wird, wenn Sie das Messer benützen. Also so.«

Die Hand gekrümmt, so daß Daumen und Fingerspitzen sich berührten, das Handgelenk leicht abgewinkelt, streckte Dr. Hill den Arm über das Operationsfeld, und die Operationsschwester schob ihm den Griff des Skalpells zwischen die Finger.
»Im Idealfall«, fuhr er fort, »sollte man niemals ein Instrument verlangen müssen. Gesten sollten genügen. Und wenn die Operationsschwester auf Draht ist, sind nicht einmal Gesten nötig, weil sie das nächste Instrument schon bereithält, ehe man es braucht. Wir schneiden jetzt, Miss Long. Sehen Sie zu, daß Sie zu jeder Zeit einen Tupfer zur Hand haben. Das ist mit Assistenz gemeint. Sie *assistieren* mir, ist das klar?«
»Ja, Doktor.« Mickey griff zum Operationswagen hinauf, nahm einen Tupfer von dem dort liegenden Stapel und riß drei Gefäßklammern und eine vorbereitete Nadel mit herunter.
Dr. Hill legte mit demonstrativer Bedächtigkeit das Skalpell aus der Hand, richtete kalte graue Augen auf Mickey und sagte: »Das, Miss Long, ist absolut unmöglich. Sehen Sie die Tupfer hier unten, die unsere Operationsschwester aufmerksamerweise für uns bereitgelegt hat? Das ist ihre Aufgabe hier, Miss Long. Uns zu helfen. Wir arbeiten hier, in dieser Zone, wo die Wunde ist, und sie arbeitet am Operationswagen.«
Mit hochrotem Kopf versuchte Mickey, die gebogene Nadel aus dem Gazebausch zu ziehen, machte die Sache aber nur noch schlimmer. Dr. Hill hüllte sich in Schweigen. Sein frostiger Blick durchbohrte Mickey förmlich, während sie an Gaze und Nadel riß und zupfte, bis endlich die Operationsschwester sich zu ihr neigte und freundlich sagte: »Lassen Sie, ich mach das schon.«
»Tut mir leid«, murmelte Mickey und nahm einen der bereitliegenden Tupfer.
Dr. Hill ergriff wieder das Skalpell und setzte seinen Vortrag fort.
»Also, wenn man in den menschlichen Körper hineinschneidet, blutet er. Dieses Blut muß aufgetupft werden, während der Operateur arbeitet. Dazu hat Gott Sie bestellt, Miss Long – mir nachzutupfen. Wenn ich Sie ohne einen Tupfer in der Hand ertappen sollte, muß ich davon ausgehen, daß Sie keinen blassen Schimmer davon haben, warum Sie sich in diesem Operationssaal befinden, und werde Sie bitten, den Raum zu verlassen.«
Er durchtrennte Haut und Fettgewebe mit einem einzigen sauberen und routinierten Schnitt, und Mickey stopfte sofort einen Gazebausch in die Wunde. Als er sich mit Blut vollgesogen hatte, zog sie ihn heraus und ersetzte ihn durch einen frischen. Dr. Hill sagte nichts. Seine Hände regten sich nicht. Mickey begann der Kopf zu dröhnen, während sie tupfte,

den Tupfer entfernte, einen frischen nahm, wieder tupfte und wieder wechselte. Sie wollte gerade einen weiteren frischen Tupfer in die Wunde drücken, als Dr. Hill trocken sagte: »Ich nehme an, Sie wollen so weitermachen, bis der Patient verblutet? Tupfen Sie das Blut ab, Miss Long, und bleiben Sie mir dann aus dem Weg, zum Teufel, damit ich kauterisieren kann.«

Er nahm ein Instrument, das aussah wie ein Kugelschreiber, mit einer Nadel am vorderen Ende und einem Elektrodraht, der vom hinteren Ende wegführte, und drückte die Nadel auf alle Stellen, wo Blut austrat. An den Wundrändern zog sich bald ein Pfad kohlschwarzer Punkte entlang. Die Prozedur dauerte einige Minuten, und Mickey begriff rasch, worum es ging. Sie sah, welche Richtung die Nadel nahm, tupfte hastig ab, so daß Dr. Hill die Stelle erkennen konnte, wo das Blut austrat. Und bald blieben die Tupfer sauber, und die offene Wunde lag rosig und trocken vor dem Operateur.

»Von jetzt an, Miss Long, werden Sie zu jeder Zeit eine Gefäßklammer zur Hand haben. Sollte mein Messer ein großes Gefäß treffen, so müssen Sie es augenblicklich abklemmen. Strecken Sie die flache Hand aus so wie ich es Ihnen zeige.«

Sie tat es, und sofort wurde ihr fest eine Gefäßklemme auf den Handteller gedrückt. Automatisch hob sie die linke Hand, um die Klemme zu halten, während sie ihre Finger durch die Ringe schob. Blitzschnell fuhr Dr. Hill über den Tisch und schlug ihr hart auf die linke Hand. Erschrocken riß Mickey den Kopf in die Höhe.

»Arbeiten Sie niemals mit beiden Händen, Miss Long. Ökonomie der Bewegung ist alles in der Chirurgie. Sie halten die Hand hin, und die Schwester gibt Ihnen das Instrument in Bedienungsposition. Also, kein Gefummel und nur *eine* Hand. Versuchen Sie's noch mal.«

Mickey schluckte ihren Zorn hinunter, ließ die Klemme fallen und streckte wieder die flache Hand aus. Die Schwester legte ihr die Klemme hinein, und wieder hob Mickey automatisch die andere Hand. Diesmal packte Dr. Hill die erste Gefäßklemme und schlug ihr damit auf die Fingerknöchel.

»Noch mal«, befahl er.

Wütend starrte Mickey ihn an. Sie ließ die Klemme fallen, streckte die flache Hand aus, spürte, wie das Instrument auf ihren Handteller gedrückt wurde, und versuchte dann, ohne die linke Hand auch nur zu bewegen, ihre Finger in die Ringe zu schieben. Die Klemme fiel ihr aus der Hand, landete auf den keimfreien Tüchern, rutschte ab und schlug klirrend zu Boden.

»Noch mal«, sagte Dr. Hill, sie mit kaltem Blick fixierend.
Die nächste Klemme fiel Mickey auf den Boden, sie bekam noch einen Schlag auf die Knöchel, aber beim sechsten Versuch gelang es ihr endlich, die Finger in die Ringe zu schieben.
»Bravo«, sagte Dr. Hill ironisch. »Das sind die falschen Finger.«
Am liebsten hätte sie ihm die Klemme ins Gesicht geschleudert und ihm gesagt, er könne ihr den Buckel runterrutschen. Statt dessen jedoch streckte sie wieder die Hand aus, erhielt die Klemme, schob eilig Daumen und Zeigefinger in die Ringe und senkte dann die Spitze zur Wunde hinunter.
»Na endlich.« Dr. Hill legte sein Instrument aus der Hand und sagte: »Der Vorteil beim McBurney Schnitt, Miss Long, ist, daß man den Muskel nicht zu schneiden braucht, man teilt ihn einfach.« Damit schob er die beiden ersten Finger jeder Hand in die Wunde, zog die Ellbogen hoch und die Wunde auseinander.
»Also, Miss Long, welcher Art sind die Krankheitserscheinungen bei akuter Appendizitis?«
Sie überlegte einen Moment, dann antwortete sie: »Unbestimmte Bauchschmerzen, die im allgemeinen im Epigastrum beginnen, Appetitverlust und Erbrechen. Nach einigen Stunden lokalisiert sich der Schmerz im rechten Unterbauch. Im allgemeinen nur leichtes Fieber. Häufig Muskelkrampf im rechten Unterbauch, eine Erhöhung der Leukozytenzahl und die Senkungsgeschwindigkeit kann –«
»Mit der Senkungsgeschwindigkeit arbeite ich bei meinen Appendizitis-Patienten nicht, Miss Long, sie ist im allgemeinen nicht diagnostisch.«
Während er in die Bauchhöhle griff, um den Wurmfortsatz zu suchen, sagte er: »Man muß hier sehr vorsichtig zu Werke gehen, wenn nämlich der Appendix zu mürbe ist, bricht er bei Beugung, und dann wird die Basis zuerst vom Zäkum getrennt anstatt umgekehrt.«
Nachdem das rosige, wurmähnliche Gewebestück entfernt war, nähte Dr. Hill den abgebundenen Appendixstumpf mit einer Tabaksbeutelnaht.
»Können Sie mir sagen«, fragte er dabei, »warum ich gerade dieses Nahtverfahren wähle und nicht ein anderes, Miss Long?«
»Ich würde denken, Doktor, wenn sich an der Stelle ein Abszeß bilden sollte, dann besteht bei dieser Naht eher die Chance, daß er sich, wenn er aufgeht, in das Zäkum entleert und nicht in die Bauchhöhle.«
»Sehr gut, Miss Long«, sagte er langsam. »Sie sind heller als die meisten.« Dann wandte er sich dem Anästhesisten zu. »Ich mach jetzt zu, Chuck.«

»Herz und Atmung stabil, Jim«, kam es hinter dem Vorhang hervor.
»Nadel«, sagte Dr. Hill zur Operationsschwester und hielt ihr die geöffnete Hand hin. »Und geben Sie Miss Long die Schere. Wenn ich darauf warte, daß sie selbst danach fragt, stehen wir nächstes Weihnachten noch hier.«
Der Anästhesist stand hinter seiner Abschirmung auf und zog sich die Ohrenstücke des Stethoskops aus den Ohren. »Und was hältst du von diesem Filmmenschen, Jim?« fragte er. »Der hat das ganze Krankenhaus auf den Kopf gestellt.«
»Mich stört er nicht, solange er mir aus dem Weg bleibt.«
»Haben Sie seinen letzten Film gesehen?« fragte eine der Schwestern. »Der hat Riesenwirbel verursacht. Es heißt, das Justizministerium hätte versucht, ihn zu verbieten.«
»Ich habe ihn gesehen«, brummte der Anästhesist. »Kommunistische Propaganda von vorn bis hinten, wenn Sie mich fragen.«
»Was ist es denn für ein Film?« fragte die Operationsschwester.
»Er heißt *Nam*. Es ist eine Dokumentation über den Krieg«, erklärte die andere Schwester. »Sehr drastisch, aber auch sehr schön. Er soll direkt an der Front gewesen sein, um die Aufnahmen zu machen. Der Krieg durch die Augen eines GI's gesehen.«
»Verdammt noch mal, Miss Long«, schimpfte Dr. Hill heftig, »Sie schneiden sie nicht kurz genug ab. Schwester, schneiden Sie bitte für mich.« Er riß Mickey die Schere aus der Hand und warf sie zornig auf den Operationswagen.
Mickey stand reglos. Sie hielt den Blick auf Dr. Hills Hand gerichtet, die in gleichmäßigem Rhythmus die Nadel führte. Sie schluckte die aufsteigenden Tränen hinunter und bemühte sich, ruhig zu atmen. So etwas würde ihr kein zweitesmal passieren; so etwas würde ihr nie wieder passieren...

11

Es war Donnerstag nachmittag. Draußen peitschte ein kühler Wind das Meer zu schäumenden Wogen auf. In der Notaufnahme war es relativ ruhig.
Mickey hatte die vergangene Stunde zugesehen, wie ein Assistenzarzt eine Münze aus der Kehle eines Kindes entfernt hatte, und wusch sich gerade am Becken die Hände, als Dr. Harold zu ihr trat, der freundliche alte Stationsarzt.
»Ich weiß noch«, sagte er, sich mit verschränkten Armen an die Wand

lehnend, »wie uns eines Abends mal ein kleiner Junge gebracht wurde, dem eine Münze im Hals steckte. Wir riefen Dr. Peebles an, den HNO-Spezialisten, und sagten ihm, was los war. Er meinte, er wäre gerade beim Essen, und es fiele ihm nicht ein, extra reinzukommen, nur um einem kleinen Bengel einen Penny aus dem Hals zu holen. Der Assistenzarzt sagte: ›Es ist kein Penny, Sir. Es ist ein Zehn-Cent-Stück.‹ – ›Wenn das so ist‹, antwortete Peebles, ›komme ich sofort.‹«
Mickey lächelte pflichtschuldig. Sie hatte die Anekdote schon viele Male gehört, immer mit anderem Namen und einem anderen Geldstück.
»Miss Long?« Die Empfangsschwester trat mit einer Karte zu ihr. »In drei wartet ein Mann auf Sie. Starke Bauchschmerzen.«
»Danke, Judy.« Mickey klappte die Karte auf und überflog die Angaben. Es handelte sich um einen L. B. Mayer, Anfang sechzig, Übelkeit, Schmerzen im linken Unterbauch, keine Versicherung.
Medizinstudenten stellten keine endgültigen Diagnosen, schrieben keine Rezepte, wiesen Patienten nicht ins Krankenhaus ein; sie machten jede Untersuchung nur zur Übung und Überprüfung ihres eigenen Wissensstands. Nach Mickey würde ein Assistenzarzt den Mann untersuchen und nach ihm ein Stationsarzt; alle würden sie ihm die gleichen Fragen stellen, die gleichen Untersuchungen machen, die gleichen Informationen niederschreiben. Zum Schluß würde der Oberarzt die Entscheidung treffen. Obwohl Mickey auf der untersten Sprosse dieser hierarchischen Leiter stand, bemühte sie sich, an jeden Fall so heranzugehen, als wäre sie allein verantwortlich. Ihre Untersuchungen waren daher immer sehr gründlich.
Die Karte gab wenig Aufschluß. Eine eingehende Untersuchung nahm im allgemeinen ein bis zwei Stunden in Anspruch. Sie klopfte an die Tür von Untersuchungszimmer 3, öffnete dann und sagte mit einem freundlichen Lächeln: »Guten Morgen, Mr. Mayer. ich bin Dr. Long, und ich –«
»Es ist schon Nachmittag, Doktor«, unterbrach Jonathan Archer sie mit einem vergnügten Lachen und sprang vom Untersuchungstisch.
»Was –«
Er stürzte an ihr vorbei zur Tür, schloß sie, riegelte ab und nahm ihr dann die Karte aus den Händen.
»L. B. Mayer, verstehen Sie? Bitte setzen Sie sich doch, Doktor. Schauen Sie, was ich mitgebracht habe.« Er holte einen Korb und hob das karierte Tuch hoch. »Brötchen, Käse und Lachs.« Er zog eine Thermosflasche heraus. »Und jamaikanischen Kaffee.«
»Mr. Archer –«

»Keine Proteste, Doktor. Sie haben keine Ahnung, was ich ausgestanden habe, um bis hierher zu gelangen.«
»Mr. Archer, was soll das heißen?«
Er schüttelte das karierte Tuch aus und legte es über den Untersuchungstisch. Dann schraubte er die Thermosflasche auf.
»Wollen Sie sich nicht setzen?«
»Ich möchte gern wissen, was Sie sich dabei gedacht haben –«
Er drehte sich abrupt um und sah sie an. Sein Gesicht war ernst. »Ich bin nach langer Überlegung zu dem Schluß gekommen«, erklärte er ruhig, »daß ich Sie nur sehen kann, wenn ich als Patient komme.«
»Aber Sie sind kein Patient, Mr. Archer.«
»Ich kann's aber sein.«
Sie sah ihm in die ungewöhnlich blauen Augen mit den kleinen Lachfältchen an den Winkeln und sagte: »Das würden Sie nicht tun.«
»Stellen Sie mich auf die Probe.«
Mickey kam sich vor wie in einem albernen Theaterstück. Gleichzeitig fühlte sie sich geschmeichelt. »Ich muß arbeiten«, erklärte sie nicht sehr überzeugend.
»Dr. Long, ich möchte doch nur ein Weilchen mit Ihnen zusammensein und Sie kennenlernen. Ich habe die Schwester gebeten, Sie hier hereinzuschicken, wenn Sie nichts anderes zu tun haben. Auf der Station ist nicht viel los. Wir essen unsere Brötchen und reden ein bißchen –«
»Hier drinnen?«
»Warum nicht? Wenn Sie gebraucht werden, weiß die Schwester, wo Sie sind.«
Sie warf einen Blick auf das Essen im Korb, roch den verlockenden Kaffeeduft, sah ihm wieder in die sympathischen Augen.
»Ich kann nicht. Das wäre einfach nicht in Ordnung.«
»Na schön, Sie wollen es nicht anders.« Er steuerte auf die Tür zu.
»Was haben Sie vor?«
»Ich kann auch schauspielern, Dr. Long. Ich werde mich da draußen brüllend vor Schmerz auf dem Boden wälzen. Und dann werde ich allen erzählen, daß Sie sich geweigert haben, mich zu untersuchen. Und dann werde ich drohen, Sie zu verklagen –«
Mickey fing an zu lachen.
»– und dann bring ich den ganzen Skandal in meinem Film und mach Sie so unmöglich –«
»Also gut.«
»– daß Sie froh sein können, wenn Sie in irgendeinem gottverlassenen Nest in Arkansas noch eine Praxis aufmachen können.«

»Ich sagte, also gut. Ich bleibe.« Sie hob rasch eine Hand. »Aber nur, weil ich einen Riesenhunger habe. Und nur ein paar Minuten.«
»Macht Ihnen das hier wirklich Spaß?« fragte er fünf Minuten später und umfaßte mit einer Armbewegung den kleinen, kahlen Raum, die Manschetten zum Blutdruckmessen, die an der Wand hingen, die Instrumente, die in einer rosafarbenen Lösung lagen, die Kartons mit Verbandszeug und Nahtmaterial.
»Ja, es macht mir wirklich Spaß.«
Er trank den Rest seines Kaffees und sah sie in schweigender Nachdenklichkeit an.
»Wo ist Sam?« fragte sie.
»Er ist im Labor und schaut sich die ersten Muster an.«
»Von Ihrem Film?«
»Ja.«
»Ich habe leider noch nie einen Ihrer Filme gesehen. Ich komme so selten ins Kino.«
Er lachte. »Ich habe nur zwei gemacht, und der erste landete irgendwo in der Schublade. Ich hatte überhaupt nicht damit gerechnet, daß *Nam* so ein Hit werden würde. Ich hatte einzig die Absicht, der Öffentlichkeit die Augen zu öffnen. Wer hätte gedacht, daß das für die guten Leute so schmerzhaft sein würde.«
»An welcher Filmakademie haben Sie studiert?«
Jonathan nahm sich ein zweites Brötchen, legte dick Käse darauf und garnierte es dann mit einer Scheibe Lachs.
»Ich war nicht auf der Filmakademie. Ich bin Jurist. Stanford, Jahrgang 68.«
»Filmen ist Ihr Hobby?«
»Es ist mein Beruf. Ich hab Jura studiert, weil mein Vater es gern wollte. Er stellte sich vor, ich würde dann in seine Kanzlei in Beverly Hills eintreten. Aber den Ehrgeiz hatte ich nie, ich fühlte mich immer zum Kino hingezogen. Sie haben keine Ahnung, wie oft ich Seminare geschwänzt habe, um irgendwo in einem dunklen Kino zu sitzen. Aber ich machte meine Prüfungen und bekam meine Zulassung als Anwalt, wie er es sich wünschte, und erfüllte damit sozusagen den Vertrag.« Er biß von seinem Brötchen ab, kaute nachdenklich und schenkte sich frischen Kaffee ein.
»Mein Vater hat seitdem kein Wort mehr mit mir gesprochen.«
»Das tut mir leid«, sagte Mickey.
»Ach, das wird schon wieder. Das weiß ich aus Erfahrung. Mein Bruder rebellierte genauso. Er ging in die Versicherungsbranche. Aber kaum kam bei ihm das erste Kind – der erste Enkel meines Vaters –, da war alles verziehen.«

Mickey lachte. »Wollen Sie diese Taktik auch anwenden, um Ihren Vater zu versöhnen?«
»Ich werde ihm entweder ein Enkelkind präsentieren oder meine erste selbst verdiente Million. Beides wirkt«, erwiderte Jonathan lächelnd und hoffte inbrünstig, die verdammte Sprechanlage würde stumm bleiben.
Mickey hoffte das gleiche, und es verwunderte sie. Seit sie sich in jenem Sommer 69, vor nun mehr als zwei Jahren, von Chris Novack verabschiedet hatte, hatte sie sich ausschließlich auf ihr Studium konzentriert.
»Wollen Sie sich spezialisieren?«
»Ja, auf plastische Chirurgie.«
»Warum denn das?«
Sie erzählte ihm von sich selbst, von ihrem Leiden an dem verunstaltenden Muttermal und von Chris Novack. Sie sprach ruhig und gelassen über das, was sie vor zweieinhalb Jahren noch mit tiefster Beschämung erfüllt hatte.
Jonathan musterte sie mit zusammengezogenen Brauen, noch ehe sie zum Ende gekommen war. »Auf welcher Seite war das Muttermal?«
»Sagen Sie's mir.«
Er stand auf und ging zu Mickey. Sehr behutsam umfaßte er ihr Kinn und drehte ihren Kopf erst auf die eine, dann auf die andere Seite.
»Ich glaub's Ihnen nicht«, sagte er schließlich.
»Doch, es ist wahr. Und das Mal ist auch immer noch da. Dr. Novack hat es nicht entfernt, er hat es nur verdeckt. Ich muß starke Sonne möglichst meiden, und wenn ich erröte, wird nur eine Gesichtshälfte rot.«
»Das möchte ich sehen. Machen Sie mal.«
»Ich kann doch nicht auf Kommando erröten.«
Er trat ein wenig dichter an sie heran, so daß seine Beine die ihren berührten, und sagte, die Hand immer noch an ihrem Kinn: »Ich würde unheimlich gern mit Ihnen schlafen, gleich hier, auf dem Untersuchungstisch.«
Ihr stockte der Atem, und sie spürte, wie sie rot wurde.
»Ha!« rief er triumphierend und trat einen Schritt zurück. »Es stimmt. Nur Ihre linke Gesichtshälfte ist rot geworden.«
Sie starrte ihn stumm an, während er zu seinem Stuhl zurückkehrte, sein angebissenes Brötchen nahm und weiteraß.
»Sie wollen also Schönheitschirurgin werden und die Welt von aller Häßlichkeit befreien?«
»Kein Mensch kann etwas für sein Aussehen. Nur weil Sie das Glück hatten, gutaussehend geboren zu werden –«
»Finden Sie wirklich?«

»Ich wollte damit sagen –«
»Ihre linke Gesichtshälfte ist wieder rot, Dr. Long.«
»Warum verspotten Sie mich?«
Er sprang sofort auf. »Oh! Seien Sie mir nicht böse. Ich habe doch nur Spaß gemacht. Ich wollte Sie nicht kränken.« Er trat zu ihr und faßte sie am Arm. »Es tut mir wirklich leid. Bitte gehen Sie jetzt nicht.«
Mickey sah zu ihm auf. »Ich war niemals häßlich – es gibt kaum einen Menschen, der wirklich häßlich ist. Aber ich fand mich häßlich. Das Muttermal sah nicht schlimmer aus als ein Sonnenbrand, aber da ich überzeugt war, es würde abstoßend wirken, benahm ich mich auch so. Nachdem Dr. Novack das Mal entfernt hatte, wurde ich ein anderer Mensch. Über Nacht praktisch kam eine ganz andere Mickey Long zum Vorschein – die wahre Mickey Long. Mehr als alles andere hatte sich das Bild verändert, das ich von mir selber hatte. Das ist der Grund, warum ich in die plastische Chirurgie möchte: Ich möchte anderen Menschen, die unter körperlichen Verunstaltungen leiden, zu einem freundlicheren Bild von sich selber und damit zu einem glücklicheren Leben verhelfen.«
Er betrachtete ihr ernstes Gesicht und seine Schnodderigkeit von zuvor erschien ihm plötzlich völlig unpassend.
Sie sahen einander schweigend an. Er umfaßte ihren Arm fester, und ein starkes körperliches Gefühl überkam sie, wie sie es nur einmal zuvor gespürt hatte, vor zwei Sommern in den Armen Chris Novacks.
»Meine Lebensgeschichte kennen Sie«, sagte Jonathan. »Jetzt erzählen Sie mir Ihre.«
»Da gibt es nichts zu erzählen.«
»Keine Familie?«
»Nein. Mein Vater hat uns verlassen, als ich noch sehr klein war, und meine Mutter ist vor zwei Jahren gestorben.«
»Dann sind Sie ganz allein?«
»Ja...«
Als das Summen der Sprechanlage in die Stille drang, reagierte zunächst keiner von beiden.
»Tut mir leid, Mickey«, kam die Stimme der diensthabenden Schwester. »Ich habe eine Punktierung für Sie.«
Da erst rührte sich Jonathan; Mickey räusperte sich und sah auf ihre Uhr.
»Ich komme sofort, Judy, danke.«
An der Tür drehte sie sich um. »Vielen Dank für das Picknick. Es war schön.«
»Haben Sie Samstag abend Zeit?«

Sie schüttelte den Kopf. »Da habe ich Dienst. –«
»Und wann sind Sie außer Dienst?«
»Wenn ich Notdienst habe.«
»Und die restliche Zeit?«
»Schlafe ich.«
Jonathan seufzte. Jeder anderen hätte er eine schlagfertige Erwiderung gegeben – etwa, ›dann schlaf ich eben *mit* Ihnen‹. Aber nicht Mickey Long. Sie war etwas Besonderes.
»Ich muß sehr viel arbeiten. Es tut mir leid. Sechsunddreißig Stunden Dienst, dann achtzehn Stunden frei. Nebenher hab ich Seminare und muß viel lesen.«
»Ein totgeborenes Kind, unsere angehende Freundschaft, scheint mir.«
»Ja, so sieht es aus.«
»Können Sie sich nicht Zeit *nehmen*? Ein wenig nur.«
Sie warf ihm einen letzten Blick zu, ehe sie die Tür öffnete. »Ich werd's versuchen.«

12

Ruth lief wieder ein Rennen. Aber diesmal ging es nicht um einen Malkasten und nicht um gute Noten.
Diesmal ging es um ein Kind.
Sie saß in der Wärme der Oktobersonne, die durch die großen Fenster fiel, in einem Sessel in der Encinitas Hall. Auf dem Schoß hatte sie einen Kalender, Block und Bleistift. Sie versuchte, Mondzyklen und Daten zu errechnen, als weibliche Stimmen sie ablenkten. Ruth hob den Kopf und musterte die Gruppe von Studienanfängerinnen, die sich um den großen Kamin versammelte, und fragte sich, woher dieser neue Typ von Medizinstudentinnen gekommen war.
Mit gekreuzten Beinen hockten sie auf dem Boden, an die dreißig junge Frauen mit langem, glatten Haar, das hinter die Ohren zurückgeschoben war, alle in Jeans oder anderen langen Hosen, in Folklorebelusen, Männerhemden oder riesigen Pullis. Eine trug ein T-Shirt mit der Aufschrift ›Eine Frau ohne Mann ist wie ein Fisch ohne Fahrrad‹. Sie gingen mit einer ruhigen Vertrautheit miteinander um, so als kennten sie sich schon seit Jahren und wären sich nicht erst im vergangenen Monat das erstemal begegnet. Vier schwarze Frauen und zwei Chicanas waren in der Gruppe, unterhielten sich mit den anderen mit einer Ungezwungenheit, die einige Jahre zuvor noch nicht möglich gewesen wäre.

Sie hatten Ruth am ersten Tag des neuen Studienjahrs völlig aus dem Konzept gebracht. Nachdem sie sich freiwillig gemeldet hatte, die Studienanfängerinnen willkommen zu heißen, war sie zu ihnen gegangen, mit den Ratschlägen gewappnet, die sie selber drei Jahre zuvor von Selma Stone erhalten hatte. Aber ihre Worte waren völlig überflüssig gewesen. Sie wußten schon Bescheid. Wie war das gekommen? Was war das für ein geheimnisvolles Netz weiblicher Kommunikation, das offenbar das ganze Land überzog? Wie war es möglich, daß diese dreißig Frauen, die aus ganz verschiedenen Teilen des Landes hier angekommen waren, sich, obwohl einander völlig fremd, schon kannten und ihr als einige Gemeinschaft gegenübertraten?
Innerhalb einer Woche hatten sie eine radikale Änderung der Kleidervorschriften durchgesetzt. Moreno hatte sich, nachdem er nach bewährter Manier seine Nummer mit der fehlenden Leiche abgezogen hatte, in aller Form entschuldigen müssen. Dr. Morphy löschte stillschweigend Wörter wie ›Mädel‹ und ›Kleine‹ aus seinem Vokabular. Und derzeit wurde ein alter Lagerraum in der Mariposa Hall in einen Aufenthaltsraum nur für Frauen umgewandelt.
Wie kam es, daß diesen dreißig gelungen war, woran ihre Vorgängerinnen gescheitert waren? Lag es nur an ihrer Zahl, die jetzt ein Drittel des neuen Jahrgangs ausmachte, so daß sie nun eine Kraft bildeten, mit der man rechnen mußte? Oder stimmte es, daß die Frauen überall sich veränderten, sich ihrer eigenen Identität und ihres Platzes in der Welt bewußter wurden, nicht mehr bereit waren, alles hinzunehmen?
Ruth beglückwünschte die neuen Studentinnen im stillen und wandte sich wieder ihren Berechnungen zu.
Sie mußte den Geburtstermin richtig bestimmen und konnte dann nur hoffen, daß kein unvorhergesehenes Ereignis ihr einen Strich durch diese Rechnung machte. Wenn sie bei Antritt ihrer Assistentenstelle hochschwanger war, würde das Krankenhaus sie nicht nehmen und ihre Stelle jemand anderem geben; wenn sie andererseits die Empfängnis zu lange hinausschob, würde sie während des größten Teils ihrer Assistenzzeit schwanger sein, und das würde auch keinen Anklang finden. Ruth kannte die meisten der Ärzte und Schwestern in dem Krankenhaus in Seattle, wo sie im kommenden Juli als Assistenzärztin anfangen würde; sie hatte bereits in den vergangenen drei Sommern mit ihnen zusammengearbeitet und war ziemlich sicher, daß man sie nehmen würde, wenn der Geburtstermin nicht mehr allzu fern war, und damit zu rechnen war, daß sie nach der Entbindung voll zur Verfügung stehen würde.

Ruth überlegte sich, daß der siebte Monat der geeignete Zeitpunkt wäre, um die Assistentenstelle anzutreten. Bis dahin würde sie Übelkeit und andere Beschwerden, die sich manchmal zu Beginn einer Schwangerschaft einstellten, hinter sich haben, würde zwar etwas rundlich, aber noch voll arbeitsfähig sein und würde im September alles hinter sich haben. Sie war sicher, daß man ihr lieber zwei Wochen Urlaub geben würde, als sich nach einer neuen Assistenzärztin umzusehen.
Also.
Ruth nahm Stift und Papier und rechnete es noch einmal durch. Man nimmt den ersten Tag der letzten Periode, zählt sieben Tage dazu, rechnet dann drei Monate zurück und erhält das Geburtsdatum. Ruths Menses kam immer sehr regelmäßig, so daß sie die künftigen Zyklusdaten genau vorherbestimmen konnte. Sie rechnete vom 5. November aus und kam auf einen Geburtstermin von Mitte August.
Zu früh.
Ihr nächster Zyklus begann am 2. Dezember. Diesmal kam sie mit ihrer Gleichung auf den 9. September.
Ruth legte lächelnd den Stift aus der Hand und lehnte sich zurück.
Ideal. Genau der richtige Zeitpunkt für das Kind.
Jetzt brauchte sie nur noch Arnies Mitarbeit.
Drei Jahre waren vergangen, seit sie sich Silvester 1969 begegnet waren, und in dieser Zeit hatten sie genau zweimal ernsthaft über Heirat gesprochen. Beide Male hatte Arnie das Thema angeschnitten, beide Male hatte Ruth der Diskussion sehr schnell ein Ende gemacht. Wo sie denn dann wohnen sollten, hatte sie gefragt, da er doch jeden Tag nach Encino in die Firma müßte und sie nach Palos Verdes aufs College? Außerdem, erklärte sie mit unwiderlegbarer Logik, würden sie sich, wenn sie heiraten sollten, auch nicht häufiger sehen können.
Sie hatten sich schließlich darauf geeinigt, daß es das Vernünftigste wäre, im Juni zu heiraten, gleich nach Ruths Examen. Dann blieb ihnen für den Umzug nach Seattle, wo Ruth am 1. Juli ihre Assistentenstelle antreten wollte, fast noch ein ganzer Monat Zeit.
Ruth war klar, daß Arnie kaum einsehen würde, warum sie nun plötzlich doch schon im Oktober heiraten sollten. »Wir haben drei Jahre gewartet, Ruth«, würde er sagen, »da können wir es die letzten sechs Monate auch noch aushalten. Ich möchte nicht in den ersten Ehemonaten von meiner Frau getrennt leben.« Sie mußte sich also genau überlegen, wie sie Arnie dazu überreden konnte, auf ihren Plan einzugehen, schon jetzt zu heiraten und dann noch bis zu den Abschlußexamen getrennt zu leben.

Ruth fühlte eine tiefe Zuneigung zu Arnie Roth. Seine Weichheit, seine ruhige Sanftmut waren Balsam für sie. Er war der ruhende Pol in ihrem hektischen, von Ehrgeiz getriebenen Leben, bei ihm fand sie die Stabilität und Ausgeglichenheit, die ihr selber fehlte. Sie hatte ihn einmal gefragt, wie er ihre Verbissenheit, ihre Stimmungsschwankungen, die Tatsache, daß sie das Studium über ihre Beziehung stellte, überhaupt aushalten könne, und er hatte ganz ruhig gesagt: »Wenn man die Beste sein will, muß man eben eine Menge Opfer bringen. Und man muß kämpfen. Aber irgendwann wird es ja vorbei sein, Ruth. Dann können wir beide gemeinsam unser Leben genießen. Darauf freue ich mich und deshalb halte ich es jetzt aus.«

Es war der Traum vom idealen Leben, den sie teilten. Ruth würde ihren Doktor machen, sie würden sich in Seattle ein Haus kaufen, dann drei Jahre an einem Krankenhaus und danach die eigene Praxis für Geburtshilfe. Und wenn sie finanziell Boden unter den Füßen hatten, würden sie eine Familie gründen. Arnie hatte recht; die Zukunft war die Mühe wert.

Aber nun sah plötzlich alles ganz anders aus.

Als Ruth im Sommer für die Ferien nach Hause geflogen war, war sie vierte ihres Jahrgangs gewesen – vierte unter neunundsiebzig Studenten. Nun endlich würde auch ihr Vater zugeben müssen, daß sie fähig war, daß sie seiner Liebe wert war. Er hatte es tatsächlich zugegeben, zu ihrer Verwunderung.

»Du hast es geschafft, Ruthie«, hatte er gesagt. »Ich muß sagen, ich bin platt. Ich glaubte, wenn du es überhaupt schaffen würdest, dann mit Müh' und Not. Aber du bist vierte deines Jahrgangs, das ist wirklich beeindruckend.«

Ruth glühte vor Stolz. Nicht einmal Joshua hatte es in West Point so weit gebracht.

»Aber...«

Ruth hörte wieder die Worte ihres Vaters, während sie durch das Fenster der Encinitas Hall starrte. Sie sah sein Gesicht vor sich, das einen Ausdruck der Bekümmerung angenommen hatte, hörte die Stimme, die plötzlich beinahe vorwurfsvoll wurde.

»Aber was für einen Preis hast du dafür bezahlt, Kind? Ist das die Sache wirklich wert? Bis du fertig bist und deine eigene Praxis hast, wirst du dreißig sein. Das ist spät für Kinder. Du hast deine Weiblichkeit der Karriere geopfert. Du wirst dein Frausein niemals ausleben können. Glaubst du nicht, daß das ein unnatürliches Leben ist, das du dir da ausgesucht hast?«

Zwei Wochen vor Semesteranfang flog Ruth nach Kalifornien zurück und suchte bei Arnie Zuflucht. Seine Liebe und sein Verständnis halfen ihr über ihren Schmerz und ihre Bitterkeit hinweg. Jetzt hatte sie nur noch einen Gedanken – ihrem Vater zu beweisen, daß er sich getäuscht hatte.
Als die große Flügeltür am anderen Ende des Raumes sich öffnete, blickte Ruth auf. Sondra kam herein, winkte ihr zu, ging zu einem der Automaten, um sich eine Tafel Schokolade zu holen, und schlenderte dann zu Ruth hinüber.
»Wie läuft's?« fragte sie und warf einen Blick auf die Frauengruppe beim offenen Kamin.
»Ich hab's mir genau ausgerechnet«, sagte Ruth und zeigte Sondra ihre Aufzeichnungen.
Sondra sah auf das Blatt und nickte. Sie hielt es für einen Fehler, jetzt eine Schwangerschaft einzuplanen. Aber Ruth war fest entschlossen, und Sondra hatte längst alle Versuche aufgegeben, sie von ihren Plänen abzubringen.
»Ich geh' zu Gilhooley's rüber was essen. Kommst du mit?«
»Ich kann nicht. Ich muß unbedingt noch in die Bibliothek.«
Jeder andere wäre mit den glänzenden Ergebnissen, die Ruth bei den letzten Zwischenprüfungen erzielt hatte, wahrscheinlich glücklich und zufrieden gewesen; Sondra und Mickey jedenfalls hatten an ihrem zwölften und fünfzehnten Platz innerhalb der Jahrgangsstufe nichts auszusetzen. Aber Ruth konnte nicht lockerlassen, hatte sich sogar noch für ein außerordentliches Projekt gemeldet, um zusätzliche Punkte zu bekommen. Es war Sondra schleierhaft, wie Arnie das alles ertrug. Sie bewunderte ihn dafür, daß er so unerschütterlich zu Ruth stand, ihr niemals Szenen machte, wenn sie wieder einmal tagelang keine Zeit für ihn hatte, es ganz ihr überließ, ihre Treffen zu planen. Jetzt fragte sie sich, wie Ruth ihn dazu überreden wollte, so bald schon zu heiraten und ein Kind in die Welt zu setzen.
»Frag Mickey«, sagte Ruth mit einem Blick auf ihre Uhr. »Ich glaub', sie ist heute abend frei.«
»Mickey geht heut' abend aus. Wußtest du das gar nicht? Sie ist mit Jonathan Archer verabredet.«
Sondra ging mit Ruth zur Tür. »Er hat diese Woche jeden Abend angerufen. Heute ist ihr erster freier Abend. Er will mit ihr in den Antikriegsfilm gehen, den er gemacht hat. Er hat dieses Jahr in Cannes einen Preis bekommen, und Mickey hat mir erzählt, er soll sogar für den Oscar vorgeschlagen sein.«

Draußen in der milden Oktobersonne blieben sie einen Moment stehen.
»Ich bin heut' abend auch nicht da, Ruth«, sagte Sondra. »Ich gehe zu einem Vortrag über Tropenmedizin.«
»Okay«, erwiderte Ruth und wandte sich zum Gehen. »Ich laß das Flurlicht brennen.«
Hast du's gut, dachte sie im stillen beinahe neidisch. Sondras Zukunft war so klar abgesteckt, ihre Ziele waren so scharf definiert. Da gab es keine Hindernisse, keine Bindungen, die alles erschwerten, niemanden, auf den sie Rücksicht nehmen mußte. Sie hatte sich in den drei Jahren des Studiums nicht einmal eine Liebelei geleistet, sondern war konsequent den Weg gegangen, für den sie sich Jahre zuvor entschieden hatte. Im vergangenen Sommer hatte Pastor Ingels, der Pfarrer der Gemeinde in Phoenix, der Sondras Eltern angehörten, bei ihr angefragt, ob sie sich entschließen könne, auf einer Missionsstation in Kenya zu arbeiten. Sondra war sofort Feuer und Flamme gewesen. Nach den Abschlußexamen wollte sie zunächst ein Jahr als Assistenzärztin an einem Krankenhaus in Arizona arbeiten und dann nach Afrika gehen, wo sie, wie ihre beiden Freundinnen fest glaubten, ein Leben voller Abenteuer, Neuentdeckungen und persönlicher Befriedigung erwarten würde.

Mickey war voller Bedauern, als er kam. »Es tut mir leid, Jonathan. Ich habe versucht, Sie zu erreichen. Ich kann doch nicht mitkommen. Es ist was dazwischengekommen.«
»Was ist denn passiert?«
»Ich hab' heute abend Notdienst.«
»So plötzlich? Heute nachmittag, als wir miteinander sprachen, waren Sie noch frei. Hat man Ihnen das aufgebrummt, oder haben Sie sich freiwillig gemeldet?«
Sie senkte die Lider unter seinem scharfen Blick.
»Na ja, sie haben mich gefragt...«
»Und da konnten Sie nicht nein sagen. Kann ich dann wenigstens reinkommen und Ihnen Gesellschaft leisten, bis es soweit ist?«
»Ich müßte eigentlich im Krankenhaus sein. Wenn ein Notfall reinkommt –«
»Sie sind doch hier nicht weit. Ich kann Sie ja rüberfahren.«
Sie überlegte einen Moment, dann nickte sie.
»Ach ja, das wird schon gehen. Aber samstags ist immer am meisten los.«
Er kam herein und zog den dicken Schafwollpullover aus, den er über seiner Jeans trug.

»Warum haben Sie angenommen? Werden Sie dafür bezahlt?«
Mickey schloß die Tür und ging in die Küche.
»O nein, Geld gibt's da keines.«
»Warum dann?«
Sie machte den Kühlschrank auf und rief: »Bier, Wein oder Limo?«
»Bier bitte. Also, warum haben Sie den Notdienst übernommen, obwohl gar kein Zwang bestand?«
»Weil ich Erfahrung brauche. Sie wissen, daß ich in die plastische Chirurgie möchte, und da muß man erstklassig nähen können. Wenn ich im OP bin, darf ich höchstens die Zangen halten. Das Nähen besorgen die fest angestellten Ärzte.« Sie ging ins hell erleuchtete Wohnzimmer und setzte sich aufs Sofa. Jonathan nahm in dem Sessel ihr gegenüber Platz. »In der Notaufnahme«, fuhr sie fort, »kommen erst die Assistenzärzte und die Praktikanten zum Zug, aber wenn's wirklich hoch her geht, dürfen wir Medizinstudenten auch nähen. Ich habe mich an einem der besten Krankenhäuser um eine Assistentenstelle beworben. Da muß ich schon was vorweisen, um die Konkurrenz schlagen zu können.«
Er trank von seinem Bier und sah sich aufmerksam im Zimmer um. »Sie wohnen schön hier.«
»Ja, wir haben es uns ganz gemütlich gemacht. Als wir vor drei Jahren hier einzogen, war es ziemlich kahl.«
»Wir?«
»Meine beiden Freundinnen und ich.« Mickey erzählte ihm kurz, wie sie, Sondra und Ruth sich kennengelernt und beschlossen hatten, eine gemeinsame Wohnung zu nehmen. Sie erzählte ihm von sich und ihrem Leben am College, und während Jonathan ihr aufmerksam zuhörte, überlegte er, ob er es nicht irgendwie schaffen könnte, das Telefon auszuhängen, damit sie nicht weggerufen werden konnte.
»Entschuldigen Sie«, sagte sie schließlich. »Ich hab' Ihnen ganz schön die Ohren vollgeblasen, nicht?«
»Sie sind die schönste Frau, die mir je begegnet ist. Das meine ich wortwörtlich, Mickey. Sie sind umwerfend. Ich hab' mir gestern die ersten Aufnahmen von Ihnen angesehen, die wir letzten Mittwoch in der Notaufnahme gemacht haben. Sie sind unglaublich fotogen. Sogar Sam war baff. Sie sind für den Film wie geschaffen, Mickey. Ich bin der Meinung, daß Sie sich den falschen Beruf ausgesucht haben.«
Sie sah ihn einen Moment lang perplex an, dann lachte sie. »Ist das eine Masche?«
Aber er meinte es ernst, und sie wußte es.

»Eine Frau von so natürlicher Schönheit wie Sie, ist der Traum jedes Filmregisseurs. Es ist nicht allein Ihr Aussehen, verstehen Sie.« Er stellte sein Bier weg und beugte sich, die Ellbogen auf die Knie gestützt, näher zu ihr. »Sie haben eine wunderbare Art, sich zu bewegen, Mickey. Da stimmt einfach alles, es *fließt*.«
»Hm.« Sie drehte ihr Glas in den Händen, während sie ihn nachdenklich ansah. »Früher haben mich alle Mickey der Rotfleck genannt.«
Er stand auf und setzte sich zu ihr aufs Sofa. »Ich möchte einen Film über Sie machen, Mickey.«
»Nein.«
»Warum nicht? Ihre Geschichte ist anrührend und spannend und –«
»Nein, Jonathan«, sagte sie mit Entschiedenheit. »Ich will nicht zum Film und ich will auch nicht meine Geschichte vor der Öffentlichkeit ausbreiten. Ich möchte nichts weiter als eine gute Ärztin sein. Bitte versuchen Sie nicht, mich zu überreden. Versuchen Sie nicht, eine andere als ich bin aus mir zu machen.«
Er nahm ihre Hand. »Mickey, es würde mir nicht einfallen, eine andere aus Ihnen machen zu wollen.«
Er nahm sie in die Arme und küßte sie. Nur einen Moment lang verspürte Mickey die alte Angst, was er denken würde, wenn er ihr Gesicht aus der Nähe sah; ob die erste Faszination nicht in Widerwillen und Ablehnung umschlagen würde. Dann gab sie sich seinem Kuß hin und war erstaunt, wie leicht und natürlich es war, ihm zu vertrauen. Ihr Herz begann schneller zu schlagen, als sein Kuß drängender wurde, und genau dann läutete das Telefon.
Jonathan ließ sie los. Sie sprang auf. Das Gespräch war kurz.
»Judy? Ja? Schwere Gesichtsverletzungen? Ja, natürlich. Ich komme sofort.«
Jonathan blieb schweigend auf dem Sofa sitzen, während sie in ihrem Zimmer verschwand. Wenig später kam sie mit ihrer Handtasche und einem sauber gefalteten weißen Kittel über dem Arm wieder heraus.
»Es tut mir leid, Jonathan«, sagte sie leise. »Aber ich muß sofort los.«

13

Sie hatten das Autoradio eingeschaltet. Ruth starrte zum Fenster hinaus, ohne jedoch das Lichtermeer des nächtlich erleuchteten San Fernando Valley wahrzunehmen. Sie sah vielmehr das geisterhafte Spiegelbild einer jungen Frau mit kurzem dunklen Haar, das sie versonnen anblickte.

Ruth wußte, daß sie mit Arnie sprechen mußte, bevor dieser Abend vorbei war, aber sie wußte nicht recht, wie sie anfangen sollte.
Sie spürte, wie er ihre Hand nahm und sie an seinen Mund zog, um sie zu küssen. Lächelnd drehte sie sich um. »He, das ist *meine* Hand!«
»Ich weiß«, sagte er, während er das kurvenreiche Stück des Mulholland Drive mit nur einer Hand am Steuer fuhr. »Ich würde dich am liebsten mit Haut und Haaren auffressen.« Er biß sie leicht in den Daumen.
»Gib sie mir lieber zurück. Ich brauch' sie morgen wieder.«
Er ließ ihre Hand los. »Gern, schöne Frau, wenn Sie mir nur nicht erzählen, wozu Sie sie brauchen.«
Es verblüffte Ruth selbst jetzt noch: Arnie hatte an dem Abend, als sie sich kennengelernt hatten, tatsächlich nicht übertrieben, als er erklärt hatte, von der Medizin wolle er am liebsten überhaupt nichts hören.
»Arnie, kannst du einen Moment halten?«
Er sah sie mit hochgezogenen Brauen an.
»Jetzt? Warum denn? Willst du ein bißchen schmusen?«
»Ich möchte reden.«
Er warf einen Blick auf die Uhr am Armaturenbrett. »Ruth, die ganze Familie wartet auf uns. Meine Mutter kriegt einen Anfall, wenn wir zu spät kommen.«
Sie seufzte bei dem Gedanken an Arnies Familie: Mr. Roth, ruhig und unauffällig, Wirtschaftsprüfer wie Arnie, zwei Brüder, der eine der Epidemiologe, der andere Immobilienmakler, drei Schwestern, alle verheiratet mit insgesamt acht Kindern, eine alte Tante und ihr Mann, die in einem Seniorenheim lebten, diverse Vettern und Cousinen und schließlich die energische Maxine Roth, Arnies Mutter, die wie eine mächtige Matriarchin über die ganze Familie wachte. Eine Familie, die Ruths eigener nicht unähnlich war.
»Arnie«, sagte Ruth, nachdem er seufzend das Auto geparkt hatte und sie fragend ansah. »Ich möchte heiraten.«
»Aber das tun wir doch.« Er drückte ihre Hand. »Im Juni, du weißt doch.«
»Ich meine, jetzt. Sofort.«
Er lachte leise. »Du bist doch eine verrückte Nudel.«
»Ich mein' es ernst, Arnie. Ich kann nicht warten.«
Sein Gesicht wurde ernst. »Wie meinst du das?«
Es wurde nicht die ruhig fließende Rede, die sie geplant hatte. Die Aufregung nahm ihr alle Ruhe, so daß sie es nur noch in abgerissenen Sätzen, die sie mit heftigen Gesten unterstrich, hervorsprudeln konnte: daß sie

ein Kind haben wolle, unbedingt, bald, ehe es zu spät wäre, daß sie nicht warten wolle, bis sie über dreißig sei, daß sie sich so dringend ein Kind wünsche, daß es sie fast verrückt mache.

Arnie hörte sich das alles schweigend an, verblüfft und sprachlos angesichts dieser völlig unerwarteten Wendung. Drei Jahre lang waren sie sich völlig einig darin gewesen, daß sie mit Kindern warten wollten, bis Ruth sich als Ärztin mit eigener Praxis niedergelassen hatte, und nun wollte sie diese Planung, die gerade sie mit allem Nachdruck vertreten hatte, plötzlich umwerfen. Während Ruth erregt auf ihn einredete, registrierte er trotz seiner Verblüffung neben den Worten noch etwas anderes; er sah die verzweifelte Dringlichkeit im Blick ihrer Augen, hörte den flehenden Unterton ihrer Stimme, spürte die Panik, die sie zu überwältigen drohte.

Warum? fragte er sich. Nichts von alledem, was sie sagte, erklärte wirklich diesen plötzlichen dringenden Wunsch, ein Kind zu bekommen. Wieder einmal, wie schon manchesmal in der Vergangenheit, schoß ihm der Gedanke durch den Kopf, daß er Ruth Shapiro im Grund kaum kannte.

»Wenn wir jetzt heiraten«, sagte er langsam, »wo wollen wir wohnen? Meine Wohnung ist viel zu weit weg vom College, und ich glaube nicht, daß wir um diese Jahreszeit etwas finden, was näher ist für dich.«

Ruth blickte ins feuchte Gras hinunter. Das war der heikle Moment. Was sollte sie tun, wenn er nicht einwilligte; wenn er darauf bestand, bis zum Juni zu warten? Ruth wußte, sie würde ihr Kind bald bekommen müssen, wenn sie beweisen wollte, daß sie nicht auf Kosten ihres Frauseins Medizin studiert hatte; wenn sie der Welt zeigen wollte, daß sie alles zugleich sein konnte – Frau, Mutter und Ärztin. Aber war dieses Bedürfnis so dringend, daß sie bereit war, dafür ihre Beziehung zu Arnie aufs Spiel zu setzen?

»Wir könnten doch so weiterleben wie bisher«, antwortete sie leise. »Es wäre ja nur eine Sache von sechs Monaten.«

Er war unschlüssig. »Bist du denn sicher, daß sie dich im Krankenhaus nehmen, wenn du schwanger bist?«

Ruth sprach hastig: »Wenn wir es so einrichten können, daß ich im September entbinde, bin ich nur zweieinhalb, höchstens drei Monate während meiner Assistenzzeit schwanger. Die letzten neun Monate wäre ich voll arbeitsfähig.«

»Aber wie wollen wir das denn schaffen, wenn wir beide arbeiten?«

»Meine Mutter springt bestimmt ein, bis wir alles richtig organisiert haben. Wir können ja eine Studentin für das Kind engagieren.« Ruth

drückte seine Hand. »Ich weiß, daß wir's schaffen können, Arnie. Und es liegt mir so viel daran.«
Er war hin und her gerissen. Aber schließlich konnte er Ruths flehendem Blick nicht länger widerstehen. »Na schön«, sagte er lächelnd mit einem Achselzucken. »Wenn es dir so viel bedeutet.«
Sie schlang die Arme um ihn und drückte ihr Gesicht an seinen Hals.
»Ach, ich danke dir, Arnie. Es geht bestimmt alles gut. Du wirst sehen, es wird wunderbar.«

14

»Ein glückliches neues Jahr, Mickey.«
»Dummkopf, Neujahr war vor drei Wochen.«
»Aber es ist trotzdem ein neues Jahr.«
»Außerdem ist es gerade erst acht. Aufs neue Jahr stößt man um Mitternacht an.«
Jonathan sah sie mit einem Blick gespielter Verwunderung an. »Ich wußte gar nicht, daß du so konventionell bist.«
Sie saßen in Jonathans Wohnung in Westwood, um bei einer Flasche Dom Pérignon die Fertigstellung seines Krankenhausfilms zu feiern. Auf dem Boden zwischen ihnen standen die Reste eines kalten Abendessens, das sie sich von einem Restaurant hatten liefern lassen. Aus den Boxen der Stereoanlage kam die Stimme von Joan Baez.
Mickey senkte den Kopf und starrte in ihr Glas. Dieser Abend hatte ein Fest werden sollen; seit Tagen hatten sie versucht, sich zu sehen, aber jetzt, wo sie hier war, in Jonathans Welt, um an seinem Triumph Anteil zu nehmen, fühlte sich Mickey seltsam fremd.
Er faßte ihr sachte unter das Kinn und hob ihren Kopf. »Was ist los, Mickey?«
Sie schaffte es nicht, ihm in die Augen zu sehen. »Warum fragst du das?«
»Du warst den ganzen Abend so still. Ich hab' den Eindruck, daß du mit deinen Gedanken ganz woanders bist. Sag's mir. Wo bist du, Mickey Long?«
Sie mußte überlegen, um die richtigen Worte zu finden. Wie konnte sie ihm erklären, daß der Beginn des neuen Jahres für sie mit einer Traurigkeit einherging, die sie sich kaum selber erklären konnte? In dem Moment, als sie das Läuten vom Glockenturm des Colleges gehört, als der Operateur von seiner Arbeit aufgeblickt und zu seinem Team gesagt hatte: »Hallo, es ist 1972! Prost Neujahr!«, war ihr gewesen, als lege sich

eine eisige Hand um ihr Herz. Dieses Gefühl der Kälte hatte sie seitdem nicht mehr verlassen, auch an diesem Abend nicht, auch nicht in Jonathans Umarmung.
Dabei war dies das Jahr, dem all ihr Streben, all die harte Arbeit der letzten Jahre, all ihre Opfer gegolten hatten! Ich brauche mehr Zeit, dachte sie niedergeschlagen. Ich brauche Zeit, um mir über meine Gefühle für Jonathan klarzuwerden, um zu erfahren, welchen Platz er in meinem Leben einnimmt und welchen ich in seinem einnehme. Vor drei Wochen und einem Tag war es leicht gewesen, Jonathan zu lieben, da schien ihr, sie hätten noch eine Ewigkeit vor sich. Aber nun hatte sie den Meilenstein, der am Beginn der nächsten Etappe stand, schon im Blick. Sechs Monate noch, dann würde diese Phase ihres Lebens beendet sein und eine neue beginnen, und so sehr sie sich bemühte, sah sie in diesem neuen Abschnitt ihres Lebens keinen Platz für Jonathan.
»Ich fliege morgen nach Hawaii«, murmelte sie schließlich.
Durch die geschlossenen Fenster hinter den schweren Vorhängen drangen die Verkehrsgeräusche vom Westwood Boulevard, während das Schweigen im Zimmer sich in die Länge zog.
»Wegen der Assistentenstelle?« fragte Jonathan schließlich.
Sie hob den Kopf. »Ja. Ich habe das Telegramm letzte Woche bekommen. Sie haben mich zu einem Gespräch eingeladen. Ich bleibe zwei Tage weg.«
Jonathan sah sie einen Moment lang forschend an, dann stellte er sein Champagnerglas nieder.
»Du willst also wirklich hingehen?«
»Das weißt du doch schon lange, Jonathan. Ich habe meine Pläne nicht geändert. Ich hab' dir schon vor Wochen erklärt, was mir eine Stelle am Great Victoria Krankenhaus bedeutet. Es ist das beste Krankenhaus der Welt für plastische Chirurgie. Seit ich mit dem Studium angefangen habe, träume ich davon, dort arbeiten zu können. Nur deshalb habe ich die ganze Zeit so geschuftet, hab' jede Gelegenheit genutzt, um Notdienst zu machen, hab' versucht, im St. Catherine's Kontakte zu knüpfen, damit ich gute Referenzen bekomme...«
Jonathan stand auf. Über den Notdienst brauchte Mickey ihm nichts zu erzählen; oft genug hatte sie deswegen in letzter Minute Verabredungen abgesagt; oft genug hatten sie deswegen fluchtartig ein Restaurant verlassen müssen, wo sie gerade gemütlich beim Essen gesessen hatten. Einmal hatte Mickeys kleines Funkgerät sogar zu piepen angefangen, während sie im Bett gewesen waren.

»Aber Mickey, das Great Victoria ist doch nicht das einzige Krankenhaus auf der Welt. Du könntest auch hier an die Universitätsklinik gehen oder im St. Catherine's bleiben.«
»Natürlich könnte ich, aber ich will nicht. Das Great Victoria ist das beste. Außerdem ist mir eine feste Anstellung dort sicher, wenn ich die Assistentenstelle bekomme. Bei fast jedem anderen Krankenhaus müßte ich mich nach dem Assistenzjahr neu bewerben, aber wenn ich im Great Victoria genommen werde, kann ich bleiben.«
»Aber es ist nicht sicher, daß du genommen wirst.«
»Nein. Die Konkurrenz ist unheimlich hart, gerade weil das Great Victoria so ein hervorragendes Krankenhaus ist. Da bewerben sich bestimmt Hunderte von Leuten. Deshalb habe ich mich ja so reingekniet. Damit ich was vorzuweisen habe. Und du kannst dich darauf verlassen, wenn ich morgen nach Hawaii fliege, werde ich mit allen Mitteln versuchen, die Leute dort davon zu überzeugen, daß sie mich dringend brauchen.«
»Und wenn du die Stelle nicht bekommst, was tust du dann?«
»Ich bekomme sie, Jonathan.«
»Mickey, wenn du sie nicht bekommst –«
»Dann kann ich ebensogut am St. Catherine's bleiben. Aber ich werde diese Assistentenstelle bekommen, Jonathan.«
Er berührte leicht ihr Gesicht. »Dann fängst du im Juli an und bleibst ein Jahr?«
»Sechs Jahre. Ein Jahr Assistenz, fünf Jahre Stationsärztin.«
Er wandte sich ab. »Ich kann nicht sechs Jahre ohne dich leben, Mickey.«
»Dann komm mit.«
Er fuhr herum. »Du weißt genau, daß das unmöglich ist. Du weißt, was ich mir gerade hier aufbaue. Du kannst nicht erwarten, daß ich das alles einfach im Stich lasse.«
»Aber genau das verlangst du von mir.«
Jonathan schwieg. Es gelang ihm nur mit Mühe, seine Enttäuschung und Erbitterung zu beherrschen. Es war nicht das erstemal, daß sie dieses Gespräch führten. Sie hatten das alles schon vor zwei Wochen durchgekaut, als sie Ruth und Arnie aufs Standesamt begleitet hatten. Sondra hatte geweint bei der kurzen, ziemlich nüchternen Zeremonie, und Jonathan und Mickey waren sich schmerzlich der Tatsachen bewußt geworden, denen sie beide nicht ins Auge sehen wollten.
»Ich bleibe in unserer Wohnung beim College«, hatte Ruth beim gemeinsamen Mittagessen in einem kleinen Restaurant unweit des Stan-

desamts gesagt. »Jetzt kommt der Endspurt, da kann ich nicht jeden Tag zwischen Tarzana und dem College hin und her fahren.«
Jonathan hatte sich Arnie zugewandt, der so ruhig und gelassen war wie immer.
»Wann startest du nach Seattle?«
»Sobald ich hier alles erledigt habe. Meinen Anteil an der gemeinsamen Firma habe ich meinem Partner verkauft. Er hat schon einen neuen Mann gefunden. Ich muß mir jetzt möglichst schnell in Seattle eine Stellung suchen. Ruth kommt dann im Juni nach.«
Jonathan und Mickey hatten nur schweigend einen Blick getauscht. Es ging, wie es schien, nicht ohne Opfer.
Abrupt wandte sich Jonathan zur Tür. Er war es gewohnt, seinen Kopf durchzusetzen, die Fäden in der Hand zu halten.
»Komm, Mickey«, sagte er, »fahren wir ein Stück.« Er holte seinen Anorak aus dem Schrank. »Sonst erstick' ich hier noch.«
Zu Mickeys Überraschung fuhr Jonathan nicht in Richtung zum Ozean, sondern steuerte den Porsche auf den San Diego Freeway und von dort aus nach Westen auf den Ventura Freeway. Sie sprachen kaum ein Wort während der Fahrt, die durch Woodland Hills in das weniger dicht besiedelte Gebiet des San Fernando Valley führte. Nach einer Weile fuhr Jonathan vom Freeway ab, direkt auf die dunklen Berge zu, weg von Lichtern und Verkehr. Von der Landstraße gelangten sie auf eine verlassene Schotterstraße. Im Licht der Scheinwerfer sah Mickey einen verrosteten Maschendrahtzaun, und wenig später hielt Jonathan den Wagen vor einem Schild mit ›Zutritt verboten‹ an.
»Wo sind wir?« fragte Mickey.
Er wandte sich ihr in der Dunkelheit zu und berührte ihr Haar.
»Ich wollte dir das eigentlich noch nicht zeigen. Ich wollte eine große Gala-Einweihung steigen lassen. Aber ich glaube, jetzt ist der richtige Moment. Komm!«
Er knipste eine Taschenlampe an, nahm Mickey bei der Hand und führte sie über den knirschenden Kies. Die Nacht war kalt, die Dunkelheit hatte fast etwas Bedrohliches. Vor einem mit einer Eisenkette verschlossenen Tor blieb Jonathan stehen und ließ Mickeys Hand los.
»Was tust du?« flüsterte sie.
»Das wirst du gleich sehen.«
Er zog einen Schlüssel heraus und machte das Tor auf. Dann nahm er Mickey wieder bei der Hand und zog sie mit sich.
Im ersten Moment war es Mickey, als träte sie in ein riesiges schwarzes Loch, aber dann hoben sich im schweifenden Lichtstrahl von Jonathans

Taschenlampe die Umrisse von Gebäuden aus der Dunkelheit. Sie sah massige Lagerhallen, Ladenbauten mit eingeschlagenen Schaufenstern, von deren Mauern die Farbe abblätterte, Bürgersteige, ein Straßenschild an einem windschiefen Pfosten. Sie sah eine ganze menschenverlassene Geisterstadt.
»Wo sind wir?« flüsterte sie voll Unbehagen.
»Das sind die alten Morgan-Ateliers. Sie wurden in den dreißiger Jahren geschlossen und einfach dem Verfall überlassen.«
Sie drangen noch tiefer in die Finsternis ein, kamen an seltsamen Gebilden vorüber, deren Bestimmung sie nicht erkennen konnten, stolperten über herumliegende Gegenstände, die in der Dunkelheit unkenntlich blieben.
»Alexander Morgan war ein Tyrann und ein Verrückter«, sagte Jonathan mit gedämpfter Stimme, als hätte er Angst, schlafende Geister zu wecken. »Aber er machte hervorragende Stummfilme. Er war ein Genie, aber gegen Ende seines Lebens, als der Tonfilm kam, änderten sich seine Filme. Sie wurden merkwürdig und bizarr, hatten keinen Erfolg mehr, und schließlich machte er Pleite.«
Mickey starrte in die Nacht, versuchte zu sehen, was Jonathan sah, die Faszination zu spüren, die diese geisterhaften Relikte aus einer anderen Zeit für ihn zu haben schienen.
»Warum bist du mit mir hierher gekommen?« fragte sie.
Er blieb stehen und drehte sich nach ihr um. Im blassen Schein der Sterne, der auf seinem Gesicht lag, sah sie die Intensität seines Blicks.
»Ich habe das Gelände gekauft, Mickey«, sagte er. »Ich werde es wieder lebendig machen.«
»Aber – es ist doch völlig zerfallen.«
»Vieles, ja, aber vieles kann man noch retten. Und es geht ja nicht nur um die Gebäude und die Requisiten, Mickey, das Wichtigste ist der Grund. Das Gelände ist ideal gelegen. Als die ersten Filmemacher nach Kalifornien kamen, ließen sie sich hier nieder, weil die Landschaft so spektakulär ist und man das ganze Jahr hindurch Sonne hat. Bei Tageslicht würdest du sehen, daß die Landschaft hier zum Filmemachen wie geschaffen ist.«
Er wandte sich von ihr ab und ließ den Strahl der Lampe über die gespenstischen Bauten schweifen.
»Wenn du nur sehen könntest, was ich sehen kann«, sagte er. »Ich habe nicht vor, mein Leben lang Amateurfilme zu machen, Mickey. Ich möchte große Filme drehen. Ich möchte den Leuten etwas zu sehen geben. Weißt du noch, als wir uns das erstemal begegnet sind? Da sagtest

du, du hättest geglaubt, beim Filmen stünden überall riesige Scheinwerfer herum und es wimmle von Menschen. Komm in sechs Monaten wieder hierher, Mickey, dann wirst du genau das sehen.«

Der Funke seiner Phantasie sprang auf sie über, und einen Moment lang sah sie alles, wie er es sah. Aber dann erlosch der Funke, und sie erkannte, warum er sie hierher gebracht hatte: um ihren Traum durch seinen zu verdrängen.

»Heirate mich, Mickey«, sagte er leise, ohne sie anzusehen oder zu berühren. »Bleib hier bei mir, als meine Frau, und hilf mir, das aufbauen.«

»Ich kann nicht.«

»Du kannst nicht? Oder du willst nicht?«

»Ich möchte sehr gern, Jonathan. Das weißt du auch. Ich würde so gern für immer bei dir bleiben. Wenn du wüßtest, wie oft ich mir das vorstelle, wie klar ich das Bild vor mir sehe – du und ich zusammen – unsere Kinder...«

Er faßte sie bei den Schultern und neigte sich ganz nahe zu ihr. »Ich sehe es genauso, Mickey.«

»Aber wie soll es je wahr werden?«

»Es kann wahr werden. Wir müssen es nur wollen. Du kannst in Los Angeles bleiben. Keiner von uns braucht seine Pläne aufzugeben. Bleibe bei mir, Mickey. Ich bitte dich.«

Tränen schossen ihr in die Augen, aber ehe sie etwas sagen konnte, brach ein schriller Piepton in die Stille der Nacht ein.

»Was ist das?« fragte Jonathan.

Mickey griff mit der Hand in ihre Handtasche.

»Mein Piepser.«

Seine Hände glitten von ihren Schultern. Er riß ihr das kleine Gerät aus der Hand.

»Mickey!« schrie er. »Nicht einmal diese eine Nacht? Nicht einmal diese eine Nacht, die wir uns weiß Gott sauer genug verdient haben, kannst du es lassen? Hast du deshalb keinen Champagner getrunken – weil du nüchtern bleiben mußtest? Wir haben zusammen geschlafen, und du wußtest es? Wir haben auf meinen Film angestoßen, und du wußtest es? Du wußtest, daß du mich jeden Augenblick sitzenlassen würdest, um in dein verdammtes Krankenhaus abzuhauen?«

Ehe Mickey es verhindern konnte, holte Jonathan aus und schleuderte das Gerät weit in die Nacht hinaus. Dann packte er Mickey in heftigem Zorn. »Bist du denn so ausschließlich mit dir selber beschäftigt, daß du nicht einmal einen einzigen Abend für mich übrig hast?« Er schüttelte

sie. »Sag mir, woran du gedacht hast, während wir zusammen im Bett lagen. An die nächste Operation? An den Patienten auf Zimmer zehn?«
Er stieß sie von sich weg und wandte sich ab.
Sie faßte ihn beim Handgelenk. »Jonathan! Verstehst du denn nicht? Meine Pläne sind mir nicht weniger wichtig als dir deine! Und sie fordern genauso den ganzen Menschen. Du mußt tun, wozu es dich drängt, und ich muß tun, wozu es *mich* drängt. Wenn ich meine Arbeit und meine Pläne aufgäbe, gäbe ich mich selbst auf.«
Ihre Stimme wurde weicher. »Jonathan, ich liebe dich. Ich liebe dich wirklich, aber es hat keinen Sinn. Wir sind einander zu ähnlich. Wir sind zwei voneinander getrennte Menschen, jeder in seiner eigenen Welt, jeder mit seinen eigenen Träumen und Plänen, an denen er festhalten muß. Wir könnten nur zusammenbleiben, wenn einer von uns genau das aufgäbe, was ihn zu dem macht, was er ist. Ich muß nach Hawaii, und du mußt hier bleiben, dein Atelier aufbauen, deine großen Filme machen. Ich möchte nicht, daß du das aufgibst, ich könnte nicht mit einem Mann leben, der nur eine Hülle ist. Würdest du mit einer Frau zusammenleben wollen, die sich dauernd wie amputiert fühlen würde?«
Er nahm sie in die Arme und drückte sein Gesicht an ihr Haar, und Mikkey begann zu weinen.

Sie saß zwischen Sondra und Ruth, die beide nicht halb so aufgeregt waren wie die anderen Studenten. Ruth, die drei Sommer hintereinander auf der Entbindungsstation des Krankenhauses in Seattle gearbeitet hatte, wußte bereits, daß sie als Assistenzärztin angenommen war. Sondra hatte alle ihre Bewerbungen nach Arizona und New Mexico geschickt und konnte sicher sein, daß sie das letzte Jahr vor ihrem Aufbruch nach Afrika noch in der Nähe ihrer Eltern würde verbringen können.
Mickey war so nervös, daß sie kaum richtig sitzen konnte. Sie wußte, daß sich drei ihrer Kommilitonen ebenfalls am Great Victoria beworben hatten und als Konkurrenten nicht zu verachten waren. Und sie hatte keinen Zweifel daran, daß auch angehende Ärzte der anderen großen Universitäten, wie Harvard, Berkely, gern am Great Victoria arbeiten würden. Sie sah herzklopfend zu, wie die Umschläge verteilt wurden, hörte rund um sich herum Freudenschreie und Ausrufe der Enttäuschung, sah plötzlich, wie einer ihrer drei Konkurrenten aufsprang und seinen Nachbarn umarmte. Ihr wurde beklommen zumute.
Aber gleichzeitig dachte sie: Jetzt kann ich bei Jonathan bleiben.
Ihre Hände zitterten, als sie ihren Umschlag aufriß, und als sie den Bescheid gelesen hatte, war sie wie betäubt.

Die meisten anderen blieben zu der kleinen Feier, die in der Encinitas Hall stattfinden sollte, doch Mickey, Sondra und Ruth beschlossen, nach Hause zu gehen. Das Telefon läutete, als sie die Tür öffneten.
Es war Jonathan. »Mickey!« rief er erregt. »Stell dir vor, mein Film ist für einen Oscar nominiert worden. Ich habe eben das Telegramm bekommen. Oscar für den besten Dokumentarfilm. Meine Eltern geben heute abend ein Fest für mich. Ich möchte, daß du auch kommst, Mickey. Ich möchte dich hier haben. Ich hole dich ab. Feiere mit mir, Mickey.«
»Das Great Victoria hat mich genommen, Jonathan.«
Er blieb einen Moment still, dann sagte er: »Mickey, ich möchte dich an meiner Seite haben, wenn ich den Oscar entgegennehme. Ich möchte dich heiraten. Ich komme und hole dich —«
»Ich kann nicht, Jonathan.«
Wieder schwieg er, länger diesmal. »Also gut, Mickey«, sagte er dann. »Ich überlasse die Entscheidung dir. Ich bin heute abend um acht am Glockenturm auf dem Campus. Ich warte zehn Minuten. Wenn du mich heiraten möchtest, wenn du mich liebst, Mickey, dann kommst du.«
»Ich werde nicht kommen, Jonathan.«
»Doch, du wirst! Ich weiß, daß du mich nicht enttäuschen wirst. Um acht Uhr am Glockenturm.«
Sie ging zum Ozean hinunter und machte einen langen Spaziergang. Sie setzte sich in den warmen Sand und sah den Uferläufern zu, die geschäftig hin und her sausten und mit ihren nadelscharfen Schnäbeln den Sand aufwühlten. An dieser Stelle des Strandes waren alle Spuren von Zivilisation wie weggewischt. Hoch über ihr auf den Klippen stand hinter Föhren und Manzanitabäumen verborgen das College. Mickey war, als befände sie sich an einem Ort mitten in All und Zeit, den menschliche Unrast nicht erreichen konnte, an einem Ort unberührter Klarheit, von dem aus sie zum Meer hinausblicken und ihre Seele freisetzen konnte.
Sie zog die Beine an und legte den Kopf auf die Knie. Sie hatte einen weiten Weg hinter sich und hatte doch auch noch einen so langen Weg vor sich. Ihr Leben erschien ihr wie ein einziges Paradoxon: Sie mußte aufgeben, was sie liebte, um das zu erreichen, was sie sich ersehnte; sie mußte einen Traum verloren geben, um den anderen zur Erfüllung zu bringen.
Aber sie wußte schon, wie ihre Entscheidung ausfallen würde. Als Chris Novack das schreckliche Mal aus ihrem Gesicht gelöscht hatte, hatte er ihr eine Chance auf ein neues Leben gegeben. Damals hatte Mickey sich gelobt, es ihm zu danken, indem sie ihm nacheiferte, seine Arbeit fortführte, das, was er ihr geschenkt hatte, anderen Unglücklichen weiter-

reichte. Es ging hier nicht nur um ihren Traum, eine gute Ärztin zu werden; es ging auch um Schuld und Verpflichtung.
Sie würde Jonathan vermissen. Sie würde um ihn trauern. Sie würde ihn immer lieben. Aber sie wußte, was sie zu tun hatte.

Es war vielleicht der schlimmste Abend ihres Lebens. Sie mußte einen beinahe körperlichen Kampf ausfechten, um der Macht zu widerstehen, die sie aus der Wohnung hinausziehen wollte. Je näher der Zeitpunkt rückte, desto unerträglicher wurde die Qual.
Sie stellte sich Jonathan vor, wie er allein am Fuß des Glockenturms stand...
Lauf zu ihm. Nimm die Liebe an.
Nein, geh nach Hawaii. Wirf deine Zukunft nicht weg.
Achtmal schlug die Glocke über dem Campus. Der Wind trug ihren Klang über den Ozean davon. Mickey starrte mit angehaltenem Atem auf die Wohnungstür. Gleich würde er hereinstürzen und sie in seine Arme reißen.
Aber er kam nicht.

15

Es war eine gelungene Feier gewesen, die Reden nicht zu lang, feierlich, aber doch mit Humor gewürzt, so daß niemand richtig ins Gähnen gekommen war. Zufrieden gingen die vierundsiebzig frischgebackenen jungen Ärzte und Ärztinnen in den heiteren Junitag hinaus, der sie mit klarem blauen Himmel und einer milden Meeresbrise freundlich empfing. In ihren kardinalroten Roben mit den gleichfarbigen Mützen, um die Schultern die Stola in Blaßblau und Weiß, das Zeichen ihrer neuen Würde, standen sie auf den Rasenflächen des Campus mit Verwandten und Freunden zusammen.
Ruth war der strahlende Mittelpunkt einer besonders großen, lebhaften Gruppe von Menschen, die sie mit Glückwünschen überschütteten. Zwei Elternpaare, die sich zum erstenmal begegneten, umarmten einander; die Mitglieder der Familien Roth und Shapiro schlossen erste, noch etwas zaghafte Bekanntschaft. Ruths Vater schien den Tag ausgiebig zu genießen, unverhohlen stolz darauf, eine Tochter in die Welt gesetzt zu haben, die bei den Abschlußprüfungen als Beste ihres Jahrgangs abgeschnitten hatte.
»Du hast uns wirklich eine Riesenüberraschung bereitet, Ruthie«, sagte er und zog sie demonstrativ in seine Arme. »Wer hätte das gedacht, daß

du am Schluß die Nase ganz vorn hast! Tja, tja. Ich hoffe, du wirst jetzt erst einmal ein bißchen kürzertreten. Mit einem Kind solltest du vorläufig nicht an eine eigene Praxis denken. Dein Platz ist zu Hause. Aber vielleicht hat sich die ganze Anstrengung doch gelohnt. Vielleicht kannst du später einmal etwas mit deinem Diplom anfangen.«

Einige der jungen Leute waren allein, Mickey unter ihnen. Sie schwankte in ihren Empfindungen, während sie das Gedränge rundherum beobachtete: Einerseits neidete sie den anderen die Aufmerksamkeit, die ihnen von Verwandten und Freunden zuteil wurde, andererseits war sie froh, allein zu sein. So, dachte sie, werde ich von jetzt an immer leben – allein. Sondra würde früher oder später den Mann finden, der für sie der Richtige war; Ruth und Arnie würden sich ein gemeinsames Leben aufbauen. Sie jedoch, davon war sie überzeugt, würde ihren Weg allein gehen müssen, und sie war bereit, das zu akzeptieren.

Während sie langsam über den Rasen ging, dachte sie an Jonathan. Das letztemal hatte sie ihn gesprochen, als er angerufen und sie gebeten hatte, sich am Glockenturm mit ihm zu treffen. Seither hatte sie nichts mehr von ihm gehört. Gesehen hatte sie ihn noch einmal im Fernsehen, als er seinen Oscar für den besten Dokumentarfilm entgegengenommen hatte. Er hatte unglaublich lebendig und dynamisch gewirkt. Er brauchte sie jetzt nicht mehr; er mußte seinen eigenen Weg gehen, so wie sie, frei und ohne Bindungen. Und dennoch, das wußte Mickey, würde er sie stets begleiten, ihr ganzes Leben lang.

Als sie sich ihren beiden Freundinnen und deren Familien näherte, überfiel sie eine leichte Traurigkeit. So glücklich sie war, diese erste Etappe auf ihrem Weg geschafft zu haben, so gespannt sie in die Zukunft blickte, der Gedanke, daß sie sich nun bald von Sondra und Ruth würde trennen müssen, stimmte sie traurig.

Doch ehe sie diesem Gefühl richtig nachgeben konnte, packte Ruth sie schon beim Arm, um sie ihren Eltern vorzustellen. Mickey fiel auf, wie ungewöhnlich still Arnie war. Sie wußte den Grund dafür. Er war gekränkt, weil Ruth sich ihr Diplom auf ihren Mädchennamen hatte ausstellen lassen.

Sondras Eltern, elegant gekleidet und braungebrannt, begrüßten sie.

»Ich kann Ihnen nicht sagen, wie stolz wir auf Sie drei sind«, sagte Sondras Vater, als er ihr die Hand schüttelte. »Sondra hat uns erzählt, daß Sie nach Hawaii gehen. Und unser kleines Mädchen will nach Afrika.«

Später, als die allgemeine Aufregung sich gelegt hatte, gingen Mickey, Sondra und Ruth zu ihrer Wohnung zurück. Das letztemal, dachte sie, daß sie gemeinsam diesen Weg gingen.

Dritter Teil
1973–1974

16

Ein Koffer war angefüllt mit Medikamenten, die das Krankenhauspersonal für die Mission gesammelt hatte; der andere, kleinere, enthielt ihre Kleider und die wenigen persönlichen Dinge, von denen sie sich nicht hatte trennen wollen. Sondra behielt die schwarzen Träger im Auge, die die Gepäckwagen heranzogen und die Koffer holterdipolter abluden. Es ging chaotisch zu am Flughafen: Touristen sorgten sich, daß ihr Gepäck nicht mitgekommen sein könnte; Geschäftsleute schwitzten erbärmlich in ihren korrekten Anzügen, hatten Angst, sie könnten ihre Anschlußflüge verpassen; nervöse Mütter fuhren ihre quengelnden Kinder an; ein paar Golfspieler aus England drängten sich ungeduldig durch das Gewühl, um nach ihren Golftaschen zu suchen. Sondra stand etwas abseits von der Menge, eine junge Frau in Blue Jeans, Cowboy-Stiefeln und einem verwaschenen T-Shirt mit dem Emblem der Universität von Arizona.

Sie sah auf ihre Uhr. In Phoenix war es jetzt acht Uhr abends. Im Krankenhaus wurde das Geschirr vom Abendessen abgetragen, und Dr. MacReady tyrannisierte zweifellos eine neue Gruppe von Assistenzärzten. Der bärbeißige Chefarzt, von dem sie immer den Eindruck gehabt hatte, er könne sie nicht leiden, hatte sie damit überrascht, daß er sie gebeten hatte zu bleiben.

»Sie sind eine gute Ärztin, Mallone«, hatte er gesagt.

»Wir brauchen Leute wie Sie. Gehen Sie nicht nach Afrika. Bleiben Sie hier und machen Sie Ihren Facharzt. Ich werde dafür sorgen, daß Sie das Fach bekommen, das Sie haben möchten.«

Sondra hatte sich geschmeichelt gefühlt, aber sie hatte abgelehnt. Sie war Pastor Ingels und dieser Mission verpflichtet; sie wollte nach Afrika, in das Land ihrer Vorfahren.

Die Uhuru Missionsstation befand sich in der Dornsavanne, etwa auf halbem Weg zwischen Nairobi und Mombasa. Sie war eine der ältesten Stationen in Kenia und betreute eine weite Region, die hauptsächlich von Angehörigen der Taita und der Massai besiedelt war. Als Sondra Pastor Ingels erklärt hatte, daß sie nicht fromm sei und daher niemanden missionieren könne, hatte dieser gesagt: »Missionare haben wir genug, Sondra. Unsere Meldelisten von Freiwilligen sind ellenlang. Was wir drin-

gend brauchen, sind Ärzte wie Sie, die sich in der Allgemeinmedizin auskennen. Wir brauchen Leute, die den Eingeborenen die Grundkenntnisse der Körperpflege und der Hygiene beibringen können. Wir brauchen Leute, die bereit sind, in den Busch hinauszugehen und sich um alle die Kranken zu kümmern, die den Weg zur Missionsstation nicht bewältigen können. Glauben Sie mir, Sondra, auch wenn Sie keine Missionsarbeit leisten, dienen Sie da draußen dem Herrn.«
Die Menge begann sich zu lichten, das Gedränge verlagerte sich zur Paßkontrolle. Man hatte Sondra mitgeteilt, daß jemand von der Missionsstation sie abholen würde, aber selbst nachdem sie ihre Koffer gefunden hatte, hatte sich noch niemand bei ihr gemeldet. Sie begann, ein wenig unruhig zu werden. Da sah sie endlich einen Mann auf sie zukommen.
»Dr. Mallone?« fragte er ziemlich brüsk, als er sie erreicht hatte.
»Ja«, antwortete Sondra und ließ sich ihre beiden Koffer von ihm abnehmen.«
»Ich bin Dr. Farrar«, erklärte er kurz, drehte sich um und schob sich schon ins Gewühl. »Bleiben Sie einfach hinter mir«, fügte er hinzu, ohne sich nach ihr umzudrehen. »Das wird hier besser werden, wenn der neue Flughafen fertig ist.«
Als sie nach der Paß- und Zollkontrolle endlich in den kühlen, sonnigen Morgen hinaustraten, führte Derry Farrar sie zu einem VW-Bus, der zu Sondras Überraschung in grellen Zebrastreifen gespritzt war. Er sprach kein Wort, während er das Fahrzeug durch den dichten Verkehr am Flughafen steuerte, und Sondra, der sein steinernes Schweigen Unbehagen verursachte, fiel nichts ein, worüber sie hätte sprechen können.
Derry Farrar war ein gutaussehender Mann. Braungebrannt, in Khakihose und Khakihemd mit aufgekrempelten Ärmeln, erinnerte er Sondra an die legendären weißen Jäger früherer Zeiten. Er hielt sich sehr gerade, hatte die straffen Schultern und den kraftvollen Rücken eines jungen Mannes, obwohl er Sondras Schätzung nach mindestens fünfzig Jahre alt sein mußte. Das schwarze Haar trug er sauber gescheitelt und glatt zurückgekämmt wie ein vornehmer Engländer, und seine Ausdrucksweise war geschliffen. Doch mit dem offenen Hemd, das die braungebrannte Brust sehen ließ, hätte er sich kaum in der Fleet Street zeigen können.
Sein Gesicht faszinierte sie. Es wirkte weich und doch gleichzeitig sehr verschlossen. Die dichten schwarzen Brauen gaben ihm einen strengen, beinahe zornigen Zug, und die tiefblauen Augen hatten etwas Unergründliches. Es war ein widersprüchliches Gesicht, anziehend und abweisend zugleich.
Die zweispurige Landstraße, in die sie einbogen, war von leuchtenden

Bougainvilleabüschen gesäumt, die Sondra an das Castillo College erinnerten. Als sie plötzlich am Straßenrand eine Giraffe sah, die an den Blättern einer Akazie knabberte, rief sie: »Ach! Schauen Sie doch mal!«
»Das ist der Nationalpark von Nairobi«, sagte Derry.
»Gibt es bei der Missionsstation auch Tiere, Dr. Farrar?«
»Nennen Sie mich Derry. Wir nennen uns alle beim Vornamen auf der Station. Ja, Tiere gibt es. Haben Sie Malariatabletten genommen?«
»Ja.«
»Gut. Wir hatten in letzter Zeit einige Fälle. Nehmen Sie die Tabletten regelmäßig, solange Sie hier sind.«
»Das hatte ich sowieso vor. Ich habe mir Vorrat für ein ganzes Jahr mitgenommen«, erklärte sie vergnügt.
Derry Farrar drehte flüchtig den Kopf und warf ihr einen Blick zu, der sagte, ein Jahr halten Sie es hier draußen nie aus. Sondra wandte sich hastig ab und schaute wieder zum Fenster hinaus.
Der VW-Bus bog an einer Kreuzung von der breiten Straße ab, um einem Wegweiser mit der Aufschrift *Wilson Airport* zu folgen. Als sie vor dem Flughafengebäude anhielten, runzelte Sondra die Stirn. »Fahren wir nicht mit dem Wagen zur Missionsstation?« fragte sie, als Derry Anstalten machte auszusteigen.
»Das sind zweihundert Meilen. Da brauchen wir den ganzen Tag.«
Im Flughafengebäude kaufte Derry eine Zeitung, dann gingen sie weiter aufs Rollfeld, wo Sondra den Blick hoffnungsvoll auf mehrere große Maschinen der East African Airways richtete. Doch die Hoffnung wurde enttäuscht. Er führte sie zu einer klapprigen, staubbedeckten Einmotorigen.
Er sprang auf die Tragfläche, öffnete die Tür und streckte den Arm zu Sondra hinunter, um ihr heraufzuhelfen.
»Ach, du lieber Gott«, sagte sie lachend. »Hält die überhaupt noch einen Flug durch?«
»Sie haben keine Angst vorm Fliegen, hoffe ich. Das ist die Missionsmaschine. Mit der werden Sie in ganz Kenia herumfliegen. Kommen Sie.«
Als sie es sich in einem der kleinen Sitze bequem gemacht hatte, sagte Derry: »Ich bin in einer Minute wieder da«, und sprang zum Rollfeld hinunter.
Die Minute zog sich in die Länge, es wurden fünf Minuten, dann zehn, dann fünfzehn, während Sondra beobachtete, wie Derry Farrar die Maschine einer sorgfältigen Prüfung unterzog, die er damit beendete, daß er

durch ein Polierleder Benzin in den Tank goß. Er sah zu ihr auf, und wieder bemerkte sie diesen Ausdruck in seinem Gesicht, der ihr verriet, daß er keineswegs erfreut war, sie zu sehen.
Sondra ließ sich davon nicht stören. Sie würde sich diesen heißersehnten Moment ihrer Ankunft in Afrika nicht von der schlechten Laune dieses Griesgrams verderben lassen.
Einem plötzlichen Impuls folgend, öffnete sie ihre Handtasche und kramte zwischen Tabletten gegen Luftkrankheit, altem Schokoladenpapier, Reisepaß und anderen Dokumenten einen Briefumschlag hervor, der in Honolulu abgestempelt war. Mickeys letzter Brief war in großer Eile hingeworfen, da sie gerade ihr zweites Jahr am Great Victoria begonnen und für private Dinge kaum einen Moment Zeit hatte. In dem Umschlag steckten außerdem ein Foto von Ruth, das sie, mit der elf Monate alten Rachel auf dem Arm und sichtlich schon wieder schwanger zeigte, und eine Polaroidaufnahme von Mickey am Strand von Waikiki. Sondra blickte lächelnd auf die beiden Gesichter und dachte: Ich bin hier, ihr beiden. Ich hab's geschafft.
Derry kletterte in die Maschine. Ehe er den Motor anließ, wandte er sich Sondra zu und sagte: »Wollen Sie beten?«
»Wie bitte?«
»Ob Sie beten wollen, ehe wir starten.«
Sie zwinkerte verdutzt. »Ich hab' vielleicht Angst vorm Fliegen, aber deswegen brauchen Sie sich nicht darüber lustig zu machen.«
Eine Sekunde lang veränderte sich sein Gesicht, wurde offener, als er leicht die dunklen Brauen hochzog, und der Schatten eines Lächelns um seinen Mund spielte.
»Verzeihen Sie. Ich wollte mich nicht über Sie lustig machen. Die Leute von der Mission sprechen immer ein Gebet vor dem Aufbruch, selbst wenn sie zu Fuß gehen.«
»Oh«, sagte Sondra verlegen. »Entschuldigen Sie. Das wußte ich nicht.«
Verwirrt wandte sie sich ab. »Nein – danke.«
Sie flogen über eine Landschaft sanft gewellter grüner Hügel, die von kahlen Flecken roter Erde durchsetzt war. Sondra konnte sich nicht sattsehen. Weit vorgebeugt saß sie in ihrem Sitz und starrte so angespannt hinunter, als wolle sie sich diesen Blick für immer einprägen. Nach einer Weile wich das Grün bräunlichen Grasflächen, auf denen krüppelhaft kleine Bäume wuchsen.
»Schauen Sie da!« rief Derry laut, um das Donnern der Maschine zu übertönen. »Sie haben Glück. Meistens ist der in den Wolken, und man bekommt ihn gar nicht zu sehen.«

Sondra blickte mit großen Augen auf den schneebedeckten Berg, der sich aus der Ebene erhob.
»Ist das der Kilimandscharo?« fragte sie beinahe ehrfürchtig.
»Ja. In Suaheli heißt *kilima* kleiner Hügel. Es ist also der kleine Hügel mit dem Namen Ndscharo.«
In lavendelblauen Hügelketten und leuchtenden roten und lohfarbenen Matten, auf denen unter Gruppen flachkroniger Bäume Herden wilder Tiere grasten, entfaltete sich die afrikanische Landschaft unter Sondras Blick. Ihr war, als werde ihr ein Blick in die Vergangenheit gegönnt, auf die Erde, wie sie zu Urzeiten gewesen war. Sie war so überwältigt, daß ihr die Worte fehlten. Ein Gefühl überkam sie, als wäre sie leichter als Luft, ein beinahe lähmender innerer Jubel. Sie kannte es, sie hatte es vor beinahe fünf Jahren schon einmal erlebt, als Rick Parsons einem kleinen Jungen ein neues Leben geschenkt hatte. Es war ein beinahe mystisches Gefühl gewesen, ein plötzliches inneres Wissen um den Platz, den das Leben ihr zugedacht hatte. Jetzt verspürte Sondra es wieder, genau wie damals, und es ließ sie erschauern.
Als Derry die Maschine nach Osten zog, sah Sondra unten rote Wüste, eine nackte, strenge Urlandschaft, die sie an Landschaften des amerikanischen Südwestens erinnerte. Brüllend erklärte ihr Derry, daß dies der Tsavo Nationalpark sei, eines der größten Tierreservate der Welt. Die nackte rote Erde schien sich bis an den fernen Horizont zu dehnen.
Plötzlich entdeckte Sondra unten etwas und rief laut: »Was ist das da unten?«
Derry griff nach einem Feldstecher. »Ein Elefant«, antwortete er nach einem kurzen Blick und reichte ihr das Glas. »Und er lebt noch.«
Sondra warf nur einen Blick in die Tiefe und zog das Glas wieder von den Augen.
»Er stirbt«, rief Derry. »Darum liegt er auf der Seite. Er ist von Wilderern angeschossen worden. Diese Schweine warten, bis die Tiere zu einem Wasserloch kommen, dann schießen sie sie einfach ab. Sie spicken die Elefanten mit Giftpfeilen und verfolgen sie, wenn sie sich halbtot davonschleppen. Meistens dauert es Tage bis so ein Tier verendet. Wenn es dann endlich tot ist, fallen die Kerle über den Kadaver her, hacken ihm die Stoßzähne ab und überlassen den Rest den Geiern.«
»Kann man dagegen denn nichts unternehmen?«
»Was denn? Der Park ist achttausend Quadratmeilen groß, alles Wildnis. Und überwacht wird er vielleicht von einer Handvoll Leuten. Was sollen die gegen die Wilderer ausrichten? Nein, solange die reichen Industrienationen bereit sind, für Elfenbein und Leopardenfelle zu bezahlen, so-

lange wir alle den Hals nicht voll genug bekommen können, haben diese armen Teufel überhaupt keine Chance. Ich werde die Sache melden, wenn wir ankommen, aber helfen wird es nichts. Die Wilderer sind jetzt schon da unten, und sie wissen, daß wir das Tier gesichtet haben. Bis einer von den Wildhütern hinkommt, sind sie längst verschwunden, nachdem sie dem Elefanten bei lebendigem Leib die Stoßzähne abgesägt haben.«

Nicht lange danach setzte Derry zur Landung an.

»Halten Sie sich jetzt fest. Ich muß erstmal die Landebahn freischaufeln.«

Ehe sie sich's versah, ging die Cessna in Sturzflug und donnerte in geringer Höhe über die Landebahn.

»Die verdammten Hyänen«, brüllte Derry. »Die kriegt man nie anders von der Landebahn weg.«

Noch einmal starteten sie durch, und als sie endlich auf dem Landestreifen aus festgetrampelter Erde aufsetzten, war Sondra beinahe übel.

»Sie werden sich schon daran gewöhnen«, bemerkte Derry, als er ihr von der Tragfläche herunterhalf.

Während er die Koffer, einen Packen Post und einige Säcke aus der Maschine holte, sah Sondra sich in ihrer neuen Umgebung um.

Hinter ihr dehnte sich eine weite Ebene roter Erde, die mit dürrem gelben Gras, Dornbüschen und verkrüppelten Bäumen bewachsen war. Vor ihr jedoch hatte die Landschaft ein anderes Gesicht: Grüne Hügel wellten sich in die Ferne zum Fuß hochragender, in Dunst gehüllter Felsen. Nicht weit von der Landebahn befand sich eine Enklave menschlicher Ordnung und Sauberkeit: Beschnittene Bäume und Hecken und eine Gruppe von Gebäuden – die Missionsstation. Dahinter sprenkelten runde Hütten und kleine abgegrenzte Felder die Hügelhänge.

Derry trat neben sie und sagte: »Komisch, daß keiner hier ist, um Sie in Empfang zu nehmen.«

Sie drehte den Kopf und sah die Verwunderung auf seinem Gesicht. Dann hörten sie beide von jenseits der Bäume und Blumen einen lauten Aufschrei. Derry ließ plötzlich Koffer und Säcke fallen und rannte davon. Verwirrt lief Sondra ihm nach.

Sie rannten zwischen zwei Torpfosten hindurch, über denen ein holzgeschnitztes Schild mit der Aufschrift ›Uhuru Missionsstation‹ angebracht war. Im Hof hatte sich eine kleine Menschenmenge versammelt: Afrikaner in bunt gemusterten Gewändern und Weiße in Khakikleidung. Alle schienen sie entweder zornig oder erschrocken zu sein. Die Menge teilte sich, als plötzlich ein Mann durchbrach, ein großer Afrikaner in

Khakihemd und Shorts, einem breitkrempigen Hut und einem Dienstabzeichen an der Brust. Zuerst rannte er, von zwei Männern verfolgt, in ziellosem Zickzack, dann schwenkte er unvermittelt und hielt direkt auf Sondra zu. Sie blieb stehen, er prallte mit ihr zusammen und riß sie zu Boden.
»Haltet ihn!« hörte sie jemanden rufen.
Sie sah Derry an sich vorüberlaufen, dann einen zweiten Weißen in Jeans und kariertem Hemd, der ein Stethoskop um den Hals hängen hatte.
Während sie langsam aufstand und sich den Staub von den Kleidern klopfte, schwoll das Geschrei um sie herum an, und zwei weitere Männer nahmen die Verfolgung des großen Afrikaners auf. Der rannte immer noch wie ein hakenschlagender Hase im Hof umher, wich behende den Händen aus, die ihn greifen wollten, bis er plötzlich ohne jeden ersichtlichen Grund zusammenbrach und auf der Erde liegenblieb wie von einer Kugel getroffen. An allen Gliedern zuckend wälzte er sich auf dem Boden.
Derry und der Mann in den Jeans knieten neben ihm nieder. Sondra lief zu ihnen, während die anderen neugierig zwar, aber doch ängstlich, murmelnd zurückwichen.
»Ich weiß nicht, was passiert ist«, sagte der Mann an Derrys Seite, der mit einem starken schottischen Akzent sprach. »Ich wollte ihn gerade untersuchen, ich hatte ihn noch gar nicht angerührt, da raste er plötzlich aus dem Krankenhaus hinaus.«
Derry blickte aufmerksam in das schwarze, von Schmerz verzerrte Gesicht. Die Augen des Schwarzen hatten sich so verdreht, daß nur noch das Weiße zu sehen war. Speichel und Blut rannen ihm über die Lippen. Sondra kniete neben ihm nieder und drückte zwei Finger auf seine Halsschlagader.
»Er hat einen Anfall«, sagte sie. Dann hob sie den Kopf und sah den Mann an, der ihr gegenüber kniete und in offenkundiger Ratlosigkeit zu dem schwarzen Gesicht hinunterblickte. »Was ist geschehen?« fragte sie.
»Ich weiß nicht. Ich hatte kaum Zeit, mir den Mann anzusehen. Ich weiß nicht einmal, warum er ins Krankenhaus gekommen ist.«
»Aber ich weiß es.« Derry stand auf. »Ich kenne den Mann. Er ist Beamter bei den öffentlichen Versorgungsbetrieben in Voi.«
Sondra sah zu dem Bewußtlosen hinunter, dessen krampfartige Zuckungen jetzt nachgelassen hatten. »Der Anfall muß durch Drogen ausgelöst gewesen sein«, murmelte sie nachdenklich. »Ich weiß keinen primären Krankheitsprozeß, bei dem ein Mensch so herumrennt.« Sie zog jedes

der beiden Augenlider hoch und stellte fest, daß die Pupillen normal waren, sowohl was ihre Größe als auch was die Reaktion anging. Das verwirrte sie noch mehr. Jede Störung, die ihr einfiel, mußte sie ausschalten, da sie alle mit Beeinträchtigungen der Motorik einhergingen: Eine Alkoholvergiftung, andererseits oder irgendein Halluzinogen.
Der junge Schotte, der Sondra gegenüber kniete, starrte sie einen Moment lang an, als hätte er sie erst jetzt bemerkt, und sagte dann: »Wir packen ihn ins Bett und halten ihn unter Beobachtung. Solange wir die Ursache des Anfalls nicht wissen, können wir nicht viel für den Mann tun.« Er drehte sich um und winkte zwei Afrikanern, die in der Nähe standen. »*Kwenda, tafadhali.*«
Aber sie rührten sich nicht von der Stelle.
»Wir müssen ihn selber tragen«, sagte Derry und bückte sich, um den Mann bei den Füßen zu fassen. »Sie werden ihn nicht anrühren.«
Sondra stand auf. »Warum nicht?«
»Sie haben Angst.«
Sondra begleitete die beiden Männer, die den Bewußtlosen ins Krankenhaus trugen.
»Sie sind gewiß Dr. Mallone«, sagte der Schotte. »Wir haben Sie schon sehnlichst erwartet. Ich bin Alec MacDonald. Willkommen in Afrika.«
Nachdem man den Mann auf einem Bett im Krankensaal niedergelegt hatte, nahmen Sondra und Alec MacDonald gemeinsam eine routinemäßige neurologische Untersuchung vor. Doch alles blieb ihnen so rätselhaft wie zuvor. Die Symptome entsprachen keiner ihnen bekannten Krankheit. Obwohl seine Pupillen weiterhin normale Größe und Reflexe zeigten, reagierte er nicht einmal auf die schmerzhaftesten Stimuli. Die beiden Ärzte legten einen Tropf und schickten eine Schwester nach einem Katheter, um die Nierenfunktion zu überprüfen. Zum Schluß maß Sondra noch einmal den Blutdruck und stellte fest, daß er unter siebzig abgesunken war.
»Er fällt in einen Schock. Wir müssen ihm sofort Dopamin geben, um den Blutdruck zu stützen, und eine toxikologische Untersuchung —«
Ein kurzes »Ha!« veranlaßte Sondra und Alec aufzublicken. Derry war hereingekommen und stellte sich mit verschränkten Armen neben das Bett. »Dopamin! Toxikologische Untersuchungen! Was glauben Sie denn, wo Sie hier sind? Im Städtischen Krankenhaus London?«
Alec sagte: »Was meinten Sie vorhin, Derry, als Sie sagten, Sie wüßten, warum der Mann zu uns ins Krankenhaus gekommen ist?«
»Ich kenne den Burschen und ich glaube, ich weiß, was mit ihm los ist.«

»Und was ist es?« fragte Sondra, die Hand an dem Stethoskop, das sie sich von einem Wandhaken genommen und um den Hals gehängt hatte.
»Er ist mit einem Fluch belegt worden.«
»Mit einem Fluch?«
Die scharfen blauen Augen blitzten kurz auf, dann wandte sich Derry – beinahe verächtlich, wie sie wahrzunehmen meinte – von Sondra ab und richtete das Wort an Alec.
»Dieser Bursche hat einem Mann seine Ziegen gestohlen. Als er sich weigerte, sie zurückzugeben, ließ der Bestohlene ihn von einem Medizinmann mit einem Fluch belegen.« Er sah auf den schlafenden Schwarzen hinunter. »Wir können hier überhaupt nichts für ihn tun.«
»Das muß der Grund sein«, sagte Alec ruhig, »warum er ins Krankenhaus kam. Er hat wohl gedacht, die Medizin des weißen Mannes könnte ihn retten. Aber in letzter Minute bekam er Panik und stürzte davon.«
»Sie meinen, seine Störung ist rein psychologischer Natur?« fragte Sondra.
»Nein, Dr. Mallone«, entgegnete Derry, sich schon zum Gehen wendend. »Sie ist durch einen Taita Fluch ausgelöst und ist sehr real.«
Irritiert sah sie ihm nach, als er davonging, dann drehte sich sich wieder nach Alec MacDonald um, der auf der anderen Seite des Bettes stand und Sondra mit unverhohlenem Interesse betrachtete.
»Wir müssen etwas tun«, sagte sie.
Alec zuckte die Achseln. »Was Derry gesagt hat, stimmt. Ich habe von solchen Fällen gelesen. Der arme Kerl kann von uns keine Hilfe erwarten.« Er sah sie einen Moment ernst an, dann lächelte er mit Wärme. »Sie können jetzt sicher eine Tasse Tee gebrauchen.«
Sondra lachte. »Das ist das Beste, was ich heute den ganzen Tag gehört habe.«
»Ich will nur schnell sehen, wohin die Schwester verschwunden ist, dann führe ich Sie in unseren eleganten Speisesaal.«
Ehe sie in die Mittagshitze hinausgingen, nahm Alec einen Strohhut vom Haken.
»Ein braver Schotte wie ich ist für diese Glut nicht geschaffen.« Er hielt ihr die Fliegengittertür auf und fügte lächelnd hinzu: »Sie sehen mir ganz so aus, als wäre die Tropensonne genau das Richtige für Sie. Sie sind bestimmt spätestens in einer Woche knackebraun.«
Im Hof hatten die Leute nach dem Zwischenfall ihre Arbeit wiederaufgenommen und musterten Sondra mit freundlichen Mienen, als sie an ihnen vorüberging. Zwei Mechaniker, die sich am Motor eines Land Rover zu schaffen machten, riefen ihr auf Suaheli einen Gruß zu.

»Sie heißen Sie hier willkommen«, erklärte Alec ihr. »Sie sollten möglichst schnell Suaheli lernen. Das ist die allgemeine Umgangssprache in Ostafrika.«
»Sie können es offensichtlich schon gut.«
»Von wegen! Ich bin erst einen Monat hier. Ich spreche gerade so viel, daß ich mich einigermaßen durchschlagen kann, aber das ist auch alles.«
Sie kamen zu einem großen, unfreundlichen Bau aus Löschbeton und Wellblech. Auf der überwachsenen Veranda, die von blühenden Jacaranda- und Mangobäumen beschattet wurde, standen Tische und Stühle, die dringend eine frische Lackierung gebraucht hätten.
»Unser Eß- und Aufenthaltsraum. Leider nicht sehr luxuriös.«
Der Innenraum war mehr als einfach: An den Wänden bröckelte der Verputz, die Decke war die unverkleidete Unterseite des Wellblechdachs. Um den rußgeschwärzten offenen Kamin waren mehrere Sessel und ein Sofa gruppiert, am anderen Ende des Raums standen einige lange Tische mit Holzbänken.
»Eine Gemeinde in Iowa hat uns einen Fernsehapparat gestiftet«, berichtete Alec, während sie zu einem der Tische gingen. »Aber wir können hier nicht viel damit anfangen. Es gibt überhaupt nur ein Programm, und das wird erst abends ausgestrahlt und besteht hauptsächlich aus regionalen Nachrichten. Von der Außenwelt hören wir kaum etwas. Bitte, setzen Sie sich. – Ndschangu!«
Sondra ließ sich auf einer Bank nieder, und Alec setzte sich ihr gegenüber. Er nahm den verbeulten Strohhut vom Kopf und legte ihn neben sich.
»Dr. Mallone, Sie wissen gar nicht, was für ein herrlicher Anblick Sie sind.«
»Das gleiche kann ich von Ihnen sagen«, erwiderte sie, und es war ihr ernst damit.
Alec MacDonald war ein sympathisch aussehender Mann mit heller Haut und hellem Haar, aber es waren vor allem seine Herzlichkeit und seine Wärme, die Sondra ansprachen, ein angenehmer Gegensatz zu der abweisenden Art, die Derry Farrar ihr gegenüber bis jetzt an den Tag gelegt hatte.
»Niemand hat uns darauf vorbereitet, daß man uns eine so ausnehmend schöne Frau schicken würde. Wir erwarteten einen Mann. Entschuldigen Sie –« Alec drehte sich um. »Ndschangu! Tee bitte!«
Hinter dem bunten Vorhang trat gleich darauf ein Afrikaner mit einem Tablett hervor. Er war sehr groß und sehr dunkel, mit einem grimmi-

gen, unfreundlichen Gesicht. Sein Alter konnte Sondra nicht schätzen. Er trug eine abgeschabte helle Hose und ein ausgewaschenes kariertes Hemd und auf dem Kopf ein Käppchen, das, wie Sondra später erfuhr, aus Schafsmagen gearbeitet war. Ndschangu war, wie sie ebenfalls erst später erfuhr, eine Kikuyu, Angehörige eines der größten Stämme in Kenia. Pastor Sanders, der Leiter der Missionsstelle Uhuru, hatte ihn vor Jahren zum Christentum bekehrt, aber alle wußten, daß Ndschangu insgeheim immer noch Ngai verehrte, den Kikuyu Gott, der auf dem Gipfel des Mount Kenya wohnte.
Ziemlich unwirsch stellte Ndschangu das Tablett auf den Tisch und wandte sich wieder zum Gehen.
»Ndschangu«, sagte Alec. »Das ist unsere neue Ärztin.«
Der Schwarze blieb einen Moment stehen, murmelte »*Iri kanwa itiri nda*« und verschwand wieder hinter dem bunten Vorhang.
»Was hat er gesagt?« fragte Sondra, als Alec den Tee einschenkte.
»Am besten kümmern Sie sich gar nicht um ihn. Er ist manchmal ein bißchen barsch. Sein Name bedeutet in der Sprache der Kikuyu ›grob und falsch‹, und ich glaube, es macht ihm Spaß uns ab und zu daran zu erinnern.«
»Aber was hat er gesagt?«
»Er hat gesagt«, antwortete Derry Farrar, der soeben hereingekommen war, »Essen im Mund ist noch lange nicht im Magen. Das ist ein Sprichwort der Kikuyu und bedeutet ungefähr so viel wie ›noch ist nicht aller Tage Abend‹.«
Mit einem Stirnrunzeln wandte sich Sondra wieder Alec zu, der achselzuckend gestand: »Ich spreche kein Kikuyu.«
»Ndschangu wollte damit sagen, daß Ihre Anwesenheit hier noch lange nicht heißt, daß Sie uns auch eine Hilfe sein werden«, bemerkte Derry, ehe auch er hinter dem Vorhang verschwand.
»Nehmen Sie das alles nur nicht persönlich, Dr. Mallone«, sagte Alec und stellte Sondra eine Tasse Tee hin. »Die Leute hier sind so oft enttäuscht worden, daß sie sich keine Hoffnungen mehr machen wollen.«
»Enttäuscht? Inwiefern?«
»Ach, es waren schon viele hier, die sich freiwillig gemeldet haben, gute Leute, mit den besten Vorsätzen, aber sie bleiben fast nie, aus den unterschiedlichsten Gründen.«
»Sie meinen, sie geben auf?«
»Sie halten schlicht und einfach nicht durch.« Derry trat mit einer Dose Bier in der Hand wieder hinter dem Vorhang hervor. »Sie kommen hier an, haben riesige Rosinen im Kopf, posaunen ihre hehren Ziele und Ab-

sichten in die Welt hinaus, und nach einem Monat packen sie ihre Koffer, weil sie unbedingt zum Begräbnis von Tante Sophie müssen.«
Er sah sie bei diesen Worten herausfordernd an, und Sondra hatte das Gefühl, daß Derry Farrar in diesem Moment mit sich selbst eine Wette darüber abschloß, wie lange sie wohl auf der Missionsstelle aushalten würde.
Einen Moment lang sah sie ihm kühl in die Augen, dann sagte sie: »Also, ich hab' keine Tante Sophie, Dr. Farrar.«
Nachdem er gegangen war, nahm Sondra sich ein Keks und biß hinein.
»Sie sollten sich von Derry nicht irremachen lassen, Dr. Mallone«, sagte Alec freundlich. »Er ist ein feiner Kerl. Aber er hat leider eine Neigung zum Zynismus. Es fehlt ihm am rechten Gottvertrauen. In gewisser Hinsicht kann man ihm das nicht verübeln. Er hat schon so viele Leute hier kommen und gehen sehen. Er lernt sie an, hilft ihnen, sich akklimatisieren, und dann packt sie's plötzlich: Heimweh, Kulturschock, Desillusion – und sie packen ihre Sachen und verschwinden. Das ist besonders bei den Frauen so. Und besonders bei den Predigern. Sie reisen hier voller heiligem Eifer an und glauben allen Ernstes, daß die Eingeborenen scharenweise zur Missionsstelle strömen, um ihre Seele zu retten. Aber so läuft es nun mal nicht.«
Sondra schwieg. Sie spürte, wie die Müdigkeit sie plötzlich zu überwältigen drohte. Vor vierundzwanzig Stunden war sie in Phoenix abgeflogen, war seitdem fast ständig auf den Beinen gewesen, hatte nur im Flugzeug ein kleines Nickerchen machen können, und nun war sie endlich in diesem fremden, unvertrauten Land, wo der Tag gerade erst seine Mitte erreicht hatte, während ihr Körper auf Nacht und Schlaf eingestellt war.
»Ich bin fest entschlossen, das volle Jahr zu bleiben«, sagte sie leise.
»Das glaube ich Ihnen. Und der Herr wird Ihnen die Kraft dazu geben.«
»Wie lange bleiben Sie, Dr. MacDonald?«
»Genau wie Sie, ein Jahr. Bitte nennen Sie mich Alec. Ich weiß schon jetzt, daß wir uns gut verstehen werden.«
»Gibt es hier außer dem Leiter und seiner Frau Leute, die auf Dauer hier sind?«
»Einige ja, wie Derry zum Beispiel.«
»Ist er immer so brüsk?« fragte Sondra. »Er wirkt so zornig. Das ist doch eine merkwürdige Haltung für einen christlichen Missionar.«
»Oh, Derry ist kein Missionar. Jedenfalls nicht in dem Sinn, wie Sie meinen. Er ist Atheist, und er macht kein Geheimnis daraus.« Alec

schüttelte den Kopf. »Soviel ich gehört habe, versucht Pastor Sanders seit Jahren, Derrys Seele zu retten. Aber Gottes Wege sind unerforschlich. Derry kam vor Jahren hierher, als er eine der Schwestern hier heiratete. Pastor Sanders meinte, das wäre ein Zeichen des Herrn, daß er diesen Sünder vor der ewigen Verdammnis retten solle. Ich gebe zu, daß Derry eine rauhe Art hat, aber im Grund ist er ein feiner Mensch. Und ein verdammt guter Arzt.«
Eine Weile schwiegen sie beide und lauschten den Geräuschen, die vom Hof her durch die Fenster drangen. Sondra fiel auf, daß Alec MacDonald schöne Hände hatte, glatt und feingliedrig, sicher sehr sanft. Ganz im Gegensatz zu den sonnverbrannten, schwieligen Händen Derry Farrars, die wahrscheinlich so grob und derb waren wie der Mann selber.
»Sie sind sicher zum Umfallen müde«, meinte Alec. »Es dauert immer ein paar Tage, bis man die Zeitverschiebung verkraftet.«
Sie sah sein scheues Lächeln und lächelte ebenfalls. »Ich bin noch halb in Phoenix.«
»Der Pastor wollte eigentlich hier sein, um sie zu begrüßen, aber dann mußte er ganz unerwartet nach Voi. Also müssen Sie wohl oder übel mit mir als Empfangskomitee vorliebnehmen.«
Alec lächelte. »Ich zeige Ihnen jetzt Ihre Hütte. Heute abend beim Essen können Sie dann alle anderen kennenlernen.« Unterwegs erklärte er: »Die Uhuru Mission liegt an der Straße, die Voi und Moshi verbindet. Das heißt, wenn Sie weit genug fahren, dann landen Sie in Tanganjika. Ich meine, Tansania. Nicht allzu weit von hier entfernt ist ein neues Safari-Hotel des Hilton-Konzerns. Da drüben ungefähr liegt Voi, keine große Stadt, aber von dort bekommen wir unsere Vorräte – vorausgesetzt, wir können zahlen. Das da sind die Taita-Berge. Die meisten Leute, die hier zu uns auf die Station kommen, sind Taita. Wir betreuen auch die Massai. Mit denen werden Sie vor allem zu tun haben, wenn Sie durchs Land fahren oder fliegen.«
»Und wann wird das sein?«
»Das kommt auf Derry an. Er ist für das Pflegepersonal hier verantwortlich.«
Sie gingen unter den ausladenden Ästen eines mächtigen alten Feigenbaums hindurch, der fast in der Mitte des Hofes stand. Um seinen Stamm herum lagen kleine Mengen von Nahrungsmitteln und kleine Holzschnitzereien.
»Was hat das zu bedeuten?« fragte Sondra.
»Die Afrikaner verehren den Feigenbaum als heiligen Baum. Ndschangu und andere, die hier arbeiten, glauben, daß ein mächtiger Geist diesen

Baum bewohnt, deshalb legen sie ihm Opfergaben hin. Da drüben ist unsere Schule...«
Das Schulhaus war wie die übrigen Bauten der Missionsstation aus Löschbeton mit einem Wellblechdach. Aus den offenen Fenstern wehte Kindergesang.
Sie kamen an einem Gemüsegarten vorüber, an einer kleinen Obstanlage, einem Schuppen, der als Autowerkstatt diente, am schlichten Haus des Pastors, an der bescheidenen kleinen Kirche.
Die Luft wurde immer drückender. Die kaum wahrnehmbare Brise trug Gerüche von warmer Erde und Tieren, von Rauch und faulenden Früchten mit sich. Scharf und durchdringend stieg Sondra diese Geruchsmischung in die Nase, betäubend und abstoßend zugleich. Sie war erleichtert, als Alec stehenblieb und sagte: »So, da sind wir. Das ist Ihre Hütte.«
Die niedrigen kleinen Hütten standen ordentlich in einer Reihe. Alec stieß eine Tür auf, die kein Schloß hatte, und sie folgte ihm ins Innere, wo es beinahe stockdunkel war.
»Trinken Sie nur das Wasser, das in den Krügen ist«, sagte er. »Ndschangu chloriert es jeden Tag. Und wenn Sie hinten zur Toilette gehen, dann nehmen Sie unbedingt einen Stock mit und scheppern drin erst mal richtig mit ihm herum. Dann hauen die Fledermäuse ab.«
Das Mobiliar bestand aus einem Eisenbett, einem wackligen Tisch mit einer Sturmlampe und einem Wasserkrug darauf, und einem Stuhl. Quer über Eck war eine Schnur gespannt, an der ein paar Kleiderbügel hingen. Ihre Koffer standen in der Mitte des Raumes auf dem Betonboden.
Es war stickig und ziemlich beengend. Alec lächelte entschuldigend, als wäre er für dieses ärmliche Quartier verantwortlich, und bot ihr die Hand. »Ich danke dem Herrn, daß er Sie geschickt hat, Sondra Mallone«, sagte er.
Sie nahm die dargebotene Hand und drückte sie dankbar.
»Schlafen Sie gut«, sagte Alec noch, dann ging er hinaus.

17

Ihr war nur ein kurzer Schlaf vergönnt. Lärm vor dem Fenster weckte sie. Ein Automotor lief auf Hochtouren, Kinder schrien und quietschten, dröhnende Männerstimmen schallten über den Hof. Sie blieb einen Moment lang reglos auf ihrem Bett liegen und wunderte sich, daß die Luft-

hansa 747 plötzlich gar nicht mehr rüttelte. Dann erst wurde sie sich bewußt, wo sie war. Mit einem Satz sprang sie auf und ging zur Tür. Der Hof, Schauplatz lebhafter Betriebsamkeit, war in das rötliche Licht der Nachmittagssonne getaucht.
»Jambo!« rief Alec von der anderen Seite und winkte ihr zu. Er stand auf der Veranda des Krankenhauses, umgeben von etwa zehn bis fünfzehn Eingeborenen, die dort im Schatten saßen. Auch Derry Farrar war drüben über ein Kind gebeugt, dessen Ohr er untersuchte.
Sondra erwiderte Alecs Winken, ehe sie wieder in ihre Hütte ging. Nach einigem Suchen entdeckte sie unter dem Tisch einen Eimer frisches Wasser und eine angeschlagene Waschschüssel aus Porzellan. Rasch wusch sie sich Gesicht und Hände, dann zog sie Jeans und T-Shirt aus und schlüpfte in ein dünnes Baumwollkleid ohne Ärmel. Nicht mehr ganz so müde wie zuvor und erfrischt ging sie wieder in den Hof hinaus.
Alec kam ihr entgegen. »Wie fühlen Sie sich?«
»Als könnte ich nochmal hundert Stunden schlafen.« Sie schaute an ihm vorbei zu Derry, der jetzt dabei war, einer Frau den Fuß zu verbinden. »Brauchen Sie Hilfe?«
Alec warf einen Blick über die Schulter und schüttelte den Kopf.
»Wir sind für heute fast fertig. Keine Sorge, Sie können noch bald genug mitmischen. Kommen Sie, ich mach' Sie mit Ihrer neuen Familie bekannt.«
Die Angehörigen der Mission saßen im Aufenthaltsraum, Kikuyu-Arbeiter, scheue junge Krankenschwestern, die ihre Ausbildung in Mombasa genossen hatten, noch ein weißer Arzt, der wie Sondra und Alec nur auf Zeit hier war, dazu mehrere Geistliche aus den Staaten und aus England. In einer Ecke lief das Radio, aber kaum einer hörte zu. Man war viel zu vertieft in die eigenen Gespräche. Der Raum hatte eine ganz andere, viel wärmere Atmosphäre als am Morgen, als Sondra ihn das erstemal gesehen hatte.
Alec machte sie mit allen bekannt. Man begegnete ihr mit Herzlichkeit, einige gaben ihr zur Begrüßung die Hand, viele grüßten sie mit »Jambo« und »Salaam«.
Sie setzte sich mit Alec zusammen zu einer Gruppe an einem der langen Tische, wo Tee und Kekse bereitstanden, und sofort fiel man mit Fragen über sie her, höchst interessiert zu erfahren, was sich draußen in der großen Welt tat.
Ndschangu kam aus der Küche, fixierte sie mit frostigem Blick und stellte eine nicht allzu saubere Tasse vor sie hin.

»Ich glaube, er mag mich nicht«, bemerkte Sondra leise, als Alec ihr die Teekanne reichte.
»Ndschangu ist mit jedem so. Der einzige, den er wirklich mag, ist Derry. Verrückt, wenn man bedenkt, daß sie früher einmal Feinde waren.«
»Feinde?«
»Ndschangu gehörte der Mau-Mau-Bewegung an. Er war einer der am meisten gefürchteten Rebellen. Derry gehörte zu der Polizeitruppe, die gegen die Aufrührer kämpfte.«
Sondra hatte sich lange vor ihrer Abreise mit der Geschichte Kenias vertraut gemacht und wußte, daß die Mau-Mau ein blutiger Aufstand Mitte der fünfziger Jahre gewesen war.
Ein stattlicher alter Herr betrat plötzlich den Raum und klatschte in die Hände, um die Aufmerksamkeit der Anwesenden auf sich zu ziehen.
»Gute Nachricht!« Er schwenkte einen Briefumschlag. »Der Herr hat uns hundert Dollar zukommen lassen.« Die Worte wurden mit Applaus und beifälligem Gemurmel quittiert.
Dann folgte zu Sondras Überraschung unmittelbar ein geräuschvoller Exodus aus dem Aufenthaltsraum.
»Die Post ist da«, erklärte Alec, als er ihr verwundertes Gesicht sah.
Der stattliche alte Herr kam auf Sondra zu und bot ihr die Hand.
»Meine Liebe, es freut mich sehr, Sie kennenzulernen. Sie sind ein wahres Gottesgeschenk für uns. Es tut mir wirklich leid, daß ich nicht hier sein konnte, als Sie ankamen, aber wir hatten Schwierigkeiten mit der Bank in Voi, die ich dringend klären mußte.« Pastor Sanders nahm seinen Strohhut ab und wischte sich mit einem Taschentuch über den kahlen Scheitel. Er war ganz in Weiß gekleidet, doch es war ein schmuddeliges, durchaus nicht frisches Weiß. »Haben Sie schon alle hier kennengelernt?«
»Danke. Dr. MacDonald war so freundlich, sich meiner anzunehmen.«
»Ah, gut, gut. Tja, Sie müssen mich leider entschuldigen. Hier gibt es immer sehr viel zu tun. Aber Derry wird Sie schon einweisen. *Kwa heri, kwa heri.*«
Nachdem auch der Pastor wieder gegangen war, stellten Sondra und Alec fest, daß sie die einzigen waren, die zurückgeblieben waren.
»Wollen Sie nicht auch Ihre Post holen?« fragte Sondra.
Er errötete leicht. »Die Briefe können warten. Ich wollte Sie nicht mutterseelenallein hier sitzen lassen.«
»Es ist wohl immer ein großes Ereignis, wenn die Post kommt?«
»O ja, das kann man sagen. Man weiß ja nie, wann man damit rechnen

kann. Wenn sie dann wirklich kommt, ist man so ausgehungert nach Neuigkeiten, daß man die Briefe der anderen am liebsten auch gleich noch lesen würde.«
»Das kann ich verstehen.« Sondra dachte an die Briefe, die sie von Ruth und Mickey bekommen würde, Verbindungsfäden zu einer altvertrauten Welt. »Bekommen Sie viel Post, Alec?«
»Ja. Ich habe viele Verwandte und Freunde in Kirkwall.«
»Lebt Ihre Frau auch dort?«
Sein Lachen war ein wenig verlegen. »Ich bin nicht verheiratet. Ich kam gar nicht dazu. Ich hatte gerade erst das Studium fertig und meine eigene Praxis aufgemacht, als der Herr mich in seinen Dienst rief. Da hieß es dann, auf nach Afrika.«
»Oh.«
»Und Sie? Gehe ich recht in der Annahme, daß Sie auch ungebunden sind?«
»Sie gehen recht in der Annahme«, antwortete Sondra lachend.
»Also dann.« Er schlug mit den Händen auf den Tisch, als wäre damit der wichtigste Teil des Tagesprogramms erledigt. »Ich muß jetzt nach meinen Patienten sehen. Wollen Sie sich das Krankenhaus anschauen?«
»Gern.« Sie hatte am Morgen in der allgemeinen Aufregung über den Amokläufer kaum etwas von ihrer Umgebung mitbekommen.
Zu ihrem Ärger ertappte sie sich dabei, daß sie nach Derry Ausschau hielt, als sie neben Alec die Treppe zum Krankenhaus hinaufstieg.
Was sie dann in dem kleinen Krankenhaus sah, entsetzte sie. Von Ordnung und Hygiene schien man hier noch nie etwas gehört zu haben. Unglaublich, daß Derry Farrar, ein ›verdammt guter Arzt‹, wie Alec ihn genannt hatte, solche Schlampereien durchgehen ließ. Wo, um alles in der Welt, hatte er seine Ausbildung als Mediziner erhalten? Arzneimittel lagen kunterbunt durcheinander in Schränken, die nicht abgesperrt waren, den Instrumenten fehlte es sichtlich an sachkundiger Pflege, die Aufzeichnungen waren schlampig und unvollständig, der Krankensaal mit seinen zwanzig Betten, die teilweise gleich von zwei Patienten belegt waren, war unerträglich laut und strahlte keineswegs vor Sauberkeit, der Operationsraum spottete jeder Beschreibung.
»Ich weiß, was Sie denken«, bemerkte Alec, während sie zusahen, wie ein Pfleger recht unlustig versuchte, die Blutspritzer von dem altmodischen Operationstisch zu schrubben. »Daß Sie sich so was in Ihren schlimmsten Alpträumen nicht vorgestellt hätten. Mir ging es genauso, als ich vor vier Wochen hier ankam.«
»Das Nahtmaterial stammt ja noch aus der Steinzeit«, stellte sie fest.

»Stimmt. Aber es ist das einzige, was wir haben. Wir müssen uns damit behelfen.«
Sondra nahm ein blaues Päckchen mit Nahtmaterial, auf dem ein großer roter Daumenabdruck prangte. Es war bereits bei einer Operation verwendet worden. In Phoenix wäre es im Müll gelandet.
»Sie meinen, das ist alles?«
»Ja, und wir sind froh, daß wir wenigstens das haben.«
»Du lieber Gott! Und die Instrumente!« Sie zog einen Kasten zu sich heran und sah die verbogenen Zangen und stumpfen chirurgischen Messer durch. »Die heben Sie alle zur Reparatur auf?«
Alec lachte und schüttelte den Kopf.
»Nein, mit denen arbeiten wir.«
Sondra starrte so entsetzt in den Kasten, als hätten sich die Instrumente plötzlich in Giftschlangen verwandelt. »Das ist ja fürchterlich.«
»Was ist denn so fürchterlich?« Sich mit einem Handtuch Hände und Unterarme trocknend, trat Derry hinter ihnen aus dem Waschraum.
»Sondra erlebt gerade eine herbe Überraschung«, erklärte Alec.
Derry warf das Handtuch in einen Wäschekorb und pflanzte sich vor Sondra auf.
»Was haben Sie denn hier erwartet, verehrte Kollegin?« fragte er. »Ein Modellkrankenhaus wie das, aus dem Sie zu uns gekommen sind?«
Sondra war wütend. »Nein, Dr. Farrar, das habe ich nicht erwartet. Aber ich kann nicht glauben, daß Sie das hier akzeptabel finden.«
Betretenes Schweigen folgte ihren Worten. Derrys Gesicht war so finster wie ein Gewitterhimmel. Alec trat nervös von einem Fuß auf den anderen, und Sondra fragte sich, ob die beiden Männer hören konnten, wie laut ihr das Herz klopfte. Dann drehte sich Derry wortlos um und ging hinaus.
Alec pfiff leise durch die Zähne. »Na, das war ja ein guter Anfang.«
»Ich möchte wissen, womit ich mir diese Ungezogenheit verdient habe.«
»Na ja, irgendwie kann ich ihn verstehen. Das Krankenhaus ist sein Werk. Er leitet es seit Jahren und ist stolz darauf. Da trifft ihn natürlich Kritik von Leuten wie Ihnen und mir, die von den Zuständen hier keine Ahnung haben.«
Sondra schwieg. Nachdenklich betrachtete sie den Operationswagen mit den alten Instrumenten und Nahtmaterialien, die angegilbten Verbandspackungen, den antiquierten Operationstisch, und dabei fiel ihr ein, was Pastor Ingels in Phoenix zu ihr gesagt hatte. »Die Missionsstation Uhuru«, hatte er ihr erklärt, »lebt nur von freiwilligen Spenden. Sie wer-

den feststellen, daß es dort sehr ärmlich zugeht. Das kleine Krankenhaus läßt sich in keiner Weise mit dem vergleichen, was Sie von hier gewohnt sind, Sondra.«
Sie gestand sich ein, daß ihre Kritik an Derrys Krankenhaus vielleicht voreilig gewesen war, zumal sie kaum Zeit gehabt hatte, sich gründlich umzusehen. Doch das war keine Entschuldigung für seine Feindseligkeit ihr gegenüber.
Als sie das Alec sagte, meinte der: »Die Mission hier braucht dringend alle Hilfe, die sie bekommen kann, aber unfähige Leute sind mehr Belastung als Hilfe.«
»Ach, und er meint wohl, ich werde mich als unfähig entpuppen?«
»Er hält Sie vermutlich einfach für zu unerfahren. Sie sind ja auch noch sehr jung, Sondra. Er wird Ihnen eine Menge beibringen müssen, ehe Sie selbständig arbeiten und den anderen hier wirklich etwas abnehmen können. Und er fürchtet zweifellos, daß Sie aufgeben werden, ehe Sie überhaupt so weit sind. Ich muß zugeben«, fügte Alec mit gesenkter Stimme hinzu, »als ich Sie das erstemal sah, bekam ich auch sofort Zweifel. Wie soll so ein zartes Ding hier zurechtkommen, dachte ich.«
Sie sah seinen warmen Blick und das ermutigende Lächeln, und ihre Wut verrauchte. Alec MacDonald hatte recht. Derry Farrar hatte sich zweifellos einen älteren, erfahreneren Mitarbeiter gewünscht, einen robusten, der es gewöhnt war, unter schwierigen Bedingungen zu arbeiten und das Beste daraus zu machen. Vielleicht wirkte sie tatsächlich so, als wäre von ihr wenig Hilfe zu erwarten. Sondra war überzeugt, daß Derry Farrar sehr bald merken würde, daß er sich in ihr getäuscht hatte.

Am Abend fand in der kleinen Kirche ein Gottesdienst statt. Soweit Sondra feststellen konnte, nahmen alle Missionsangehörigen außer Derry und der Nachtschwester teil. Pastor Sanders sprach ein langes Gebet, um dem Herrn dafür zu danken, daß er ihnen Dr. Mallone geschickt hatte; keiner sang den Schlußchoral lauter als Alec MacDonald.
Zum Abendessen gab es Ziegenbraten und einen Bohneneintopf, den die Eingeborenen *posho* nannten, und hinterher Berge von Erdbeeren. Alec, der neben ihr saß, erklärte ihr, Erdbeeren gediehen das ganze Jahr über in Kenia, aber einen Apfel bekäme man nie zu sehen.
Sondra fiel auf, daß die Leute beim Abendessen nach Hautfarbe getrennt saßen; alle Weißen hatten sich an einem Tisch versammelt, alle Schwarzen an einem anderen. Sie fragte Alec, ob das eine Vorschrift wäre.
»Nein, nein, jeder kann sitzen, wo er will. Aber es fühlt sich offenbar jeder zu seiner eigenen Gruppe hingezogen.«

Derry Farrar saß ganz am Ende ihres Tisches und sprach während des Essens kaum ein Wort. Sie hätte gern gewußt, welche der Schwestern seine Frau war.
»Sagen Sie, Dr. Mallone«, fragte Pastor Lambert, ein Geistlicher aus Ohio, der ihr gegenüber saß, »was sind denn die neuesten Entwicklungen im Watergate-Skandal?«
Einige blieben nach dem Essen, um Radio zu hören, Briefe zu schreiben oder die Zeitung zu lesen, die Derry am Morgen mitgebracht hatte. Eine Gruppe führte eine lebhafte Diskussion über den Korintherbrief. Sondra und Alec machten einen Abendspaziergang.
»Am Anfang ist es schwierig«, meinte Alec auf seine weiche Art, »sich hier zurechtzufinden und sich an all das Fremde und Neue zu gewöhnen. Ich habe mich selbst noch nicht richtig eingelebt.«
»Was haben Sie vor, wenn Ihr Jahr hier abgelaufen ist?«
»Dann gehe ich nach Schottland zurück und lasse mich als praktischer Arzt nieder. Unsere Inseln sind nicht sehr dicht besiedelt, aber für mich wird es sicher reichen, und für meine Familie auch, sollte ich heiraten. Nach dem Leben hier wird es mir zu Hause sicher still und ereignislos vorkommen, aber es ist nun mal mein Zuhause. Dort habe ich meine Wurzeln.« Er schob die Hände in die Taschen seiner Jeans. »Und es wird mir eine große Befriedigung sein, hier dem Herrn gedient zu haben.«
Sondra blickte zu dem einfachen Holzkreuz auf dem Giebel der Kirche hinauf, das sich schwarz vom lavendelfarbenen Himmel abhob. Sie hatte sich trotz der Gläubigkeit ihrer Eltern nie zur christlichen Religion hingezogen gefühlt, hatte nie viel damit anfangen können.
»Halten Sie hier auch Predigten, Alec?«
»Nein, nein, ich bin ja kein Geistlicher. Aber ich sage denen, welchen ich helfe, daß es der Herr ist, der sie heilt, nicht ich. Das ist ja unsere Aufgabe hier; diese Menschen Gott zuzuführen. Einfach ist das nicht. Meistens dauert es sehr lange, diesen Menschen Christus nahezubringen. Es kommt allerdings auch vor, daß einer sich praktisch über Nacht bekehrt. Erst neulich habe ich so was erlebt. Da wurde uns ein Massai ins Krankenhaus gebracht, der von einem Löwen angefallen worden war. Nachdem Derry und ich für ihn getan hatten, was in unserer Macht stand, bildeten alle einen Kreis um sein Bett und beteten eine ganze Nacht und einen ganzen Tag. Aber nicht alle machen es einem so leicht. Sie brauchen nur an Ndschangu zu denken, unseren Koch. Er bekannte sich vor zehn Jahren zum Herrn, als Pastor Sanders ihn im Gefängnis besuchte, aber haben Sie gesehen, was er um den Hals trägt? Neben dem Kreuz, das er von der Mission bekommen hat, baumelt so ein heidnischer

Talismann, der ihn vor der Schlafkrankheit schützen soll. Die Kikuyu sind die abergläubischsten Menschen der Welt.«
Er blieb unter einem blühenden Jacarandabaum stehen und wandte sich Sondra zu.
»Was haben Sie denn nach diesem ersten Tag für einen Eindruck?«
»Ich möchte mehr lernen.«
»Da haben Sie in Derry den besten Lehrer, den Sie sich vorstellen können. Als ich vor vier Wochen hier ankam, was wußte ich da schon von der Tropenmedizin? Inzwischen war ich zweimal mit ihm unterwegs. Wir haben mitten in der Wildnis kampiert, und er hat im Nu einen Dornbusch in eine provisorische Klinik umfunktioniert. Es ist phantastisch, wie er mit den Eingeborenen umgeht.«
»Wie kommt es, daß er das Land so gut kennt?«
»Er ist hier geboren, nicht weit von Nairobi. Ich habe gehört, daß sein Vater mit zu den ersten Siedlern gehörte. Er hatte eine große Plantage, glaube ich. Derry kam natürlich nach England in ein Internat, wie das bei den Kolonialherren so Usus war, und hat dann auch in England Medizin studiert. Während er drüben war, brach der Krieg aus und er ging zur Luftwaffe. Er bekam hohe Auszeichnungen, unter anderem das Victoria Kreuz. 1953 kam er, wie Pastor Sanders mir erzählte, nach Kenia zurück. Damals begannen gerade die Mau-Mau-Kämpfe, und er meldete sich freiwillig.«
Alec setzte sich wieder in Bewegung.
»Ja, Derry hat ein aufregendes Leben geführt. Die Aufständischen hielten sich in den Aberdare-Wäldern verborgen. Sie taten sowohl den Leuten ihres eigenen Volks als auch den weißen Farmern Grauenhaftes an. Derry war zwar, wie mir erzählt wurde, für die afrikanische Autonomie, aber er war gegen die Taktik der Mau-Mau. Darum meldete er sich, als die Polizei einen Freiwilligen suchte, der die Wälder überfliegen sollte, um die Lager der Aufständischen ausfindig zu machen.
Seine Maschine wurde von den Aufständischen abgeschossen, und er wurde gefangen genommen. Sie folterten ihn – daher hat er die Beinverletzung, seither hinkt er. Aber er erwarb sich ihren Respekt und wurde schließlich zum Vermittler zwischen der Mau-Mau und den Briten. Derry war einer der wenigen, dem die Aufständischen freien Zugang zu ihren geheimen Lagern gestatteten. In dieser Zeit lernte er Ndschangu kennen.«
»Und wie kam er dann hierher, auf die Mission?«
»Als er seine Frau kennenlernte, arbeitete sie hier als Krankenschwester. Sie wollte nicht von hier weg, also kam er hierher. Das war, glaube ich, vor zwölf Jahren, kurz vor der Unabhängigkeit.«

Fremdartige Geräusche erfüllten die Stille der Nacht, als Alec zu sprechen aufhörte. Sondra hörte den Schrei eines einsamen Vogels und die unbestimmbaren Laute der Wildnis, die in eine so tiefe, lastende Stille fielen, daß ihr einen Moment ganz angst wurde.
Leise sagte sie: »Welche von den Schwestern ist denn seine Frau?«
»Bitte? Ach so, Derrys Frau. Sie ist vor einigen Jahren gestorben. Im Kindbett, glaube ich. Hier auf der Mission. Ich nehme an, er blieb wegen des Krankenhauses, das er aufgebaut hatte.«
Sie blieben stehen, als plötzlich Derry Farrar vor ihnen auftauchte. Mit grimmiger Miene, die Hände in die Hüften gestemmt, stand er da. »Genau der richtige Aufzug für einen Abendspaziergang«, sagte er ironisch.
»Wie meinen Sie das?« fragte Sondra.
Er deutete auf ihre bloßen Arme. »Gefundenes Fressen für die Mücken. Da wird es nicht lang dauern, bis sie sich eine Malaria holen. Und ziehen Sie statt der Sandalen lieber feste Schuhe an. Hier wimmelt's von Zecken, die Spirillosen übertragen.« Er wandte sich Alec zu. »Ich hab' mir eben mal unseren Amokläufer angesehen. Sein Zustand ist unverändert. Wenn seine Familie kommt und ihn holen will, geben wir ihn ihnen mit.«
»Aber das geht doch nicht!« rief Sondra.
»Wir brauchen das Bett, und unsere Medikamente helfen ihm nicht. Also dann – gute Nacht.«
Wenig später kehrte Sondra mit Alec zu ihrer Hütte zurück. Sie war ihr so willkommen wie der prunkvollste Palast. Jetzt nur noch ins Bett!
»Derry hatte schon recht mit seinen Ermahnungen«, sagte Alec. »Die Malariamücken fangen kurz nach Sonnenuntergang zu beißen an. Ich hätte Ihnen das sagen müssen.«
Sie reichte ihm die Hand. »Vielen Dank für alles, Alec. Sie haben mir den ersten Tag hier ungeheuer erleichtert.«
Er umfaßte ihre Hand einen Moment mit beiden Händen und sagte: »Wenn Sie etwas brauchen, ich bin gleich nebenan.«
Im Licht der Sturmlampe kleidete sie sich aus. Sie war viel zu müde, um jetzt noch lange über ihr neues Leben nachzudenken. Dazu war in den kommenden 364 Tagen noch Zeit genug. Jetzt wollte sie nur schlafen und sonst gar nichts.
Sie wollte gerade die Bettdecke aufschlagen, als sie mit dem Kopf gegen das Moskitonetz stieß, das zu einem Knoten zusammengedreht über ihrem Bett hing. Alec hatte sie ausdrücklich ermahnt, es vor dem Schlafengehen herunterzulassen. Nach einigen vergeblichen Versuchen, das Netz zu entwirren, kramte Sondra ihren Morgenrock aus dem Koffer.
Draußen war alles dunkel. Die Mission war wie ausgestorben. Nur durch

wenige Fenster schimmerte Licht, die Stille war beinahe beängstigend. Sie huschte eilig zur Nachbarhütte und klopfte leise. Der Lichtschein hinter den Vorhängen sagte ihr, daß Alec noch wach war.
Als sich die Tür öffnete, war sie erst verblüfft, dann verlegen. Derry Farrar stand vor ihr, mit nacktem Oberkörper.
»Ich – äh –« begann sie und wäre am liebsten im Boden versunken. »Das Moskitonetz. Ich krieg's nicht runter.«
Er nickte. »Ja, das ist am Anfang ein bißchen schwierig.«
Als er herauskam und an ihr vorbeiging, sah Sondra flüchtig das Innere seiner Hütte. Es war beinahe so spartanisch wie bei ihr, als bewohnte er die Hütte erst seit kurzer Zeit. Einziger Luxus war ein bequemer Ledersessel, auf dessen Sitz ein aufgeschlagenes Buch lag.
Sie blieb unsicher an der Tür zu ihrer Hütte stehen, während er das Moskitonetz löste. Er zeigte ihr, wie man den Knoten aufmachte, aber Sondra konnte nur noch die Muskeln seines Oberkörpers und seiner Arme anstarren.
»So«, sagte er und schüttelte das zusammengedrehte Netz auseinander, »jetzt kommt der schwierige Teil. Sie stopfen es an drei Ecken unter die Matratze, dann klettern Sie ins Bett und verankern hinter sich die vierte Ecke. Sie müssen aufpassen, daß Sie nirgends eine Lücke lassen, durch die die Mücken reinkönnen. Kommen Sie, diesmal mach ich's Ihnen.«
Er richtete sich auf und wartete. »Na kommen Sie schon«, sagte er leise. »Ich hab' nicht die ganze Nacht Zeit.«
Zögernd schlüpfte Sondra aus ihrem Morgenrock, faltete ihn sorgfältig und legte ihn wieder in ihren Koffer. Derry trat zurück, als sie ins Bett stieg, dann schob er rasch und geschickt das Moskitonetz rundherum unter die Matratze. Sie hockte auf der leicht schwankenden Matratze und sah ihm zu. Als er fertig war, ging er zur Tür. In der Dunkelheit konnte sie sein Gesicht nicht erkennen, doch als er sprach, hatte sie den Eindruck, als lächelte er.
»Üben Sie«, sagte er. »Ich kann Sie nicht jeden Abend ins Bett packen. Gute Nacht.«
Sondra streckte sich auf den steifen Laken aus, die nach Krankenhausseife rochen, und hoffte, sie würde gleich einschlafen. Aber der Schlaf kam nicht. Sie bekam langsam Zweifel, daß sie je wieder würde ganz normal schlafen können. Die Assistenzzeit war schuld; nicht eine Nacht ungestörten Schlafs, niemals eine köstliche ununterbrochene Acht-Stunden-Spanne der Erholung. Wenn nicht das Telefon oder der Piepser einen herausriß, dann quälten einen schreckliche Träume und verhinderten, daß man zur Ruhe kam. Ihre Assistenzzeit hatte vor zwei Monaten

geendet, aber trotz der achtwöchigen Erholungspause im Haus ihrer Eltern hatte Sondra nicht zu normalen Schlafgewohnheiten zurückgefunden.

Sondra schloß die Augen und horchte in die nächtliche Stille.

Das Jahr ihrer Assistenzzeit am St. Catherine's war ein seltsames Jahr gewesen, eine Zeit, die man niemandem beschreiben konnte, der nicht selber so etwas erlebt hatte. Zwölf Monate ohne Freunde, weil dazu keine Zeit blieb; keine Bücher, kein Kino, kein Fernsehen; nicht ein einziger Tag außerhalb der Mauern des Krankenhauses, keine normalen menschlichen Beziehungen, keine Möglichkeiten, Emotionen zu verarbeiten, einmal innezuhalten und sich zu besinnen. Die Angst ist der Lehrmeister, und das Werkzeug sind Panik und Schweiß, denn Fehler sind in der Medizin nicht wiedergutzumachen; entweder man macht es beim erstenmal richtig oder man kann der Obduktion beiwohnen. Unzählige Dinge hatte Sondra zu tun gelernt, die sie sich niemals zugetraut hätte, Rückenmarkspunktierungen, Leberbiopsien, chirurgische Eingriffe. Unzähligemale hatte sie sekundenschnell Entscheidungen fällen müssen, weil niemand zur Stelle gewesen war, der ihr hätte sagen können, was sie tun sollte. »Bringen Sie sie in den OP. Wir müssen das Kind opfern.« So viele Fehlschläge und so viele Erfolge. Hatte es sich gelohnt?

Sondra spürte die Entspannung des nahenden Schlafs und überließ sich den Bildern, die an ihrem inneren Auge vorüberzogen. Aus der Ferne hörte sie MacReady sagen, »Gott sei Dank, daß Sie den Irrtum bemerkt haben, Mallone. Diese Gans von einer Schwester hätte der hypertonischen Patientin beinahe ein blutdrucksteigerndes Mittel gespritzt.« Sondra lächelte schläfrig. Eine andere Stimme meldete sich. »Ich danke Ihnen, Frau Doktor, daß Sie unser Kind gerettet haben.«

Sie war zwischen Wachen und Schlaf. Immer noch lächelte sie. Ja, die Mühen und Entbehrungen hatten sich gelohnt. Denn nun war sie endlich hier, in dem Land, in das es sie seit ihrer frühen Jugend unwiderstehlich gezogen hatte. Nun konnte sie helfen.

Als sie eingeschlafen war, träumte ihr, sie wäre wieder in Phoenix. Eben hatte man Mrs. Minelli mit ihrem rätselhaften Ausschlag hereingebracht, und Sondra gab Anweisung, eine Serie Blutuntersuchungen zu machen, da stand plötzlich Derry Farrar da und sagte mit grimmiger Miene, die Hände in die Hüften gestemmt: »Was glauben Sie denn, wo Sie hier sind? Im Städtischen Krankenhaus London?«

Im Schlaf lachte Sondra leise.

»Das Blut ist ein bißchen dunkel, finden Sie nicht, Doktor?«
Mason warf eine Klammer weg und streckte seine Hand aus. Die Operationsschwester klatschte ihm die gebogene Schere darauf.
Mickey hob ein wenig den Kopf und sah ihn über den Operationstisch hinweg an. »Dr. Mason?« sagte sie. »Sollten wir nicht etwas tun?«
»Mehr Sauerstoff«, blaffte er den Anästhesisten an.
Mickey tauschte einen Blick mit dem Mann hinter dem Schirm.
»Tupfer, Herrgott nochmal«, fuhr Mason sie an. »Passen Sie doch auf!«
Schweißflecken breiteten sich auf Masons Haube aus, die Augen über dem Mundtuch waren unruhig. Die fahle Blässe seines Gesichts, das Zittern seiner Hände verrieten Mickey, daß Dr. Mason wieder einmal unter den Nachwirkungen übermäßigen Alkoholkonsums litt.
»Dr. Mason«, sagte sie leise und ruhig. »Ich glaube, der Blutdruck fällt. Wir sollten es überprüfen.«
»Das ist mein Fall, Dr. Long«, knurrte er sie an. »Überlassen Sie das gefälligst mir. Und tupfen Sie, verdammt nochmal.«
Mickey unterdrückte ihren Zorn und wandte sich dem Narkotiseur zu.
»Wie ist der Blutdruck, Gordon?«
Mit einem Ruck hob Mason den Kopf. Seine Augen funkelten wütend.
»Wofür halten Sie sich eigentlich? Sie sind hier, um mir zu assistieren, Doktor. Das könnte ja eine Hilfsschwester besser als Sie!«
»Dr. Mason, ich glaube, die Patientin –«
Mason warf seine Instrumente nieder und beugte sich drohend über den Operationstisch. In einem Ton, bei dem seine Stationsärzte im allgemeinen ganz klein wurden, sagte er: »Mir gefällt Ihre Einstellung nicht, Doktor. Und mir gefällt Ihre Arbeitsweise nicht. Wenn es nach mir ginge, würde ich Sie rauswerfen.«
»Scheiße!« rief der Anästhesist. »Herzstillstand.«
Alle Blicke flogen zum Herzmonitor, verharrten dort einen entsetzten Moment lang, dann brach das Chaos aus.
»O Gott«, flüsterte Mason und zerrte mit zitternden Händen an den Tüchern.
Mickey nahm die Schere, machte einen Schnitt in das Papiertuch, faßte es fest mit beiden Händen und riß es bis zum Hals der Patientin auf. Sie handelte, ohne nachzudenken, völlig automatisch, Mason mit ihren klaren Anweisungen immer einen Schritt voraus. Augenblicklich war der Raum voller Menschen, und über das allgemeine Getöse hinweg war die

monotone Stimme aus dem Lautsprecher zu hören: »Notfall, Chirurgie. Notfall, Chirurgie...«

»Mein Gott, Mickey!« rief Gregg und knallte die Tür hinter sich zu. »Was, zum Teufel, ist mit dir los?«
Sie richtete sich müde auf und schwang die Beine von der Couch.
»Bitte schrei mich nicht an, Gregg. Ich bin kurz vor dem Abkratzen.«
Er blieb in der Mitte des Wohnzimmers stehen. Sein Gesicht war rot bis zu den sandblonden Haarwurzeln.
»Es wundert mich, daß du überhaupt noch unter den Lebenden weilst. Mason tobt.«
»Tut mir leid«, sagte sie leise. »Der Mann ist unfähig. Ich tat, was ich tun mußte.«
»Was du tun *mußtest*? So nennst du das, wenn du in die Ärztegarderobe rennst und Mason vor sämtlichen anwesenden Ärzten – es waren mindestens zehn! – der groben Fahrlässigkeit beschuldigst?«
»Das hab' ich nur getan, weil er mich der unbefugten Einmischung beschuldigte. Gregg, der Mann hat mir praktisch ins Gesicht gesagt, daß der Herzstillstand meine Schuld war.«
»Deswegen hättest du nicht gleich in die Garderobe rennen und rumschreien müssen.«
»Er ist unfähig, Gregg.«
»Mensch, Mickey, du bist Stationsärztin im zweiten Jahr, nicht Christiaan Barnard! Behalt das doch endlich mal im Kopf. Ich kann dich nicht ständig rauspauken.«
Mickey warf ihm einen zornigen Blick zu. »Ich hab dich nie darum gebeten, mich rauszupauken, Gregg. Ich kann selber meine Gefechte austragen.«
»Ja.« Er wandte sich ab. »Und anzetteln kannst du sie auch gut.«
Er zog seinen weißen Kittel aus und warf ihn auf dem Weg in die Küche über die Stereoanlage.
Mickey hörte, wie der Kühlschrank geöffnet und wieder geschlossen wurde. Sie ging zur Balkontür und schaute hinaus. Der ganze Himmel schien im Schein der untergehenden Sonne in Flammen zu stehen. Wozu, fragte sie sich, hatte man eigentlich eine Wohnung am Ala Wai Canal, wenn man immer viel zu müde war, um es zu genießen?
Gregg kam aus der Küche, lehnte sich an den Türrahmen und öffnete eine Büchse Bier. Als ihre Blicke sich trafen, sahen sie beide, daß der Zorn schon verraucht war – sie konnten einander nie lange böse sein.
»Eins muß ich dir lassen, mein Engel. Langweilig wird's mit dir nie.«

Mickey lachte. Das war es, was sie an Gregg Waterman mochte – er konnte fast allem im Leben eine gute Seite abgewinnen.
Sie war vor sechs Monaten mit Gregg zusammengezogen, nachdem sie ein paar Monate lang vergeblich versucht hatten, trotz ihrer verrückten Arbeitszeiten – beide arbeiteten über hundert Stunden in der Woche und hatten fast nie zu gleicher Zeit frei – eine halbwegs normale Beziehung aufzubauen. Gregg war damals im fünften Jahr auf der Chirurgischen gewesen, Mickey noch in ihrem ersten. Zusammenzuziehen, hatten sie beide gemeint, wäre die ideale Lösung für ihr Dilemma: Da mußte man sich wenigstens ab und zu einmal über den Weg laufen, konnte auch mal gemeinsam essen oder sogar miteinander schlafen, wenn man nicht vor Müdigkeit vorher einschlief.«
»Du hast es soweit gebracht, daß jetzt das gesamte Krankenhaus glaubt, wenn du nicht gewesen wärst, dann wäre die Patientin gestorben«, bemerkte Gregg und ließ sich in den Korbsessel beim Fenster fallen.
»Dazu habe *ich* überhaupt nichts getan, Gregg. Darauf sind die Leute selber gekommen. Sie haben schließlich Augen und Ohren, oder glaubst du vielleicht, die Schwestern, die mit uns im OP waren, sind blöd? Die haben doch gesehen, was abging. Sie haben gesehen, daß er die Patientin beinahe umgebracht hätte.«
»Mein Gott, Mickey, das ist die Chirurgie. So was kommt vor.«
»Gregg, es war eine reine Routineoperation. Er hat die Signale nicht beachtet.«
»Es kann was gewesen sein, was bei den Tests vor der Operation nicht rausgekommen ist. Eine Überempfindlichkeit auf das Narkosemittel, weiß der Himmel was. So was kommt doch immer wieder vor. Es war nicht Masons Schuld.«
»Nein, der Stillstand war nicht seine Schuld. Aber verdammt nochmal, Gregg, er war nicht *vorbereitet*.«
Mickey begann im Zimmer hin und her zu laufen. Obwohl sie in den letzten sechzehn Stunden fast ununterbrochen gestanden hatte, hatte sie das Bedürfnis, sich zu bewegen. In fünf Stunden fing ihr Dienst wieder an, eigentlich hätte sie schlafen müssen. Aber sie war zu erregt.
»Mickey!« Gregg sah stirnrunzelnd zu seiner Bierdose hinunter. »Mason verlangt eine Entschuldigung.«
Sie wirbelte herum. »Kommt nicht in Frage.«
»Doch, Mickey, du mußt dich entschuldigen.«
»Ich entschuldige mich nicht dafür, daß ich etwas getan habe, was völlig richtig war.«
»Darum geht es nicht. Es geht darum, daß Mason ein Chirurg ist, der seit

fast zwanzig Jahren am Great Victoria arbeitet, und daß du ihn beleidigt hast. Er hat Einfluß, du nicht. Es ist die reine Politik. Du mußt mitspielen, wenn du am Leben bleiben willst.«
»Gregg, er sollte überhaupt nicht unterrichten dürfen. Er ist ein unmöglicher Chirurg. Für ihn sind wir Stationsärzte nur Sklaven. Operieren läßt er uns nie. Und seine Technik ist schlecht.«
Gregg trank den letzten Schluck Bier und schaute zum Fenster hinaus. Ein Sonnenuntergang wie auf einem Touristikplakat – goldener Himmel, davor Palmen und weiße Hoteltüren. Waikiki war gleich auf der anderen Seite des Kanals. Während Gregg zum funkelnden Wasser hinuntersah, versuchte er, Ordnung in seine Gedanken zu bringen. Das Leben war einfach gewesen, ehe Mickey Long aufgetaucht war. Warum gerade ich? dachte er jetzt. Und warum gerade sie, fragte er weiter, während er ihr Spiegelbild im Glas der Schiebetür betrachtete.
Sie stand leicht seitlich, still und gerade wie das Standbild einer Wintergöttin inmitten von Farn und Bambus; die schönste Frau, der er je begegnet war, und die herausforderndste. Konnte sie denn nicht verstehen, in was für einer Klemme er saß? Ihr Geliebter und ihr Chef, zwei unvereinbare Positionen.
Sicher, Mickey hatte recht. Mason war tatsächlich unfähig. Gregg selber hatte genug Operationen mit dem Mann mitgemacht, um das beurteilen zu können. Aber er hatte den Mund gehalten. In ein paar Monaten würde er das ganze Theater hinter sich haben und seine eigene chirurgische Praxis aufmachen.
»Ich kann nicht, Gregg.«
»Mickey.« Er bemühte sich, nicht wieder in Zorn zu geraten. »Du hast gegen ein ehernes Gesetz verstoßen – du hast dich als Stationsärztin geweigert, die Anweisungen des behandelnden Arztes zu befolgen. Erinnere dich doch mal an dein Einstellungsgespräch! Die erste Frage, die sie einem da stellen, lautet: Können Sie Anweisungen befolgen? Du hast den Leuten versichert, du könntest gehorchen wie ein pflichttreuer Soldat. Und jetzt sagst du, du kannst nicht – oder willst nicht.«
Gregg zerdrückte die leere Bierdose in seiner Hand.
»Und als wäre das noch nicht genug, hast du dir gleich noch den nächsten Verstoß geleistet und hast dich beim Chefarzt über Mason beschwert.«
»Doch nur, weil er in dem Moment als einziger da war. Außerdem war er in der Garderobe.«
»Mickey! Du kennst die Hierarchie und du kennst das Protokoll. Es gibt nun mal Formen, die eingehalten werden müssen. Du hättest mit deiner Beschwerde zu mir kommen sollen. Ich hätte mich darum gekümmert.

Statt dessen hast du dich höllisch in die Nesseln gesetzt. Mickey, du *mußt* dich bei Mason entschuldigen.«
»Nein.«
»Dann kann's dir passieren, daß man dich an die Luft setzt.«
Sie begann wieder hin und her zu laufen. »Nicht, wenn du mir Rückendeckung gibst.«
»Das kann ich nicht.«
»Du meinst, du willst nicht.«
»Gut, ich will nicht. Ich hab' nur noch acht Monate. Ich setz doch jetzt nicht alles aufs Spiel.«
Sie wußte, warum Mason die Sache forcierte. Seit dem Morgen ihrer ersten peinlichen Begegnung hatte er nur auf eine Gelegenheit gewartet, ihr die Hölle heiß zu machen. Mickey war damals gerade einen Monat am Great Victoria gewesen. Sie stand in der Schwesterngarderobe der Chirurgie und zog sich um, als Dr. Mason die Tür aufstieß, einen Kasten Instrumente auf die Bank stellte und nur sagte: »Sterilisieren Sie mir die bitte«, und verschwand. Halb bekleidet lief Mickey ihm nach und gab ihm den Kasten zurück. »Da müssen Sie eine der Schwestern bitten, Doktor.« Verwirrt musterte er sie von Kopf bis Fuß und fragte gereizt: »Und was sind Sie? Röntgenassistentin?« – »Nein, ich bin Ärztin«, antwortete Mickey. Erst war Mason verblüfft, dann färbte sich sein aufgedunsenes Gesicht blutrot, er drehte sich abrupt um und ging ohne ein Wort davon. Wenig später hörte Mickey, daß Dr. Mason es nicht ertragen konnte, bei einem Irrtum oder Fehler ertappt zu werden.
»Es wird dich schon nicht umbringen, wenn du dich entschuldigst.«
Eine Weile schwiegen sie sich unfreundlich an. Der Himmel draußen verdunkelte sich rasch.
»Man muß diesem Menschen das Handwerk legen«, murmelte Mickey schließlich.
»Hm, ja...« Gregg stand und streckte sich. Dann machte er sich auf den Weg in die Küche. »Aber deine Aufgabe ist das bestimmt nicht.«
Sie hörte ihn in der Küche rumoren. Einen Moment blieb sie unschlüssig stehen, dann ging sie auf den Balkon hinaus.
Der Oktoberabend war warm und mild. Das Getöse der Preßluftbohrer und Sägen von der Baustelle in der Nähe, wo schon wieder ein Hotel hochgezogen wurde, war verstummt. Der dumpfe Schlag einheimischer Trommeln pulste in der Dunkelheit, schmalzige Musik von einer der Hotelbands wehte herauf. Sechs Stockwerke unter ihr, am Ala Wai Canal hockten Fischer im Gras und sahen braungebrannten jungen Männern zu, die an ihren kleinen Rennbooten arbeiteten. Etwas weiter entfernt

lagen sachte schaukelnd die abendlich erleuchteten Hausboote auf dem Wasser. Mickey blickte hinunter und kam sich vor wie im Kino.
Ein einzigesmal in den sechzehn Monaten seit ihrer Ankunft in Hawaii war sie aus den Mauern des Great Victoria Krankenhauses herausgekommen und hatte von dem unbeschwerten Leben gekostet, das die Touristen hier genossen – bei ihrer ersten Verabredung mit Gregg.
»Was?« hatte er damals, vor gerade einem Jahr, ungläubig gefragt. »Sie waren noch nie in Waikiki?«
Er hatte sofort für einen der seltenen Tage, an denen sie gleichzeitig frei hatten, einen Ausflug geplant. Wegen Mickeys Furcht vor greller Sonne waren sie allerdings erst gegen Abend zum Strand hinuntergegangen. Sie badeten, wanderten barfuß durch den noch sonnenwarmen, weißen Sand und aßen später im Halekulani Hotel, dessen reizvoll altmodische Atmosphäre an das vergangene Jahrhundert erinnerte, als Hawaii noch Königreich gewesen war. Mickey trug eine scharlachrote Hibiskusblüte im Haar, und nach dem Essen zog Gregg sie ohne viel Federlesens auf die Tanzfläche. Vielleicht hatte Mickey da schon beschlossen, sich in Gregg Waterman zu verlieben; vielleicht aber auch erst später, bei ihrem Mondscheinbad im warmen, stillen Wasser des Ozeans.
Es war ein köstlicher Abend der Muße und der sinnlichen Freude in ihrem Leben gewesen, das sonst fast ausschließlich aus Arbeit, Lernen und Hetze bestand.
Während sie jetzt auf dem Balkon stand und auf die beleuchtete Stadt hinuntersah, versuchte sie vergeblich, den ungebetenen Gedanken abzuwehren, der sie so häufig plagte: Ach, wenn doch Jonathan hier wäre.
Anderthalb Jahre waren vergangen, seit sie ihn das letztemal gesehen hatte, im Fernsehen, wie er seinen Oskar entgegengenommen hatte; anderthalb Jahre, seit sie sich vorgenommen hatte, ihren Weg allein zu gehen, sich an keinen Mann zu binden. Eine Weile hatte es ganz gut geklappt, zumal sie in den ersten hektischen Wochen ihrer Assistenzzeit überhaupt nicht zum Nachdenken gekommen war. Aber dann war etwas Unerwartetes geschehen.
Während ihres dreimonatigen Turnus in der chirurgischen Abteilung hatte sie Gregg Waterman bei einer Krampfaderligatur assistiert. Zu ihrer Überraschung hatte er die Instrumente ihr überlassen und sie dann Schritt für Schritt durch die Operation geführt. Er hatte eingegriffen, wo es sich als notwendig erwies, im großen und ganzen jedoch hatte er ihr freie Hand gelassen. Mickey war hinterher sehr stolz gewe-

sen – die erste Operation, die sie fast ganz allein durchgeführt hatte –, und zugleich hatte sich ein Gefühl in ihr geregt, von dem sie geglaubt hatte, es sei für immer tot.
Sie hatte Gregg Waterman in die lächelnden braunen Augen gesehen und sich plötzlich wie erwärmt gefühlt.
Jonathan war er nicht. Kein Mann würde Jonathan ersetzen können. Die Erinnerung an ihn würde nie verblassen. Aber Mickey war auch Realistin. Sie hatte sich an jenem Abend entschieden, nicht zum Glockenturm zu gehen. Sie hatte ihren Weg gewählt. Die Vergangenheit war vorbei; dies war die Gegenwart und sie gehörte Gregg Waterman. Mickey hoffte, daß sie ihn mit der Zeit so tief lieben würde wie sie Jonathan Archer geliebt hatte.

Eine Schwester kam in das Krankenzimmer.
»Die Notaufnahme ist am Telefon, Mickey. Sie haben eine Patientin mit akuten Unterleibsbeschwerden. Möglicherweise ist eine Operation notwendig.«
»Danke, Rita. Sagen Sie ihnen, ich melde mich sofort.«
Mickey zog dem Patienten die letzten Fäden, klebte ein Pflaster über die Wunde und stand auf.
»Das ist sehr schön verheilt, Mr. Thomas«, sagte sie. »Sie können ohne weiteres morgen nach Hause.«
Der alte Mann, ein ehemaliger Seemann mit blitzblauen Augen, zwinkerte Mickey lachend zu.
»Ich glaub', ich leg' mir ein paar Komplikationen zu, damit ich mich noch ein bißchen von Ihnen versorgen lassen kann, Frau Doktor.«
Lachend ging sie aus dem Zimmer und eilte zum nächsten Haustelefon.
»Ich glaube es ist ein Blinddarm«, sagte Eric, der Assistenzarzt, der gegenwärtig in der Notaufnahme Dienst machte.
»Okay, ich komme sofort.«
Als Stationsärztin der Chirurgie hatte Mickey die Patienten der Abteilung vor und nach der Operation zu betreuen, war für Einweisungen und Entlassungen mitverantwortlich, mußte bei Operationen assistieren und sich rund um die Uhr für Notfälle zur Verfügung halten. Natürlich war es unmöglich, das alles zu schaffen, aber das hinderte Mickey nicht daran, ihr Bestes zu tun. Sie war gern auf der chirurgischen Station. Sie fühlte sich ungleich wohler als in ihrem Assistenzjahr, das so strapaziös und unmenschlich gewesen war, daß sie die Erinnerung daran am liebsten ganz aus ihrem Gedächtnis gestrichen hätte. Erst seit sie als Stationsärz-

tin in der chirurgischen Abteilung arbeitete, fühlte sie sich wirklich befriedigt und anerkannt.

Auf dem Weg zur Notaufnahme verschlang sie hastig einen Apfel. Sie hatte das Frühstück versäumt, in einer Stunde fingen die Operationen an, da würde sie vor dem Nachmittag kaum mehr eine freie Minute haben. Der Dienst auf der Chirurgie verlangte ungeheure Kraft und Durchhaltevermögen. Erst am Vortag beispielsweise hatte sie bei einer Magenresektion, die Dr. Brock durchgeführt und bei der sie nichts anderes zu tun gehabt hatte, als die Retraktoren zu halten, fünf Stunden lang ununterbrochen gestanden, die Hände steif und verkrampft, die Füße schwer wie Blei, in den Beinen Schmerzen, die sich bis zum Kreuz hinaufzogen. Sie hatte nicht gewagt, sich zu bewegen. Brock mußte beim Nähen Präzisionsarbeit leisten und brauchte allen Freiraum, den Mickey ihm geben konnte. Hätte sie die großen Wundhaken lockergelassen, so hätten dem Operateur wegen mangelnder Sicht Fehler unterlaufen können. Sie spürte die ersten Anzeichen heftiger Kopfschmerzen, als Dr. Brock endlich sagte, »okay, wir machen jetzt zu«. Mickey mußte sich am Operationstisch festhalten, um nicht auf der Stelle zusammenzuklappen. Sie wußte, daß einige ihrer Kollegen die Fähigkeit entwickelt hatten, zu schlafen, während sie die Wundhaken hielten; sie klemmten sich in die Ecke zwischen Operationstisch und Narkoseschirm und schlossen ein paar Minuten lang die Augen. Wie sie es fertigbrachten, daß ihre Finger während dieser kurzen Entspannungspause nicht erschlafften, war Mickey schleierhaft.

»Daß Ihnen das auch noch Spaß macht!« hatte Toby, einer der Assistenzärzte erst neulich zu ihr gesagt. »Ich könnte das nie!«

Aber Mickey konnte sich gar nicht vorstellen, in einem anderen Fachbereich zu arbeiten.

»Hallo, Sharla«, sagte sie, als sie in die Notaufnahme kam. »Wo ist der Unterleib?«

Sharla wies mit dem Kopf zu einem Raum links. »Auf drei, Mickey. Die arme Frau hat starke Schmerzen.«

Anfangs hatte Mickey es merkwürdig gefunden, von den Schwestern beim Vornamen angesprochen zu werden. Sie nannten alle Ärztinnen bei ihren Vornamen; bei den Männern hätten sie sich das nicht einfallen lassen. Mickey hatte es für ein Zeichen unbewußter Verachtung oder Eifersucht gehalten; eine Reaktion von Frauen auf Frauen, die ihnen übergeordnet waren. Aber sie hatte bald erkannt, daß es vielmehr ein Zeichen weiblicher Solidarität war, einer Verbundenheit, mit der sich die Frauen in dieser von Männern beherrschten Welt abgrenzten.

Eric, der Assistenzarzt, stand vor Zimmer drei und rauchte eine Zigarette.
»Machen Sie die aus«, sagte Mickey im Vorbeigehen, ehe sie in den Untersuchungsraum trat. Sie mochte Eric Jones nicht. Er war ihr zu dreist und aufgeblasen. Wenn er einmal seine eigene Praxis habe, hatte er kürzlich erklärt, würde er nicht mehr als vier Tage in der Woche arbeiten und sich strikt an die üblichen Stunden von neun bis fünf halten.
Im St. Catherine's hatte Mickey für ihre Vorgespräche oft bis zu zwei Stunden gebraucht. Den Medizinstudenten war immer wieder eingebleut worden, daß Gründlichkeit das erste Gebot war. Die Methode, nach der diese Vorgespräche geführt wurden, war immer die gleiche: Man begann mit der ›Hauptbeschwerde‹ und ließ sie sich nach Erscheinungsform und Geschichte eingehend erläutern. Dann folgte eine Geschichte aller Krankheiten, die der Patient vom Tag seiner Geburt an durchgemacht hatte, und danach erkundigte man sich nach Krankheiten der Eltern, Geschwister und Großeltern. Als nächstes ging man die Funktion sämtlicher Körperorgane durch – Herz, Lunge, Niere usw. – und zum Schluß kam dann die eigentliche Untersuchung.
Mickey hatte in ihrem Assistenzjahr bald gelernt, all dies innerhalb von Minuten abzuhandeln. Da Eric bereits die Vorarbeit geleistet hatte, brauchte sie sich jetzt nur noch das Krankenblatt anzusehen, ehe sie mit der Untersuchung begann.
Mrs. Mortimer war zwei Stunden zuvor von ihrem Ehemann, der jetzt mit käseweißem Gesicht im Korridor auf und ab ging, in die Notaufnahme gebracht worden. Sie lag seitlich, die Knie bis zur Brust hochgezogen, auf dem Operationswagen.
Mickey stellte sich vor und stellte ihr einige Fragen, während sie Puls und Blutdruck prüfte.
»Wann hatten Sie zum erstenmal Schmerzen, Mrs. Mortimer?«
»Vor ungefähr zwei Wochen«, antwortete die Frau keuchend. »Es kam immer wieder mal. Ich dachte, es wären Blähungen. Aber gestern Nacht wurden die Schmerzen so schrecklich, daß ich dachte, ich würde ohnmächtig werden.«
Mickey fiel auf, daß die Frau beide Hände auf die rechte Leistengegend drückte.
»Ist Ihnen auch mal schlecht gewesen? Mußten Sie sich übergeben?«
»Ja...« Sie atmete stoßweise. »Vor ein paar Wochen mal.«
Mickey warf einen Blick auf das Krankenblatt. Mrs. Mortimer zeigte die klassischen Symptome einer Blinddarmentzündung. Sie zeigte aber auch Symptome einer Bauchhöhlenschwangerschaft. Mickeys Blick glitt wei-

ter das Blatt hinunter. Erics Aufzeichnungen zufolge hatte die Beckenuntersuchung keine Anzeichen einer Schwangerschaft gezeigt. Mrs. Mortimer war 48 Jahre alt.
»Wann hatten Sie das letztemal Ihre Periode?« fragte Mickey, während sie behutsam die Lymphknoten am Hals abtastete.
»Das hab' ich dem anderen Arzt schon gesagt«, antwortete die Frau schweratmend. »Ich weiß es nicht mehr. Ich weiß, ich bin im Wechsel. Meine Periode kam nur noch sehr unregelmäßig. Und ich hatte Hitzewallungen. Dann blieb sie ganz weg und – ach, ich hab' solche Schmerzen!«
»Wir kümmern uns gleich darum.«
Wenigstens hatte Eric ihr kein Morphium gespritzt. Das hatte er in der vergangenen Woche bei einem Patienten getan, so daß, als Mickey zur Untersuchung gekommen war, sämtliche Symptome überdeckt gewesen waren, und sie keine Diagnose hatte stellen können.
»Mrs. Mortimer, wenn bei einer Frau starke Schmerzen in diesem Bereich auftreten, müssen wir immer auch an eine Eierstockschwangerschaft denken.«
Die Frau begann zu weinen. »Das ist ausgeschlossen. Mein Mann und ich – wir – wir haben schon lange nicht mehr...«
Mickey rief eine Schwester herein und bat sie, bei Mrs. Mortimer zu bleiben. Sie selbst ging zum Haustelefon und ließ Jay Sorensen ausrufen. Er war Stationsarzt im vierten Jahr und konnte die Operation übernehmen. Mickey durfte noch nicht allein operieren.
»Jay«, sagte sie, sobald er sich meldete, »sind Sie frei für eine Unterleibsoperation?«
Sie beschrieb ihm Mrs. Mortimers Zustand und beantwortete Jays Fragen. »Sie weiß nicht mehr, wann sie die letzte Menses hatte. Seit langem kein Geschlechtsverkehr mehr mit dem Ehemann. Leicht erhöhte Temperatur, aber sehr starke Schmerzen.«
»Bringen Sie sie rauf. Ich lasse einen Raum vorbereiten.«

Mickey beschloß, bei der Patientin zu bleiben, die hellwach auf dem Operationswagen lag und sichtlich Angst hatte.
»Dr. Brown, der Anästhesist, wird gleich kommen und Ihnen was geben, Mrs. Mortimer. Dann werden Sie herrlich schlafen.« Mickey legte der Frau beruhigend die Hand auf den Arm.
Diese umklammerte in einer panischen Geste Mickeys Handgelenk.
»Frau Doktor«, flüsterte sie. »Es ist doch der Blinddarm, nicht wahr?«
»Es sieht so aus, ja. Machen Sie sich keine Sorgen, Mrs. Mortimer. Sie bekommen einen der besten Operateure –«

»Nein, nein.« Die Frau faßte Mickey noch fester und sah sie beinahe beschwörend an. »Das ist es nicht. Es ist wegen der anderen Möglichkeit, von der Sie sprachen. Wegen der Eileiterschwangerschaft. Dafür bin ich doch zu alt, oder?«
Die Frage machte Mickey hellhörig.
»Beunruhigt Sie diese Möglichkeit, Mrs. Mortimer?« fragte sie behutsam.
Die Frau begann wieder zu weinen. »Ich habe solche Angst.«
Mickey schaute sich rasch um, entdeckte einen Hocker, zog ihn heran und setzte sich nahe zu der geängstigten Frau.
»Wovor haben Sie Angst?« fragte sie leise.
»Ich meine, es kann doch nur der Blinddarm sein, nicht wahr?«
»Offen gesagt, Mrs. Mortimer«, antwortete Mickey mit Bedacht, »kommt eine akute Blinddarmentzündung bei Frauen Ihres Alters relativ selten vor.«
»Aber es *kann* vorkommen?«
»Könnte es denn etwas anderes sein?«
Die Frau leckte sich die spröden Lippen und zupfte nervös an der Bettdecke. »Bitte sagen Sie es niemandem, Frau Doktor. Ich schäme mich so.«
»Worum geht es denn, Mrs. Mortimer?«
»Ich hab' solche Schwierigkeiten, darüber zu sprechen. Mein Mann und ich sind seit dreißig Jahren verheiratet. Wir haben uns wirklich sehr gern. Ich war immer treu. Wir mögen uns wirklich.« Sie drehte den Kopf und starrte zur Decke hinauf. »Vor zwei Monaten war ich eine Woche bei meiner Schwester in Kona. Da lernte ich einen Mann kennen...« Die Frau wandte sich wieder Mickey zu und starrte sie mit angstfüllten Augen an. »Er bedeutete mir überhaupt nichts. Ich weiß nicht einmal mehr seinen Namen. Ich lernte ihn auf einer Party kennen und... Frau Doktor, mein Mann ist Diabetiker. Er ist schon seit mehreren Jahren – äh – impotent. Man hat uns gesagt, daß man nichts dagegen tun kann. Ich liebe ihn. Ich weiß nicht, warum ich diese Dummheit gemacht habe.«
Sie fing an zu schluchzen.
Mickey tätschelte beruhigend ihre Schulter. »Sie brauchen keine Angst zu haben, Mrs. Mortimer. Ich glaube nicht, daß Sie schwanger sind. Dr. Jones hat bei der Beckenuntersuchung nichts gefunden.«
»Bei welcher Beckenuntersuchung?« fragte die Frau.
Mickey erstarrte, doch ihr Ton blieb ruhig.
»In der Notaufnahme. Erinnern Sie sich nicht, daß der Arzt, der vor mir bei Ihnen war, eine Unterleibsuntersuchung vorgenommen hat?«

»Wie hätte er das denn anstellen sollen? Ich kann mich ja überhaupt nicht ausstrecken.«
Eine grüngekleidete Gestalt tauchte neben Mickey auf. Jay Sorensen trat an den Operationswagen.
»Hallo«, sagte er lächelnd. »Ich bin Dr. Sorensen, der Chirurg.«
»Jay«, sagte Mickey leise und stand auf. »Kann ich Sie einen Moment sprechen? Da drüben?« Sie wies mit dem Kopf zum Waschraum.
»Natürlich«, antwortete er und entfernte sich schon. Als Mickey ihm folgen wollte, hielt die Frau sie fest.
»Bitte«, flüsterte sie. »Bitte, Frau Doktor, wenn es eine Eierstockschwangerschaft sein sollte, sagen Sie es nicht meinem Mann. Er soll nicht für meine Sünden büßen. Es würde ihn umbringen, wenn er erfährt, was ich getan habe. Versprechen Sie mir, daß Sie es ihm nicht sagen.«
»Mrs. Mortimer«, sagte Mickey, »ich muß ihm die Wahrheit sagen —«
»Bitte! Bitte, sagen Sie es ihm nicht!«

19

In der Legende heißt es: Eines Tages vor vielen, vielen Jahren beschloß ein Gott namens Lono, Bauer zu werden, und nahm deshalb Menschengestalt an. Er schlug sich versehentlich den Hackstock in den Fuß und brachte sich eine schreckliche Verletzung bei. Da erschien Kane, der Schöpfer, der Höchste der hawaiischen Götter, und zeigte Lono, wie er seine Verletzung heilen konnte, indem er ein Pflaster aus *popolo*-Blättern auflegte. Sodann teilte Kane mit Lono, der nun Lono-puha hieß, Lono mit der Schwellung, all sein Wissen um die Heilkunst und die heilende Kraft der Pflanzen und machte Lono-puha so zum Gott aller Ärzte, die nach ihm kamen.
An der Stelle, wo Kane sein Wunder vollbrachte, wurde ein Gotteshaus errichtet, eine Stätte, wohin sich die Lahmen und Kranken wenden konnten, um sich die bösen Geister der Krankheit austreiben zu lassen. Es war ein schlichtes Haus aus *koa*-Ästen und dem heiligen *ohia*-Holz. Die Zeit verging; vor den Stürmen neuer Welten und Zeiten zogen sich die Götter immer weiter zurück, und die Erinnerung an sie verblaßte. Doch an dem Ort, der Lono-puha heilig war, entstand eines Tages ein neues Haus zu Ehren eines anderen Gottes der Heilkunst, eines weißen Gottes. Im Jahr 1883 errichteten die Briten dort ein kleines Missionskrankenhaus und gaben ihm den Namen *Great Victoria*.
Bis Mickey Long ins Great Victoria kam, war aus dieser Gedenkstätte für

die Götter der Heilkunst ein gewaltiger Komplex aus Beton und Glas geworden, der vom fruchtbaren Boden Oahus zehn Stockwerke in die Höhe ragte. Einzige Erinnerung an die Vergangenheit, war die Sonnenuhr der Missionare am Rand eines mächtigen alten Banyan.
Dort saß Mickey jetzt auf einer Steinbank etwas abseits von dem gepflasterten Weg, der sich durch den gepflegten Park des Krankenhauses zog. Es war ein strahlend schöner Tag, aber die Hitze war fast unerträglich. Die Insel litt unter einem Einbruch von *kona*-Wetter, einem jener herbstlichen Witterungsumschwünge, wo die Passatwinde ersterben und ein von Lee wehender Wind Hitze und hohe Luftfeuchtigkeit über die Insel treibt.
Während Mickey genüßlich in der Sonne saß und sich der unerwarteten freien halben Stunde freute, las sie noch einmal Sondras Brief, den sie drei Tage zuvor bekommen und nur flüchtig überflogen hatte.
›Liebe Mickey, wie geht es Dir? Gut hoffentlich. Ich habe leider immer noch meine Probleme damit, mich hier einzuleben. In den letzten sechs Wochen mußte ich erst einmal eine Menge von dem, was ich in Phoenix gelernt hatte, wieder *ver*lernen. Solange ich in Phoenix war, fand ich immer, wir müßten schuften wie die Ackergäule. Ich konnte es kaum erwarten wegzukommen. Aber wenn ich jetzt zurückschaue, sehe ich, wie leicht wir es hatten! Hier in der Mission gibt es keinen Röntgenapparat, kein EKG, keinerlei Diagnosegeräte, die uns schnell auf die Sprünge helfen. Es gibt keine Laboranten für die Blutuntersuchungen. Unser Labor hier ist der reinste Witz. Ein Mikroskop und eine Zentrifuge. Alle Analysen und Messungen müssen wir mit den primitivsten Mitteln selber machen.
Der ganze Laden ist hoffnungslos veraltet, und ich kann es mir einfach nicht abgewöhnen, immer wieder auf die Dinge zurückgreifen zu wollen, mit denen ich ausgebildet worden bin. Neulich wollte ich zum Beispiel einen Patienten ans Atemgerät hängen lassen, worauf Dr. Farrar mich fragte, ob ich die Absicht hätte, ihn dazu nach Nairobi zu verfrachten.
Derry und ich krachen andauernd zusammen. In den Busch hat er mich bis jetzt kein einzigesmal mitgenommen, und ein Skalpell habe ich in den sechs Wochen, seit ich hier bin, auch noch nicht in der Hand gehabt. Und jetzt habe ich auch noch Schwierigkeiten mit den Schwestern. Sie wissen nicht, was sie mit mir anfangen sollen. Anscheinend haben sie noch nie mit einer Ärztin zu tun gehabt. Meistens ignorieren sie einfach meine Anweisungen oder gehen zu Derry oder Alec, um sich eine Bestätigung zu holen. Sie sind alle in Mombasa ausgebildet, nach dem alten britischen System, bei dem strengstens auf die Rangunterschiede zwischen Ärzten und Pflegepersonal geachtet wird. Wenn zum Beispiel ein Arzt ins Zimmer

kommt, muß eine Schwester aufstehen und ihm ihren Platz anbieten. Alle meine Bemühungen, mich ein bißchen mit ihnen anzufreunden, finden sie nur verdächtig.
Die Eingeborenen, die als Patienten hierher kommen, trauen mir genausowenig. Sie haben gelernt, daß der weiße Mann der Heilkundige ist; weiße Frauen sind nur zum Teekochen da.
Aus Derry werde ich überhaupt nicht klug. Er ist ein sehr stiller und verschlossener Mensch und gibt sich keine sonderliche Mühe, mir etwas beizubringen. Wenn ich etwas lernen will, muß ich mich auf Alec MacDonald verlassen.‹
Mickey nahm das beigelegte Foto aus dem Umschlag. Es war ein sonderbares Bild: Fünf Menschen standen steif im Schatten eines Feigenbaums und im Vordergrund stolzierte ein hochbeiniger Vogel umher. Auf die Rückseite hatte Sondra geschrieben: ›Von links nach rechts: Pastor Sanders, seine Frau, ich, Alec MacDonald und Rebecca (Samburu Krankenschwester). Der Vogel heißt Lulu und ist ein Jungfernkranich. Das Foto hat Ndschangu aufgenommen. Derry ist abgehauen, als wir sagten, er solle sich dazustellen.‹
Mickey wandte sich wieder dem Brief zu.
›Wir hoffen hier alle auf baldigen Regen. Es ist angeblich ein ungewöhnlich trockenes Jahr, und das Wasser ist sehr knapp. Die Tiere kommen deshalb sehr nahe an unsere kleine Siedlung – Elefanten, Nashörner, Büffel. Nachts hören wir oft Löwen in der Nähe.
Ich hab' das Gefühl, mein Brief klingt ziemlich miesepetrig. Das wollte ich gar nicht. Insgesamt fühle ich mich nämlich sehr wohl hier und bin so entschlossen wie eh' und je, den Leuten hier zu helfen. Es dauert eben nur ein bißchen länger, als ich erwartet hatte.
Was hörst Du von Ruth? In ihrem letzten Brief schrieb sie mir, sie hätte den Verdacht, daß es diesmal Zwillinge werden. Ich frage mich wirklich, wie Ruth das alles schafft. Beruf, Haushalt, Mann und Kind.‹
Mickey ließ den Brief in ihren Schoß sinken und starrte geistesabwesend zu einer Gruppe Schwestern hinüber, die auf dem Rasen saß und plauderte.
Haushalt, Mann und Kind.
Mickey hätte dem Thema wohl kaum viel Beachtung geschenkt, wenn sie nicht die verschiedensten Leute immer wieder damit konfrontiert hätten. Gerade die Patienten brachten es häufig zur Sprache. »Sind Sie verheiratet, Frau Doktor? Nein? Eine schöne Frau wie Sie? Ich meine, der Arztberuf ist sicher etwas Schönes, aber Sie sollten auch einen Mann und Kinder haben.«

Einige Schwestern hatten sich ähnlich geäußert. »Wissen Sie, Mickey, ich hab' wohl daran gedacht, Medizin zu studieren, aber ich wollte auch eine Familie haben. Vier Jahre Medizinstudium – und das *nach* vier Jahren Grundstudium –, dann ein Jahr Assistenz, dann die Fachausbildung, die noch mal bis zu sechs Jahren dauern kann – das war mir einfach zuviel. Das kann ein Mann sich leisten. Der hat eine Frau zu Hause, die ihm das Essen kocht, den Haushalt macht und die Kinder bekommt. Für eine Frau ist das unmöglich. Da bin ich lieber nur zwei Jahre auf die Schwesternschule gegangen. Jetzt haben wir unser eigenes Haus und die drei Kinder, die wir uns gewünscht haben.«
Ruth schaffte es dennoch. Aber zu welchem Preis? Ihre Briefe waren immer kurz und sachlich. Arnie erwähnte sie selten; alles drehte sich um Rachel. Mickey erinnerte sich an Arnies Gesicht, als Ruth ihr Diplom unter ihrem Mädchennamen Shapiro in Empfang genommen hatte, und fragte sich, was für eine Ehe die beiden führten.
Sie faltete Sondras Brief und steckte ihn wieder ein. Jeder muß seinen Weg gehen.
»Hallo! Ich hab' dich gesucht.«
Sie sah auf und beschattete die Augen mit der Hand. »Hallo, Gregg. Du hättest mich über den Piepser erreichen können.«
»Ach, ich wußte doch, daß ich dich hier finden würde.« Er setzte sich zu ihr auf die Bank. »Ich hab' um vier eine Brustbiopsie und mögliche Amputation. Hast du Lust, mir zu helfen?«
»Das fragst du noch? Aber natürlich. Dir ist hoffentlich klar, daß die anderen dir bald vorwerfen werden, daß du mich bevorzugst. Das ist schon der dritte gute Fall zu dem du mich in dieser Woche zugezogen hast. Parker schäumt immer noch wegen der Gallenoperation.«
»Laß ihn schäumen. Ich tue es aus rein egoistischen Gründen. Meine zukünftige Partnerin soll neben mir der beste Chirurg am Ort sein.« Gregg bückte sich, pflückte einen Grashalm ab und drehte ihn zwischen den Fingern. »Ich hab' mich eben mit Jay Sorensen unterhalten. Er erzählte mir von eurer heißen Operation heute morgen.«
»Ja, das war was.« Mickey spürte, wie ihr Zorn wieder aufflammte. Gleich nach der Operation war sie in die Notaufnahme hinuntergelaufen und hatte Eric Jones gründlich die Meinung gesagt.
»Na, vielleicht kann das Nakamura endlich dazu veranlassen, ihn rauszusetzen. Es war schließlich nicht die erste Schlamperei, bei der Eric erwischt worden ist. Aber weißt du, Mickey, du hättest bei der Frau vorher auf jeden Fall einen Schwangerschaftstest machen sollen. Das gehört doch bei Verdacht auf Eileiterschwangerschaft zur Routine.«

»Ich weiß. Ich habe mich einfach auf das Wort der Patientin verlassen, die sagte, sie hätte keinen Geschlechtsverkehr gehabt, und in Erics Aufzeichnungen war eine Abdominaluntersuchung eingetragen. Ich wollte die Frau nur möglichst schnell auf dem Operationstisch haben. Das passiert mir bestimmt nicht wieder.«

Gregg nickte. Er schätzte es an Mickey, daß sie Kritik vertragen konnte und nicht wie viele andere mit Gekränktheit oder Feindseligkeit reagierte, wenn man ihr etwas sagte.

»Zwei Dinge mußt du dir merken: Verlaß dich nie darauf, daß der Patient dir die Wahrheit sagt, und verlaß dich nie darauf, daß ein Assistenzarzt wie Eric Jones eine ordentliche Untersuchung vornimmt.«

»Weißt du, Gregg, die Frau bat mich, ihrem Mann nichts zu sagen, falls es eine Eileiterschwangerschaft sein sollte. Sie wollte, daß ich ihn belüge und sage, es wäre der Blinddarm gewesen.«

»Dann hast du ja Glück gehabt, daß es wirklich der Blinddarm war. Was hättest du getan, wenn er's nicht gewesen wäre?«

»Ich weiß es nicht.« Sie sah ihn an. »Was hättest du denn getan?«

Er erwiderte einen Moment lang ihren Blick, dann wandte er sich ab.

»Mickey, ich möchte was mit dir besprechen.«

Sie hörte den Ernst in seinem Ton. »Was denn?«

»Es geht um Mason. Er will eine schriftliche Entschuldigung von dir.«

»Und was hast du ihm gesagt?«

»Daß sie heute nachmittag auf Nakamuras Schreibtisch liegt.«

»Nein!« sagte Mickey scharf. »Ich schreibe keine Entschuldigung, Gregg. Ich bin bereit, mich in Nakamuras Büro mit ihm zu treffen, wenn er das will. Ich stelle mich jedem Schiedsgericht, das er auswählt, ich laß' mich auch auf einen Kampf mit ihm ein, wenn es sein muß. Aber entschuldigen werde ich mich nicht!«

»Mickey, du hast keine andere Wahl. Denk' doch an deine Karriere hier am Great Victoria. Denk' daran, was für ein Rückschlag es für dich und mich wäre, wenn man dich hier rauswirft.«

»Das kann ich mit meiner Integrität nicht vereinbaren, Gregg. Ich hatte recht, und er hatte unrecht.«

Gregg trommelte mit den Fingern auf sein Knie. Er wußte aus Erfahrung, wie dickköpfig Mickey sein konnte. Nach einem Moment der Überlegung hob er den Kopf und sah sie mit dem Lächeln an, das immer Versöhnung bedeutete, wenn sie einen ihrer Dispute gehabt hatten.

»Ich weiß, daß du's tun wirst, Mickey«, sagte er leichthin. »Du enttäuschst mich – du enttäuschst *uns* bestimmt nicht. So, und jetzt ab mit dir in den OP. Wir sehen uns dann um vier.«

»Okay, Koko«, sagte er zu der polynesischen Operationsschwester und zwinkerte ihr zu. »Ich hoffe, Sie haben uns das Messer für heute richtig gewetzt.«
Das Mundtuch der Schwester verzog sich mit ihrem breiten Lächeln. Mit Gregg Waterman arbeiteten alle gern zusammen, er war immer freundlich, geduldig und fair. Und Mickey Long mochten die Schwestern, weil sie selten nervös war und eigenen Mangel an Erfahrung niemals damit zu kaschieren versuchte, daß sie die Schwestern anschrie.
»Das Messer bitte, Koko«, sagte Mickey ruhig, die rechte Hand ausgestreckt, während sie mit der linken die Brusthaut straffzog.
Nachdem Mickey den etwa drei Zentimeter langen Schnitt gemacht hatte, fand sie rasch den Knoten und entfernte ihn so geschickt, daß das Trauma am umliegenden Gewebe minimal blieb. Gregg tupfte für sie, griff nur einmal ein, um eine Klammer etwas anders zu placieren, und überließ ihr, nachdem die Gewebeprobe an die Pathologie weitergegeben worden war, die Wahl der Methode zur Schließung der Wunde. Er wußte, daß Mickey daran gelegen war, gerade im Nähen möglichst viel Übung zu bekommen.
Die Patientin war eine Frau in den Fünfzigern, der Schnitt befand sich dicht bei der Brustwarze und würde niemals zu sehen sein. Gregg hätte sich zum Schließen der Wunde mit einer einfachen Naht begnügt. Doch Mickey arbeitete so sorgfältig, als hätte sie das Gesicht eines Filmstars unter den Händen, und legte mit Nylon eine verdeckte Naht, die später höchstens noch als haarfeine Linie zu erkennen sein würde.
Sie hatten Zeit für solche Präzisionsarbeit; sie mußten sowieso auf den Befund des Pathologen warten.
»Art hat gesagt, wir können dieses Wochenende sein Boot haben, wenn wir wollen«, bemerkte Gregg und tupfte hier und dort ein wenig, während Mickey nähte. »Wir brauchen uns den Schlüssel nur abzuholen.«
Art war Orthopäde. Er hatte seit einem Jahr seine eigene Praxis und verdiente glänzend an den Verletzungen von Wasserskifahrern, Surfern und Vulkankletterern.
Mickey antwortete Gregg nicht. Die meisten Chirurgen werden gesprächig, wenn der Patient erst einmal in Narkose ist und die Operation glatt läuft; Mickey schwieg lieber bei der Arbeit.
Sie arbeitete immer sehr gewissenhaft und mit Gefühl, verwendete, wo es irgend ging nur die kleinsten Klammern und war stets darauf bedacht, nicht unnötig zu verletzen. Gregg sah ihr mit Bewunderung zu. Mickey war ein Greenhorn gewesen, als sie vor 16 Monaten ans Great Victoria gekommen war, aber sie hatte mit erstaunlicher Schnelligkeit gelernt,

alles Neue begierig aufgesogen, niemals lockergelassen. Sie hatte das Zeug zu einer erstklassigen Chirurgin. Als Team würden sie – später, wenn sie ihre gemeinsame Praxis hatten – unschlagbar sein.

Als Mickey noch dabei war, die Wunde zu verbinden, schlurfte Dr. Yamamoto in Papierschuhen herein. Wie jeder, der nur vorübergehend im Operationssaal zu tun hatte, trug er einen ganzen Overall aus weißem Papier.

»Okay, Gregg.« Er trat näher an den Operationstisch heran und zeigte den beiden Operateuren die Gewebeprobe, die auf einem Gazeviereck auf seiner offenen Hand lag. »Ihr habt hier eine Präcancerose. Wie alt ist die Patientin?«

»Sechsundfünfzig. Was würdest du tun, Mickey?«

Sie überlegte einen Moment.

»Teilweise entfernen. Und Biopsie auf der anderen Seite.«

Gregg nickte. »Okay, Leute, fangen wir gleich an.«

Die Vorbereitungen waren schnell getroffen, da das Operationsteam mit der Möglichkeit eines weiteren Eingriffs gerechnet hatte. Während neue Instrumente aufgelegt wurden, schlüpften Gregg und Mickey in frische Kittel und Handschuhe und wechselten die Tücher aus, mit denen die Patientin bedeckt war. Sobald das Team am Tisch versammelt war, blickte Gregg zu Mickey hinüber und sagte: »Willst du's machen?«

»Wenn ich darf.«

»Koko, geben Sie Dr. Long das Skalpell.«

Yvette, die Verbindungsschwester, stöhnte innerlich und zog ein Kreuzworträtsel aus der Tasche ihres grünen Kittels. Wenn ein Stationsarzt operierte, selbst wenn es Dr. Long war, dauerte die Prozedur unweigerlich zwei- oder dreimal so lang wie unter normalen Umständen. Dr. Scadudo, der Anästhesist, schob hinter seinem Schirm eine Kassette in seinen Recorder.

Mickey drehte das Skalpell in der Hand und zeichnete mit dem stumpfen Griff die Linie des beabsichtigten Schnitts vor. Einen Moment lang studierte sie die unsichtbare Wunde, dann drehte sie das Messer, um zu schneiden.

»Was machst du?« fragte Gregg.

»Einen Horizontalschnitt. Auf der Höhe der vierten Rippe.«

»Warum?«

»Weil es ein verdeckter Schnitt ist. Da sieht man die Narbe nicht.«

»Und wo hast du das gelernt?«

»Bei Dr. Keller. Letzte Woche. Er hat es mir gezeigt. Wir entfernen gerade soviel Brustgewebe wie –«

»Ich erinnere mich an den Fall. Die Patientin war fünfunddreißig und hatte Keller schon vor der Operation gesagt, daß sie später eine Prothese machen lassen wollte. Unsere Patientin ist Mitte fünfzig, Mickey. Wir haben nicht die Zeit, auch noch an die Schönheit zu denken.«
»Aber beim normalen Schnitt bleibt eine Narbe, die über dem Badeanzug zu sehen ist, Gregg.«
»Mickey, na komm schon, du lernst hier allgemeine Chirurgie. Heb dir die Finessen für die Fachausbildung auf.«
Sie starrte ihn einen Moment lang an, dann zuckte sie die Achseln und setzte zum Standardschnitt an. Aber eines Tages, dachte sie bei sich, eines Tages...

»Ich geh' und rede mit dem Ehemann«, sagte Gregg, während er Handschuhe und Kittel auszog. »Ich treff' dich in einer halben Stunde in der Kantine.«
Mickey, die gerade Anweisungen auf das Krankenblatt der Patientin schrieb, nickte zerstreut. Dann aber sah sie auf und sagte: »Was?«
Gregg war schon hinausgegangen. Sie lief ihm nach. »Wieso in der Kantine? Ich muß noch zu den Patienten, Gregg.«
Jetzt sah sie etwas in seinem Blick, das sie während der dreistündigen Operation, die sie völlig in Anspruch genommen hatte, nicht bemerkt hatte.
»Wir müssen miteinander reden, Mickey«, sagte er.
»Es gibt nichts zu reden.« Sie sah zu der Uhr an der grüngekachelten Wand. »Es ist nach sieben. Nakamura wird inzwischen gemerkt haben, daß der Brief nicht kommt.«
Gregg blickte den Korridor hinauf und hinunter, der jetzt bis auf zwei Putzfrauen mit Schrubbern und Eimern leer war. Er nahm Mickey beim Arm und zog sie weg von der Tür, durch die gleich ihre Patientin herausgeschoben werden würde.
»Nakamura hat den Brief schon, Mickey«, sagte er leise.
»Was?«
»Es ist vorbei. Du kannst die ganze Geschichte vergessen.«
»Ich versteh' nicht –« Mickey erstarrte plötzlich. »*Du* hast den Brief geschrieben«, flüsterte sie.
»Ich mußte es tun, Mickey. Ich wußte, daß du es niemals tun würdest.«
»Also Gregg!« Mit einem Ruck wandte sie sich von ihm ab, machte drei zornige Schritte und drehte sich wieder um. »Das ist wirklich das Schlimmste, was du mir hättest antun können!«

»Du wirst mir noch dankbar sein, Mickey, glaub' mir. Wenn wir erst unsere gemeinsame Praxis haben und du in der Rückschau erkennst, was ich dir erspart habe –«
»Du hattest nicht das Recht!«
Gregg warf einen Blick zu den beiden Putzfrauen, die ihn und Mickey verstohlen beobachteten.
»Verdammt noch mal, Mickey. Ich hab' mir Sorgen gemacht. Nicht nur um dich, sondern um uns beide. Kannst du das denn nicht verstehen? Meinst du vielleicht, du würdest an irgendeinem Krankenhaus wieder als Stationsärztin genommen werden, wenn Nakamura dich rausschmeißen würde? Hör endlich auf, nur an dich und deine Prinzipien zu denken.« Er hob abwehrend eine Hand. »Nein, setz dich jetzt nicht aufs hohe Roß und mach mich zum Bösewicht. Du hast dich selber da reinmanövriert. Und komm mir jetzt nicht mit deiner Integrität und deinen ethischen Grundsätzen. Die hast du nicht allein gepachtet.«
Mickey zitterte. Und je steifer sie sich hielt, desto stärker zitterte sie. Es kostete sie große Anstrengung, sich so weit unter Kontrolle zu bringen, daß sie in halbwegs normalem Ton sprechen konnte.
»Ich weiß, warum du so dringend wolltest, daß ich mich bei Mason entschuldige, Gregg«, sagte sie. »Mit *meiner* Karriere und *meinem* Ruf hat das überhaupt nichts zu tun, stimmt's? Es geht dir einzig um dich.«
»Um mich?« Gregg lachte gezwungen. »Was, zum Teufel, redest du da?«
»Du hast Angst, Nakamura könnte an deinen Fähigkeiten als Gruppenleiter Zweifel bekommen, wenn du nicht einmal eine Stationsärztin im zweiten Jahr dazu bringen kannst, daß sie die Anweisungen befolgt. Du hattest nicht um meine Karriere Angst, Gregg – sondern nur um deine eigene.«
Damit drehte sich Mickey um und ging.

Sie lehnte am offenen Fenster des Ärztezimmers und sah zu, wie der Himmel langsam dunkel wurde. Ihr Gesicht war weiß, die grünen Augen brannten vor Zorn. Sie konnte Gregg nicht verzeihen, was er getan hatte. Er hatte kein Recht dazu gehabt. Er hatte sie verraten. Nun gab es für sie beide keine Möglichkeit mehr, weiter zusammenzuleben oder auch nur freundschaftlich miteinander zu verkehren. Und auch ihre berufliche Beziehung würde leiden, weil immer Argwohn und Mißtrauen dasein würden.
Mickey spürte plötzlich, daß sie todmüde war. Die Beine taten ihr weh, und ihr Magen knurrte. Als sie auf die Uhr sah, wurde ihr bewußt, daß

sie abgesehen von der halbstündigen Mittagspause im Park seit fast vierundzwanzig Stunden ununterbrochen auf den Beinen war.

Am vergangenen Abend, als sie sich gerade mit Gregg zum Essen gesetzt hatte, war sie auf die pädiatrische Station gerufen worden, um einem Leukämiepatienten einen Katheter einzusetzen. Unmittelbar danach brauchte man sie in der Notaufnahme, wo eine Frau mit Verdacht auf eitrige Gallenblasenentzündung eingeliefert worden war. Nachdem Mickey sie untersucht und auf die Chirurgie überwiesen hatte, mußte sie wieder in die Pädiatrie, weil sich am Katheter eine Infiltration entwickelt hatte. Sie hatte die halbe Nacht gebraucht, um einen neuen zu legen, während zwei Schwestern das völlig hysterische Kind gehalten hatten. Gegen Morgen war bei einer Frischoperierten die Operationswunde aufgebrochen und hatte neu genäht werden müssen. Danach hatte Mickey es geschafft, zu duschen und eine Tasse Kaffee zu trinken, und hatte gerade die morgendliche Runde begonnen, als sie wieder in die Notaufnahme gerufen worden war. Vierundzwanzig hektische Stunden praktisch ohne Pause; die halbe Stunde bei der Sonnenuhr hatte gerade gereicht, um einmal kurz Luft zu holen.

Mickey ging vom Fenster weg und ließ sich auf das Sofa fallen. Sie war im Ärztezimmer auf Drei Ost, weil sie Notdienst hatte und in der Nähe eines Telefons sein mußte. Auf der Station warteten zweiunddreißig Patienten, die sie zu betreuen hatte: Verbände mußten nachgesehen, Fäden gezogen, Medikamente verschrieben oder abgesetzt werden. Zweiunddreißig Patienten mit Schmerzen und Ängsten und tausend Fragen; und alle erwarteten sie, daß Mickey heiter lächelnd in ihr Zimmer kommen und sie aufmuntern würde.

Sie schlug die Hände vor ihr Gesicht. Sie konnte nicht. Sie konnte sie jetzt nicht sehen.

Sie weinte lautlos in ihre Hände. Vom Korridor hinter der geschlossenen Tür kamen die alltäglichen Krankenhausgeräusche: das Wispern der Operationswagen, die vorbeigeschoben wurden, das leise Quietschen von Gummisohlen auf dem Linoleumboden, Stimmen, die im Näherkommen lauter wurden und dann wieder verklangen. Nur ein einziges Mal zuvor hatte sich Mickey einen solchen Zusammenbruch erlaubt, ihrer Erschöpfung nachgegeben und sich richtig ausgeweint; aber selbst damals war sie innerlich ständig auf dem Sprung gewesen, aus Sorge, es könnte jemand ins Zimmer kommen und sie ertappen. Jetzt war sie soweit, daß ihr alles gleichgültig war. Sie wollte nur weinen bis sie keine Tränen mehr hatte und dann eine ganze Woche lang schlafen. Am liebsten wäre sie aufgesprungen und zur Tür hinausgerannt, fort aus diesen Gefängnismauern, fort von den zweiunddreißig Patienten, die darauf warteten, daß sie sie erheitern und wieder gesundmachen würde, ohne daran zu denken, daß vielleicht auch sie dringend ein bißchen Fürsorge und Ermutigung gebraucht hätte.

Mickey bekam plötzlich eine Riesenwut auf sie, auf ihre Krankheiten und ihre Erwartungen an sie. Sie haßte das Krankenhaus; sie haßte Gregg und Jay Sorensen und Sharla in der Notaufnahme. Wie halten die das nur aus? Wie halten sie es aus, Tag für Tag hierher zu kommen, in diesem künstlichen Licht zu leben, diese künstliche Luft zu atmen und serienweise in ihren Funktionen gestörte menschliche Körper zu reparieren wie Techniker an einem Endlosfließband? Wo blieb da die Erfüllung? Wo blieb die Würde?

Und das noch einmal fünf Jahre lang!

Mickeys Weinen wurde heftiger. Sie schluchzte ihr Elend jetzt laut heraus, und es war ihr immer noch gleichgültig, ob jemand sie hörte. Sollen sie es doch hören! Sollen sie doch merken, daß ich keine Maschine bin! So nämlich erschien es ihr – daß diese vergangenen sechzehn Monate im Great Victoria sie beinahe in eine hervorragend funktionierende, völlig emotionslose Maschine verwandelt hätten. In der zwölfmonatigen Assistenzzeit war ihr jegliche Sentimentalität ausgetrieben worden; sie hatte gelernt, den Tod als nichts weiter zu betrachten als eine klinische Phase der Krankheit; sie hatte gelernt, sich innerlich nicht an Patienten zu binden, sondern sie als ›Fälle‹ zu sehen. Ihre natürlichen Instinkte waren unterdrückt worden.

Wenn ich hier rauskomme, bin ich einunddreißig Jahre alt.

Das Telefon läutete. Mickey blickte auf. Geh nicht hin! schrie es in ihr. Dann zog sie ein Taschentuch heraus, und noch während sie sich das Gesicht trocknete, meldete sie sich.

»Sind Sie das Dr. Long?« Die Stimme klang dringlich. »Hier ist Karen von der Pädiatrie. Wir haben einen Notfall. Blutungen nach einer Mandeloperation.«

»Wer ist der Assistenzarzt?«

»Toby Abrams. Er hat mich gebeten, Sie zu rufen.«

Mickey legte auf und ging automatisch zur Tür. Sie handelte, wie ihre Ausbildung es sie gelehrt hatte. Aber innerlich war sie kalt und abgestorben.

In der Pädiatrie war die Hölle los, als Mickey hinkam. Draußen im Korridor bemühten sich mehrere Schwestern, eine hysterische Frau zu beruhigen; im Krankenzimmer hielten zwei Schwestern und der Assistenz-

arzt ein Kind auf dem Bett fest. Bettzeug, Kleider und Fußboden waren voll mit frischem Blut.
Mickey lief zu dem kleinen Mädchen, das auf die Seite gedreht im Bett lag, und fragte: »Was ist denn los?«
Toby, der Assistenzarzt, war blaß. Sein weißer Kittel war blutbefleckt. Mit einer Hand hielt er das Handgelenk des Kindes, um zu verhindern, daß die Kanüle des Tropfs herausrutschte.
»Bernie Blackbridge hat sie heute nachmittag an den Mandeln operiert. Bis vor einer Stunde war alles normal. Da spuckte sie plötzlich eine Ladung Blut und fiel in Schock. Ih hab' eine Blutprobe genommen, um eine Untersuchung machen zu lassen, und wollte ihr einen Tropf legen. Aber sie hat partout nicht stillgehalten, und ihre Venen sind so klein –«
Mickey prüfte die Pupillen des kleinen Mädchens und sah ihr in den Hals.
»Wir mußten sie zu dritt niederhalten«, berichtete Toby niedergeschlagen. »Ich kriegte die Nadel endlich rein, und da fing sie wieder an, Blut zu spucken. Die Transfusion ist jetzt –«
»Verdammt noch mal, Toby«, unterbrach Mickey und sprang vom Bett. »Die Kleine braucht nichts weiter als ein paar Stiche. Haben Sie Dr. Blackbridge angerufen?«
»Seine Frau sagte, er wäre noch nicht zu Hause, aber sie würde ihn wieder herschicken, sobald er kommt.«
Sie wandte sich den Schwestern zu. »Haben Sie versucht, Dr. Waterman zu erreichen?«
»Der operiert gerade.«
»Gut. Dann lassen Sie Jay Sorensen ausrufen. Das Kind muß sofort in den OP.«

Es war Mitternacht, als Mickey endlich dazu kam, zu duschen und ihre blutbefleckten Sachen auszuziehen. Aber sie war sonderbarerweise überhaupt nicht müde. Nachdem sie auf Drei Ost angerufen hatte, um zu sagen, daß sie so bald wie möglich die Runde machen würde, ging sie wieder in die Pädiatrie hinunter, um nach der Mutter des kleinen Mädchens zu sehen, der sie zuvor ein Beruhigungsmittel gegeben hatte. Die Frau schlief ruhig in einem der freien Zimmer.
Im Ärztezimmer gab es frischen Kaffee, Orangensaft, Donuts und Obst, alles soeben für die Nachtschicht aus der Küche heraufgebracht. Mickey goß sich einen Kaffee mit viel Sahne ein und streckte sich in einem der Sessel aus.
Merkwürdig, sie war müde, aber auf ganz andere Art müde als ein paar

Stunden zuvor, als sie am liebsten alles hingeschmissen hätte. Diese Art der Müdigkeit, wie sie sie jetzt verspürte, hatte etwas Befriedigendes, beinahe Belebendes. Seit Tagen hatte sich Mickey nicht mehr so gut gefühlt.
Die Tür öffnete sich, ein deprimiertes Gesicht zeigte sich.
»Hallo«, sagte Toby. »Kann ich reinkommen?«
»Aber natürlich. Im Kühlschrank liegt hervorragende Salami.«
Doch Toby schüttelte den Kopf. Er hockte sich auf die Sofakante und machte ein Gesicht, als säße er auf der Armsünderbank.
»Danke, daß Sie die Kleine gerettet haben, Mickey. Mir haben Sie damit auch das Leben gerettet.«
»Man tut was man kann, Toby.«
Wieder schüttelte er den Kopf. Er war ein großer, bärenhafter Bursche mit dem Temperament eines Bernhardiners. Es gab niemanden, der ihn nicht mochte.
»Ich hätte die Kleine beinahe umgebracht, Mickey. Ich hab' einen furchtbaren Fehler gemacht. Das werd' ich mir nie verzeihen.«
Als Mickey die Trostlosigkeit in seinen Augen sah, die Mutlosigkeit in seinen hängenden Schultern, stellte sie ihren Kaffee nieder und beugte sich, die Ellbogen auf die Knie gestützt vor.
»Toby«, sagte sie ruhig und eindringlich, »Sie sind gerade vier Monate mit dem Studium fertig. Kein Mensch erwartet von Ihnen, daß Sie alles wissen.«
»Ja, aber sie brauchte nur ein paar Stiche. Und ich wußte das nicht. Ich fummelte eine ganze Stunde rum wie ein Blöder, während ihr das ganze Blut in den Magen lief. Ich hätte Sie sofort rufen sollen.«
»Aber das gehört doch zum Lernprozeß, Toby. Jetzt, da Sie's wissen, vergessen Sie es bestimmt nie wieder.«
Er war nicht zu trösten. »Und was ist das nächstemal? Was passiert, wenn ich meinen nächsten Fehler mache? Ich hab' Angst, Mickey. Die Sache hat mir eine wahnsinnige Angst gemacht.«
Sie sah es in seinen Augen. Sie kannte diesen Blick – von sich und anderen. Ein anderer Assistenzarzt fiel ihr ein, Jordan Plummer, der zur gleichen Zeit mit ihr ans Great Victoria gekommen war; ein ehrgeiziger junger Mann, ungeheuer gewissenhaft und idealistisch. Etwa ein Jahr war es her, da hatte Jordan Plummer einen alten Mann mit schwersten Atembeschwerden aufgenommen. Da er Herzversagen fürchtete, hatte er dem Patienten eine Morphiuminjektion gegeben. Der alte Mann war kurz danach gestorben. Bei der Obduktion hatte sich herausgestellt, daß der Patient nicht an einer Herzschwäche, sondern an schwerer Bronchitis

gelitten hatte. Durch das Morphium waren die sowieso nur noch schwachen Atemreflexe völlig unterdrückt worden. Obwohl die einzige Konsequenz für Jordan eine harte Rüge vom Chefarzt der internistischen Abteilung gewesen war – schließlich war Jordan ein absoluter Neuling –, war Jordan nicht über die Sache hinweggekommen und hatte sich sechs Wochen später das Leben genommen.
Auf Tobys Gesicht lag in diesem Moment ein Schatten der gleichen Verzweiflung, die Jordan Plummer in den Tod getrieben hatte.
»Toby«, sagte Mickey ruhig. »Sie sind ein guter Arzt. Sie sind einer unserer besten Assistenzärzte hier. Lassen Sie sich nicht von einem einzigen Fehler aus der Bahn werfen.« Sie rutschte zur Kante ihres Sessels vor. »Ich habe voriges Jahr auch einige Fehler gemacht, darunter einen großen, der mich beinahe Kopf und Kragen gekostet hätte. Hier, auf dieser Station. Man brachte uns einen sechzehn Monate alten Jungen – Richard Grey hieß er, ich werde ihn nie vergessen. Er hatte seit mehreren Tagen an Durchfall gelitten, war stark entwässert und völlig lethargisch. Ich war wirklich vorsichtig. Ich berechnete ganz genau die Menge an Elektrolyten, Wasser und Salz, die zur Aufrechterhaltung der Lebensfunktionen notwendig waren, und hängte den Kleinen dann an den Tropf. Eine Weile lief es gut, der Junge erholte sich, also ließ ich ihn weiter am Tropf. Aber am nächsten Tag bekam er Krämpfe. Ich versuchte alles – Kalziumglukonat, konzentrierte Kochsalzlösung –, aber nichts half. In meiner Verzweiflung holte ich schließlich Jerry Smith, der war damals mein Gruppenleiter. Er warf nur einen Blick auf das Kind, einen zweiten auf meine Aufzeichnungen und brüllte mich an, daß mir Hören und Sehen verging. Ich hatte den Kleinen völlig überwässert, Toby, und hätte dadurch beinahe ein Herzversagen herbeigeführt! Hätte Jerry nicht eingegriffen, wäre der Kleine gestorben.«
Mickey hielt inne und sah Toby aufmerksam ins Gesicht. Er schien sie gar nicht gehört zu haben, blieb ganz ohne Reaktion. Erst nach einer Weile sah er sie an und seufzte.
»Ich schaff' das nicht mehr, Mickey. Das ist kein Beruf für mich. Da muß man eisenhart sein und darf überhaupt keine Nerven haben. Geschweige denn ein Herz. Als Sie das Kind in den OP raufbrachten, hab' ich mich hier reingesetzt und geheult wie ein Schloßhund.«
Er schnüffelte und drückte eine Hand an seine Wange. Mickey setzte sich zu ihm aufs Sofa und legte ihm einen Arm um die breiten Schultern.
»Wann haben Sie das letztemal richtig geschlafen, Toby?«
»Was für ein Tag ist heute?«
Mickey lachte leise. »Okay, Sie haben seit März nicht mehr geschlafen,

sind total ausgepowert, und heute wäre Ihnen beinahe ein Kind gestorben, das Sie retten wollten. Kein Wunder, daß Sie fertig sind, Toby.«
Er schüttelte den Kopf. »Es ist nicht nur die Sache heute, Mickey. Es ist alles! Wissen Sie, wie oft ich meine Frau zu sehen bekomme? Jedes zweite Wochenende, wenn wir Glück haben. Und dann bin ich viel zu müde, um irgend etwas mit ihr zu unternehmen. Ich verschlafe das ganze Wochenende. Das ist doch ein völlig unnatürliches Leben, Mickey. Man rackert sich dreißig Stunden an einem Stück ab, kommt kaum zum Schlafen oder zum Essen, muß dauernd Angst haben, daß man eine falsche Entscheidung trifft. Und wenn ich schon einmal Zeit zum Schlafen finde, renne ich sogar im Traum ständig hier durch die Korridore und wache dann meistens völlig verspannt und erschöpft auf. Nein, Mickey –« Er schüttelte den Kopf – »ich kann nicht mehr.«
Mickey betrachtete ihn mitleidig und sah sich selber, wie sie vor einigen Stunden gewesen war, ausgepumpt, entmutigt, bereit, das Handtuch zu werfen. Genauso wie Toby jetzt hier saß, hatte sie selber vor drei Stunden dagesessen und hatte das gleiche gedacht: Ich kann nicht mehr. Aber im Operationssaal waren Niedergeschlagenheit und Untergangsstimmung wie durch Zauber von ihr abgefallen, sie hatte Zuversicht und Hingabe wiedergefunden.
»Wie halten Sie das nur aus?« fragte Toby. »Wie können Sie Tag für Tag hier in diese Fabrik marschieren und schuften wie ein Roboter? Wo alles so sinnlos ist!«
»Es ist nicht sinnlos, Toby, das wissen Sie doch. Stellen Sie sich mal eine Waage vor, so eine, wie sie die Justitia in der Hand hält, und legen Sie in die eine Schale alle Ihre Erfolge und in die andere alle Ihre Mißerfolge. Nach welcher Seite neigt sich die Waage?«
»Der Vergleich stimmt nicht, Mickey. Ein tödlicher Fehler wiegt schwerer als hundert Erfolge.«
»Falsch. Jeder Erfolg, den Sie errungen haben, kam nämlich als potentieller Mißerfolg hier ins Krankenhaus.«
»Sie reden wie Dr. Shimada. Er sagt immer, wir sollen nicht die Patienten zählen, die wir retten, sondern die, die wir nicht umbringen.« Toby lachte kurz auf. Dann straffte er die Schultern. »Ich halte das nicht noch weitere acht Monate durch, Mickey. Der Juli ist mir einfach zu weit weg.«
»Okay, dann geben Sie auf. Der Juli kommt trotzdem, ob Sie durchhalten oder nicht.«
Mickey zog ihren Arm von seinen Schultern und lehnte sich zurück. Ihr fiel ein, was sie selber noch vor wenigen Stunden gedacht hatte: Wenn

ich hier rauskomme, bin ich einunddreißig Jahre alt. Jetzt lautete ihre Entgegnung: Und wie alt bin ich in fünf Jahren, wenn ich jetzt aufgebe?
Die Tür öffnete sich. Eine Schwester schaute herein.
»Dr. Abrams? Wir brauchen Sie für eine Punktierung.«
Er streckte sich, als versuchte er, seinen Körper aus der Erstarrung zu lösen. Im Aufstehen sagte er zu Mickey: »Ich bin einfach hundemüde. Ich werd' immer quengelig, wenn ich mein Mittagsschläfchen versäumt habe.«
»Sie sind ein guter Arzt, Toby. Geben Sie nicht auf.«
»Hm«, machte er nur lächelnd, dann ging er mit großen Schritten hinaus.
Mickey nahm sich einen Apfel von der Obstschale und dachte an Gregg. An dem Tag, an dem sie ihm begegnet war, war sie am gleichen Punkt gewesen wie Toby heute. Sie hatte sich nutzlos und unfähig gefühlt und sich gefragt, ob sie überhaupt weitermachen solle. Da hatte Gregg sie auf eine Art angesehen, die ihr zu Bewußtsein gebracht hatte, daß sie immer noch eine Frau war, eine schöne, blühende Frau, und sie war ihm, so sehr aus Dankbarkeit wie aus einem Gefühl des Zu-ihm-Hingezogenseins, in die Arme gefallen. Nicht unbedingt eine solide Basis für eine lebenslange Beziehung. Zumal in den zwölf Monaten ihres Zusammenseins die Liebe, auf die sie gehofft hatte, sich bei ihr nicht eingestellt hatte.
Als das Telefon summte, hob Mickey von neuer Kraft beschwingt den Hörer ab. Das kommende Wochenende hatte sie frei. Sie würde wieder in das Krankenhaus-Wohnheim ziehen, wo sie zu Beginn ihrer Assistenzzeit gewohnt hatte. Vielleicht würde sie sich einen gebrauchten Wagen kaufen und in ihrer kostbaren Freizeit ein bißchen herumkutschieren, die Insel erkunden, wandern, schwimmen, sich einfach Raum zu schaffen, um frei zu atmen...
»Mickey«, sagte die Schwester von der Notaufnahme, »Mr. Johnson, den Sie vor zwei Wochen nach seiner Magenoperation entlassen haben, ist eben eingeliefert worden. Akute Unterleibsbeschwerden...«
Mickey nahm sich noch einen Apfel und flitzte hinaus.

20

Derry Farrar trat in die frische Januarsonne und betrachtete die Hektik vor seiner Hütte. Die Safari war fertig zum Aufbruch. Er zog eine Packung Crown Birds aus der Tasche und zündete sich eine der Zigaretten

an. Schon nach zwei Zügen warf er sie zu Boden und trat sie aus. Sein Blick wanderte zur Nachbarhütte. Die Tür war geschlossen. Sie war noch nicht herausgekommen.
Er nahm sich eine neue Zigarette und dachte, während er den blauen Rauch in die Luft blies, an Sondra Mallone. Sie hatte auf diese Safari mitgehen wollen. Darüber waren sie am Vortag kräftig aneinandergeraten. Sondra wollte endlich mit auf die Runden, und Derry war der Meinung, dazu wäre sie noch nicht weit genug. Es war nur einer von vielen Zusammenstößen gewesen, die sie in den vergangenen vier Monaten gehabt hatten, seit Sondra kurz nach ihrer Ankunft Derry vorgeworfen hatte, für den Amokläufer aus Voi nicht genug getan zu haben. Der Mann war von seiner Familie abgeholt worden und einen Tag später gestorben. Sondra hatte kein Blatt vor den Mund genommen und erklärt, irgend etwas hätte man im Missionskrankenhaus für ihn tun müssen. Auf Derrys Frage, was denn ihrer Meinung nach angemessen gewesen wäre, hatte sie allerdings keine Antwort gewußt.
Sondra Mallone, sagte sich Derry, litt an übertriebenem Eifer. Sie meinte, sie müßte die Welt retten. Derry konnte zwar nicht umhin, ihren Enthusiasmus und ihre Hingabe zu bewundern, doch sie hatte von der Praxis keine Ahnung. Sie lebte immer noch in einer anderen Welt und konnte sich nicht in die Eingeborenen hineinversetzen. Sie hielt stur an ihren modernen wissenschaftlichen Arbeitsmethoden fest und zeigte mangelnde Flexibilität, wenn sie glaubte, den afrikanischen Eingeborenen zwingen zu können, an einem einzigen Tag Jahrhunderte der Evolution zu überspringen.
Ein ständiger Streitpunkt zwischen Derry und Sondra war die Frage der Keimfreiheit. Sie glaubte Derry nicht, daß die Eingeborenen eigene Abwehrkräfte entwickelt hatten, und versuchte ständig, den Leuten die Grundprinzipien der Hygiene zu erklären.
Krach hatte es auch wegen der Verpflegung der Patienten in dem kleinen Krankenhaus gegeben. Sondra hatte mit Entsetzen festgestellt, daß viele Patienten von ihren Familien verköstigt wurden, die jeden Tag das Essen brachten. Sie hatte Derry zu überreden versucht, die Speisen für die Patienten nach den Grundsätzen moderner Ernährungswissenschaft in der Missionsküche zubereiten zu lassen, und Derry hatte ihr klarzumachen versucht, daß Wissenschaftlichkeit in dieser Welt nicht viel taugte.
»Sie erholen sich in einer Umgebung, die ihnen vertraut ist, viel besser«, hatte er ihr erklärt. »Das gleiche gilt für die Nahrung. Wenn ihr Essen so zubereitet ist, wie sie es gewohnt sind und ihnen von Familienangehörigen gebracht wird.«

Ein wirklich ernstes Problem war die mangelnde Bereitschaft der Schwestern, mit Sondra zusammenzuarbeiten. Die Schwestern stellten Sondras Anweisungen in Frage, führten nichts aus, ohne sich vorher bei Derry oder Alec rückversichert zu haben; häufig ignorierten sie Sondras Befehle ganz und taten einfach, was sie selber für richtig hielten. Derry war bereit zuzugeben, daß der Umgang mit den Schwestern nicht immer ganz einfach war; sie verrichteten die ihnen aufgetragenen Arbeiten gern auf ihre eigene Art und in ihrem eigenen Tempo. Aber noch nie hatten sie sich den Anweisungen der vorübergehend auf der Mission stationierten Ärzte widersetzt. Im Gegenteil, häufig halfen sie, indem sie die Ärzte über Eigenheiten dieses oder jenes Stammes aufklärten oder als Vermittlerinnen einsprangen, wenn man aus Unwissenheit gegen einen Stammesbrauch verstoßen hatte. Sondra jedoch ließen sie einfach hängen. Als Folge davon hatten sich mehrmals problematische Situationen ergeben.
Wie hätte er unter diesen Umständen daran denken können, sie auf Runde in den Busch zu schicken?
Sondra Mallone war Derry ein Rätsel. Warum war sie hierher gekommen? Jeder Arzt, der bisher auf die Missionsstation gekommen war, hatte unter dem einen Arm das Stethoskop und unter dem anderen die Bibel getragen. Sondra nicht. Sie war, soweit er feststellen konnte, nicht religiös und verspürte allem Anschein nach keine Neigung, irgend jemanden zum christlichen Glauben zu bekehren. Ihr Engagement galt nicht Jesus, sondern Afrika. Das wunderte Derry, aber es gefiel ihm auch. Mochten sie sich noch so oft in die Haare geraten, mochte sie seine Geduld auf eine noch so harte Probe stellen, ihre offenkundige Liebe zu Afrika söhnte ihn immer wieder mit ihr aus.
Denn Derry selber war Afrika tief verbunden. In Kenia geboren, hatte er seine ersten Atemzüge in der reinen, klaren Luft Nairobis getan. Seine Amme war eine Kikuyu Frau gewesen, die ihn zusammen mit ihrem eigenen Neugeborenen gestillt hatte, da die *memsabu* zu schwach gewesen war, selber für ihr Kind zu sorgen. Seine ersten Schritte hatte er auf Kenias roter Erde gemacht; die afrikanische Sonne hatte seine rosige Haut gebräunt; seine ersten Worte waren ein kindliches Mischmasch aus Suaheli und Englisch, seine ersten Spielgefährten waren kleine Schwarze.
Beim Begräbnis seiner Mutter nahm ihn die schwarze Kinderfrau tröstend in ihre kräftigen Arme, während sein Vater verschlossen und unzugänglich abseits stand, ein Fremder, der es sich nicht gestattete, vor den Schwarzen Schmerz zu zeigen. Nach Liebe ausgehungert, die sein Vater

ihm nicht geben konnte, hatte Derry sich später eng an Kamante angeschlossen, einen gleichaltrigen Schwarzen. Tagelang verschwanden die beiden Halbwüchsigen im Rift, um auf Löwen Jagd zu machen, rissen sich an denselben Dornbüschen, schliefen unter denselben Sternen, und zum erstenmal erwachte in Derry ein Gefühl von Zugehörigkeit.
Kurze Tage waren es, die eine Ahnung von eigener Identität und bedingungsloser Liebe brachten, ehe Reginald Farrar seinen Sohn, wie es schien, zum erstenmal wahrnahm und sah, welch unverzeihlichen gesellschaftlichen Verstoß er beging. Unverzüglich sorgte er dafür, daß der Junge aus dieser ungesunden Atmosphäre freundschaftlichen Umgangs mit den Schwarzen entfernt wurde. Am Vorabend seiner Abreise nach England ging Derry ein letztes Mal mit Kamante ins Rift hinunter, nicht um zu jagen, sondern einzig, um die Tiere noch einmal zu sehen und Abschied zu nehmen von ihnen und von dieser Welt, die er liebte.
England haßte er, fand dort keinen Platz für sich, da er sich nicht als Brite fühlte. Seine kühnen Einsätze bei der Luftwaffe flog er nicht, wie alle Welt glaubte, aus Liebe zu England; sie waren allein das zornige Bemühen eines Einzelnen, diesen Krieg zu beenden, der ihn seiner wahren Heimat fernhielt.
Bei seiner Heimkehr starb sein Vater, und er fand sich in einem von Unruhen geplagten, geteilten Land, in dem der Sohn eines der verhaßten weißen Kolonialherren keinen Platz mehr hatte. An jenem Oktobertag im Jahr 1953 erkannte der einunddreißigjährige Derry, daß er in ein Niemandsland zwischen zwei Welten geraten war; in keine von ihnen gehörte er hinein, keine von ihnen wollte ihn haben.
Jane hatte ihn zwei kurze Jahre aus diesem luftleeren Raum gerettet und ihm einen Platz gegeben. Als sie ihn verlassen hatte, war er wieder wurzellos gewesen.
»*Kwenda! Kwenda!*«
Laute Rufe rissen Derry aus seinen Gedanken. Er sah, wie Kamante, der Freund seiner Jugendtage, einem der Fahrer, der gemächlich eine Zigarette rauchte, ungeduldig zuwinkte.
Es hatte Derry, als er nach England gekommen war, überrascht, daß man dort die Schwarzen für unzuverlässig und faul hielt. Er wußte, daß es kaum fleißigere Menschen gab als die Kikuyu. Sie mochten für den Mau-Mau-Aufstand verantwortlich gewesen sein, aber sie hatten auch den brillanten Jomo Kenyatta hervorgebracht und ihm zur Macht verholfen, hatten Kenia die Unabhängigkeit wiedergegeben und das Volk durch einen einigenden und positiven Nationalstolz zu neuer Lebenskraft erweckt. *Harambee!* riefen sie. Laßt uns zusammenstehen!

Kamante, einundfünfzig Jahre alt wie Derry, hatte nicht ein einziges weißes Haar auf dem ebenholzfarbenen Schädel. Die muskulösen schwarzen Arme, die jetzt in der frühen Januarsonne glänzten, waren so kräftig wie damals, als Kamante einen höchst unglücklichen und beschämten Derry aus einem Dornengestrüpp befreit hatte. Mit energischem Schritt ging Kamante zu Abdi, einem Fahrer, überschüttete ihn mit einem heftigen Wortschwall, und schon ging der Mann wieder an die Arbeit.
»Du kannst jetzt Inspektion machen!« rief Kamante und winkte Derry zu.
Derry winkte zurück und machte sich auf den Weg zu den Wagen.
Sondra, die in ihrer Hütte dabei war, ihr Bett zu machen, hielt inne, als sie von draußen Derrys Stimme hörte, und klopfte heftiger als nötig gewesen wäre das Kissen glatt. Sie war ärgerlich. Sie fand, daß sie jetzt dort draußen hätte sein sollen, um die letzten Vorbereitungen für die Fahrt ins Land der Massai zu treffen. Aber Derry war anderer Meinung.
Sie waren, so schien es ihr, eigentlich ständig unterschiedlicher Meinung. Dabei wollte sie ja hier gar nichts verändern – sie wollte nur einige Verbesserungen einführen. Aber Derry war ein starrsinniger Mensch, neuen Ideen überhaupt nicht zugänglich. Er war zu fatalistisch, fand Sondra, zu schnell bereit, die Dinge zu akzeptieren, anstatt erst einmal zu kämpfen.
Sondra wandte sich von ihrem Bett ab und warf einen flüchtigen Blick in den Spiegel. Ihre Haut war dunkel von der Sonne, hatte einen warmen, nußbraunen Ton, der in reizvollem Kontrast zu den bunten afrikanischen Gewändern stand, die zu tragen sich Sondra angewöhnt hatte. Nachdem sie auf dem Markt mehrere leuchtend bedruckte Stoffe erstanden hatte, hatte sie ihre Blue Jeans und T-Shirts weggepackt und angefangen, sich wie die einheimischen Frauen zu kleiden. Die Wirkung war bemerkenswert. Sie sah aus, als wäre sie in diesem Land geboren.
Neues Stimmengewirr zog sie vom Spiegel weg. Pastor Sanders fragte Kamante gerade, ob er genug Dosen mit Butter besorgt hätte, Derry rief irgend etwas auf Suaheli, Alec MacDonald fragte, ob dies das ganze Eis wäre, das sie für den Polioimpfstoff hätten, und Rebecca unterhielt sich laut mit einer anderen Schwester.
Sondra war froh, daß Rebecca auf diese Safari mitging. Sie war die Oberschwester, eine Samburu, Mitte vierzig, die als Kind zum christlichen Glauben bekehrt worden war und ausgezeichnet Englisch sprach. Und sie machte Sondra große Schwierigkeiten.
Wären die Probleme mit den Schwestern nicht gewesen, so hätte Sondra vielleicht nicht jeden Tag mit dem beklemmenden Gefühl beginnen müs-

sen, gegen Windmühlen anzukämpfen. Sie konnte sich nicht genau erinnern, wann die Schwierigkeiten angefangen hatten. Wahrscheinlich schon am ersten Tag, als die Schwestern mit Bestürzung festgestellt hatten, daß der neue Arzt eine Frau war. Aber vielleicht hätte diese Hürde überwunden werden können, wenn Sondra nicht den Fehler gemacht hätte, die Freundschaft der Schwestern zu suchen.
»Diese Frauen haben einen ausgeprägten Sinn für Rang und Ordnung«, hatte Alec ihr erklärt. »Sie wissen nicht recht, wo sie Sie einordnen sollen.«
Sondra hatte erfahren, daß Ärzte und Schwestern streng auf Abstand zu halten pflegten, und sie offenbar einen Verstoß gegen diese Rangordnung begangen hatte, als sie sich im Gemeinschaftsraum zu den Schwestern gesetzt hatte. Dennoch, diese Probleme hätten vielleicht bewältigt werden können, wenn es nicht zu dem katastrophalen Zwischenfall mit dem Katheter gekommen wäre.
Das war zwei Wochen nach ihrer Ankunft gewesen. Sondra befand sich allein im Krankensaal und untersuchte gerade einen jungen Mann, der am Blinddarm operiert worden war, als sie bei einem flüchtigen Aufblicken sah, daß Rebecca im Begriff war, etwas Unverzeihliches zu tun. Das sterile Katheterröhrchen war vom Bett gerollt und auf den staubigen Boden hinuntergefallen. Rebecca hob es auf und ging daran, es dennoch einzuführen.
»Nicht!«, rief Sondra so laut, daß alle im Saal sich ihr zuwandten. Sie befahl Rebecca, ein neues Röhrchen aus der Verpackung zu nehmen und erklärte vor allen, was die Schwester falsch gemacht hatte. Rebecca warf ihr nur einen zornfunkelnden Blick zu, schmiß den Katheter hin und ging hinaus.
Von da an war der Widerstand gewachsen. Und da Rebecca die Oberschwester war, hatten sich die anderen Pflegerinnen ihrer Haltung angeschlossen. Aber Sondra wollte sich davon nicht abschrecken lassen. Irgendwie würde es ihr gelingen, den Widerstand zu überwinden.
Sie zog die Tür ihrer Hütte auf und ging ins strahlend helle Morgenlicht hinaus. Blinzelnd blickte sie über den Hof. Die drei Rover waren zur Abfahrt bereit; die Teilnehmer der Safari – Alec, Pastor Thorn, Rebecca und die beiden Fahrer – versammelten sich zum Abschiedsgebet. Sondra gesellte sich zu ihnen und stellte sich neben Alec. Während Pastor Sanders das Gebet sprach, beobachtete sie aus dem Augenwinkel, wie Derry von den Autos wegging und im Krankenhaus verschwand.
Ein unmöglicher Mensch, und eine unmögliche Situation, die sich für Sondra nun auf höchst unwillkommene Weise verschärft hatte.

Die Träume hatten in einer regnerischen Nacht im Oktober angefangen. Am Abend hatte sie mit Alec MacDonald im Gemeinschaftsraum gesessen. Sie schrieb gerade einen Brief an Ruth, um ihr zur Geburt der Zwillinge zu gratulieren, als die Tür aufgestoßen wurde und Derry hereinkam, naß bis auf die Haut, verärgert, weil der Wagen im Schlamm auf der Straße steckengeblieben war. Doch Sondra hatte kaum ein Wort seiner zornigen Tirade mitbekommen. Sie hatte nur den Mann gesehen; das regennasse schwarze Haar, das ihm ins tiefgebräunte Gesicht hing; den kräftigen Oberkörper, dessen Muskeln sich unter dem durchnäßten Hemd abzeichneten; die zornigen Gesten seiner schlammverschmierten Arme. Vor allem aber hatte sie die stürmische Glut in seinen Augen gefesselt.
Und in der Nacht hatten die Träume begonnen, hocherotische Träume von Derry. Sondra wollte sie nicht, wünschte, sie würden endlich aufhören. Sie beunruhigten sie; die Vorstellung, daß sie sich zu diesem Mann hingezogen fühlen sollte, der sie mit seiner unzugänglichen, starrsinnigen Art jeden Tag von neuem reizte, war absurd.
Nachdem Pastor Sanders den Segen gesprochen hatte, verabschiedete man sich und ging zu den vollgepackten Autos. Alec blieb einen Moment stehen und nahm Sondras Hand.
»Viel Glück«, sagte sie. »Ich beneide dich.«
»Das Glück hast du nötiger als ich. Ich lasse dich hier mit der ganzen Arbeit zurück.«
Sondra warf unwillkürlich einen Blick zum Krankenhaus, wo sich schon eine Gruppe von Patienten angesammelt hatte. Alec sah in ihrem Blick einen Ausdruck, dessen sie selber sich nicht bewußt war.
Es war ein Ausdruck des Trotzes und der Herausforderung. Alec wußte natürlich von dem Konflikt zwischen Derry und Sondra, diesem Aufeinanderprallen zweier ungemein willensstarker Persönlichkeiten aus zwei völlig unterschiedlichen Welten. Derry, der vor zwanzig Jahren sein Studium beendet und den wissenschaftlichen Fortschritt nur am Rande mitbekommen hatte, war ein Arzt alter Schule, doch er konnte auf jahrelange Erfahrung zurückgreifen und besaß die Fähigkeit, in jedem Patienten wie in einem Buch zu lesen, was ihn zu einem hervorragenden Diagnostiker machte. Sondra andererseits war jung und unerfahren, konnte gerade drei Jahre klinischer Erfahrung vorweisen, verfügte jedoch über ein Fachwissen, das auf dem letzten Stand war. Hätte ihr eigensinniger Stolz es den beiden erlaubt, so hätten sie ein ausgezeichnetes Team abgeben können.
Nun würde Sondra zum erstenmal allein mit Derry im Krankenhaus ar-

beiten. Alec konnte nur hoffen, daß sie miteinander zurechtkommen würden.

»Morgen nachmittag bin ich wieder da und löse dich ab«, sagte er, noch immer ihre Hand haltend.

Sondra sah ihn an, sah das warme Lächeln und die weichen Gesichtszüge und fragte sich, warum sie nicht von Alec träumen konnte.

»Paß auf dich auf«, sagte sie. »Und viel Erfolg.«

Sie winkte den Wagen noch nach, bis sie verschwunden waren, dann ging sie ins Krankenhaus, wo Derry schon an der Arbeit war.

Die Patienten wurden nach einem einfachen System betreut: Wenn sie kamen, warteten sie auf der Veranda, bis sie nacheinander hereingerufen wurden. Die Ambulanz war ein großer, strohgedeckter Raum, der in der Mitte durch einen Vorhang geteilt war. In jedem der so entstandenen beiden Behandlungsräume gab es einen altmodischen Untersuchungstisch, einen Instrumentenschrank, einen Medikamentenschrank und einen kleinen fahrbaren Instrumententisch. Das Waschbecken in der Mitte teilte man sich.

Die Patienten, die regelmäßig zur Behandlung kamen, waren Sondra inzwischen wohlvertraut, und auch sie hatten sich mittlerweile an die *memsabu daktari* gewöhnt. Dennoch behandelte Sondra vor allem Frauen und Kinder; die Männer zogen es vor, auf Derry zu warten. In den vier Monaten ihres Aufenthalts hatte sie genug Suaheli gelernt, um ohne Dolmetscher arbeiten zu können.

Sondra konzentrierte sich auf die junge Frau, die auf ihrem Untersuchungstisch lag. Sie konnte die Milz nicht ertasten, und als sie die Brust des Mädchens abhörte, glaubte sie Herzgeräusche zu hören, die auf eine Herzvergrößerung schließen ließen. Die junge Frau erklärte ihr, sie litte immer wieder an Anfällen heftiger Bauchschmerzen, die von Erbrechen und im allgemeinen von schmerzhaft angeschwollenen Gelenken begleitet seien. Sondra stand vor einem Rätsel: einzeln genommen konnten die Symptome auf alle möglichen Krankheiten hinweisen; zusammengenommmen waren sie ihr unerklärlich.

»Nehmen Sie Blut ab, bitte«, sagte sie zur Schwester, während sie der jungen Frau aufhalf. »Und lassen Sie im Krankensaal ein Bett für sie richten.«

»Das ist nicht nötig«, sagte Derry, hinter dem Vorhang hervorkommend.

»Wieso nicht? Das Mädchen muß beobachtet werden. Vielleicht wird eine Operation notwendig.«

»Nein.«

»Aber Sie haben sie doch noch nicht einmal angesehen.«
Derry wandte sich der Schwester zu. »Nehmen Sie ihr aus der Fingerspitze ein paar Tropfen Blut ab, bitte. Auf ein Glasplättchen.« Zu Sondra sagte er: »Kommen Sie. Ich zeige Ihnen etwas.«
Das kleine Labor neben der Ambulanz war kaum größer als eine Kammer, an der einen Wand ein Arbeitstisch, an der anderen Waschbecken und Kühlschrank. Derry nahm eine kleine Glasflasche mit sterilem destilliertem Wasser vom Arbeitstisch, entnahm ihm mit einer Spritze 10 ml und entleerte das Wasser in ein Reagenzglas. Dann griff er nach einer Flasche Tabletten und warf eine der Tabletten in das Reagenzglas.
»Was ist das?« fragte Sondra.
»Null komma zwei Gramm Natriummetabisulfit«, antwortete er und hielt das Glas hoch, um zuzusehen, wie sich die Tablette auflöste.
»Und wozu ist das gut?«
»Das werden Sie gleich sehen.«
Die Schwester kam mit dem Glasplättchen herein. Mit einer Pipette gab Derry zwei Tropfen der Lösung aus dem Reagenzglas auf die Blutprobe, gab ein Abdeckglas darüber, tupfte es ab und schob das Glasplättchen unter das Mikroskop.
»Jetzt warten wir fünfzehn Minuten«, sagte er mit einem Blick auf seine Uhr.
Bei Sondras nächster Patientin war nur eine Routinebehandlung nötig; eine Kopfwunde mußte gereinigt und genäht werden. Als Sondra fertig war, kam Derry. »Kommen Sie«, sagte er, schon auf dem Weg zum Labor. »Jetzt sehen wir uns die Blutprobe mal an.«
Während Derry sich mit verschränkten Armen an den Arbeitstisch lehnte, setzte sich Sondra auf den hohen Hocker und drehte den Mikroskopspiegel so, daß er das Morgenlicht einfing. Dann drückte sie ihr rechtes Auge auf das Okular und stellte die Schärfe ein.
»Oh«, sagte sie. »Jetzt versteh' ich...«
»Sie haben so was noch nie gesehen?«
»Nein.«
»Wir behandeln das Blut vorher mit dem Natriummetabisulfit, damit es nicht austrocknet. Getrocknetes Blut sichelt nicht.«
»Sie hat Sichelzellenanämie.«
»Ja.«
Sondra starrte durch das Okular auf die deformierten roten Blutkörperchen, die die Gestalt von Sicheln hatten. Wegen ihrer abnormen Gestalt konnten sie die kleinen Blutgefäße nicht passieren und verstopfen so die

Blutbahn. Hinzukam, daß sie im Blutstrom zerfielen, so daß der Erkrankte buchstäblich verhungerte.

Sondra hob den Kopf und sah Derry fragend an. »Und die Prognose?«

»Behandeln kann man nur die Symptome, und auch das nur vorübergehend. Sonst kann man nicht viel tun. Bei Sichelzellenanämie gibt es keine Heilung. Der Zustand des Mädchens wird sich immer weiter verschlechtern, bis sie schließlich an einer Lungenembolie oder Thrombose oder Tuberkulose stirbt.«

Mit dem Voranschreiten des Morgens wuchs die Zahl der Wartenden auf der Veranda. Sondra und Derry arbeiteten mit der Schwester zusammen ohne Pause, untersuchten, verbanden, spritzten, erklärten, wie dieses oder jenes Medikament einzunehmen sei (Sondra hatte entdeckt, daß viele der Patienten ihre Tabletten nicht schluckten, sondern sie in kleine Beutel stopften, die sie sich als Amulett um den Hals hängten). Es wurde Mittag, ohne daß die Menge auf der Veranda merklich abgenommen hätte.

Als Sondra und Derry eine kurze Mittagspause einlegten, um eine Tasse Tee zu trinken und ein Brot zu essen, teilte ihnen eine der Schwestern, die im Krankensaal arbeiteten, mit, daß nun kein Bett mehr frei sei.

Der Strom der Patienten riß nicht ab; Infektionen, Schnittverletzungen, parasitäre Krankheiten mußten behandelt werden. Eine Frau brachte ihre kleine Tochter, die nach einer Magen- und Darminfektion stark geschwächt war. Die Krankheit war vorbei, aber das Kind wollte nicht essen. Weder gutes Zureden noch Drohungen halfen. Sondra beschloß, die Kleine ins Krankenhaus einzuweisen und intravenös zu ernähren. Derry kam hinter dem Vorhang hervor und legte Veto ein.

»Wir haben kein freies Bett. Außerdem wäre es gelacht, wenn wir das Kind nicht hier und jetzt dazu bringen könnten, etwas zu sich zu nehmen.«

Ehe Sondra Einwendungen erheben konnte, schickte er die Schwester mit dem Auftrag, eine Flasche Coca-Cola und einen Beutel Chips zu holen, in die Küche.

»Da kann kein Kind widerstehen«, bemerkte er, während sie warteten.

Er hatte recht. Er brauchte die Cola-Flasche nur zu öffnen, den Beutel mit den Chips nur aufzureißen, und schon machte sich das kleine Mädchen mit Wonne über beides her.

»Bei der Diät«, sagte Derry, »wird sie schnell wieder zu Kräften kommen. Entlassen Sie sie.«

Am frühen Nachmittag kam eine Mutter mit ihrem neun Monate alten Säugling, einem kleinen Mädchen. Das Kind hatte hohes Fieber, Ohren und Hals schienen entzündet zu sein, und als Sondra versuchte, seine Knie zu beugen, schrie es mörderisch. Eine fiebrige Erkrankung unbekannten

Ursprungs; ehe man mit einer Behandlung anfangen konnte, mußte die Ursache durch Blutuntersuchungen geklärt werden.
»Ich muß eine Blutprobe nehmen«, sagte Sondra zur Schwester. »Wir entnehmen sie aus der Halsader.«
In dem Moment kam Derrys letzter Patient an Krücken vorbeigehoppelt, und Derry selbst erschien.
»Das mache ich«, sagte er. »Schwester, bringen Sie die Mutter hinaus.«
Sondra starrte ihn fassungslos an. »Das kann ich selber, Derry. Ich hab das oft genug gemacht, als ich —«
»Ja, ich weiß. Aber wenn Sie auch nur einen kleinen Fehler machen, haben Sie einen ganzen wütenden Stamm am Hals. Ich weiß, wie man diese Leute behandelt.«
»Und *ich* weiß, wie man eine Blutprobe entnimmt.«
Doch er achtete gar nicht auf sie. Während die Schwester das kleine Kind einwickelte wie eine Mumie, so daß es sich nicht bewegen konnte, nahm Derry die Instrumente aus dem Becken mit der sterilisierenden Lösung.
Sobald Derry bereit war, legte die Schwester den fest eingebundenen Säugling seitlich auf den Operationstisch, und zwar so, daß sein Kopf über den Rand hing. Nun kam es darauf an, das kleine Mädchen zum Schreien zu bringen; das dehnte die Halsadern, so daß sie leicht mit der Nadel zu treffen waren. Es durfte nicht aufhören zu schreien, weil dann die Ader sich zusammengezogen hätte und kein Blut hätte entnommen werden können. Man mußte ihm daher Schmerzen bereiten, um es am Schreien zu halten, und das war der Grund, weshalb die Mutter hinausgeschickt wurde.
Während die Schwester mit einem Finger an die weiche Schädeldecke schnippte, führte Derry die Nadel in die angeschwollene Ader ein und entnahm ohne Schwierigkeiten die nötige Menge Blut. Sobald er fertig war, nahm er das Kind hoch und wiegte es in seinen Armen, bis es sich beruhigt hatte.
»Sagen Sie der Frau, sie soll morgen mit dem Kind wiederkommen«, sagte er zu Sondra, während er sich die Hände wusch. »Bis dahin haben wir erste Ergebnisse.«
Noch zweimal griff Derry in Sondras Behandlung ein; einmal, um eine ihrer Anweisungen zu ändern, das zweitemal, um selber die Behandlung einer Patientin zu übernehmen, die zu Sondra gekommen war. Sondra war nahe daran zu explodieren.
Da wurde ihnen ein kleiner Junge namens Ouko gebracht. Er war sieben

Jahre alt, ein hübscher Junge, langgliedrig wie seine Massai-Eltern, mit großen, ernsten Augen. Der Vater, der ihn hergetragen hatte, setzte ihn behutsam auf den Untersuchungstisch. Ruhig saß Ouko da, während er von den Kopfschmerzen berichtete, die ihn seit drei Tagen quälten. Sondra maß seine Temperatur, untersuchte seine Augen, doch als sie die Lymphknoten an Oukos Hals betastete, schrie der Junge laut auf vor Schmerz.

Der Vater erklärte auf Suaheli: »Er sagt, daß ihm der Hals weh tut. Seine Augen tun auch weh und seine Wangen auch.«

Sondra musterte Ouko mit scharfem Blick und fragte dann, ob er seinen Kopf so weit senken könne, daß das Kinn die Brust berührte. Der Junge versuchte es, aber es ging nicht. Tränen schossen ihm in die Augen.

»Er kann den Kopf nicht bewegen, *memsabu*«, bemerkte der Vater.

Sondra umfaßte Oukos Kopf behutsam mit beiden Händen und versuchte selber, ihn zu beugen. Wieder schrie der Junge auf.

Danach wollte Sondra ihm in den Hals schauen, aber Ouko sagte, er könne den Mund nicht aufmachen, weil seine Wangen so weh täten. Sie lächelte beruhigend, tätschelte ihm die Schulter und sagte auf Suaheli, sie würde ihn zu nichts zwingen, was er nicht tun wolle.

Zur Schwester sagte sie: »Das sieht mir nach einer frühen Meningitis aus. Sagen Sie im Krankensaal Bescheid, daß wir ein Bett brauchen. Wenn es nicht anders geht, müssen eben zwei zusammenrücken.«

Derry kam, sich die Hände trocknend, um den Vorhang herum, als sie hinzufügte: »Wir müssen eine Rückenmarkspunktierung machen.«

Er trat zu Ouko, sprach lächelnd ein paar Worte mit ihm und sagte dann zu Sondra: »Könnte Mumps sein. Achten Sie auf eine eventuelle Schwellung der Ohrspeicheldrüse. Ich schlage vor, wir isolieren ihn, für den Fall, daß er etwas Ansteckendes hat.«

Da Derry gleich danach ein schreiendes Kind mit einer Ohreninfektion zu behandeln hatte, mußte Sondra die Rückenmarkspunktierung allein, nur mit Hilfe der Schwester, vornehmen. Stumm, wie sein Stolz es ihm gebot, ertrug der Massai-Junge die schmerzhafte Krümmung seines Rückens. Zu seinem Glück war Sondra geübt, so daß die qualvolle Prozedur schnell vorbei war. Nur einen Moment lang mußte er, von den kräftigen Armen der Schwester gehalten, gekrümmt auf der Seite liegen, während Sondra behutsam seine Wirbelsäule abtastete. Dann ein schneller Einstich, und schon wurde die Nadel wieder herausgezogen.

Die Flüssigkeit war klar; Blutungen im Schädelinneren waren damit ausgeschlossen. Eine mikroskopische Untersuchung ergab, daß keine Eiterzellen vorhanden waren.

Da sie keine Ahnung hatten, mit was für einer Erkrankung sie es zu tun hatten, und da der Befund der Blutkulturen frühestens in zwei Wochen aus Nairobi zurückkommen würde, beschlossen sie, Ouko in ein Bett ganz am Ende des Saals zu legen und von den anderen Patienten abzuschirmen.
Inzwischen war es Abend geworden, und auf der Missionsstation kehrte Ruhe ein, Sondra ging in ihre Hütte, um sich zu waschen und zum Abendessen umzuziehen. Doch Ouko blieb bei ihr. Sie konnte den quälenden Gedanken nicht loswerden, daß sie bei ihm etwas übersehen hatten.

21

Sie war beim Briefeschreiben, als eine Schwester aus dem Krankenhaus bei ihr klopfte. Oukos Zustand hatte sich verschlechtert.
Sondra zog sich eine Jacke über und lief durch den stillen Hof zum Krankenhaus. Der Schreibtisch der Nachtschwester am Eingang des langen, strohgedeckten Hauses war in das gelbe Licht einer Petroleumlampe getaucht. Der Saal mit den zwanzig Betten war dunkel.
Sondra nahm die Lampe und ging schnell zum hinteren Ende des Saals, wo Oukos Bett stand. Der Junge zuckte zusammen, als sie um den Schirm herumkam.
Sie stellte die Lampe nieder und beugte sich über ihn.
»Ouko«, sagte sie leise.
Er sprang beinahe aus dem Bett.
Sondra betrachtete ihn mit tiefer Besorgnis. Als die Schwester etwas sagte, und Ouko wiederum zusammenzuckte, wurde aus Sondras Besorgnis Angst. Das war keine Meningitis. Das war etwas ganz anderes...
Nachdem sie der Schwester bedeutet hatte, nicht zu sprechen und ihr zu folgen, drehte sich Sondra um und ging leise zum Schwesterntisch zurück.
»Ich bin sicher, es ist Tetanus«, sagte sie so ruhig es ihr möglich war. »Wir brauchen sechzigtausend Einheiten Antitoxin. Haben wir das da?«
»Ja, *memsabu*«, flüsterte die junge Schwester mit großen, erschreckten Augen.
Ouko bekam die erste Spritze Pferdeserum in den linken Oberschenkel. Er sprang so heftig in die Höhe, daß er beinahe aus dem Bett gefallen wäre.
Sondra hatte noch nie mit Starrkrampf zu tun gehabt; in einer Stadt wie

Phoenix, wo es Schutzimpfungen gab, kam diese Erkrankung nur selten vor. Sie wußte, daß das Antitoxin, mit dem sie Ouko beandelte, nicht viel helfen würde; es würde lediglich das Gift neutralisieren, das noch nicht ins Nervensystem gelangt war. Das Gift jedoch, das bereits in Oukos zentrales Nervensystem eingedrungen war, konnte das Serum nicht angreifen. Diese Tatsache war es, die ihr große Angst machte.

Sie holte sich einen Stuhl ans Bett und setzte sich, um bei dem Jungen zu wachen. Sie wußte, daß Ouko bald von den Krampfanfällen heimgesucht werden würde, die für die Krankheit charakteristisch waren: schmerzhafte Krämpfe der Hals- und Kiefernmuskeln, Anspannung der gesamten Körpermuskulatur, Rückwärtsbeugung des Kopfes, Durchdrücken des Rückens bis zum Äußersten. Die größte Gefahr war die mögliche Verkrampfung der Atemmuskulatur; bei einem schweren Anfall konnte der Junge buchstäblich ersticken.

Sondra blickte in das angstvolle Gesicht, das von Schweiß glänzte, und wußte, daß eine schwere Nacht bevorstand.

Etwas später kam Derry und musterte Ouko mit langem, nachdenklichen Blick. »Haben Sie die Wunde gefunden?« fragte er dann so leise wie möglich.

Sondra nickte. »An der Fußsohle. Sie ist schon verheilt.«

Derry nahm die Spritze mit dem Antitoxin vom Nachttisch, warf einen Blick darauf und legte sie wieder zurück. »Hat er schon einen Anfall gehabt?«

Sondra schüttelte den Kopf, ohne den Blick von Ouko zu wenden. Der erste Krampfanfall würde bald kommen; sie mußten vorbereitet sein.

Schweigend blieb Derry neben ihr stehen, das Gesicht im Schatten außerhalb des Lichtkreises der Lampe. Sondra spürte seine Anspannung, obwohl er nichts sagte; spürte seine Besorgnis so scharf wie ihre eigene.

Plötzlich schrie jenseits des Wandschirms irgendwo im Dunkeln einer der Patienten im Schlaf auf, und Ouko fiel in einen Krampf. Ober- und Unterkiefer verklammerten sich förmlich ineinander, der Mund verzog sich zu einem unnatürlichen Grinsen, der Rücken wölbte sich unnatürlich, Arme und Beine spannten sich derartig, daß Ouko in die Höhe gerissen wurde und die Matratze nur noch mit Ellbogen und Fersen berührte.

Während Sondra noch voller Entsetzen auf den Jungen starrte, hörte der Krampf so plötzlich auf, wie er gekommen war. Ouko fiel erschöpft nieder. Sondra drehte sich nach Derry um. Der tippte auf seine Uhr, dann öffnete und schloß er beide Hände mit ausgestreckten Fingern zweimal.

Der Anfall hatte zwanzig Sekunden gedauert. Zwanzig Sekunden qualvoller Schmerzen, die Ouko bei vollem Bewußtsein hatte aushalten müssen.
Draußen in der stillen Nacht schrie ein Vogel. Oukos Körper spannte sich von neuem an. Sondra schluchzte auf. Sie merkte, wie Derry sich umdrehte und davonrannte. Einen Augenblick später kam er mit einer Spritze wieder. Sobald Oukos Anfall nachließ, spritzte Derry ihn in den Oberschenkel.
»Seconal«, flüsterte er Sondra zu. »Ich glaube allerdings nicht, daß es helfen wird.«
Sie blieben noch einen Augenblick an Oukos Bett. Der Junge sah aus großen, verständnislosen Augen zu ihnen auf. Dann nahm Derry Sondra beim Arm und zog sie mit sich vom Bett weg. Vorn am Schwesterntisch befahl er der Schwester, sich zu Ouko ans Bett zu setzen.
»Aber machen Sie keine Geräusche oder plötzliche Bewegungen«, sagte er. »Das löst sofort einen Krampf aus.«
Dann ging er mit Sondra in die kühle Nacht hinaus.
»Was können wir nur tun?« fragte sie und umschlang fröstelnd ihren Oberkörper mit beiden Armen.
»Gar nichts«, antwortete er ruhig. »Wir können nur abwarten. Der Junge hat keine Chance. Die Krämpfe werden ihn umbringen, ehe sein Körper das Gift ausscheiden kann.«
»Aber wir können doch nicht einfach tatenlos zusehen, wie er von einem Krampf in den nächsten fällt.«
Derrys Augen waren zornig, als er sie ansah.
»Ich habe hundert solcher Fälle erlebt. Gegen Wundstarrkrampf kann man nichts ausrichten. Nichts wirkt. Ich habe es mit Demerol, Seconal und Valium versucht. Man kann nur abwarten, bis das Gift endlich aus dem Körper ausgeschieden wird.«
»Dann müssen wir Ouko eben so lange am Leben halten, bis das geschieht.«
Derry schüttelte den Kopf. »Sie erhoffen das Unmögliche. Er hat eine der schwersten Formen der Krankheit, die ich je gesehen habe. Sehr bald schon wird einer dieser Krämpfe entweder seine Atemmuskulatur lähmen, und er wird ersticken, oder es wird ihm das Rückgrat brechen.«
»Wir könnten ihn lähmen«, sagte Sondra. »Mit Curare können wir die Muskeln lähmen und die Krämpfe unterbinden.«
»Aber atmen kann er dann auch nicht mehr.«
»Wir können einen Luftröhrenschnitt machen und eine Trachealkanüle einsetzen.«

»Das würde nichts helfen. Er müßte künstlich beatmet werden, und wir haben kein Atemgerät.«
»Wir können es manuell machen. Die Schwestern können –«
»Es hat trotzdem keinen Sinn.«
»Warum nicht?«
»Selbst wenn wir seine Atmung stützen, wie wollen wir ihn ernähren? Der Krankheitsverlauf erstreckt sich über Wochen. Über so lange Zeit könnten wir ihn mit dem Tropf nie am Leben halten, Sondra. Es hat keinen Sinn. Für den Jungen ist es das Beste, wenn er bald stirbt.«
»Das kann nicht Ihr Ernst sein!« rief sie unterdrückt. »Wir können doch nicht einfach aufgeben!«
»Glauben Sie denn, daß ich ihn *nicht* retten will?« entgegnete Derry erbittert. »Wenn Sie eine Ahnung hätten, wie oft ich es schon versucht habe! Erst die Sedative, dann der Luftröhrenschnitt, und dann können wir nur noch zusehen, wie sie langsam verhungern; wie sie dazwischen immer wieder und immer wieder hilflos den schrecklichen Krämpfen ausgesetzt sind, eine Qual, wie man sie sich grausamer nicht vorstellen kann. Am Ende ist man froh, wenn sie sterben.« Zorn und Bitterkeit mischten sich in seinem Gesicht, als er Sondra ansah. Die Atmosphäre zwischen ihnen war aufgeladen. Dann sagte er leise: »Keine Kunststückchen, Sondra. Beim ersten Herzstillstand lassen wir ihn sterben.«
Sie starrte ihn ungläubig an. »Sie verurteilen den Jungen zum Tod!«
»Das ist meine unwiderrufliche Anweisung.« Damit drehte er sich um und ging.

Derry ging bis zum Zaun, der die kleine Missionssiedlung umgab. Jenseits dieses Zauns war eine Welt, in der der Mensch mit seinen Schwächen nichts zu suchen hatte, wild und ungezähmt. Am Zaun drehte sich Derry um und blickte zum Krankenhaus zurück, das er entworfen, gebaut und eingerichtet hatte. Sein Lebenswerk.
Nur selten noch dachte Derry an Jane und das Kind, das mit ihr im Grab lag; im Lauf der Jahre hatte er gelernt, seinen Schmerz zu zügeln. Doch es gab Momente, in denen die Erinnerungen erwachten, die Vergangenheit und die Trauer sich seiner von neuem bemächtigten. Er hatte Jane geliebt; ihretwegen war er auf die Missionsstation gekommen, ihretwegen war er geblieben. Es kam nicht häufig vor, daß er über sein Leben nachdachte, Reflexionen über sich und seine Arbeit anstellte.
Sie verurteilen den Jungen zum Tod, hatte Sondra gesagt. Und sie hatte recht damit. Aber er tat es nur, weil er ihm das Leben nicht geben konnte. Wir sind machtlos, trotz all unseres Wissens und Könnens.

Die Nacht war kalt, ein schneidender Wind wehte, aber Derry spürte es nicht. Seine Gedanken wandten sich Sondra zu, und er wünschte, sie wäre nie auf die Missionsstation gekommen.
Warum geht sie mir so unter die Haut? Warum ist das, was sie sagt, wichtiger als alles, was die anderen sagen? Weil sie mich an mich selber erinnert, wie ich einmal war. Vor einundzwanzig Jahren war er selber jung und idealistisch nach Kenia zurückgekehrt, voller Pläne und Visionen, beschwingt von dem gleichen blinden Optimismus, der jetzt Sondra Mallone zu glauben veranlaßte, sie könne die Welt verbessern. Wann hatte er diese jugendliche Zuversicht verloren, den Kampfgeist und die Lebendigkeit? Wann war dieser müde Zynismus an ihre Stelle getreten? Es war nicht plötzlich geschehen, über Nacht, aufgrund eines einzelnen Ereignisses oder Augenblicks; es war ein langsamer Prozeß der Aushöhlung gewesen. Ohne daß Derry sich dessen bewußt geworden wäre, waren alle Ideale und Hoffnungen allmählich abgebröckelt, bis nur noch eine leere Hülle übriggeblieben war.
Immer noch war sein Blick auf das Krankenhaus gerichtet. In einem der Fenster erschien eine schattenhafte Gestalt mit einer Lampe. Sondra kehrte an Oukos Bett zurück, um bei ihm zu wachen. Derry erinnerte sich an ähnliche Nächte, in denen er selber an Krankenbetten gewacht hatte. Sondra tat ihm leid. Ein harter Schlag wartete auf sie, und er konnte sie nicht davor bewahren.
Der Schrei eines Nachtvogels riß Derry aus seinen Gedanken. Er griff in seine Hemdtasche und zog die Zigarettenpackung heraus. Genug, sagte er sich. Mit Selbstmitleid und der Besorgnis um die zartbesaitete Seele einer naiven jungen Frau ist nichts gewonnen. Morgen war wieder ein harter Tag; Schlaf war jetzt das Wichtigste.
Dennoch wünschte er, während er durch den Hof zu seiner Hütte ging, es gäbe eine Möglichkeit, Sondra den Schmerz zu ersparen.

Sie war gewappnet. Auf Oukos Nachttisch lag alles bereit: das Skalpell, die Klammern und die Gazetupfer, die Trachealkanüle und der Atembeutel zum künstlichen Aufblähen der Lunge.
Die Schwester verweigerte die Hilfe. Sie kannte Derrys Anweisung und traute Sondras Urteil nicht. Als ein lautes Schnarchen vom Nachbarbett einen neuerlichen Krampf bei Ouko auslöste, heftiger und von längerer Dauer als die anderen, arbeitete Sondra deshalb allein.
Seine Lippen wurden blau, seine Haut nahm eine beunruhigende violette Färbung an, und Sondra dachte: Jetzt ist es soweit. Dieser Krampf bringt ihn um.

Ein Knie auf die Bettkante gestützt, beugte sie sich über Ouko und drückte seinen Kopf nach rückwärts. Ihre Hand zitterte, als sie das Skalpell über seinen Hals hielt und einen vertikalen Schnitt bis zum dritten Trachealring machte. Sie zog ihn auseinander, führte die Kanüle ein und blies die Manschette mit einer Spritze Luft auf. Nachdem sie sich vergewissert hatte, daß die Kanüle fest saß, befestigte sie an ihrem Ende den Atembeutel und drückte ein paarmal. Oukos Brust hob und senkte sich mit jedem Druck.

Immer noch zitterten ihre Hände heftig. Sie hatte so wenig Zeit. An seinem Hals und auf dem Laken war Blut, aber er atmete jetzt mit Hilfe des Beutels.

»Schwester!« rief sie, einen weiteren Krampf riskierend. »Helfen Sie mir.«

Die Schwester erschien so rasch, daß Sondra vermutete, sie hatte direkt hinter dem Wandschirm gewartet.

»Kommen Sie her«, sagte sie. »Pumpen Sie, während ich die Blutungen stille.«

Aber die Frau rührte sich nicht.

»Bitte! Ich übernehme alle Verantwortung. Sie werden keine Schwierigkeiten bekommen.«

Die Schwester wich einen Schritt zurück. »Dr. Farrar hat gesagt, wir sollen nichts tun.«

Ouko bekam einen neuen Krampf und hätte Sondra beinahe vom Bett gestoßen. Als seine Brust und seine Hüften in die Höhe gerissen wurden und sein Rücken sich wie ein Bogen wölbte, hörte sie das Knacken seiner Knochen.

»Lieber Gott!« murmelte sie und zwinkerte sich den Schweiß aus den Augen, während sie den Atembeutel festhielt, um zu verhindern, daß er sich von der Kanüle löste. »Schwester! Absaugen bitte! Schnell! Das Blut läuft ihm in die Luftröhre.«

Die Schwester stand in Unschlüssigkeit erstarrt.

»Helfen Sie mir doch!«

Plötzlich war Derry da, stieß die Schwester zur Seite und gab Ouko eine Spritze in den hart angespannten Oberschenkel. Während das Curare seine Wirkung tat und die Muskeln zu lähmen begann, nahm Derry einen Gummikatheter vom Nachttisch, befestigte an seinem Ende die Luftspritze und nickte Sondra zu. Sobald sie den Beutel von der Manschette zog, führte er den Katheter in die Kanüle ein und zog die Spritze zurück. Blut füllte den Glaszylinder. Er entleerte es in ein Becken und saugte nochmals ab. Oukos Muskeln waren inzwischen erschlafft, und

Sondra mühte sich eilig, die Blutungen am Einschnitt zu stillen. Sie und Derry arbeiteten Hand in Hand: Derry saugte ab, machte dann eine Pause, um Sondra ein paarmal mit dem Atembeutel Oukos Lunge blähen zu lassen, saugte dann wieder ab, während sie die Wunde reinigte.

Nach einer Ewigkeit, wie Sondra schien, schoben sie saubere Laken unter den bewußtlosen Jungen und wuschen ihn ab, während sie gleichzeitig seine Atmung mit dem Atembeutel stützten. Als sie fertig waren, und die Schwester die Instrumente wegtrug, setzten sich Derry und Sondra zu beiden Seiten des Bettes. Derry drückte mit kräftiger Hand in rhythmischer Bewegung den Atembeutel, während Sondra Ouko mit dem Stethoskop abhörte.

»Seine Lunge ist in Ordnung«, sagte sie schließlich, lehnte sich zurück und nahm das Stethoskop ab.

»Wie lang war er ohne Sauerstoff?«

»Ich weiß nicht genau. Zwei Minuten, vielleicht auch drei.«

»Dann dürfte nichts passiert sein.« Derry wechselte, um mit der anderen Hand zu drücken, da seine Finger sich mit dem stetigen Auf und Zu zu verkrampfen begannen. »Tja, Doktor, nun gibt es kein Zurück mehr. Jetzt müssen wir durch.«

Sondra sah ihn an. Sein schönes Gesicht war beschattet.

»Wir können die Familie mobilisieren«, sagte sie leise. »Brüder, Schwestern, alle Verwandten. Sie können alle abwechselnd pumpen.«

Derrys blaue Augen waren nachdenklich. »Ich rufe im Krankenhaus in Voi an und frage, ob man uns ein Atemgerät leihen kann. Wenn nicht, versuch' ich's in Nairobi. Wir legen gleich einen Tropf, und dann versuchen wir es mit künstlicher Ernährung durch eine Magensonde.«

Sondra betrachtete Derrys müdes Gesicht. »Es tut mir leid, was ich heute abend gesagt habe. Daß Sie Ouko zum Tod verurteilt haben, meine ich. Ich war so enttäuscht.«

»Ich weiß. Es macht nichts. Ich kenne das selber.«

22

Bei Sonnenaufgang war Ouko immer noch bewußtlos. Sie hatten einen Tropf gelegt, und einer der Mechaniker der Missionsstation, ein kräftiger Mann, saß am Bett und drückte gewissenhaft den Atembeutel.

Als Derry in den Gemeinschaftsraum kam, fand er Sondra müde vor einer Tasse Tee sitzend. Er legte ihr die Hand auf die Schulter. »Legen Sie sich eine Weile hin.«

Sie sah auf und fragte, ob er beim Krankenhaus in Voi etwas erreicht hätte.
»Nein, die können keines ihrer Atemgeräte entbehren. Ich muß nach Nairobi fliegen. Aber ich fliege erst heute abend, wenn Alec wieder da ist. Bis dahin machen wir mit dem Atembeutel weiter.« Er setzte sich zu ihr.
»Die größte Sorge macht mir die Ernährung. Ouko war schon unterernährt, als er uns gebracht wurde. Nur mit dem Tropf wird er nicht lange durchhalten.«
Sondra war erschöpft wie nie zuvor. Nicht einmal während ihrer Assistenzzeit hatte sie sich je so schlapp und erschlagen gefühlt. Und mit der Erschöpfung stellte sich Mutlosigkeit ein. Was habe ich getan? dachte sie. Niemals wird es uns gelingen, Ouko drei Wochen lang am Leben zu halten.
Aber sie sagte Derry nichts von diesem Gedanken. Nicht jetzt, da sie sich auf den Kampf eingelassen hatten. Sondra hatte die ›Kunststückchen‹ vollführt, die Derry verboten hatte, und nun gab es kein Zurück.
»Ich füttere ihn erst, dann leg' ich mich eine Weile hin.«
Derry betrachtete sie. Ein paar schwarze Strähnen lugten unter dem bunten Tuch hervor, in das sie ihr Haar eingebunden hatte. Die Ärmel des weißen Pullovers waren aufgerollt und zeigten ihre braunen Arme.
Zum erstenmal bemerkte Derry, was für ein weiches Profil Sondra hatte: eine hohe Stirn, leicht schrägstehende Augen und hohe Wangenknochen. Doch die Nase war klein und gerundet, ihr Mund war vollippig, das Kinn ausgeprägt. Sie war eine schöne Frau. Das hatte er von Anfang an gesehen. Doch jetzt sah er noch etwas anderes. Bisher war er dafür blind gewesen, aber jetzt, da er sie mit offenen Augen ansah, war es unübersehbar. Derry wußte endlich, warum Sondra Mallone nach Afrika gekommen war.
»Ich füttere ihn«, sagte er. »Und Sie legen sich jetzt hin.«
Sie sah ihn mit einem schwachen Lächeln an. »Ist das ein Befehl?«
»Ja, ein Befehl!«

Zur allgemeinen Freude und Verwunderung entwickelte sich alles sehr zufriedenstellend. Ouko nahm die intravenöse Lösung gut auf, und die Nahrungszufuhr über die Magensonde hatte geklappt. Jetzt, während langsam der Abend kam, schlief Ouko friedlich, frei von Krämpfen. Doch dies war nur der erste Tag.
Draußen auf dem Hof ging es lebhaft zu. Fast die Hälfte von Oukos Stamm, wie es schien, hatte vor dem Krankenhaus Posten bezogen – an die zwanzig Massai hockten auf der Erde und skandierten magische Ge-

sänge. Zu gleicher Zeit hatte Pastor Sanders eine Gebetsgruppe auf der Vortreppe zum Krankenhaus um sich versammelt, die mit Inbrunst Gottes Segen auf Ouko herabflehte.

Diese Aktivitäten wurden von der Rückkehr der drei Safariwagen unterbrochen. Ein paar Minuten lang herrschte Chaos auf dem Hof. Derry rannte zu den Autos, teilte Alec in aller Eile mit, was geschehen war und nahm ihn sogleich mit ins Krankenhaus, wo Sondra einer der Schwestern gerade den Behandlungsplan für Ouko erklärte. Den beiden Männern folgte Rebecca, die Oberschwester.

»Er muß alle zwei Stunden umgedreht werden«, sagte Sondra und demonstrierte mit einer Geste, wie der Junge von einer Seite auf die andere gewälzt werden mußte. »Rückenmassagen sind sehr wichtig. Und Augenspülungen.« Sie hielt ein Fläschchen hoch. »Geben Sie ein paar Tropfen Mineralöl dazu.«

Sondra hielt inne, als sie Derry und Alec in den Saal kommen sah. Alecs Kleider waren staubbedeckt, sein Haar vom Wind zerzaust.

Als die Schwester Rebecca hereinkommen sah, wich sie vom Schreibtisch zurück wie ein Kind, das beim Naschen ertappt worden ist.

»Ich übernehme das jetzt, *memsabu*.« Rebeccas Stimme war kühl und hart.

Sondra wandte sich ihr zu. »Es ist wichtig, daß wir für den Jungen einen strengen Behandlungsplan aufstellen. Sein Zustand ist kritisch. Hier habe ich aufgeschrieben –« Sondra nahm das Blatt Papier, auf dem sie die einzelnen Punkte der Betreuung niedergeschrieben hatte.

Rebecca sah es gar nicht an. Mit ausdrucksloser Miene fixierte sie Sondra. »*Ich* übernehme das jetzt, *memsabu*«, sagte sie noch einmal mit Nachdruck.

»Kommen Sie!« Derry berührte Sondras Ellenbogen. »Sehen wir mal nach ihm.«

Sondra zögerte, den Blick unverwandt auf die feindselige Schwester gerichtet. Doch dann wandte sie sich ab und führte Derry und Alec zu Oukos Bett.

Nach einigen Minuten schweigender Beobachtung des Jungen schüttelte Alec den Kopf. »Ich persönlich hätte das gar nicht erst versucht. Wir können den Jungen doch nicht am Leben halten.«

»Er bekommt Sauerstoff«, sagte Sondra und deutete auf den Sauerstoffbehälter am Kopfende des Bettes.

Wieder schüttelte Alec den Kopf. »Das trocknet ihn doch nur aus.«

»Genau darum fliege ich jetzt nach Nairobi«, bemerkte Derry. »Ich habe nur auf eure Rückkehr gewartet.«

»Sie fliegen jetzt?« fragte Sondra. »Aber es wird doch schon dunkel.«
Er lächelte flüchtig. »Ich habe Erfahrung. Machen Sie sich um mich mal keine Sorgen. Ich lasse das Krankenhaus in Ihrer Obhut, Alec. Sondra hat hier mehr als genug zu tun.«
Er blickte einen Moment lang auf die großen Hände des Massai, der in gleichmäßigem Rhythmus den Atembeutel drückte. Die Brust des Jungen hob sich bei der jeder Einblasung. Derry runzelte die Brauen. Ouko sah nicht gut aus. Er fragte sich, ob er überhaupt noch rechtzeitig aus Nairobi zurück sein würde.
Alec blieb am Bett des Jungen, während Sondra hastig ihr Abendessen hinunterschlang und dann duschte und sich umzog. Ouko mußte rund um die Uhr überwacht werden. Während Sondra sich das feuchte Haar kämmte, stellte sie sich vor, wie ein solcher Fall in Phoenix behandelt werden würde, dachte an all die Geräte und technischen Hilfsmittel, die dort zur Verfügung standen.
Sie, Alec und Derry hatten nur ihre Augen und Ohren.
»Wie geht es ihm?« fragte sie leise, als sie um den Wandschirm herumkam.
In Oukos Nische hatte man abgedunkelt und Teppiche auf den Boden gelegt, um die Schritte zu dämpfen. Der Junge war am frühen Abend einmal aufgewacht, hatte aber bisher keinen weiteren Krampfanfall gehabt.
Alec stand von seinem Stuhl auf, nickte Pastor Thorn zu, der jetzt die Arbeit am Atembeutel übernommen hatte, und ging mit Sondra zusammen durch den Saal nach vorn.
»Mir ist schleierhaft, wie wir das schaffen sollen«, sagte er mit gesenkter Stimme. »Der Tropf reicht niemals aus. Der Junge ist unterernährt. Er wird uns verhungern.«
»Wir haben ihn bisher zweimal über die Magensonde gefüttert, und er hat es gut aufgenommen.«
Doch Alec fand das nicht zufriedenstellend. »Wir brauchen die Geräte, um ständig sein Blut überprüfen zu können. Wir haben keine Ahnung, wie sein Elektrolythaushalt aussieht. Wenn wir ihn ständig mit dem Curare ruhigstellen, bekommt er früher oder später ein Lungenödem. Und wenn wir es absetzen, riskieren wir, daß er an den Krämpfen stirbt. In ein anderes Krankenhaus können wir ihn auch nicht verlegen, weil er für den Transport zu schwach ist. Ich weiß wirklich nicht, Sondra.«
Aber ich weiß es, dachte sie. Ich habe ihn am Leben erhalten, als er kurz vor dem Tod war. Und jetzt ist es an mir, dafür zu sorgen, daß er am Leben bleibt.

Als sie zum Schwesterntisch kamen, blickte Rebecca von der Zeitung auf, die sie gelesen hatte. Ihr Blick war kalt und herausfordernd, als sie Sondra ansah.
»Bitte setzten Sie sich jetzt zu Ouko, Rebecca. Pastor Thorn ist ganz allein mit ihm.«
Demonstrativ richtete Rebecca ihren Blick auf Alec, sah ihn fragend an.
Der nickte müde. »Ja, gehen Sie zu ihm, bitte.«
Sie stand auf und ging.

Um Mitternacht bekam Ouko erneut Krämpfe. Er verlor den Tropf. Sondra arbeitete bis zum Morgengrauen, um einen neuen zu legen. Draußen schimmerten die ersten Sonnenstrahlen, die Missionsstation erwachte langsam zum Leben. Oukos Zustand hatte sich sichtlich verschlechtert.
Alec mußte Sondra zwingen, in ihre Hütte zu gehen und sich niederzulegen. Sie schlief unruhig und erwachte kaum erfrischt vom Brummen der zurückkehrenden Cessna. Als sie eine Viertelstunde später ins Krankenhaus hinüberkam, war das Atemgerät bereits angeschlossen. Ein durchsichtiger grüner Schlauch beförderte feuchten Sauerstoff in Oukos Lunge. Doch sein Zustand hatte sich nicht gebessert. Die Nahrung, die man ihm über die Magensonde zugeführt hatte, hatte er erbrochen.
Es war, wie Derry vorausgesagt hatte: Ouko verhungerte ihnen unter den Händen.

»Du hast dein Möglichstes getan, Sondra«, sagte Alec, der mit ihr an Oukos Bett saß. Es war spät abends, die Missionsstation schlief, Ouko war seit sieben Stunden an das Atemgerät angeschlossen. Niemand konnte Sondra von seinem Bett vertreiben.
Unverwandt war ihr Blick auf das Gesicht des Jungen gerichtet. Ouko sah friedlich aus, wie er da schlafend vor ihr lag. Aber der Schein trog. In seinem Körper tobte der Kampf mit unverminderter Härte, und das Gift gewann langsam, aber sicher die Oberhand.
»Ich gebe nicht auf, Alec«, sagte sie leise. Ihre Stimme war ruhig, ohne Emotion.
Alec nahm ihre Hand. »Sondra, du hast getan, was in deiner Macht stand. Mehr kann man nicht mehr tun. Kein Mensch kann über längere Zeit nur mit intravenöser Ernährung am Leben gehalten werden, das weißt du. Er wird von Tag zu Tag schwächer werden. Wir sind am Ende unserer Kunst angelangt.«

Sondra hörte ihm gar nicht zu. Sie starrte auf Oukos schmalen Brustkorb, der sich regelmäßig hob und senkte. Das Atemgerät erfüllte seine Aufgabe. Die Schwestern sorgten dafür, daß der Junge saubergehalten wurde und sich nicht wund lag. Es mußte doch ein Mittel geben, ihm die Nährstoffe zuzuführen, die er brauchte, um am Leben zu bleiben, bis das Gift sich verbraucht hatte und aus seinem Körper ausgeschwemmt worden war.
Immer noch starrte Sondra auf den kindlich schmalen Körper. Unter der rötlich braunen Haut zeichneten sich die Rippen ab. Das Schlüsselbein trat scharf hervor.
Das Schlüsselbein...
»Alec«, sagte Sondra erregt. »Alec, hast du schon mal von Hyperalimentation gehört?«
»Hm«. Er rieb sich das Kinn. »Ich glaube, ich habe mal was darüber gelesen. Ein experimentelles Verfahren zur künstlichen Ernährung. Vor allem für Frühgeburten gedacht, nicht wahr? Und sehr riskant, wenn ich mich nicht täusche.«
»Hast du schon mal gesehen, wie es gemacht wird?«
»Nein.«
»Aber ich. In Phoenix. An dem Krankenhaus, wo ich gearbeitet habe. Wir hatten da zwei Ärzte, einen Chirurgen und einen Internisten, die auf dem Gebiet Pionierarbeit geleistet haben. Ich habe mehrmals bei dem Eingriff zugesehen.« Sondra entzog ihm ihre Hand und stand auf. »Wir sollten es bei Ouko versuchen.«
»Das kann nicht dein Ernst sein.« Auch Alec stand jetzt auf. »Du hast *zugesehen*, wie es gemacht wird, aber du hast keinerlei praktische Erfahrung. Du willst *hier*, unter diesen Bedingungen, dem Jungen einen Herzkatheter legen? Nach dem, was ich über dieses Verfahren gelesen habe, fehlen uns hier sämtliche Möglichkeiten zur Durchführung.«
Aber Sondra war von dem Gedanken nicht mehr abzubringen. »Bleib bei ihm, Alec. Ich geh' und rede mit Derry.«
Ehe er weitere Einwendungen erheben konnte, war sie gegangen. Er setzte sich wieder auf seinen Stuhl, legte die Finger um Oukos schmales Handgelenk und zählte den schwächer werdenden Puls.
Mitten im Hof, im Schatten des heiligen Feigenbaums, trat Rebecca plötzlich Sondra in den Weg. Sie kam aus den Schatten, als hätte sie auf Sondra gewartet. Ihre Augen hatten einen harten Glanz im Mondlicht.
»Lassen Sie ihn sterben, *memsabu*«, sagte sie leise in einem Ton, der beinahe drohend klang. »Gott ruft ihn. Lassen Sie ihn sterben.«

Einen Herzschlag lang starrte Sondra sie stumm an, dann ging sie weiter zu Derrys Hütte.
Trotz der späten Stunde schimmerte noch Licht im Fenster. Sondra klopfte leise.
»Ich habe eine Idee«, sagte sie auf seinen fragenden Blick. »Und ich glaube, es könnte auch klappen. Haben Sie schon mal von Hyperalimentation gehört?«
Derry runzelte die Stirn. »Was ist das?«
»Ein Verfahren zur intravenösen Ernährung, aber nicht über den üblichen Tropf, sondern über einen Dauerkatheter in der oberen Hohlvene.«
Derry sah sie lange schweigend an. Er hatte nie von diesem Verfahren gehört; die Vorstellung von einem Dauerkatheter in der oberen Hohlvene, dem großen Gefäß, das direkt zum Herzen führte, erschien ihm absurd. Aber ihm entging nicht, daß Sondra wie neu belebt war, und er spürte die frische Energie, die von ihr ausströmte.
»Wie funktioniert das?« fragte er, während er sein Hemd in die Hose stopfte.
»Wir können Ouko nicht über den Tropf ernähren, weil die kleinen periphären Blutgefäße konzentrierte Lösungen nicht vertragen. Aber er braucht konzentrierte Lösungen, um am Leben bleiben zu können. Bei diesem neuen Verfahren hat sich gezeigt, daß die obere Hohlvene die kontinuierliche Infusion einer konzentrierten Nährlösung gestattet, und zwar so lange, wie es notwendig ist. Man hat das Verfahren vor einigen Jahren eingeführt, um Neugeborene mit Verdauungsstörungen am Leben zu erhalten; in Phoenix haben wir es bei Erwachsenen nach komplizierten Darmoperationen angewandt. Derry, mit dieser Methode könnten wir Ouko wochenlang am Leben halten.«
Seine Miene blieb skeptisch. »Haben wir denn die Instrumente für so einen Eingriff?«
»Ich weiß nicht. Aber wir könnten improvisieren.«
»Wie setzen sich die Lösungen zusammen?«
»Die müßten wir selber zusammenstellen. Aber ich denke, daß eine Apotheke in Nairobi uns dabei helfen würde.«
»Wissen Sie, wie man den Katheter einführt?«
Sie zögerte. »Ich habe gesehen, wie es gemacht wird.«
»Und die Risiken?«
Sie breitete die Hände aus. »Da gibt es bestimmt hundert. Aber wenn wir es nicht wagen, stirbt Ouko.«
Gemeinsam gingen Sondra und Derry zum Krankenhaus zurück, vorbei

am Lager der Massai, die um mehrere kleine Feuer hockten und sich eine Mahlzeit aus saurer Milch und Kuhblut teilten.
Im Krankensaal ging es hektisch zu. Ouko war erwacht und hatte einen Krampfanfall bekommen. Wieder hatte er die Infusionskanüle verloren, und beim Husten hatte er Flüssigkeit aus der Lunge hochgebracht. Als Sondra und Derry kamen, waren Alec und Rebecca dabei, die Flüssigkeit aus der Luftröhre abzusaugen und die Infusionsstellen zu verbinden. Sie hatten ihm eine neue Dosis Curare gespritzt, so daß er wieder bewußtlos war.
Alec fuhr sich mit beiden Händen durch das Haar. »Er hat Gefäßkrämpfe. Es ist unmöglich, einen Tropf zu legen.«
Sondra beugte sich über den Jungen, um seine Lunge abzuhorchen. Was sie hörte, gefiel ihr nicht.
»Wir müssen es mit der Hyperalimentation versuchen.« Sie trat zu Alec und Derry am Fußende des Betts, während Rebecca Ouko frische Kissen unterschob.
Derry sah Alec an. Der schüttelte den Kopf. »Ich habe davon gehört, Derry, aber um diesen Eingriff erfolgreich durchführen zu können, müßten wir ideale Bedingungen haben. Die Risiken sind ungeheuer groß. Allein schon durch den Katheter könnten wir es mit Sepsis, Thrombose oder Arythmie zu tun bekommen. Ganz zu schweigen von den Stoffwechselstörungen: Glukosurie, Acidose, Lungenödem.«
Derry sah Sondra mit hochgezogenen Brauen an.
»Ich habe nicht behauptet, daß es risikolos ist.«
»Wie steht es mit dem Eingriff selber? Wie riskant ist der?«
»Es könnte passieren, daß wir das Brustfell anstechen, und die Lunge kollabiert. Wir könnten glauben, in einem Gefäß zu sein, während wir in Wirklichkeit im Pleurasack sind und ihm den Brustraum mit Massen von Flüssigkeit vollpumpen. Wir könnten auch eine Arterie treffen, dann ist er sofort tot. Aber –« Sie wies mit der Hand auf den schlafenden Jungen – »wenn wir nichts tun, lebt er nicht mehr lang.«
Derry schwankte. Sollte sie Ouko weiteren Qualen unterziehen, die vielleicht sein Leiden nur verlängerten? War es den Menschen draußen vor dem Haus gegenüber fair, ihnen Hoffnungen zu machen?
Er sah Sondra an, sah ihren flehenden Blick und sagte: »Also gut, versuchen wir's.«

23

Sie hatten weder die erforderlichen Instrumente noch die richtig ausgewogenen Nährlösungen; sie verfügten weder über die für einen solchen Eingriff notwendigen keimfreien Bedingungen, noch über Mitarbeiter mit einschlägiger Erfahrung, aber das konnte die drei Ärzte auf der Uhuru Missionsstation nicht von ihrem Unternehmen abhalten.
Sondra arbeitete die ganze Nacht, um mit viel Improvisation alles für den Eingriff vorzubereiten. Derry hatte ihr zwar befohlen, wenigstens ein paar Stunden zu schlafen; aber sie war viel zu aufgedreht, um Ruhe zu finden.
Instrumente und Geräte hatte sie rasch beisammen, da nichts Außergewöhnliches gebraucht wurde. Sorge machte ihr die Keimfreiheit. Bei einem geöffneten Blutgefäß bestand immer die Gefahr der Infektion. Sobald der operative Eingriff selbst abgeschlossen, der Katheter in die obere Hohlvene eingeführt und verankert war, würde eine ständige Beobachtung dieser Stelle, notwendig sein. Der Katheter durfte nicht verschoben werden oder unter Spannung geraten, Katheter und Wunde mußten stets absolut saubergehalten werden, die Nährlösungen mußten unter sterilen Bedingungen zugeführt werden, und Ouko mußte rund um die Uhr beobachtet werden.
All diese Aufgaben würden die Schwestern übernehmen müssen.
Während die Missionsstation schlief und die Massai draußen ihre leisen Gesänge in die Nacht sandten, legte Sondra die Instrumente zurecht, die sie für den Eingriff brauchen würden. Sie kochte alles im altmodischen Autoklav des Krankenhauses dreimal aus, um sicher zu sein, daß es keimfrei war.
Während Sondra im Krankenhaus an der Arbeit war, beriet sich Derry mit der Notaufnahmestation eines Krankenhauses in Nairobi. Die Formel für die konzentrierte Nährlösung, die Ouko zugeführt werden sollte, war keine einfache Sache; in Zusammenarbeit mit dem Pharmazeuten in Nairobi bestimmte Derry den Bedarf an Vitaminen, Proteinen, Electrolyten, Zucker und Salz sowie Oukos täglichen Kalorienbedarf. Die sterilen Lösungen, sagte man ihm, würden am Spätnachmittag des folgenden Tages für ihn bereit sein. Derry wollte sie mit dem Flugzeug abholen.
Bei Tagesanbruch operierten sie.
Da Ouko möglichst wenig bewegt werden sollte, einigten sie sich darauf, ihn in seinem Bett zu lassen, und den Eingriff dort vorzunehmen. Sie stellten noch einen Wandschirm auf und verhängten ihn mit sauberen Laken. Alec setzte sich mit dem Stethoskop hinter Oukos Kopf, um Puls

und Herz zu überwachen. Derry und Sondra standen sich auf beiden Seiten des Bettes gegenüber. Und am Fußende stand Rebecca, schweigend und aufmerksam, die dunklen Augen über dem Mundtuch unergründlich.

Nachdem Sondra und Derry sich Gummihandschuhe übergezogen hatten, bedeckten sie Ouko mit keimfreien Tüchern. Nur über dem Schlüsselbein des Jungen blieb ein kleines Quadrat jodroter Haut frei.

Als das getan war, sah Sondra zuerst zu Alec, der ihr mit einem Nicken bestätigte, daß Puls und Herzschlag stabil waren, dann zu Derry, dessen Blick ernst war, aber frei von Zweifel. Sie nahm die Spritze mit der langen Hohlnadel und sagte leise: »Zuerst muß ich jetzt die Unterschlüsselbeinvene finden. Durch die führen wir den Katheter ein.«

Die drei Ärzte blickten auf das kleine Viereck rötlich brauner Haut, das sich mit den Atemzügen kaum merklich hob und senkte, Oukos Halsvenen waren angeschwollen; man hatte das Fußende des Bettes mit Holzklötzen leicht angehoben, damit das Blut sich in den oberen Gefäßen sammeln konnte. Die Unterschlüsselbeinvene würde so leichter zu finden sein. Sondra hatte plötzlich Angst. Wenn sie nun statt einer Vene eine Arterie traf...

Dennoch war ihre Hand ruhig, als sie behutsam unter dem Schlüsselbein entlangtastete. Als sie jene Stelle gefunden hatte, wo das Schlüsselbein mit dem Brustbein verbunden ist, senkte sie die Nadel zur Haut hinunter. Dann zögerte sie. Ihr Mund war wie ausgetrocknet. In ihren Ohren dröhnte es. Mehrmals hatte sie bei diesem Eingriff zugesehen, aber ihn jetzt mit eigener Hand vorzunehmen –

Sie stieß die Nadel in die Haut. »Derry«, murmelte sie.

Sofort griff er herüber und hielt den schweren Glaszylinder am Ende der Nadel ruhig. Während Sondra langsam und vorsichtig die Nadel tiefer schob, folgte Derrys Hand, die den Zylinder umfaßt hielt, der ihren.

»Zurückziehen«, sagte sie.

Derry drückte den Zylinder leicht nach oben; es kam nichts.

Sie warteten auf Blut; dunkles Blut, das ihnen sagen würde, daß die Nadel in der Vene war. Wenn gar nichts kam, hieß es, das sie ihr Ziel verfehlt hatten; kam Luft, so bedeutete es, daß sie einen Lungenflügel getroffen hatten; und wenn sie helles, pulsendes Blut ansogen...

Sondra schluckte. Die Fingerspitzen auf dem Handgriff, trieb sie die Nadel immer tiefer in Oukos Brust. Sie spürte, wie ihr Schweißperlen auf die Stirn traten.

»Zurückziehen, bitte«, murmelte sie.

Derry drückte den Glaszylinder hoch. Nichts.
Rebecca stand unbewegt am Fuß des Bettes und beobachtete die Vorgänge mit unergründlichem Blick.
Alec hörte Oukos Herz ab.
»Zurückziehen«, sagte Sondra.
Noch immer nichts.
Sie begann zu zittern. Jetzt mußte sie doch angekommen sein! War sie vielleicht schon zu tief? Sie befand sich gefährlich nahe an Oukos rechter Lungenspitze. Soll ich die Nadel herausziehen und es noch einmal versuchen, aus einem anderen Winkel?
»Zurückziehen!«
Der Glaszylinder blieb leer.
Ihre Hände erstarrten. Sie konnte nicht weiter. Aber sie konnte auch nicht herausziehen. Es ist etwas schiefgegangen! Ich hätte das nicht versuchen sollen!
Sondra flüsterte: »Ich glaube, ich kann nicht –« Da umfaßte Derry ihre Hand und führte die Nadel tiefer, und als er diesmal den Stempel zurückzog, stieg eine Welle rostroten Blutes im Zylinder auf.
Die vier am Bett atmeten zu gleicher Zeit auf.
»Gut«, sagte Sondra und holte einmal tief Luft. »Wir sind in der Unterschlüsselbeinvene. Jetzt müssen wir den Katheter durch die Nadel einführen und in der oberen Hohlvene placieren.«
Während Derry die Spritze hielt, nahm Sondra feinen Kunststoffschlauch, glättete ihn und spannte ihn über Oukos Brust. Nachdem sie die rote Linie vermerkt hatte, die die Entfernung zum Herzen markierte, sagte sie: »Bitte die Spritze entfernen, Derry.«
Ein wenig Blut quoll heraus, als die Spritze von der Nadel gezogen wurde. Sondra tupfte es ab und ging dann daran, den dünnen Schlauch in die Kanüle einzuführen. Ihre Hände zitterten jetzt. Wenn sie sich vertan hatte, konnte der Schlauch ins Herz gehen oder in den Hals hinauf und würde Ouko töten.
Sondra und Derry arbeiteten Hand in Hand. Während der Schlauch langsam tiefer in die Hohlnadel glitt, neigte sich Alec mit gespannter Aufmerksamkeit vor. Das Stethoskop in den Ohren, die Hände unter den Tüchern auf Oukos Brust, horchte er auf ein erstes Anzeichen einer Störung im Herzen.
Von Sondras und Derrys Fingern geführt, schob sich der Schlauch immer weiter hinein, und als endlich die rote Markierungslinie auf gleicher Höhe mit der Haut war, hielt Sondra inne und sagte: »Jetzt müßten wir angekommen sein.«

Sie starrten alle drei auf das rotbraune Fleckchen Haut, als könnten sie hindurchsehen und die große Vene darunter entdecken.
Selbst Rebecca beugte sich vor, als wolle auch sie ins Innere von Oukos Brustkorb hineinsehen. In ihren Augen blitzte es, als sie wieder zurücktrat.
Sondra sah Alec an. »Was macht das Herz?«
»Hört sich gut an. Keine Arhythmie.«
Sie blickte zu Derry hinüber. »Sollen wir die Nadel jetzt herausziehen?« fragte sie.
Sie verankerten den Katheter mit schwarzer Seide an der Haut und verbanden die Stelle dann mit Gaze und Pflaster. Nachdem Sondra ihre Handschuhe ausgezogen hatte, schloß sie das Ende des Schlauchs an einer Tropfflasche an und machte den Hahn auf. Die Infusion begann.
Derry kam um das Bett herum, nahm Sondra beim Arm und sagte leise: »Kommen Sie, gehen Sie jetzt rüber und legen Sie sich hin. Alec und ich machen hier weiter.«
Die Erschöpfung der letzten drei Tage holte sie ein, als sie sich in ihrer Hütte voll angekleidet auf ihr Bett fallen ließ. Im Nu war sie eingeschlafen. Derry ließ sie nicht, wie sie verlangt hatte, um die Mittagszeit wekken, und als sie schließlich in der Dunkelheit erwachte, brauchte sie einen Moment, um sich zu orientieren. Draußen war alles still.
Dann fiel es ihr wieder ein. Ouko!

Im Krankensaal war es dunkel, die Patienten schliefen. Am Schwesterntisch saß vor der aufgeschlagenen Bibel die Nachtschwester. Als Sondra zu Oukos Bett ging, fand sie Derry dort.
»Wie geht es ihm?« fragte sie, um den Wandschirm herumkommend.
Beinahe erschreckt, drehte sich Derry um. »Sie sind wach.«
»Wie geht es Ouko?«
»Soweit gut.« Derry wies zu der Flasche mit der Nährlösung hinauf, die an den Katheter angeschlossen war. »Die hab' ich vorhin aus Nairobi mitgebracht. Wenn wir alles richtig berechnet haben und mit dem Katheter keine Probleme bekommen, müßte das Ouko lange genug am Leben halten.«
Sondra betrachtete die Infusionsflasche. Unmittelbar nach der Operation hatten sie Ouko eine Traubenzuckerlösung gegeben, um sich zu vergewissern, daß der Katheter funktionierte. Die Nährlösung, die jetzt hier hing, war nicht einfach herzustellen gewesen, und es war auch nicht erwiesen, ob sie wirklich wirken würde; das würde sich erst mit der Zeit herausstellen.

»Morgen werden wir wissen, ob es hilft« sagte Derry und wandte sich Sondra zu. Dicht nebeneinander standen sie im Halbdunkel des stillen Raumes. »Wir fangen mit einer Flasche pro Tag an und steigern die Menge, wenn er es verträgt.«
Er hielt inne und sah sie mit einem merkwürdigen Blick an. Er öffnete den Mund, als wolle er noch etwas sagen, aber dann überlegte er es sich anders und sah auf den schlafenden Jungen hinunter. »Ich habe Rebecca gesagt, dafür zu sorgen, daß immer eine Schwester hier sitzt«, bemerkte er. »Und ich habe ihr gesagt, daß sie und die anderen ihre Anweisungen direkt von Ihnen entgegennehmen sollen.«

Ouko wurde zum Mittelpunkt in der Missionsstation. Die anderen Patienten behandelte man wie immer; den Massai-Jungen ließ man keinen Moment aus den Augen. Sein Zustand blieb kritisch.
Vier Tage nach dem Eingriff entzündete sich die Haut um den Katheter herum, und die ganze Vorrichtung mußte erneuert werden. In den Zeiten, wo Ouko bei Bewußtsein war, erlitt er so heftige Krämpfe, daß man ihn jedesmal verloren glaubte. Am zehnten Tag war in seiner Lunge ein beunruhigendes Glucksen zu hören, und man setzte ihn auf Antibiotika, um einer Lungenentzündung vorzubeugen. Die Schwestern sorgten dafür, daß Ouko immer sauberes Bettzeug hatte und täglich mehrmals umgebettet wurde, damit er sich nicht wund lag. Pastor Sanders betete jeden Morgen an seinem Bett, und abends flehte die Gebetsgruppe bei Kerzenlicht Gottes Segen auf ihn herab.
Er verlor beängstigend an Gewicht. Die Formel der Nährlösung wurde geändert, die Kalorienzahl erhöht. In seinem Urin fand sich Zucker. Wieder wurde die Zusammensetzung der Nährlösung verändert. Wenn er es vertrug, fütterte man ihn über die Magensonde mit Sahne und Ei. Sein Harnkatheter entzündete sich und mußte ausgetauscht werden; wieder bekam er Antibiotika. Die Lungenentzündung blieb hartnäckig; immer wieder mußte durch die offene Luftröhre Flüssigkeit abgesaugt werden. Immer war jemand an seinem Bett.
Am achtzehnten Tag endlich, zwei Wochen und vier Tage seit dem Nachmittag, an dem sein Vater ihn gebracht hatte, blieb Ouko vierundzwanzig Stunden lang ohne einen Krampfanfall bei Bewußtsein. Der Luftröhrenkatheter wurde entfernt.
Am neunzehnten Tag wurde der Infusionskatheter entfernt.

Sondra hatte am nächsten Morgen eine Amputation vor sich; sie mußte einem Taita-Ältesten den völlig von Geschwüren zerfressenen Fuß ab-

nehmen. Während sie im Labor die letzten Vorbereitungen für die bevorstehende Operation traf, kam Alec herein.
»Wie wär's mit einem Spaziergang vor dem Abendessen?« fragte er.
Es war ein schöner Februarabend. Der im Glanz der untergehenden Sonne flammende Himmel begann langsam zu verblassen, und vom Horizont zog mit samtigem Lavendelblau der Abend herauf. Auf der Station wurde überall mit verstärktem Eifer gearbeitet; man wollte das letzte bißchen Tageslicht noch nützen.
Sondra mochte Alec MacDonald. Er strahlte eine ruhige Sicherheit aus. Sie mochte sein warmes Lächeln und seine Ungezwungenheit, und den feinen Geruch nach Old Spice und Pfeifentabak, der ihn immer begleitete.
»Ich habe mir vorhin den alten *Mzee* Moses noch einmal angesehen«, bemerkte Alec, als sie an dem alten Feigenbaum vorübergingen. »Er spuckt kein Blut mehr, und seine Lunge hört sich normal an. Gott sei Dank.«
Sondra nickte und schob die Hände in die Taschen ihrer dicken Wolljacke. Sie schwiegen eine Weile, während sie unter Jacarandabäumen und Bougainvillea dahingingen.
»Jetzt wird bald die Regenzeit kommen«, bemerkte Alec, der das Schweigen nicht recht auszuhalten schien. »Man kann das versengte Gras riechen, das die Massai abgebrannt haben.«
Sondra wechselte hier und dort einen Gruß mit Leuten, an denen sie vorüberkamen. Sie hielt nach Derry Ausschau, aber der war nirgends zu sehen.
Nach ein paar Minuten merkte sie, daß Alec sehr geschickt das Gespräch vom Wetter auf seine Heimat gelenkt hatte.
»Wir haben manchmal eisige Stürme. Wenn man wie du aus Arizona kommt, findet man die Inseln da oben am Ende der Welt wahrscheinlich rauh und primitiv. Aber sie besitzen auch eine ganz seltene Schönheit. Ich glaube sicher, es würde dir dort gefallen.«
Als sie zu der kleinen Kirche kamen, blieb Alec im letzten Sonnenlicht stehen und wandte sich ihr zu.
»Ich weiß nicht, wie ich anfangen soll, Sondra«, sagte er ein wenig hilflos. »Seit Tagen schlage ich mich damit herum und immer wieder lande ich beim Wetter.«
Sie sah ihn fragend an.
Er legte ihr die Hände auf die Schultern und sah ihr in die Augen.
»Ich möchte dich bitten, mich zu heiraten«, sagte er leise. »Ich möchte dich bitten, mit mir nach Schottland zu gehen.«

Sondra blickte ihn wortlos an. Plötzlich konnte sie vor sich sehen, was Alec beschrieben hatte: die Inseln in ihrer kargen Schönheit, das uralte Haus, in dem die Familie seit Generationen lebte, die Brüder und Schwestern, das behagliche Leben der Sicherheit und Geborgenheit im Schoß einer großen Familie, das er ihr bot.
»Du brauchst mir nicht gleich eine Antwort zu geben, Sondra. Ich weiß, es kommt dir überraschend. Ich will dich nicht unter Druck setzen. Wir haben hier noch sieben Monate. Da bleibt dir genug Zeit, es dir zu überlegen. Ich kann dir nur sagen, daß ich dich sehr liebe und für immer mit dir zusammensein möchte.«
Er neigte sich zu ihr, um sie zu küssen, und Sondra wehrte ihn nicht ab. Doch als er sie näher an sich zog, sein Kuß leidenschaftlicher wurde, tauchte Derrys Bild vor ihr auf. Er war stets in ihren Gedanken und ihren Träumen. Es war nicht recht, Alec zu küssen, ihm falsche Hoffnungen zu machen.
Schritte klangen durch die abendliche Stille. Sondra und Alec trennten sich, und Derry, der eben um die Ecke der Kirche gekommen war, blieb stehen. Einen Moment zögerte er, dann sagte er, als hätte er nichts bemerkt: »Ich habe Sie gesucht, Sondra. Es möchte Sie jemand sprechen.«
Sie folgte ihm, begleitet von Alec, durch den Hof, und als er ins Krankenhaus hineinging, fragte sie sich, zu wem er sie bringen würde. Die Antwort bekam sie, sobald sie in den Saal trat.
Hinten am anderen Ende wartete Ouko, der neunzehn Tage lang von allem Leben im Krankenhaus abgeschirmt gewesen war. Die Wandschirme waren entfernt worden; der kleine Junge saß aufrecht in seinem Bett und aß den Haferschleim, mit dem Rebecca ihn fütterte.
Als die drei Ärzte sich näherten, hörte Ouko zu essen auf und sah ihnen mit großen Augen entgegen. Rebecca wischte ihm das Kinn mit einer Serviette ab.
»Hallo, Ouko«, sagte Sondra lächelnd.
Der Junge erwiderte das Lächeln. Er war immer noch erbärmlich dünn und zu schwach, um selber einen Löffel zu halten, aber seine Augen und sein Lächeln waren voller Lebendigkeit.
»Ouko«, sagte Derry im Dialekt der Massai. »Das ist die *memsabu*, die dich wieder gesundgemacht hat.«
Der Junge wurde tiefrot und murmelte leise ein paar Worte.
Derry wandte sich zu Sondra. »Ouko dankt Ihnen. Er sagt, er wird Sie niemals vergessen.«
Sondra spürte, wie ihr die Tränen kamen. Im selben Moment stellte

Rebecca die Schale mit dem Haferschleim weg, stand auf und sah Sondra mit klarem Blick an. »Haben Sie neue Anweisungen zu Oukos Betreuung?«
Einen Moment lang war Sondra sprachlos. Rebecca war bei Oukos Pflege unermüdlich gewesen, hatte mehr Zeit am Bett des Jungen verbracht als alle anderen Schwestern. Sie war es gewesen, die die ersten Anzeichen der Lungenentzündung entdeckt hatte; sie hatte dafür gesorgt, daß Ouko stündlich im Bett herumgedreht wurde, hatte darauf geachtet, daß der Katheter dabei nicht verschoben wurde. Sie war eine gute, zuverlässige Frau, eine Krankenschwester wie jeder Arzt sie sich nur wünschen konnte.
»Tun Sie, was Sie für richtig halten, Rebecca«, antwortete Sondra.
Der Schatten eines Lächelns huschte über Rebeccas dunkles Gesicht. »Ja, *memsabu*«, sagte sie und nahm ihren Platz wieder ein.
Während Alec zum alten *Mzee* Moses ging, um noch einmal seine Brust abzuhören, gingen Derry und Sondra hinaus. Es begann jetzt dunkel zu werden. Ein leichter Wind war aufgekommen. Die Luft roch nach den Ausdünstungen der Tiere, nach Blumenduft und versengtem Gras. Derry blieb stehen und sah zu den dunklen Bergen hinaus.
»Ich fahre in ein paar Tagen nach Norden auf Safari«, sagte er. »Ins Massai-Land. Wollen Sie nicht mitkommen?«

24

Sie hatten eine Fahrt von weit mehr als sechshundert Kilometern vor sich. In Nairobi wollten sie Station machen, um Medikamente abzuholen. Sondra fuhr zusammen mit Derry im ersten Auto; im zweiten folgte Pastor Thorn mit Kamante; im dritten Fahrzeug saß nur Abdi, der Suaheli Fahrer.
Die drei Wagen rollten schwankend über die holprige, staubbedeckte Straße von der Missionsstation zur Verbindungsstraße zwischen Moshi und Voi, die pfeilgerade durch flaches rotes Wüstenland schnitt, das nur hier und dort von kleinen Gruppen grüner Bäume und mannshohen Dornbüschen gesprenkelt war. Als sie die Straße nach Mombasa erreichten und sich nach Norden wandten, begann der Tag schon warm zu werden. Zu beiden Seiten der Straße dehnte sich brettebene, rostrote Einöde, deren Monotonie nur gelegentlich von einem Lavabrocken oder einem merkwürdigen Baum unterbrochen wurde, der aussah, als streckte er nicht seine Krone, sondern seine Wurzeln zum Himmel hinauf.

»Der Affenbrotbaum«, erläuterte Derry. »Die Afrikaner glauben, daß der Baum Gott einst so zornig machte, daß er ihn herausriß und verkehrt herum wieder in die Erde stieß. Und genauso sieht es ja auch aus. Die Afrikaner behaupten, die Äste, die man sieht, seien in Wirklichkeit die Wurzeln, während Zweige und Blätter unter der Erde wüchsen.«
Von der Legende über den Affenbrotbaum kam Derry auf andere Mythen und Sagen, und als sie kurz vor Mittag Nairobi erreichten, wußte Sondra mehr über Kenia und seine Bewohner als sie in den vergangenen fünf Monaten gelernt hatte.
Nach einem angenehmen Mittagessen im neuen Stanley Hotel, holten sie im Forschungszentrum der Weltgesundheitsorganisation die bestellten Medikamente ab, dann fuhren die drei Wagen auf einer verkehrsreichen Straße wieder aus der Stadt hinaus. Derry wurde zusehends lebhafter und lebendiger und unterhielt Sondra mit immer neuen Geschichten und Anekdoten.
Sie war fasziniert von dieser Veränderung in seinem Wesen. Nie zuvor hatte sie ihn so heiter und angeregt erlebt.
Sie folgten einer von Schlaglöchern durchsetzten Straße zwischen kleinen Farmen und Plantagen hindurch. Die Afrikaner nannten sie ›Mussolinis Rache‹, weil sie von italienischen Kriegsgefangenen gebaut worden und in katastrophalem Zustand war. Etwa eine Stunde nach Nairobi erreichten sie auf kurvenreicher Straße das Dorf Kijabe. Sie waren jetzt auf mehr als 2000 Meter Höhe, und hinter der letzten Kurve bot sich ihnen ein atemberaubender Blick auf das Great Rift Valley [sog. Afrikanischer Grabenbruch].
»Da unten war die Ranch meines Vaters«, sagte Derry. »Da bin ich aufgewachsen.«
Er hielt das Auto an, stieg aus, und öffnete ihr die Tür. »Sie müssen sich das ansehen.«
Tief unten zu ihren Füßen lag in einer von mauvefarbenen Hügeln geschützten Mulde ein weizengelbes Tal, ein Flickenteppich von Feldern und Weiden, über denen vom kühlen Wind getragen Adler kreisten.
Sondra war wie gebannt.
»Ich habe die Ranch dort unten vor Jahren verkauft«, bemerkte Derry. »In unserem früheren Wohnhaus ist jetzt eine *harambee* Schule.«
Sondra drehte den Kopf, um Derry anzusehen. Sie bemerkte, wie sein Blick das ganze Tal in sich einschloß, und sie erkannte auf seinem Gesicht die innere Bewegtheit.
Es machte sie beinahe ein wenig verlegen, ihn so weich und offen zu sehen, verletzlich fast; zugleich aber war sie froh, daß er ihr diesen Blick

in sein Innerstes erlaubte. Dieses wilde, ungezähmte Land weizenheller Täler und grüner Hügel war der Schlüssel zu Derry Farrars Wesen. Ihm fühlte er sich zugehörig. Sie glaubte beinahe, die Sehnsucht seiner Seele zu spüren, hinauszufliegen und das Land zu umarmen wie der heimkehrende Sohn seine Familie. Sie beneidete ihn. Derry hatte seinen Ort gefunden. Er wußte, wer er war und wohin er gehörte.
Am späten Nachmittag erreichten sie Norok, eine Siedlung aus Löschbetonhäusern mit Wellblechdächern im Schatten hoher Akazien. An der einzigen Tankstelle drängten sich die Safarifahrzeuge der Touristen. Die drei Autos hielten vor dem kleinen Warenhaus des Ortes, um Benzin zu kaufen.
Derrys Bewegungen hatten den Schwung eines jungen Mannes, als er in den Laden ging. Sein ganzes Verhalten, selbst seine Körperhaltung hatten sich nach dem kurzen Aufenthalt in Kijabe verändert. Er lachte und scherzte mit dem indischen Ladenbesitzer, der hinter der Theke stand, schwatzte kurz mit einer Gruppe alter Massai und drückte Sondra gutgelaunt eine Flasche eisgekühltes Bier in die Hand. Er ist heimgekommen, dachte sie.
Hinter Narok ging der Asphalt in Schotter über, und als die Wagen im späten Licht in Richtung zur Keekorok Safari Lodge abbogen, gelangten sie auf eine Piste, die nur aus zwei tiefen Furchen im üppig wuchernden Gras bestand. Die Ebenen, die vor ihnen lagen, waren in kupferrotes Licht getaucht, und die Akazien warfen lange Schatten. Ein Rudel Löwen, das gesättigt im Schatten eines Dornbuschs döste, rührte sich kaum, als die drei Fahrzeuge vorüberratterten.
Nach knochenschüttelnder Fahrt erreichten die drei Fahrzeuge einen Bach, einen kleinen Zufluß zum Mara-Fluß. Nachdem Derry eine Gruppe gelbstämmiger Akazien entdeckt hatte, die ihnen als Freilicht-Krankenhaus dienen konnte, stellten sie die drei Autos in einem Kreis um die Bäume und schlugen ihr Lager auf.
Später aßen sie im Schutz des großen Moskitonetzes vor dem Zelt ihr Abendessen, das aus Wels, den Kamante im Bach gefangen hatte, gekochten Kartoffeln und einer würzigen Soße bestand.
»Morgen werden die ersten Patienten kommen«, bemerkte Derry. Er zündete sich eine Zigarette an und lehnte sich, die langen Beine ausgestreckt, in seinem Klappsessel zurück. »In diesem Teil des Landes leben die Massai weit verstreut, aber sie haben ihr eigenes Kommunikationssystem. Ich bin sicher, wir werden morgen gleich in aller Frühe eine Menge zu tun bekommen.«
Sondra trank aus ihrer Blechtasse einen Schluck Kaffee, während sie zu-

sah, wie Kamante das offene Lagerfeuer löschte. Pastor Thorn schlief bereits selig unter dem Moskitonetz, das von einem Ast des Baumes herabhing. Auf der anderen Seite der kleinen Wagenburg stand das Zelt, das bei Tag als Ambulanz dienen und bei Nacht Sondras Schlafzimmer sein sollte. Derry würde im Küchen- und Vorratszelt schlafen, während die beiden Fahrer draußen unter den Bäumen nächtigten.
Sie lauschte in die tiefe Stille hinein, an die sie sich längst gewöhnt, ja, die sie lieben gelernt hatte.
»Was ist das für ein Geräusch?« fragte sie.
Derry lauschte einen Moment. »Das ist der Ruf des Honigkuckucks. Das ist ein niedlicher kleiner Vogel, der leidenschaftlich gern Honig frißt. Nur ist sein Schnabel so zerbrechlich, daß er den Honig nicht selber aus den Waben picken kann. Darum ruft er um Hilfe. Manchmal hilft der Honigdachs, manchmal hilft der Mensch. Man braucht dem Honigkuckuck nur zu folgen. Er führt einen zum Stock. Da nimmt man sich so viel Honig, wie man haben will, und läßt ihm den Rest.«
»Wie praktisch«, meinte Sondra lächelnd.
Derry zog tief an seiner Zigarette und blies langsam den Rauch in die Luft.
»Ja«, sagte er, »das war einmal. Jetzt, wo der Mensch Bonbons und Schokolade hat, um seinen Appetit auf Süßigkeiten zu stillen, braucht er den Honig nicht mehr. Jetzt ruft der Honigkuckuck umsonst.«
Sondra verspürte eine leichte Trauer; Trauer um den Honigkuckuck, der nun vergeblich rief, Trauer um ein vergangenes Afrika und um die verlorene Kindheit eines Mannes.
»Ich hoffe der alte Seronei kommt«, sagte Derry, das Thema wechselnd. »Das ist ein Massai, der viele Legenden wert wäre. Einen edleren und würdigeren Häuptling kann man sich kaum vorstellen. Er war letztes Jahr in dieser Gegend, aber sein *enkang* kann inzwischen schon wieder weit fortgezogen sein.«
Sondra hörte Derrys Sessel knarren, als er aufstand und zum Moskitonetz ging. Erst spähte er einen Moment durch das Netz hinaus, dann öffnete er es einen Spalt und sah zum Himmel hinauf.
»Wo sie wohl sind?« murmelte er vor sich hin.
»Wer?«
»Die Slums des Himmels.« Er lachte kurz auf. »Denn da komme bestimmt ich einmal hin.«
Sie betrachtete ihn, registrierte jede Linie seines Körpers, der sich umrißhaft aus der Dunkelheit hob.
»Da oben ist ein neuer Stern«, sagte er leise. Er drehte sich nach ihr um.

Sondra stellte ihre Tasse weg und ging zu ihm.
»Sehen Sie?« sagte er und wies zum schwarzen Himmel hinauf. »Das winzige Licht da, das sich ein wenig schneller bewegt als die anderen.«
Sondra sagte, »Ja«, aber in Wahrheit sah sie nichts als Myriaden von Sternen, die wie achtlos hingestreut am samtigen Nachthimmel leuchteten. Derry machte sie auf Dinge aufmerksam, die sie nicht sehen konnte; die sie nicht sehen wollte, da sie in diesem Zufallsuniversum keine Ordnung finden wollte.
»Da«, sagte er leise. »Da können Sie das Kreuz des Südens erkennen. Es ist das Tor nach Tansania und zur südlichen Hemisphäre. Da drüben ist der Große Bär. Er steht auf dem Kopf. Und direkt über Ihrem Kopf, Sondra, schauen Sie –« Er legte ihr die Hand auf den Rücken – »das ist der Zentaur, und da sind Alpha und Beta.«
»Wo ist der neue Stern, von dem Sie eben sprachen?«
»Gleich da drüben, dicht bei den Pleiaden. Es ist ein Nachrichtensatellit. Wenn man den afrikanischen Nachthimmel so gut kennt wie ich, sieht man sie leicht.«
Er senkte den Kopf und sah sie mit einem schwachen Lächeln an. »Sie lieben Afrika, nicht wahr?«
»Ja.«
Er zögerte einen Moment, dann sagte er nur:
»Wir sollten uns jetzt schlafen legen. Sobald die Massai hören, daß wir hier sind, wird's hier lebendig werden.«

Der Morgen war herb und kühl. Sondra nahm ein herzhafteres Frühstück zu sich, als es sonst ihre Gewohnheit war. Sie hatte gut geschlafen, ruhig und ohne Träume, und hatte sich nach dem Erwachen mit dem frischen Wasser gewaschen, das einer der Fahrer im Bach geholt hatte.
Während die Fahrer noch dabei waren, das Geschirr zu spülen und das Lager in ein Feldkrankenhaus umzufunktionieren, erschienen die ersten Massai.
Scheu blieben sie einige Meter vor dem Lager stehen: hochgewachsene junge Krieger, die sich auf ihre Speere stützten, mit langem geflochtenen Haar und schlanken, rot bemalten Körpern, die in der Morgensonne glänzten; schöne, langgliedrige Mädchen in Umhängen aus gegerbter Kuhhaut, mit nackten Brüsten und kahlgeschorenen Köpfen, auch ihre Körper rot gefärbt, so daß sie wie Standbilder aus rotem Zandelholz glänzten, bunte Perlenketten um Hals, Arme und Fesseln. Ältere Frauen mit kleinen Kindern und Säuglingen auf dem Rücken oder an der nackten Brust schwatzten miteinander wie muntere Vögel, tauschten lächelnd

und lebhaft gestikulierend die letzten Neuigkeiten aus. Alte Männer kauerten schon auf der Erde und gruben die Löcher für das Spiel, das sie den ganzen Tag lang spielen würden. Die Kinder, mit geschorenen Köpfen wie alle Massai außer den jungen Kriegern, spielten nackt im Sand oder hielten sich an den Umhängen ihrer Mütter fest, während sie mit großen runden Augen die *wazungu* anstarrten.

Innerhalb einer Stunde hatte sich eine große schwatzende, lachende Menge angesammelt – wenn der weiße Mann sein Baumkrankenhaus aufschlug, war das immer willkommener Anlaß zu Abwechslung und Unterhaltung.

Pastor Thorn stellte sich unter einen Baum und begann aus der Genesis vorzulesen. Nur wenige hörten ihm zu; die ganze Aufmerksamkeit der Eingeborenen gehörte der weißen Frau.

Sondra, die damit beschäftigt war, auf dem Klapptisch Thermometer, Medikamente und Spritzen zurechtzulegen, merkte es erst, als sie sich umdrehte. Fragend blickte sie Derry an, als sie aller Augen auf sich gerichtet sah.

»Was ist los?«

»Sie sind fasziniert von Ihnen.«

Hitze und Insektenschwärmen, Sprachschwierigkeiten und eingeborenem Aberglauben zum Trotz taten Derry und Sondra ihre Arbeit. Die Massai hatten Malaria, Schlafkrankheit und Parasiten, und während sie die Patienten betreuten, las Pastor Thorn unter seinem Baum unermüdlich aus der Bibel.

Die ruhige Arbeit an Derrys Seite, die unbefangen lächelnden Gesichter der Massai, die tiefe Stille des Buschs hatten eine tiefe, befreiende Wirkung auf Sondra. Einmal mußte sie, eine Spritze in der Hand, einfach in der Arbeit innehalten und ihr Gesicht in den Wind heben. Fünfzig Meter entfernt zu ihrer Linken stand ein mächtiger Elefantenbulle im lohfarbenen Gras und riß gemächlich die Äste von einem Baum, wobei er hin und wieder mit seinen großen Ohren schlug. Rechts von ihr standen zwei junge Massai Krieger lässig auf ihre Speere gestützt und beobachteten sie mit wachem Interesse.

Durch das helle Gras kam eine kleine Menschengruppe, angeführt von einem alten Massai, der ein *rukuma* trug, die kurze schwarze Keule, die das Symbol seiner Würde war. Sieben Massai Mädchen folgten ihm. Lachend mischten sie sich unter die Menge, wurden mit Küssen empfangen, die sie heiter zurückgaben, tanzten springend und singend von einem zum anderen.

Derry erklärte Sondra, daß dies *olomal* waren, unverheiratete junge

Mädchen, die sich in einen Zustand ekstatischer Beschwingtheit hineingesteigert hatten und nun den Segen der Menge suchten, in der Hoffnung, daß ihnen Glück, Fruchtbarkeit und Liebe gegeben werden. Eine von ihnen, eine reife junge Frau mit glutvollem Blick, schien ihr Auge auf Derry geworfen zu haben. Sie tanzte für ihn und sang dazu mit Worten, die den Umstehenden beifällige Bewunderung entlockte.
Als der Häuptling etwas zu Derry sagte, worauf Derry lachte, fragte Sondra Kamante, worum es ging.
»Der alte Massai hat Derry gesagt, daß sie ein Auge auf ihn geworfen hat. Sie mag Derry und fragt, ob er sie haben will.«
Sondra sah, wie Derry lächelnd den Kopf schüttelte, dann zog die kleine Gruppe weiter.

Zum Abendessen gab es Rindfleisch aus Dosen und harte Biskuits, die man in Soße tauchte. Danach blieb man noch eine Weile zusammen im großen Zelt sitzen, um auszuspannen und abzuschalten. Die Fahrer spielten Karten und Pastor Thorn zog Derry in eine Diskussion über afrikanische Politik. Sondra setzte sich ein wenig abseits, trank langsam ihren Kaffee und blickte durch das Moskitonetz zu den Sternen hinauf.
Ein innerer Friede erfüllte sie. Ihr war, als wäre sie endlich am Ziel einer langen Reise angekommen.
Nach einer Weile sagte sie den anderen gute Nacht und ging zu ihrem eigenen Zelt hinüber. Zwischen Kartons mit Verbandszeug und Medikamenten sitzend, bürstete sie sich im Licht der Petroleumlampe das Haar, als sie hörte, daß sich Schritte näherten. Sie glaubte, es wäre Pastor Thorn auf dem Weg zu seinem Nachtlager unter dem Baum. Aber dann hörte sie Derrys Stimme.
»Sondra? Sind Sie noch wach?«
Er ließ sich auf einem der Kartons nieder und verschränkte die Arme.
»Ich habe Ihnen nie richtig gedankt für das, was Sie für Ouko getan haben.«
»Das haben wir doch alle gemeinsam getan.«
»Ja, aber Sie haben uns die Möglichkeit gezeigt, sein Leben zu erhalten. Und weitere Leben. Eines der größten Probleme, mit denen wir auf der Missionsstation zu kämpfen haben, ist die Unterernährung. Mit diesem neuen Verfahren der künstlichen Ernährung ist unsere Chance, Leben zu retten, viel größer als zuvor.« Einen Moment lang sah er sie schweigend an. »Ich habe Sie falsch eingeschätzt, Sondra«, sagte er dann. »Das tut mir leid. Ich war nicht sehr nett zu Ihnen, als Sie zu uns kamen.«
Sie sah ihn nur an, wie gebannt von den tiefblauen Augen.

»Was haben Sie vor, wenn Ihr Jahr hier abgelaufen ist?«
»Ich weiß noch nicht. Ich habe eigentlich noch gar nicht darüber nachgedacht.«
»Werden Sie Alec heiraten?«
»Nein.«
»Warum nicht? Er ist ein feiner Kerl. Er hat viel zu bieten und er ist offensichtlich hingerissen von Ihnen.«
»Sollte ich Ihnen nicht sagen, daß das nicht Ihre Angelegenheit ist?«
»Aber es ist meine Angelegenheit!«
Sondra lächelte schwach. »Wieso? Weil Sie der Leiter des Krankenhauses sind?«
»Nein. Weil ich Sie liebe.«
Ihr Lächeln erlosch. Sie sah ihn erstaunt an.
»Ich glaube, es geschah an dem Abend, als Sie mit Ihrer Wahnsinnsidee zur Rettung von Ouko bei mir klopften. Ich weiß es nicht. Vielleicht geschah es schon am allerersten Abend, als Sie mit dem Moskitonetz nicht zurechtkamen und aus Versehen bei mir klopften statt bei Alec.« Er sah sie unsicher an. »Ich sollte Sie jetzt wahrscheinlich wie der Held in der großen Oper in meine Arme reißen oder so was, aber ich fürchte, da würde ich mich nur lächerlich machen.« Er hielt inne und fügte dann leiser hinzu: »Oder habe ich mich schon lächerlich gemacht?«
»Ach, Derry!« flüsterte Sondra nur.
Er nahm sie in die Arme und küßte sie, behutsam und zart zuerst, dann mit Leidenschaft. Sondra fühlte seine starken Arme, seinen Körper und sie schmiegte sich fest an ihn. Kein Suchen mehr. Sie hatte ihre Heimat in Derry und seiner Liebe gefunden. Und beide wußten es.

Vierter Teil
1977–78

25

Ruth war wütend. Als wolle sie eine Fliege erschlagen, klatschte sie mit dem Handrücken auf die Zeitung.
»Hör dir das an, Arnie. ›Entbindung zu Hause kommt Kindesmißhandlung gleich.‹« Sie warf die Zeitung auf den vollbeladenen Tisch und sah Arnie so zornig an, als wolle sie ihn fressen. »Kindesmißhandlung! So ein Quatsch!«
Arnie, der gerade die zehn Monate alte Sarah fütterte, blickte nicht auf. Wenn er ihr nicht mit schöner Regelmäßigkeit einen Löffel nach dem anderen ins Mündchen schob, würde sie sofort anfangen zu quengeln.
»Worum geht's denn, Ruthie?« fragte er, während er den Löffel in den warmen Brei tauchte. »Was veranlaßt die Leute zu so einer Feststellung?«
»Ach, dieser idiotische Prozeß in Kalifornien. Du weißt doch, man hatte die Hebamme wegen Mordes angeklagt, als das Baby nach einer Hausgeburt starb. Mein Gott, ist das ein Blödsinn!« Noch einmal schlug sie auf die Zeitung, daß das Frühstücksgeschirr klirrte. »Es ist erwiesen, daß das Kind selbst unter idealen Bedingungen gestorben wäre. Aber nein, sie stürzen sich auf diesen Fall wie eine Meute ausgehungerter Hunde auf einen Knochen. Und das Schlimmste ist, daß die Leute es glauben werden.«
»Mama?«
Ruth sah von der Zeitung auf, und ihr Gesicht wurde weich.
»Was ist denn, Schatz?«
Rachel, fünf Jahre alt – fünf Jahre und zwei Monate, wie sie allen ernsthaft zu erklären pflegte –, stand an der Tür, die von der großen alten Küche ins Wohnzimmer führte.
»Das hier«, verkündete sie, »ziehe ich heute in die Schule an.«
Ruth lächelte. Rachel war gerade in die Vorschule gekommen und nahm sich selber sehr ernst.
»Aber du hast es doch verkehrt herum an, Rachel.«
Rachel hatte es geschafft, sich in ihr neues Schulkleid hineinzuwinden, ohne die Knöpfe zu öffnen.
»Aber so will ich es doch, Mama«, erklärte Rachel und stemmte dabei die Hände in die Hüften wie Miss Salisbury das zu tun pflegte. »So kann ich

mich nämlich, wenn ich heute heimkomme, ganz allein wieder auszuziehen, und Beth braucht mir nicht zu helfen, weil die Knöpfe ja gleich hier vorn sind.«

Ruth mußte lachen. »Geh wieder nach oben und laß es dir von Beth richtig anziehen.«

Rachel seufzte wie eine vielgeplagte Erwachsene, sagte, »Na gut«, und trippelte davon.

Arnie stimmte in Ruths Lachen ein, während er Sarah aus ihrem Kinderstühlchen hob und auf die Decke unter dem Tisch setzte. Er warf einen Blick zum Fenster und sagte: »Sieht nach Regen aus, Ruthie. Zieh dich richtig an.«

Während er das Frühstücksgeschirr abdeckte, beugte sich Ruth zu Sarah hinunter und legte ihre Hand auf das kleine Köpfchen mit dem weichen Haar. Ruth bevorzugte keines ihrer Kinder, aber sie hatte festgestellt, daß jedes der vier kleinen Mädchen sich durch eine besondere Eigenschaft auszeichnete, die sie auf ihre eigene Art liebenswert machte. Rachel war mutig und packte den Stier gern bei den Hörnern; Naomi besaß eine rasche Auffassungsgabe, ihre Zwillingsschwester Miriam war gründlich und wissensdurstig; und die kleine Sarah schien sich zu einer stillen Denkerin zu entwickeln. Im Gegensatz zu den anderen, die schon im Säuglingsalter laut und lebhaft gewesen waren, konnte sie lange in schweigender Beschaulichkeit dasitzen, und manchmal wirkten ihre unergründlichen Augen viel zu alt für das Babygesicht.

Und wie wird dieses hier werden? dachte Ruth, als sie sich aufrichtete und eine Hand auf ihren Bauch legte. Wirst du eine Künstlerin, eine Politikerin, eine Pionierin auf irgendeinem Gebiet? Vielleicht, dachte sie, den Blick auf Arnie gerichtet, der am Spülbecken stand, wird es ja diesmal sogar ein Junge.

Von oben kam lautes Krachen. Sie hob den Kopf, aber ohne Beunruhigung. Lärm war an der Tagesordnung im Hause Roth. Diese hundertjährigen Mauern hatten in den letzten fünf Jahren kaum einen Moment der Stille erlebt.

Sie liebte dieses alte Haus. 1972, als Ruth gerade als Assistenzärztin angefangen hatte und mit Rachel schwanger war, hatte Arnie ängstlich behauptet, sie könnten es sich unmöglich leisten; aber Ruth war entschlossen gewesen, das Haus zu kaufen, und hatte wie immer ihren Kopf durchgesetzt. Nicht unbedingt gegen Arnies Willen. Zum einen gab er Ruth gern nach, wenn es irgend möglich war, zum anderen liebte er das alte viktorianische Haus auf der Südseite von Bainbridge Island so sehr wie sie.

Sie hatten das große Haus mit den neun Zimmern bald mit Wärme und Leben angefüllt. Gleich nach Rachels Geburt war Ruth wieder schwanger geworden. Die Zwillinge waren zur Welt gekommen, und fast zur gleichen Zeit hatte Brandy, die Labradorhündin, geworfen. Die diversen Katzen hatten sich im Lauf der folgenden fünf Jahre von selber eingestellt und waren geblieben. Der kleine weiße Papagei, der immer auf irgend jemands Schulter hockte und an einem Ohrläppchen knabberte, war zusammen mit den Goldfischen ins Haus gekommen, und den Goldhamster hatte Rachel zu ihrem fünften Geburtstag bekommen. Beth, die Fünfzehnjährige, die von zu Hause fortgelaufen war und jetzt oben Rachel beim Anziehen half, hatte Ruth eines Tages einfach von der Straße mitgenommen. Früher oder später, dachte Arnie oft, fanden alle herrenlosen Geschöpfe auf Bainbridge Island ihren Weg ins Haus der Familie Roth.
Arnie stand am Fenster und sah auf den grauen Himmel. Am Vortag war es noch strahlend schön gewesen, aber über Nacht hatte es sich zugezogen. Er schüttelte den Kopf. Wie sollte ein Mensch, der im San Fernando Valley aufgewachsen war, es in diesem unfreundlichen Klima aushalten?
Im vorletzten Monat hatten sie beschlossen, zum Ende des Sommers noch einmal richtig Sonne und Ruhe zu tanken, und hatten das erstemal in ihrem gemeinsamen Leben richtig Urlaub machen wollen. Sie waren Anfang September für eine Woche in die Berge gefahren, und es hatte die ganze Zeit in Strömen geregnet.
Arnie ließ das Geschirr stehen – Beth würde es später spülen –, trocknete sich die Hände und drehte sich nach Ruth um.
Sie war eine schöne Frau. Und nach jeder Schwangerschaft schien sie ihm schöner zu werden. Er betrachtete sie still, wie sie da am Tisch saß, den Kopf in die Hand gestützt, das Gesicht nachdenklich. Sie war ein wenig rundlicher geworden, aber Arnie fand das schön an ihr; sie wirkte weich und ungemein anziehend.
Es kam nicht oft vor, daß sie einen solchen Moment der Ruhe miteinander teilen konnten. Fast immer waren sie in Hetze, Ruth meistens auf dem Sprung, so daß sie kaum Zeit fanden, ein ruhiges Wort miteinander zu wechseln. Arnie hoffte, das würde jetzt, da Ruth ihre eigene Praxis hatte, endlich anders werden.
Er drehte sich um, als er ein unangenehm vertrautes Geräusch hinter sich hörte. Der Wasserhahn tropfte schon wieder. Er überlegte, ob sie die letzte Rechnung des Installateurs schon bezahlt hatten, der praktisch das ganze obere Badezimmer hatte auseinandernehmen müssen, weil Rachel einen Waschlappen ins Abflußrohr gestopft hatte. Er schüttelte den

Kopf. Merkwürdig, je mehr Geld sie verdienten, desto knapper schien es zu werden.

Draußen begann es zu regnen. Verärgert sah er zum Fenster hinaus, doch sein Ärger schmolz dahin beim Anblick des kleinen Urwalds auf dem Fensterbrett; jeder abgebrochene Stengel, jeder Schößling, jedes Samenkorn und jeder Fruchtkern wanderte in einen von Ruths Blumentöpfen, um frisches Grün und junge Blättchen zu treiben. Das Neueste waren vier Avokadokerne, die mit Zahnstochern angestochen in vier mit Wasser gefüllten Milchgläsern hingen. Auf jedem Glas war ein Etikett mit dem Namen eines der Kinder, und jeden Morgen hob Ruth ein kleines Mädchen nach dem anderen hoch, damit jedes den Fortschritt seines Kerns begutachten konnte.

Arnie merkte plötzlich, daß er seit einiger Zeit vergeblich versuchte, den rechten Hemdsärmel zuzuknöpfen. Als er den Arm hob, sah er, daß der Knopf fehlte. Er runzelte die Stirn. Den Knopf hatte er schon vor Wochen verloren. Und er konnte auch nicht einfach hinaufgehen und das Hemd wechseln; es war gar kein sauberes mehr da. Die schmutzige Wäsche stapelte sich wieder einmal bis zur Decke.

»Sarah, du darfst die Stifte nicht in die Nase stecken.«

Ruth bückte sich, hob die Kleine vom Boden auf und setzte sie auf ihren Schoß. Sie nahm die rosige kleine Faust in ihre Hand und drückte sie auf ihren Bauch.

»Siehst du, Sarah, da ist das neue Baby drin. Sag hallo, Sarah, es kann dich bestimmt hören.«

Sarah lachte und sabberte auf Ruths Kleid. Wieder schüttelte Arnie den Kopf. Wie schaffte sie es nur? Als sie 1972 hierher gekommen waren, hatte er seine Zweifel gehabt, daß sich das alles würde vereinbaren lassen – Familie, Haushalt und Beruf. Sie hatte oft mehr als hundert Stunden in der Woche arbeiten müssen, und als sie Sarah erwartete, hatten die Wehen eingesetzt, während sie im Krankenhaus ihre tägliche Runde gemacht hatte. Aber sie war ruhig weiter von Zimmer zu Zimmer gegangen, um nach ihren Patienten zu sehen, hatte nur hin und wieder im Korridor eine Pause eingelegt und gewartet, bis eine Wehe vorbei war. Als alle Patienten versorgt waren, war sie seelenruhig auf die Entbindungsstation gegangen, hatte die Schwestern von der bevorstehenden Niederkunft informiert und sich in den Kreißsaal neben eine ihrer eigenen Patientinnen gelegt.

Anfangs hatte es Arnie gestört, daß das Haus in ständiger Unordnung war, daß er morgens soundsooft kein frisches Hemd finden konnte und abends, wenn er müde nach Hause kam, das Essen kochen und die Kinder zu Bett bringen mußte; aber er hatte sich daran gewöhnt und fand überhaupt nichts Ungewöhnliches mehr daran, daß er Verdiener und Hausmann zugleich war. Es waren fünf volle, erfüllte Jahre gewesen und sie waren im Nu vorbeigegangen. Arnie hatte eine Stellung bei einer Wirtschaftsprüferfirma in Seattle, bei der er gut verdiente, und er nahm immer wieder private Aufträge an – als Steuer- und Investmentberater –, um etwas dazu zu verdienen. Und jetzt hatte Ruth ihre klinische Ausbildung endlich abgeschlossen und in Winslow ihre eigene Praxis eröffnet; da würden sie nicht mehr so zu sparen brauchen und es würde ihm nie mehr an frischen Hemden fehlen.

»Kommst du nicht zu spät, Arnie?« fragte Ruth.

Arnie sah auf die Wanduhr, die fast ganz unter Kinderzeichnungen versteckt war, und stellte fest, daß sie schon wieder stehengeblieben war. Es war eine dieser neuen Uhren, mehr extravagant als praktisch – ein gerahmter Spiegel, in dessen eine Ecke eine kleine Uhr eingebaut war; keine Drähte, keine Steckdosen, nur Batterien, die dauernd leer waren. Ruths Schwester hatte sie ihnen im vergangenen Januar geschenkt, als eine Meute Shapiros über das Haus hergefallen war, um Arnies und Ruths fünften Hochzeitstag zu feiern.

Fünf Jahre. Fünf Jahre Opfer und Verzicht und Geduld. Aber es hatte sich gelohnt. Sobald Ruth sich in ihrer Praxis niedergelassen und regelmäßige Arbeitszeiten hatte wie jeder andere Mensch, würde sie abends immer zu Hause sein und mehr Zeit für ihre Familie haben. Ja, dachte Arnie wohl zum tausendstenmal, es hatte sich gelohnt.

Er hatte in letzter Zeit öfter einmal einen längeren Blick in den Spiegel riskiert. Vor allem inspizierte er seinen Haaransatz, der sichtbar zurückging. Jeden Morgen lagen ein paar Haare mehr auf dem Kissen; jeden Abend blieben ein paar mehr im Kamm hängen. Nun ja, er hatte im letzten Monat immerhin seinen vierzigsten Geburtstag gefeiert; er begann um die Mitte ein bißchen fülliger zu werden und trug seit kurzem die unvermeidliche Lesebrille.

Er klopfte mit einem Finger an die Wanduhr. Sie rührte sich nicht. In dem Spiegel sah er Ruth. Sie hatte Sarah wieder auf den Boden gesetzt und rieb sich mit einer Hand leicht den Bauch. Er hatte sich fest vorgenommen, ihr seine Beunruhigung nicht zu zeigen, aber er spürte sie dennoch.

»Soll ich wirklich nicht mitkommen?« fragte er so beiläufig wie möglich.

»Nein, nein, das ist nicht nötig, Liebling. Geh du mal arbeiten. Ich ruf' dich an, wenn's vorbei ist.«

Wenn es vorbei ist. Die Untersuchung, bei der festgestellt werden sollte, ob sie dieses ungeborene Kind behalten sollten oder nicht.
Ruth hatte es von Anfang an mit großer Gelassenheit hingenommen. Im vergangenen Monat war sie von der Routineuntersuchung bei ihrer neuen Gynäkologin, Dr. Mary Farnsworth, nach Hause gekommen und hatte beim Abendessen ganz sachlich gesagt: »Ach, übrigens, Mary läßt dich bitten, mal vorbeizukommen. Wegen einer Blutprobe.«
»Wozu denn das?«
Ruth zuckte die Achseln. Doch an der Art, wie sie seinem Blick auswich, merkte er, daß etwas nicht stimmte.
»Sie hat mein Blut anscheinend auf einen bestimmten Faktor untersuchen lassen und hat ihn gefunden. Jetzt möchte sie deins auch noch untersuchen. Nur für den Fall.«
»Was heißt das? Was ist das für ein Faktor?«
Ruth hatte eine Regel: Bei den Mahlzeiten wurden keine unerfreulichen Dinge besprochen. Mahlzeiten mußten angenehm sein, ernste Gespräche wurden auf später verschoben. Doch an diesem Abend mußte Ruth schnell wieder ins Krankenhaus, weil eine ihrer Patientinnen in den Wehen lag. Darum hatte sie die Sache beim Essen besprechen müssen.
»Ach, irgendein Faktor, Arnie. Du bist doch sonst nicht so scharf auf medizinische Details.«
»Herrgott noch mal, Ruth –«
»Mary wird es dir schon erklären, okay?« Sie warf ihm einen Blick zu, der ihm deutlich sagte, ich bin beunruhigt, bitte mach' es nicht noch schlimmer.
Arnie war also zu Dr. Farnsworth gegangen.
»Ich habe Ihre Frau eigentlich nur auf Verdacht untersucht, Mr. Roth. Wegen ihrer Abstammung. Das Gen, das sie hat, kommt in zweihundert Fällen vielleicht einmal vor. Wenn nur sie das Gen hat, kann sie die Krankheit nicht auf ihr Kind übertragen. Wenn Sie es aber auch haben, besteht für Sie und Ruth die fünfundzwanzigprozentige Gefahr, daß sie ein *Tay-Sachs* Kind bekommen.«
Ein Kind, das keine Chance hat, seinen vierten Geburtstag zu überleben.
»Und wenn ich nun dieses Gen habe?«
»Dann untersuchen wir den Fötus, um festzustellen, ob er die Krankheit hat. Wenn ja, sollte die Schwangerschaft abgebrochen werden.«
In der letzten Woche hatte Arnie das Ergebnis bekommen. Es war positiv. Es wäre ein Wunder, hatte Mary Farnsworth ganz offen gesagt, daß er und Ruth zusammen vier gesunde Kinder hätten.

Der nächste Schritt nun war ein Verfahren, das sich Amniozentese nannte. Es handelte sich dabei um eine Untersuchung des Fruchtwassers, mit deren Hilfe festgestellt werden sollte, ob ein Enzym namens Hexosaminidase enthalten war. Fehlte dieses Enzym, so war klar, daß das Kind die Krankheit hatte.

Dieser Untersuchung wollte sich Ruth an diesem Tag unterziehen. Das Ergebnis würden sie in zwei Wochen erfahren.

»Ich kann mir den Tag freinehmen«, sagte Arnie. Einerseits wollte er sie gern ins Krankenhaus begleiten, andererseits graute ihm davor. »Es ist doch besser für dich, wenn du nicht ganz allein bist.«

»Unsinn.« Ruth schob ihren Stuhl zurück, nachdem sie sich vorher vergewissert hatte, daß Sarah nicht im Weg war, und stand auf. »Es dauert ja nicht lang, und ich fahre hinterher gleich in die Praxis.«

Seinem Vorsatz zum Trotz, sich um medizinische Dinge nicht zu kümmern, hatte Arnie Ruth gefragt, wie so eine Amniozentese vor sich ging und hatte es augenblicklich bedauert. Erst würden sie, hatte Ruth ihm erklärt, die Lage des Fötus feststellen, und dann eine lange Nadel in ihren Bauch einführen. Ob die Untersuchung mit Risiken verbunden wäre, hatte er gefragt. Ja, es gäbe gewisse Risiken, aber es wäre besser, gleich jetzt zu erfahren, ob das Kind normal war oder nicht.

»Arnie, du mußt gehen. Sonst verpaßt du die Fähre.«

Während er die Treppe hinaufstapfte, um seine Aktentasche zu holen – und eine Sicherheitsnadel für den Hemdsärmel –, begann tief drinnen wieder dieses seltsame, schmerzliche Gefühl ihn zu quälen. Was war es nur? Immer wenn es kam, versuchte er, es zu beschreiben, aber es gelang ihm nie ganz. Manchmal fühlte es sich wie Enttäuschung an, manchmal wie Ungeduld; an diesem Morgen schmeckte es eine Spur nach Groll. Gegen was? Gegen wen?

Im Schlafzimmer zog Arnie geistesabwesend die Bettdecken gerade, wie er das immer tat, weil das Bett sonst überhaupt nicht gemacht wurde.

Ruth stand unten in der Küche und hörte Arnies Wagen abfahren. Sie ging zum Kühlschrank und nahm einen Krug Orangensaft heraus. Kaffee wäre ihr lieber gewesen, aber sie hatte sich Coffein genau wie Nikotin, Alkohol und Tabletten während der Schwangerschaft verboten. Kaffee war ein Luxus, den sie sich erst nach der Entbindung wieder erlauben würde.

Während sie trank, warf sie einen Blick auf die Uhr. Sie hatte noch ein paar Minuten Zeit, ehe Mrs. Colodny kam. Sie setzte sich wieder an den Tisch und lauschte dem Rauschen des Regens, während sie müßig den Stapel Rechnungen hin und her schob, der vor ihr lag.

Sie hoffte, die neue Praxis würde bald etwas abwerfen, damit sie anfangen konnten, einige dieser Rechnungen zu bezahlen. Sie hatte bescheidene Räume in der Winslow Avenue gemietet, hatte eine Arzthelferin und eine Sprechstundenhilfe und schon jetzt so viele Patienten, daß sie die ganze Woche zu tun hatte. Jetzt kam es nur noch darauf an, sie dazu zu bringen, daß sie auch bezahlten.

Von der Treppe her kam das vertraute Poltern, und im nächsten Moment stürmten drei kleine Mädchen in die Küche und stürzten sich in die ausgebreiteten Arme ihrer Mutter.

Rachel, die ihr Kleid jetzt richtig anhatte, trug Gummistiefel und einen dicken Pullover. Seit Rachel in die Vorschule gekommen war, zogen sich die Zwillinge auch jeden Morgen fein an. Während sie sich ihre ›Schulkleidung‹ zusammenstellten, schwatzten sie über ihre imaginäre Lehrerin, Miss Pennies, und marschierten dann mit Rachel zum Schulbus hinaus. Ruth packte ihnen sogar Pausenbrote ein, die sie wieder mit ins Haus brachten, wenn der gelbe Bus um die Ecke verschwunden war. Mit ihren Broten setzten sie sich vor den Fernsehapparat und sahen sich ›Sesamstraße‹ an, und später zogen sie die feinen Kleider, die sie insgeheim gar nicht mochten, wieder aus, schlüpften in Jeans und T-Shirts und spielten vergnügt, bis Rachel wieder nach Hause kam.

Meine kleinen Engel, nannte Mrs. Colodny, die Babysitterin, sie. Aber Ruth wußte es besser. Ihre kleinen Mädchen konnten wahre Unholde sein, wenn sie es darauf anlegten.

Beth erschien an der Tür, immer noch scheu und zaghaft, obwohl sie nun schon seit drei Monaten bei den Roths lebte, stets darauf bedacht, zu gefallen, nur ja nichts falsch zu machen. Wie ein Hund, der zu oft geschlagen worden ist, dachte Ruth, während die drei Mädchen um einen Platz auf ihrem Schoß kämpften.

Ruth und Arnie wußten sehr wenig über das Mädchen; im Grunde nur, daß sie fünfzehn Jahre alt war, von zu Hause fortgelaufen und schwanger war. Sie hatte an einer Straßenecke in Seattle gestanden und gebettelt, als Ruth auf sie aufmerksam geworden war. Der verschreckte Blick der großen Augen, das magere Gesichtchen und die dünnen Arme hatten sie angerührt, und sie war stehengeblieben, um sich das Mädchen näher anzusehen. Von der Schwangerschaft war damals noch nichts zu sehen gewesen. Die hatte Beth erst gestanden, als Ruth sie mit nach Hause genommen und ihr erst einmal einen großen Teller mit Hackbraten und Kartoffelpüree vorgesetzt hatte. Eine Zeitlang hatten Ruth und Arnie sie davon zu überzeugen versucht, daß es besser für sie wäre, nach Hause zurückzukehren. Sie hatte ihr vor Augen gehalten, wie besorgt ihre El-

tern um sie sein mußten. Aber Beth hatte sich mit solcher Entschlossenheit geweigert und mehrmals versichert, daß sie dann sofort wieder durchbrennen würde, daß Ruth eine Vorstellung davon bekommen hatte, was sie dort durchgemacht haben mußte.
Die Behörden waren keine Hilfe gewesen. »Nach Seattle kommen jedes Jahr Tausende von Jugendlichen, die von zu Haus durchgebrannt sind, Mrs. Roth. Und an Heimen sind wir genauso knapp. Meistens brennen sie sowieso wieder durch, wenn wir sie in ein Heim stecken. Fünfzehn ist zu alt. Im Moment konzentrieren wir uns auf elf und darunter.«
Daraufhin hatte Ruth ihr erlaubt zu bleiben.
»Soll ich heute den Braten machen, Mrs. Roth?«
»Ja, das wäre schön, Beth. Und dazu neue Kartoffeln und Möhren. Und Soße natürlich, so richtig würzig, wie mein Mann sie mag.«
Es war ein glücklicher Zufall, daß Beth eine hervorragende Köchin war. Ihr Talent, aus bescheidenen Zutaten eine wohlschmeckende Mahlzeit zu bereiten und in Mengen zu kochen, die für ein ganzes Regiment ausgereicht hätten, verriet einiges über das ärmliche, von harter Arbeit geprägte Leben, aus dem sie zweifellos geflohen war.
»Ich schrubbe heute die Badezimmer, Mrs. Roth.«
Ruth lächelte sanft. »Streng dich nur nicht zu sehr an, Kind. Denk an das Baby. In zwei Monaten ist es soweit.«
»Ja, Mrs. Roth.«
Und dann? dachte Ruth, während Beth zum Spülbecken ging und es mit heißem Wasser vollaufen ließ. Was tun wir, wenn das Baby da ist?
Aber die Frage stand im Augenblick nicht im Vordergrund. Ruths ganze Sorge galt gerade jetzt ihrem eigenen ungeborenen Kind.
»So, Dr. Shapiro, legen Sie sich jetzt hin und lassen Sie ganz locker...«
Sie breiteten ihr ein Tuch über die Beine, um die peinliche Kürze des Anstaltskittels wettzumachen, den sie anhatte, und baten sie, während sie unter dem grellen, kalten Licht lag, sich zu entspannen.
Wie sollte sie das machen? Wie hätte sie sich unter diesen Umständen entspannen können? Ruth schloß die Augen. Es war ihr nicht gelungen, die aufkommende, altvertraute Depression abzuwehren, die sie seit Tagen hinterhältig bedrängte. Auf der Fahrt über die Insel und dann auf der Fähre nach Seattle hatte sie ein Rückzugsgefecht gegen die Dämonen geführt, die sie peinigten. Das Schlimmste war der Traum. Auf einmal war er wiedergekommen.
Wann hatte sie den Alptraum das letzte Mal gehabt? Sie konnte sich nicht erinnern. Er hatte sie seit ihrer Pubertät in ständiger Wiederkehr gequält; später, als sie auf dem Castillo College gewesen war, waren die

Bilder seltener gekommen und irgendwann ganz ausgeblieben. Doch jetzt, wo sie geglaubt hatte, für immer Ruhe zu haben, war der Traum plötzlich wieder da, so schlimm und quälend wie früher.

Ehe das Fruchtwasser entnommen wurde, mußte eine Ultraschalluntersuchung gemacht werden, um die Lage von Mutterkuchen und Fötus festzustellen. Auf dem Ultraschallbildschirm erschien ein verwischtes, fleckiges Bild, das überhaupt keinen Sinn ergab, wenn man nicht wußte, worauf man zu achten hatte.

Doch Ruth hatte ein geschultes Auge; sie sah die Rundungen und Flächen, die den Körper des fünfzehn Wochen alten Fötus in ihrem Leib bildeten. Sie mußte sich abwenden. Dieser kleine, noch ungeformte Mensch war völlig abhängig von ihr und diesen Leuten hier. Nur wenn sie feststellten, daß er frei war von der Krankheit, die seine Mutter und sein Vater ihm möglicherweise unwissentlich mitgegeben hatten, durfte er leben. Ich hatte kein Recht, dich ins Leben zu rufen, wenn ich es dir wieder nehmen muß.

»Wie geht's, Ruth?«

Sie lächelt schwach. »Ganz gut...«

Dr. Joe Selbie persönlich, Geburtshelfer und Gynäkologe mit Spezialausbildung in der Amniozentese, führte die Untersuchung durch. Er tätschelte Ruths Schulter.

»Es geht ganz schnell, Ruth. Der Fötus ist in günstiger Lage.«

Sie starrte zur Decke hinauf, in die eisigen weißen Lichter, die in weiße Dämmplatten eingelassen waren. Nichts als Weiß und blitzendes Metall in diesem Raum. Sie hätte ebensogut auf dem Operationstisch oder im Leichenhaus liegen können. Es war alles so unpersönlich.

Als sie hörte, wie der Instrumentenwagen herangerollt wurde, schloß sie wieder die Augen. Sie kannte das Verfahren; sie hatte selber schon die lange Sonde geführt. Aber es war ein gewaltiger Unterschied, an welchem Ende der Sonde man sich befand. Und so sehr sie sich bemühte, es gelang Ruth nicht, sich zu distanzieren, ihre Emotionen hinter sich zu lassen und sich auf die sachliche Ebene des Arztes zu begeben.

Sie hörte Selbie murmeln: »Wir gehen da rein«, fühlte dann die Kälte des Desinfektionsmittels auf ihrer Haut.

»Das ist jetzt das Xylokain, Ruth«, sagte Selbie. Sie spürte den Einstich und danach die rasch folgende Taubheit.

Sie wollte so gern die Augen öffnen und auf den Bildschirm sehen, wollte das Bild ihres Kindes beobachten, um sicher zu sein, daß nichts passierte, aber sie brachte es nicht fertig. Die Augen fest zugedrückt, dachte sie: Wird das kleine Wesen das Eindringen von kaltem Metall in

seine warme, feuchte Welt wahrnehmen? Wird es Angst empfinden? Können ungeborene Kinder weinen? Wird es mich dafür hassen. Es kann in einem solchen Moment nicht namenlos bleiben. Es muß einen Namen haben. Ich werde es Leah nennen. Weine nicht, Leah, Mutter ist bei dir.
»Okay, Ruth, jetzt sind wir soweit. Entspannen Sie sich. Sie werden nichts spüren.«
Ruth fühlte gedämpft den Einstich, dann nichts mehr. Aber vor ihrem inneren Auge sah sie, wie die Sonde durch Haut, Gewebe und Muskeln immer tiefer stieß; sie durchbohrte das Bauchfell, die Gebärmutterwand, und dann –
Armes kleines Kind! Armes wehrloses kleines Wesen. Ich kann dich vor dieser Verletzung nicht schützen. Oh, Arnie, ich habe Angst. Ich bin so allein. Ich wollte, ich hätte nachgegeben, dann wärst du jetzt hier bei mir, wir wären zusammen, und du könntest mir die Kraft geben, die mir fehlt.
Daddy...
Ruth begann zu weinen.

26

Ruth war verwirrt. Nach allen Gesetzen der Natur und der Wissenschaft hätte diese Patientin jetzt schwanger sein müssen. Aber sie war nicht nur verwirrt, sie war auch enttäuscht. Ihr schien als wäre die Lösung des Rätsels in greifbarer Nähe – wenn sie nur den Arm hätte ausstrecken können, um sie zu fassen. Aber es hatte keinen Sinn; Ruth war am Ende ihrer Kunst und ihres Wissens angelangt.
Sie saßen auf dem weißen Korbsofa in ihrem Sprechzimmer; die Novembersonne fiel auf die blaßgrünen und gelben Kissen. In der Ecke stand wie zum Trotz gegen die Kälte draußen ein Gummibaum, tropische Fische huschten rot und golden glitzernd im Aquarium hin und her. Freude an allem Lebendigen prägte Ruths Praxis. Draußen im Wartezimmer hing ein Poster mit der Aufschrift ›Krieg ist ungesund für Kinder und andere Lebewesen‹.
»Ich weiß nicht, was ich Ihnen sagen soll, Joan. Ich habe getan, was ich konnte.«
Joan Freeman, seit zwei Jahren verheiratet und zu ihrem Kummer immer noch kinderlos, zerknüllte ein Taschentuch in ihren Händen.
»Können Sie mich nicht künstlich befruchten, Dr. Shapiro? Mit den Spermien meines Mannes?«

»Die Ergebnisse Ihrer postkoitalen Untersuchungen sind völlig normal, Joan. Mehr als Ihr Mann kann ich auch nicht tun.«
Genau das war das Irritierende an dem Fall. Als Joan Freeman zu ihr gekommen war, hatte Ruth sämtliche Routineuntersuchungen gemacht und wie üblich nach der Krankheitsgeschichte gefragt. Gezeigt hatte sich das Bild einer normalen, gesunden Frau von dreiundzwanzig Jahren. Sie hatte nie eine entzündliche Krankheit des Unterleibs gehabt, keinerlei Unterleibsoperationen, hatte aus religiöser Überzeugung vor der Ehe keine Verhütungsmittel benutzt, war nie schwanger gewesen, nahm derzeit keine Medikamente ein. Ihre Menses kam regelmäßig, die Eierstöcke hatten Normalgröße, die Gebärmutter war in Ordnung. Blutuntersuchungen, Rubin Test, alles normal. Geschlechtsverkehr mit dem Ehemann mindestens dreimal in der Woche, und Mr. Freemans Spermienzählung war normal.
Warum also konnte die junge Frau nicht empfangen?
Fünf Monate waren seit ihrem ersten Besuch vergangen, und sie waren einer Antwort auf die Frage nicht nähergekommen. Ruth fragte sich jetzt, ob sie eine Laparoskopie vornehmen sollte, um festzustellen, ob Verwachsungen oder eine bisher unentdeckte Endometriose vorlagen. Ruth hielt nichts vom Schneiden, wenn es nicht unbedingt erforderlich war; sie griff nicht gern auf mechanische oder medikamentöse Hilfsmittel zurück.
»Ich kann Ihnen nur empfehlen, zu einem Spezialisten zu gehen.«
»Zu jemand *anderem*?«
»Ich kann nicht mehr für Sie tun, Joan. Wenn Sie den Besuch noch aufschieben wollen, kann ich Ihnen nur raten, es weiterzuversuchen wie bisher. Seien Sie locker, holen Sie die Spontaneität in Ihr Liebesleben zurück...« Sie breitete etwas hilflos die Hände aus.
Patientinnen, die zur Behandlung ihrer Sterilität in die Praxis kamen, klagten häufig darüber, daß mit dem Wunsch, ein Kind zu haben, ihr Sexualleben alle Spontaneität und allen Zauber verloren hätte. Das Paar war so darauf bedacht, zur ›richtigen Zeit‹ das ›Richtige‹ zu tun, daß der Impuls des Augenblicks zu kurz kam. Sie schliefen miteinander, wenn die Temperaturkurve es verlangte, auch wenn sie vielleicht gar keine Lust dazu hatten; durch die wachsende Spannung kam es zu Fällen von Impotenz, die wiederum die seelische Anspannung verstärkten. Das Zusammensein wurde zum mechanischen Akt, in seiner Bestimmung auf die Herstellung eines Produkts reduziert.
Ruth stand vom Sofa auf und ging zu ihrem Schreibtisch. Nach einigem Kramen unter Heftern und anderen Papieren fand sie die Liste mit den

Spezialisten. »Da haben wir sie schon«, sagte sie und drehte sich mit einem aufmunternden Lächeln um. »Er ist in Seattle. Es dürfte keine Schwierigkeit sein –«
»Er?«
Der Blick der Frau sagte alles. Ruth konnte nur die Achseln zucken.
»Es tut mir leid«, sagte sie. »Er ist der einzige, den ich empfehlen kann. Ich habe gehört, daß er sehr gut sein soll.«
Joan Freeman senkte den Kopf. »Und dann geht das Ganze nochmal von vorn los?«
»Ich fürchte ja. Ich schicke ihm natürlich Ihre Karte hinüber, aber er wird sicher eine Reihe der Untersuchungen, die ich gemacht habe, noch einmal vornehmen wollen. Einfach um Sie besser kennenzulernen.«
Schweigen breitete sich zwischen den beiden Frauen aus.
»Ich glaube nicht«, sagte Joan schließlich stockend, »daß mein Mann da mitmacht. Wir können ja kaum *Ihre* Rechnung zahlen, Dr. Shapiro. Und jetzt noch ein neuer Arzt...« Sie hob den Blick. »Wenn Sie nichts dagegen haben, würde ich gern weiterhin zu Ihnen kommen.«
Aber ich kann doch nichts mehr tun!
»Also gut, Joan, wenn Sie das wollen. Ich will sehen, ob wir nicht noch etwas anderes versuchen können.«
Ich möchte dir deinen Wunsch erfüllen, so wie ich möchte, daß mir mein Wunsch erfüllt wird. Ich wünsche mir, daß Mary Farnsworth mir sagt, daß mit meinem ungeborenen Kind alles in Ordnung ist.
Zwei Wochen waren seit der Untersuchung verstrichen. In dieser Zeit hatte Ruth eine Veränderung durchgemacht.
Angefangen hatte es an dem Tag nach der Untersuchung, als sie mit Arnie und den Kindern nach Port Angeles zu ihren Eltern zum Abendessen gefahren war. Sie hatte in der Küche gestanden und ihrer jüngeren Schwester beim Geschirrspülen geholfen, als das Wunder geschehen war. Das Kind hatte sich bewegt. Ruth kannte die Empfindung. Ein Flattern im Bauch, dann eine Pause, dann wieder ein Flattern. Sie kannte das Gefühl von ihren früheren Schwangerschaften, aber diesmal war es etwas ganz anderes.
Ruth hatte das Glas fallenlassen, das sie gerade trocknete, und war in Tränen ausgebrochen. Sofort hatten sich sämtliche Frauen der Familie um sie geschart, ihre Mutter, die Frauen von Joshua und Max, Davids Freundin, und hatten sie zu einem Sessel geführt. Auf ihre Fragen, was denn los sei, hatte Ruth nicht antworten können. Sie wußte ja selber nicht, was los war.
Dann hatte sie aufgeblickt und ihn an der Tür stehen sehen. Ihren Vater.

Flüchtig hatten sich ihre Blicke getroffen, und in diesem flüchtigen Moment hatte Ruth eine Botschaft empfangen. Sie hatte sofort zu weinen aufgehört, war aufgestanden, hatte allen versichert, daß es ihr gut ginge und war ans Spülbecken zurückgekehrt. Niemals würde sie den Blick ihres Vaters vergessen. Was ist denn, Ruthie? hatte er gesagt. Schaffst du's nicht?
Von diesem Moment an fühlte Ruth fremde neue Regungen in sich wachsen, die sie erschreckten: Selbstverachtung, Haß auf ihren Körper, der sie verraten hatte. Ihr Wille war stark, aber ihr Körper war schwach. Es war nicht ihre Schuld, daß sie bei jenem Rennen vor vielen Jahren nicht als erste eingelaufen war – sie hatte es *gewollt*. Zählte das denn gar nicht? Nein, jedenfalls nicht in Mike Shapiros Augen. Da zählte nur die Leistung. Der gute Wille allein zählte nicht.
Dieser Erkenntnis, diesem Zorn auf ihren Körper, folgte eine genauere Wahrnehmung der gleichen Selbstverachtung bei anderen Frauen. Sie sah sie bei vielen ihrer Patientinnen – die Depression nach einer Fehlgeburt, nach der Entdeckung eines Brustkrebses, nach dem Verlust eines Babys durch plötzlichen Kindstod, und aus all dem entstand ein tiefer Kummer, der sich nach innen wendete und ein Gemisch aus Schuld und Selbstvorwurf, Verwirrung und Furcht mit sich brachte.
Ruth hatte keine Zeit vergeudet. Sie hatte sofort eine Gruppe ins Leben gerufen. Sie hatte Patientinnen eingeladen, sich mit ihr und anderen regelmäßig in der Praxis zu treffen, um über die körperlichen Probleme und die seelischen Nöte zu sprechen, die sie alle quälten. Geradeso wie Joan Freeman jetzt begann, sich zu hassen und ihren Körper zu verachten, geradeso fand es Heidi Smith schrecklich, mit nur einer Brust zu leben; Sharon Lasnick, mit drei Fehlgeburten fertigzuwerden; Betsy Chowder, ihre Hysterektomie zu akzeptieren.
Sie kamen einmal in der Woche zusammen und redeten sich alles von der Seele. »Mein Mann findet mich nicht mehr begehrenswert.« – »Ich bin nutzlos; ich kann kein Kind gebären.« – »Mein Mann wird keine Lust mehr haben, mit mir zu schlafen.«
Ruth übernahm die Rolle der Beraterin. Sie war nicht nur die, die die Gebärmutter entfernte, sie war auch die, die sagte, daß es etwas Natürliches sei, sich betrogen zu fühlen. In der letzten Woche waren sie zu fünft in der Gruppe gewesen; an diesem Abend würden sie zwölf sein.
»Joan«, sagte sie, als sie die junge Frau zur Tür brachte. »Haben Sie nicht Lust, heute abend um sieben noch einmal hierher zu kommen? Wir haben eine Gesprächsgruppe, in der wir...«

Als Ruth sich wieder an ihren Schreibtisch setzte, kam die Stimme der Sprechstundenhilfe über die Sprechanlage.
»Dr. Shapiro? Ihr Mann ist hier.«
Arnie? Hier? »Bitten Sie ihn, einen Moment zu warten. Ich komme sofort. Wer ist noch da, Andrea?«
»Nur Mrs. Glass.«
»Gut, schicken Sie sie bitte in das Untersuchungszimmer. Und sagen Sie Carol, sie soll eine Urinprobe nehmen.«
Ruth sah auf ihre Uhr. In einer Stunde sollte sie bei Dr. Farnsworth sein. Sie hatte nicht gewußt, daß Arnie sie begleiten würde.

Arnie sah auf seine Uhr. Sie war wieder spät dran. Nun ja, Ruth hatte ihn schon vor ihrer Heirat gewarnt: Geburtshelfer können nicht nach der Uhr gehen.
Trotzdem, dachte er, als er sich im Wartezimmer niederließ. Er hatte geglaubt, das alles läge nun hinter ihnen – die langen Arbeitszeiten, die nächtlichen Störungen. Er hatte es während Ruths Zeit am Krankenhaus ertragen, weil er immer das Licht am Ende des Tunnels vor Augen gehabt hatte: ihre eigene Praxis, geregelte Arbeitszeiten, ein normales Familienleben. Aber so war es nicht gekommen. Im Gegenteil, anstatt langsamer zu treten, ihre Zeit zwischen Patienten und Familie zu teilen, schien Ruth es darauf anzulegen, jede freie Minute mit neuen Projekten vollzustopfen.
Wie diese Gesprächsgruppe, die sie initiiert hatte. Und ausgerechnet am Freitag abend. Warum hatte sie sich das nun auch noch einfallen lassen müssen?
»Arnie?« Sie kam ins Wartezimmer. »Ich wußte gar nicht, daß du kommen würdest.«
Er sprang auf. »Ich wollte einfach bei dir sein, wenn du es erfährst.«
Sie schob ihre Hand in die seine und lächelte ihn an. »Ich bin froh.«
Und Arnie dachte: Es ist dieses Kind. Es ist die Sorge um das Kind, die sie dazu treibt, jede Minute mit Aktivitäten auszufüllen. Wenn das alles erst vorbei ist...
»Weißt du was?« sagte Ruth auf dem Weg zur Tür. »Sie kann uns gleich sagen, welches Geschlecht das Kind hat. Fünf Monate vor seiner Geburt!« Sie drückte fest seine Hand. »Hoffentlich wird es ein Junge.«

27

Jason Butler wußte, daß er tot war. Er wußte es, weil er hörte, wie jemand es sagte. Doch wenn er wirklich tot war, wieso fühlte er dann immer noch Schmerz? Und wieso fummelte diese schöne Blondine an ihm herum, als wäre er noch am Leben?
Die Antwort dämmerte ihm, als sein Bewußtsein sich langsam verdunkelte: Nicht tot. Ich sterbe. Ich liege im Sterben.
»Kein Puls mehr, Doktor!«
Sofort begann das Team mit Wiederbelebungsversuchen. Mickey massierte die Brust des jungen Mannes auf der Trage, während die Defibrillatoren vorbereitet wurden. Dann sagte sie, »Zurücktreten«, und der Junge auf der Trage zuckte. Alle sahen auf den Kardiographen. »Noch einmal«, sagte Mickey. Und diesmal wirkte es.
Im Flur der Notaufnahme des Great Victoria Krankenhauses standen zitternd zwei junge Männer mit Badetüchern um die Schultern. Das lange Haar hing ihnen in salzfeuchten Strähnen auf die Schultern, die weiten Surfshorts klebten naß an ihren Körpern. Sie zitterten nicht, weil ihnen kalt war, sondern weil sie Angst hatten. Sie wußten nicht, ob sie den Freund noch rechtzeitig aus dem Wasser gezogen hatten.
Der achtzehnjährige Jason Butler, ein hervorragender Surfer, und seine beiden Freunde hatten es mit den vierzig Fuß hohen Brechern am Strand von Makaha aufnehmen wollen. Niemand konnte genau sagen, was geschehen war: Eben noch hatte Jason auf seinem Brett gestanden und die Welle mit dem Selbstvertrauen und der Sicherheit genommen, die man bei ihm gewohnt war; im nächsten Moment war er plötzlich im Wasser und wurde ins Meer hinausgerissen. Das vom Wasser herumgeschleuderte Surfbrett hatte ihm schwere Verletzungen beigebracht. Als seine Freunde ihn herauszogen und sein zertrümmertes Gesicht sahen, glaubten sie, einen Toten gerettet zu haben.
Doch Jason Butler war noch am Leben, und das Team in der Notaufnahme bemühte sich, dieses Leben, das nur an einem seidenen Faden hing, zu erhalten.

Als Mickey vier Stunden später aus dem Operationstrakt kam, war Jason auf dem Weg zur Intensivstation. Drei Operateure, Mickey unter ihnen, hatten sich um ihn bemüht. Alles, was sie zu diesem Zeitpunkt für den Jungen hatten tun können, war ihn zu stabilisieren. Während Mickey die zertrümmerten Gesichtsknochen mit Drähten zusammengefügt und die zahlreichen Schnittwunden genäht hatte, hatten zwei orthopädische

Chirurgen Jason das rechte Bein abgenommen. Er war immer noch bewußtlos, und sein Zustand war kritisch, die schweren Blutungen hatten gestillt werden können, doch sein Puls und seine Atmung waren stabil.
Man hatte Mickey gesagt, daß im Warteraum der chirurgischen Station der Vater säße. Sie fand den Mann ganz allein, blicklos vor sich hin starrend.
»Mr. Butler?« Sie bot ihm die Hand. »Ich bin Dr. Long.«
Er sprang auf und nahm ihre Hand. »Wie geht es meinem Sohn, Doktor?«
»Ich kann nur sagen, den Umständen entsprechend.«
»Dann lebt er?«
»Ja, er lebt.«
»Gott sei Dank«, sagte Butler und sank wieder auf das Sofa.
Mickey setzte sich ihm gegenüber in einen Sessel, um ihm über Jasons Zustand zu berichten und zu erläutern, was sie unternommen hatten, um sein Leben zu retten.
»Ihr Sohn hat an Hals und Kiefer schwere Verletzungen erlitten, Mr. Butler. Die haben wir zuerst versorgt, um sicherzustellen, daß er atmen kann. Aber wir sind leider noch nicht aus dem Gröbsten heraus. Ehe wir weitere Untersuchungen vornehmen können, muß Jasons Zustand sich stabilisieren. Er hat einen Schädelbruch und möglicherweise weitere Verletzungen. Das ganze Ausmaß kennen wir noch nicht.«
Mickey musterte den Mann, der ihr gegenüber saß. Sie wußte, daß er Harrison Butler hieß, Eigentümer der Firma Butler Pineapple war, des zweitgrößten Ananasproduzenten auf den Inseln. Sie schätzte sein Alter auf etwa sechzig Jahre, aber er wirkte körperlich fit und sportlich. Und er war ein sehr gutaussehender Mann.
»Kann ich etwas für Sie tun, Mr. Butler?« fragte sie behutsam.
Er richtete die grauen Augen auf sie. »Wann kann ich zu ihm?«
»Das wird noch eine Weile dauern. Er ist jetzt auf der Intensivstation. Er ist immer noch bewußtlos, Mr. Butler.«
Butler nickte. Sein Blick entglitt ihr wieder in weite Fernen.
»Ich habe das Surfen nie gemocht«, sagte er beinahe wie zu sich selbst.
»Im letzten Jahr wollte er Drachenfliegen; da bin ich unerbittlich geblieben. Aber das Surfen lag ihm immer schon im Blut. Er hat seit seinem fünften Lebensjahr auf dem Surfbrett gestanden. Ich wußte, daß das hier eines Tages passieren würde.«
Mickey blieb schweigend bei ihm sitzen; sie hatte die Erfahrung gemacht, daß das häufig half. Während sie bei ihm saß, achtete sie auf Anzeichen eines Zusammenbruchs. Nicht selten brauchen die Angehöri-

gen von Patienten Beruhigungsmittel. Doch Harrison Butler schien nicht zu ihnen zu gehören. Er saß nur da und starrte ins Leere.
Mickey fand ihn sehr elegant in dem gutsitzenden Maßanzug mit der burgunderroten Seidenkrawatte. Kultiviert und vornehm, dachte sie. Ein klar geschnittenes Gesicht, schmal, mit hoher Stirn und gerader Nase.
Als sie über den Krankenhauslautsprecher ihren Namen hörte, stand sie auf. »Ich bin Jasons Ärztin, Mr. Butler. Wenn Sie Fragen haben, oder auch, wenn Sie nur sprechen wollen, dann rufen Sie mich bitte an. Das Krankenhaus kann mich jederzeit erreichen, ganz gleich, wo ich bin.«
In den folgenden vierzehn Tagen konnte Mickey damit rechnen, Harrison Butler an einem von zwei Orten zu sehen: in dem kleinen Warteraum, der zur Intensivstation gehörte, oder am Bett seines Sohnes. Er war immer höflich, niemals aufdringlich, dankbar für alles, was für Jason getan wurde. Nie machte er jemandem Vorwürfe oder machte seinen Ängsten und Sorgen in Form von Zornausbrüchen Luft, die er an das Personal richtete. Er sah ein, daß Jason die bestmögliche Pflege hatte und gab sich damit zufrieden.
Manchmal saß er da und diktierte Geschäftsbriefe; zu anderen Zeiten war er am Telefon und verhandelte über Verträge und geschäftliche Transaktionen. Nie begleitete ihn jemand; nie kamen andere Angehörige Jason besuchen. Ob am frühen Morgen oder spät am Abend, Harrison saß entweder im Warteraum oder am Krankenbett, ruhig und beherrscht. Ein Mann, dachte Mickey, der niemals die Haltung verlor, ein Mann mit unerschütterlichem Selbstvertrauen.
Einmal ließ er den Schwestern auf der Intensivstation einen großen Früchtekorb schicken; ein andermal schickte er den neun anderen Patienten auf der Station Blumen. Und wenn er Mickey begegnete, erkundigte er sich nach ihrem eigenen Befinden.
Er sah wirklich müde aus. Die vierzehn Tage unermüdlichen Wachens hatten ihre Spuren hinterlassen.
»Mr Butler. Wollen Sie nicht nach Hause gehen und sich etwas ausruhen?«
»Ich möchte das Krankenhaus nicht verlassen, Dr. Long. Ich möchte in der Nähe meines Sohnes sein.«
»Aber im Augenblick können Sie doch nichts tun. Ich denke, nach einigen Stunden Schlaf werden Sie sich viel besser fühlen. Wann haben Sie denn das letztemal etwas gegessen?«
Er seufzte und sah auf seine Uhr. »Zum Frühstück, glaube ich. Aber wann haben *Sie* denn zuletzt gegessen, Dr. Long?«

Sie lächelte. »Ärzte müssen essen, wenn sich's gerade ergibt, Mr. Butler. Ich hole mir jetzt etwas in der Kantine.«

»Bitte nennen Sie mich Harrison. Es kommt mir vor, als gehörten wir einer Familie an. Darf ich die Ärztin meines Sohnes vielleicht zum Abendessen einladen?«

Sie überlegte einen Moment. Sein Blick verriet soviel – die tiefe Sorge, die Ängste.

»Gleich gegenüber vom Krankenhaus ist ein kleines italienisches Restaurant«, sagte sie. »Da bekommt man zu jeder Tages- und Nachtzeit etwas zu essen. Ich muß mich nur rasch umziehen. Wir können uns ja unten im Foyer treffen.«

Es war so ein kleines Lokal mit karierten Tischtüchern und Kerzen in Chiantiflaschen. Die Speisekarte war einfach und nicht teuer. Viele der Krankenhausangestellten kamen zum Essen hierher, und es war nichts Ungewöhnliches, einen Piepser zu hören und jemanden hinausstürzen zu sehen.

»Ich danke Ihnen, daß Sie mir Gesellschaft leisten, Dr. Long«, sagte Harrison, nachdem sie bestellt hatten. »Ich bin es zwar gewohnt, allein zu essen, aber heute abend –« Er breitete die Hände aus.

»Bitte nennen Sie mich Mickey«, sagte sie lächelnd. »Wie Sie selber vorhin sagten – es kommt mir vor, als gehörten wir einer Familie an.«

Er nickte ernsthaft. »Das Unglück bringt die Menschen einander näher, nicht?«

Es gab eine Menge Fragen, die Mickey ihm gern gestellt hätte – wo Jasons Mutter war, ob er keine Geschwister hatte –, aber sie verkniff sie sich. Ihre Beziehung war, auch wenn die Kulisse noch so intim war, nicht persönlicher Natur.

»Ich kann Ihnen nicht sagen, wie dankbar ich für all das bin, was Sie für meinen Jungen tun«, sagte Harrison. »Ich weiß nicht, was – was ich ohne Jason anfangen würde. Er ist das einzige, was ich habe.«

Mickey sagte nichts. Sie wußte, daß Harrison ihr von selber alles erzählen würde.

Wenn Harrison nicht gerade in Honolulu zu tun hatte, wo er in der Nähe von Koko Head ein Haus hatte, lebte er mit Jason zusammen auf der Insel Lanai in dem alten Haus der Familie, das den Namen Pukula Hau trug.

»Jason ist in Pukula Hau geboren«, erzählte Harrison mit gedämpfter Stimme. »*Ich* bin dort geboren. Mein Vater baute das Haus 1912 und zog 1913 mit meiner Mutter dort ein, die er gerade geheiratet hatte. 1916 mußte er in den Krieg und kam nie zurück. Ich kam im folgenden Jahr zur Welt. Meine Mutter hat mich allein großgezogen und leitete außerdem unser Unternehmen. Als sie vor zwanzig Jahren starb, erbte ich die Firma. Und ich will sie Jason weitergeben.«

Mickey wußte, daß Harrison Butler Millionär war. Man konnte den Namen Butler überall auf der Insel sehen, an Häuserwänden und an Anschlagtafeln. Im Lauf der Jahre jedoch hatte Harrison die Leitung des Unternehmens in die Hände von Angestellten gelegt, um sich selber anderen Interessen zuwenden zu können. Er hatte sich seitdem an allen möglichen geschäftlichen Unternehmen beteiligt; sein neuestes Interesse, erklärte er, gelte dem Film. Einer der Filme, die er finanziert hatte, hatte sich bereits als Kassenschlager entpuppt. Er hatte die Absicht, in Zukunft noch tiefer ins Filmgeschäft einzusteigen.

Bald schon lenkte Harrison das Gespräch in andere Bahnen und ließ sich von Mickey aus ihrem Leben erzählen.

»Sie sind offensichtlich eine Frau, die weiß, was sie will, und ihr Ziel mit Entschlossenheit verfolgt«, stellte er fest, nachdem er über ihre fünfeinhalbjährige Fachausbildung am Great Victoria gehört hatte. »Eine so lange Ausbildung auf sich zu nehmen und dafür auf so viele andere Dinge zu verzichten, das braucht eine Menge Kraft und Courage.«

Die ›anderen Dinge‹ waren Mann und Familie. Auch jetzt, da sie im letzten Jahr ihrer Fachausbildung war und mehr Zeit für sich selber hatte, war Mickey nicht bereit, ihre Energien zu teilen.

»Wann werden Sie denn fertig?«

»Im nächsten Juni. Nach der langen Zeit am Krankenhaus wird es mir sicher merkwürdig vorkommen, ganz allein zu arbeiten.«

»Wollen Sie Ihre eigene Praxis eröffnen?«

»Ja, das habe ich vor. Ich will gleich nach Neujahr anfangen, mich nach Räumen umzusehen.«

Er betrachtete einen Moment das schöne Gesicht mit den klassischen Zügen, auf denen das flackernde Kerzenlicht spielte. Mickey trug das blonde Haar immer noch so, wie Ruth und Sondra es ihr damals vor acht Jahren frisiert hatten – in einem strengen Nackenknoten. Wie eine Ballerina, dachte Harrison. Mickey Long war eine aufregend schöne Frau. Er konnte nicht verstehen, daß sie nicht verheiratet war.

»Darf ich Sie gelegentlich wieder einmal zum Essen einladen?« fragte er.

Ehe Mickey antworten konnte, tönte der Piepser, den sie in der Handtasche bei sich hatte.

»Entschuldigen Sie mich bitte«, sagte sie und ging zum Telefon.

Als sie an den Tisch zurückkehrte, genügte Harrison ein Blick auf ihr Gesicht, um zu erraten, weshalb sie gerufen worden war.

»Es ist Jason«, sagte er.
»Ja. Es tut mir leid, Harrison. Eine Lungenembolie. Es kam ganz plötzlich.«
Er nickte und stand auf. »Gehen Sie mit mir ins Krankenhaus hinüber?«

Mickey liebte ihre Wohnung. Sie hatte sie ganz nach ihrem persönlichen Geschmack mit den Dingen eingerichtet, die sie im Lauf der vier Jahre, seit sie sich von Gregg Waterman getrennt hatte, zusammengetragen hatte. Vom Balkon aus, wo sie häufig saß, hatte sie einen herrlichen Blick auf Diamond Head. Sie hatte es gern ruhig und war viel für sich. Wenn sie frei hatte, saß sie am liebsten zu Hause und las oder hörte klassische Musik. Wenn es sie gerade lockte, machte sie in ihrem kleinen Auto auch einmal eine Fahrt über die Insel. Sie hatte Freunde, aber sie scheute große Gesellschaft. Ihre engsten Freunde waren Toby Abrams, der jetzt seine eigene Praxis hatte, und seine Frau; immer wieder einmal versuchten die beiden, Mickey mit einem passenden Mann zu verkuppeln.
Mickey hatte gegen diese Bemühungen nichts einzuwenden, aber bisher waren sie erfolglos geblieben. Die Männer waren immer nett und sympathisch gewesen, aber gefunkt hatte es nie.
An diesem windigen Morgen im März, dem Beginn ihres freien Wochenendes, wollte Mickey zu einer gemütlichen Fahrt um die Insel starten. Sie hatte erst vor kurzem begonnen, sich mit ihrer tropischen Heimat so richtig vertraut zu machen und Oahu wie eine Touristin mit Fotoapparat und Badezeug zu erkunden. An diesem Tag wollte Mickey ins Polynesische Kulturzentrum auf der Nordostseite der Insel, wo man das Modell einer typischen Südsee-Siedlung aufgebaut hatte. Unterwegs wollte sie am Blow Hole und am Chinaman's Hat fotografieren.
Die Surfer würde sie diesmal nicht fotografieren.
Jason Butlers Tod war für alle ein Schlag gewesen – für Mickey, für die anderen Ärzte, die mit dem Fall befaßt gewesen waren, und für die Schwestern auf der Intensivstation. Nach jenem ersten Moment in der Notaufnahme, wo Jason in Schmerz und Verwirrung zu Mickey aufgesehen hatte, hatte er das Bewußtsein nicht wiedererlangt. Sein Vater hatte vierzehn Tage lang nahezu Tag und Nacht an seinem Bett gesessen und auf ein Lebenszeichen des Jungen gehofft, doch Jason war nie wieder aus dem Koma aufgewacht.
Harrison Butler hatte Mickey das letztemal am Abend von Jasons Tod gesehen, als man sie aus dem Restaurant ins Krankenhaus gerufen hatte. Als sie ins Krankenzimmer gekommen waren, hatten die Schwestern

schon alle Apparate abgestellt und das Laken bis zu Jasons Hals heraufgezogen. Sein Kopf war bandagiert gewesen, man hatte kaum etwas von ihm erkennen können. Ebensogut hätte ein Fremder da liegen können; irgend jemands Sohn. Nicht tot, nur im Schlaf. Mickey und die Schwestern hatten Harrison mit seinem toten Sohn allein gelassen. Er blieb lange in dem kleinen Raum, und als er herauskam, war sein Gesicht bleich und eingefallen, aber sonst zeigte es keine Regung. Harrison hatte allen die Hand gegeben und jedem Einzelnen für seine Bemühungen gedankt. Dann war er gegangen.

Vier Monate war das her. In dieser Zeit hatte Harrison Butler sich nur einmal gemeldet; er hatte dem Great Victoria Krankenhaus einen CAT Scanner gestiftet, einen der revolutionierenden neuen Diagnoseapparate zur Entdeckung von Gehirnschäden.

Nachdem Mickey ihre Tasche gepackt hatte, steckte sie noch die beiden Briefe ein, die sie unterwegs aufgeben wollte. Der eine war an Ruth gerichtet, Glückwünsche zur Geburt der kleinen Leah; der andere an Sondra und Derry, die in zwei Wochen ihren vierten Hochzeitstag feiern würden.

Als Mickey die Balkontür schloß, blickte sie noch einmal zum Diamond Head hinaus, der in majestätischer Größe in den strahlend blauen Himmel hineinragte. An seinem Fuß glänzten weiße Häuser, Palmen und Gärten im Frühlingsflor. In einer dieser Straßen hatte Mickey ihre erste eigene Praxis. Mit Hilfe eines Kredits hatte sie sie bereits eingerichtet und eine Sprechstundenhilfe sowie eine Arzthelferin engagiert. In drei Monaten würde sie anfangen. Sie würde morgens aufstehen und nicht, wie in den vergangenen sechs Jahren, zum Krankenhaus hinübergehen. Sie würde das kurze Stück zu Fuß gehen, ihre Jacke und ihre Tasche in ihren eigenen Räumen aufhängen und sich dann an ihren eigenen Schreibtisch setzen, um ihre Patienten zu empfangen.

Nur noch drei Monate.

Habe ich eigentlich Angst davor? fragte sie sich. Ja, ein wenig schon. Für diese Praxis da unten habe ich die letzten zehn Jahre gerackert. Und jetzt, wo ich sie habe, macht es mir tatsächlich ein wenig Angst.

In drei Monaten würde Mickey endlich frei sein, konnte leben wo und wie sie wollte, konnte arbeiten, wo sie wollte, lieben, wen sie wollte. Aber es wartete niemand auf sie.

Gerade als sie zur Tür hinaus wollte, klingelte das Telefon. Stirnrunzelnd hob sie ab. Im Krankenhaus wußte man, daß sie nicht im Dienst war.

»Hallo?«

»Mickey?« Die Stimme war vertraut. »Hier spricht Harrison Butler. Ich würde Sie gern sehen, Mickey. Paßt es Ihnen heute?«
»Harrison!«
»Ich muß mit Ihnen reden, Mickey.«

Der Abend war heiß und feucht, *kona* Wetter. Kurz bevor Mickey und Harrison aus Mickeys Wohnung gingen, hörten sie aus dem Radio noch die Warnung: Gegen Mitternacht wurde auf der Südseite der Insel ein schwerer Gewittersturm erwartet.
Sie wollten zu einem Ball, der im Washington Place, der ehemaligen Residenz der Königin Liliuokalani, jetzt Amtssitz des Gouverneurs von Hawaii, stattfinden sollte. Mickey saß schweigend an Harrisons Seite im Wagen, der sich in die lange Kette blitzender Limousinen eingereiht die lange Allee von Pilinußbäumen zum Portal des Palasts hinaufschob. Das Gebäude, inmitten grüner Rasenflächen gelegen, war im vergangenen Jahrhundert erbaut, ein Symbol exotischer Pracht und entschwundener Zeiten. Während Mickey den Prunkbau im Glanz seiner Lichter betrachtete, wurde sie sich bewußt, wie glücklich sie war. Sie liebte den Mann an ihrer Seite.
Seit seinem unerwarteten Anruf im März, der jetzt sechs Monate zurücklag, hatten sie sich regelmäßig gesehen. Mickey hatte damals ohne viel Überlegung ihre Tagespläne fallenlassen und war statt dessen stundenlang mit Harrison einen einsamen Strand entlanggewandert. Schweigend hörte sie ihm zu, während er von Jason sprach, von seinem Schmerz und seiner Trauer, der tiefen Einsamkeit, in der er monatelang gelebt hatte, allein in seinem Haus auf Lanai, für niemanden zu sprechen. Als er nach vier Monaten aus den Tiefen des Schmerzes aufgetaucht war, hatte er ein ungeheures Bedürfnis verspürt, Mickey zu sehen und mit ihr zu sprechen. Er wußte, daß sie verstehen würde, was in ihm vorging; sie hatte die schlimmen Tage ja miterlebt.
Sie legten an jenem Tag einen langen Weg zurück. Beide konnten sie endlich die Gefühle herauslassen, die sich in ihnen angestaut hatten: der Vater, der den Sohn, die Ärztin, die den Patienten verloren hatte. Als sie bei Sonnenuntergang zurückkehrten, in einem guten Schweigen, wußten sie beide, daß etwas Besonderes sich zwischen ihnen angesponnen hatte.
Es war eine warme Beziehung ohne Forderungen und ohne Bedingungen, die sie miteinander verband; gemeinsame Nachmittage, gelegentlich ein Konzert, eine Fahrt zum Waimea Bay zum Mittagessen. Für Mickey war es nicht die berühmte Liebe auf den ersten Blick gewesen, der

coup de foudre; die Liebe hatte sich langsam entwickelt, gegründet auf gemeinsamen Interessen und Ansichten und gegenseitiger Achtung, aus der Vertrauen und Offenheit gewachsen waren.

Harrison Butler war ein warmherziger und generöser Mensch mit hoher Sensibilität. Der Altersunterschied – Harrison war sechzig, Mickey dreißig – war für Mickey nicht so wichtig, wie sie anfänglich geglaubt hatte. Harrisons jugendliche Kraft und Vitalität machten ihn vergessen.

Dennoch blieb die Beziehung irgendwie ungeklärt. Sie waren Freunde, aber kein Liebespaar, tasteten sich gewissermaßen behutsam an der Oberfläche entlang und zogen sich augenblicklich zurück, wenn tiefere Verstrickung unvermeidlich schien. Tage konnten vergehen, ohne einen Anruf von ihm, dann meldete er sich, und sie verbrachten wunderbare Stunden zusammen, kamen sich einen Nachmittag, einen Abend lang sehr nahe, und dann trennten sie sich wieder. Ganz selten einmal kam es vor, daß eine Atmosphäre wie bei zwei Liebenden zwischen ihnen entstand, wenn Harrison vielleicht ihre Hand nahm und sie still ansah. Aber sobald Nähe drohte, tieferes Sich-Einlassen, zog Harrison sich so abrupt zurück, als hätte er Angst. Das Wort ›Liebe‹ war niemals zwischen ihnen gefallen; sie hatten sich nie geküßt.

Als Harrison sie einmal nach Lanai mitgenommen hatte, in sein herrliches Haus, das hoch auf einem Felsen stand, hatte Mickey gehofft, es hätte eine tiefere Bedeutung. Aber der Besuch hatte eine völlig unerwartete Wendung genommen.

An jenem Tag im Juli, als sie mit Harrison in seinem Privatjet nach Lanai geflogen war, war Jonathan wieder in ihr Leben getreten. Für Mickey war es ein Schock gewesen, da sie überhaupt nicht damit gerechnet hatte.

Als Mickey auf Lanai in Pukula Hau ankam, erfuhr sie, daß für den Abend ein Fest geplant war. Hundert Gäste in Smoking und *holoku* Abendroben amüsierten sich bei Champagner und hawaiischen hors d'œuvres im erleuchteten Park zu den Klängen einer Band, die sie mit Inselmelodien unterhielt. Gegen Mitternacht hatte es ein üppiges *luau* gegeben, mit *kalua* Schwein, das in einer mit Steinen ausgelegten Grube geschmort hatte. Danach, als der Lachs und die in Blätter gehüllten Fleischstücke gegessen waren, hatte Harrison seinen Gästen die Überraschung des Abends präsentiert: eine Vorführung des neuen Films *Invaders*, der noch nicht im Verleih war.

Leicht beschwipst begaben sich die Gäste in den kleinen Vorführraum im Ostflügel des Hauses und sanken faul in die komfortablen Plüschsessel vor der Leinwand. Es war bekannt, daß Harrison Butler dank seinen Verbindungen zur Filmbranche Zugang zu erstklassigen Filmen hatte, die

noch nicht im öffentlichen Verleih waren; die Gäste wußten, daß etwas Besonderes sie erwartete. Dennoch fürchteten einige, daß sie, von den Anstrengungen des üppigen Mahls erschöpft, während der Vorstellung einnicken würden.
Doch kaum hatte der Film begonnen, waren alle wieder hellwach. Ein cinematisches Feuerwerk riß die verblüfften Zuschauer, ehe sie sich's versahen, mitten in ein wirbelndes Inferno einer gewaltigen Atomexplosion, die den Erdball sprengte und die Sterne aus ihren Bahnen schleuderte.
»Ach, Science Fiction«, brummte jemand in der Dunkelheit, aber das blieb während der nächsten drei Stunden der einzige Kommentar, und als nach Ende des Films die Lichter angingen, rührte sich zunächst keiner der Zuschauer.
Als der Bann sich löste, hörte Mickey hier und dort abgerissene Kommentare. »Science Fiction! Ich dachte, das wäre längst begraben und vergessen.« »Wer ist der Regisseur? Archer? Hat der nicht früher Dokumentarfilme gemacht?«
Gesprächsfetzen drangen an Mickeys Ohren. »Er ist mit dieser französischen Schauspielerin verheiratet – Vivienne.« – »Archer ist zur Zeit gerade drüben in Kahoolawe. Zur Drehortbesichtigung für seinen nächsten Film. Es soll eine Fortsetzung zu diesem hier werden, heißt es.«
Er ist zur Drehortbesichtigung in Kahoolawe.
Damals hatte sie flüchtig mit dem Gedanken gespielt, mit ihm Verbindung aufzunehmen; nur aus Freundschaft, hatte sie sich gesagt, in Erinnerung an alte Zeiten. Der Impuls hatte rasch nachgelassen; sie hatte der Realität ins Auge gesehen. Er ist verheiratet. Wir sind nicht mehr die, die wir einmal waren.
Vor kurzem hatte sie sein Gesicht auf dem Titelblatt von *Time* gesehen, ein wenig älter, das Haar jetzt modisch kurz geschnitten, in den von feinen Fältchen umgebenen Augen ein neues Selbstvertrauen, das faszinierte. Eines der neuen Wunderkinder Hollywoods. »Ein Gesicht, das *vor* der Kamera sein sollte und nicht dahinter«, hatte eine Kolumnistin geschrieben.
Mickey gönnte ihm den Erfolg. Er hatte das Ziel erreicht, das er sich gesetzt hatte. Genau wie sie selber. Nach den ersten drei Monaten in ihrer eigenen Praxis wußte sie, daß ihre Ängste grundlos gewesen waren. Sie hatte die richtigen Entscheidungen getroffen. Die Opfer, die sie gebracht hatte, hatten sich gelohnt. Es war richtig gewesen, nicht zum Glockenturm zu gehen. Sie war jetzt Fachärztin für Plastische und Wiederherstellungschirurgie mit eigener Praxis und wachsender Patienten-

zahl. Und sie saß in diesem Augenblick an der Seite des Mannes, den sie liebte.
Zum vollkommenen Glück fehlt ihr nur die Gewißheit, daß Harrison ihr die gleichen Gefühle entgegenbrachte.
Man starrte sie an, als sie eintraten: Harrison Butler, groß und aufrecht, mit den klar gemeißelten Gesichtszügen eines Patriziers; Mickey, so groß wie er, gertenschlank, von faszinierender Schönheit in einem eisblauen Abendkleid. Es war, als beträten sie ein tropisches Wunderland. Das ganze Haus war mit raffinierten Arrangements farbenprächtiger Blumen und Blüten geschmückt, die einen berauschenden Duft verströmten. Die Türen waren mit Girlanden aus rotem und weißen Jasmin umkränzt, und jedem der eintreffenden Gäste wurde ein *Lei* aus weißen Orchideen und lavendelfarbener Bougainvillea umgelegt.
Mickey und Harrison mischten sich unter die Gäste, tauschten hier einige Worte, nickten dort jemandem zu. Manchmal nahm Harrison Mickey leicht beim Arm, ein-, zweimal legte er ihr kurz den Arm um die Schultern. Er war aufmerksam und zuvorkommend wie immer, versäumte nie, sie ins Gespräch miteinzubeziehen, wenn sie Bekannte von ihm trafen, bemühte sich, ihr jeden Wunsch von den Augen abzulesen. Und wenn sie den Eindruck hatte, daß Harrison an diesem Abend irgendwie anders war, so schrieb sie es ihrer Einbildung zu.
Sie war glücklich. Sie kam sich vor wie im Märchen. Wer hätte gedacht, daß Mickey, das Mauerblümchen, je einen solchen Abend erleben würde? Sie lachte viel; der Champagner wirkte wie ein belebendes Elixier, und Harrison hatte sie verzaubert. Sie wünschte sich, dieser Abend würde nie ein Ende nehmen.
Als sie mit Harrison tanzte, hätte sie ihr Glück und ihre Liebe am liebsten laut herausgesungen. Und ihr Begehren. Es war eine süße Sehnsucht, die sie seit Jahren nicht mehr verspürt hatte. Seit – Aber sie wollte jetzt nicht an Jonathan denken. Liebe ich ihn immer noch? fragte sie sich. Nein, nicht mehr. Das ist vorbei. Er ist nur noch eine Erinnerung; eine schöne und warme Erinnerung.
Und wenn ich ihm nun wiederbegegne? Mickey schlug sich den Gedanken aus dem Kopf. An diesem Abend war sie mit Harrison zusammen; diesen Abend wenigstens gehörte sie nur ihm.
Mitten im Tanz hielt Harrison plötzlich inne und sah Mickey mit einem Ausdruck an, den sie nicht deuten konnte. Er nahm ihren Arm und führte sie von der Terrasse hinunter, einen Weg entlang, der sich unter Bäumen und zwischen Blumenbeeten hindurchschlängelte. Als sie allein waren, die Klänge der Musik fern, blieb er stehen und sah sie lange an.

Mickey wurde unbehaglich. Den ganzen Abend schon hatte sie an Harrison eine Distanz zu spüren geglaubt, eine Abwehr, die sie nie zuvor bei ihm erlebt hatte. Und als sie ihm jetzt in die grauen Augen sah, die dunkel und ernst waren, erkannte sie, daß es nicht Einbildung gewesen war; Harrison war an diesem Abend wirklich anders als sonst.
»Mickey«, sagte er und legte seine Hände sachte auf ihre Arme. »Ich muß dir etwas sagen.«
Ein heißer, feuchter Wind kam plötzlich auf; das Gewitter braute sich zusammen.
»Ich versuche das schon seit einer ganzen Weile, aber irgendwie fand ich nie die richtigen Worte. Es fällt mir nicht leicht, Mickey.«
Äste und Blätter um sie herum gerieten in raschelnde Bewegung. Schwere Blüten fielen zur Erde. Mickey sah ihn abwartend an.
»Als meine Frau mich vor fast achtzehn Jahren verließ«, sagte er leise, »war das für mich der schlimmste Verlust, den ich je erlitten hatte. Sie war wesentlich jünger als ich. Sie war zwanzig, ich vierzig, als wir heirateten. Ich dachte, sie wäre glücklich in Pukula Hau. Ich glaubte, sie liebte unser gemeinsames Leben auf der Insel. Ich hatte keine Ahnung, daß das Haus für sie ein Gefängnis war und ich der Kerkermeister.«
Der Wind wurde heftiger. Palmenblätter schlugen klatschend aneinander.
»Nach Jasons Geburt wurde sie rastlos und launisch. Ich glaubte, das würde sich geben. Ich glaubte, sie würde ihre Erfüllung in der Sorge um das Kind finden. Aber ich täuschte mich. Eines Tages, als ich von der Plantage zurückkam, war sie nicht mehr da. Sie hatte mir einen Brief hinterlassen. Sie wollte nichts von mir außer ihrer Freiheit. Sie war mit einem jungen Mann von der Insel weggegangen. Ich wartete zwei Jahre, ehe ich die Scheidung einreichte. Ich hoffte immer, sie würde zurückkommen.«
Harrison schwieg einen Moment. »Als Jason sechs wurde, engagierte ich einen Privatdetektiv, um sie suchen zu lassen. Sie hatte sich wieder verheiratet und führte in den Staaten ein Nomadenleben. Dann verlor ich sie aus den Augen und akzeptierte die Tatsache, daß sie nie zurückkehren würde. Ich richtete mich in einem neuen Leben mit Jason ein.«
Harrisons Stimme wurde brüchig. Sein Gesicht spiegelte seinen Schmerz. Mickey nahm seine Hand.
»Als Jason starb«, fuhr er fort, »war das für mich noch einmal der gleiche grausame Verlust. Ich glaubte, diesmal würde ich es nicht überleben. Als mir dann klar wurde, daß ich mich mit meinem Schmerz selber zerstörte, dachte ich an dich.«

Jetzt tobte der Wind. Durch die Bäume kam das Gelächter der Gäste, die von der Terrasse ins Haus flüchteten. Harrison faßte Mickey fester, als wolle er verhindern, daß der Sturm sie davontrug.

»Noch einen solchen Verlust könnte ich nicht aushalten, Mickey«, sagte er eindringlich. »Ich muß wissen, wie deine Gefühle zu mir sind. Ob auch nur die kleinste Hoffnung besteht, daß wir uns ein gemeinsames Leben aufbauen können; ob du bereit bist, bei mir zu bleiben. Wenn es diese Hoffnung nicht gibt, muß ich mich von dir trennen. Noch heute, solange ich die Kraft dazu habe.«

Ehe sie antworten konnte, flog ein Palmwedel, den der Sturm losgerissen hatte, vor ihr klatschend zu Boden. Sofort nahm Harrison sie schützend in die Arme. Blätter so groß wie Elefantenohren knallten im peitschenden Sturm; Sand, kleine Kiesel und Blumenköpfe wirbelten durch die Luft. Irgendwo in der Nähe brach krachend ein Ast. Mickey drückte den Kopf an Harrisons Schulter. Es tat gut, einmal schwach sein zu dürfen, sich der Kraft eines anderen anzuvertrauen.

Lange standen sie so. Dann fielen die ersten schweren Regentropfen. Die Erde um sie herum begann zu dampfen. Mickey hob den Kopf, drückte ihre Wange an die seine und sagte leise: »Fahren wir nach Hause, Harrison.«

Drinnen im Haus näherte sich das Fest seinem Höhepunkt. Hand in Hand, als fürchteten sie, das neue Band zwischen ihnen könnte zerreißen, drängten sich Mickey und Harrison durch die ausgelassene Menge und gerieten in ein kleines Chaos, als sie ins Foyer gelangten, wo die einen mit geliehenen Schirmen hinausdrängten, um nach Hause zu fahren, während von draußen gleichzeitig neue Gäste hereinströmten.

Es dauerte einige Minuten, bis Harrisons Wagen vorgefahren wurde. Sie warteten ungeduldig, hatten nur einen Wunsch, endlich allein sein zu können.

Als der Wagen endlich kam, und sie die Treppe hinuntereilten, wandte Mickey ihr Gesicht von Wind und Regen ab und drückte ihren Kopf an Harrisons Schulter, der sie fest im Arm hielt. Darum sah sie nicht, daß aus dem Wagen hinter Harrisons Jonathan Archer stieg, der jetzt erst zum Ball kam.

Fünfter Teil
1980

28

Mickey hielt im Schreiben inne und sah nachdenklich in den Park hinunter, der sich zu ihren Füßen ausbreitete: saftig grüne Rasenflächen und alte Bäume, Orchideen und Schweifblumen in so kräftigen Farben, daß sie wie gemalt wirkten. Jenseits die silbrig grünen Ananasfelder, die bis an den Rand des türkis schimmernden Ozeans reichten. Hinter ihr erhob sich der alte Lanaihale, ein erloschener Vulkan, von dessen Gipfel man an klaren Tagen die Nachbarinseln sehen kann, Molokai, Maui, das kleine Kahoolawe, Oahu und die Große Insel.

Als Mickey vor zweieinhalb Jahren Pukula Hau das erstemal gesehen hatte, war sie sprachlos gewesen. Das Haus lag wie ein weißes Juwel inmitten einer Fassung aus Jade und Smaragd. Blautannen und Banyans beschatteten es und verliehen ihm einen Hauch von Zeitlosigkeit.

Sie frühstückte, wie das ihre Gewohnheit war, auf der breiten Veranda. Vor ihr auf dem Tisch lagen die Aufzeichnungen über ihre Patienten; sie waren für Dr. Kepler gedacht, der sie während ihrer Abwesenheit vertreten würde.

Mickey wartete auf den Wagen, der sie zum Flughafen von Lanai bringen würde. Seit sie vor etwas mehr als zwei Jahren hierher gezogen war, flog sie außer an den Wochenenden täglich in Harrisons Jet die knapp hundert Kilometer bis Honolulu und zurück. Wenn es der Zustand eines ihrer Patienten notwendig machte, daß sie über Nacht in Honolulu blieb, wohnte sie in dem Haus am Koko Head. An diesem Tag jedoch würde sie von Honolulu aus weiterfliegen nach Seattle. Zu Ruth.

Mickey schenkte sich noch eine Tasse Tee ein. In wenigen Stunden schon würde sie bei Ruth sein. Sie knüpfte ihre ganze Hoffnung an die bevorstehende Zusammenkunft.

Die vergangenen zwei Jahre mit Harrison waren beinahe wie ein Traum gewesen. Und doch fehlte etwas.

Mickey war, als verspürte sie einen kalten Windhauch. Oft hatte sie dieses Gefühl; immer wenn sie sich ihre Sehnsucht nach einem Kind bewußt machte.

Zu Beginn ihrer Ehe hatten sie beide kaum an Kinder gedacht, hatten einfach ihre Liebe und ihr Glück genossen. Dann kamen die mehr scherzhaften Spekulationen – stell' dir vor, wenn..., wäre es nicht schön,

wenn... –, und langsam hatte sich Spannung aufgebaut, die Enttäuschung war von Monat zu Monat bitterer geworden, die heiteren Spekulationen wichen ängstlicher Besorgnis.
Im vergangenen März schließlich hatte Mickey den Mut aufgebracht zu fragen: »Meinst du, es könnte etwas nicht in Ordnung sein?« Harrison, erleichtert, daß die unausgesprochenen Ängste endlich auf dem Tisch waren, hatte sofort zugestimmt, daß sie ›etwas tun‹ sollten.
Neun Monate waren seitdem vergangen – Ironie, diese Zahl. Der Spezialist in Pearl City hatte sich geschlagen gegeben. »Ich weiß nicht, woran es liegt. Sie sind beide normal und gesund. Sie dürften keine Schwierigkeiten haben.«
Da war Mickey Ruth eingefallen. Seit der Amnioskopie drei Jahre zuvor hatte sich der Schwerpunkt von Ruths Praxis von der allgemeinen Geburtshilfe auf Behandlung der Sterilität verlagert. Bei ihr erhoffte sich Mickey Hilfe.
Sie sah auf die Uhr; sie mußte sich langsam fertigmachen. Harrison würde gleich von den Feldern heraufkommen, er wollte sie zum Flughafen begleiten. Sie trank den letzten Schluck Tee und ordnete ihre Unterlagen, die sie in Honolulu Dr. Kepler übergeben wollte.
»Madam«, rief Apikalia, die philippinische Haushälterin, deren Mutter vor langer Zeit als junge Ehefrau eines der Plantagenarbeiter nach Pukula Hau gekommen war. »Mr. Butler bat mich, Ihnen zu sagen, daß er hier ist.«
»Danke, Apikalia. Ich komme sofort.«

»Du mußt das Chaos hier entschuldigen«, sagte Arnie, der Mickey mit ihren Koffern ins Haus folgte. »Ich hatte keine Zeit mehr aufzuräumen, bevor ich zum Flughafen fuhr. Wir haben eine Putzfrau, die einmal in der Woche kommt, aber die Ordnung hält sich hier nicht lange.«
Mickey sah sich im großen Wohnraum des alten Hauses um. Zwei behäbige Sofas, die nicht zusammenpaßten, ein grüner und ein orangefarbener Sessel, sämtlich mit Kinderbüchern und Puppen belegt, standen um den offenen Kamin, vor dem zwei Katzen dösten. Arnie führte sie in die riesige, unaufgeräumte Küche und fegte ein paar Zeitungen von einem Stuhl, damit sie sich setzen konnte.
»Ich mach' uns einen Kaffee«, sagte er. »Du bist die Kälte hier bestimmt nicht gewöhnt.«
Mickey lachte. »Ich glaube, ich lasse meinen Mantel an, bis meine Knochen aufgetaut sind.«
Er hatte Mickey lange nicht gesehen; sie war ihm fremd geworden. Er

hatte Ruth nicht begleiten können, als sie zur Hochzeit nach Hawaii geflogen war, doch er hatte von ihr gehört, was für ein luxuriöses Leben sie jetzt führte. Als er sie da an dem von Krümeln übersäten Küchentisch sitzen sah, genierte er sich plötzlich für dieses ungepflegte Haus.
Nachdem er den Kaffee aufgesetzt hatte, setzte er sich zu ihr an den Tisch. Er war verlegen und ein wenig unsicher.
»Die Großen sind in der Schule. Die Kleinen sind mit Mrs. Colodny, unserer Kinderfrau, oben.« Er hüstelte nervös. »Ruth hätte dich so gern selber abgeholt. Aber sie mußte zu einem Notfall ins Krankenhaus.«
Mickey betrachtete Arnie Roth, der nervös an einem Pfadfinderheft herumspielte, das vor ihm auf dem Tisch lag. Er war ein sympathischer, kompakter Mann mit schütter werdendem Haar, und einem scheuen Lächeln. Ein unauffälliger Mann in einem braunen Anzug mit weißem Hemd und brauner Krawatte; ein Mann, in dessen Anwesenheit man sich wohlfühlen konnte. Sie kannte ihn nicht richtig, hatte ihn seit ihrer Studienzeit nicht mehr gesehen, und Ruth erwähnte ihn nur selten in den kurzen Briefen. Arnie war jetzt Führer einer Pfadfindergruppe und sehr aktiv in seiner Männerloge.
»Ich freue mich, daß du gekommen bist, Mickey«, sagte er, während er den Kaffee einschenkte. »Das wird Ruth guttun. Sie hat hier nicht viele Freundinnen. Sie hat so viel zu tun...«
Wieder breitete sich Schweigen zwischen ihnen aus, bis ein paar Minuten später die Haustür aufgestoßen wurde, und eine Schar Mädchen mit kälteroten Wangen hereinstürmte. Mäntel und Mützen flogen in den Wandschrank, Bücher knallten auf die Ablage, und schon rannte die Schar durch das Wohnzimmer. An der Küchentür blieben sie stehen, aufgereiht, als sollten sie fotografiert werden: die kleinen vorn, die großen dahinter. Die siebenjährigen Zwillinge Naomi und Miriam, die achtjährige Rachel und die achtzehnjährige Beth. Alle vier starrten sie die fremde Frau an, die da am Küchentisch saß.
»Kommt her, Kinder«, sagte Arnie. »Sagt Tante Mickey guten Tag.«
»Hallo, Tante Mickey«, sagten die Zwillinge wie aus einem Mund.
Ein wenig unsicher breitete Mickey die Arme aus. Die augenblickliche Reaktion verblüffte sie. Ohne zu zögern flogen ihr die beiden kleinen Mädchen um den Hals. Sie spürte die Wärme ihrer kleinen Körper, nahm ihren frischen Geruch wahr, während jede ihr einen feuchten Kuß auf die Wange gab.
»Wohnst du jetzt bei uns?« fragte Rachel und kam etwas näher, um Mickey zu mustern.

»Eine Weile, ja.«
»Wir benützen zusammen ein Bad«, bemerkte Beth. »Ich habe schon ein Bord und einen Handtuchhalter freigemacht.«
Mickey lachte, als die Haustür wieder geöffnet wurde, und die hereinkam, auf die sie gewartet hatte.
»Ruth!« rief sie und stand auf.

Durch die geschlossenen Türen klangen gedämpftes Geschrei und Gelächter und das Quietschen der Betten. Hin und wieder gab es einen dumpfen Knall, wenn ein Kissen sein Ziel getroffen hatte.
»Sie werden bald ruhig sein«, sagte Ruth. »Sie sind unheimlich aufgedreht, weil du da bist.« Sie ging durch das Gästezimmer zum Fenster und setzte sich auf die Bank des kleinen Erkers. »Beth ist hingerissen von dir. Sie schwärmt zur Zeit für alte Filme und behauptet, du sähst aus wie Grace Kelly.«
Mickey schüttelte lachend den Kopf und fing an, ihren Koffer auszupakken. Auch für sie war es ein aufregender Abend gewesen, voll lärmender Lebendigkeit, wie sie sie nie erlebte. In dem ganzen Krach und wilden Durcheinander hatte dennoch Ordnung geherrscht: im Gänsemarsch die Treppe hinauf, um die Schulbücher zu verstauen, Umziehen, große Versammlung am offenen Kamin, wo es warme Milch und Kekse gab. Dann die täglichen Arbeiten: Die Zwillinge fütterten die Tiere; Rachel deckte den Tisch; Beth bereitete das Abendessen vor. Ruth hing über eine Stunde oben am Telefon, Arnie setzte sich unten vor den Fernseher und schaute sich die Nachrichten an. Die Kleinen – Sarah, Leah und Figgy, Beths kleines Mädchen – belegten Mickey mit Beschlag.
Beim Abendessen redete alles munter durcheinander, die Kleinen krähten, Arme griffen über den Tisch, ein Glas Milch kippte um, unter dem Tisch wippende Beine verteilten Fußtritte. Dann wurde das Geschirr gespült und getrocknet, der Boden gewischt, die Kleinen gebadet und an den Kamin gesetzt, die Tiere hinaus- und wieder hereingelassen, Ruth hing wieder am Telefon und Arnie versteckte sich hinter dem Sportteil der Zeitung, während Mickey von den Kindern belagert wurde.
Jetzt endlich, während sie ihren Koffer auspackte und Ruth ihr von ihrem Fensterplatz aus dabei zusah, kam das Haus langsam zur Ruhe. Arnie saß unten und sah sich die Spätnachrichten an, und die Mädchen versuchten krampfhaft, ja nicht einzuschlafen.
»Sie werden bald schlafen wie die Murmeltiere«, versicherte Ruth. »Sie sind todmüde.«
Mickey legte ihre gefalteten Sachen in die Kommode und dachte an die

stillen Räume von Pukula Hau. Wie ein Museum erschien ihr Pukula Hau im Vergleich mit diesem Haus; ein Museum mit glänzenden Böden, antiken Möbeln und Dienstboten, die lautlos hin und her eilten.
Während Ruth der Freundin beim Auspacken zusah, dachte sie an den strahlenden Februartag vor beinahe zwei Jahren zurück. War das eine Aufregung gewesen! Drei hektische Tage in Hawaii, zusammen mit Sondra und Mickey. Den Flug erster Klasse nach Honolulu hatte Mickey bezahlt; dort hatte sie Harrison Butlers Privatjet abgeholt und nach Lanai gebracht. Mickey hatte sie vor dem Portal eines alten Herrenhauses im Kolonialstil erwartet. Die drei Freundinnen verbrachten herrliche Tage miteinander, angefüllt mit Erinnerungen und langen Gesprächen, Gelächter und auch Tränen. Gemeinsam hatten sie vor dem Altar unter einem Baldachin aus tropischen Blüten und Palmen gestanden, Mickey an Harrisons Seite, Ruth und Sondra, die Brautjungfern, hinter ihnen. Anschließend der traumhafte Empfang mit Hunderten von Gästen, Musik und Champagner unter einem sternübersäten Tropenhimmel Mickey und Harrison hatten den ersten Tanz allein getanzt, und während sie sich auf der Terrasse drehten, regnete es aus einem Hubschrauber über ihnen Hunderte schneeweißer Orchideen auf sie herab.
»Und?« sagte Mickey. »Habt ihr von der Eruption am Mount St. Helen viel mitbekommen?«
»Überhaupt nichts. Kein Stäubchen. Das ist alles nach Idaho geblasen worden.«
»Ach«, sagte Mickey, sich aufrichtend. »Hier ist was für dich.« Sie hielt Ruth einen dicken Luftpostumschlag hin. »Von Sondra.«
Ruth stand auf. »Ich hab' ewig nichts von ihr gehört.«
Sie setzten sich nebeneinander auf das Bett und studierten mit gesenkten Köpfen die Fotografie. Sondra und Derry mit strahlenden Gesichtern, in Sondras Armen ein kleines Bündel.
»Mensch, schau dir diesen Mann an«, murmelte Ruth. »Einfach Klasse!«
Aber Mickey starrte auf das rosige Gesichtchen des zwei Monate alten Roddy. ›Wir haben ihn nach Derry genannt‹, hatte Sondra auf die Rückseite des Bildes geschrieben, ›der eigentlich Roderick heißt. Aber wir nennen ihn Roddy, damit wir Vater und Sohn auseinanderhalten können.‹
›Liebe Mickey, tut mir leid, daß ich so lange nicht geschrieben habe. Es ist einiges passiert, wie Du sehen kannst. Im Augenblick macht Roddy noch ziemlich viel Arbeit, aber ich bin selig. Der einzige Nachteil ist, daß ich nicht mit Derry auf Runde fahren kann. Aber das wird ja bald wieder

kommen, wenn Roddy ein bißchen größer ist, und ich ihn einer unserer Eingeborenenfrauen hier anvertrauen kann.
Es ist ziemlich spät am Abend, Roddy schläft schon. Derry ist im Taita Dorf, um einen Notfall zu betreuen. Ich bin ganz allein im Moment. Unsere kleine Siedlung schläft. Ich bin sehr glücklich. Manchmal frage ich mich, womit ich das verdient habe.
Es ist eigentlich paradox, Derry und ich sind im Grunde wie Nomaden, und doch fühlen wir uns hier so fest verwurzelt wie ein Affenbrotbaum. Wir könnten beide niemals ein ruhiges, beschauliches Leben an einem festen Ort führen – ganz Kenia ist unser Zuhause.
Mickey, bitte gib den Brief an Ruth weiter. Sie denkt bestimmt schon, ich hätte sie vergessen. Schreib mir doch bald einmal, ich möchte hören, wie es Euch geht. Wie schmeckt dir die Ehe? Was machen Ruths Kinder? Sei umarmt und *kwa heri*.‹
Eine kleine Weile blieben sie schweigend sitzen und lauschten dem Pfeifen des kalten Nordwestwinds.
»Und wie läuft deine Praxis?« Ruth drehte sich herum und lehnte sich an den Pfosten des altmodischen Himmelbetts.
»Gut. Am Anfang war mir ein bißchen mulmig so ganz allein und auf mich gestellt, aber jetzt fühle ich mich sehr wohl. Die Praxis ist nicht weit vom Great Victoria. Ich habe zwei Arzthelferinnen und eine Sprechstundenhilfe. Ich habe sehr viel zu tun. Aber du mit deiner Klinik bist mir natürlich weit voraus.«
Als der Supermarkt neben ihrer Praxis schließen mußte, hatte Ruth das Gebäude gekauft und renovieren lassen. Ihre Klinik nahm jetzt das ganze Haus an der Straßenecke ein, hatte alle modernen Einrichtungen einschließlich Röntgenabteilung und Labors, und die Patienten wurden von zwölf Angestellten betreut. Ruth erinnerte sich noch genau an den Tag, als ihr Vater gekommen war, um die neue Klinik zu besichtigen. Es war sein erster und letzter Besuch gewesen, und er hatte nichts weiter gesagt als: »Findest du diese Spezialisierung nicht ein bißchen einseitig?«
Es klopfte zaghaft an die Tür, und ein kleines, herzförmiges Gesicht schob sich durch den Türspalt. Es war die zweieinhalbjährige Leah.
»Mami, ich wollte Tante Mickey Wobbwy geben, damit sie nicht allein schlafen muß.«
Ruth nahm das kleine Mädchen in die Arme. »Das ist lieb von dir, Leah. Tante Mickey schläft bestimmt gern mit Lobbly.« Über ihre Schulter hinweg sagte sie zu Mickey: »Ich leg' sie gleich wieder hin. Keine Angst, das wird nicht die ganze Nacht so gehen.«
Mickey versicherte, daß es ihr nichts ausmache. Es macht mir wirklich

nichts aus, dachte sie, während Ruth mit dem Kind hinaus ging. Im Gegenteil, ich wäre froh, wenn mich nachts ein Kind wecken würde...
Ruth kehrte mit einer Puppe zurück, einem kleinen knautschigen Geschöpf mit vier Armen und zwei Schwänzen. Es war die Nachbildung eines der Geschöpfe, die Jonathan Archers Nachfolgefilm zu *Invaders* bevölkerten.
»Das ist wirklich Ironie des Schicksals«, sagte Ruth und warf die Puppe auf Mickeys Bett. »Jetzt schläfst du mit einem von Jonathans Geschöpfen. Denkst du noch manchmal an ihn?«
»Jetzt nicht mehr. Früher habe ich viel an ihn gedacht. Ab und zu frage ich mich, ob er mir immer noch böse ist, daß ich ihn damals am Glockenturm versetzt habe.«
»Versuchst du nicht manchmal, dir vorzustellen, wie dein Leben sich entwickelt hätte, wenn du hingegangen wärst?« Ruth kehrte zu ihrem Platz im Erker zurück.
»Ruth, kannst du mir helfen?«
»Erzähl mir erst mal, was du bis jetzt unternommen hast.«
Mickey seufzte. »Im vergangenen Februar waren Harrison und ich bei einem Spezialisten in Pearl City. Er meinte, wir dürften eigentlich überhaupt keine Schwierigkeiten haben.«
»Hast du die Unterlagen mit?«
Mickey hob ihre burgunderfarbene Aktentasche hoch, die zwischen den Koffern stand. »Dicker als das Telefonbuch von Manhattan.«
»Und Harrison?«
»Völlig normal. Es steht alles hier drinnen. Das Problem liegt offenbar bei mir.« Mickeys Stimme klang gepreßt. »Aber Dr. Toland hat nichts gefunden.«
Ruth setzte sich wieder zu Mickey aufs Bett. Sie hätte tausend Fragen stellen können, aber sie wußte die Antworten schon. Mickeys Haltung, die Bewegungen ihrer Hände, die Niedergeschlagenheit in ihrer Stimme sagten ihr alles.
»Habt ihr mal an Adoption gedacht?«
»Das ist nicht das gleiche, Ruth. Das Kind einer anderen Frau. Ich möchte es selber erleben, ich möchte wissen, wie es ist, ein Kind zu gebären. Und ich möchte, daß Harrison wieder einen Sohn bekommt. Kannst du mir helfen?«
Da war er wieder, dieser Gesichtsausdruck. So quälend vertraut. Nicht von ihren Patientinnen kannte sie ihn, von sich selber. Immer wenn Ruth in letzter Zeit in den Spiegel sah, entdeckte sie dieses gleiche stumme Flehen, diesen verlorenen Ausdruck, der sich aus ungestillter Sehnsucht,

Furcht und Verwirrung mischte. Mir geht es nicht anders als dir, Mickey. Ich möchte noch ein Kind.
»Ich komme mir vor wie ein brachliegendes Feld«, sagte Mickey leise. »Es ist entsetzlich. Jede Menstruation kommt mir wie ein neues Todesurteil vor. Ich glaube, ich werde verrückt vor Sehnsucht und Verlangen.«
»Ich weiß, Mickey. Ich kenne das aus meiner Gruppe, in der die Frauen offen über ihre Ängste und ihren Zorn sprechen. Verlorene Weiblichkeit, das Gefühl, vom eigenen Körper verraten zu werden, Selbsthaß, das Gefühl der Nutzlosigkeit –«
Aber Ruthie, hatte Arnie gesagt, du kannst doch nicht im Ernst noch ein Kind wollen! Doch, ich will. Du hast keine Ahnung, wie sehr ich es will, Arnie. Aber das Risiko! Wir haben fünf gesunde Kinder bekommen, Arnie. Warum nicht noch eines dazu? Das ist doch Wahnsinn, Ruthie. Und reiner Egoismus.
Ruth fuhr sich mit der Hand über die Augen, Arnie, warum streiten wir in letzter Zeit soviel?
»Ruth?«
»Entschuldige, Mickey, mir ist gerade was durch den Kopf gegangen. Ich seh' mir deine Unterlagen übers Wochenende an, und dann checken wir dich noch einmal nach allen Regeln der Kunst durch. Es ist möglich, daß dein Arzt etwas übersehen hat.«
Mickey lächelte. Ihre angespannten Schultern sanken herab. »Danke dir, Ruth.«

»Das einzige Risiko bei diesem Verfahren ist, daß du unwissentlich schwanger bist, Mickey. Wenn das der Fall ist, lösen wir eine Fehlgeburt aus.«
Mickey sah einen Moment zu den rotgefärbten Bäumen hinaus. »Nein, Ruth, ich bin bestimmt nicht schwanger.«
»Okay.« Ruth faltete die Karte zusammen und stand von ihrem Schreibtisch auf. »Ich sag' der Schwester, daß sie alles vorbereiten soll.«
Sie wollten mit Hilfe einer Endometrialbiopsie feststellen, ob bei Mickey ein normaler Eisprung stattfand. Dr. Toland hatte in Pearl City die gleiche Untersuchung bereits vorgenommen, und sie war zufriedenstellend ausgefallen – aber Ruth wollte ganz sicher gehen.
Statistisch gesehen lagen die Gründe für Sterilität zu 40 Prozent bei den Männern, zu 30 Prozent bei den Frauen, zu etwa 20 Prozent bei beiden Partnern; bei den restlichen Fällen – 10 Prozent etwa – waren die Ursachen bisher ungeklärt. Den Unterlagen zufolge, die Mickey mitgebracht hatte, war bei Harrison alles in Ordnung. Dr. Tolands Untersuchungen

zeigten weiter, daß Mickeys Gebärmuttersekret keine spermiziden Antikörper enthielt und auch sonst das Vordringen der Spermien in keiner Weise behinderte. Folglich mußte das Problem bei Mickey organischer Natur sein, auch wenn Dr. Toland nichts dergleichen festgestellt hatte.
Während Ruth draußen mit der Schwester sprach, sah Mickey sich in ihrem Arbeitszimmer um. Es war völlig anders als ihr eigenes Sprechzimmer oder die Sprechzimmer anderer Ärzte, die sie kannte, aber es war eben typisch Ruth. Pflanzen, Spielsachen, handgenähte Kissen und Fotos, Fotos, Fotos von wahrscheinlich jedem Kind, bei dessen Geburt Ruth je geholfen hatte, von strahlenden Müttern in Krankenhausbetten, von stolzen Vätern und von Ruths eigenen Kindern einschließlich Beth und Figgy in sämtlichen Lebensaltern. Von Arnie war nur ein einziges Bild da – eine kleine Polaroidaufnahme, die Arnie mit der neugeborenen Rachel zeigte.
Mickey wurde nachdenklich. In der einen Woche ihres Aufenthalts im Haus der Roths, hatte sie etwas gespürt, das sie bedrückte; um so mehr, da Ruth überhaupt nichts wahrzunehmen schien.
Arnie.
Arnie Roth lebte in einer Frauenwelt; Tampaxschachteln im Badezimmer, Büstenhalter an Türklinken, Puppen und Lockenwickler, Schleifchen und Spangen; sogar die Hunde und die Katzen waren weiblichen Geschlechts. Und wie in unbewußtem Bemühen, dieser Überwältigung durch das Weibliche standzuhalten, produzierte der ruhige Arnie einen seiner Persönlichkeit völlig fremden Fanatismus für Männersport, steigerte sich bis zur Besessenheit in seine Aktivitäten für die Pfadfinder und für seine Männerloge hinein und hatte nun – gestern erst – sogar ein Jagdgewehr gekauft.
Das war nicht mehr Arnie Roth. Doch er fühlte sich in die Ecke gedrängt, auf die Seite gestellt, ausgestoßen, überflüssig. Sah Ruth denn nicht, was sie ihm antat?
»Okay, Mickey, wir sind soweit.« Ruth hielt ihr die Tür auf.
Bei der Endometrialbiopsie wird ein kleines Stück der Gebärmutterschleimhaut zur Untersuchung entnommen. Der Eingriff, der ohne Narkose vorgenommen wird, dauert nur wenige Minuten und verursacht einen Schmerz ähnlich einem Menstruationskrampf. Vor allem dient der Eingriff dazu, festzustellen, ob bei der Patientin ein Eisprung stattfindet.
Mickey legte sich zurück und schloß die Augen, während Ruth an die Arbeit ging. Sie wußte, was das Labor finden würde: daß sie einen normalen Eisprung hatte; daß jeden Monat um den vierzehnten Tag ihres

Zyklus' einer ihrer Eierstöcke ein Ei produzierte, das dann durch den Eileiter befördert wurde um hoffentlich mit einem Spermium zusammenzutreffen und befruchtet zu werden.
Mickey kannte die Ergebnisse aller ihrer Tests: ihr Hormonspiegel war normal; ihr Gebärmuttersekret war normal; ihr Uterus war gesund und in richtiger Lage; ihre Eileiter waren nicht verstopft, sie hatte weder Endometriose noch Verwachsungen im Bauch.
»Okay, Mickey«, sagte Ruth und zog das Papiertuch von Mickeys Beinen. »Das wär's. Jetzt warten wir auf das Urteil des Pathologen.«

29

»Du weißt ja bereits, Mickey, daß du einen normalen Eisprung hast, und das immer am gleichen Tag deines Zyklus'.«
Sie saßen in einem kleinen Fischrestaurant in der Nähe des Fährhafens bei Krebsen und Weißwein.
»Und wie geht's jetzt weiter?« fragte Mickey.
»Ich würde gern eine Laparoskopie machen. Was meinst du dazu?«
Mickey zuckte die Achseln. Im Lauf der neunmonatigen Untersuchungen bei Dr. Toland hatte Mickey sich daran gewöhnt, ihren Körper als ein Objekt zu sehen, das von anderen begutachtet, untersucht, angezapft und studiert wurde. Dieser Körper, der nicht empfangen wollte.
»Du bist die Ärztin.«
Ruth griff über den Tisch und berührte ihre Hand.
»Nicht deprimiert sein, Mickey.«
»Das bin ich nicht, Ruth, ehrlich nicht. Nur müde, weißt du.«
»Das tut mir leid. Ich sag' den Mädchen immer wieder, daß sie dich in Ruhe lassen sollen. Aber du bist nun mal Besuch vom andern Stern.«
Das war es nicht, was Mickey müde machte. Aber sie konnte der Freundin die Wahrheit nicht sagen – daß es sie niedergeschlagen und neidisch machte, ständig den lebenden Beweis für Ruths eigene überquellende Fruchtbarkeit vor Augen zu haben.
»Gut, wann machen wir die Laparoskopie?« fragte sie.
»Da muß ich erst mit Joe Selbie sprechen. Und dann muß ich das mit meinem eigenen Terminkalender koordinieren und nachschauen, wie der Operationsplan aussieht.«
Es ist ungeschriebene Regel bei den Chirurgen, daß man Verwandte oder Freunde nicht selber operiert.
»Und nach der Laparoskopie?«

»Das kommt darauf an, was Joe Selbie feststellt, Mickey. Wie stehst du zu Hormonpräparaten, um die Empfängnisbereitschaft zu steigern?«
»Nein, will ich nicht.«
Auch Dr. Toland hatte diese Frage gestellt, und Mickey und Harrison waren beide der Meinung gewesen, daß es besser war, von diesen Mitteln die Finger zu lassen, wenn auch von den derzeit auf dem Markt befindlichen Präparaten nur eines schädliche Nebenwirkungen gezeigt hatte.
Ruth nahm die Weinkaraffe und schenkte Mickey und sich nach. Ein seltener Luxus, mitten am Tag Wein zu trinken, aber es war auch ein besonderer Tag; sie hatte ihn sich für Mickey freigenommen.
»Willst du es nicht noch einmal mit künstlicher Befruchtung versuchen?«
Mickey seufzte.
Sie schwiegen beide und sahen zum Fenster hinaus auf die Bucht, durch deren graues Wasser sich die Fähre näherte, die sie von Bainbridge Island herübergebracht hatte. Mickey mußte wieder an das Gespräch denken, daß sie vor drei Tagen abends mit Arnie geführt hatte, als sie ihm beim Geschirrspülen geholfen hatte. Ruth war in der Klinik gewesen.
Gänzlich unerwartet hatte Arnie gesagt: »Na, Mickey, was hältst du denn nun von uns beiden – von Ruth und mir?«
Teller und Geschirrhandtuch in der Hand, sah sie ihn an. »Wie meinst du das?«
»Würdest du sagen, daß wir ein glückliches Paar sind, wenn du uns so siehst?«
»Ich weiß nicht. Seid ihr es?«
»Das kann ich nicht beantworten. Ist das nicht verrückt? Ich kann nicht sagen, ob wir glücklich sind oder nicht. Ich habe keinen Vergleich. Wie geht es anderen Paaren nach neun Jahren Ehe?«
Mickey starrte ihn an. Nach neun Jahren? Ich weiß es nicht. Ich bin erst seit zwei Jahren verheiratet. Jonathan und ich wären jetzt bald neun Jahre verheiratet, wenn ich damals zum Glockenturm gegangen wäre. Aber ich werde nie wissen, was das für ein Leben geworden wäre.
»Sie nimmt es mir übel, daß ich kein Kind mehr will. Ich verstehe nicht, wieso sie unbedingt noch ein Kind haben will, Mickey. Wir haben doch schon fünf. Warum sollen wir das Glück herausfordern? Weißt du«, fügte er leiser hinzu, »daß ich sogar schon an Scheidung gedacht habe? Nicht ernstlich natürlich, aber der Gedanke ist mir durch den Kopf gegangen. So nach dem Motto, was wäre, wenn... Aber ich weiß nicht, ob das die Lösung ist. Ich weiß ja selber überhaupt nicht, was ich eigent-

lich will. Ich weiß, daß ich meine Kinder, dieses Haus, Ruth und unser gemeinsames Leben will, aber nicht so, wie es jetzt ist.«
»Habt ihr beide mal darüber gesprochen?«
»Gesprochen? Angebrüllt haben wir uns. Ich weiß nicht, Mickey. Ich hab' das Gefühl, als zählte ich überhaupt nichts, als bedeute ich ihr gar nichts mehr. Sie ist nicht mehr die, die sie war, als ich sie geheiratet habe.«
Mickey mußte sich eine rasche Erwiderung verkneifen. Wann nimmst du endlich die rosarote Brille ab, Arnie? Ruth war immer schon so, wie sie heute ist – rastlos.
»Sie hat dauernd soviel um die Ohren«, fuhr er fort. »Ich dachte, wenn sie ihre eigene Praxis hätte, könnten wir endlich ein normales Leben führen. Aber kaum hatte sie sich selbständig gemacht, nahm sie alle möglichen anderen Projekte an, die Gesprächsgruppe am Freitag, die Schwangerschaftsgymnastik und die privaten Beratungsstunden. Ich habe das Gefühl, immer wenn ein bißchen Freizeit droht, stopft sie sie sofort mit irgend etwas voll. Manchmal kommt's mir vor, als lüde sie sich so viel auf, damit sie nicht zum Nachdenken kommt. Ich weiß nicht, Mickey...«
Mickey wußte nicht, was sie davon halten sollte. Ruth war genau wie damals, als Mickey ihr vor zwölf Jahren zum erstenmal begegnet war – ehrgeizig, wild entschlossen, in ständigem Wettlauf mit der Zeit. Aber wozu? Zu welchem Zweck und Ziel?
Mickey wandte sich vom Fenster ab, um die Freundin zu betrachten. Ruth war ein bißchen rundlicher geworden und hatte ein paar graue Strähnen im dunkelbraunen Haar. Aber sonst war sie unverändert. Auf dem Flug nach Seattle hatte Mickey sich vorgestellt, Ruths Freunde kennenzulernen; aber von Freunden oder Freundinnen war nie die Rede. Vielleicht, dachte Mickey, hat Ruth überhaupt keine Freunde. Wundern würde es mich nicht; sie hat ja keine freie Minute.
»Wie geht es dir eigentlich, Ruth?« sagte sie. »Wir haben ja noch gar keine Zeit gehabt, richtig miteinander zu reden.«
Ruth schien aus weiter Ferne zurückzukehren.
»Mir geht's gut. Alles ist bestens. Warum fragst du?«
»Du hast immer soviel zu tun. Ich kann mir nicht vorstellen, wie du das alles schaffst. Wo findest du die Zeit?«
»Ich *nehme* mir die Zeit«, antwortete Ruth, und Mickey fiel ein Gespräch vor langer Zeit ein, als Sondra am ersten oder zweiten Tag auf dem College Ruth gefragt hatte, »Wie hast du die Zeit gefunden, jetzt schon deine Bücher zu besorgen?« Ruth hatte geantwortet: »Ich habe mir die Zeit *genommen*.«

Wozu das alles, Ruth? Was fehlt in deinem Leben!
Ein anderes Gespräch kam Mickey in den Sinn. Es hatte erst am vergangenen Abend stattgefunden. Sie, Ruth und Arnie saßen mit ihrem Kaffee im Wohnzimmer, als die Mädchen herunterkamen, um gute Nacht zu sagen. Während die anderen sich um Mickey und ihre Mutter scharten, ging die achtjährige Rachel schnurstracks zu Arnie und kletterte auf seinen Schoß.
Ruth murmelte Mickey stirnrunzelnd zu: »Sieh dir das an. Sie rutscht praktisch auf den Knien vor ihm. Warum sind kleine Mädchen nur so unterwürfige Masochistinnen und nehmen alles hin, was Daddy sagt und tut? Ganz gleich, was Arnie auch macht, Rachel läßt nichts auf ihn kommen.«
Mickey sah Ruth überrascht an. »Ich finde, Arnie ist ein guter Vater.«
»Ja, natürlich. Aber eines Tages wird für sie die Ernüchterung schon kommen. Wenn es zu spät ist.«
Mickey hatte keine Gelegenheit gehabt, Ruth um eine nähere Erklärung zu bitten, und sie wußte nicht, ob der Moment jetzt dafür geeignet war. Ihr fiel ein, daß Ruth selber damals, als sie noch auf dem College gewesen waren, Schwierigkeiten mit ihrem Vater gehabt hatte. Hatte sie nicht ihr Studium selber finanzieren müssen, während ihre Brüder vom Vater finanzielle Unterstützung erhalten hatten?
Ruth nahm eine Salzstange, biß einmal davon ab und ließ sie auf ihren leeren Teller fallen.
»Habe ich dir eigentlich erzählt, Mickey, daß ich gern noch ein Kind hätte? Ja, wirklich. Ein letztes. Solange ich noch kann.«
»Hältst du das denn für klug?«
»Du redest wie Arnie. Ich möchte noch ein Kind, und er macht sich in die Hosen vor Angst. Weißt du, was er mir letzte Woche eröffnet hat? Daß er sich eine Vasotomie machen läßt, wenn ich aufhöre, die Pille zu nehmen. Findest du das fair?«
»Tut er es denn wirklich?«
»Nein. Ich nehme weiter die Pille. Aber es macht mich wirklich wütend. Jedesmal, wenn ich Leah ansehe, denke ich: Was wäre wenn ich von Tay-Sachs gewußt hätte, als ich mit Sarah schwanger war? Arnie hätte verrückt gespielt, und Leah wäre nie geboren worden.«
Ruth nahm die Salzstange von ihrem Teller und aß sie.
»Was für eine Idee«, sagte sie zornig. »Sich die Samenleiter durchschneiden zu lassen. Das ist doch nur eine andere Form männlicher Tyrannei. Die Vasotomie ist nichts weiter als eine Variation des Keuschheitsgürtels. Indem der Mann seiner Frau die Kontrolle über ihre eigene Empfängnis

oder Verhütung entreißt, versichert er sich, daß sie keine Seitensprünge macht. Ich kenne zwei Frauen, die ab und zu mal eine Affäre hatten. Sie mußten damit aufhören, als ihre Ehemänner sich die Samenleiter abbinden ließen; denn sie mußten natürlich sämtliche Verhütungsmittel wegschmeißen. Und eine Schwangerschaft können sie nicht riskieren, weil sie nicht die geringste Chance hätten, das Kind dann als seines auszugeben.«

Mickey wollte gerade etwas sagen, als hinter ihr eine fremde Stimme erklang. »Ruth! Was für eine nette Überraschung! Wie geht es Ihnen?«

Die Frau, die an ihrem Tisch stand, war um die fünfzig, konservativ gekleidet, das ergrauende Haar streng frisiert.

»Hallo, Lorna«, begrüßte Ruth sie lächelnd. »Setzen Sie sich doch zu uns. Darf ich Sie mit meiner Freundin Mickey Butler bekanntmachen?«

Lorna Smith war Redakteurin bei einer Zeitung in Seattle. Sie hatte Ruth kennengelernt, als sie als Patientin zu ihr gekommen war; später hatten sich gesellschaftliche Verbindungen über Arnies Kompagnon ergeben.

»Sie kennen sich also vom Medizinstudium her«, sagte Lorna, nachdem sie sich einen Bloody Mary bestellt hatte. »Das müssen interessante Zeiten gewesen sein, die Tage vor der Frauenbewegung.«

Bei der Erinnerung an einige der jungen Männer auf dem College und besonders an Dr. Moreno, den Anatomiedozenten, mußte Mickey lächeln.

»Darf ich Ihnen eine dumme Frage stellen, Mickey? Warum spricht man in Ihrem Fach von Plastik-Chirurgie? Arbeiten Sie mit Kunststoff?«

»Nein. Das Wort kommt vom Griechischen *plastikos*. Das heißt formen.«

»Na bitte.« Lorna nickte Ruth zu. »Wieder etwas dazu gelernt. Jetzt kann ich für heute faulenzen.«

Die Kellnerin brachte den Drink und Kaffee für Ruth.

»Wir haben Sie letzten Monat bei den Campbells auf dem Grillfest vermißt«, bemerkte Lorna, nachdem sie einen Schluck getrunken hatte.

Jim Campbell war Arnies Geschäftspartner und Finanzberater von Lornas Ehemann.

»Ich mußte in die Klinik. Habe ich was versäumt?«

»Nicht viel. Ich muß Sie allerdings warnen, Ruth, diese Wisteria Campbell ist ganz scharf auf Ihren Mann.«

»Was? Das soll wohl ein Witz sein?«

»Im Gegenteil. Sie hat ihre Klauen schon nach ihm ausgestreckt.«

»Nach Arnie? Aber Lorna, er ist nicht der Typ von Mann, der Frauen gefällt.«
Während Ruth lachte, tauschten Mickey und Lorna einen kurzen Blick. Dann wurde Lorna geschäftlich.
»Ich bin froh, daß ich Sie getroffen habe, Ruth«, sagte sie. »Ich wollte Sie sowieso anrufen. Ich möchte etwas Geschäftliches mit Ihnen besprechen. Um gleich zur Sache zu kommen: Lesen Sie ab und zu mal Dr. Chapmans Spalte?«
»Sie meinen ›Fragen Sie Dr. Paul?‹ Ja, manchmal. Aber er haut oft völlig daneben. Er ist hoffnungslos hinterher.«
»Ich weiß. Das ist uns schon seit einiger Zeit aufgefallen. Er ist alt. Er arbeitet seit Kolumbus' Landung bei unserer Zeitung. Die alte Redaktionsleitung hat ihn behalten, weil alle ihn mochten. Aber jetzt sind beim *Clarion* große Veränderungen geplant, und wir haben uns überlegt, daß wir für die Spalte einen neuen Mitarbeiter brauchen. Jemand der medizinisch auf dem neuesten Stand ist.«
»Und ich soll Ihnen jemanden empfehlen?«
»Da die meisten Briefe von Frauen kommen, wollten wir eine Ärztin nehmen, und die Spalte ›Fragen Sie Dr. Ruth‹ nennen.«
»Was? Sie wollen mich haben?«
»Sie müssen in Ihrer Praxis ständig Fragen beantworten, Ruth, und viele sind wahrscheinlich die gleichen Fragen, die Dr. Chapman gestellt werden. Die allgemeine Unwissenheit ist unvorstellbar.«
»Das brauchen Sie mir nicht zu sagen.«
»Dr. Chapman bekommt viele Briefe zu der Kontroverse über die Östrogentherapie, Briefe von Frauen, die angefangen haben, Sport zu treiben und wissen möchten, wie sich das auf ihren Körper auswirken kann. Andere wollen wieder das Neueste über Drogen und Operationsverfahren wissen. Was sagen Sie dazu, Ruth? Hätten Sie Lust? Die Kolumne erscheint nur einmal in der Woche. Wir geben Ihnen in der Redaktion einen Schreibtisch und eine Assistentin. Das Honorar ist bescheiden, aber es könnte doch ganz lustig sein.«
Mickey sah den Funken in Ruths Auge, die plötzliche Erregung, die eifrige Bereitschaft noch ein Projekt zu übernehmen, noch mehr Verantwortung. Und Mickey dachte: Sie muß verrückt sein, wenn sie es annimmt.
Ruth hingegen dachte an ihren Vater. Eine medizinische Spalte in einer Zeitung. Da würde er beim besten Willen nicht behaupten können, sie arbeite einseitig.

Mickey sah lächelnd zu der Narkoseschwester auf, einer hübschen jungen Frau mit großen blauen Augen.
»Wenn ich Ihnen das Pentothal gebe, Doktor, zählen Sie bitte von hundert nach rückwärts«, sagte die Schwester, während sie den Tropf öffnete, der in Mickeys Arm führte. »Und wenn Sie bis achtzig kommen, gewinnen Sie eine Reise nach Hawaii.«
»Da komme ich doch her«, entgegnete Mickey benommen.
»Dann eben zum Nordpol.« Sie drehte sich auf ihrem Stuhl um. »Wir sind soweit, Dr. Shapiro.«
Ruth, die hinter dem Tisch gestanden und die Instrumente geprüft hatte, trat an Mickeys Seite und nahm ihre Hand. »Träum was Schönes«, sagte sie durch ihren Mundschutz hindurch.
Mickey versuchte, ihre Finger um Ruths Hand zu legen, ihre Lider fielen herab, und im Mund lag ihr der Knoblauchgeschmack, der ihr sagte, daß das Pentothal in ihre Blutbahn eingedrungen war.
»Einhundert«, flüsterte sie, »neunundneunzig, achtundneunzig, siebenundneunzig... siebenundneunzig... sieben...«
Die Narkoseschwester zog Mickeys Lider hoch, nickte Ruth zu und murmelte: »Sie schaffen's nie auch nur bis fünfundneunzig.«
Joe Selbie arbeitete mit der Assistenz der Operationsschwester. Die Instrumente wurden durch die Vagina eingeführt – ein Tenakel zum Manipulieren des Uterus, eine Kanüle zum Einspritzen des Farbstoffs. Dr. Selbie machte neben dem Nabel einen kleinen Schnitt, durch den ein Trokar eingeführt wurde. Direkt am Ansatz des Schamhaars setzte er die Insufflationsnadel ein, durch die Kohlendioxid gepumpt wurde, um die Bauchdecke anzuheben.
Während Mickeys Bauch langsam anschwoll, sprach Ruth, die knapp außerhalb des keimfreien Feldes stand, ein stummes Gebet.
Nach der Insufflation führte Selbie das Spezialmikroskop ein und drückte sein Auge auf das Okular, während die Operationsschwester mit den Instrumenten bereitstand.
»Sieht normal aus«, murmelte Selbie nach einer Weile. »Keine Verwachsungen. Keine Endometriose. Keine Vernarbungen. Eine Anatomie wie aus dem Lehrbuch.«
Selbie hob den Kopf. »Okay, Doris«, sagte er zur Operationsschwester. »Methylenblau jetzt.«
Mit einer großen Plastikspritze voll violetten Farbstoffs stellte sich die Operationsschwester zwischen Mickeys hochliegende Beine. Sie schloß den Plastikschlauch der Spritze an die Metallkanüle an und begann mit Selbies Signal, langsam den Stempel zu drücken.

Ruth spürte, wie sie sich innerlich verkrampfte, während sie auf Joe Selbies gekrümmten Rücken starrte. Das Auge auf das Okular gedrückt, wartete er auf den Farbstoff, der seinen Weg durch den Uterus und die beiden Eileiter nehmen und schließlich durch die Fimbrien austreten würde, um sich dann völlig harmlos im Körper zu verteilen.
Joe Selbie schüttelte den Kopf. »Normal, Ruth. Keinerlei Blockaden.« Er richtete sich auf und lächelte beinahe entschuldigend. »Ihre Eileiter scheinen völlig in Ordnung zu sein.«
Zorn sprang in Ruth hoch, ein Zorn, der aus Enttäuschung und Anspannung geboren war. Aber er verging rasch, als sie zum Tisch trat, um selber durch das Okular zu schauen.
Wieder drückte die Operationsschwester auf den Stempel, und einen Augenblick später sah Ruth die tiefblaue Flüssigkeit aus den Enden der Eileiter strömen.
»Verdammt«, murmelte sie.
Nachdem sie wieder vom Tisch weggetreten war, nahm Selbie das Skalpell, machte am Haaransatz einen zweiten kleinen Schnitt und führte noch einen Trokar ein.
»Ich will mal was versuchen«, sagte er und nahm eine der langen Pinzetten.
Ruth sah angespannt zu, wie er das Instrument durch die zweite Öffnung gleiten ließ und dann sein Auge wieder auf das Okular drückte.
»Okay, Doris«, sagte er. »Noch etwas Farbe.«
Aufmerksam sah er zu, wie der Farbstoff durch die feinen Fimbrien sickerte, die sanften ›Finger‹, die die Natur geschaffen hatte, das reife Ei in den Eileiter zu befördern. Dann faßte er den linken Eileiter mit der langen Pinzette, rollte ihn ein wenig, um besser sehen zu können, und gab das Signal zur Einleitung von weiterem Farbstoff. Wie auf der rechten Seite sickerte der Farbstoff heraus und spülte über den weißen Eileiter unter den Fimbrien hinweg. Nur –
Es war gar nicht so.
Selbie hob den Kopf, zwinkerte einmal kurz, um wieder klaren Blick zu bekommen, und sagte stirnrunzelnd: »Noch mal, Doris«, ehe er sich wieder über das Okular neigte.
Es gab keinen Zweifel mehr. Der Farbstoff verfehlte den Eileiter.
»Ruth, kommen Sie. Sehen Sie sich das an.«
Das Auge auf dem Okular, während Selbie die Pinzette hielt, sah Ruth das gleiche, was Selbie gesehen hatte: eine winzige Öffnung zwischen Eileiter und Eierstock, so mikroskopisch klein, daß man sie ohne die Manipulation des Eileiters nicht hätte sehen können.

»Was meinen Sie? Eine Narbe?«
»Oder eine kleine Deformierung.«
Ruth war plötzlich sehr erregt. Es war eine Chance!
Mickey hatte bereits vor Beginn der Untersuchung ihre schriftliche Einwilligung zu einem Eingriff gegeben, falls ein solcher sich als notwendig erweisen würde. Das Team vergeudete keine Zeit. Es wurde alles für eine Operation vorbereitet.
Acht Minuten später machte Selbie einen Pfannenstiel-Schnitt, Ruth assistierte.
Am Ende des Eileiters fanden sie eine winzige Deformierung, beinahe zu klein, um sie mit bloßem Auge zu erkennen, aber im Verhältnis zur mikroskopisch kleinen Eizelle groß genug, um Sterilität zu verursachen.
Da zwischen Eierstock und Eileiter keine Verbindung besteht, schwimmt beim normalen Eisprung das reife Ei kurze Zeit frei, ehe die Fimbrien des Eileiters durch Kontraktionen, die durch Hormone ausgelöst werden, eine Strömung schaffen, die die Eizelle in die Trichteröffnung des Eileiters zieht. Von dort aus wandert es weiter und wird dann entweder von einem Spermium befruchtet oder zerfällt und wird mit der Menstruation ausgeschwemmt.
An Mickeys linkem Eileiter jedoch waren entweder infolge einer leichten Entzündung in frühen Jahren oder einer Endometriose die Fimbrien miteinander verfranst. Anstatt sich der Eizelle entgegenzustrecken und sie in den Eileiter zu ziehen, wirkten sie als Sperre. Eine kleine Öffnung hinter den Fimbrien, die wahrscheinlich bei der Vernarbung entstanden war, diente dem Farbstoff als Auslauf, so daß es bei den üblichen Diagnosetests den Anschein hatte, als arbeite der Eileiter normal.
Ruth war zutiefst erleichtert. Während Joe Selbie mit einem feinen Instrument die Fimbrien entwirrte und die winzige Nebenöffnung vernähte, konnte Ruth Mickeys Erwachen aus der Narkose kaum erwarten.

»Ich vermute, Mickey, daß bei dir der Eisprung meistens auf der linken Seite stattfindet. Möglicherweise auch nur links. Das kommt vor.«
Sie machten einen gemächlichen Spaziergang durch den Wald hinter dem Haus der Roths. Die Erde unter ihren Füßen war frosthart, der Wind war kalt auf ihren Gesichtern.
»Sämtlichen Tests zufolge hattest du einen normalen Eisprung. Das war auch richtig. Aber immer auf der blockierten Seite. Die Eizelle gelangte nie in den Eileiter.«

Ruths Atem kam in kleinen Stößen, während sie sprach. Mickey beobachtete die Wölkchen, die in die Luft stiegen. In Hawaii sah man so etwas nie. In letzter Zeit fielen ihr solche Dinge auf. Alles nahm sie jetzt viel bewußter wahr: das rauhe Gewebe ihres Mantels, das Glucksen des Baches am Ende von Ruths Grundstück, den Zimtgeruch des Apfelkuchens, den Beth vorhin aus dem Rohr geholt hatte.
Morgen würde sie nach Hause fliegen. Um zu verhindern, daß der frisch genähte Eileiter sich bei der Vernarbung schloß, hatte Joe Selbie einen winzigen Silikonpfropfen in der Öffnung gelassen, um den herum, der Eileiter wachsen würde; in einem Monat würde sie wiederkommen und den Pfropfen entfernen lassen. Und dann gab es, wie er ihr im Krankenhaus gesagt hatte, keinen Grund mehr, warum sie nicht sofort schwanger werden sollte.
Dennoch hielt sie die Hoffnung zurück. Keine Träume jetzt. Vorsicht war besser; die Gefühle im Zaum halten. Harrison hatte sie noch nichts gesagt; sie wollte es ihm in Ruhe erzählen.
»Du weißt natürlich«, fuhr Ruth fort, »daß es keine Garantien gibt.«
Sie hatten den Bach am Ende des Grundstücks erreicht und fanden einen mit Tannennadeln bedeckten Steinbrocken, auf dem sie sich niedersetzten. Das Licht der Wintersonne fiel durch das Gewirr der Äste und spielte auf ihren Gesichtern.
»Garantien gibt es nie, Mickey, das weißt du. Aber ich kann dir versichern, daß wir unser Bestes getan haben, und ich glaube, du kannst dir berechtigte Hoffnungen machen.« Sie griff in die Tasche ihres Mantels und nahm ein kleines Päckchen heraus. »Ich möchte dir das hier schenken, Mickey.«
Auf ihrer offenen Hand lag ein kleines Kästchen mit einer Schnur darum. Mickey nahm es und öffnete es. Auf weißem Seidenpapier lag ein blaugrüner Stein, ein Türkis, etwa von der Größe eines Silberdollars.
»Er ist sehr alt, Mickey. Eine Patientin hat ihn mir letztes Jahr geschenkt; eine Frau, die Toxämie hatte und beinahe ihr Kind verloren hätte. Der Stein bringt der Trägerin Glück, aber er tut seine Wirkung nur einmal. Wenn das Glück aufgebraucht ist, sagte sie mir, verblaßt der Stein.«
Mickey betrachtete ihn. In der Mitte hatte er eine merkwürdige Maserung, die auf den ersten Blick aussah wie eine Frau mit ausgestreckten Armen; bei genauerem Hinsehen jedoch wie ein Baum, an dem sich zwei Schlangen emporwanden. Auf der Rückseite war eine Fassung aus gelbem Metall und eine Inschrift in einer fremdartigen Schrift, zu verwischt, um noch leserlich zu sein.

»Er war blaß, als sie ihn mir gab, Mickey. Aber jetzt ist er leuchtend blau.«
»Dann hast du das Glück nicht verbraucht, Ruth.«
»Ich habe Glück genug. Nimm du ihn.« Ruth schloß Mickeys Finger um den Stein. »Trag ihn in deiner ersten Nacht wieder mit Harrison.«
Sie lachten beide unter Tränen.

Sechster Teil
1985–1986

30

Sondra griff in den alten Sterilisator, holte das heiße Ei heraus und schlug es an der Wand auf. Es war sehr hart gekocht. Das bedeutete, daß die Instrumente steril waren. Nachdem sie die altmodischen Gummihandschuhe übergezogen hatte, nahm sie die Platte mit den dampfenden Instrumenten heraus und trug sie zum Operationstisch.
Es war ein herrlicher Junitag; die Fenster des Operationsraums waren geöffnet, um den sanften Wind einzulassen – eine Todsünde in einem ›richtigen‹ Krankenhaus –, und der Deckenventilator, der die Fliegen dem Operationsfeld fernhalten sollte, drehte sich träge.
Sondra arbeitete allein. Auf dem Operationstisch lag ein alter Taita mit einer hochentzündeten Wunde am Arm, die gereinigt werden mußte.
Ihre alten Freunde aus früherer Zeit hätten die Frau in der kurzen Hose und dem ärmellosen Kittel vermutlich nicht wiedererkannt. Sondras Haut hatte den gleichen dunklen Braunton wie die vieler Eingeborener, und ihr Haar trug sie hochgesteckt unter einem farbenprächtigen afrikanischen Tuch. Ihr Suaheli als sie den alten Mann auf dem Operationstisch ansprach, war beinahe fehlerlos.
»So, *mzee*, ein bißchen Saft vom Geist des Schlafs, damit der Arm einschläft.«
Als sie ein paar Minuten später das Brummen der Cessna hörte, die im Tiefflug über die Landebahn sauste, um die Tiere zu verscheuchen, sah sie lächelnd auf. Und Sie, Dr. Farrar, dachte sie, werden sich heute nachmittag hinlegen, und wenn ich Sie ans Bett fesseln muß.
Derry, der arme, war ständig unterwegs. Wenn er nicht Medikamente zu fernen Außenstellen brachte, die schwer unter der Dürre litten, half er den Regierungsmannschaften bei der Säuberung malariaverseuchter Gebiete. Kaum eine Minute hatte er für sich.
»Wenn wir auf den Seychellen sind, kann ich tagelang faulenzen«, meinte er jedesmal, wenn sie ihm Vorhaltungen machte. Sie wollten dort auf den Inseln ihren ersten richtigen Urlaub verbringen.
Aus irgendeinem Grund hatte sie die Vorstellung gehabt, wenn man einmal eine Weile verheiratet war, würde man einander müde werden; die Flitterwochen würden vorübergehen und einem mehr oder weniger freundlichen Alltag Platz machen. Bei ihr und Derry war es nicht so

gekommen, würde niemals so werden. Nun waren sie schon mehr als elf Jahre verheiratet, und immer noch vermochte sein Anblick sie zu erregen wie am ersten Tag.
Sie rannte hinaus zur staubigen Landebahn. Er hatte die Hände voll mit Postbeutel und Zuckersäcken; trotzdem umarmte er sie und küßte sie herzhaft.
»Was gibt es Neues, Frau Dr. Farrar?« fragte er, als sie Arm in Arm zur Siedlung gingen.
»Nicht viel, Herr Dr. Farrar.« Doch das stimmte nicht ganz. Sondra hatte eine herrliche Nachricht für ihn und konnte es kaum erwarten, sie ihm mitzuteilen. Aber nicht jetzt; später, wenn er ein heißes Bad genommen hatte und zur Ruhe gekommen war.
»Daddy! Daddy!«
Ein kleiner Junge, der eine verblüffende Ähnlichkeit mit Derry hatte, kam aus dem Schulhaus gestürzt. Der fünfjährige Roddy war seinem Vater wie aus dem Gesicht geschnitten; nur die lichtbraunen Augen waren anders. Die hatte er von seiner Mutter.
Derry ließ Postbeutel und Zuckersäcke fallen, nahm seinen Sohn in die Arme und schwang ihn hoch in die Luft. Sondra drückte instinktiv die Hand auf ihren Bauch. Bald würden sie ein zweites Kind haben.
»Komm, Roddy«, sagte sie und befreite Derry von dem stürmischen Jungen. »Daddy muß sich erst mal ein bißchen ausruhen.«
Roddy hüpfte ihnen mit schmutzigen Shorts und aufgeschrammten Knien voraus.
»Ndschangu hat gesagt, wir kriegen heute Marmelade zum Tee. Er hat sie dem gemeinen alten Gupta Singh geklaut.«
Damit schoß Roddy davon, um die Rückkehr seines Vaters zu verkünden.
»Ndschangu sollte mit seinen Bemerkungen vor den Kindern wirklich ein bißchen vorsichtiger sein«, meinte Sondra unwillig.
Derry zuckte die Achseln. Das war etwas, was man nicht ändern konnte. Die Voreingenommenheit der Afrikaner gegen die Inder saß tief. Gupta Singh war der Inhaber der Handelsniederlassung, wo die Missionsstation ihre Einkäufe machte. Der alte Inder, der in Kenia geblieben war, als bei Kenyattas Machtergreifung Tausende geflohen und nach Indien zurückgekehrt waren, war Ndschangus verhaßtester Feind.
»Sie vermehren sich wie die Karnickel«, schimpfte der alte Kikuyu häufig. »Ich möchte wissen, wovon die alle leben.«
In letzter Zeit war Sondras Besorgnis gewachsen. Roddy schnappte von Ndschangu allerhand Ungutes auf und lernte von den Eingeborenenkin-

dern reichlich wilde Spiele. Aber als sie mit Derry darüber gesprochen und gemeint hatte, ob dies denn für die gesunde Entwicklung ihres Sohnes der rechte Ort wäre, hatte Derry nur erwidert: »Mir hat doch meine Kindheit in Afrika auch nicht geschadet.«
Nun ja, vielleicht würde Roddy etwas vernünftiger werden, wenn die kleine Schwester oder der kleine Bruder da war. Sie überlegte, wann sie es Derry sagen sollte. Am Abend, dachte sie, nach dem Essen.

In einer Welt, wo Giraffen, Elefanten und Löwen praktisch im Hinterhof spazierengehen, ist eine gemeine Ratte für einen kleinen Jungen natürlich weit faszinierender. Und jetzt wollten sie eine fangen, Roddy und Zebediah, Kamantes Sohn. Mit Stöcken und viel Phantasie gewappnet machten sie sich auf die Pirsch.
Die beiden Jungen waren nur einen Monat auseinander, aber dieser Monat war entscheidend, und Roddy nützte das weidlich aus. Da er der Ältere war, sah er es als seine Aufgabe an, den Jagdplan zu entwerfen. Zunächst einmal schlichen sie sich hinter der Kirche davon und hüpften über Elsie Sanders' Erdbeerbeet. Die beiden waren, wie früher ihre Väter, wie Brüder. Geradeso, wie Derry und Kamante einst unzertrennlich gewesen waren und alle ihre jugendlichen Abenteuer miteinander bestanden hatten, waren jetzt Roddy und Zebediah ständig zusammen.
»Du gehst da rum, Zeb«, flüsterte Roddy und zeigte dem Freund mit seinem Stock die Richtung an. »Sie hat sich unter dem Busch verkrochen. Du jagst sie raus, und ich zieh' ihr eins über.«
Zeb gehorchte und kam sich dabei sehr wichtig vor.
Die Erwachsenen waren im Gemeinschaftsraum, ließen sich von Derry aus Nairobi berichten, lasen lang erwartete Briefe, tranken Tee. Derry hatte beim Reisebüro in Nairobi die Flugscheine und anderen Unterlagen für die bevorstehende Reise auf die Seychellen abgeholt. Er reichte Pastor Sanders eine Kopie des Reiseplans.
»Wir sind in zwei Wochen wieder da. Das Krankenhaus ist in guten Händen. Dr. Bartlett kann uns während unserer Abwesenheit –«
Ein gellender Schrei schnitt durch die warme Luft. Alle Köpfe wandten sich zu den offenen Fenstern. Derry war als erster auf den Beinen. Kinderschreie der Angst und des Entsetzens schallten über den Hof.
Roddy kam stolpernd angehetzt. »Sie hat Zeb erwischt!« schrie er mit wild fuchtelnden Armen. »Sie hat Zeb erwischt.«
Derry blieb nicht stehen. Er rannte weiter in die Richtung, die Roddy ihm anzeigte. Sondra ging in die Knie und faßte Roddy bei den schmalen Schultern.

»Was ist denn passiert, Roddy? Was ist denn?«
Das Gesicht des kleinen Jungen war kreidebleich.
»Ein Ungeheuer! Es hat Zeb erwischt. Es hat ihn getötet!«
Kamante, durch die Schreie aufgeschreckt, rannte jetzt hinter Derry her, während seine junge Frau wie benommen an der Tür ihrer Hütte stehenblieb.
Im Hof hatte sich eine kleine Menge angesammelt, als Derry mit dem schluchzenden Zebediah in den Armen hinter der Kirche hervorkam.
Sondra lief ihm entgegen. »Was ist passiert?«
»Eine Ratte hat ihn gebissen.«
Sie umfaßte das runde schwarze Gesicht mit beiden Händen und sah die kleinen roten Wunden, die die Zähne der Ratte geschlagen hatte. »Jetzt ist ja alles gut, Zeb«, tröstete sie, während sie neben Derry herlief, der den Jungen zum Krankenhaus trug. »Es ist ja nichts passiert. Du hast dich nur fürchterlich erschreckt.«
Sobald Derry den Jungen auf dem Untersuchungstisch niedergelegt hatte, ging sie daran, die Wunden zu säubern. Ihre Hände zitterten. Keiner hatte es ausgesprochen, aber sie wußte, was Derry fürchtete: Tollwut.
Kamante war an der Seite seines Sohnes, als Derry mit der Spritze kam. Er hielt ihn an den kleinen Händen und sprach beruhigend auf ihn ein.
Derry spritzte den Jungen erst rund um die Bisse, dann gab er ihm die routinemäßige erste Dosis des Serums gegen Tollwut. Möglichst rasche Gegenmaßnahmen waren gerade bei Kindern von entscheidender Wichtigkeit.
Als Derry fertig war, und eine Schwester Zebediahs Kopf verband, nahm er Sondra beim Arm und zog sie mit sich hinaus. »Wir haben nicht genug Serum«, sagte er leise. »Ich rufe gleich mal in Voi an. Vielleicht können die uns aushelfen.«
Sondra sah ihm einen Moment nach, als er davonging, dann kehrte sie zu Zebediah zurück. Der Junge war jetzt ruhiger. Er hatte keine Schmerzen, sondern hatte nur einen Riesenschrecken bekommen. Die Jungen hatten die Ratte offenbar in die Enge getrieben, da war sie ihm an den Kopf gesprungen. Da die Möglichkeit bestand, daß das Tier tollwütig war, würde Zebediah nun eine Serie von dreiundzwanzig Injektionen über sich ergehen lassen müssen.
Als Sondra aus dem Krankenhaus trat, fand sie Roddy halb verlegen, halb ängstlich unter dem Feigenbaum. Ein Blick in sein Gesicht genügte Sondra, um zu erraten, daß die Rattenjagd seine Idee gewesen war. Sie kniete vor ihm nieder und wischte ihm die Tränen von den Wangen.

»Zeb ist nichts Schlimmes passiert, Roddy. Er ist bald wieder gesund. Mach dir keine Vorwürfe. Aber laß es dir eine Lehre sein, ja?«
»Ja, Mama.«
»Keine Jagd mehr auf wilde Tiere. Wir haben hier einen sehr lieben kleinen Hund, der sich über ein bißchen Gesellschaft bestimmt freuen würde.«
»Ja, Mama.«
»So.« Sie drückte ihn einmal fest an sich und stand dann auf. »Jetzt besuchen wir erst mal Zeb und sagen ihm, daß wir ihm etwas von der Marmelade aufheben, und dann überlegen wir uns, was für ein Geschenk wir ihm von den Seychellen mitbringen wollen.«
Roddys Gesicht hellte sich auf. Er faßte seine Mutter bei der Hand und versprach ihr mit Inbrunst, von jetzt an immer brav zu sein.
Als Sondra etwas später in den Gemeinschaftsraum kam, stand Derry, der bis jetzt am Funkgerät gesessen hatte, gerade auf.
»Nichts zu machen.«, sagte er müde. »Sie haben kein Serum.«
»Ruf in Nairobi an. Sie sollen uns welches schicken.«
»Das hole ich lieber gleich selber.«
»Aber sie können es doch schicken.«
»Wer weiß, ob es dann rechtzeitig kommt.«
Sondra nickte widerstrebend. Sie hatten häufig Schwierigkeiten mit Medikamentensendungen; entweder schickte man ihnen das falsche Mittel, oder es war stundenlang der heißen Sonne ausgesetzt gewesen, oder aber es kam Tage zu spät. Sie konnte Derrys Sorge verstehen.
»Wir müssen morgen mit den Spritzen anfangen, Sondra. Ich muß sofort los.«
»Laß dich von einem der Fahrer hinbringen.«
»Dann ist in Nairobi kein Mensch mehr wach. Ich nehme das Flugzeug.«
»Derry! Du mutest dir viel zuviel zu.«
Er tätschelte lächelnd ihren Arm. »Ist ja nicht weit. Bis zum Abendessen bin ich wieder da.«
Obwohl Derry es eilig hatte, überprüfte er die Maschine mit aller Sorgfalt und tankte sie auf. Als er startklar war, kam Sondra zur Rollbahn heraus.
»Wie geht es ihm?« fragte Derry.
»Er schläft. Ich hab' ihm was gegeben.«
Derry umarmte sie. »Halt mir das Abendessen warm.«
»Ich mach' mir Sorgen um dich, Derry. Du überforderst dich.«
»Warte nur, bis wir auf den Seychellen sind.«

Sie trat zurück und beschattete die Augen mit der Hand, als der Propeller sich zu drehen begann und die Maschine sich in Bewegung setzte. Derry rollte bis zum Ende der Bahn, drehte, winkte Sondra noch einmal zu und gab Gas.

In einem Wirbel aus Lärm und Staub sauste er holpernd und wackelnd an ihr vorbei. Sondra winkte mit beiden Armen, während die Cessna Tempo zulegte. Bei einer Geschwindigkeit von fast 120 Kilometern pro Stunde riß Derry den Knüppel zurück. Sondra hatte den Schatten noch vor ihm gesehen, einen schwarzen Buckel, der sich, vom Getöse der Maschine aus tiefem Schlaf gerissen, mit einem Sprung auf vier Beine erhob. Das linke Rad des Fahrwerks ergriff die Hyäne und schleuderte sie von der Bahn. Die Maschine kippte zur Seite, ihre linke Tragfläche stieß auf dem Boden auf, sie taumelte und drehte sich, dann krachte sie zu Boden und ging mit einem Knall in Flammen auf.

Einen Moment war Sondra wie erstarrt vor Entsetzen, dann begann sie zu laufen. »Derry!« schrie sie laut. »Derry!«

31

Arnie ertappte sich dabei, daß er wieder nach ihr Ausschau hielt. Er wollte es nicht, aber er konnte nicht anders.

Es hatte ganz harmlos angefangen. Wenn man jeden Morgen dieselbe Fähre nimmt, werden einem die Stammfahrgäste vertraut, ob man will oder nicht; die Leute, denen man jeden Tag zunickt, mit denen man ein paar Bemerkungen über das Wetter tauscht, deren Namen man jedoch niemals erfährt. Bei der jungen Frau war es nicht anders gewesen; er hatte sie vor ungefähr sechs Monaten das erste Mal auf der Fähre nach Seattle gesehen. Sie war die Rampe heruntergekommen und hatte sich ins Raucherabteil gesetzt und während der halbstündigen Fahrt den *Post Intelligencer* gelesen. Arnie hatte nicht weiter auf sie geachtet. Er war genau wie die anderen Pendler mit Gedanken an den bevorstehenden Tag beschäftigt, mit Terminen und Klienten, bis ihm eines Tages aufgefallen war, daß sie ihn unverwandt anschaute. Das heißt, es war durchaus möglich, daß er damit angefangen hatte; er hatte völlig geistesabwesend in ihre Richtung gesehen. Wie einem das manchmal mit wildfremden Menschen so geht: Man schaut sie ohne jeden Grund an, ohne sie eigentlich wahrzunehmen, und dann merkt es der andere.

Das war vor einigen Wochen gewesen, und seitdem spielten sie das Spiel jeden Morgen und jeden Abend.

Arnie spürte, wie er neugierig wurde. Wer war sie? Was hatte sie in Seattle zu tun? Er sagte sich, sie müsse Sekretärin sein oder in einem Büro arbeiten; sie war immer gut angezogen, aber sie hatte nichts von der gestylten Aufmachung der Karrierefrauen an sich, die man auf der Fähre sah. Wohnte sie auf Bainbridge Island oder fuhr sie von Suquamish oder Kitsap herüber? Sie sah nämlich so aus, als könnte sie in dem Reservat dort leben. Die meisten Indianer, die man auf der Fähre traf, wohnten dort.

Sie war sehr schön. Ein kupferbraunes Gesicht, das von langem schwarzen Haar umrahmt war; ein Gesicht, das unschuldig war und zugleich von einer lockenden Exotik. Sie mußte etwa fünf- oder sechsundzwanzig sein. Sie war klein und zierlich und wirkte schüchtern, aber Arnie glaubte nicht, daß sie es war. Denn die großen rehbraunen Augen mit den langen Wimpern hatten einen Audruck, der ihn vermuten ließ, daß sie eine mutige und tapfere Frau war.

Und an diesem unvergleichlichen Morgen also, als die Sonne rosig über Seattles Nebelbänken aufstieg, das Wasser tiefblau leuchtete und die ferne Stadt verwischt durch graue Schleier schimmerte, an diesem Morgen, der noch alle Möglichkeiten eines neuen Tages barg, stieg Arnie Roth aus seinem Kombi und ertappte sich wieder einmal dabei, daß er nach ihr Ausschau hielt.

Er sah auf seine Uhr. Die Zeit begann in seinem Leben eine immer größere Rolle zu spielen, und er war sich dessen bewußt. Wenn man mit den Gedanken daran erwacht, wie rasend schnell die Jahre vorbeigerauscht sind, einem die Zeit zwischen den Fingern zerrinnt, wenn einen plötzlich die Vorstellung verfolgt, daß man ein Drittel seines Lebens verschläft, dann weiß man, daß man in einer Krise steckt. Wann hatte diese Fixierung auf die Zeit begonnen? An seinem letzten Geburtstag, seinem achtundvierzigsten. Er hatte die Kerzen ausgeblasen und in den blauen Rauch gestarrt und dabei gedacht, in zwei Jahren werde ich fünfzig. War das nun alles? Wo ist meine Jugend geblieben?

Arnie Roth kam sich vor, als wäre er nie jung gewesen. In der Rückschau sah er die farblose Kindheit in Tarzana, den stillen kleinen Jungen, der in einer Welt der Mittelmäßigkeit aufgewachsen war; den ereignislosen, beinahe langweiligen Übergang von der Kindheit zur Adoleszenz – keine Pickel, keine heißen Träume –, dann das College und seine Ausbildung zum Wirtschaftsprüfer; er sah ein Leben des Gleichmaßes, ohne Tiefen und ohne Höhen; einen mittelmäßigen jungen Mann, der an seiner Addiermaschine ein mittelmäßiges Dasein fristete. Bis Ruth Shapiro in sein Leben getreten war und das alles geändert hatte.

Über eine kurze Zeitspanne hatte Arnie einen Geschmack davon bekommen, wie aufregend und unkonventionell das Leben sein konnte – Ruth war so direkt, so unheimlich liberal in ihren Ansichten, so engagiert –, und eine Weile hatte er geglaubt, sein mittelmäßiges Leben würde eine Wendung zum Besseren nehmen. Aber so war es nicht gekommen. Nachdem er sein ruhiges Junggesellendasein gegen ein Leben mit nassen Windeln und Hypotheken eingetauscht hatte, war es wieder in Mittelmäßigkeit versunken.

Da war der blaue Volvo. Arnie riß sich aus seinen tristen Gedanken, knallte die Wagentür zu, sperrte ab und marschierte mit der Aktentasche in der Hand zur Fähre. Wie immer standen schon viele Pendler an der Tür zur Rampe. Arnie ging ganz nach vorn. Er wußte, daß sie am Ende der Schlange war, er fühlte förmlich ihre Gegenwart und hatte Mühe, den Impuls zu unterdrücken, sich nach ihr umzusehen.

Das Boot legte ab. Es schlingerte wie auf stürmischer See, obwohl das Wasser spiegelglatt war. Wird wohl mal wieder was an den Maschinen sein. Arnie war kalt, aber er wollte nicht hineingehen. *Sie* war da drinnen, und der Blick ihrer samtigen Augen würde ihm entgegenfliegen wie ein zitternder Schmetterling.

Er dachte an Ruth. Er dachte in letzter Zeit viel an Ruth; wahrscheinlich weil diese Frau sich immer in seine Gedanken drängte. Immer wenn er sich dabei ertappte, daß er über die rätselhafte junge Frau nachdachte – aus einem Impuls heraus drehte er sich um, und als er sah, daß sie ihn durch das beschlagene Glas anstarrte, wandte er sich ab –, verjagte er sie mit Bildern von Ruth.

Ruth, Ruth, wohin treiben wir? Wollten wir es so? War das vor dreizehn Jahren unser Ziel? Dachten wir an Eintönigkeit und tägliches Einerlei, als wir heirateten? Es war nicht ihre Schuld; Arnie machte Ruth keinen Vorwurf. Zu einer langweiligen Ehe gehörten immer zwei. Nein, das stimmte nicht. Langweilig war ihr Leben nicht; eher zu unberechenbar. Dauernd mußte man irgendwo überstürzt weggehen, aus dem Kino, aus dem Restaurant, von einem Fest, nie wußte man, ob die eigene Frau dasein würde, wenn man nach Hause kam, oder ob man wieder mal Kindermädchen spielen mußte. Eine Zeitlang hatten sie sich deswegen heftigst gestritten; als Arnie der fehlenden Knöpfe, der angebrannten Abendessen und der abgebrochenen Abende müde geworden war. Aber er hatte bald gemerkt, daß Streit nichts half; daß nichts sich ändern würde. Irgendwann hatte er klein beigegeben und einen zweifelhaften Frieden in der Resignation gefunden.

Ein Liebespaar waren sie schon lange nicht mehr. Seit Leahs Geburt vor sieben Jahren, als sie sich geeinigt hatten, keine Kinder mehr in die Welt zu setzen, hatten sie immer seltener miteinander geschlafen. Jetzt kam es kaum noch dazu. Arnie drängte nicht. Wenn es sich ergab, dann, manchmal aus Zufall, manchmal weil einer von ihnen in einer seltenen Stimmung war. Arnie vermutete, daß es bei den meisten Paaren, die so lange verheiratet waren, so aussah.

Er drehte langsam den Kopf und schaute über die Schulter. Sie las die Zeitung und rauchte dabei; alle Indianer rauchten. Als sie den Kopf hob, sah er schnell weg. Ist sie verheiratet? Hat sie einen Freund? Viele Freunde vielleicht?

Das ist die *midlife crisis*, Arnie Roth. Wenn ein Mann anfängt, die Haare auf seinem Kopf zu zählen, den Gürtel unter dem Bauch schließt und hübsche junge Frauen auf der Fähre anstarrt...

Wohin fährt sie abends? Immer ist sie vor allen anderen in ihrem Volvo vom Parkplatz verschwunden...

Die Mädchen werden so schnell erwachsen. Nicht mehr lange, und sie würden aus dem Haus gehen. Dann würden er und Ruth allein sein. Zum erstenmal in ihrem gemeinsamen Leben.

Habe ich etwa davor Angst?

Ein Windstoß traf kalt sein Gesicht. Er beschloß, hineinzugehen. Als er die Tür aufstieß und in die verqualmte Luft trat, zwang er sich nicht zu ihr hinzusehen.

Er suchte sich einen Platz und ließ seine Gedanken laufen. Dieses Wochenende würden sie Ruths Geburtstag feiern. Er hatte immer noch kein Geschenk für sie. Vielleicht konnte er in der Mittagspause losgehen. Auf den Markt in der Pike Street. Es mußte etwas Besonderes sein. Ruth wurde bald vierzig. Machten Frauen auch eine *midlife crisis* durch? Oder waren es bei ihnen die Wechseljahre, die ihnen zu schaffen machten? Eine Frau in den Wechseljahren kann nichts an den Tatsachen ändern, aber ein achtundvierzigjähriger Mann, der auf der Fähre junge Indianerinnen anstarrt, macht sich eindeutig lächerlich.

Die Deckenplatten schepperten, als das Boot den letzten Bogen vor dem Hafen drehte. Es trompetete einmal lang und zweimal kurz, das Signal der bevorstehenden Ankunft. Die Leute standen auf und streckten sich.

Er sah zu ihr hin. Ihre Blicke trafen sich.

Schnell sahen beide weg.

Ruth saß, nachdem sie ihre letzte Patientin verabschiedet hatte, allein in ihrem Büro. Vor ihr lagen Stapel unerledigter Arbeit. Am vergangenen Abend hatte sie bis in die Nacht über den Briefen an ›Dr. Ruth‹ gesessen und vier herausgesucht, die ihr zur Beantwortung am geeignetsten erschienen. Gelegentlich bekam sie Briefe von Spinnern oder Witzbolden, ab und zu auch einen obszönen Brief oder solche, die nicht in ihre Kolumne gehörten.

In der Montagskolumne wollte sie die Nachteile und Gefahren gewisser Körperpflegemittel wie Seife, Shampoo und Deodorants herausstellen und ihren Lesern ans Herz legen, beim Einkauf darauf zu achten, aus welchen Substanzen die Mittel hergestellt waren. Sie widmete häufig die ganze Spalte einem einzigen Thema, wenn sie in Zeitdruck war; die Recherchen waren weniger zeitaufwendig und das Schreiben ging wesentlich schneller.

Wenn sie nicht wenigstens einen Teil der Arbeit heute nachmittag schaffte, würde sie erst morgen wieder dazu kommen, weil am Abend ihre Gesprächsgruppe stattfand. Und morgen war ihr Geburtstag, da würde ihr wahrscheinlich wenig Zeit dafür bleiben. Am Sonntag vielleicht, wenn Arnie ihr die Mädchen ein paar Stunden vom Hals hielt...

Als das Telefon summte, hob sie ärgerlich ab. Sie hatte die Sprechstundenhilfe extra angewiesen, sie nicht zu stören außer bei einem Notfall.
»Ja?«
»Entschuldigen Sie, Doktor, aber Ihre Schwester ist am Apparat.«
Verblüfft drückte Ruth auf den Knopf. »Judy? Was ist denn?«
»Es ist Vater. Sein Herz. Vor einer Stunde.«
Ruths Arme und Beine wurden zu Stein. »Wo ist er? In welchem Krankenhaus? Ist jemand bei Mutter?«
»Er liegt im Herzzentrum. Mutter ist bei ihm, und Samuel auch. Ruth, er ist immer noch bewußtlos.«
»Kümmere dich um Mutter. Ich komme sofort.«

Arnie mochte den Markt in der Pike Street. Immer wenn er herkam, was nicht oft der Fall war, ließ er sich viel Zeit, um sich alles anzuschauen, und hinterher ging er meistens ins *Athenian Café*, zwängte sich in eine der kleinen Nischen am Fenster und sah auf die Bucht hinaus, während er Lammbraten und Pitabrot aß. An diesem Tag allerdings würde ihm dafür keine Zeit bleiben; trotzdem ging er ohne Eile durch die Höfe, in denen die Kunstgewerbler Kerzen und Patchworkdecken, Töpfereien und Bilder verkauften.

Was, zum Teufel, sollte er Ruth zum Geburtstag schenken? Rein dekorative Dinge mochte sie nicht. Jedes Objekt mußte einen Nutzen haben, sonst hatte es in ihrem Haus keinen Platz. Aber das war nicht das Pro-

blem. Die meisten Dinge, die man hier kaufen konnte, waren praktisch, die Batikröcke ebenso wie die Marcramégürtel. Doch nach einer halben Stunde müßigen Herumwanderns sah für Arnie alles gleich aus. Er wollte etwas Einmaliges. Praktisch, aber einmalig.
Er wollte gerade aufgeben und ins Büro zurückkehren, als er auf die kleine Galerie stieß. Das Ölgemälde im Fenster war es, das seine Aufmerksamkeit auf sich zog, das Porträt eines alten Indianerhäuptlings. Praktisch war das nun zwar weiß Gott nicht, aber es war faszinierend. Arnie beugte sich vor und las mit zusammengekniffenen Augen das Preisschild. Zwölfhundert Dollar. Er richtete sich auf und musterte die anderen Gegenstände im Fenster. Noch ein Ölgemälde, ein holzgeschnitzter Adler, Elfenbeinarbeiten, handgewebte indianische Decken. Arnie wußte nicht, was Ruth von Indianerkunst hielt, aber er meinte, es könne nicht schaden, sich drinnen einmal umzuschauen.
Er sah sofort, daß die Galerie für sein Portemonnaie nicht das Richtige war. Die wenigen ausgestellten Objekte standen auf kleinen, von Strahlern beleuchteten Sockeln. Ein Blick auf die ersten Preisschilder bestätigte seinen Verdacht. Was es hier zu verkaufen gab, konnte er sich nicht leisten.
Gerade als er sich umdrehen wollte, hielt eine Stimme aus dem hinteren Teil der Galerie ihn auf.
»Kann ich Ihnen behilflich sein?«
Er drehte sich um.
Arnie erstarrte. Es war das Mädchen.
Wenn sie überrascht war, ihn zu sehen, so ließ sie sich nichts anmerken. Sie gab überhaupt kein Zeichen des Erkennens.
»Suchen Sie etwas Bestimmtes?«
Sie hatte eine wunderbare Stimme. Sie kam auf ihn zu und blieb etwa einen Meter von ihm entfernt stehen. Jedes Detail ihres Gesichts konnte er sehen, den Duft ihres Parfums riechen.
»Ja.« Er räusperte sich. »Ein Geschenk. Ich suche ein Geschenk.«
»Ah ja.« Sie faltete locker die Hände. »Ist die Person, die Sie beschenken wollen, ein Sammler?«
»Äh – nein. Es ist jemand – es soll ein Geburtstagsgeschenk sein, und ich ...« Arnie brachte es nicht über sich, ›meine Frau‹ zu sagen.
»Die meisten Objekte in unserer Galerie sind von einheimischen Künstlern. Einige unter ihnen sind sehr berühmt, und ihre Werke haben weltweite Anerkennung gefunden. Wir haben auch einige sehr schöne alte Stücke. Wenn Sie Kwakiutl Schnitzereien mögen, kann ich Ihnen einige Sachen von Willy Seaweed zeigen.«

Sie ging langsam von ihm weg, zeigte erst auf ein Gemälde, dann auf eine Kachina Puppe.
»Vielleicht interessiert Sie eher etwas von einem bestimmten Stamm? Oder aus einer bestimmten Region? Wir beschränken uns nicht nur auf indianische Kunst der Nordwest-Küste. Wir haben auch schöne Exemplare von Pueblo-Kunst.«
Sie drehte sich nach ihm um. Arnie hatte das Gefühl, das Gesicht brenne ihm vom Kragen bis zum Haaransatz. Er hatte nicht ein Wort von dem gehört, was sie gesagt hatte. Er hatte sie nur angestarrt, ihre ruhigen, fließenden Bewegungen und das lange schwarze Haar, das im Rhythmus mit ihren Schritten schwang.
»Hm.« Er lachte ein wenig. »Ich weiß, es klingt komisch, aber es sollte etwas Praktisches sein. Etwas, das nicht nur dasteht und hübsch aussieht.«
Sie schien das durchaus nicht merkwürdig zu finden.
»Wir haben sehr schöne Navajo-Decken. Und handgeflochtene Körbe.«
Sie ging ein paar Schritte nach rechts und legte ihre Hand auf ein herrliches Tongefäß, das auf einem hohen weißen Sockel stand.
»Oh, das ist schön«, sagte Arnie nähertretend. »Ist das Nordwest-Küste?«
»Was die Tonwaren betrifft, haben die Stämme der Nordwest-Küste an sich keinen traditionellen Stil. Wir arbeiten im allgemeinen nach Mustern der Pueblo und versehen die Gefäße dann mit Nordwest-Motiven. Das hier zum Beispiel ist Thunderbird beim Diebstahl der Sonne.«
Arnie, der sich nicht mehr ganz so angespannt fühlte, lachte leise. »Ich habe leider von der indianischen Mythologie überhaupt keine Ahnung.«
Sie lächelte. »In der Sage heißt es, als der Himmelsgott die Sonne besaß, verwahrte er sie in einem Kasten und ließ das Tageslicht nur heraus, wenn er gerade Lust hatte. Da stahl Thunderbird die Sonne aus dem Kasten und schenkte sie den Menschen. Schauen Sie, er hat Hörner und einen kurzen scharf gebogenen Schnabel.«
Arnie betrachtete das Gefäß. Es war wirklich schön. Das Schwarz und Türkis der Bilder standen in augenfälligem Kontrast zum Rostrot des Tons. Und es war sehr groß. Ruths Benjamina würde sich bestimmt gut darin ausnehmen.
Arnie überlegte gerade, ob es sehr spießig war, nach dem Preis zu fragen, als sie vorsichtig das Gefäß vom Sockel hob und es ihm reichte.
»Auf dem Boden sehen Sie das Zeichen der Töpferin.«
Arnie kippte das Gefäß ein wenig und sah die in den Ton eingeritzte

Unterschrift. ›Angeline, 1984‹. Und daneben war das Preisschild – 500 Dollar.
»Äh –« Er reichte ihr das Gefäß zurück. »Ja, hm, so etwas in der Art suche ich...«
Während sie das Gefäß wieder auf den Sockel stellte, sagte sie: »Es ist auf der Scheibe gedreht. Es gibt kaum noch Töpfer, die mit der traditionellen Aufbautechnik arbeiten. Hier drüben haben wir einige Stücke von Joseph Lonewolf, wenn Sie lieber –«
»Nein, nein. Das Gefäß ist wunderbar. Ich muß es mir nur überlegen.«
Du lieber Gott, was sage ich da? Nie im Leben kann ich so einen Preis bezahlen, und sie bekommt bestimmt auf jedes Stück eine Provision. Was fällt mir ein, ihr Hoffnungen auf ein gutes Geschäft zu machen, wenn ich gar nicht die Absicht habe –
»Vielleicht ist es Ihnen ein bißchen zu groß. Wir haben noch einige von derselben Töpferin, kleinere Gefäße mit einfacheren Mustern.«
Während sie sich entfernte, überlegte Arnie krampfhaft, wie er sie ganz ruhig und lässig fragen könnte, ob sie Lust hätte, mit ihm etwas essen zu gehen. Oder besser noch, einen Kaffee zu trinken. Am Wasser zu sitzen, den Möwen zuzusehen und zu reden...
Hinten im Laden läutete das Telefon.
»Bitte entschuldigen Sie mich einen Moment.«
Er sah ihr nach und wußte, was er zu tun hatte. Und tat es. Als sie nicht hersah, drehte sich Arnie um und ging aus der Galerie.

Ruth sah so kalt auf den Mann im Krankenhausbett hinunter, als wäre er ein Fremder. Ihre Mutter hockte zusammengesunken auf einem Stuhl neben dem Bett und weinte geräuschvoll.
»Gestern abend sagte er, er fühle sich nicht wohl. Ich hab's überhaupt nicht beachtet, Gott strafe mich. Ich dachte, dein Vater wolle sich nur wieder mal über mein Essen beschweren. Heute morgen machte er sich für die Praxis fertig und plötzlich lag er da. Und ich war ganz allein mit ihm.«
Draußen vor der elektronischen Tür, die die Herzstation vom Rest der Welt trennte, versammelten sich die Mitglieder der Familie Shapiro. Mehr als zwei Besucher durften nicht eintreten, und da Ruths Mutter sich weigerte, von der Seite ihres Mannes zu weichen, mußten die anderen einer nach dem anderen warten bis sie an die Reihe kamen.
Die Schläuche und Monitore machten Ruth keine Angst wie den anderen; Angst machte ihr, was sie fühlte. Wie böse Geister sprangen die beängstigenden, messerscharfen Emotionen sie an. Sie verwirrten sie.

Sie spürte, wie der Boden schwankte. Sie hielt sich am Metallgeländer des Bettes fest und starrte auf die bläulichen Lider, die über reglosen Augen geschlossen waren, auf den schlaffen Mund, das sanfte Auf und Nieder seines Brustkorbs, als träume er schöne Träume. Du darfst nicht sterben, dachte Ruth verzweifelt. Wir sind noch nicht miteinander fertig.
Als Ruth sich zum Gehen wandte, faßte ihre Mutter sie bei der Hand.
»Wohin gehst du? Du kannst jetzt nicht gehen. Du kannst deinen Vater nicht in diesem Zustand zurücklassen. Du bist doch Ärztin, Ruth.«
»Mutter, wenn wir beide hier drinnen bleiben, können die anderen nicht zu ihm.«
»Dann schick Judy herein. Ich möchte jetzt nur Judy sehen.«
»Die anderen haben auch ein Recht, Mutter. Nur für den Fall.«
»Für *welchen* Fall? Ich frage dich, für welchen Fall?«
»Nicht so laut, Mutter!«
»Eine schöne Tochter bist du. Nicht einmal eine Träne hast du für deinen Vater!«
Ruth sah, wie die Schwester bei den Monitoren mit einem unwilligen Stirnrunzeln herüberschaute.
»Mutter, sei doch leise. Weinen kann ich später.«
»Später! Wann denn später? Wenn er tot ist?«
»Wenn du so weiter machst, Mutter, lasse ich dir eine Beruhigungsspritze geben.«
»Natürlich! Das hätte ich mir ja denken können. Du hast eben kein Herz.« Sie vergrub ihr Gesicht im Taschentuch. »Du hast deinen Vater nie gemocht. Gott allein weiß, warum.«
»Mutter –«
»Du hast ihm das Herz gebrochen, Ruth. Du mit deinem Medizinstudium, wo du genau wußtest, wie sehr er sich wünschte, daß du heiraten würdest. Du hast deinem Vater das Herz gebrochen, und jetzt ist er dem Tode nahe, und deiner Mutter bricht das Herz. Das hast du getan, Ruth, dein Leben lang – deinen Eltern das Herz gebrochen.«
Ruth starrte in das Gesicht des schlafenden Fremden und dachte: Ein Leben lang habe ich ihm das Herz gebrochen. Nun, dann hab' ich's ja endlich geschafft. Es ist gebrochen.
»Ich schicke Judy herein.« Aber ehe sie hinausging, drehte sie sich noch einmal zum Bett um, beugte sich über ihren Vater, bis ihre Lippen beinahe das warme, trockene Ohr berührten, und flüsterte: »Warte!«

Er hatte flüchtig daran gedacht, eine spätere Fähre zu nehmen, um ihr nicht zu begegnen, aber das hätte gar nichts bewirkt. Sollte er den Rest

seines Lebens mit Verspätung ins Büro und mit Verspätung nach Hause kommen, nur weil er sich vor irgendeinem Mädchen, das er nicht einmal kannte, wie ein Idiot benommen hatte? Am besten, man tat einfach so, als wäre nichts geschehen. Im übrigen war ja auch nichts geschehen.
Es war sechs Uhr abends und noch hell. Die Tag- und Nachtgleiche näherte sich und mit ihr ein Winter langer, kalter Nächte. Arnie stand im Wind und sah die schneebedeckten Berge, das schiefergraue Wasser, den eisblauen Himmel. Seit dreizehn Jahren fuhr er jeden Tag mit dieser Fähre; wie kam es, daß er erst jetzt, erst an diesem Tag die Welt rund um sich herum wahrnahm?
Er würde nicht zu ihr hinsehen. Auf keinen Fall. Aber er sah hin, und diesmal erwiderte sie seinen Blick nicht. Sie saß wieder im Raucherabteil, mitten in einer Schar Indianer, die alle rauchten. Sie hatte einen Zeichenblock auf den Knien und skizzierte etwas. Arnie starrte unverwandt zu ihr hin, als könne er sie hypnotisieren, ihn anzusehen, aber sie tat es nicht, und er war enttäuscht.
Er hatte es vermasselt. Durch seine Ignoranz all dessen, was ihr offensichtlich sehr wichtig war, hatte er alles vermasselt.
Dreißig qualvolle Minuten später legte die Fähre an. Arnie stand schon im Heck, war einer der ersten, die ausstiegen und eilte die Rampe hinauf zum Parkplatz. Er wollte weg sein, ehe sie kam.
Er saß schon am Steuer, war angeschnallt und startbereit, als er sie wieder sah. Ohne sich zu rühren, blieb er sitzen und beobachtete sie, wie sie sich durch die Menge drängte, zu ihrem Wagen ging, ihre Handtasche hineinwarf und einstieg. Nichts verriet, ob sie ihn bemerkt hatte.
Ach was, dachte Arnie mit der gleichen Resignation, mit der er Ruth nachzugeben pflegte. Es wäre sowieso nichts daraus geworden. Zurück in die Wirklichkeit.
Aber dann bemerkte er, daß ihr Wagen nicht ansprang. Er beobachtete, wie sie ausstieg und die Kühlerhaube aufmachte. Kurzentschlossen sprang er aus dem Wagen.
»Kann ich Ihnen vielleicht helfen?« fragte er und bereute augenblicklich das unüberlegte Angebot. Er hatte von Autos keine Ahnung.
Sie richtete sich auf, wischte sich die Hände an einem alten Lappen und lächelte entschuldigend.
»Das passiert dauernd.«
Er inspizierte den Motor, als wüßte er genau, was er tat, und sagte: »Wissen Sie, woran es liegt?«
»Ja, nur zu gut. Und ich weiß auch, daß ich den Wagen wieder mal abschleppen lassen muß.«

»So ein Pech«, sagte er und trat zurück, als sie die Motorhaube herunterzog und zuknallte. »Aber da drüben in der Kneipe ist sicher ein Telefon.« Er wies hinüber zu der Bar, wo viele der Männer, die regelmäßig die Fähre benutzten, sich Freitag nachmittags ein Glas genehmigten.
Mit einer Kopfbewegung warf sie das lange Haar nach hinten. »Ich muß meinen Bruder anrufen, aber der ist erst in zwei Stunden wieder in der Tankstelle.« Sie starrte stirnrunzelnd auf ihr Auto. »Bis dahin ist es dunkel. Am besten lasse ich den Wagen hier und hole ihn morgen mit meinem Bruder zusammen ab.« Sie hob den Kopf und sah ihn an.
Beinahe hätte er sein Stichwort verpaßt.
»Oh – kann ich Sie dann vielleicht mitnehmen?«
»Wenn es kein Umweg für Sie ist.«
»Aber gar nicht«, versicherte er. »Wo wohnen Sie? In Kitsap?«
Sie lächelte schwach. »Nein, hier auf Bainbridge Island.«
Arnie wurde blutrot. »Ach so, natürlich. Ich wollte nicht –«
Sie lachte und holte ihre Handtasche aus dem Wagen. »Das macht doch nichts. Die meisten von uns wohnen ja auch im Reservat.«
Nachdem sie den Wagen abgeschlossen hatte, folgte sie Arnie zu seinem Kombi.
»Ach, Sie haben Kinder«, sagte sie, als sie einstieg.
Er drehte sich unwillig nach dem Sammelsurium von Spielsachen um, das den ganzen Rücksitz bedeckte. Sag einfach, daß es der Wagen eines Freundes ist und du in Wirklichkeit ein unverheirateter Playboy bist.
»Ja, ich habe fünf Kinder.«
»Ich finde große Familien herrlich.« Sie schloß ihren Sicherheitsgurt. »Ich komme selber aus einer großen Familie. Ein paar von uns wohnen noch im Reservat. Mein ältester Bruder hat seine eigene Tankstelle und meine beiden jüngeren Brüder sind bei der Fischereiflotte. Meine kleinen Schwestern sind in der *high-school* in Kitsap.«
Während Arnie den großen Kombi vom Parkplatz fuhr, überlegte er krampfhaft, was er zu ihr sagen könnte. Es sollte teilnehmend klingen, ohne neugierig zu wirken, witzig, ohne plump zu sein. Wäre es taktlos zu fragen, welchem Stamm sie angehörte.
»Das war wirklich eine Überraschung heute in der Galerie«, sagte er lahm. »Gehört sie Ihnen?«
»Oh nein. Es ist eine Kooperative. Alle Künstler, die dort ausstellen, beteiligen sich am Betrieb. Manche von uns arbeiten fest dort.«
»Sind Sie auch Künstlerin?«
»Ich bin eher Handwerkerin. Ich habe das Gefäß gemacht, das Sie sich heute angesehen haben.«

»Sie sind Angeline?« fragte Arnie.
»Die *berühmte* Angeline, ja.« Sie lachte.
»Der Name ist sehr schön.«
»Ich wurde nach Häuptling Seattles Tochter genannt.«
Die Stadt Seattle trug den Namen eines Indianerhäuptlings? Und er lebte seit dreizehn Jahren hier und hatte keine Ahnung davon? Arnie klappte den Mund zu und nickte nur sachverständig, um seine Unwissenheit nicht zu zeigen.
Danach schwiegen sie beide, den Blick durch die Windschutzscheibe auf die Straße gerichtet.
»Ich wohne in der High School Road«, bemerkte Angeline nach einer Weile, und Arnie glaubte einen Anflug von Verlegenheit in ihrer Stimme zu hören. Oder war es Einbildung? Wünschte er nur, daß es ihr mit ihm ähnlich ging wie ihm mit ihr?
High School Road. Arnie war enttäuscht. Da würden sie bald sein. Und dann? Sag doch was! Jetzt, wo du Kontakt bekommen hast, laß ihn nicht gleich wieder abreißen.
»Und wo haben Sie Ihre Töpferei?« Sehr weltmännisch, Arnie, echt.
»In meiner Wohnung. Statt des Küchentischs habe ich eine Töpferscheibe. Es ist natürlich ziemlich schmutzig, aber eine Entschuldigung dafür, daß man keine Einladungen gibt.«
Arnie sah es vor sich: die bescheidene Wohnung, sparsam eingerichtet mit indianischen Stücken, die tongraue Küche und Angeline an der Scheibe, den Blick auf das Werk konzentriert, das unter ihren schlanken Händen emporwuchs. Er sah die langen, einsamen Abende.
»Und was machen Sie?« fragte Angeline.
»Ich bin Wirtschaftsprüfer. Und ich heiße übrigens Arnie.« Er gab ihr die Hand, und sie legte die ihre hinein.
»Es freut mich, Sie kennenzulernen, Arnie«, sagte sie, und dann verging eine Minute, ohne daß einer sprach. Doch die Hände blieben verbunden.
Dann sagte Angeline: »Hier wohne ich«, und entzog ihm ihre Hand.
Arnie bremste ab und hielt am Bordstein. Angeline wohnte in einem großen Wohnblock, in dem nur Leute mit niedrigem Einkommen lebten. Einen Moment lang saßen sie schweigend nebeneinander, sie schien es nicht eilig zu haben, nach Hause zu kommen, dann sagte sie: »Vielen Dank, daß Sie mich mitgenommen haben.«
»Es war mir ein Vergnügen.« Er versuchte, sich ihr zuzuwenden, aber das ging nicht richtig, weil der Sicherheitsgurt ihn beengte. Öffnen wollte er ihn nicht; das wäre, fand er, zu auffällig gewesen. »Hoffentlich kann Ihr Bruder das Auto richten.«

»Oh, bestimmt. Mit dem Wagen habe ich schon so viele Pannen gehabt, daß er ihn inzwischen in- und auswendig kennt.«
»Aber der Volvo ist doch eigentlich ein gutes Auto.«
»Sicher, aber er hat zuviel drauf. Über zweihunderttausend Kilometer.«
»Tatsächlich?« Arnie war nie zuvor aufgefallen, wie nah man in diesem Kombi saß. Angeline war keinen halben Meter von ihm entfernt; er hätte sie jederzeit berühren können. Längst totgeglaubte Gefühle regten sich.
»Da ist es praktisch, wenn man einen Bruder hat, der was von Autos versteht, nicht?«
»Ja, das stimmt.«
Wieder eine Minute des Schweigens. Arnie wurde beklommen. Gleich würde sie aussteigen.
»Das Gefäß in der Galerie hat mir wirklich gefallen.«
»Ja?«
»Ja, und ich würde es sehr gern kaufen, aber –«
»– es ist zu teuer.«
Er wurde rot.
Angeline lachte. Sie lachte viel, wie Arnie festgestellt hatte. »Alles in dieser Galerie ist teuer. Ich könnte dort auch nicht einkaufen. Aber wie soll man für das Können und die Arbeit eines Künstlers überhaupt einen Preis festsetzen?«
»Oh, ich wollte damit nicht sagen, daß das Gefäß sein Geld nicht wert ist...«
»Ich weiß.« Angeline öffnete ihren Gurt. »Aber es ist eben eine Menge Geld.«
Arnie wollte sie nicht gehen lassen. Am liebsten hätte er ewig in diesem alten Kombi voller Kinderspielzeug gesessen und mit Angeline gesprochen.
»Sie sagten, Sie hätten auch kleinere Stücke in der Galerie?« Sehr clever, Arnie Roth. Ein guter Vorwand, um noch einmal in die Galerie zu gehen. Und sie dann vielleicht zum Mittagessen einzuladen.
Sie sah ihn einen Moment aufmerksam an, dann lächelte sie. »Die sind leider auch ziemlich teuer. Aber wissen Sie was? In der Galerie müssen wir teuer verkaufen, um die Unkosten zu decken, aber ich habe ein paar sehr schöne Stücke zu Hause, die längst nicht so teuer sind. Sie können sie sich gern ansehen...«
Arnie glaubte, nicht recht gehört zu haben. Sie lud ihn in ihre Wohnung ein?
»Ich verkaufe oft von meiner Wohnung aus«, fuhr Angeline fort. »Nur

so bringe ich meine Sachen überhaupt an den Mann. In der Galerie verkaufe ich im Jahr vielleicht vier Töpfe, wenn ich Glück habe. Meinen Lebensunterhalt verdiene ich mir mit dem, was ich privat verkaufe.«
Arnie landete mit dumpfem Aufprall wieder auf dem Boden der Realität. Männer in der *midlife crisis* können sich ganz schön in die Nesseln setzen, wenn sie die Signale junger Frauen mißdeuten. Er sah auf seine Uhr und sagte: »Ich würde mir die Sachen gern ansehen, aber ich muß nach Hause.«
Angeline kramte in ihrer Handtasche und zog eine etwas zerknitterte Karte heraus. »Bitte. Vielleicht finden Sie doch einmal Zeit.«
Arnie warf einen Blick auf die Karte. ›Angeline. Amerikanische Volkskunst‹. Darunter eine Telefonnummer. Sehr professionell und geschäftsmäßig.
Arnie seufzte. Je älter, desto dümmer.
»Ich brauche das Geschenk schon für morgen. Das Fest ist morgen abend...« Arnie überlegte rasch. Diesen Abend hatte Ruth ihre Gesprächsgruppe. Sie würde erst spät nach Hause kommen. Und dies war wirklich die letzte Gelegenheit, ihr ein Geschenk zu kaufen. »Sind Sie später zu Hause?« fragte er und steckte ihre Karte ein.
»Ja, den ganzen Abend. Wenn Sie vorbeikommen wollen, tun Sie das ruhig. Ich bin auf Nummer 30.«
»Vielleicht komme ich wirklich.«
Sie lächelte wieder, aber nicht so tief diesmal, nicht so zuversichtlich. Scheu, dachte Arnie. Als hätte auch sie...
»Nochmals vielen Dank, Arnie«, sagte sie leise, die Hand am Türgriff.
»Es wird schon dunkel. Ich sollte Sie zur Tür bringen.«
»Das ist nicht nötig. Die Leute hier sind meine Freunde. Gute Nacht. Bis später vielleicht.«
Jahre war es her, daß Arnie Roth sich so blöde vorgekommen war. Was hatte er sich eigentlich bei der ganzen Sache gedacht? Sich vor einem Mädchen lächerlich zu machen, das er kaum kannte – daß seine Tochter hätte sein können! Sie lachte sich jetzt wahrscheinlich kaputt über den kleinen kahlköpfigen Anglo, der sich in sie verknallt hatte wie ein Schuljunge. Sie hoffte wahrscheinlich darauf, ihm zehn von ihren Töpfen anzudrehen, die Miete für den ganzen Monat, um sich dann mit ihren Künstlerfreunden über ihn zu amüsieren.
Arnie lenkte den Wagen in die Auffahrt, stellte den Motor ab und starrte durch die Windschutzscheibe auf den mächtigen alten Baum, von dem die Schaukel herabhing. Nein, so war Angeline nicht. Er stellte

sie nur so hin, um sich selber zu retten; sich vor der größten Dummheit seines Lebens zu bewahren.
Auf keinen Fall würde er heute abend zu ihr gehen.
Er machte die Haustür auf und rief. Niemand antwortete. Es war kein Mensch da.
Müde zog Arnie sein Jackett aus und lockerte die Krawatte, dann sah er die Post durch.
Er war Angeline gegenüber wirklich unfair. Sie war offensichtlich keine Großverdienerin, sonst würde sie nicht in einer Sozialwohnung leben. Es war nicht ihre Schuld, daß er sich in sie verliebt hatte wie ein pubertärer Jüngling. Sollte sie sich ein Geschäft entgehen lassen, nur weil Arnie Roth total verrückt war? Außerdem brauchte er ja wirklich ein Geschenk für Ruth.
Er würde später zu ihr fahren. Wenn er mit den Kindern gegessen hatte.
»Hallo!« rief er auf dem Weg in die Küche. »Wo seid ihr alle?«
Vielleicht würde er sogar eines von den Mädchen mitnehmen. Rachel mochte Keramik. Sie würde das sicher interessieren. Ich nehme sie mit, damit ich mich nicht noch einmal wie ein Vollidiot benehme.
In der dunklen, kalten Küche blieb er stehen.
Aber – angenommen, Angeline ging es um das gleiche wie ihm, und dann schleppte er seine dreizehnjährige Tochter an.
Arnie versuchte, seine Gedanken zu zügeln. Es war fast sieben Uhr. Nie zuvor hatte er bei seiner Heimkehr das Haus leer vorgefunden. Nirgends brannte Licht. Nirgends lief ein Fernseher. Er konnte sich nicht vorstellen, wo die Kinder waren.
Angeline. Vielleicht fahre ich später zu ihr. Allein...
Er überlegte, versuchte, sich zu erinnern. Hatte Ruth etwas davon gesagt, daß die Mädchen nach der Schule irgendwohin gehen würden?
Als das Telefon läutete, dachte Arnie einen verrückten Moment lang, es müsse Angeline sein.
Es war Ruth. »Arnie, mein Vater ist gerade gestorben. Ich bin mit Mutter im Krankenhaus. – Nein, nein, du brauchst nicht zu kommen. Die Kinder sind bei Hannah. Mort hat sie von der Schule abgeholt und gleich mitgenommen. Sie bleiben über Nacht.« Ihre Stimme brach. »Ich muß noch eine Weile hier bleiben, Arnie, wegen der Formalitäten. Dann bringe ich Mutter nach Hause. Sie ist völlig außer sich. Ach Gott, Arnie...«
Nachdem Arnie aufgelegt hatte, ging er zu der Glastür, die auf die Terrasse führte. Im Glas sah er das Bild eines törichten kleinen Mannes mit

schütterem Haar und dickem Bauch, der nahe daran gewesen war, den Verstand zu verlieren. Einen Mann, der eben noch einen Traum gelebt hatte und jetzt sah, wie der Traum in tausend Stücke zersprang.

32

Mit einem Retraktor in der einen Hand und dem Endoskop in der anderen hob Mickey die Brust und begutachtete die Brustwand darunter.
»Ich glaube, es ist alles trocken«, sagte sie zur Operationsschwester, die auf der anderen Seite des Tisches stand. »Machen wir noch gründlich sauber.«
Mickey füllte die neugeschaffene Brusttasche mit antibiotischer Lösung, saugte dann die Flüssigkeit ab und trocknete den gesamten Raum mit Tupfern aus.
»Okay.« Sie legte ihre Instrumente ab. »Keine Blutungen. Geben Sie mir jetzt die Prothese.«
Nachdem Mickey sich noch einmal vergewissert hatte, daß das weiche Silikonpolster die richtige Größe hatte, tauchte sie sie in die Schale mit dem Bacitracin und ging dann daran, sie behutsam in den Hohlraum unter der Brust zu schieben.
Mickey war guter Dinge. Die Operation war ohne Pannen verlaufen. Bald würde sie mit Harrison ins Wochenende fahren. Sie hatten es lange geplant. Weihnachten in Palm Springs. Mickey freute sich darauf.
Mickey legte am Einschnitt eine verdeckte Nylonnaht, die unter der Brust saß und kaum erkennbar sein würde. Dann wusch sie das Blut von der ganzen Brust und sagte laut: »Carolyn! Carolyn, wachen Sie auf. Die Operation ist vorbei.«
Die Patientin, eine junge Frau, wälzte ein paarmal den Kopf hin und her, ihre Lider flatterten, und sie lallte mit schwerer Zunge: »Wann fangen Sie an, Doktor...?«
»Es ist schon vorbei, Carolyn. Wir sind fertig.«
»Sie meinen...« Sie seufzte mehrmals tief, während sie langsam ins Bewußtsein zurückfand. »Sie meinen, ich hab' jetzt einen Busen?«
Mickey lachte. »Ja, Carolyn, Sie haben einen Busen.«
Es war für diesen Tag die letzte Operation gewesen; nachmittags hatte Mickey Sprechstunde. Sie machte die meisten Operationen in ihrer Praxis. Aber sie hatte für größere Eingriffe auch Belegbetten im St. John's Krankenhaus, das nicht weit entfernt am Wilshire Boulevard war.
Vor drei Jahren waren sie und Harrison von Hawaii nach Süd-Kalifornien

übersiedelt. Es war für beide ein neuer Anfang gewesen. Harrison hatte die Firma verkauft, um sich auf das Filmgeschäft zu konzentrieren, und Mickey hatte in Santa Monica eine neue Praxis eröffnet. Beide hatten mit dem Neubeginn auch von dem Traum Abschied genommen, doch noch ein Kind zu bekommen. Nachdem sie nach Mickeys Besuch in Seattle noch zwei Jahre lang von Monat zu Monat gehofft hatten, hatten sie sich damit abgefunden, daß ihnen ein Kind versagt bleiben würde, aber das Schweigen in den vornehmen Räumen von Pukula Hau war danach für beide schwer zu ertragen gewesen. Der Umzug war ein Abschied und ein neuer Anfang gewesen, und in den drei Jahren, die seither vergangen waren hatten sie beide nicht zurückgeblickt.

In dem kleinen Badezimmer neben ihrem Sprechzimmer schlüpfte Mickey aus dem blauen Operationskittel und zog lange Hose und Pulli an. Ein rascher Blick auf ihre Armbanduhr: in dreieinhalb Stunden würde sie mit Harrison nach Palm Springs starten.

Sie nahm sich einen Moment Zeit, um einen Blick in den Spiegel zu werfen. Im kalten Licht musterte sie ihre rechte Wange. Ja, sie waren noch da die Schatten der Verunstaltung, von der Chris Novack sie vor sechzehn Jahren befreit hatte.

Einundzwanzig war sie damals gewesen.

Sie hatte Chris Novack vor drei Jahren einmal zufällig getroffen, kurz nachdem sie mit Harrison nach Süd-Kalifornien gekommen war. Er hatte wie sie an einer Fachtagung für plastische Chirurgie im Beverley Wilshire Hotel teilgenommen. Sein Haar war schütter, und er war dick geworden; aber mehr als das war ihr die Veränderung seiner Augen aufgefallen. Der Funke war erloschen. Es hatte Mickey bestürzt und traurig gemacht, Chris Novack nur noch als einen Schatten seiner selbst zu erleben. Warum war das Feuer ausgegangen? Was hatte Chris seiner Kraft und Energie beraubt? Nachdem er in seinem Fachgebiet zunächst Pionierarbeit geleistet hatte, war er später aus irgendeinem Grund in Mittelmäßigkeit und Selbstzufriedenheit versunken. Er hatte jetzt eine gutgehende Praxis im San Fernando Valley, wo er auf Versicherungskosten Nasen schönte.

Ein leichtes Klopfen an der Tür sagte ihr, daß die ersten Patientinnen da waren. »Ich habe Mr. Randolph in Eins geschickt, Mickey«, sagte Dorothy von der anderen Seite der Tür. »Und Mrs. Witherspoon in Zwei.«

»Danke, Dorothy. Ich komme sofort.«

Als sie in ihr Sprechzimmer ging, bemerkte sie den Stapel Post, den Dorothy ihr hingelegt hatte; sie würde ihn nach der Sprechstunde durchsehen.

Genau das brauchte sie jetzt – Rasen auf dem Indio Freeway! In solchen Momenten wünschte Mickey, sie hätten ein Kabriolett. Sie hätte ihr Haar aufgemacht, den Kopf zurückgeworfen und die Mächte dort oben herausgefordert. Und sie hätte die Geschwindigkeit richtig gespürt. Statt dessen drückte sie auf einen Knopf, um das Fenster herunterzulassen, so daß die duftende Nachtluft herein konnte; drückte einen Knopf, um den Kassettenrecorder einzuschalten, drückte eine weiteren Knopf, um die Kassette zurückzuspulen und drückte einen letzten Knopf, um ihre Sitzlehne leicht nach hinten zu kippen. Bei den ersten Takten von Beethovens Siebter Symphonie schloß Mickey die Augen und überließ sich der Musik und ihren Gedanken.

Was hatte der Brief eigentlich mit ihr angestellt? Sie wußte es selber nicht. Sie hätte in diesem Moment glücklich sein müssen; sie hatte fest damit gerechnet, daß sie glücklich sein würde. Aber sie war es nicht. Seit Monaten hatten sie diesen Ausflug geplant – ein Wochenende in der Wüste, eine luxuriöse Suite im *Erawan Gardens* Hotel, Abendessen bei *Fideglio's*, eine romantische Fahrt in die San Jacinto Berge und zum Abschluß die große Weihnachtsparty im Racquet Club. Keine Patienten, kein Telefon. Allein mit Harrison, mit dem sie nach sieben Jahren Ehe so glücklich war wie am ersten Tag. In ungeduldiger Erwartung hatte Mickey nach Schluß ihrer Sprechstunde letzte Anweisungen diktiert, den Schreibtisch aufgeräumt, um die Praxis in der Obhut ihre Partners Dr. Tom Schreiber zu hinterlassen.

Im letzten Moment hatte sie noch schnell die Post auf ihrem Schreibtisch durchgesehen – größtenteils Dankbriefe von Patienten, ein paar Einladungen, ein paar Rechnungen – und war auf das dünne blaue Luftpostkuvert mit den kenianischen Briefmarken gestoßen.

Sondra, hatte sie gedacht. Ich habe seit Weihnachten letztes Jahr nicht mehr von ihr gehört.

Aber nein, der Brief kam nicht von Sondra. Die Anschrift war mit fremder Hand geschrieben, und als Absender war Pastor Sanders angegeben.

Lange stand Mickey mit dem Brief in der Hand da, starrte auf die fremde Schrift und wagte nicht, den Umschlag zu öffnen. Sie konnte unter ihren Fingerspitzen beinahe die unerwünschte Nachricht spüren, die er enthielt. Sie spielte flüchtig mit dem Gedanken, ihn bis zum Montag liegenzulassen, aber sie schaffte es nicht. Als sie den Umschlag aufriß, fielen ihr zwei Schreiben entgegen.

Das erste war von Pastor Sanders unterschrieben und bestand nur aus wenigen Zeilen.

›Liebe Frau Dr. Long: Da Mrs. Farrar selber nicht schreiben kann, hat sie mir den beiliegenden Brief diktiert. Wir haben kein Telefon; sollten Sie uns erreichen wollen, so rufen Sie bitte beim Krankenhaus in Voi unter Voi-7 an. Von dort aus wird man uns Ihre Nachricht über Funk durchgeben.‹

Als Mickey den zweiten Brief entfaltete, der um einiges länger war, als der erste, sah sie, daß unten eine Fotografie aufgeklebt war...

»Mickey?« Harrison legte leicht seine Hand auf die ihre. »Wo bist du mit deinen Gedanken?«

Mickey öffnete die Augen und sah ihn lächelnd an. Das Leben in Süd-Kalifornien tat Harrison sichtlich gut. Er war jetzt achtundsechzig, aber er war so gesund und vital wie eh' und je. Es war eine gute Entscheidung gewesen, hierher zu übersiedeln, obwohl Mickey zuerst Einwände erhoben hatte, jetzt war sie froh, daß sie nachgegeben hatte. Neue Freunde, neue Interessen – da blieb keine Zeit, dem unerfüllten Traum von einem Kind nachzutrauern.

»Ich habe gerade an Sondra gedacht«, sagte sie.

Er nickte verständnisvoll. Mickey hatte ihm das Foto gezeigt.

»Weißt du schon, was du tun willst?«

»Ich glaube, daß Sam Penrod Sonntagabend auf die Weihnachtsparty kommt. Er ist einer der besten Spezialisten überhaupt. Ich werde ihn fragen, ob er sie nimmt.«

»Du willst es nicht selber machen?«

»Nein. Sie hat extensive Verletzungen erlitten. Ich weiß nicht, ob mein Können da ausreicht.«

In ihrem Brief hatte Sondra geschrieben: ›Ich bitte *Dich*, Mickey, weil ich an Dich glaube. Aber wenn Du aus irgendeinem Grund nicht kannst, dann gehe ich nach Arizona. Meine Eltern wissen noch nichts. Ich will es ihnen erst sagen, wenn alles vorbei ist. Warum sie auch noch belasten, wo Roddy schon so schrecklich leidet.‹

Die Fotografie zeigte zwei von Narben entstellte, verkrüppelte Klauen auf weißem Hintergrund. Grauenvolle Hände, wie man sie vielleicht in einem Alptraum sieht.

›Links besteht infolge eines dicken Narbenwulsts auf dem Handrücken eine schwere Kontraktur mit Verlust der Streckmuskelsehnen des zweiten und dritten Fingers. Rechts bestehen Kontrakturen aller Finger durch Vernarbung. Infolge überlanger Ruhigstellung nach ersten Hautverpflanzungen ist eine Verkürzung der Bänder eingetreten. Beide Hände sind völlig unbrauchbar.‹

Bei einem Brand vor sechs Monaten, hatte Sondra geschrieben, hatte sie schwere Verbrennungen an beiden Händen erlitten. Nachdem man sie in der Notaufnahme des Krankenhauses von Voi behandelt hatte, war sie in ein größeres Krankenhaus in Nairobi verlegt worden, wo man die Infektion unter Kontrolle gebracht und eine Hautverpflanzung versucht hatte. Nach dem Foto zu urteilen, waren die Operationen nicht so erfolgreich gewesen, wie man es sich erhofft hatte.

Mickey starrte zum Wagenfenster hinaus. Nachtschwarz dehnte sich die Wüste zu beiden Seiten der Straße. Palmen und Kakteen hoben sich schemenhaft hervor, und weit weg, am Ende der flachen Öde ragten die zackigen Berge wie eine Mondlandschaft auf. Als der zweite Satz der Symphonie sich seinem Ende näherte, schloß Mickey wieder die Augen und kehrte zu Sondras Brief zurück.

›Mein Geld reicht für den Flug nach Kalifornien und zurück‹, hatte Sondra geschrieben. ›Pastor Sanders bringt mich nach Nairobi an den Flughafen und wird dafür sorgen, daß man mir auf dem Flug behilflich ist, soweit das nötig ist. Aber wenn ich bei Euch ankomme, brauche ich jemanden, darum meine Bitte: Kannst du mich am Flughafen abholen? Roddy bleibt hier auf der Station.‹

Ein karger Brief, der sich so las, wie Sondra ihn vermutlich diktiert hatte – direkt und ohne Beschönigungen.

›Sie haben hier in Nairobi sicher ihr Bestes getan. Ich kann ihnen nichts vorwerfen. Ich würde auch gar nichts weiter unternehmen, wenn ich nicht eine ständige Bürde für andere wäre. Ich kann mir nicht einmal allein das Haar kämmem; ich kann keine Tasse halten; ich kann meinen Sohn nicht streicheln. In Nairobi sagte man mir, es wäre hoffnungslos, meine Hände seien nicht zu retten. Jede Kleinigkeit wäre ein Hilfe, Mickey, und ich wäre Dir ewig dankbar, wenn Du für mich etwas tun könntest.‹

Sondra. Wie lange war es her? Das letztemal hatten sie sich vor sieben Jahren bei der Hochzeit auf Lanai gesehen. Ein herrliches, wenn auch kurzes Wiedersehen voller Erinnerungen. Ein paar Tage lang war die innige Verbundenheit der drei jungen Mädchen wieder dagewesen, die am Castillo College zusammen ihr Studium aufgenommen und vier Jahre zusammen gelebt hatten. Dann war wieder jede ihren eigenen Weg gegangen; die Bande hatten sich immer mehr gelockert, Zeit und Ereignisse hatten sich wie Keile zwischen die drei Frauen geschoben und sie immer weiter voneinander entfernt. Die Briefe und Telefonate, so häufig in den ersten Jahren der Trennung, waren immer seltener geworden, so daß jetzt nur noch eine schöne Erinnerung übrig war.

Das war es, was der Brief bei Mickey bewirkt hatte: Er hatte sie mit einem

Teil ihrer Geschichte konfrontiert, die sie vernachlässigt und mißachtet hatte: die erste wahrhaftige Freundschaft mit zwei anderen Menschen; den Beginn des langen Wegs, der sie dahin geführt hatte, wo sie jetzt stand. Er hatte Mickey an längst vergangene Dinge erinnert, die sie beinahe aus dem Gedächtnis verloren hatte.
Aber nicht ganz, dachte sie jetzt. Ich war in diesen letzten drei Jahren zu sehr in mein Leben versponnen und alle die Aktivitäten, die es ausfüllen. Ich hatte vergessen...
»Ich schreibe ihr sofort«, sagte sie zu Harrison, der jetzt vom Freeway abbog. »Ich schreibe ihr, daß sie jederzeit kommen und bei uns wohnen kann. Das ist dir doch recht, Harrison?«
»Aber natürlich.«
»Und ich glaube, ich schreibe auch gleich einen Brief an Ruth. Ich habe seit Ewigkeiten nichts von ihr gehört. Vielleicht kann sie sich ein paar Tage freinehmen und herkommen. Das würde Sondra bestimmt guttun.«
Mickey lächelte. Es ging ihr schon wieder besser. Dann fiel ihr auf, daß Sondra gar nicht von Derry geschrieben hatte. Würde er mitkommen, oder auf der Missionsstation bleiben?

Es war eines jener glanzvollen Ereignisse, wo die großen und die weniger großen Stars sich gegenseitig auf die Füße treten. Mickey kannte einige von ihnen, die meisten durch Harrison, der durch seine Verbindungen zu Film und Fernsehen in diesen illustren Kreisen aufgenommen worden war. Andere kannte sie durch ihre Praxis; sie war ihre Zauberin, die ihnen Schönheit und neue Jugend bescherte. Die gefeierte Rocksängerin beispielsweise, die gegenwärtig der höchstbezahlte Star von Las Vegas war, verdankte ihre Wespentaille Mickeys Kunst; einige der jugendlich glatten Gesichter waren ebenfalls Mickeys Werk; genauso wie die aristokratische Nase der Gattin eines Senators.
Die Zeitungen würden am folgenden Tag in aller Ausführlichkeit über diesen Gala-Abend berichten. Wer etwas auf sich hielt, wer gesehen werden wollte oder gesehen werden mußte, weil er die Publicity gebrauchen konnte, war gekommen. Dies nämlich war nicht einfach eine gewöhnliche Weihnachtsparty, sondern eine Wohltätigkeitsveranstaltung zugunsten der Opfer der Alzheimer'schen Krankheit. Positive Publicity dieser Art konnte nur guttun.
Als Mickey auf der anderen Seite des Swimming-Pools Sam Penrod sah, ließ sie Harrison im Gespräch mit dem Bundesrichter zurück, der beim Essen an ihrem Tisch gesessen hatte, und bahnte sich einen Weg durch die Menge.

Als Mickey Sam Penrod erreichte, wollte er gerade weggehen, um sein leeres Glas aufzufüllen.
»Hallo, Sam«. Sie legte ihm die Hand auf den Arm.
»Mickey!«
Sam Penrod war orthopädischer Chirurg, Hände- und Fußspezialist, mit einer luxuriösen Klinik in Palm Springs, die zu den besten der USA zählte. Er hatte Mickey in den vergangenen drei Jahren zweimal ernsthafte Anträge gemacht.
»Du siehst blendend aus, wie immer«, sagte er und drückte vielsagend ihre Hand.
»Wie geht es dir, Sam? Läuft das Geschäft?«
»Es könnte nicht besser sein. Solange die Baseballspieler gesunde Arme brauchen und Filmschauspielerinnen beim Gehen wie die Engel schweben müssen, geht mir die Arbeit nicht aus. Und du? Immer noch dem Jugendkult verpflichtet?«
Sie lachte. »Mehr denn je.«
»War die Frau bei dir, die ich dir letzte Woche geschickt habe? Mrs. Palmer.«
Mickey entzog ihm sanft, aber bestimmt ihre Hand.
»Ja, aber sie entschied sich dann doch gegen eine Operation. Ich konnte ihr nicht garantieren, daß hinterher nicht eine sichtbare Narbe bleiben würde.«
»Sie war früher unheimlich dick, weißt du. Ich kenne sie seit Jahren. Ich spiele mittwochs immer mit ihrem Mann Golf. Jetzt lernte sie im Klub einen Zwanzigjährigen kennen und jetzt möchte sie wieder ein Teenie sein. Ich habe sie gewarnt, als sie mit ihrer Abmagerungskur anfing, aber sie wollte nicht auf mich hören. Und jetzt steht sie da mit ihren Armen.«
Mickey nickte. Sie kannte das Problem von anderen Frauen, die zu ihr gekommen waren: Schwere Falten schlaffer Haut an den Oberarmen, entweder altersbedingt oder durch zu radikale Abmagerungskuren. Man konnte die Haut straffen, aber es blieben immer entstellende Narben zurück.
»Aber komm, reden wir nicht vom Geschäft.« Sam nahm wieder ihre Hand. »Du bist wohl mit deinem Wachhund hier, wie?«
»Ja, Harrison ist auch hier«, antwortete sie lächelnd. »Du änderst dich wohl nie, Sam, hm? Aber weißt du, genau vom Geschäft wollte ich mit dir reden.«
Sam Penrod spielte den Enttäuschten und ließ demonstrativ ihre Hand los. Ebenso demonstrativ stellte er sich in Positur, ganz der sachliche Kollege.

»Worum geht's Mickey?«
Sie öffnete ihr Abendtäschchen und nahm Sondras Brief heraus. »Das wird dir alles erklären.«
»Was, das ist dein Ernst? Du willst wirklich fachsimpeln?«
Mit einem übertriebenen Seufzer nahm er ihren Arm und führte sie an einen freien Tisch. Nachdem sie sich gesetzt hatten, las er Sondras Brief.
Er studierte die Fotografie mit zusammengezogenen Brauen, dann reichte er Mickey Brief und Foto zurück.
»Du meine Güte. Das ist ja schrecklich. Ein großer Teil des Schadens hätte wahrscheinlich vermieden werden können, wenn beim Schienen mehr Rücksicht auf Funktion und Streckung der Handgelenke genommen worden wäre. Ihre Informationen sind nicht ausreichend. Sie schreibt nicht, ob der Ellen- und der Speichennerv in Mitleidenschaft gezogen sind; ob die Faszie der Innenhand zerstört ist; woher die Kontraktur kommt.«
»Sie fand wahrscheinlich, das hätte Zeit, bis sie herkommt. Also, Sam, was meinst du?«
»Warum machst du es nicht, Mickey?«
»Ich?«
»Ja. Du machst doch Hände.«
Mickey faltete den Brief und steckte ihn zusammen mit der Fotografie wieder in ihre Tasche.
»Warum versuchst du's nicht? Du machst wunderbare Arbeit.«
Sie lachte. »Das ist sehr lieb von dir, Sam, aber ich kenne meine Grenzen.«
Die Band spielte den Titelsong aus *Der Pate*. »Wollen wir tanzen?« fragte Sam.
»Kann ich meiner Freundin schreiben, daß du sie nimmst?«
»Nur wenn du mit mir tanzt.«
Sie stand auf und schüttelte den Kopf. »Immer der alte Sam. Kann ich ihr schreiben, daß du's machst?«
»Meinetwegen. Für dich tu ich doch alles, Mickey. Wann kommt sie?«
»Ich weiß nicht. Sobald ich ihr Bescheid gebe, nehme ich an. Ich hole sie am Flughafen ab und bringe sie dann her. Vielleicht hole ich sie vorher noch ein paar Tage zu uns nach Hause.«
Sam stand ebenfalls auf und musterte das Gedränge der Tanzenden mit den Blicken eines hungrigen Wolfs.
»Gib mir Bescheid, dann reserviere ich ihr ein Zimmer.«

»Danke Sam.« Sie berührte leicht seinen Arm. »Ich wußte, daß ich auf dich zählen kann.«
»Ja«, erwiderte er mit gespielter Bitterkeit. »So bin ich nun mal – immer der gute alte Sam.« Damit machte er sich in Richtung auf eine Schöne im rückenfreien Glitzerkleid davon.
Mickey war erleichtert. Sie würde Sondra schnellstens schreiben und ihr die gute Nachricht mitteilen. Beinahe beschwingt machte sich Mickey auf den Rückweg zu Harrison und blieb abrupt stehen.
Zwischen ihr und Harrison stand, im Gespräch mit einigen anderen Leuten, Jonathan Archer.
Sie starrte ihn an. Er stand mit dem Profil zu ihr, schlank und sicher in seinem schwarzen Smoking, und sprach mit den souveränen unbekümmerten Gesten eines Mannes, der alles im Griff hat und sich seines Ranges bewußt ist. Ein älterer Jonathan, gelassener und reifer. Er mußte jetzt dreiundvierzig sein, ein berühmter Mann, Gewinner unzähliger internationaler Preise, Beherrscher eines Film-Imperiums. Und dreimal geschieden, dachte Mickey, während sie langsam auf ihn zuging.
Einer der anderen in der kleinen Gruppe, ein Anwalt aus Beverly Hills, mit dem Harrison geschäftlich zu tun hatte, bemerkte Mickey zuerst und unterbrach Jonathans Monolog mit einem freundlichen: »Hallo, Mrs. Butler. Wie geht es Ihnen?«
Als Jonathan sich lächelnd nach ihr umdrehte, durchzuckte es Mickey ganz unerwartet.
»Hallo, Mickey«, sagte er.
Seine Stimme schien aus einem alten Traum zu kommen, und ihre Beklemmung wuchs. So begrüßt er mich, nach so langer Zeit, obwohl ich ihn damals vesetzt habe?
»Hallo, Jonathan.«
»Ich sah dich schon mit Sam Penrod sitzen, aber ich wollte nicht stören.«
Was sagten die blauen Augen wirklich? Wie lautete die wahre Botschaft, die sich hinter dem immer noch jugendlichen Lächeln verbarg? Mickeys Beklemmung löste sich plötzlich. Da war ja nichts, gar nichts. Keine Bosheit, kein Groll, kein Bedauern. Da war nur der lockere, unbekümmerte Jonathan von damals, ein bißchen älter und zweifellos um einige Illusionen ärmer.
Die anderen der kleinen Gruppe verstanden die Signale und entfernten sich diskret.
»Wie geht es dir, Jonathan?« Mickey war erstaunt, wie leicht es ging.

»Ich kann mich nicht beklagen. Ich habe erreicht, was ich wollte.«
»Ja, ich weiß. Ich lese ab und zu das *Time*.«
»Uh!« Er verzog das Gesicht. »Dann bist du über sämtliche schmutzigen Skandale unterrichtet.«
Mickey lachte. »Drei Scheidungen machen dich nicht unbedingt zum Blaubart.«
»Und wie geht es dir? Wer ist Mr. Butler?«
»Ich bin mit dem Mann da drüben verheiratet.« Sie wies mit dem Kopf zu Harrison.
»Hm. Frag ihn, ob er in meinem nächsten Film eine Rolle haben möchte. Er gefällt mir.«
»Mir auch.«
»Und du, Mickey, hast du erreicht, was du wolltest?«
»Ja.«
Sie standen sehr nahe beieinander, ihre Stimmen leise trotz Musik und Stimmengewirr rundherum.
»Du befreist also die Welt von ihren Verunstaltungen?«
»So kann man es nennen. Aber ich sehe eher, daß ich den Leuten helfe. Manche Operation dient sicher nur der Eitelkeit, aber durch die plastische Chirurgie können auch schwere psychologische Probleme behoben werden. Das habe ich am eigenen Leib erfahren.«
»Und bist du glücklich?«
»Ja.«
Sein Lächeln wurde tiefer. »Ich bin jetzt eine Weile in Los Angeles. Hast du Lust bald einmal mit mir zu essen?«
Sie spürte, wie sie sich innerlich anspannte. Aber das war albern; es gab nichts zu fürchten.
»Oh, ja. Ich würde gern hören, was du all die Jahre getrieben hast, seit –«
Sie brach ab.
»Seit dem Glockenturm?« Jonathan lachte leise. »Ja, da gibt es viel zu erzählen. Aber außerdem habe ich ein Geschenk für dich, Mickey. Etwas ganz Besonderes, und ich möchte es dir geben, wenn wir unter uns sind.«

31

Sie gehörte zum Stamm der Suquamish, sie aß gern Fisch, ihre liebste Jahreszeit war der Herbst und sie war nie über die Grenzen des Staates Washington hinausgekommen. Schritt für Schritt, wie Herbstblätter, die man aufhebt, um sie zum Pressen in ein Album zu legen, sammelte Arnie alle Informationen über Angeline und ihr Leben, derer er habhaft werden konnte. Er kannte die Marke der Zigaretten, die sie rauchte, er vermerkte, daß sie manchmal ein Buch mithatte, er hörte aus Gesprächen während ihrer Fahrten auf der Fähre, daß ihre jüngste Schwester Krankenschwester werden wollte. All diese Dinge verwahrte er für sich wie kleine Schätze. Sie machten Angeline aus.

Seit dem Tag im vergangenen September, als er beinahe zu ihr nach Hause gefahren wäre, um eines ihrer Gefäße zu kaufen, hatte Arnie mit dem Überlebensinstinkt einer Schildkröte, die genau weiß, wann es gefährlich ist, den Kopf herauszustrecken, den Rückzug angetreten. Er war noch einmal davongekommen. Was, um alles in der Welt, war nur damals in ihn gefahren.

»Deine Sterne stehen anscheinend alle hintereinander, Daddy«, hatte die dreizehnjährige Rachel altklug gesagt. »Oder du bist in der *midlife crisis*.« Solche Bemerkungen schnappte Rachel genau wir ihre Schwestern von ihrer Mutter auf. Die Mädchen wirkten alle viel zu erwachsen für ihr Alter.

Arnie und Angeline hatten sich auf freundliche und völlig ungefährliche Alltäglichkeiten geeinigt. Man winkte sich zu, wechselte ein paar belanglose Worte miteinander, wenn man sich auf der Fähre traf, weiter ging es nicht. Arnie hatte nicht den Mut aufgebracht, sie zu einer Tasse Kaffee einzuladen oder noch einmal in die Galerie zu gehen oder sich auf dem Boot einfach neben sie zu setzen. Und jeden Nachmittag sprang der Volvo mit ärgerlicher Zuverlässigkeit sofort an, und Angeline brauste vom Parkplatz.

Arnie konnte nur hoffen, daß ihm seine Gefühle nicht vom Gesicht abzulesen waren; daß er so kühl und gleichgültig wirkte, wie er zu sein vorgab, denn sie verschwendete über das tägliche »Guten Morgen, Arnie« oder »Ein schöner Tag heute, nicht?« hinaus offensichtlich keinen Gedanken an ihn. Auch das Spiel der Blicke war vorüber. Seit dem Tag, an dem er in die Galerie gestolpert war und sie dann in seinem Kombi voller Kinderspielzeug nach Hause gefahren hatte, schien sich der geheimnisvolle Zauber verflüchtigt zu haben. Verständlich. Angeline sah ihn jetzt so, wie er war. Alle Neugier war verflogen.

Eigentlich hätte er froh sein müssen. Er hatte zu Hause Probleme genug, da hätte er es gar nicht gebrauchen können, wenn sich zwischen ihm und diesem Mädchen tatsächlich etwas angesponnen hätte.

Er blieb zurück, tat als wäre er so vertieft in seine Abendzeitung, daß ihm das Vordrängen der Menge zur Fähre gar nicht auffiel. Er machte das nicht jeden Abend so, das wäre zu auffällig gewesen; ab und zu zwang er

sich dazu – und es kostete ihn wirklich Riesenüberwindung –, gleich mit den ersten müden und hungrigen Bainbridgers auf die Fähre zu gehen und Angeline hinten zurückzulassen; sie ging nämlich immer als eine der letzten an Bord. Es war also allein Arnie überlassen, ihre zufälligen Begegnungen zu arrangieren, und zwar so, daß sie keinen Verdacht schöpfte, daß es absichtlich geschah.
»Hallo, Arnie. Fahren Sie nicht mit?«
Er riß den Kopf hoch und sagte, »Was?« Sie stand direkt neben ihm und lächelte ihn an.
»Du meine Güte!« er faltete hastig die Zeitung zusammen und klemmte sie unter den Arm. »Ich hab' überhaupt nicht aufgepaßt.«
Die Fähre trompetete. Arnie und Angeline kamen als Letzte an Bord. Beinahe hätten sie das Boot verpaßt. Dann, dachte Arnie, wäre ihnen nichts anderes übriggeblieben, als zu warten, bis vierzig Minuten später die nächste Fähre kam. Das wäre doch etwas gewesen!
Angeline setzte sich wie immer ins Raucherabteil, und Arnie ging weiter, zu einer freien Bank, wo er ganz allein sitzen und grübeln konnte.
Du bist achtundvierzig Jahre alt, hast eine Frau und fünf Kinder – reiß dich endlich zusammen und benimm dich wie ein erwachsener Mensch!
Entschlossen, die Zeitung wirklich zu lesen und nicht an sie zu denken, blätterte er wieder jene Seite auf, die er vorher nur scheinbar gelesen hatte. Ironischerweise hatte er Ruths Kolumne vor sich; sie erfreute sich so großer Popularität, daß sie seit einiger Zeit täglich erschien.
Arnie las sie nicht immer – sie sprach in erster Linie die weibliche Leserschaft an –, aber wenn er es tat, überfiel ihn jedesmal das beklemmende Gefühl, das dies in letzter Zeit die einzige Kommunikation war, die zwischen Ruth und ihm noch bestand.
›Liebe Dr. Ruth: Ich habe vor sechs Monaten angefangen zu joggen. Seitdem habe ich immer wieder leichte Zwischenblutungen, im allgemeinen um die Zeit des Eisprungs. Besteht da ein Zusammenhang? Sind diese Zwischenblutungen Anzeichen für irgendwelche inneren Schädigungen? Bremerton.‹
›Liebe Bremerton: Seit immer mehr Frauen Sport treiben, sind Fragen und Probleme aufgetaucht, die bisher kaum Beachtung fanden. ›Sportgynäkologie‹ ist ein relativ neuer Studienbereich, der . . .‹
Arnies Gedanken schweiften ab. Was machte Angeline am Wochenende? Sie schien ihm nicht der Typ der verbissenen Joggerin oder Aerobic-Fanatikerin zu sein. Saß sie Tag und Nacht über ihrer Töpferscheibe? Oder hatte sie einen Freund, mit dem sie die Wochenenden verbrachte?

Er ließ die Zeitung auf seinen Schoß sinken. Es hatte keinen Sinn, er konnte sie sich nicht aus dem Kopf schlagen.
Er sah das Foto von Ruth, das die Kolumne begleitete. »Liebe Dr. Ruth: Wissen Sie eigentlich, daß Ihr Ehemann wie besessen von einer jungen Indianerin ist? Bainbridge Island.‹
Waren sie denn überhaupt noch Mann und Frau? Sie schliefen nebeneinander im selben breiten Bett, ihre Zahnbürsten hingen nebeneinander im Bad, sie hatten gemeinsame Kinder, die ihnen beiden ähnlich waren, sie reichten eine gemeinsame Steuererklärung ein. Aber darüber hinaus...
Wann hatten auch die seltenen, mehr oder weniger zufälligen Begegnungen im Bett aufgehört, mit denen sie ein paar Jahre gelebt hatten? Als wir vor zwei Jahren den großen Krach hatten; als ich ihr sagte, daß für mich ein weiteres Kind nicht in Frage kommt. War denn Sex für Ruth nichts anderes als ein Mittel zum Zweck? Es war beinahe so, als läge Ruth nichts an der Lust der Umarmung, sondern einzig an dem Produkt, das daraus hervorging.
Er hob den Kopf und sah zur schwarzen Bucht hinaus, an deren fernem Rand die Lichter der Stadt blitzten. Vielleicht würde es heute nacht Schnee geben. Kalt genug war es.
Sie lebten in zwei verschiedenen Welten. Er saß jede Woche vom Montag bis zum Freitag hinter seinem Schreibtisch, und sie rettete Leben, half Babys auf die Welt und schrieb eine Kolumne, die schon fast zur medizinischen Bibel geworden war. Und an den Wochenenden? Da saß Ruth über ihren Briefen oder mußte Hals über Kopf in die Klinik oder bekam Notrufe von ihren Patientinnen, während Arnie draußen im Garten Holz hackte, oder mit den Kindern einen Ausflug machte und an Angeline dachte.
Ihr gemeinsames Leben lief in so festen, eingefahrenen Bahnen, daß jeder Ausbruchsversuch eine enorme Anstrengung gekostet hätte. Früher einmal war Arnie der Gedanke an Scheidung durch den Kopf gegangen wie ein flüchtiger Vogel. Aber hätte er seine Kinder verlassen können? Was hätte er anfangen, wo leben sollen? Auf seine Art liebte er Ruth immer noch. Und er hatte ja seine Phantasien, in die er sich im Notfall flüchten konnte. Doch in letzter Zeit brodelte es gefählich unter der trägen Behaglichkeit dieses Lebens eintöniger Mittelmäßigkeit, und das machte Arnie Angst.
Ruth veränderte sich.
Es war nicht über Nacht geschehen; es war eine allmähliche, schleichende Veränderung, die sich in abrupten Gesten gezeigt hatte, in den Ringen

unter Ruths Augen, in überquellenden Aschenbechern und schließlich – das war die Krönung gewesen – Ruths Eröffnung, daß sie beabsichtigte, eine Psychotherapie zu machen.
Dort würde sie auch an diesem Abend sein, bei ihrer wöchentlichen dreistündigen Sitzung bei Margaret Cummings, wo sie wahrscheinlich im Zimmer hin und her rannte wie ein gefangenes Tier, eine Zigarette nach der anderen rauchte und ›ablud‹ – was immer sie abzuladen hatte. Soweit Arnie beurteilen konnte, hatte es etwa zu der Zeit angefangen, als ihr Vater gestorben war.
Der Brief von Mickey war ein zusätzlicher Auslöser gewesen. Seit Mickey vor fünf Jahren in Seattle gewesen war, hatten sie sich kaum noch zu Weihnachten geschrieben. Dann war plötzlich Mickeys Brief gekommen, und Ruth war wütend gewesen. Für Arnie völlig unverständlicherweise. Er hatte den Brief gelesen. Mickey hatte lediglich angefragt, ob Ruth sich ein paar Tage freimachen und nach Los Angeles kommen könnte, um Sondra etwas moralische Unterstützung zu geben, und Ruth war fast ausgeflippt. »Was glaubt die eigentlich, was ich mit meiner Zeit anfange?« hatte sie wütend gefragt. »Soll sie doch Sondra moralische Unterstützung geben; sie hat Zeit genug. Wo waren sie denn, als *ich* Unterstützung brauchte?«
Arnie, der keine Ahnung hatte, wovon sie redete oder was diese Wut bei ihr hervorgebracht hatte, hielt es für das Beste, den Mund zu halten.
›Liebe Dr. Ruth: Warum reden Sie nicht mehr mit Ihrem Mann? Bainbridge Island.‹
»Arnie?«
Er fuhr herum. Angeline.
»Es ist mir etwas unangenehm, aber Sie sind der einzige, den ich hier auf der Fähre kenne. Ich wollte Sie um einen Gefallen bitten.«
»Aber natürlich. Worum geht's denn?«
»Um mein Auto wieder mal. Ich komme mir wirklich blöd vor, aber mein Bruder hat den Wagen heute abgeschleppt, weil er in seiner Werkstatt etwas reparieren wollte, und nun ist es noch nicht fertig. Könnten Sie mich wohl noch einmal nach Hause fahren?«
Er war selig. Erst am Morgen hatte er sich vorgestellt, wie sie neben ihm in seinem Kombi saß und angeregt mit einem weltmännischen Arnie plauderte, und jetzt saß sie wirklich an seiner Seite und erzählte, genau wie in seinen Phantasien. Nur war er so verkrampft vor lauter Glück und Erwartung, daß er überhaupt nicht weltmännisch sein konnte. Er konzentrierte sich deshalb aufs Fahren, während Angeline

ihm ein paar Details aus ihrem Leben lieferte, die er seiner Faktensammlung einverleiben konnte.
»Er sagt mir dauernd, daß ich mir einen neuen Wagen kaufen soll, aber das kann ich mir einfach nicht leisten. Die Galerie bringt nicht soviel. An den Wochenenden gehe ich mit meinen Sachen auf den Markt in der Pike Street und verkaufe an die Touristen, um mir etwas dazu zu verdienen.«
Wenn er das früher gewußt hätte! Wie oft hatten die Mädchen ihn sonntags geplagt, mit ihnen auf den Markt zu gehen!
»Da muß ich nach Ihnen Ausschau halten. Ich habe mein Vorhaben, eines Ihrer Gefäße zu kaufen, noch nicht aufgegeben.«
Enttäuschend schnell erreichten sie den Wohnblock. Wie beim letztenmal schien sie es nicht eilig zu haben, nach Hause zu kommen, sondern blieb sitzen, als wolle sie die ideale Gelegenheit schaffen. Ob das nun wirklich ihre Absicht war oder nicht, Arnie ließ sich eines der wenigen Male in seinem Leben hinreißen.
»Sie können sagen, was Sie wollen«, erklärte er, »es ist stockfinster draußen und ich fühle mich für Sie verantwortlich. Also bringe ich Sie jetzt zu Ihrer Haustür.«
»Na schön«, antwortete Angeline einfach.
Sie schlugen einen Bogen um diverse Dreiräder, gingen über einen Hof, wo einmal grünes Gras gewesen, jetzt aber nur noch gefrorener Matsch war, dann eine Treppe hinauf, deren Wände mit Graffiti dekoriert waren. Auf der einen Seite lief ein Ehekrach, auf der anderen der Fernseher, dann standen sie viel zu bald vor Angelines Tür, und Arnie verfluchte den raschen Flug der Zeit, der die schönsten Momente so schnell davontrug.
Er wollte ihr eben gute Nacht wünschen, als sie, den Schlüssel schon im Schloß, sich umdrehte und sagte: »Wollen Sie nicht hereinkommen und sich meine Sachen ansehen? Ich verspreche, daß ich nicht versuchen werde, Sie zu beschwatzen.«
Einen Augenblick später trat er in die Wohnung, in der er in den letzten fünf Monaten die Hälfte seines Lebens verbracht hatte. In einer Weise war sie genauso, wie er es sich vorgestellt hatte, in anderer Weise überhaupt nicht.
An einer Wand hing ein Poster von Häuptling Joseph mit den traurigen Augen; an der anderen eine gerahmte Batik mit dem bekannten Motiv des Sonnendiebstahls durch den Thunderbird. Ein paar indianische Tongefäße standen herum, eine gefiederte Friedenspfeife, die sehr alt sein mußte, lag auf einem Bord, ansonsten hatte Angelines Wohnung nichts

Indianisches. Abgesehen von der Madonnenstatue auf dem Fernsehapparat und in der Küche einem Bild Jesu mit blutendem Herzen hätte es die Wohnung jeder jungen Frau sein können, die nicht viel Geld hatte und sich bemühte, aus wenigem das Beste zu machen.
Nachdem sie die Lichter eingeschaltet und die Wohnungstür geschlossen hatte, ging sie ihm voraus in die kleine Eßecke neben der Küche.
»Hier arbeite ich«, sagte sie, während sie aus ihrer Jacke schlüpfte.
Es sah tatsächlich so wüst aus, wie sie es ihm beschrieben hatte: Zeitungen auf dem Boden, verschlossene Säcke mit feuchtem Ton, ungebrannte Gefäße, auf dem Tisch alle möglichen Werkzeuge, daneben die Töpferscheibe.
Sie nahm eine kleine runde Schale mit einem geometrischen Muster und drückte sie Arnie in die Hände.
»Solche Sachen verkaufe ich auf dem Markt an der Pike Street.«
Er drehte die kleine Schale in den Händen, berührte sie, wo sie sie berührt hatte. Ich kaufe sie, Angeline, dachte er. Ich kaufe eine für jedes meiner Mädchen und eine für jedes Jahr meiner Ehe mit Ruth und eine für jedes Mitglied der Familie Shapiro im Staat Washington. Ich kaufe den ganzen verdammten Bestand, Angeline.
»Möchten Sie eine Tasse Kaffee?«
Er hob den Kopf, als er die Unsicherheit in ihrer Stimme hörte, und sah die Scheu in ihrem Gesicht.
»Ja«, hörte er sich sagen. »Gern.«
Plötzlich wurde er hellwach. Wie spät ist es? Wo sind die Kinder jetzt gerade? Wo ist Ruth? Ach ja, sie ist in ihrer Therapiesitzung bei Dr. Cummings. Da wird jetzt Mrs. Colodny bei den Kindern sein, wie immer, wenn Ruth nicht direkt von der Praxis nach Hause kommt. Mrs. Colodny paßt auf sie auf und macht ihnen das Essen. Nur für den Fall...
Die Küche war winzig. Er zog Mantel und Schal aus und ging unsicher bis zum Rand des Linoleums, während sie den Filter und eine Dose Kaffee aus dem Schrank nahm. Er wollte etwas sagen, aber es fiel ihm nichts ein. Stumm beobachtete er die Bewegungen ihrer Hände und ihres Kopfes, wenn sie ab und zu das lange dunkle Haar zurückwarf.
»Ach, verflixt«, sagte sie stirnrunzelnd. »Kein Kaffee mehr.« Sie kippte die Dose um und versuchte, die letzten Reste herauszuschütteln.
Arnie wäre beinahe in die Knie gegangen vor Enttäuschung. Kein Kaffee, kein Grund zu bleiben. Jetzt zieh' ich meinen Mantel wieder an und gehe brav zur Tür hinaus...
Doch Angeline holte eine kleine Trittleiter, die neben dem Eisschrank

stand uns klappte sie auseinander. »Ich weiß, daß ich da oben noch irgendwo eine Dose habe.«
»Lassen Sie mich –«
Aber sie stand schon auf der kleinen Leiter und reckte sich zum obersten Bord des Küchenschranks.
»Vorsichtig«, sagte er und trat einen Schritt näher.
»Ach, keine Angst«, erwiderte sie lachend. »Ich bin das gewohnt.« Und da rutschte sie schon aus und glitt ab. Arnie breitete instinktiv die Arme aus und fing sie auf. Angeline lachte und fand rasch das Gleichgewicht wieder.
Aber dann rührte sie sich nicht von der Stelle. Sie standen beide in der winzigen Küche, Angeline in Arnies Armen, den Kopf an seiner Schulter. Der Kühlschrank brummte geräuschvoll, und nebenan knallte eine Tür.
Arnie legte seine Wange auf Angelines Haar. Er spürte, wie sie die Arme hob und sie um seinen Hals legte. Dann küßten sie sich. Es geschah so plötzlich, daß Arnie keine Zeit hatte, sich zu fragen, ob dies nun Wirklichkeit war oder wieder eine seiner Phantasien.
Sie küßten sich mit einer drängenden Leidenschaft, als wäre mit einem Schlag alle aufgestaute Sehnsucht nach Liebe und zärtlicher Berührung freigesetzt worden. Lange unterdrückte Gedanken und Gefühle brachen aus ihnen beiden hervor.
»Ach, Arnie, davon habe ich immer geträumt.«
»Angeline, ich wußte ja nicht...«
»Ich hatte immer so Angst, daß ich mich lächerlich machen würde, Arnie...«
Sie war so leicht und zierlich, daß er sie hochheben konnte wie eine Puppe. Sie umschlang mit beiden Armen seinen Hals und küßte ihn, während er sie zum Sofa ins Wohnzimmer trug.
Arnie Roth hatte alle Gedanken an die Zeit vergessen.

34

Ärzte weinen nicht. Darauf werden sie in harten Lehrjahren gedrillt, damit sie nicht, wenn sie dem Unglück und der Tragik gegenüberstehen, zusammenbrechen wie gewöhnliche Sterbliche. Doch an diesem regnerischen Apriltag hätte Mickey beinahe alle Beherrschung verloren.
Sondra, die spürte, wie der Freundin zumute war, beschränkte ihre Gesten auf ein Minimum, um das Augenmerk nicht auf die beiden großen,

schwerfälligen Hummerscheren an den Enden ihrer Arme zu ziehen. Sie trug immer Verbände, obwohl ihre Hände völlig verheilt waren, denn »Verbände können die Leute ertragen«, wie sie Mickey am Flughafen erklärte, »auch wenn sie noch so groß und unförmig sind. Aber deformiertes Fleisch ist grauenerregend.«

Die Stewardeß, die sie während des Flugs betreut hatte, begleitete sie in Los Angeles durch den Zoll; danach nahmen Mickey und Harrison sie in Empfang und brachten sie in ihr Haus. Harrison, der ihr mit großer Herzlichkeit entgegengekommen war, hatte sich in sein Arbeitszimmer zurückgezogen, um Mickey und Sondra, die im Wohnzimmer saßen, Gelegenheit zu geben, langsam die alte Vertrautheit wiederzufinden.

»Ich kann ganz gut ohne Hilfe essen, aber am liebsten bin ich dabei allein. Ich kleckere fürchterlich«, sagte Sondra, während sie einen Becher zwischen die beiden bandagierten Hände klemmte und ihn vorsichtig zum Mund führte. »Aber wenn ich mich waschen und anziehen oder auf die Toilette gehen muß, könnte ich manchmal verrückt werden. Ich bin so hilflos wie ein Säugling. Das ist der Grund, weshalb ich mich entschlossen habe, es mit einer Operation zu versuchen. Ich möchte nicht ständig anderen zur Last fallen.« Sie stellte den Becher wieder auf den Tisch. »Dabei müßte ich eigentlich froh und dankbar sein, daß ich überhaupt noch Hände habe. In Nairobi wollten sie sie amputieren. Aber das habe ich nicht zugelassen.«

Mickey war wie versteinert. Sondras Geschichte war grauenhaft – den Mann und das ungeborene Kind verlieren, und dann noch diese schreckliche Verletzung.

»Vor allem möchte ich mich Roddys wegen operieren lassen. Als er meine Hände das erstemal sah, hat er laut geschrien. Ich mache ihm Angst. Er läßt sich nicht anfassen von mir. Ich glaube, er fühlt sich schuldig.«

Mickey drehte den Kopf zum Fenster und sah in den Regen hinaus.

»Die Infektion war das Schlimmste«, fuhr Sondra fort »Die Ärzte in Nairobi haben wirklich großartige Arbeit geleistet. Sie ließen mich nicht sterben, obwohl ich darum gebettelt habe. Als ich dann langsam wieder zu mir kam und an Roddy dachte, entschied ich mich doch für das Leben. Die Ärzte versuchten es mit Hautverpflanzungen an meinen Händen; als das nicht klappte, wollten sie sie amputieren.«

Sondra beugte sich vor und griff nach ihrem Becher. Aber dann überlegte sie es sich anders und lehnte sich wieder zurück. Mickey wäre am liebsten aufgesprungen, um den Becher für sie zu heben und ihn ihr an den Mund zu führen. Sie wußte nicht, was sie sagen sollte. Sondra war ihre älteste

Freundin, der erste Mensch, der sie so akzeptiert hatte, wie sie gewesen war. Aber Sondra war auch eine Fremde, die ihr Angst machte, und Mickey fiel nichts ein, das sie ihr hätte sagen können.

»Sam Penrod ist einer der besten Spezialisten in den Staaten«, bemerkte sie schließlich.

Sondra hob den Kopf und sah sie an. »Aber du wirst doch auch dabei sein?«

»Natürlich. Ich besuche dich jeden Tag.«

»Ich meine, bei der Operation.«

»Da muß ich erst mit Sam sprechen.«

Sondra nickte.

»Er ist wirklich sehr gut«, versicherte Mickey hastig. »Ich habe selber gesehen, was er fertigbringt.«

Wieder nickte Sondra.

Zum erstenmal wagte Mickey, Sondras Hände direkt anzusehen. Schwer und unförmig lagen sie in Sondras Schoß, eingebunden von den Ellenbogen bis zu den Fingerspitzen. Mickeys Beunruhigung stieg. Was verbarg sich unter den dicken Verbänden? Was für grauenhafte Verkrüppelungen versteckte Sondra vor den Menschen?

»Was hast du vor?« fragte Mickey unvermittelt. »Hinterher, meine ich. Gehst du zurück auf die Missionsstation?«

»Ja«, antwortete Sondra mit Entschiedenheit. »Da gehöre ich hin. Roddy ist dort. Und auch Derry ist noch dort. Darum habe ich bis jetzt meinen Eltern nicht von meinen Verletzungen geschrieben. Sie würden darauf bestehen, daß wir nach Phoenix kommen, aber ich könnte es nicht aushalten, wie eine Invalidin behandelt zu werden. Ich möchte weiterarbeiten, Mickey.« Sondra beugte sich vor und sagte mit Nachdruck: »Ich will meinen Beruf wieder ausüben.«

Das Rauschen des Frühjahrsregen draußen wurde stärker. Im offenen Kamin barst knackend ein Holzscheit.

Sondra rutschte zur Sesselkante vor. Ihre Stimme war leidenschaftlich. »Mickey«, sagte sie. »Derry war mein Leben. Er war alles, was ich mir je gewünscht habe. Ich war sehr glücklich mit ihm. Bei ihm war ich zu Hause. Es gibt kein Mittel, das meinen Schmerz lindern kann. Alles in mir weint um Derry. Und ich gestehe, es gab Tage, schwarze, schreckliche Tage, wo ich nur sterben wollte. Aber jetzt weiß ich, was ich zu tun habe. Ich muß seine Arbeit fortführen. Ich muß das weiterführen, was Derry begonnen hat. Sein Tod darf nicht umsonst gewesen sein. Ich muß für Derry leben und für unseren Sohn.«

Sondra hielt einen Moment inne, dann beugte sie sich noch weiter vor,

streckte einen Arm aus und legte die bandagierte Hand auf Mickeys Knie.
»Mickey«, sagte sie, »ich möchte, daß du mich operierst. Ich möchte, daß du mir meine Hände wiedergibst.«
»Das kann ich nicht«, flüsterte Mickey.
»Warum nicht? In Hawaii hast du doch sehr viele solche Operationen gemacht.«
»Ja, aber seitdem kaum noch.«
Mickey nahm Sondras Hand und legte sie ihr wieder in den Schoß. Sie stand auf und ging zum Kamin. Eine kleine Weile blieb sie mit dem Rücken zu Sondra stehen und stocherte mit dem Schürhaken im Feuer. Dann drehte sie sich.
»Ich habe seit langem so etwas nicht mehr gemacht, Sondra – Wiederherstellungschirurgie, meine ich. Irgendwie bin ich davon abgekommen, ich weiß selber nicht, wie. Aber jetzt mache ich hauptsächlich kosmetische Korrekturen.«
Sondra sah sie lange nachdenklich an.
»Ja, ich verstehe«, sagte sie dann. »Wir haben uns alle verändert, nicht wahr?« Sie seufzte. »Also gut, dann muß es eben Sam Penrod machen. Würdest du sie dir jetzt einmal ansehen?«
Sondra hob ihre eingebundenen Hände.
Mickey ging durch das Zimmer zu einem kleinen Kirschholztisch in der Ecke. Aus seiner Schublade nahm sie eine stumpfe Schere. Wieder bei Sondra zog sie sich eine Fußbank heran, setzte sich darauf nieder und nahm ruhig Sondras rechte Hand in die ihre. Die Schere zitterte leicht, als sie die Gazeumhüllung durchschnitt. Mickey wußte, daß nichts, was sie in den dreizehn Jahren ihrer Tätigkeit an Schrecklichem und Tragischen gesehen hatte, sie auf das vorbereitet hatte, was sie jetzt zu sehen bekommen würde.
Sondras Hände.

Sie hatten vier Monate gebraucht, um dieses Treffen endlich zustandezubringen; nicht weil sie nicht wollten, sondern wegen ihrer vollen Terminkalender: Wenn Jonathan frei war, hatte Mickey keine Zeit und umgekehrt. Es war fast wie in alten Zeiten. Sie hatten am Telefon sogar darüber gelacht.
Er war schon da, als Mickey kam. Er saß an einem der kleinen Tische in dem eingezäunten Gartenrestaurant. An den Wochenenden war das Lokal immer zum Bersten voll; an diesem Tag war es so leer wie der Strand. Jonathan saß ganz allein.

Hallo, komme ich zu spät?« fragte sie, als sie um das schmiedeeiserne Gitter herumkam.

Er sprang auf. »Nein, nein, ich war früh dran.«

Er sah jünger aus als damals auf der Weihnachtsparty, trug Jeans und ein blaues Baumwollhemd. Mickey mußte an den Tag im St. Catherine's denken, als sie im Flur mit ihm zusammengeprallt war.

»Mickey«, sagte er und nahm ihre Hand.

Als sie sich setzte, sah sie auf dem karierten Tischtuch ein in Goldfolie verpacktes Päckchen liegen. Sie erinnerte sich, daß er gesagt hatte, er hätte ein Geschenk für sie, aber sie hatte das damals nicht so wörtlich genommen. Im Grunde wußte Mickey sowieso nicht, was sie eigentlich erwartet hatte.

»Ich habe Chablis bestellt«, sagte er, als er sich ihr gegenüber setzte. »Ich hoffe, es ist dir recht.«

»Keine Patienten, falls du das meinen solltest. Dienstags operiere ich nur. Da habe ich nachmittags keine Sprechstunde.«

»Dann bist du also frei«, sagte er, den Blick auf ihr Gesicht gerichtet.

Mickey war erleichtert, als der Wein kam. Da hatte sie wenigstens etwas zu tun.

»Bist du jetzt wieder für immer in Los Angeles?«

»Nein. Ich fliege nächsten Monat wieder nach Paris. Da geht mein nächster Film in Produktion.«

Ihr wurde etwas leichter. Dieses Mittagessen mit Jonathan hatte sie beunruhigt; sie hatte in der vergangenen Nacht schlecht geschlafen und war mit unangenehmen Gefühlen erwacht. Oberflächlich betrachtet schien es völlig normal, sich mit ihm zu treffen – zwei alte Freunde, die sich nach langen Jahren wiedersehen. Aber unter der Oberfläche brodelte es gefährlich. Sie und Jonathan waren früher weit mehr als Freunde gewesen und sie hatten sich nicht im besten Einvernehmen getrennt. Eine Menge Fragen hatten sich ihr aufgedrängt: Was will er? Warum nach so langer Zeit gerade jetzt? Was ist das für ein Geschenk, von dem er gesprochen hat? Habe ich Angst, ihn wiederzusehen? Habe ich Angst vor ihm oder vor mir selber?

»Ich habe im Lauf der Jahre immer mal wieder daran gedacht, dich zu besuchen«, sagte er jetzt, während er sein Weinglas hin und her drehte. »Ich war sogar einmal in Hawaii, als ich ein geeignetes Gelände für Aufnahmen suchte. Ich war nahe daran, einfach ins Great Victoria zu marschieren und dir guten Tag zu sagen. Aber dann fand ich, die Idee wäre vielleicht doch nicht so gut.« Er lächelte, und sie sah die vertrauten Lachfältchen an den Augenwinkeln.

Wie wäre das gewesen, dachte sie, während sie den Kopf drehte und zur Meer hinausblickte. Was wäre daraus geworden? Das war genau die Zei gewesen, wo sie sich nach ihm gesehnt hatte; ehe sie Harrison kennenge lernt hatte.

»Bist du glücklich, Mickey?«

»Ja, sehr. Und du?«

Er zuckte mit einem wehmütigen Lächeln die Achseln.

»Gott, was ist schon Glück? Ich habe erreicht, was ich wollte. Ich habe da Filmimperium aufgebaut, von dem ich geträumt habe.«

Jonathan machte sie plötzlich traurig. »Haben wir eigentlich eine Kellne rin?« fragte sie leichthin, um den Moment zu überbrücken.

Als hätte sie gelauscht, kam die Kellnerin an ihren Tisch, legte zwei Spei sekarten vor sie hin und verschwand wieder.

»Ich bin neugierig, Mickey«, sagte Jonathan, nachdem er die Speisekart überflogen und beiseite gelegt hatte. »Hat es sich gelohnt? Haben sich di langen Jahre am Great Victoria und die vielen Opfer wirklich ge lohnt?«

Sie lauschte auf einen Unterton der Bitterkeit in seiner Stimme, sah ihr in die Augen, ob sie dort etwas entdecken könne. Sprach er von sic selber, von dem Leben, das sie miteinander hätten haben können, das si jedoch ihrem Ehrgeiz geopfert hatte? Nein, sie bemerkte keine Bitterke an ihm, keinen Groll. Jonathan wirkte seltsam gedämpft, beinahe resi gniert.

»Warum seid ihr eigentlich aus Hawaii weggegangen, du und dei Mann?«

»Ach, das hat viele Gründe. Nachdem ich meine Ausbildung am Grea Victoria abgeschlossen hatte, entdeckte ich, daß ich, ganz gleich, wo ic meine Praxis aufmachte, dauernd mit den Leuten in Konkurrenz sei würde, die mich ausgebildet hatten, und mir erschien das nicht fair. Ha rison meinte, es wäre besser für meine Karriere, wenn ich irgendwo at frischem Terrain anfinge. Die Firma lief auch nicht mehr so gut, und e wollte sie aufgeben. Da ein Großteil seiner geschäftlichen Interessen i Süd-Kalifornien ist, schien es das Vernünftigste, hierherzuziehen.«

»Und jetzt hast du eine phantastische Praxis«, sagte er und winkte de Kellnerin.

»Ja«, antwortete Mickey und entschied sich für die *crêpe* mit Krabben. Nachdem die Kellnerin wieder gegangen war, sagte Jonathan: »Du wirks irgendwie zerstreut. Ist es dir unangenehm, daß wir hier zusammensi zen?«

Sie schüttelte lächelnd den Kopf. »Nein, ich dachte gerade an eine Freun

din von mir. Du kennst sie auch, sie hat mit mir zusammen studiert...«
Sie erzählte ihm von Sondra. »Morgen fahre ich mit ihr nach Palm Springs«, schloß sie. »Vielleicht kann Sam Penrod ihr helfen.«
»Ja, er ist ein guter Mann«, meinte Jonathan. »Einer meiner Schauspieler verletzte sich einmal bei den Dreharbeiten so schwer, daß die örtlichen Ärzte meinten, er werde nie wieder gehen können. Sam hat seinen Fuß wiederhergestellt.« Jonathan hielt einen Moment inne und sah Mickey an. »Du hast bestimmt keinen meiner Filme gesehen.«
Mickey lachte. »Ich habe einmal mit Lobbly geschlafen. Zählt das.«
»Es gab mal eine Zeit, da hast du mit seinem geistigen Vater geschlafen.«
Ah, gefährlicher Boden. Jonathan hatte den ersten Schritt getan, aber Mickey würde ihm nicht folgen. Noch nicht.
Er sah auf das Geschenkpäckchen hinunter und spielte einen Moment mit der goldenen Schleife.
»Hast du es jemals bereut, Mickey? Daß wir nicht zusammen geblieben sind?«
»Ja, es gab Zeiten, da ich große Zweifel hatte, ob unsere Entscheidung richtig war. Ich habe damals am Great Victoria sehr einsame Nächte verbracht und oft an dich gedacht.«
»Aber jetzt ist das nicht mehr so?«
»Nein, seit ich Harrison kenne nicht mehr. Und du, Jonathan? Hast du es bereut?«
»Ja. Sehr. Mickey...« Er sah sie forschend an, als wäge er etwas ab, dann sagte er: »Das ist der Grund, weshalb ich dich allein sehen wollte. Ich wollte die Sache klären, reinen Tisch machen sozusagen. Ich kann mir vorstellen, daß du mir die ganzen Jahre sehr böse warst. Ich kann es verstehen. Und ich möchte es jetzt gern bereinigen.«
Mickey, die nicht verstand, worauf er hinauswollte, sah ihn fragend an.
»Ich weiß, es ist ein bißchen sehr spät, aber die Entschuldigung ist darum nicht weniger aufrichtig. Mickey, es tut mir leid, daß ich dich am Glockenturm versetzt habe.«
Sie starrte ihn an. »Was hast du gesagt?«
»Es tut mir leid, daß ich dich damals am Glockenturm versetzt habe. Ich wollte wirklich kommen. Aber ich hab's einfach nicht geschafft. Plötzlich war das ganze Haus voller Reporter, und ich kam nicht mehr weg. Bis ich zum Telefon kam, war es neun, und in eurer Wohnung hat sich niemand gemeldet. Ich hab' stundenlang versucht, dich zu erreichen. Du mußt ganz schön wütend gewesen sein.«

Mickey war wie vom Donner gerührt. Sie sah sich wieder allein in der Wohnung sitzen und die Glockenschläge zählen, während ihr die Tränen über das Gesicht liefen und sie sich vorstellte, wie Jonathan draußen in der Kälte wartete und verzweifelt war, daß sie nicht kam. Später war sie zu Gilhooley's hinübergelaufen, wo Ruth und Sondra mit den anderen gefeiert hatten. Als sie in der Nacht nach Hause gekommen waren, hatten sie das Telefon ausgehängt, um einmal richtig ausschlafen zu können. Als Jonathan dann endlich durchgekommen war, hatte sich Mickey geweigert, mit ihm zu sprechen. Sie wollte nicht noch einmal erklären, warum sie ihn am Glockenturm versetzt hatte; sie wollte einfach ein Ende machen, damit jeder von ihnen sein eigenes Leben führen konnte. Vierzehn Jahre lang hatte sie das mit sich herumgeschleppt, das Bild Jonathans, wie er einsam am Fuß des Glockenturms stand und auf sie wartete.

Alles hatte Mickey erwartet, als sie zu dieser Verabredung gegangen war: daß Jonathan eine Affäre mit ihr anfangen wollte; seinen Zorn darüber, daß sie ihn damals verlassen hatte, über sie ausschütten wollte; ihr unter die Nase reiben wollte, was für ein göttliches Leben er führte, seit sie sich getrennt hatten. Aber auf dieses Geständnis war sie nicht vorbereitet gewesen.

»Bist du mir böse, Mickey?« fragte er. »Wenn ja, kann ich es verstehen. Ich war ja derjenige, der gedrängt hat; ich wollte unbedingt, daß du zum Glockenturm kommst. Und dann habe *ich* in letzter Minute alles umgestoßen. Es passierte alles so schnell. Die Nominierung für den Oscar, die Publicity... Plötzlich bekam ich Angebote von den renommierten Gesellschaften. Und ich glaubte auch – na ja, daß zwischen uns alles aus wäre.«

Immer noch war Mickey sprachlos. So leicht hast du mich aufgegeben? dachte sie.

»Es tut mir leid, Mickey, wirklich.« Er legte seine Hand auf die ihre, und sie ließ es sich gefallen.

Sie blickte auf das goldene Päckchen auf dem Tisch. Und was war das? Ein Entlastungsgeschenk?

Doch plötzlich war aller Zorn verschwunden. Sollte sie ihm die Wahrheit sagen? Daß auch sie nicht zum Glockenturm gekommen war? Nein, sagte sie sich, laß es ruhen, laß es einfach ruhen.

»Ich bin dir nicht böse, Jonathan«, sagte sie aufrichtig.

Zorn und Bedauern und die Frage, wie es gewesen wäre, waren vergangen. Die Vergangenheit war abgeschlossen. Sie konnten neuen Boden betreten. Sie konnten Freunde werden. Mickey fühlte sich sehr traurig und mit sich selber im reinen.

»Das ist für dich«, sagte er nach einer Weile und schob ihr das goldene Päckchen hin.

Mickey nahm es und wollte es öffnen.

»Nein.« Er hielt ihre Hand fest. »Mach es auf, wenn du allein bist. Nicht wenn ich dabei bin.«

»Was ist es?«

»Etwas, das ich dir schulde, Mickey. Etwas, das dir gehört.« Als sie ihn verständnislos ansah, fügte er hinzu: »Wenn du es siehst, wirst du schon verstehen.«

Dann kamen die *crêpes*, und sie aßen und unterhielten sich dabei wie zwei alte Freunde, die sich nach langen Jahren viel zu erzählen haben.

Sondra hatte sich im Gästezimmer hingelegt, Harrison war geschäftlich in San Francisco. Mit einem Glas Weißwein machte Mickey es sich auf dem Sofa im Wohnzimmer gemütlich. Das goldene Päckchen, das sie immer noch nicht ausgepackt hatte, stand vor ihr auf dem Couchtisch. Stunden waren vergangen, seit sie sich von Jonathan getrennt hatte. Sie hatten einander umarmt und geküßt, beide in dem Wissen, daß sie sich wahrscheinlich nie wiedersehen würden, wenn auch keiner es angesprochen hatte. Sie waren jetzt in der Tat alte Freunde, nichts mehr stand zwischen ihnen. Und nichts mehr band sie aneinander. In Freundschaft getrennt.

Sie blickte auf das goldene Päckchen. Es war etwas, das er ihr ›schuldete‹, hatte er gesagt. Der Form des Päckchens nach hätte sie auf ein Schmuckstück getippt, eine Halskette vielleicht. Aber was hatte eine Kette mit einer Schuld zu tun?

Sie nahm das Päckchen zur Hand und schüttelte es. Nichts rührte sich. Schließlich machte sie die Schleife auf und schlug die Goldfolie auseinander.

Es war eine Videokassette. Sie drehte sie in der Hand. Nirgends ein Etikett; nicht eine Zeile der Erklärung.

Neugierig nahm sie Weinglas und Kassette und ging ins andere Zimmer hinüber, wo der Videorecorder stand. ›Du hast bestimmt keinen meiner Filme gesehen‹, hatte Jonathan im Restaurant gesagt. War dies einer seiner Filme? Der letzte aus seiner Serie vielleicht?

Nachdem Mickey die Kassette eingelegt hatte, füllte sie ihr Glas auf, setzte sich in das tiefe Sofa, und drückte auf den Knopf der Fernbedienung. Gespannt starrte sie auf den flimmernden Bildschirm. Es kam ein Moment grauer Leere, dann wurde es mit einem Schlag strahlend hell und lebendig.

Eine Geburt. In einem Schwall dunklen Blut glitt der Säugling aus dem Mutterleib.
Die Kamera ging auf Distanz und zeigte das Team der Notaufnahme bei der Arbeit. Wiederbelebungsversuche bei der bewußtlosen Mutter, der man die Kleider vom Körper geschnitten hatte. Das zerknitterte Neugeborene. Ein Wirrwarr von weißen Kitteln. Ein junger Polizist, der ohnmächtig wurde. All dies spielte sich in einem Vakuum der Stille ab. Nichts lenkte den Zuschauer von dem dramatischen Moment der Geburt ab.
Dann kam der Ton, erschreckend im ersten Moment. Sirenengeheul, dröhnende Schritte, zunächst alles untrennbar miteinander verschmolzen, ein einziges, beinahe ohrenbetäubendes Getöse, das sich langsam entwirrte, differenzierte. Eine scharfe Anweisung hier, das Knallen einer Tür dort. Dann ein langsames Zur-Ruhe-Kommen und schließlich eine Stimme, die müde sagte: »Sie kommen beide durch.«
Und auf dem Bildschirm die Worte: *Medical Center*.
Mickeys Augen wurden feucht. Da war Ruth im grünen Kittel. Zornig blickte sie in die Kamera. Eine jüngere Ruth, schmaler, energischer in ihren Bewegungen, eine Frau, die es eilig hatte. Und da war Sondra, schön und exotisch, häufig über die Schulter nach rückwärts blickend, als fühle sie sich von einem Phantom gejagt. Und nun Mickey, ungestüm, mit entschlossenem Schritt vorwärtsstürmend, als wolle sie es mit der ganzen Welt aufnehmen.
Mickey sah sich, wie sie mit fliegendem Kittel durch den Korridor einer Trage hinterherrannte. Die nächste Aufnahme zeigte eine junge Schwester, über dem Körper eines sterbenden Patienten. Dann ein rascher Schwenk auf Mickey, mit ernstem Gesicht und einer langen Nadel in der Hand.
Kein Script, keine Vorlage, keine Schauspieler, hatte Jonathan vor vierzehn Jahren gesagt. Dies war keine Schauspielerin; diese junge Frau war Mickey Long, Medizinstudentin im vierten Jahr, unerschütterliche und unermüdliche Helferin der Leidenden und Kranken. Es war beinahe peinlich, diese wilde Entschlossenheit zu sehen.
Der Film öffnete die Türen zu anderen Erinnerungen. Sie dachte an die zwölfjährige Mickey, die wieder einmal ängstlich und schüchtern das Sprechzimmer eines Arztes betrat und am liebsten auf und davon gelaufen wäre, als der Arzt ihr Gesicht berührte; Mickey, die wie eine Wahnsinnige zur Toilette raste, weil sie noch ihr Gesicht abdecken wollte obwohl sie für Dr. Morenos Seminar sowieso schon zu spät dran war; Mickey am Great Victoria, voller Feuer und Idealismus, bereit, für ihre

Überzeugung zu kämpfen, sei es mit Dr. Mason oder mit Gregg Waterman; Mickey, die jede Herausforderung annahm und sich durch nichts abschrecken ließ.
Sie sah mit einem Blick ihr ganzes Leben – die Entschlossenheit, den Kampfgeist –, und sie dachte: Wann habe ich aufgehört, etwas zu riskieren?
Als der Film abgelaufen war, stand Mickey auf. Sie drehte sich um. An der Tür stand Sondra.
»Ich dachte, ich hätte etwas gehört«, sagte sie.
»Wieviel hast du gesehen?«
»Genug.«
Mickey lächelte. »Setz dich. Ich laß ihn nochmal laufen. Und später rufe ich Sam Penrod an. Er hat leider soeben eine Patientin verloren.«

35

›Liebe Dr. Ruth: Mein Mann und ich sind seit sechs Jahren verheiratet und wünschen uns dringend ein Kind, aber mein Mann ist steril. Wir haben uns für eine Adoption vormerken lassen, aber die Wartezeit beträgt mindestens vier Jahre. Unser Arzt informierte uns über künstliche Befruchtung über eine Samenbank, aber als wir mit unserem Geistlichen darüber sprachen, sagte er uns, daß künstliche Befruchtung von der Kirche als Ehebruch angesehen wird. Was können wir tun? Port Townsend.‹
Ruth legte das Schreiben weg und starrte finster auf den riesigen Stapel Briefe, der sich auf ihrem Schreibtisch häufte. Sie waren ihr am Morgen von der Zeitung geliefert worden, dabei hatte sie den Stapel vom Vortag noch nicht einmal bearbeitet. Und morgen, wenn das dritte Bündel kam, würde der Haufen immer noch daliegen. Lorna Smith würde kaum erfreut sein.
Ruth hatte sich bemüht, ihre Kolumnen lebendig zu gestalten, immer Neues und Interessantes zu bringen. Aber jetzt langweilte sie die Arbeit und war ihr nur noch lästig. Am liebsten hätte sie den ganzen Papierhaufen verbrannt.
Seufzend stand sie auf und ging zum Fenster. September. Bald kam der Herbst. Warum können wir nicht die alte Haut abwerfen und im Frühling neugeboren werden?
Sie haßte sich. Sie haßte sich seit Tagen, seit Wochen, weil sie ihre Gefühle nicht einfach in eine Flasche stecken und verkorken konnte, weil sie kein Mittel gegen die Bitterkeit fand, die ihr Blut vergiftete.

Vor fünf Jahren hatte es Spaß gemacht, diese Kolumne zu schreiben, selbst vor vier, drei, zwei Jahren noch; ach was, sogar vor einem Jahr noch hatte sie es genossen, ihr medizinisches Wissen an den Mann zu bringen und zu wissen, daß die Leute auf ihren Rat vertrauten. Aber an wen soll Dr. Ruth sich wenden? dachte sie. Wer hat die Patentlösung für *sie*?
Ruth sah auf ihre Uhr. Sie mußte sich fertigmachen, um nach Seattle hinüberzufahren. Dr. Cummings, ihre Therapeutin, hatte sie gebeten, ausnahmsweise schon am Nachmittag zu kommen statt wie sonst am Abend, und Ruth hatte sich die Zeit extra freigehalten; es gab Dinge, die absoluten Vorrang hatten.
Halfen die Sitzungen bei Margaret Cummings ihr eigentlich? Ruth war sich nicht sicher. Sie ging seit sieben Monaten einmal in der Woche zu ihr; da hätte doch eigentlich inzwischen etwas passieren müssen. Ruth wußte, daß sie ohne Therapie nicht leben konnte. Die abendlichen Sitzungen waren ihr rettende Zuflucht. Ruhig, ohne Kritik und ohne Wertung hörte sich Margaret ihre Tiraden an, ganz gleich, was sie sagte, ob sie weinte oder wütete. Vielleicht würde eines Tages der Durchbruch kommen und Ruth würde geheilt sein.
Ruth wandte sich vom Fenster ab und ging wieder zum Schreibtisch. Dieser gottverdammte Topf.
Vielleicht wäre der Durchbruch längst gekommen, vielleicht wäre es Ruth gelungen, bis zum Kern ihrer Bitterkeit und Depression durchzustoßen, wenn nicht diese verrückte Geschichte mit Arnie wäre. Erst hatte er Ruths Mutter zum Geburtstag so ein Tongefäß geschenkt. Dann hatte er zum Hochzeitstag seiner Eltern eines nach Tarzana geschickt. Dann bekam Rachel eines zu ihrem vierzehnten Geburtstag. Und zum krönenden Abschluß hatte auch Ruth noch eines zur Verschönerung der Praxis erhalten. Als reichte es nicht, daß sie sich mit diesem immer wiederkehrenden Alptraum herumschlagen mußte, mit der quälenden Schlaflosigkeit, dem unerträglichen Mangel an Selbstkontrolle, mußte sie sich jetzt auch noch um Arnie Gedanken machen. Um Arnie und seine Tontöpfe.
Ich gehe nicht in diese Galerie. So tief sinke ich nicht.
Das war Ruths erste Reaktion gewesen – einfach in die Galerie zu gehen. Der Zuwachs an indianischen Tongefäßen im Haus hatte sie neugierig gemacht, aber sie hatte die Sache einer Phase zugeschrieben, die Arnie gerade durchmachte; genau wie die Abendkurse, die er jeden Freitag an der *high-school* besuchte. Wunderbar, wenn ihn das glücklich machte. Aber eines Tages war ihre Gesprächsgruppe unvorhergesehen ausgefallen, und sie war früher als sonst nach Hause gefahren. Auf dem Heimweg

– sie nahm einen Schleichweg zur Abkürzung – sah sie vor einem Wohnblock ein Auto stehen, das aussah wie Arnies Kombi. Als sie näherkam, stellte sie fest, daß es tatsächlich Arnies Kombi war. Aber hat denn Arnie heute abend nicht seinen Kurs, dachte sie, vergaß die Sache aber schnell. Erst als sie das Auto ein paar Wochen später wieder dort stehen sah, kam der Verdacht.

Sie hätte die Tongefäße niemals mit dem Wohnblock in Verbindung gebracht, wenn Arnie nicht die Geschäftskarte in der Brusttasche seines Hemdes vergessen hätte. Ruth hatte sie gefunden, als sie die Wäsche sortiert hatte. ›Angeline. Amerikanische Volkskunst‹. Ruth begutachtete die Tongefäße im Haus näher und wünschte hinterher, sie hätte es nicht getan. Sie fand ihren Verdacht bestätigt; die Gefäße waren alle von Angeline gemacht.

Dennoch konnte sie nicht sicher sein, ob da wirklich eine Verbindung bestand. Eines der Gefäße hatte sich in einem Karton befunden, auf dessen Deckel der Name einer Kunstgalerie stand. Ruths erster Impuls war gewesen, sich die Galerie anzusehen. Aber Dr. Ruth Shapiro ließ sich doch nicht dazu herab, ihrem Mann nachzuspionieren; war doch nicht so armselig, sich in einem Sumpf völlig unbegründeten Argwohns hinunterziehen zu lassen. Arnie sollte eine Affäre haben? Das war wenig wahrscheinlich. Sie brauchte ihn nur ganz direkt zu fragen, wer in dem Block wohnte, dann würde sie erfahren, daß es etwas völlig Harmloses war. Wahrscheinlich hockte er da mit ein paar anderen Teilnehmern seines Kurses zusammen und fachsimpelte über den letzten Vortrag. Was hatte Arnie gesagt, womit sich der Kurs befaßte? Ruth konnte sich nicht erinnern.

Es war rücksichtslos von ihm, ihr gerade jetzt, wo sie tief in der Krise steckte, auch noch das Leben schwerzumachen. Sie mußte ihre Probleme klären, alles, was ihr Leben ausmachte, sichten und analysieren, um sich entscheiden zu können, was sie behalten und was sie wegwerfen wollte. Ungefähr so, wie wenn man einen Schrank ausmistet, dessen Inhalt man sich jahrelang nicht angesehen hat. Mit Margaret Cummings' Hilfe würde ihr das vielleicht gelingen, aber nicht, wenn Arnie ihr in den Rücken fiel.

Ruths Blick fiel auf den Brief, den sie von Mickey erhalten hatte, ein Fortschrittsbericht über Sondra. ›Die Schädigungen an den Streckmuskelsehnen haben wir durch eine Sehnenverpflanzung von der vierten Zehe zum Zeigefinger zu beheben versucht. Mit Hilfe einer Sehnenverpflanzung vom proximalen Sehnenstumpf des dritten Fingers habe ich die iunctura tendinum zwischen dem dritten und vierten Finger wieder-

hergestellt. Die Hand wird jetzt in gestreckter Haltung drei Wochen immobilisiert. Dann kommen die Schienen heraus, und so Gott will wird die Hand zumindest teilweise wieder funktionsfähig sein.‹
Obwohl ihre Bitterkeit sich auf alles erstreckte – ihre Kinder, ihren Mann, ihre alten Freundinnen, ja, selbst die Vögel in der Luft –, mußte Ruth zugeben, daß das, was Mickey da versuchte, sehr mutig war. Und was Sondra aushielt, war bewundernswert. Erst die vielen Operationen, dann wochenlanges Stilliegen in der Gipsschale, während ihre Hände wegen der Hautverpflanzung an ihren Bauch genäht waren, unzählige Spritzen und Eingriffe.
In gewisser Hinsicht beneidete Ruth die beiden. Mickey und Sondra hatten ihre Arbeit abgesteckt, hatten klare, erkennbare Ziele. Sie arbeiteten zusammen, unterstützten sich gegenseitig, gaben einander Halt, indem sie teilten. Wann hatte Ruth solche Gemeinschaft das letztemal erlebt?
Als wir noch in der Wohnung in der Avenida Oriente lebten und uns beim Geschirrspülen abwechselten...
Ruth wünschte, Mickey hätte nicht geschrieben, sie nicht gezwungen ihr Leben mit dem der beiden Freundinnen zu vergleichen. Die beiden hatten ihren Weg gefunden; sie hingegen tappte immer noch im Dunkeln.

»Aber das ist es ja gerade!« Ruth sprang aus dem Sessel auf und begann wieder, im Zimmer hin und her zu laufen. »Ich weiß nicht, worauf ich wütend bin. Oder auf wen. Das ist es ja, was mich so verrückt macht. Die Wut hockt ständig auf meinem Rücken, krallt sich in mich ein, und ich kann sie nicht abschütteln. Sie läßt keine Minute nach. Ich bin wütend wenn ich aufwache und ich bin wütend, wenn ich abends einschlafe. Aber meine Wut hat kein Ziel. Es gibts nichts, worauf ich sie richten kann.«
Margaret Cummings beobachtete Ruth, wie sie immer wieder den gleichen Weg durch das Zimmer nahm, während sie an einer Zigarette sog die sie halb geraucht in dem großen Aschenbecher ausdrückte. Dann zurück zum Sessel, die nächste Zigarette aus der Tasche geholt, angezündet und die Wanderung durch das Zimmer begann von neuem.
So hatte Margaret Cummings Ruth schon vor sieben Monaten erlebt, als sie das erstemal zu ihr gekommen war – eine Frau mit einer ungeheuren Wut, von der sie nicht wußte, wohin mit ihr. Und seit jenem Tag im Februar hatte sich nichts verändert. Sie waren der Lösung, von der sie beide wußten, daß sie in Ruth selber lag, nicht einen Schritt nähergekommen.
»Ich gerate immer mehr außer Kontrolle«, fuhr Ruth verzweifelt fort

»Wissen Sie, Margaret, es gibt zwei Arten von Wut. Die eine gibt einem Kraft und Energie, um etwas zu schaffen oder zu bewirken. Die andere macht einen vollkommen ohnmächtig.«
Ruth drückte wieder eine Zigarette aus und kehrte zum Sessel zurück.
»Ich weiß nicht, was ich tun soll, Margaret.«
»Sprechen wir von Ihrem Mann. Was für Gefühle haben Sie, wenn Sie jetzt an ihn denken?«
»Arnie? Der ist doch nur ein Schatten.«
»Sind Sie auf ihn auch wütend?«
»Ich sollte es sein. Ich glaube, er hat ein Verhältnis.«
»Sie sind also wütend auf ihn?«
Ruth wandte den Blick ab.
»Ich weiß es nicht. Ich kann es nicht sagen. So geht es mir mit allem – keine klaren Linien, alles ist verschwommen. Ich weiß, was für Gefühle ich haben *sollte*, aber ich glaube, ich bin eher wütend darüber, daß er es mich hat merken lassen, als darüber, daß er mich tatsächlich betrügt.«
Ruth fuhr geistesabwesend mit zwei Fingern auf der Armlehne des Sessels hin und her.
»Ich habe überhaupt nichts mehr im Griff. Ich kann die Termine für die Zeitung nicht einhalten; ich habe viel zu viele Patienten; ich kann die Arbeit nicht mehr schaffen. Sogar meine Kinder entfernen sich immer weiter von mir. Wenn ich sie ansehe, kommen sie mir vor wie Fremde. Rachel ist in diesem Monat vierzehn geworden. Als sie neulich von der Schule nach Hause kam, hatte sie eine Sicherheitsnadel im Ohr. Ich war plötzlich wie vor den Kopf geschlagen. Ich dachte, erst gestern habe ich sie doch noch im Kinderwagen geschoben.«
Ruth senkte den Kopf und rieb sich die Stirn.
»Mein Leben schrumpft, Margaret. Und es zerfließt mir unter den Händen. Ich komme nicht mehr mit der Zeit zurecht. In letzter Zeit denke ich viel an früher, an mein Studium. Das waren Zeiten!« Sie sah Margaret an und lächelte. »Da hat der Sex noch Spaß gemacht.«
»Und wie ist er jetzt, mit Ihrem Mann?«
»Nicht vorhanden. Arnie ist total phantasielos. Die Frau, mit der er mich betrügt, muß einen Mann schon sehr dringend nötig haben.«
»Haben Sie wegen dieser Affäre mit ihm gesprochen?«
»Noch nicht. Ich weiß noch nicht genau, wie ich mich verhalten soll. Ich hab' so viel um die Ohren. Ich komme mir vor wie ein Jongleur, der zu viele Bälle hat. An manchen Tagen habe ich das Gefühl, daß die Wände rundherum mich erdrücken.«
»Haben Sie dieses Gefühl jetzt auch?«

Ruth sah sich im Zimmer um. »Ja.« Dann senkte sie wieder den Kopf. Sie wußte, was sie tat. Sie bewegte sich im Kreis, sie schlug Finten wie eine geübte Fechtmeisterin, warf Margaret Cummings aus tiefstem Herzen kommende Erklärungen hin, weil sie wußte, daß diese sie erwartete. Aber Ruth wußte auch, daß sie diese Vermeidungshaltung früher oder später würde aufgeben müssen, weil Margaret sie durchschaute.
»Der Traum ist wiedergekommen«, sagte sie leise.
»Der, den Sie als junges Mädchen so oft hatten?«
»Ja. Er kam das erstemal, als ich zehn war. Damals lief ich in einem Rennen mit und mein Vater lachte mich aus. Es war ein Alptraum. Und er kam immer wieder. Ich war damals dick, und mein Vater ermahnte mich ständig, weniger zu essen. Jedesmal, wenn er mich kritisiert hatte, kam der Traum.« Ruth zupfte an einem Fädchen des Sesselbezugs. »Als ich studierte, verschwand er und kam das erstemal wieder, als ich vor neun Jahren die Amnioskopie machen ließ. Dann war wieder eine Weile Ruhe, und jetzt hat es wieder angefangen – letzte Woche, in der Nacht nach meinem Geburtstag. Meinem vierzigsten Geburtstag.«
»Ist Ihr Geburtstag nicht auch der Todestag Ihres Vaters?«
Ruth blickte auf. »Doch. In der Nacht nach seinem ersten Todestag kam der Traum wieder, und er ist genauso, wie er früher war. Er hat sich überhaupt nicht verändert, nicht im kleinsten Detail.« Ruth lehnte den Kopf nach rückwärts und sah zur Zimmerdecke hinauf. »Es ist ein kurzer Traum, und eigentlich passiert überhaupt nichts. Aber ich bin jedesmal wie gelähmt vor Angst. Und wenn ich aufwache, klopft mir das Herz bis zum Hals.
Ein großer, schwarzer Raum schließt mich ein. Ich weiß nicht, ob es ein Zimmer ist oder eine Höhle oder ein Ozean. Ich kann nichts sehen. Ich bin total blind. Und ich falle jedesmal darauf herein. Jedesmal packt's mich wieder. Jedesmal fühle ich das Entsetzen und die Angst vor der Leere. Ich bin körperlos, fleischlos. Ich bin ein zielloss dahintreibendes Ding in grauenerregender, feindseliger Schwärze. Dann gerate ich in Panik. Ich fange an, mich zu fragen, wer ich bin. Ich kann nicht denken, nicht vernünftig überlegen. Ich bin völlig unentwickelt. Ich bin entweder der Anfang oder das Ende von etwas. Ich weiß nicht, was, und das verschlimmert die Angst noch; die Angst vor dem, was auf mich zukommt, wozu ich mich entwickeln werde, oder die Angst, daß alles hinter mir liegt, und es nun ewig so bleiben wird.«
Ruth umklammerte mit beiden Händen die Sessellehnen.
»Sie können sich das Grauen nicht vorstellen, das Entsetzen darüber zu wissen, daß ich bin und doch nicht bin.«

Sie hob den Kopf und sah Margaret Cummings an. »Das ist alles. Damit ist der Traum zu Ende.«
Margaret sah sie ruhig an. »Was, glauben Sie, hat er zu bedeuten?«
»Ich weiß es nicht. Oder doch, warten Sie. Er muß bedeuten, daß ich mich als etwas Ungeformtes sehe. Entweder noch nicht geboren oder tot. Ich weiß nicht, welches von beiden. Ich weiß nur, daß ich abends Angst habe, zu Bett zu gehen.«
Eine Weile schwiegen sie beide, dann sagte Margaret Cummings: »Ruth, schreiben Sie die Träume auf. Jedesmal, wenn Sie den Traum haben, schreiben Sie ihn auf. Lassen Sie nichts aus. Auch wenn Sie glauben, daß Sie immer wieder nur dasselbe schreiben. Schildern Sie jedes Gefühl und jede Empfindung, die Sie im Traum hatten, und schreiben Sie dann auf, wie Sie sich nach dem Erwachen fühlten.«
»Glauben Sie nicht, daß das ziemlich eintönig wird?«
Margaret lächelte. »Wenn sich auch nur die kleinste Abweichung zeigt oder nur ein einziges neues Detail, könnte uns das etwas verraten.«
Ruth sah auf ihre Uhr. Es war noch früh am Nachmittag. In der Praxis warteten keine Patienten auf sie und auch nicht in der Klinik. Da lag zwar immer noch dieser fürchterliche Stapel Post an Dr. Ruth, aber der konnte warten. Sie drehte den Kopf zum Fenster und blinzelte in die Sonnenstrahlen. Ein schöner Tag für einen Spaziergang.
Gleichzeitig mit Margaret stand sie auf.
»Nächste Woche kann ich nicht kommen, Margaret«, sagte sie auf dem Weg zur Tür. »Ich fliege für ein paar Tage nach Los Angeles zu Freunden. Vielleicht tut mir der Tapetenwechsel ganz gut. Vielleicht rückt das meine Perspektive wieder zurecht.«
»Versuchen Sie, es zu genießen, Ruth.«
Ruth lächelte. »Und wenn mir endlich ein Freud'sches Licht aufgehen sollte, lasse ich es Sie wissen.«

Ruth war schon lange nicht mehr auf dem Markt in der Pike Street gewesen und nie allein. Immer hatten die Mädchen gezogen und gedrängt, wollten hierhin und dorthin, hatten ihr keine Ruhe gelassen. Sie fühlte sich beschwingt und befreit, wie sie so ganz allein zwischen den Ständen und Läden herumwanderte.
Bis sie plötzlich vor der Galerie stand.
Lange blickte sie durch die dicke Glasscheibe des Schaufensters; Vorüberkommende mochten glauben, daß sie die ausgestellten Objekte musterte – die großen Tetems, die gefiederten Speere, das große Ölgemälde eines Zeltdorfs am Fluß. Tatsächlich versuchte sie, in das Innere hineinzusehen,

ohne den Laden betreten zu müssen. War *sie* jetzt dort drinnen? Angeline, die Tongefäße am laufenden Band produzierte? Wie war Arnie hierher gekommen? Was hatte ihn zuerst interessiert – die Galerie oder das Mädchen?
So angestrengt Ruth in das Fenster hineinspähte, sie sah nichts als ihr eigenes Bild; eine kleine dunkelhaarige Frau, der man ihre vierzig Jahre ansah.
Warum sollte ich hineingehen? Aus welchem Grund?
Aus dem gleichen Grund, aus dem jede Frau die ›Andere‹ sehen möchte: um festzustellen, was sie hat, das ich nicht habe.
Noch als sie die Tür öffnete und eintrat, gab sie Arnie die Schuld. Er war schuld, daß sie sich so tief herabließ. Eine Lüge war das, hier hereinzukommen und so zu tun, als wolle man etwas kaufen. Sie wußte, sie würde sich hinterher ganz scheußlich fühlen. Auch das würde Arnies Schuld sein.
Die ausgestellten Objekte waren schön; es waren mehrere darunter, die Ruth gern gehabt hätte. Die rostfarbene Batik im runden Rahmen zum Beispiel, die irgendeinen indianischen Geist mit großen Augen und zakkigen Raubtierzähnen darstellte. Über dem Kamin nähme sie sich großartig aus. Warum hatte Arnie nicht lieber so etwas gekauft statt der Gefäße? Weil Angeline die Gefäße machte natürlich.
Ruth, mit Sicherheit weißt du gar nichts. Du kannst dir das alles auch nur einbilden.
Vor der Skizze einer Squaw mit einem rundgesichtigen Baby auf dem Rücken blieb sie stehen.
Er geht abends nach seinem Kurs zu irgend jemand in die Wohnung. Wahrscheinlich zum gemeinsamen Lernen oder Diskutieren; vielleicht ist es auch jemand, der sich für Sport interessiert, und sie trinken zusammen ein Bier und fachsimpeln dabei. Daß die Gefäße alle von derselben Frau gemacht sind, kann reiner Zufall sein; vielleicht gefällt ihm einfach der Stil.
Dreh dich um und geh, Ruth, ehe du dich hoffnungslos lächerlich machst.
»Kann ich Ihnen behilflich sein?«
Ruth drehte sich um. Die junge Frau war hübsch und sah sie lächelnd an.
»Ja«, antwortete sie hastig. »Ich suche etwas für meinen Mann. Ein Geschenk. Er hat mir einmal von dieser Galerie erzählt. Wir haben einige von Ihren Sachen im Haus. Deshalb dachte ich...«
»Natürlich. Dachten Sie an etwas Bestimmtes?«

»Keramik. Große Gefäße. Mit Motiven aus der Mythologie.«
»Wir haben einige schöne Stücke hier.« Die junge Frau ging hinüber zur anderen Seite des Ladens. Neben einem großen Gefäß, das auf einem hohen Sockel stand, blieb sie stehen. »Das ist ein sehr schönes Gefäß. Die Töpferei selber ist im Stil der Pueblo-Indianer, die Verzierung ist Nordwest-Küste.«
Ruth ging langsam darauf zu. Eine kleinere Ausgabe dieses Gefäßes stand in ihrem Wohnzimmer.
»Er – äh – hat eine besondere Vorliebe für eine Künstlerin namens Angeline.«
Die junge Frau legte ihre schmale braune Hand auf das Gefäß. »Das hier ist von Angeline.«
Ruths Blick glitt langsam über das Gefäß. Es war schön. Diese Angeline hatte wirklich Talent.
»Ich bin neugierig«, sagte sie so lässig wie es ihr möglich war. »Kennen Sie Angeline zufällig? Wohnt sie hier in der Gegend?«
Das Lächeln des Mädchens wurde tiefer.
»Ich bin Angeline«, sagte sie leise.
Ruth war wie vom Donner gerührt. Das war Angeline? Eine Indianerin?
»Ach«, sagte sie und war erstaunt, daß sie sprechen, daß sie Haltung bewahren konnte, »dann kennen Sie meinen Mann vielleicht. Ich bin –« die Pause war kaum wahrnehmbar, ehe Ruth beinahe zum erstenmal in ihrem Leben sagte – »Mrs. Roth. Arnie Roth ist mein Mann.«
Das Lächeln erlosch. Das dunkle Gesicht wurde einen Schein blasser.
»Kennen Sie meinen Mann?« fragte Ruth, obwohl sie die Antwort auf Angelines Gesicht sah.
»Ja, ich kenne Arnie«, antwortete sie ruhig. »Er kommt manchmal hierher.«
Arnie! Sie nennt ihn Arnie. Sie besitzt nicht einmal das Taktgefühl, den Schein zu wahren und ihn Mr. Roth zu nennen!
»Mein Mann hat sich in den letzten Monaten zu einem wahren Experten in indianischer Kunst entwickelt«, sagte Ruth. Sie fand ihren Ton grauenvoll und fragte sich doch gleichzeitig, was es wohl für ein Gefühl war, einem anderen Menschen die Augen auszukratzen. »Er besucht sogar freitags abends regelmäßig Kurse, um indianische Lebensart zu studieren.«
Angeline erwiderte nichts, betrachtete Ruth nur mit großen unergründlichen Augen.
Da sah Ruth es plötzlich. Angeline sah es nicht, konnte es nicht sehen,

weil es nicht von draußen kam, sondern aus dem Raum hinter Ruths Augen: eine Dunkelheit, die sich immer mehr verdichtete, als trübten sich alle Lichter, als wälze sich schwarzer Nebel durch die Ritzen der Luftschächte. Sie verfinsterte die Sonne, die durch das Schaufenster strömte; sie verhüllte die Strahler an der Decke; es war ein wachsender, wogender schwarzer Schatten, der Schatten des Todes, der Isolation und absoluten Einsamkeit vielleicht; die beängstigende Finsternis des Nichts. Ruth wußte, was es war.
Es war die Summe ihres Lebens. Es war der Geist ihres Scheiterns.
Sie blickte in Richtung des Gefäßes, das sie nicht sehen konnte, weil die Schwärze sie einhüllte, und hörte sich sagen: »Ach nein, ich glaube, das ist doch nicht das Richtige.«
Sie floh aus dem Laden, durch die Tür hinaus in die sich verdunkelnde Sonne.

36

»Und was hast du dann getan?« fragte Mickey.
»Ich raste aus der Galerie und schaffte es gerade noch zur nächsten Bank. Da ließ ich mich drauf fallen und legte den Kopf auf die Knie«, berichtete Ruth. »Ich wäre beinahe ohnmächtig geworden.«
Sie saßen am Strand, den Blick auf die tosenden Brecher gerichtet, Mickey mit einem breitkrempigen Strohhut auf dem Kopf, Ruth, das kurze dunkle Haar vom Wind zerzaust. Etwas entfernt von ihnen ging Sondra allein durch den Sand. Hin und wieder blieb sie stehen und sah zum Meer hinaus, den Kopf leicht zur Seite geneigt, als wolle sie einen Ruf auffangen, den der Wind ihr zutrug.
Ruth schaute zu Sondra hinüber und wandte sich dann wieder Mickey zu.
»Ich bin dann stundenlang herumgelaufen«, fuhr sie fort. »Ich muß ausgesehen haben wie eine wandelnde Tote. Ich erinnere mich undeutlich, daß die Leute mich angestarrt haben, und ich weiß, daß ich dachte: So ist das also, wenn man einen Nervenzusammenbruch hat.« Ruth kniff die Augen zusammen und starrte über die schaumweißen Wellen hinweg in die Ferne. »Irgendwann bin ich dann auf die Fähre gegangen und kam um elf ungefähr nach Hause. Die Kinder waren schon im Bett. Aber Arnie war noch auf. Er saß vor dem Fernseher. Er schaute nicht mal hoch, als ich reinkam, sagte kein einziges Wort, und da wurde mir mit einem Schlag bewußt, daß es schon lange so mit uns war. Es war mir nur nie aufgefallen.«

Der Septembertag war ungewöhnlich klar. Die Farben hatten eine plastische Schärfe: das Blau des Wassers, das blasse Gelb des Sandes, das intensive Grün der Bäume oben auf den Felsen, wo die weißen Bauten des Castillo Colleges standen. Es war Sondras Idee gewesen, hierher zu kommen, und während Ruth eine Handvoll warmen Sand schöpfte und die Körnchen vom Wind wegfegen ließ, schaute sie wieder den Strand entlang zu der einsam wandernden Sondra. Sie erschien ihr mit ihren vierzig Jahren jünger und schöner denn je; die Härte des Lebens auf der Missionsstation schien zumindest äußerlich keine Spuren hinterlassen zu haben. Sie war immer noch gertenschlank, besaß immer noch diese natürliche Grazie – trotz der geschienten Arme, die in Gehäuse aus Metall und Schaumgummi eingeschlossen waren, während die Finger mit Drähten und Gummibändern fixiert waren.

»Aktive Schienen«, hatte Mickey es genannt. Während das verpflanzte Gewebe wuchs und sich akklimatisierte, wurden die Finger ständig unter leichter Spannung gehalten. Sondras Finger mochten wie erstarrt aussehen, tatsächlich arbeiteten sie unaufhörlich gegen die Gummibänder; Muskeln und neue Sehnen wurden geübt, obwohl es nicht so erschien.

Bei ihrer Ankunft am Vortag war Ruth entsetzt gewesen, als sie das Ausmaß von Sondras Verletzungen zu Gesicht bekommen hatte. In den Briefen war das nicht in dieser Deutlichkeit herausgekommen. Ruth war auf eine solche massive Schädigung, derart umfangreiche Wiederherstellungsarbeit nicht vorbereitet gewesen – die Flecken heller Haut, die von Bauch und Oberschenkeln verpflanzt worden waren, die unzähligen feinen Nähte, die unglaublich mageren Arme, die dünnen, klauenhaft gekrümmten Finger. Sie wußte, was Mickey in diesen letzten fünf Monaten geleistet, was Sondra durchgemacht hatte.

Im April hatte Mickey als erstes Sondras Hände fotografiert. Wie ein Goldschmied, der den Auftrag erhalten hat, einen besonders wertvollen Diamanten zu schleifen, studierte sie die Bilder, inspizierte jede Linie und jeden Winkel, füllte Blöcke mit Skizzen der verschiedenen Möglichkeiten, saß bis spät in die Nacht über Büchern, um sich mit dem komplizierten Gebilde der menschlichen Hand von neuem vertraut zu machen. Das Ziel war, die stillgelegten Muskeln und Sehnen zu befreien, die narbige Haut zu entfernen und durch Transplantationen zu ersetzen.

Als Mickey bereit war, mit der Behandlung anzufangen, stellte sie einen genauen Plan auf. Die Operationen sollten im St. John's Krankenhaus durchgeführt werden, wo Sondra dann noch eine Weile zur Erholung bleiben würde. Danach sollte sie wieder bei Harrison und Mickey wohnen; eine private Pflegerin würde sich um sie kümmern. Während der gesamten Behandlungszeit von fünf Monaten würde Sondra Arme und Hände nicht gebrauchen können.

Bei der ersten Operation Ende April waren die Hände nicht in Mitleidenschaft gezogen worden. Da ging es erst einmal darum, den Bauchlappen zu heben. Die Verletzungen an Sondras linker Hand waren so schwer, daß sie mit einer einfachen Hautverpflanzung nicht behoben werden konnten. Auch das subkutane Gewebe mußte erneuert werden; das hieß, daß an einer Stelle, wo sie sie entbehren konnte, eine ganze Schicht von Haut und subkutanem Gewebe entfernt werden mußte. Da dieser ›Lappen‹ mit seiner alten Wachstumsstelle verbunden bleiben mußte, während er sich an seinem neuen Wachstumsort an der Hand regenerierte, wählte man den Bauch als Spender.

Mickey führte den Eingriff bei örtlicher Betäubung durch. Nach zwei parallel verlaufenden Einschnitten an Sondras Bauch hob sie Haut und subkutanes Gewebe vorsichtig ab, so daß sich der Lappen wie ein kleiner Steg über dem Bauch wölbte, und nähte sie dann wieder an. Sinn dieser Maßnahme war es, die Blutzufuhr durch den Lappen zu sichern, den man dann drei Wochen lang genau beobachtete, um festzustellen, ob die losgelösten Hautschichten gesund und wachstumsfähig waren.

Nachdem Mickey sich vergewissert hatte, daß der Lappen lebensfähig und gut durchblutet war, ging sie daran, ihn vom Bauch zu lösen. Ein Ende mußte abgelöst werden, während das andere mit der Bauchhaut verbunden blieb. Die beiden Stellen, wo die abgehobene Haut noch mit dem Bauch verbunden war, hießen die Pedikel. Mickey verschmälerte das erste Pedikel mit zwei kleinen Schnitten, so daß der Lappen jetzt fast spitz zulief, und legte dann um die kleine Zunge, die noch mit dem Bauch verbunden war, eine Klammer. Jeden Tag zog Mickey diese Klammer ein wenig fester, um langsam die Blutzufuhr zu dem Pedikel zu unterbinden, ohne das Gewebe zu verletzen. Gegen die Schmerzen, die damit verbunden waren, injizierte sie das Gebiet wiederholt mit Procain. Als Mickey feststellte, daß der Lappen weiterhin rosig und gesund war und keine Schwellungen zeigte, war es Zeit, ihn auf Sondras Hand zu übertragen.

Im Juni wurde die Narbe an Sondras linkem Handrücken entfernt. Während Sondra in Vollnarkose lag, entfernte Mickey das gummiartige, zusammengezogene Gewebe, säuberte die Stelle, legte Sondras Hand auf den Bauch und nähte den Bauchlappen über der offenen Wunde fest.

Das verpflanzte Gewebe blieb gesund und wuchs gut an. Sondras Hand wurde vom Bauch genommen, die Spenderstelle am Bauch wurde geschlossen. Nun brauchte die linke Hand nur noch zu verheilen.

Zur Wiederherstellung der rechten Hand war ein anderes Verfahren nötig.
Während Sondras linke Hand grausam nach rückwärts gebogen war, war die rechte Hand in sich zusammengerollt wie eine Schnecke. In einer Serie von Operationen entfernte Mickey Schritt für Schritt das Narbengewebe, das die Kontraktur verursachte, und befreite die traumatisierten Nerven und Sehnen. Nach mehreren Hauttransplantationen von Sondras Oberschenkel wurde die Hand in natürlicher Haltung geschient, damit nicht wieder Kontraktionen auftreten konnten.
Als das verpflanzte Gewebe an der linken Hand ganz geheilt war, ging Mickey die letzte Phase der Wiederherstellungsarbeit an – die Transplantation der Sehnen aus Sondras Zehen in die Finger. Das war im August geschehen. Danach waren die Hände wiederum drei Wochen lang ruhiggestellt worden. An diesem Nachmittag endlich sollten die Schienen abgenommen werden.
»Weiß Arnie davon?« fragte Mickey in Ruths Gedanken hinein.
»Daß ich in der Galerie war, meinst du? Ich weiß es nicht. Ich könnte mir denken, daß sie es ihm erzählt hat, aber er hat nicht ein Wort davon erwähnt, als er mich zum Flughafen fuhr.«
»Wie hat er reagiert, als du ihm sagtest, daß du hierher fliegen würdest?«
Ruth zuckte die Achseln. »Eigentlich überhaupt nicht. Er sagte nur, er würde sich um die Kinder kümmern, ich solle mir keine Sorgen machen.«
»Er fand es nicht merkwürdig? Daß du aus heiterem Himmel plötzlich verkündetest, du würdest am nächsten Tag nach Los Angeles fliegen?«
»Er hat sich jedenfalls nichts anmerken lassen.«
»Und was hast du gesagt, wie lange du bleiben würdest?«
»Ich hab' gar nichts gesagt. Und er hat nicht gefragt.«
Mickey sah zu den Möwen hinauf, die sich von den Luftströmungen tragen ließen. Ihr war traurig zumute. Das Wiedersehen der drei Freundinnen am vergangenen Morgen, als Ruth in einem Taxi vor dem Haus der Butlers in Beverly Hills vorgefahren war, war herzlich gewesen. Sie waren einander lachend und weinend in die Arme gefallen, hatten alle drei zu gleicher Zeit geredet, Erinnerungen getauscht, Neues berichtet, sich gegenseitig begutachtet und festgestellt, wie wenig oder wie sehr sie sich verändert hatten. Mickey hatte Ruth das letztemal sechs Jahre zuvor gesehen, als sie zur Behandlung ihrer Sterilität nach Seattle gekommen war; Ruth und Sondra hatten sich das letztemal bei Mickeys Hochzeit zwei Jahre früher gesehen.

Die ersten Stunden des Beisammenseins waren so ausgefüllt gewesen, daß Mickey erst nach einiger Zeit aufgefallen war, daß es Ruth offenbar nicht gut ging. Die Zeichen waren nur allzu vertraut: ruckhafte Bewegungen, zusammengekniffene Lippen, das Gesicht angespannt, die Stimme unnatürlich. Mickey hatte sich an die Zeiten erinnert gefühlt, wenn Ruth auf ein Examen gebüffelt oder auf die Bekanntgabe der Prüfungsergebnisse gewartet hatte. Ruth verbarg etwas; sie schauspielerte. Es war beinahe so, als hätte sie nur ihren Körper nach Los Angeles geschickt und wäre mit der Seele in Seattle geblieben.

In der vergangenen Nacht hatte Mickey, die im Nebenzimmer schlief, gehört, wie Ruth im Schlaf aufgeschrien hatte. Am Morgen hatte die Freundin ausgesehen, als hätte sie die ganze Nacht kein Auge zugetan.

Hier am Strand, nach Mickeys Frage, ob etwas nicht in Ordnung wäre, hatte Ruth endlich ihr Herz ausgeschüttet. Sie erzählte vom Tod ihres Vaters, dem wiederkehrenden, beängstigenden Traum, Arnies Verhältnis zu einer anderen Frau.

»Weißt du noch, Mickey, als ich unbedingt noch ein letztes Kind haben wollte?« murmelte Ruth. »Und Arnie mir daraufhin mit einer Vasotomie drohte? Es ist gut, daß wir kein Kind mehr bekommen haben. Es wäre jetzt fünf Jahre alt, und ich wäre wahrscheinlich total überfordert. Meine Kinder entfernen sich von mir. Die Mädchen sind Fremde. Ich kenne sie nicht mehr; sie sind so selbständig geworden. Rachel hat einen Freund, einen Punker. Sie kommt nachts nach Hause, wann sie will. Und die Zwillinge haben schon mehrmals Briefe von den Lehrern nach Hause gebracht. Ihre Einstellung ließe zu wünschen übrig. Ihre Noten werden immer schlechter. Leah ist nicht zu bändigen und macht in der Schule nur Schwierigkeiten. Ich verliere immer mehr die Kontrolle, Mickey. Mein Leben zerbricht. Mit meiner Kolumne fing es an; erst kam ich dauernd mit den Terminen unter Druck, und ehe ich's mich versah, war ich hoffnungslos hinterher. Dann hatte ich plötzlich viel mehr Patienten, als ich überhaupt behandeln konnte. Ich bekam Panik. Ich hatte meine Fähigkeit, mir Zeit zu schaffen, verloren. Wo hab' ich nur früher die Zeit hergenommen, alles unterzubringen? Wenn ich zurückblicke, kann ich es kaum glauben. In letzter Zeit ist schon das Aufstehen ein Kampf, und es kostet mich wahnsinnige Anstrengung, pünktlich in die Praxis zu kommen. Und wenn ich dann dort bin, sehe ich die viele Arbeit, die auf mich wartet, und denke nur: ich schaff' es nicht.«

Ruth hatte ein Gefühl, als läge in ihrem Magen eine kalte Metallfeder, die sich mit jeder Woge, die an den Strand schlug, straffer spannte. Was tat sie hier, an diesem Ort, an den sie nicht mehr gehörte? Der Strand hier,

das College oben auf den Felsen, selbst die kreischenden Möwen in der Luft erschienen ihr wie der reine Hohn; eine Erinnerung daran, was sie hätte sein können und was für eine Versagerin sie geworden war.
Am Morgen, als Sondra vorgeschlagen hatte, zum Campus hinauszufahren, hatte Ruth den Gedanken gut gefunden. Jetzt wünschte sie, sie wäre nicht mitgekommen. Selbst hier, am Rand des Ozeans, fühlte sie sich eingesperrt wie in einer Falle.
»Mein Gott, Mickey«, sagte sie, die Arme fest um die angezogenen Beine geschlungen, den Kopf auf den Knien, »was soll ich nur tun?«
Sondra war umgekehrt und gesellte sich wieder zu ihnen, als Ruth gerade sagte: »Ich war immer eine gute Diagnostikerin. Weißt du noch, als wir lernten mit dem Stethoskop umzugehen und ich bei Stan Katz ein Nebengeräusch am Herz entdeckte? Erinnerst du dich an Mandells Reaktion? Er war überzeugt, ich hätte bereits vorher jahrelange Erfahrungen gehabt. Anscheinend kann ich bei anderen ausgezeichnet diagnostizieren, nur bei mir selbst nicht. Ich habe nichts von der Krankheit gemerkt, die sich in mein Leben geschlichen hatte – eine kaputte Ehe, ein unglücklicher Ehemann, Töchter, die außer Rand und Band sind. Und ich weiß nicht, was ich tun soll.«
Sondra, die keine Vorstellung davon hatte, wie es war, wenn man nicht wußte, was man tun sollte, wandte den Blick von Ruths trostlosem Gesicht und hielt ihr Gesicht in den frischen Wind, der vom Meer her wehte. Sie schloß die Augen und sah auf der anderen Seite dieses riesigen Gewässers ein Ufer mit sonnenheißen Häusern und braunen Menschen. Ihr Ufer, das winkte und lockte wie schon vor Jahren – vor Kenia, vor dem Medizinstudium, vor der Entdeckung der Adoptionsunterlagen. Sondra hatte immer gewußt, was sie zu tun hatte.
Und sie wußte es auch jetzt. Sechs Monate waren vergangen, seit sie ihren Sohn das letztemal geküßt, seit sie an Derrys Grab gestanden hatte. Es war Zeit heimzukehren.
Aber noch nicht ganz. Noch nicht ganz. Erst mußte der körperliche Heilungsprozeß abgeschlossen sein; und erst mußte noch etwas zu Ende gebracht werden, was unerledigt geblieben war. An diesem Tag. Denn Sondra wußte, daß die drei Freundinnen nie wieder an diesem Ort zusammenkommen würden. Sie sah zu Ruth hinunter, deren Hände verkrampft waren, als wollten sie etwas festhalten, das nicht da war, und sagte: »Kommt, machen wir einen Spaziergang über den Campus.«
Sie halfen Sondra den steilen, stolprigen Felsweg hinauf.
»Puh!« stöhnte Ruth, als sie oben waren. »Ich bin vielleicht außer Form.«

Mickey lachte, während sie sich den Schmutz von den Händen wischte.

»Eine Supersportlerin warst du nie, Ruth.«

»Nein«, meinte Ruth. Und leiser fügte sie hinzu: »Nein, das war ich nie, nicht?«

Sie folgten den vertrauten Wegen und waren erstaunt, daß so vieles unverändert war. Doch das Haus, in dem sie gewohnt hatten, war verschwunden; luxuriöse Wohnblöcke säumten jetzt die Avenida Oriente. Das St. Catherine's schien aus allen Nähten geplatzt zu sein: Es hatte zahlreiche neue Anbauten und Parkplätze. Gilhooley's war nicht mehr da, und auch das kleine Kino nicht mehr, in dem Ruth mit einem Studenten aus dem vierten Jahr gesessen hatte, an dessen Namen sie sich nicht mehr erinnern konnte. Aber die Encinitas Hall, wo Mickey zum erstenmal Chris Novack begegnet war, stand noch. Sie gingen an der Tesoro Hall vorüber, in die gerade ein paar frühe Studenten mit ihren Koffern einzogen; an der Mariposa Hall, wo das Anatomielabor war, und kamen endlich zur Manzanitas Hall, wo sie schweigend stehenblieben.

Hier hatte es angefangen. Vor achtzehn Jahren.

Das Gebäude war nicht abgeschlossen. Drinnen war es kühl und still. Der Klang ihrer Schritte widerhallte auf dem blanken Boden, als sie langsam durch den Korridor gingen. Es war, als wären sie erst gestern von hier fortgegangen, oder als wäre die Zeit stehengeblieben. Ruth spürte, wie die Spannung in ihrem Inneren noch mehr anstieg. Sie merkte, daß sie diesen Ort haßte, daß er ihr bedrohlich erschien. Die Mauern schienen näher zusammenzurücken, als wollten sie sie einschließen.

Schließlich gelangten sie zur Aula.

»Sieh nach, ob offen ist«, sagte Sondra. »Kommt, gehen wir rein.«

Indirekte Beleuchtung tauchte den großen Hörsaal in ein weiches Licht. Acht gerundete Sitzreihen schwangen sich terrassenförmig in die Höhe. Unten war das leere Podium mit dem einsamen Lesepult.

»Die Einführung ist nächste Woche«, bemerkte Mickey. »Ich habe den Anschlag draußen gesehen. Nächste Woche um diese Zeit sitzen hier lauter ängstliche und hoffnungsvolle Neulinge – genau wie wir einmal.«

Sie ging langsam hinter der obersten Sitzreihe entlang – die Aula erschien ihr viel kleiner als damals – und blieb hinter dem Sitz stehen, der sie achtzehn Jahre zuvor an ihrem Tag am Castillo College eingenommen hatte.

»Wenn ich damals gewußt hätte, was ich heute weiß...«
Ruth stellte sich zu ihr. »Würdest du etwas anders machen?«
»Nein. Ich würde alles noch einmal genauso machen«, sagte Mickey ruhig, und Ruth empfand Neid.
Sondra stand in einem Seitengang. »Schaut mal«, rief sie und hob den geschienten Arm. »Da ist was Neues.«
An der ganzen Wand, stufenförmig angeordnet wie die Sitzreihen, hingen Gruppenfotos der verschiedenen Examensjahrgänge.
»Da sind wir bestimmt auch irgendwo dabei«, meinte Sondra, während sie langsam die Stufen hinunterging und dabei ein Foto nach dem anderen musterte.
Ruth und Mickey blieben schweigend stehen.
»Erinnerst du dich noch an die Einführungsrede von Dekan Hoskins?« fragte Ruth. »Wie wir daraufhin alle am liebsten sofort losgestürzt wären und die ganze Welt von Leid und Krankheit befreit hätten?« Ihr kurzes Lachen war voller Bitterkeit. »Ich war letzte Woche bei einer Patientin im Krankenhaus, die sich gerade im Fernsehen irgendeine Quizsendung anschaute. Eine der Fragen war: Können sie die vier Götter nennen, die im hippokratischen Eid erwähnt werden? Der Kandidat konnte es nicht. Daraufhin sah die Patientin mich an und sagte: ›Aber Sie wissen bestimmt, wie sie heißen, nicht?‹ Und soll ich dir was sagen, Mickey? Ich konnte mich nicht erinnern.«
Mickey runzelte die Stirn. »War einer von ihnen nicht Apollo?«
Ruth blickte zum Pult hinunter und stellte sich Dekan Hoskins vor, wie er dort gestanden hatte. Es war eine gute Erinnerung; eine, an der man festhalten mußte. Sie löste die Spannung, die ihren Magen umkrallt hielt.
»Das waren Zeiten. Kannst du dich noch erinnern, wie Mandell uns am Ende des Praktikums reinlegte?«
»Nein«, antwortete Mickey, den Blick achtsam auf Sondra gerichtet, die langsam eine Stufe nach der anderen hinunterging und dabei die Fotos betrachtete.
»Was? Das weißt du nicht mehr?« Ruths Stimme war zu laut. Sie fing sich in schrillem Echo in der Kuppel der Aula. »Das war doch der Test mit dem Augenspiegel. Das mußt du doch noch wissen, Mickey. Du warst so aufgeregt, daß deine Hände wie verrückt gezittert haben.«
Mickey schüttelte den Kopf. Sie erinnerte sich sehr gut an jene Zeit, aber sie zog es vor, sie nicht zurückzurufen. Das waren die Tage gewesen, als sie wegen ihres Feuermals noch Qualen gelitten hatte und jeder nähere Kontakt mit einem Patienten ihr Angst gemacht hatte. Und wie sarka-

stisch Mandell gewesen war! Sie solle sich doch eine weniger ›hinderliche‹ Frisur zulegen, hatte er gesagt.
Ruths Stimme, als sie weitersprach, klang künstlich und laut, als sei sie bemüht, andere Geräusche zu übertönen. »Wir mußten uns alle um das Bett eines alten Mannes stellen, und er sagte, der Patient hätte ein Papillenödem. Jeder von uns mußte sein rechtes Auge mit dem Augenspiegel untersuchen. Ich weiß das noch so gut, weil ich die letzte war, und alle vor mir sagten, sie hätten das Ödem am Augapfel des Mannes ganz deutlich gesehen. Als ich an die Reihe kam, konnte ich absolut nichts entdecken. Ich schaute und schaute, aber ich sah nichts. Ich weiß noch, was für eine Angst ich hatte. Ich konnte es mir nicht leisten, beim Studentenpraktikum durchzufallen. Das hätte mich unheimlich zurückgeworfen. Deshalb behauptete ich, als ich mich wieder aufrichtete, genau wie alle anderen, daß ich das Ödem gesehen hätte. Daraufhin machte Mandell uns alle zur Minna, weil wir in ein Glasauge geschaut hatten.«
Mickey drehte den Kopf und starrte Ruth an. Die vertrauten Anzeichen der Erregung an Ruth wurden immer ausgeprägter – die kurzen, abgehackten Kopfdrehungen, die abgerissenen Worte, die flatternden Hände. Mickey war beunruhigt.
»Herrliche Zeiten«, sagte Ruth. »Einfach und unkompliziert. Das einzige, worum wir uns zu sorgen brauchten, waren unsere Noten. Und die Zeit verging so schnell. Ich weiß noch, wie ich bei Hoskins' Einführungsrede dachte, Du lieber Gott, *vier* Jahre! Es erschien mir wie eine Ewigkeit. Jetzt kommt's mir vor, als wären sie im Nu vergangen. Wo sind die Jahre geblieben?« Sie sah Mickey verwirrt an. »Wo sind sie geblieben?«
»Huhu!« rief Sondra, die inzwischen unten auf der dritten Stufe angelangt war. »Hier sind wir.«
Sie drehte abrupt den Körper, um zu den Freundinnen hinaufzuschauen und schwang dabei gleichzeitig den geschienten Arm zu der Fotografie an der Wand. Im selben Moment verlor sie das Gleichgewicht und stürzte rückwärts die Stufen hinunter.
Mickey rannte sofort los. Ruth folgte ihr. Als sie Sonda erreichten, hatte die sich schon auf die Knie hochgerappelt und schimpfte mit schmerzverzerrtem Gesicht auf ihre eigene Dummheit.
Mickey und Ruth halfen ihr auf einen Sitz am Ende der Reihe.
»Manchmal vergeß' ich es einfach«, sagte Sondra. »Ich vergesse, daß meine Arme geschient sind, und versuche, sie ganz normal zu gebrauchen. Ich glaube, ich bin nicht mehr die Treppe runtergeflogen seit ich in der Grundschule war.«
Während Mickey vor Sondra niederkniete, um ihre Arme zu untersu-

hen, trat Ruth einen Schritt zurück und starrte mit undurchschaubarem Blick auf die Freundinnen hinunter.

»Wo tut's weh?« fragte Mickey.

»Aua! Hier. Die Schiene bohrt sich genau in mein Fleisch.«

Mickey versuchte, den Arm zu bewegen, und Sondra schrie auf.

»Du mußt dich am Stuhl angeschlagen haben, als du gestürzt bist. Die Schiene ist ganz verbogen.«

Wieder schrie Sondra auf, fing aber zu Ruths Erstaunen gleich darauf zu lachen an.

»So was Dummes kann nur mir passieren. Na, wenigstens ist es der letzte Tag. Tu sie doch gleich runter, Mickey. Es tut wirklich ekelhaft weh.«

»Okay. Heute nachmittag hätten wir sie ja sowieso abgenommen.«

Während Mickey mit Vorsicht und Behutsamkeit daran ging, Sondras Arm aus seinem Metallgefängnis zu befreien, und dabei die Stelle inspizierte, wo die Schiene sich ins Fleisch gebohrt hatte, blieb Ruth stocksteif hinter ihnen stehen, die Lippen zu einer schmalen Linie zusammengepreßt.

Die kühle Luft auf der bloßen Haut tat Sondra gut. Sie fühlte sich ganz leicht.

»Wie fühlt sich's an?« fragte Mickey.

»Als hätte man mich endlich aus der Einzelhaft entlassen. Die Dinger machten mir richtig Platzangst.«

Mickey schaute auf die schmale Hand, die leblos in Sondras Schoß lag. Eine schöne Hand, dachte sie, trotz der feinen Narben und der hellen Flecke, die durch die Transplantationen entstanden waren. Eine Hand, mit der Mickey aufs innigste vertraut war, die sie neu geschaffen, dem Auge wieder gefällig gemacht hatte. Das krönende Ergebnis nicht fünfmonatiger Arbeit, sondern achtzehnjährigen Medizinstudiums. Mickey verspürte plötzlich Stolz, das erwärmende Gefühl, etwas geleistet zu haben. Dies war der Sinn ihres Lebens. Wenn jetzt nur...«

»Was hast du für ein Gefühl?« fragte sie. »Willst du versuchen, sie zu bewegen?«

Sondra blickte auf die reglose Hand hinunter und empfand plötzlich eine Furcht, die ihr ganz neu war. Sieben Monate lang hatte sie gewußt, daß dieser Augenblick kommen würde. Aber jetzt, wo er da war, hatte sie unerklärlicherweise Angst.

»Kannst du die Finger bewegen?« fragte Mickey leise.

»Ich weiß nicht. Es ist so lange her, seit ich meine Finger das letztemal bewegt habe, daß ich gar nicht mehr weiß, wie das geht.« Sondra lachte zitternd.

»Verdammt noch mal, was ist eigentlich mit dir los?« schrie Ruth.
Sondra und Mickey fuhren erschrocken herum. Ruths Gesicht war leichenblaß, die Augen groß und dunkel. Die Arme hingen ihr starr an den Seiten herab, die zu Fäusten geballten Hände zitterten.
»Wie kannst du nur lachen?« rief sie. »Wie kannst du darüber lachen? Mein Gott, du tust geradeso, als wäre das gar nichts. Ich versteh' dich nicht, Sondra. Wie kannst du diese gemeine Grausamkeit, die dir widerfahren ist, so ruhig hinnehmen?«
»Ruth«, flüsterte Mickey bestürzt.
Die dunklen Augen voller Schmerz und Verwirrung füllten sich mit Tränen. Die Stimme zitterte.
»Du hast deinen Mann verloren, Sondra. Weißt du das nicht? Du hast ihn verloren. Er kommt nie, nie zurück. Wie kannst du hier sitzen und lachen und darüber scherzen, was aus deinem Leben geworden ist?«
Ruth schlug die Hände vor ihr Gesicht und fing an zu schluchzen.
Mickey, die Ruth nie zuvor hatte weinen sehen, starrte sie einen Moment lang verblüfft an, dann sprang sie auf und legte ihr die Hand auf die Schulter. Aber Ruth wich zurück. Sie riß die Hände vom tränennassen Gesicht. Es war wutverzerrt.
»Und du bist genauso verrückt wie sie! Wie kannst du so gottergeben und gelassen sein? Du hast nie gekriegt, was du wolltest. Du hast das Kind nie bekommen, das du dir gewünscht hast. Wie könnt ihr beide das nur alles so hinnehmen? Das Leben ist pervers!«
Als Ruth sich umdrehte, um die Treppe hinaufzulaufen, packte Mickey sie beim Arm und hielt sie fest. Einen Moment lang trafen sich ihre Blicke in stummem Kampf, dann brach Ruth völlig zusammen. Ihr ganzer Körper wurde schlaff, sie fing an zu zittern, ihr Gesicht verzog sich zum Weinen. Einen Augenblick später lag sie schluchzend in Mickeys Armen.
So standen sie eine Weile, während Ruth alles herausließ: das Gift, die Wut, die Bitterkeit und die tiefe Niedergeschlagenheit, die sich in ihr angestaut hatten.
»Ich will ihn nicht verlieren«, rief sie schluchzend. »Ich liebe Arnie und ich weiß nicht, wie ich ihn halten soll.«
Mickey zog Ruth mit sich hinunter auf die Stufe und legte ihr den Arm um die Schultern.
»Rede mit ihm, Ruth. Du hast ihn noch nicht verloren. Arnie ist ein feiner Mensch. Er wird dir zuhören.«
Ruth kramte ein Taschentuch aus ihrer Handtasche, schneuzte sich und schüttelte den Kopf.

»Ich hab' solche Angst. Nie im Leben hab' ich solche Angst gehabt. Ich hab' das Gefühl, als hätte man mir plötzlich den Boden unter den Füßen weggezogen und ich treibe im luftleeren Raum.« Ihre Stimme wurde leise, als sich die Spannung löste. »Es tut mir leid, daß ich so wild geworden bin. Ich hab' das nicht so gemeint, was ich gesagt habe. Ich bin nur so durcheinander.«
»Ist ja nicht schlimm«, meinte Mickey.
»Ich weiß nicht, wie du das schaffst, Sondra. Woher nimmst du den Mut?« Ruth sah sie aus geschwollenen Augen an. »Was ist, wenn deine Hände nicht mehr werden? Wenn alles umsonst war?«
Sondra sah sie einen Moment stumm an, dann schaute sie auf ihre leblose Hand.
»Ach, die werden schon wieder.«
»Woher willst du das wissen?«
»Weil – weil ich in dieser hier Leben spüre.«
»Leben? Was denn für Leben? In so einer Hand! Sie wird immer nur ein ungeschicktes, unkoordiniertes Werkzeug bleiben, bestenfalls zur Ausführung der simpelsten Funktionen gut. Wie willst du mit diesen Händen wieder als Ärztin arbeiten? Wie willst du eine Naht legen, wie willst du einen Puls fühlen?«
Sondra sah Ruth mit ruhigem Blick an. »Ich lerne eben alles noch einmal neu, wenn es nicht anders geht.«
»Noch einmal neu? Du willst in deinem Alter noch einmal ganz von vorn anfangen?«
Ruth stand auf. Sie sah sich um, unsicher, nicht fähig, auch nur einen Schritt zu tun. Sie lehnte sich an die Wand, ohne zu merken, daß sie unter einem Bild stand, das sie selber zeigte, wie sie vor Jahren gewesen war – frisch, zuversichtlich, lachend.
»Woher nimmst du die Kraft und den Mut für ein solches Ziel? Du mußt dir doch mit jedem neuen Tag sagen, daß du vielleicht dein Leben lang verkrüppelt bleiben, immer auf die Hilfe anderer angewiesen sein wirst? Wie kannst du weiterleben nach dem, was dir passiert ist? Nachdem du zusehen mußtest, wie dein Mann auf schreckliche Weise ums Leben kam; nachdem du dein ungeborenes Kind verloren hattest. Jetzt, wo du dieses – diese –« Ruth konnte nicht weiter. Sie wies auf Sondras Hände.
»Ich habe zu mir selber gefunden, Ruth«, antwortete Sondra ruhig.
Ruth begann wieder zu weinen. Sie wandte sich ab und starrte auf das Lesepult, an dem vor Jahren Dekan Hoskins gestanden und ihr das Gefühl gegeben hatte, ihr Leben habe einen Sinn.

»Ich wollte, ich könnte mit meinem Vater abschließen«, sagte sie mit bebenden Lippen. »Mein ganzes Leben hat sich nur an ihm orientiert. Mich gab es immer nur im Verhältnis zu meinem Vater; ohne ihn hatte ich keine Bedeutung. Ich lebte nur für ihn, um ihm zu gefallen, um seine Anerkennung zu erringen. Als er starb, starb mit ihm der Sinn meines Lebens. Das ist die Bedeutung des Traums. Ohne meinen Vater habe ich keine Identität.« Sie drehte sich wieder nach Sondra und Mickey um. »Ich wußte von Anfang an, ich wußte immer, daß ich es niemals schaffen würde, ihm zu gefallen, aber ich wußte auch, daß ich niemals aufhören würde, es zu versuchen. Das hat mich am Leben erhalten. Das hat mich getrieben. *Ich* bin die Perverse. Mein ganzes Leben mit Arnie war nichts als Fassade; ich habe im Grunde niemals einen Gedanken daran verschwendet. Aber jetzt –« Sie drückte eine Hand auf den Mund. »Ich will ihn nicht verlieren.«

Mickey stand wieder auf und führte Ruth zu einem Stuhl.

»Ich wollte, ich könnte aufhören zu heulen«, schimpfte Ruth in ihr Taschentuch.

»Laß es doch ruhig kommen«, sagte Mickey. »Wein' dir das alles von der Seele. Wenn das Gift weg ist, kann die Heilung beginnen.«

Ruth weinte noch eine Weile, dann wischte sie sich die Augen und sagte leise: »Ich weiß nicht, wie ich da noch was retten soll. Ich weiß nicht einmal, ob ich die Kraft dazu habe.« Sie tupfte sich ein letztesmal das Gesicht mit dem Taschentuch, dann straffte sie die Schultern und holte tief Atem. »Es ist alles kaputt. Das ganze Haus ist eingestürzt. Ich müßte mit dem Aufbau ganz von vorn anfangen.«

Sie schwieg und sah zu Sondra hin, die in tiefer Konzentration auf ihre Hand starrte. Mickey, der plötzlich bewußt wurde, wie still es geworden war, drehte sich jetzt ebenfalls nach Sondra um. Unverwandt waren die lichtbraunen Augen auf die Hand gerichtet; es war, als wollten sie ihr eine Botschaft schicken. Sondra versuchte offenbar, die Hand zu heben.

Mickey wollte etwas sagen und schluckte es hinunter. Sie wußte, daß dies der entscheidende Moment war, die Wende. Und auch Ruth, gleichermaßen gebannt von Sondras gespannter Konzentration, sagte kein Wort, sondern blickte nur auf Sondras Hand.

Erst war es nur ein Zittern, ein leichtes Zucken, dann sprang der kleine Finger hoch und neigte sich, die Handfläche zu berühren. Dann krümmte sich der Ringfinger, der Mittel- und der Zeigefinger folgten und zum Schluß kam der Daumen; die Finger schlossen sich wie die Blätter einer Blüte sich am Abend schließen. Und dann öffneten sie sich wieder, einer nach dem anderen, breiteten sich aus wie Sonnenstrahlen. Sondra sah lächelnd zu den Freundinnen auf.

Mickey war einen Moment sprachlos, dann schrie sie auf und griff nach Sondras Hand.

»Sie funktioniert!« rief sie mit Tränen in den Augen. »Sondra, deine Hand funktioniert.«

Sondra fing an zu lachen, und Mickey mit ihr, während Ruth wie gebannt stand. Ein zweitesmal begann Sondra ihre Finger zu beugen, die Hand zur Faust zu ballen, um sie dann langsam wieder zu öffnen. Ihr Gelächter wurde ausgelassener und mischte sich oben in der Kuppel mit dem Mikkeys.

Wieder und wieder krümmte sie ihre Finger und streckte sie wieder aus, lachte dabei so selig, daß ihr die Tränen kamen. Bilder zogen plötzlich an Sondras Augen vorbei: die kleine ländliche Siedlung der Uhuru Missionsstation, die Hütte, die sie mit Derry geteilt hatte, das lachende Gesicht Roddys und, aus weiter Ferne, das Gesicht eines Jungen namens Ouko, der jetzt ein Mann war. Afrika wartete. Sie mußte fort von hier. Bald.

Mickey sah andere Bilder. In Sondras Fingern sah sie die Finger künftiger Patienten, Opfer von Unfall, Krankheit oder Geburtsfehlern, die ohne Hoffnung zu ihr kamen und gesund und voller Lebensmut wieder gingen.

Ruth, die aufgestanden war, ging ein paar Schritte von ihren Freundinnen weg. Sie beneidete sie. Dies war *ihr* Moment, ihr Sieg. Sie, Ruth, hatte keinerlei Anteil daran. Zwei mutige Frauen hatten dieses Wunder bewirkt; sie beneidete sie um ihre Innigkeit.

Ruth hatte auf einmal das Gefühl, in einen Rauschzustand zu geraten, ihr wurde so leicht und beschwingt, als fiele eine ungeheure Last von ihr ab. Und gleichzeitig spürte sie, wie etwas Neues wuchs, so kräftig wie ein kleiner Winterkrokus, etwas Neues, das dennoch alt und wunderbar vertraut war.

Sie hatte geglaubt, es wäre gestorben, mit ihrem Vater gestorben, weil sie immer geglaubt hatte, es wäre ihr von ihrem Vater gegeben: ihr alter Kampfgeist, ihre alte mutige Entschlossenheit und Wehrhaftigkeit. Ruth hatte immer geglaubt, ihre Stärke käme einzig von außen, sie selber besäße nichts Starkes, nichts Mutiges in ihrem Innersten. Doch hier waren Mut und Stärke und erfüllten Ruth wie das blendende Licht einer neuen Sonne. Sie war so überwältigt, daß sie sich an die Mauer stützen mußte. Und plötzlich dachte sie: Ich werde um ihn kämpfen. Ich werde Arnie zurückholen, und wenn ich ganz zurückgehen und ganz von vorn anfangen muß. Ich schulde ihm und meinen Kindern und mir selber vierzehn Jahre. Ich habe an uns allen vierzehn Jahre wiedergutzumachen.

Sie sah Sondra und Mickey nicht mehr abgetrennt von sich; sie fühlte sich ihnen zugehörig. Dieser Augenblick gehörte ihnen allen dreien.

Als sie einige Minuten später an der Glastür der Mazanits Hall standen, nahm Mickey ihre Tasche von der Schulter und sagte zu Sondra: »Eh wir gehen, möchte ich dir noch etwas geben.«

Sie nahm ein weißes Kästchen aus ihrer Tasche. Darin lag der türkisfarbene Stein, den Ruth ihr sechs Jahre zuvor geschenkt hatte, leuchtend blau und voller Verheißung.

»Er bringt Glück«, sagte sie, als sie Sondra den Stein in die Hand legte. »Du bekommst ihn von uns beiden. Keiner von uns hat das Glück genommen, das in ihm steckt. Du bekommst also die doppelte Dosis.«

Ruth stieß die Glastür auf. Ein warmer Wind, der nach frischem Gras und dem Salz des Ozeans roch, wehte ihnen entgegen.

»Wißt ihr«, sagte Sondra, ins Freie tretend, »die Kikuyu haben ein Sprichwort: *Gutiri muthenya ukeag a ta ungi.* Das heißt: Kein Tag geht wie der andere auf. Ich habe das Gefühl, daß dies für uns alle drei ein ganz besonderer Tag ist.«

Ruth dachte: Als wir drei uns begegneten, standen wir ganz am Anfang. Bald werden wir uns wieder trennen, vielleicht für immer, und doch ist es, als stünden wir wieder an einem Anfang.

Laut sagte sie: »Nach dir«, und hielt Mickey die Tür. Dann gingen sie alle drei in den hellen Tag hinaus.